糖 sugar

上册

多梨 著

北京燕山出版社

图书在版编目（CIP）数据

糖 / 多梨著 . — 北京：北京燕山出版社，2023.4

ISBN 978-7-5402-6834-3

Ⅰ．①糖… Ⅱ．①多… Ⅲ．①长篇小说—中国—当代

Ⅳ．① I247.5

中国国家版本馆CIP数据核字(2023)第039867号

糖

作　　者：	多　梨
出 品 人：	一　航
选题策划：	航一文化
出版统筹：	康天毅
责任编辑：	战文婧
特约编辑：	丁娓娓
封面设计：	Laberay
版式设计：	光学单位　罗佩佩
出版发行：	北京燕山出版社有限公司
社　　址：	北京市西城区椿树街道琉璃厂西街20号
邮　　编：	100052
电　　话：	86-10-65240430（总编室）
印　　刷：	三河市嘉科万达彩色印刷有限公司
开　　本：	880mm × 1230mm　1/32
印　　张：	16
字　　数：	557 千字
版　　次：	2023 年 4 月第 1 版
印　　次：	2023 年 4 月第 1 次印刷
书　　号：	ISBN 978-7-5402-6834-3
定　　价：	59.80 元（全二册）

—Contents—
目录

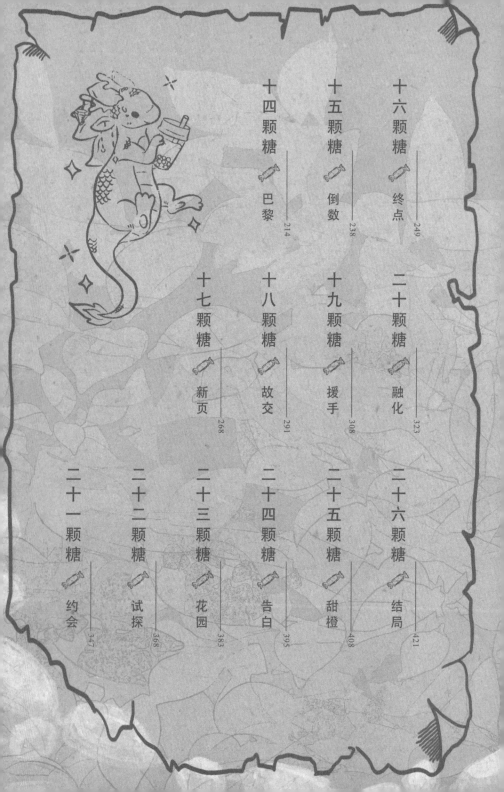

目录

在克劳斯走过玻璃窗的瞬间，景玉正翻开书，

封面上的烫金字经过阳光折射出一道灿烂的光。

这道光好似一道线，牵住了克劳斯的手脚。

『分享给你，我的酸橙子。』

『你骗我，它是甜的。』

一颗糖

初遇

克劳斯第一次看到景玉的那个下午，她穿着廉价的红色涤纶旗袍在中餐厅和客人争吵。来自日本的这位客人斤斤计较到令景玉头疼，尤其对方坚持要点菜单上没有的关东煮，还不停地偷瞄她的胸。

"和您说过很多次了，我们那是麻辣烫，串串香，"景玉面无表情地告诉对方，"和您想吃的不一样。"

对方的目光，仍一直在她的衣服上打转。

景玉身上的旗袍，还是老板回国探亲时，以 19.9 元包邮的价格从购物网站上买来的。可以用"劣质"两个字来形容的质地，大红色，更要命的是，上面还有花团锦簇的大牡丹。

自从隔壁新开了一家亚洲餐馆后，景玉打工的这家店生意骤然变得冷清凄惨。毕竟隔壁有洁白的灯具、干净的桌椅、蜂蜜色的天然石质地板。据说，店主的祖母还曾做过泰国皇室的厨师。

而景玉供职的这家店，只有普普通通的灯、普普通通的桌椅、普普通通的地板，以及一个普普通通的、在大学食堂任职十余年、打菜时手抖得像得了帕金森综合征的老板兼大厨。

在土耳其餐厅遍地开花的街道上，这家中餐厅的顾客原本就不算多，现在更是门可罗雀。为了能招揽生意，景玉不得不装扮成符合西方人印象的"中国娃娃"，将黑色的头发绾成两个小发髻起来。

客人讲着一口流利的日式英语，每一句话中都有着令人意想不到的发音和停顿。

景玉听对方挑剔道："……只要用木鱼花和昆布熬制成汁……"

说着，这个身上带着酒气、个子勉强和景玉差不多高的客人靠过来，一边盯着她旗袍下露出的大白腿，一边试图嗅她喷在脖颈上的香水。

景玉很想将对方狠狠地暴打一顿，但她只能说："抱歉，我们这边没有您需要的东西呢，客——"

对方伸手，企图摸她的下巴，露出不怀好意的笑容说："那你需要一份额外的工作吗？"

"——客你祖宗十八代的坟！"

景玉"啪"的一声收起菜单，"啪"的一巴掌打在他脸上，一字一顿道："我去你的！"

对方听不懂中文，被这一下打得"哇哇"大叫起来。

景玉的日语并不好，却也听懂了对方满嘴的"巴嘎巴嘎"（音译，日语中骂人的话）。

店老板花容失色地跑过来，不住地向客人鞠躬道歉。

客人叽里呱啦的日语中夹杂着日式英语，吵得景玉头疼。她皱眉按着太阳穴，不经意往玻璃窗外看了一眼，瞧见一个金发碧眼的男人站在那儿，似乎在看这场闹剧。

她的视线滑得太快，没有停留。老板提高音量，叫着让景玉道歉。

景玉用中文说："活该！"

老板翻译成英文说："她在讲对不起。"

日本客人不依不饶道："你们道歉这么随意？"

景玉仍旧用中文说："不然怎么样？老色狼，动手动脚，不要脸。"

客人问："什么？"

老板赔笑着送他出门，解释道："没事没事，她在讲谢谢您的提醒，以后一定注意，下次绝对不会再有这样的事情发生。"

好不容易送走难缠的客人，老板直起腰，指着景玉道："小鲸鱼，你真有种啊！你这周的奖金没了！"

斥责归斥责，在下班前，面冷心软的老板还是给她结了一大笔钱。

"幸好我快关门了，不然再这样下去，我可真护不了你。"老板长吁短叹道，"生意不好干啊。"

感叹完了，老板看着报纸上的报道，感慨道："怎么有人命就这么好？"

下午客人很少，景玉闲到无聊，她看过那份报纸上的报道，讲的是埃森集团。作为世界上有名的金融机构之一，资产超 9980 亿欧元，说埃森集团垄断了德国银行的半壁江山也不为过。

老板感慨完了，把今日没卖掉的一些速食打包给景玉，说："拿着，回去路上吃，补补身体。"

景玉知道，老板快要关店回国了。

这是景玉来到慕尼黑的第六个月。

她在德国的公立大学念书，虽说学费没有英、美大学和私立大学那么昂贵，每学期只需要付 58 欧元的管理费，但对孤身一人来此的景玉来说，生活费仍旧是一笔令她格外吃力的开销。今年倒不必担忧，虽然已经有文件下来说保证金会上涨，但实施这个规则，不会太快。

现在的景玉，在努力攒为下一年续签做准备的资金。

学生公寓申请遥遥无期，现在她只能通过住房中介先找间廉价的公寓，每个月付 350 欧元的房租。

第六个月，景玉工作的中餐厅，因入不敷出即将关门，她也即将面临失业。在老板回国的前两天，突然联系到一个朋友，帮她介绍了一份优越的工作。这家时髦高级的意大利餐厅，就在摄政王剧院附近，有着暗色调的木质装潢，被称为慕尼黑顶尖的餐厅之一，一道主菜的价格，就抵得上景玉付给学校一学期的费用。

景玉的工作内容也很简单，她不需要去后厨刷碗、洗盘子，只要穿上干净整洁的衣服，做好一名侍应生就可以。

她轻而易举地上手了这份工作。进来不到一周，她就被委以重任，负责接待一些尊贵的客人。

一群德国人刚进门，景玉一眼就注意到其中一位身材高大的客人。他的头发太美了，不同于德国人常见的浅褐色头发，他的头发像阳光，像漂亮的金灿灿的金子。

不过景玉只看一眼，就垂下眼睛，恭恭敬敬地为这些尊贵的客人送上产自伦巴第的香槟酒。

从其他人若有若无表现出的敬意、说话时的腔调、笑起来时看的方向可以看出，这么多人中，显然金发客人才是主角。此时，一个猫儿一样的美人在向他献殷勤。

进来之前，景玉听说这个美人是一个小有名气的演员，名字叫米娅。米娅把玩着小巧的折扇，折扇是象牙骨，蕾丝扇面。她频频对着金发客人笑，用夜莺般的嗓音与他交谈，试图与他调情。

但金发客人对她这样的小把戏，似乎并不欣赏。当米娅倾身想要为他倒酒时，金发客人却看向旁边的景玉。

景玉注意到，他的眼睛是森林一样的绿色，很美。

"中国女孩，"金发客人叫她，"请帮我倒杯酒，好吗？"

"可以。"景玉不知道为什么对方一眼看穿自己的国籍，但她仍快速应答，走过来，为他倒满酒。

倒完酒，金发客人微笑道谢："谢谢你。"

或许是金发客人视线停留太久，米娅也看向景玉的脸。她如狐狸般的眼睛打量着这个中国女孩，问："我点的白葡萄酒怎么还没送上来？"

景玉说声抱歉，便去后厨取酒，但并没有成功送进去。经理难为情地拉着她告诉她，因为米娅小姐投诉，她今晚不能再负责接待这些客人。景玉为此痛失了一笔可观的小费，她痛心疾首，扼腕顿足。

晚上，回到廉价的公寓，楼上的人还在吵吵嚷嚷闹个不停，隔壁的女人在不停地呻吟。

景玉把自己闷在被子中，计算了一下自己的存款，默默地叹了一口气。

太穷了。

实在是太穷了。

再这样下去，她恐怕要多打一份工，才能勉强攒够钱。

贫穷的景玉刷了下微博，看到继姐发的最新照片动态——布置着纤维织物的高级酒店、华丽昂贵的波斯地毯，以及造型精致的枝形吊灯。而继姐趴在沙发上，优雅地跷着脚。

下面的评论，满是一连串的"啊啊啊啊"和夸赞继姐是"人间大仙女，富贵小甜甜"的内容。

景玉关掉手机，用被子将头蒙起来。

第二天，她得到一个糟糕的消息。昨天有位客人投诉了她，餐厅不愿意失去这位尊贵的客人，只能选择辞退景玉。不过还好，餐厅给了景玉三个月的薪水，也算是仁至义尽。

景玉领了钱，去遍布全城的连锁快餐店买了份辣味肉三明治和一杯可乐，坐在公园喷泉旁的长椅上吃。

景玉咬了口三明治，打开手机。她搜到了昨天那位金发客人的信息，全名克劳斯·约格·埃森。历史上长期控制德国经济命脉的埃森银行集团，这个现如今也在德国经济生活中占据统治地位的垄断资本集团，就是他的家族产业。

真会投胎啊。

两周前景玉还和老板说过，这个家族拥有的东西令人眼红。她非常惆怅地叹了口气，刚叹完，就听到陌生男人的问询："中国女孩，你在叹什么气？"

景玉心不在焉地啃着三明治说："没有。"

"遇到什么麻烦了吗？"男人继续问，"我看你似乎不太开心。"

她微不可察地皱起眉头。

景玉实在烦透了那些猎艳的家伙。她抬头，毫不客气地说："这关你什么事？"

入目的是一头金子般灿烂的头发，还有沉静似森林的眼睛。在明亮的阳光下，这双漂亮的绿色眼睛有着宝石般的光泽。

克劳斯微笑着问她："你刚刚说什么？抱歉，我没听清。"

景玉文质彬彬地回答道："我说的是，谢谢您的关心。"

在此之前，景玉距离"首富"这个词汇最近的一次，还是父母离婚前。景玉的外公白手起家，早先经营了一家家具品牌，生意做得风生水起。哪里想到独生女，也就是景玉的母亲独独看中了一个英俊潇洒的穷小子，山无棱天地合，誓死非卿不嫁。外公劝也劝了，骂也骂了，都不能挽回掌上明珠要撞南墙的一颗心，只能无奈地点头同意。

就像古往今来大多数例子一样，景玉的母亲拿家产补贴给穷小子开厂子创业，穷小子的钱越赚越多，回家的次数却越来越少。外公的公司却因为一桩丑闻慢慢衰落，最终宣告破产，公司资产被拿去抵债务。穷小子翻脸不认人，在这时候干净利落地和景玉母亲离婚，另寻心上人结婚生子，和和美美。

永远不要提携男人，没有男人会甘心"卖身"。

这就是景玉最直观的感受。

感情算什么？感情能一辈子不背叛她吗？

现在的景玉，早就不是当初被人上赶着巴结的"家具大王"唯一的外孙女。她穿着商店里打折时售价仅2欧元的涤纶毛衣，牛仔裤的膝盖处磨得发白，坐在公园的公共长椅上，吃着廉价的快餐。

克劳斯在她的旁边坐下，友好地问："你叫什么名字？"

"简玛。"

"你来自中国哪里？北京，还是上海？"

对方如绿宝石般的眼睛宽容地注视着她，那目光在景玉看来，是常年居于高位者对其他人的俯视。倒不是说他倨傲，或者不礼貌，他生来就在这个位置，已经习惯了这样的注视。但这种交谈令景玉有种压迫感，她不喜欢这样。

对方显然不急着要她的答案，反而语气温和地问起另一个问题："你今天休息吗？"

景玉没有立刻回答他。这男人给她的感觉太危险了，就像一只阴险狡诈的老狐狸，表面上谦逊有礼，背地里说不定在盘算着什么东西。

"我辞职了。"

克劳斯说："抱歉。"他的语气充满遗憾，但这话听起来如此礼貌，礼貌到像一句漂亮的客套话。

一个白发老人走过来，用德语向克劳斯问候。景玉心不在焉地听着，对方请克劳斯参加一个什么什么东西，专有名词太多，她没有听清楚。她挺直胸膛，好像这样就能显得自己不那么落魄。

克劳斯并没有注意这些，他短暂地停留了一下，然后就离开了。如同天边的云朵，偶尔投射一下湖心。

贫穷的景玉努力吃完廉价的快餐，仰头看着如洗的碧空。

她需要钱来考虑续签的问题。

景玉下一份兼职的地点，是一家在慕尼黑数量比较少的素食餐厅。她需要穿过一个漂亮的旋梯才能抵达，餐厅的一楼有一间宽敞的拱顶房间，这个房间只有在周末时才会为"俱乐部之夜"开放；二楼则是供应一些烤面条、炸辣椒、干酪沙司和豆腐茴香。

景玉入职后这个周日的晚上，被指派到楼下工作。她穿着纯白色的制服，一边为客人上菜，一边防止醉酒的客人把污渍弄到她的衣服上。

也是在这个热闹的晚上，景玉不幸地接待到两位意料之外的客人——继姐，以及和她同父异母的弟弟。

更不幸的是，对方还认出了她。

在接下来的用餐时间里，这对姐弟极具恶意地使唤景玉，甚至故意将刀叉碰落到地上，让她弯腰去捡，去更换。

景玉一直忍到下班，但对方并不满足于此。

离开餐厅后，弟弟仝臻去开车，继姐仝轻芥追出来叫她："景玉，景玉！"

景玉头也没回。对方不依不饶地追过来，拦住了她的去路。

"你急什么？这就受不了了？"仝轻芥打量着她一身，眼底有着隐隐的得意之色，"当初你觍着脸来找我爸要学费的时候，脸皮可比现在厚多了。"

景玉看着她，叹了口气。

仝轻芥没想到对方会是这个反应，皱眉问："你叹什么气？"

"没什么。"景玉侧了侧脸，直截了当地冲着仝轻芥做了个不友好的手势。对方立刻被激怒了，尖叫着要过来打她，活像一只愤怒的尖叫鸡。

然而景玉早有准备，她拧开一瓶水泼到仝轻芥脸上。仝轻芥精致的妆容、裙子和包包都沾上了水，她气急败坏道："你——"

仝臻开车过来，停下，敲着车窗叫着姐姐，才勉强阻止仝轻芥的这场发疯行为。

景玉乘坐城铁回到廉价的公寓。就快要到冬至，她买了些面粉和打折销售的肉，想自己包一些饺子。她打开灯，看了没几页书，听到了敲门声。是隔壁的吉普赛女郎，含混不清地叫着她的英文名字："简玛，你在吗？"

景玉打开门。

虽然吉普赛人的风评很差，但景玉的这位邻居，目前还没有做出过冒犯她的事情。

对方是来借些水和食物的，不知道发生了什么，她看起来很饿，很虚弱，急需补充水分，憔悴到半夜里敲门要东西吃。

景玉什么都没说，给她拿了些面包，还有一瓶水。

"别忘了把瓶子还给我，"她叮嘱道，"我得拿去退钱。"

吉普赛女郎应了一声，临走前，用蹩脚的中文说了声"谢谢"。

临睡前，景玉看了会儿手机，她看到一些贫穷女和富贵男的帖子，勤工俭学的女性结识了慷慨富有的男性，他们一同坠入爱河。这样梦幻而甜蜜的故事，尽管那些发帖者往上面填充了许许多多的细节，极力将其描述得真实，可景玉仍旧能一眼看出，这些不过是为了迎合读者而编织的甜蜜幻境。

她看了几眼，关掉网页。

这编故事的水平，还不如某乎呢。

景玉提前一晚调好馅料，放到冰箱里面。可惜，她还是没有成功吃到饺子。

第二天早晨，景玉还没有睡醒，就被"咚咚咚"的敲门声惊醒。警察在礼貌地出示证件后，很不礼貌地将她带走了——只因有人举报她进行违法性交易。

隔壁的吉普赛女郎已经被抓了起来。她昨天晚上喝得醉醺醺的，现在满嘴胡话，什么都问不出来。

警察请景玉去警察局坐一坐，他们没有为难这个"误入歧途"的东方女孩子，只是需要对她进行一些例行调查和审讯。景玉希望他们能快一点儿，不然，她放到冰箱中的饺子馅料就要变味了。

遗憾的是，祈祷并未成真，警察局的办事效率比她想象中更加低下，或者说，德国人在这方面非常刻板，必须要循规蹈矩地走流程。这也是景玉最不喜欢和德国机关部门打交道的原因，他们实在过于墨守成规，与其说严谨，更不如说死板，没有人情味。

一直等到下午，景玉才被放出来。

她一出门，就看到了弟弟仝臻。很明显，是对方保释的她。贼喊捉贼，一个负责打棍棒，另一个给甜枣，这姐弟俩还真会变着法子恶心人。

仝臻站在阴影中，一言不发。

景玉没有理他，只是裹紧了外套。刚才在警局喝下的热水，并没有让她得到温暖，她现在又冷又饿，急切地需要到一个温暖的地方进食。

刚出钱保释她的仝臻并不这么想。他大步走过来，开口斥责道："再穷也不能做这个吧？"

景玉冷笑道："你脑子被驴踢了？信这种鬼话？"即使现在是在街头，她也很想赏对方一个耳光。

这个时间点，街上的人不多，周围一些高档的餐厅还没有开门。当然，即使已经开门，景玉也决计不会去消费——她支付不起小费。

仝臻皱紧眉头，显然没有听进去这番话。他走得又急又快，拦下景玉，不许她走："你知不知道爸爸听到这个消息后都快气晕了？你千里迢迢来德国读书，背地里却做——"

景玉忍无可忍，没让他把话说完，一巴掌打在了他脸上。

仝臻被她打得脸色发青，伸手要去捏她肩膀，手还在半空中，却被身后一人捏住手腕，动弹不得。

景玉看到了熟悉的灿烂金发，还有漂亮的绿宝石般的眼睛。

身材高大的克劳斯捏着仝臻的手腕，成功阻止了他的暴行，温和地问景玉："你还好吗？"

景玉发现，这个男人真是迷人又帅气。她说："还好，谢谢。"

克劳斯松开了手。

仝臻不认识克劳斯，他揉着被捏红的手腕，只满脸讥讽地看着他的姐姐问："这就是你的恩客？"

想着克劳斯听不懂，景玉用中文骂仝臻："你脸上长那俩眼睛是为了让自己看上去像个人吗？嘴巴放干净点儿，在这儿鬼扯什么？"

仝臻哪里是景玉的对手，此刻的他气得四肢发麻。

景玉骂完了他，通身舒畅地往前走，还不忘彬彬有礼地使用德语，优雅地向克劳斯道谢："谢谢您对我的帮助。"

克劳斯微笑着发出邀约："不客气。或许你现在需要来杯咖啡？"

景玉顿了两秒。

"可以，"她说，"非常感谢。"

克劳斯请她在附近一家有着白色粉饰拱形天花板的店里喝咖啡，透明的落地窗外环绕着宏伟的大学建筑，头顶是许多漂亮的枝形吊灯。

等待热咖啡上来的间隙，景玉接到了国内好友栾半雪打来的电话。这是她唯一从小玩到大的朋友了。

栾半雪不知道从哪里听到的风声，急匆匆地来问她情况，景玉不得不安抚了对方好久。

"想想就知道是那俩鬼在搞事，"栾半雪咬牙切齿道，"一天天净知道暗地里举报，搞小动作。"

景玉揉着太阳穴，颇为认可道："毒瘤。"

"对了，你怎么出来的？有人帮忙吗？"

景玉看了眼对面的克劳斯。他正在耐心地看咖啡店店员送上来的菜单，金色的睫毛上像是被阳光施了魔法。

"对，有个老外帮忙，"她用中文说，"还挺有钱有地位的。"

周围都是些本地人，景玉笃定他们听不懂中文，放心大胆地和栾半雪聊着。

栾半雪果然被她一句话勾起了兴趣，问："长得怎么样？好看吗？"

景玉盯着克劳斯翻阅菜单的手，他的手指修长，干净，白皙，手背上有着凸起的、性感的青筋。

她说："长得巨帅，帅到爆炸！"

这句话刚说完，克劳斯忽然抬头看向景玉。修长白皙的手合上菜单，绿宝石般的眼睛中蓄满笑意，他用字正腔圆的中文道谢道："谢谢你的夸奖。"

两颗糖

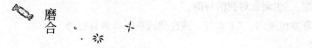

磨合

　　妙啊！这可真是吃着妙脆角的妙蛙种子进了米奇妙妙屋，妙蛙种子他妈"哐当"一开门——妙到家了！

　　景玉对着手机说："有情况，等会儿再聊。"手机"啪"的一声放下，通话结束了。

　　她难以置信地向金发碧眼、一看就是日耳曼人的克劳斯确认道："你会中文？"

　　克劳斯谦虚道："略懂皮毛。"

　　得了。当听到他准确地说出这四个字时，景玉基本确定——他听得懂。他什么都听得懂，包括她之前痛骂仝臻的那些话。

　　恰好在此刻，侍应生端着咖啡礼貌地送上来。克劳斯还点了份薄煎饼和山羊奶酪。

　　"你的中文名字是什么？"克劳斯和善地问，"方便告诉我吗？"

　　他的中文发音其实很准确，声音也低沉，好听，吐字清晰，不会像"宝儿贝儿晚儿安儿"这样地乱加儿化音。如果不看他的脸，景玉甚至会相信，与她交谈的是个地地道道的中国人。

　　"景玉。"

　　对方礼貌地递过来手机，问："鲸鱼？静语？哪两个字？可以打字给我看吗？"

　　景玉有些奇怪，这老外的手机上居然有中文输入法？但她还是老老实实地将自己的名字输了进去。

景玉。

她拿给他看："喏。"

"是个好名字。"克劳斯赞赏着，自然而然地开口道，"景玉小姐，可以告诉我你的联系方式吗？"

景玉："……"

他问："再往下一格，可以输入能让我找到你的号码吗？"

景玉："……"

好嘛，她后知后觉地发现，自己好像被这个老外套路了。

景玉看着他金子般的头发，看看他的脸，又想想他背后的资产。

"可以啊，"她朝他露出甜甜的微笑，低头将自己的号码输进去，说，"你有微信吗？我用微信多一些。"

"没有，"克劳斯顿了一下，又说，"不过我有IG（全称Instagram，一款社交软件）账号，可以吗？"

景玉翻翻自己的手机，很顺利地和对方交换了账号。

她仍旧像是在做梦。

这家咖啡店的装潢是文雅的中欧风格，店内播放着舒缓低沉的古典音乐。景玉端起咖啡杯，喝了两口，听到对方问："你还在读书吗？"

"是，"她说出了自己学校的名字，"刚开始。"

刚开始，克劳斯敏锐地捕捉到了关键词。他坐直身体，仔细审视着对面的女孩，似乎在考虑什么："抱歉，问一个有些失礼的问题，景玉小姐，你成年了吗？"

景玉点头。

这个答案令对方如释重负。

"对不起，"克劳斯再次道歉，"我很难从外表来判断一位中国淑女的年龄。"

"我明白，"景玉看着他的长睫毛说，"我也很难推算出欧洲人的年纪。"就像现在的克劳斯，她不确定对方究竟有多大。

他看起来很英俊、强壮。

两个人在这个漂亮干净的咖啡店中聊了一段时间，景玉隐瞒了自己的部分真实信息，但也透露给他一些，像偷偷打开装满蝴蝶的口袋，放出一两只。比如，她现在十分需要一份工作。

克劳斯并没有给出景玉想要的回应，他好像没有听懂她的暗示，只是笑着与她聊天。

在太阳慢吞吞地下落，透过玻璃窗照耀到碟子边缘时，克劳斯付了这次茶点的钱。他们互相说了再见，景玉也不知道他们会不会再见。

这一天过得并不美好，景玉因被恶意举报在警局中坐了很长时间，没来得及吃上饺子，冰箱中放在保鲜层的馅料，失去了最新鲜的味道。

狭窄逼仄的老旧公寓中，她努力将面揉成团，擀成圆圆的饺子皮，包成漂亮的花边小饺子。在小电锅中煮沸后，景玉盛出一小碗，先端出来放在旁侧的桌子上，上面摆放着外公和妈妈的照片。那时候妈妈还没有嫁人，依偎在外公旁侧，两人笑得格外灿烂。

"外公、妈妈，"她轻声说，"饺子很好吃呢。"

次日下了场暴风雪，景玉收到通知，因为雪势过大，素食餐厅暂时停业，她可以在家休息一天。

住在隔壁的吉普赛女郎还是没有回来，景玉也不知道对方是跑路了，还是还在警局里。

楼上总是开派对、发出吵闹声音的那个人也搬走了，好似一下雪，整个世界的吵嚷声都被盖住了。

这场暴风雪后的慕尼黑变成了《格林童话》中的样子，雪白雪白的，像松软的馒头，也像蓬松的奶油蛋糕。

景玉没有太多应对暴风雪的经验，家中储存的食物和水也不算多，等雪停之后，她不得不去附近超市买东西。

才下午5点钟，天已经彻底黑了。景玉戴好口罩，眼睛被风吹得有点儿疼，她拉低帽子，呼吸里全是冰雪的味道，不小心被呛了下，嘴巴里有血沫子的感觉。

街道上没有其他活物，沉寂冷清，厚厚的积雪在夜晚有着暗蓝的色彩。受暴风雪影响，很多商店都关了门，景玉徒步走了一条街，才终于找到一家还在营业的超市。

家家明灯照耀，千盏灯，却无一盏为她点亮。

在这异国他乡，景玉忽然感觉到孤单。

小超市的东西价格昂贵，景玉挑挑拣拣，计算着银行卡中的余额，买了些食物和水，拎着沉甸甸的。虽然戴着厚厚的手套，但因为有沉重的水，手仍旧被勒出痕迹，有点儿疼，拎久了，手臂都是酸胀的。

夜色如沉甸甸的幕布下垂，冰雪堆积成漂亮而寂寥的童话世界，踩在雪上，发出"咯吱咯吱"的细微响声。

途经一家开着门的蛋糕店时，景玉将沉重的东西放在地上，休息休息。重物压在积雪上发出轻微的声音，她想换只手拎，顺便喘喘气。

风吹得雪花飘零，黄油和蜂蜜、烘焙甜点的香味也飘出来，甜蜜馥郁。伴随着不知哪家房子里偷跑出来的欢乐动听的音乐，这些跳舞的雪花被风吹着落在脸上，像极了《冰雪奇缘》中的美丽场景。

刚直起身体，借着蛋糕店外壁的玻璃墙，景玉看到了自己现在的模样——苍白，瘦弱——以及站在她身后的克劳斯。

景玉侧身，看见克劳斯穿着浓黑色的柴斯特大衣，单排扣、平驳领，雪白的脸颊上，绿眼睛在黑夜中要比日光下幽暗。

他看起来像是已经等待了她很久。

"景玉，"克劳斯用中文字正腔圆地叫她的名字，询问道，"这么冷的天气，你想来一份布满水果的可丽饼吗？或者一杯热巧克力？"

温暖的蛋糕店里，墙壁上的布谷鸟钟发出悦耳的声音。

景玉用银质的小勺子搅拌着手中的热巧克力，听克劳斯介绍着自己。他没有拿出自己的身份，更没说其他失礼的话。如景玉所想，他的确是特意出来找自己的，包括上次。

"如你所见，我有些微不足道的钱财，"克劳斯谦逊地说，"虽然算不上多，但可以为你开出适当的工资。"

景玉的发梢有点儿湿漉漉的，刚才在冬夜里行走，呼出的热气打湿了头发，结上一层冰霜。现在，这层冰霜在慢慢地融化。

景玉隐约猜到他的意思，她停止搅拌，问："长腿叔叔？"

"不，我有一些更加贪心的念头，"克劳斯凝视着她，询问道，"我能否雇用你，请你为我工作？"

"雇用？"

"是的，这份工作有些特殊，或许需要你和我在一起。"

景玉安静了。她松开银质的小勺子，摊开手，低头仔细看着掌心被塑料袋勒出的红痕。她想到前几日看到的那些帖子，那些贫穷女与富贵男的故事，那些只有在痛苦的细节中才能窥探到真实的童话故事。

温暖的蛋糕店里，这位金发碧眼的绅士，文质彬彬地向景玉提出扮演他女伴的请求。

"我很需要一个女伴，来配合进行心理健康的疗愈。

"我并不想被婚姻束缚，但……你明白，人总会有些难处。

"可以雇用你作为我的女伴吗？我愿意为你的时间付出合适的薪酬，可能这需要大幅度占用你的时间……"

听对方将所有条件列举完毕，景玉面无表情，"咕咚咕咚"一口气喝完了一杯热巧克力。

克劳斯温和地问："抱歉，我冒犯到你了吗？"

"没有，"景玉说，"就是有点儿震惊。"停顿一秒，她发自肺腑地说："我做梦都不敢梦这么大的。"

景玉读初中时，最爱看的剧是《公主小妹》。那时候爸妈刚刚离婚，妈妈病倒，外公为了还债四处奔波。景玉放学后需要先给妈妈做饭，烧热水冲药喝，再去洗手间，费力地洗一些衣服。

她害怕安静，客厅中的电视一直开着。小孩子的力气小，坐在一个磕掉了角的塑料小凳子上，拧衣服的时候，水会顺着她的手腕倒流，一直到胳膊上，湿湿的，凉凉的，很难受。

彼时正是港台偶像剧大火的时候，《放羊的星星》《命中注定我爱你》等，电视台播什么，景玉就看什么。

当时的景玉，还不明白"破产"意味着什么。她只知道爸爸妈妈离婚了，爸爸把他的继女、私生子和情人接到原来的大房子中住，他们组成了新的家庭，旧的就该丢掉。

景玉看着《公主小妹》，也曾幻想着突然间一夜暴富，有好多好多的钱，可以拿来帮外公还债，可以帮妈妈治病，还可以让她不用再饿肚子。

等再长大一点儿，景玉接触到网络小说，开始喜欢看一些替身文学，什么"一个男人娶了你，每月给你 500 万。他什么都能给你，唯独不会爱你。你只能在寂寞冰冷的大别墅中，过着空虚的有钱人生活"。

景玉觉得自己也可以尝尝有钱人的苦。可惜现实中不存在不劳而获，至少她前十九年的人生中，从来没有遇到过。

但是在今天晚上，她撞上了。

景玉慢慢地吃掉一整块小蛋糕。她需要冷静一下，她甚至怀疑是不是因为饥饿导致自己脑供血不足，从而产生了这样的幻觉。

在她低头吃蛋糕的时候，克劳斯始终用一种宽容的眼神看着她，就好像在看路边被雨淋湿的瑟瑟发抖的小狗。

事实也的确如此。

一位富有的、热心肠的绅士，在暴风雪天看到一贫如洗、只能买临期食物的穷女孩，想要雇用她，来帮助她过上优越的生活。

"如你所见，"克劳斯微微侧过脸，他的绿色眼睛这样好看，隐约透着一点光。景玉分辨不出那光的由来究竟是灯，还是她，只听到他用中文说："我不是你的同龄人，没有那么多的时间。"

景玉读懂了他的言外之意。

哦，他很忙。

"我知道这个问题有些失礼，"克劳斯条理清晰地阐述着自己的观点，他的中文讲得如此好，看她的眼神也同样真挚，真挚到景玉甚至疑心对方真的是在向她告白，"但我的确喜欢你。"

喜欢——like，她知道这个词的意思。

大部分白人将"like"和"love"分得很清楚，他们可以在第一眼见面时就热情地说喜欢你，但在彼此接触了很久之后，还是止步于喜欢。

喜欢，并不等同于爱。

"我明白你现在面临一点点小麻烦，"克劳斯沉静地开口道，"我想帮助你。"

景玉感觉自己的手指在渐渐回暖，被塑料袋勒出的痕迹发热，红痕在缓慢消失。

"至于薪酬，"对方抛出了一个更为诱惑的条件，"你现在可以随意提。"

随意提，多么美妙的三个字。

景玉感觉克劳斯更帅了，他的头发更像灿烂的、闪闪发光的金子了。只是"随意提"这三个字，也不是那么好搞定的。她不确定面前这位慷慨的先生愿意付多少薪资，她有些担心开价太高，会把对方吓跑。

然后，她在想，自己真的要同意吗？

对方敏锐地捕捉到了她神情中的这一丝犹豫。

克劳斯往后坐，和方才仔细聆听的姿态不同。他稍稍退一些，不那么咄咄逼人，留给她足够的思考空间。

"你不必这么着急给我答案，这是一件大事，你可以好好考虑。如果有意向的话，我们改天约个时间，仔细谈谈，可以吗？"

景玉："……"

只是克劳斯却不聊这件事了，他将话题岔开，微笑着问："课程读得怎么样？吃力吗？"

他如此关心她的学业，倒是让景玉有些不好意思了。她不能再追问刚才提到的薪酬问题了，这让景玉稍稍有点儿小懊恼，有点儿悔恨，还有点儿失落——下次这位热心肠的绅士再说的时候，一定要抓住机会，及时回答他。

直到次日中午，景玉才去素食餐厅继续工作。道路上的雪都被清雪车清理得差不多了，景玉拿着车票在公共汽车的机器上打了时间戳。她的薄鞋子有些抵抗不住寒冷，渐渐地脚趾也有些变凉，发麻。

汽车经过有着拱形屋顶的装饰华丽的圣米迦勒教堂，继续向东，经过塞德林格街，这是购物者的天堂。

景玉看到衣着光鲜的富人，他们穿着暖和的鞋子和毛皮外衣，不需要为脚趾生冻疮发痒而头痛。唯一能令他们忧愁的，是家里的宠物生病或者不舒服。不像景玉这样，随时担心房东会涨房租、续签的钱没有着落。

富人的烦恼都是相同的，穷人的烦恼却五花八门。

果然，不出所料，仝轻芥又来了。她特意点名要景玉来服务，在一番折腾之后，临走前向经理进行投诉。

"她的手有皮肤病吗？"仝轻芥捂着嘴巴问，"你看看她的手，那么红，好像还肿了起来……"

景玉和经理说："先生，我是对冷水过敏。"

经理来自土耳其，他先是以圆滑的话术将仝轻芥请了出去，私下里又和景玉聊，建议她去后厨工作。

"或许这样更适合你，"经理说，"简玛，我们不能因为你而影响到尊贵的客人。"

景玉沉默了。

"当然，像你这样的漂亮女孩，其实不需要这么辛苦，"经理坐得更近了，他以一种令人不适的声音低问，"你似乎还没有交往过男友？"

他的声音中有着恶意的揣测，听起来像软质动物黏黏糊糊般恶心："晚上我们可以一起喝杯酒？"

景玉一言不发，她摘掉自己的帽子，丢到经理脚下，指着他的鼻子骂道："医生倒水的时候，把你的脑子也倒出去了吗？你怎么敢呢？"

经理被骂得愣了神，还没反应过来，又听到恶狠狠的一声："我不干了！"他脸色很差，外面员工很多，他不敢做什么。

景玉连钱都没领，拿了自己的包和衣服便离开了素食餐厅，徒步走到新市政厅侧的玛丽亚广场上。她坐在蓝底的鱼喷泉旁边，给克劳斯打电话。

克劳斯接得很快："景玉？"

“克劳斯先生，我想接受您的雇用，请问我们现在可以见一面吗？”

“现在吗？当然可以。”

景玉约他在附近一家提供中亚风味食物的餐厅见面，她很饿，点了鸡肉块、辣扁豆汤，还有加上开心果和葡萄干的油炸香米饭，以及一种塞着乳酪和肉馅的面团。

她相信慷慨的克劳斯先生，愿意支付这一餐的价格。

在景玉将鸡肉块全都吃光时，克劳斯终于姗姗来迟。他今日穿着十分正式的西装，看上去像是刚刚从会议室出来。

她等着他先开口。

“景玉，”克劳斯不徐不疾地说，“在我们签订合同之前，我有些事情需要告诉你。”

“请讲。”

克劳斯用手指在干净的餐巾上画出几个单词，景玉一眼认出了。

“我有轻微的白骑士综合征，这也是我想雇用你的原因。”克劳斯坦白了自己的缺陷，“不过你不必担忧，我不会伤害你。景玉，你了解过这种心理疾病吗？”

景玉回答道：“是的，我了解。”

白骑士综合征，患有这种病症的人，对女伴或是身边人有着强烈的救助欲和帮助欲。他们能够从照顾别人这一过程中获得极大的愉悦，他们喜欢为身边人规划生活，充当导师的角色，引导他们变得更加优秀。就像中国古代文学中的“救风尘”，不过是另外一种骑士情节。

但也有一些极端个例，比如为“被需要”而主动创造新的受害者，这点与代理型孟乔森综合征*类似。

“不必担忧，”克劳斯好像看透了她的心思，直言道，“我的白骑士情结并没有那么极端。景玉，我的心理医生为我做过诊断，我需要一位女伴来配合治疗。”

“比如说？”

克劳斯浓绿色的眼睛好似森林，其中隐藏着野兽，暗中窥伺，在仔细打量着属于他的猎物。他慢慢地说：“我会忍不住为你规划学业，这或许会让你感到困扰。”

景玉在思考他这句话的意思。

克劳斯拎起餐巾的一角，优雅地折好，归位。他垂下眼睛说：“当然，如果你接受不了，我也可以理解。”

他语调中没有对建议失败的遗憾，唯有宽容、理解，似乎真的坦然接受她不会同意这件事情。

在克劳斯准备让侍应生拿来账单的时候，景玉叫住他："等等。"

克劳斯从她的脸上清晰地看到了犹豫和挣扎。

片刻后，景玉终于说话了，她的声音掷地有声："得加薪。鉴于你的心理疾病，我要求支付更多的薪水。关于薪酬支付，最好能签订赠予协议，有可能的话，尽快公证。在整个公证过程中产生的其他费用，你出。而且，你要负责帮我交税。我们接下来谈的薪酬，都是税后的价钱。"

她一口气说完，眼睛一眨不眨地看着对方。克劳斯怔了一下，继而露出笑容。

"这个可以，"他说，"谢谢你愿意考虑这件事。"

这番话这么真挚，景玉都快被他打动了。克劳斯终于再次看向餐桌，看她刚刚点的饭菜，以及被她吃掉了一半的食物。

"你还想要些其他的吗？"他体贴地问，"或者说，想换家餐厅继续？"

虽然从小就被妈妈教育"钱是王八蛋，花完咱再赚"，但景玉的确实打实地过过一阵挨饿的苦日子。食物太珍贵了，她见不得浪费食物。更何况，这家餐厅烹饪的东西味道很好。她坚定地拒绝了克劳斯"换家餐厅"的建议，要求在这家餐厅中继续详谈。

克劳斯问："你有什么要求吗？"

当然有。景玉犹豫两秒，说："关于我期望的薪水，大概会有点儿高……你觉得 2000 欧元怎么样？"

克劳斯没有说话，他似乎在思考，应该付多少才算合适。

景玉心里也有些忐忑，她的心理预期是每个月 2000 欧元左右。

到底年纪轻，有些沉不住气，她补充了一句："如果实在不行，稍微低一些也可以。"

"忘记和你说了，我或许需要你很多的时间。在为我治疗的期间，你不能再和其他男性交往，无论是以什么目的，"克劳斯凝视着她说，"作为补偿，我会在你原本薪酬的基础上，再增加一笔赠予。"

景玉慢慢地消化着他的话。

"先前我承诺的都算数，我会额外派女佣、司机和管家来照顾你。按照你提议的价格，每周 2000 欧元。"

每周？ 2000 欧元？

"我偏爱心无旁骛的员工，"克劳斯再度强调这点，"为了补偿，我愿意在每周 2000 欧元的基础上，多付你 1000 欧元的酬劳。"

"啊？"

"鉴于我自身的问题，考虑到有可能对你造成心理负担，你认为每周再多付2000欧元，能接受吗？"

景玉手压在桌子上。

"很能，非常能！"她目光热切地看着克劳斯问，"我们什么时候开始？"

每周5000欧元，一个月少说也是20000欧元。景玉觉得，拿这么多钱，她再不付出点儿什么，自己都要良心不安了。

"别着急，"克劳斯宽容地笑笑，那笑容好像是在看一个急着要糖吃的孩子，"你还没听我的要求。"

景玉想让自己冷静下来，但她很难做到。一想到未来每周都有税后5000欧元的进账，她的嘴角就止不住地上扬。

"先吃饭，"克劳斯示意道，"吃饱之后，我们再慢慢地谈。"

再三暗示下，景玉后知后觉，这位有钱的绅士，似乎并不喜欢在这里谈论自己的隐私。她环顾四周，心里大概也明白。的确，这儿人很多，桌子之间离得也近，对于注重保持距离感的德国人来说，的确会有些失去边界感。

她似乎选择了一个错误的谈话地点，但是没有关系，克劳斯是位优雅的绅士，绅士不会在意中国淑女做的小小错事。

耐心地等对方吃完饭，克劳斯结账。景玉经历过太多次德国人的AA，深刻领略过他们的精明。对于克劳斯的这种大方行为，她赞叹不已。

克劳斯的车子停在不远处，他主动替景玉打开了餐厅的玻璃门。等两人下了台阶后，车子已经到了面前。司机是高大的德国人，棕黑色的头发，穿着板正的黑色衬衫。

景玉坐上车子，克劳斯帮她关上车门。

克劳斯送景玉回家。

月光照耀下，林间树影摇摇晃晃，清澈的伊萨尔河水的声音，好似能透过清凉的风送过来。景玉低头，看到克劳斯的手。他很注重仪表，手背苍白，手指修长、干净，黑色的袖扣折射出冰冷的光芒。如今坐得近了，景玉能闻到他身上好闻的木质调香水味，淡淡的苦艾味和冷杉味交织，让人好似置身于悠然的松树林中。

她坐直身体。

景玉带他进了自己那个简陋的单身公寓，幸好今日楼上没有人开派对，没有任何因素来干扰这场谈话。

克劳斯很有礼貌，他没有看这个女孩的落魄住处。他坐在景玉唯一的小书桌前，手指从摊开的笔记本上滑过，微微抬眼，看到她将装着合照的木质相框小心翼翼地收到抽屉中。

做好这一切之后，景玉终于坐到克劳斯的对面。她先打开一瓶饮用水，回头看了一眼，想了想，给他倒了一杯水，放到他手边说："现在您可以说要求了。"

"我希望以后，你对我的称呼是'先生'，"克劳斯说，"你需要使用敬称。"

"没问题。"

"我会为你规划学业，并希望你能按照我的期望生活——你知道，这样能够让我获得心理上的满足。"

"完全没问题。"

"很好。"克劳斯脸上浮现出一丝笑意，他说，"下面，我们来谈一谈我的要求。"

景玉屏住呼吸，她听到对方冷静的声音响起："我要求你遵守我为你安排的学习规划，以及生活要求。作为交换条件，我会照顾你，塑造你，把你培养成优秀的独立女性。"

景玉盯着他的西装看。

如克劳斯所言，患有白骑士综合征的人，对女伴或他人的生活有着强烈的帮助欲。第一次见面，他就开始审视她，观察她。从那时候起，他已经在思考如何将生活状况糟糕的她，从泥潭中拉扯、拯救出来，在思考如何将她成功培养成优秀的女性。

克劳斯倾身过来，耐心地又聊了一些其他规则和细节。

景玉认真地听他讲完。

这场初步的交流令双方都很愉快。最后，克劳斯说："明天我让人来接你，我们可以签订一份更加详细的协议。"

景玉说："没问题，先生。"

在他准备离开前，景玉又叫住他："等等。"

克劳斯停下脚步。

景玉指指桌子上的空杯子说："刚刚你喝了我买的一瓶矿泉水，1欧元，记得付钱。建议现金，现在不支持刷卡。"

三颗糖

目标

其实德国人都很喜欢用现金，克劳斯也能够痛快地支付 2000 欧元，偏偏此刻他身上却没有 1 欧元的硬币。他站在这狭窄简陋的公寓中，目光从景玉的脸上慢慢地移到她的唇上。

学业和兼职把时间挤得满满当当，使得景玉在化妆这件事上，技巧算不上多么高明，毕竟她没有多余的时间去研究这些。口红边缘掉了些，因为方才的进食和饮水，唇角晕开了一小块红色。

如何描述这点红呢？像中国古代第一次见面的新婚妻子，不懂得自己将要面对什么，偷吃藏在被子中的花生、红枣、葵花子，突然被抓包，看向自己的夫婿时，脸颊瞬间涌起的一点嫣然。

景玉本人浑然不知。她并不知道克劳斯将她形容成什么模样，她只看到他往前迈了一步。

警惕心乍起，景玉后退一步，她嗅到危险的气息，警惕道："现在不给也行，但是你必须记住欠我 1 欧元——"

克劳斯俯身，他终于触碰到景玉的脸颊。他的手如此大，大到似乎能将她的整个脸都包裹住。景玉第一次被男人这样摸着脸，她感受到克劳斯手掌的温度。这个拥有着金子般头发、森林般眼睛的男人，手掌的温度如此高，暖得像冬日里的火。

克劳斯俯身，配合着她的身高低头。

两人是这样的近。哪怕近视近 300 度，景玉也清晰地看到他浓密的金色睫毛，他的皮肤是如此细腻，甚至看不到他脸上的毛孔。他的眼睛似是无法穿透的迷雾森林，不可触，不可散。

欧洲人的通病——皮肤早衰、体味重、长斑，这些在克劳斯身上全都找不到。他的容貌如此完美，胜过米开朗琪罗雕刻的神明，像传说中神秘、无瑕疵的吸血鬼始祖。

美色过甚。

景玉短暂地被美貌眩晕，短暂地遗忘掉了1欧元。

克劳斯的大拇指抚摩上她的唇，景玉闻到淡淡的苦艾香。大拇指压在她的唇角上，温热的指腹擦过，用的力道大了些，她感受到轻微的疼痛。

轻微，不会比被一只蚂蚁叮咬更痛，但指腹擦拭过的轻微火辣痛楚过去，是淡淡的酥麻。

景玉从他漂亮的绿眼睛中看到了自己的影子，好像被困在这团迷雾森林中。她说："先生，您这样的触碰有些不合适。"

克劳斯笑了。他只是仔细地将景玉唇角的那点儿口红擦拭得干干净净，又抽出旁侧的纸巾，慢条斯理地擦拭着指尖上沾染的一点红。

景玉说："这包纸价格——"

克劳斯取出一张黄色的纸币，体贴地放在景玉手中，道："不用找零。"

不知是不是错觉，景玉觉得他说出这四个字的时候帅极了，让她的心脏"怦怦"直跳。这位慷慨富有的绅士，为一杯水、一次触碰、一张纸巾付了200欧元。被狠狠宰到这种地步，哪怕是骗子都会于心不忍。

但在离开景玉这个堪比销金窟的公寓时，他仍旧保持着绅士风度，微笑着与她说了晚安。

"我很期待明天的见面，"克劳斯在月光下、雪色中与她告别，"晚安，好梦，来自中国的小淑女。"

第二天，景玉刚刚睡到一半，就被电话吵醒了，手机屏幕上显示的号码来自中国。跨国电话费高昂，景玉犹豫了两秒，才接起来。

她哪里想到，迎面而来就是全亘生暴跳如雷的斥责："你在外面瞎搞胡搞些什么？净丢我的脸！为了几个钱就去卖——"

景玉挂断了电话。

哦曜，失策，亏钱了，付费听猪叫。

对方却不依不饶地打进来，她烦到不行，直接将其拉黑。要不是心疼话费，她早就把对方骂了个狗血淋头。

景玉在这间小小的卫生间中认真洗漱干净，顺带着将这小房间中的镜子、洗手池都仔仔细细地擦了一遍。卫生间背阴面，很容易长霉，必须用那种磨砂的工具才能清洗干净。她刚搬进来的时候，花了一下午的时间来收拾这里。

现在是清晨6点钟，国内大概是中午。不知道仝亘生究竟是怎么想的，特意挑这个时间点给她打电话。难道是觉得正午阳气重，睁眼说瞎话不会被天打雷劈吗？

等待水开的间隙，景玉不经意间刷到了仝臻昨晚的微博。这个中二（对青少年叛逆时期自我意识过剩的一些行为的总称）弟弟表达愤怒的方式还是如此没有脑子，他疯狂地发了一篇长微博，标题更是起得触目惊心。

"是道德的沦丧，还是人性的泯灭？留学是为了追求知识，还是为了镀金而委身'洋垃圾'？"

下面洋洋洒洒几千字，写了篇小作文。

景玉大概扫了一眼，发现他写的内容如此单薄。大意就是一个中国留学生少女，在德国为了虚荣抛弃男友，委身一个长得帅、表面多金、实则负债累累的金发碧眼德国老男人。最终老男人的谎言被揭穿，中国留学生少女下场凄惨。善良正直的男友选择原谅她，施以援手，但少女羞愧不已，黯然离开。

这一篇以"我有一个朋友"开头的博文，不知道哪里戳到了众多男性网友。他们纷纷转发、评论，将中国留学生少女和德国老男人骂成了筛子。

作为营销"富贵姐弟花"的主谋，仝轻芥自然也转发了，还特意评论了一句。

仝轻芥：故事都是真的，人也是真的。很遗憾，让你们以这样的方式认识这只迷途的羔羊。

景玉给仝轻芥发了一条短信，言简意赅。

景玉：不想明天被营销号曝你那点儿黑料，现在就给我删了。

不到两分钟，仝臻悄无声息地删了原博，连仝轻芥转发的那条微博，也删得干干净净。

景玉的早餐很简单，将打折的牛奶用淘来的小锅慢慢煮开，切了两片黑面包，搭配着临期处理的培根，从边角处开始啃。哦，还有一些土豆泥半成品，用一种加了香草的调料拌开。有时候土豆泥会换成其他水果或者菜叶子，但早餐大体上不会改变。

从一开始吐槽德国的黑面包酸涩到难以下咽，到现在景玉已经发展到两天不吃黑面包，就会想念的地步。她庆幸自己有这样优秀的适应能力，贫困真的能强迫人改掉挑食的毛病。

冬天的暖气其实温度不是很高，克劳斯约定了 8 点钟过来接她，景玉并没有浪费掉这两个小时。她裹着厚厚的毛毯，趴在既充当餐桌又做书桌的桌子上，读着从学校图书馆借来的书。她将昨晚收好的外公和妈妈的合照又拿出来，重新摆在桌子上，累了，就抬头看看。

拿笔久了手会冷，景玉一杯接一杯地喝着热水来暖身体。有时候实在冷得疼，就将书固定在阅读架上，手缩进毛毯中，慢慢地搓着，希望能暖和起来。她不怕冷，担心的是手指会冻伤，影响她找工作——景玉还不敢将全部希望寄托在克劳斯的身上，她仍旧对他保持着一定的警惕。

当克劳斯派的司机过来时，她穿上了自己最干净、款式最新的一条裙子，外面裹着厚厚的外套——看在每周 5000 欧元的面子上，她已经尽量表现出自己的尊重。

司机还是昨晚的那个人，高大沉默，几乎没有多余的话，像一个机器人。

克劳斯并没有过来，车子载着景玉到了克劳斯允诺请她居住的西区那套漂亮的房产前。他说的话的确是谦虚了。并不是什么小洋房，这房子简直像一座小城堡。梯形露台顶上种满了葡萄藤，阳光透过喷泉飞溅起的小水珠，折射出夺目的光彩。

白发的女管家客气地请景玉进来，她会讲中文，声音柔软动听。

景玉在铺着波斯地毯的房间中看到了克劳斯与她协议好的合同，期限是四年，不过如果她能提前完成克劳斯为她做的学业规划的话，协议可以提前结束。和昨天比起来，这份合同更加详细明了，克劳斯已经签上了自己的名字——Klaus Jorg Essen.（克劳斯·约格·埃森）

他的字很漂亮，只留着景玉签名的空白处，等着她签署。

克劳斯果然很忙，忙到不得已爽约。他给景玉发来信息，简略解释了自己迟到的原因。

景玉：没关系。

克劳斯：你是我见过最善解人意的女孩。

在有着古董花瓶做装饰的书房中，景玉签完合同，看了会儿书，有些困了。她趴在桌子上，不知不觉睡着了，迷迷糊糊地醒来时，感觉有人在触碰她的脸颊。她的意识仍不清醒，呢喃了一声："妈妈……"

手顿了顿，离开她的脸颊，好似要走。惶恐感瞬间填满了景玉的内心，她急切地伸手去拉，叫道："妈妈！"她用力地拉住这双手，温暖顺着肌肤渡了过来，好像温柔的烟雾，将她如同婴儿一般包裹住。

景玉睁开眼睛，金色鬈发的克劳斯正怜悯地注视着她。他逆光而立，身材高大，好似立在黑暗中的神明。

她松开手说："先生。"

"做噩梦了？"克劳斯怜惜地问，"梦到了妈妈？"

景玉轻轻"嗯"了一声，她不想和他谈论太多。优秀的人，不应当在工作中添加过多私人感情。她直起腰，轻轻地揉着手腕，眼神中仍旧略带一点儿茫然。

克劳斯此时穿着一件黑色的衬衫，领带解开，露出漂亮洁白的锁骨。他有着一具像玉质雕像的优美身体。

景玉还没有彻底清醒，不过，称职的她还牢牢记着合同上的准则。

——"除非获得准许，否则不能主动触碰先生的身体。"

他真是个奇怪的人。

但这一次，克劳斯主动了。

他低头，伸手捏住景玉的脸颊，看着她刚从噩梦中惊醒而有些茫然的神色，像被一颗石子敲碎的玻璃，裂痕斑斑，美丽而危险。上一秒还在坚强支撑，或许下一秒就会粉身碎骨。

克劳斯要她抬头，他耐心地问："刚刚梦到了什么，让你这么恐惧？"

景玉不想说，她几乎是条件反射般想起妈妈离时的痛苦。从噩梦中刚醒的人很脆弱，任何一点儿痛苦都会被放大。

克劳斯一声叹息，温柔地将她搂在怀中，手轻轻地顺着她乌黑的发往下拍，边拍边安慰她说："小可怜，别怕。"

景玉的脸贴着他的黑色衬衫，在这个及时的拥抱中，她闻到令人身心舒缓的味道，以及引诱的气息。

给一点点温暖，下甜蜜的饵，引着她上钩。

克劳斯的手贴着她的背，抚摩着她的连衣裙，单薄的布料下是瘦瘦的肩胛骨和两指宽的肩带。

他温热的手指触碰着她。

"先生，"景玉提醒道，"这些是额外的费用。"

克劳斯抚摩她头发的手一顿，说："景玉。"

"嗯？"

"我在想，200欧元能否让你暂时安静五分钟？"

景玉乖乖巧巧地答道："好的呢，先生。"她很称职地安静了五分钟，好让克劳斯能够给她这么一个长久又温暖的拥抱。

克劳斯很守信用地付了现金，这种可以免除税费的付款方式，令景玉颇为满意。

不过，他并没有陪她吃午餐。

克劳斯看起来似乎很忙，甚至没有和她讲太多话。他先去换了衣服，黑色平驳领西装，里面是黑色细条纹的温莎领衬衫，灰色领带系成了温莎结。从他的着装上来看，似乎还要去工作。

真辛苦啊！全身上下包括银行卡中的钱加起来不到2000欧元的景玉，在感叹了一声有钱人枯燥无味的生活后，坐在漂亮的餐厅中，开始慢慢品尝厨师为她精心烹饪的食物。

管家的名字叫珍妮弗，和某个颇为出名的恐怖片女主角同名。但和那个可怕的珍妮弗不同，管家珍妮弗是一位优雅漂亮的太太。

在景玉吃过饭后，珍妮弗微笑着给她介绍整个房子的历史和各个房间的功能，教她如何更好地享受众人的服务。或许是为了能够给她充分的安全感，珍妮弗全程使用中文与她交流，称呼她时也不是"简玛"，而是字正腔圆的"景玉小姐"。

景玉很喜欢珍妮弗。

与之相对应的，珍妮弗也很喜欢克劳斯的女朋友——为了解决掉被其他淑女频频示好以及暗示的烦恼，景玉对外宣称的角色是克劳斯的女友。实际上，也是他的辅助治疗者。

但克劳斯的心理问题和倾向是一个不能对外言说的秘密，景玉也签署了相关的保密协议。

珍妮弗曾照顾过克劳斯的外祖母，中文也是在那个阶段突飞猛进的。而且，珍妮弗欣慰地发现，景玉小姐的艺术鉴赏水平也与夫人同样高。在得知走廊上随意挂着的某幅画是某大师的真迹后，她看到景玉的眼睛瞬间亮起来。

景玉小心翼翼地抚摩着画框的边缘，用中文感叹道："这得多贵啊！"

珍妮弗欣赏地看着画，赞叹道："的确是无价之宝。"

不仅如此，景玉还陆陆续续地询问了珍妮弗家中陈设的那些古董装饰品、家具的历史。每当珍妮弗答复的时候，她都很感兴趣，专心致志地听着。尤其是在珍妮弗介绍其中两件"有价无市"的珍宝时，景玉的眼睛亮到胜过冰岛的极光。

珍妮弗为自己能服侍这样一位有品位的女主人，由衷地感到幸福。景玉浑然不知对方的心理活动，她的视线着迷地从那些古董装饰品、家具上一一扫过，暗暗感叹着。

这座宫殿般的房子最后一个参观点，是一扇紧闭的玻璃门。玻璃门上装着指纹锁，只有克劳斯能够打开。

透过光洁透明的玻璃门，景玉清晰地看到门后暗红色的、向下延伸到黑暗处的木制楼梯。楼梯扶手上雕刻着精致的中式牡丹图案，诡异而又和谐地融入这座漂亮的洋房。这种中西结合的搭配，意外地令人感到和谐和舒适。

"里面通往哪里？"景玉好奇地询问珍妮弗，她试探着将手在指纹识别处按了一下，看到显示屏幕上浮现出的浅蓝色警告图案，问，"是克劳斯先生的秘密基地吗？"

"哦，我不清楚，"珍妮弗回答说，"只有先生能够进入。"

她没有过多解释这个地下室，而是体贴地询问景玉："请问您想出去购置一些衣服吗？或者，我请一些成衣品牌商为您送来？您有喜欢的品牌吗？"

景玉想了想说："暂时不需要，谢谢。"

下午，景玉去退了老旧公寓，将自己的东西简单收拾了一下。

珍妮弗温和地询问她，是否需要看一下其他的两套公寓。景玉想了想，拒绝道："等过两天吧，今天有些累了。"

她的确很累了。

她不需要和克劳斯住在一起，她只是辅助对方治疗心理疾病的"伴侣"。

在克劳斯房间的隔壁，景玉拥有一间迷人的波希米亚风格的大卧室。卧室的阳台上有漂亮的花朵，还有一把铺着软垫的扶手椅。她在这个迷人的房间中住得十分快乐，其间克劳斯一次也没有来过。

白拿这么多钱，景玉都有些不好意思了，她衷心祝愿这位好心慷慨的先生能够长命百岁，身体健康。

这种光拿钱不干活的快乐生活，一直持续到平安夜当天。克劳斯似乎记起了自己聘请她过来的目的，给景玉打了个电话，要她乘坐司机的车子去巴伐利亚森林，和他一同度过愉悦的圣诞节。

景玉震惊地确认了两遍这个消息。

没错，如此重要的节日，克劳斯没有选择和父母一起度过。

事实上，景玉对克劳斯的了解，仍旧谈不上深刻。只通过珍妮弗得知，克劳斯的曾祖父是德国人，而克劳斯身上，还有一些中国和瑞典的血统。至于更深刻的家庭关系，珍妮弗没有多说。德国人都很注重边界感和隐私保护，景玉没有问，默默地在脑海中消化了一下这些东西。

巴伐利亚森林与捷克国界边缘的波希米亚森林连接在一起，是整个欧洲最大的森林区域。受累于学业和金钱的限制，景玉还没有参观过这边的森林公园。如今她坐在车上，隔着一层玻璃，遥望着两侧起伏的山峦。在薄薄的雾气中，车子在白色的奶油般的圆形山峰中穿梭，直到抵达茨维泽尔镇。

圣诞节到来，镇上所有的商店都停止了营业，对于外乡人而言，寂寞而寥落。景玉来得迟了，不幸错过了热闹。

克劳斯约了好友一起钓鱼，景玉没有钓鱼执照和水域票，她只能老老实实地在大厅中看书，偶尔去温暖的壁炉前研究着烤苹果。

等天色渐渐转变为暗蓝色后，克劳斯才回来。他穿着德国人常穿的那种黑色夹克，脱下后露出里面灰色的圆领上衣。这还是她第一次看他穿西装以外的衣服。

她站起来，一声"先生"还没出口，视线就与他身后的女人对上。

还是熟人——米娅。

对方对在这里看到景玉，一点儿也不吃惊。她穿着米色的外套，笑着和克劳斯说话，声音有点儿撒娇的意味。

"克劳斯先生，今天是平安夜啊。

"克劳斯先生，我们将鲤鱼放掉好不好呀？我们只需要一条鲤鱼就够了。

"克劳斯先生……"

克劳斯没有回应她。

他含笑走来，用中文询问景玉："你也想放吗？"

景玉说："我只会考虑放辣椒粉，还是放孜然。"

克劳斯的中文水平让他理解了这句话，他大笑起来。但米娅听不懂中文，仍旧一脸茫然地站在不远处。

克劳斯自然地靠近，摸了摸景玉的手问："冷吗？"

"还好。"

"等会儿想怎么吃鲤鱼？"他征求她的意见问道，"喜欢中式的做法吗？"

"都行。"

今晚是平安夜，几人在餐桌前分享着晚餐。除了不可缺少的土豆沙拉和烤香肠，还有烤鹅、马铃薯丸子和紫甘蓝。或许是为了照顾到景玉，餐桌上还罕见地出现了一道红烧鲤鱼和一份宫保鸡丁。景玉发自内心地感谢克劳斯的细心。

克劳斯没有过多解释，而景玉也明白了米娅今晚出现在这儿的原因——她在和克劳斯的好朋友交往。

克劳斯约朋友一起出来庆祝圣诞，米娅也紧跟其后，一起过来了。不过，他始终和米娅保持距离，更多时候，他选择用中文和景玉交流。

米娅听不懂他们在说什么，也没有办法插嘴。她只是坐在那里，用银质的餐刀，闷头将烤香肠切成一片又一片。

他们并不在这里住，晚餐结束后便离开了。

一楼的壁炉里燃烧着苹果木，发出令人昏昏欲睡的噼里啪啦的声响。外面雪花下得很大，景玉一颗心脏"怦怦怦"地跳，她看着克劳斯。克劳斯将一颗掉落的铃铛仔细地放到圣诞树的枝丫上。他身材高大，一只手能完全盖住景玉的脸。

景玉有点不安。

她上高中时沉迷打零工和学习，对恋爱这方面一无所知，所了解到的那些知识，全靠网络上的热心肠女孩分享，她并没有切身的体验过。这让她对接下来可能发生的一切，都感觉到惶恐。

与她相比较，克劳斯显然镇定多了。他倒了两杯酒，侧过头看向景玉问："想喝一杯吗？"

景玉说了声谢谢，从他手中将酒杯接过，豪迈地一饮而尽。

克劳斯看着她并不淑女的饮酒姿态，怔了下，笑笑，将酒杯从她手中拿走，说："少喝点儿。我们需要商量一下具体的目标。"

景玉没心没肺地想：什么目标？德国人已经严谨到这种地步了吗？

吐槽归吐槽，她仍旧老老实实地坐在棕色的软沙发上。克劳斯坐在她对面，将她面前的酒杯收走，一个也没给她留，好像是怕她喝酒喝到失去理智。

"至于我的偏好，你应该已经从签订的协议中看到了，"克劳斯凝视着她道，"如你所见，我期望你能够变得更优秀。"

景玉仔细看过好几遍签订的协议，协议是英文的，也有贴心的中文版本。除此之外，还有一份经过克劳斯同意后，由心理医生提供的部分心理评测报告和治疗指南。上面明确地标明，为了能够让克劳斯的心理达到一个平衡状态，景玉需要达成他所希冀的目标，来满足他的救助欲。

而克劳斯希望景玉能成长为一名优秀独立的女性。

有白骑士情结的人，想要充当救助者的角色，亲自规划，从而救助别人。

"我不喜欢勉强人，"克劳斯温和地笑笑，"在你充分地信任我之前，我不会强迫你，宝贝儿。"

在此之前，景玉始终认为"宝贝儿"这个称呼土爆了。但从他口中听到，却是另一种滋味。他声音低沉，原本就中文流畅，在说"宝贝儿"的时候，没有刻意压低音量或者放缓语速，是再平常不过的一声。

她真的觉得自己是他的宝贝儿了。

"我会帮你安排学习的时刻表，在工作日，你需要严格按照时刻表来生活，学习。"

"好的。"

哦嚯，德国人果然爱做计划。不过，仔细想想，有个人帮她规划时间，多省事啊。

克劳斯继续问："你在学业上有目标吗？"

景玉愣了一下，苦恼道："顺利毕业算不算？"

"还有吗？"

景玉想不出，她眼巴巴地看着克劳斯金色的头发。

克劳斯宽容地笑道："那目标设定为让你在规定的时间内顺利毕业，如何？"

景玉眼前一亮。

"你需要明白，制定规则的本质是要求你自律。"克劳斯耐心地征求她的意见，"我会督促你达成目标，怎么样？"

景玉都不知道该说什么好了。给她钱，给她住的地方，供她吃穿住行，还督促她学习。克劳斯这位慷慨的老板，可真是又当爹又当妈，还当男友兼家教老师，以及自动取款机。这可真是……爱财如景玉，都觉得这钱拿着有些良心不安了——幸好她没良心。

没良心的景玉大大地松了口气，她发自内心地赞美道："先生，您真的好慷慨。"

"先别用这个词形容我，"克劳斯微笑着站起来，他自然而然地坐在她身侧说，"还有最重要的一点。"

他离得近了，景玉嗅到他身上的苦艾香。她体贴地往旁边挪挪柔软的屁股，好给这位先生留出更多的空间，但克劳斯却离她更近了。

景玉又挪挪屁股，他继续靠近。

景玉的半边屁股已经挨到沙发的扶手上，实在是不能再挪了。不得已，她只能站起来，假装去拿水杯，但克劳斯拉住她的手腕说："景玉。"

景玉被拉得身体往后，脚后跟撞到沙发边缘后往下跌，刚好坐在他腿上。淡淡的苦艾香水味把她锁住了，酒精上了最后一道桎梏。

她坐在他腿上，有些忐忑地开口道："先生。"

克劳斯慢慢地说："我们还没有商议你违背协议的后果。"

后果？什么后果？

景玉清晰地感受到他的体温、他的味道、他的手，还有他的腿。克劳斯的手指钩着她乌黑的头发，头发柔软、纤细，如中国泼墨山水画。他呼吸的气息落在她的脖颈上，景玉听到了自己剧烈的心跳声。

他们刚刚吃了一顿愉快的晚餐，还喝了一点点酒，听了喜欢的音乐，气氛如此好。

景玉承认，在这个瞬间，自己被他的美貌蛊惑到了。至于后果如何，好像并没有那么重要。他的眼睛看上去像一汪湖水，还有他的唇，像樱花的花瓣一样柔软。

克劳斯文质彬彬地询问："我能吻你吗？"

景玉若有所思道："或许你需要付出一点儿代价？"

克劳斯被逗得笑出声，他接受这个条件，景玉主动吻上了他的唇。

事实上，景玉看过不少欧美的电影，那些可可爱爱的少女或者辣妹，在接吻时都会闭上眼睛，同时将一只脚翘起来。

但景玉不敢翘，她甚至连眼睛都没有闭，大大地睁着，近距离注视着克劳斯迷人的绿眼睛。他金色的鬈发如云朵触碰着她的额头，嘴唇贴到她的唇瓣上。景玉尝到了甜甜的糖果味道，应该是橙子——在与她商议前，克劳斯吃了一颗糖果。

接着，她更深地品尝到了这颗糖果的味道，不是浅尝辄止的那种，反而体验感很好。她坐不住了，甚至没有办法继续直视他的眼睛，她的眼睛中蓄着一层朦朦胧胧的雾气。

景玉沉浸在这个感受良好的吻中，心脏悄悄蹦跶起快乐的音乐，像是有小天鹅在她胸口跳起芭蕾舞。

但克劳斯却在这时将手挪走，中止了这个吻。他的身体微微后仰，微笑着看着景玉雾蒙蒙、陷入迷醉的眼睛。

第一次亲亲被打断的景玉舍不得刚才的快乐，主动伸手拽住克劳斯的灰色上衣，想要继续贴上去。在即将吻上他唇瓣的时候，景玉听到他含笑提醒道："你需要付出一些代价。"

奸商啊奸商！景玉想明白了，为什么埃森家族能赚这么多钱。

景玉仍旧侧坐在克劳斯的腿上，他今日没有穿西装，裤子布料柔软，腿部肌肉的体温透过裤子，隔着裙子，熨帖地温暖着她。

她拽着他的灰色上衣，正晕晕忽忽地试图从这种暧昧的氛围中清醒过来，讨价还价道："您应当大气一点儿，或许我会考虑一下。"

克劳斯没有回答，只笑着仔细地看着她道："一开始怎么没看出来，你是条喜欢收藏金子的小龙？"

这声音里带着些许的纵容，景玉发现这个男人的耐心，真的比她想象中要好很多。都到这个地步了，还能微笑着与她聊这些东西。

"那我们继续谈谈你违规的后果，"克劳斯从容不迫地示意她从自己的腿上下来，他换了一个坐姿，声音仍旧冷静地说，"你有可接受的方式吗？"

景玉脱口而出道："什么都行。"

"那好，"克劳斯颔首道，"违背规则，扣除薪水。"

"……"

"一次 100 欧元。"

"……"

"扣完为止。"

"……"

克劳斯看着对方一副陷入思考人生的模样，关切地问道："怎么了？"

"没什么，"景玉说，"就是想起了全世界无产阶级和劳动人民的伟大导师马克思的一句话。"

"哦？"克劳斯颇感兴趣地问，"什么？"

"当资本来到人间，"景玉幽幽地注视着他道，"每个毛孔都滴着血和肮脏的东西。"

"……"

"同样是德国人，为什么差距这么大呢？"

"……"

"您知道您这种行为在我们国家会被认为是什么吗？"景玉手指搭在胸口上，做出一副痛心疾首的模样说，"您听说过周扒皮吗？"

"没有。"克劳斯摇摇头，不徐不疾地说，"不过我听说，倘若我面前这条可爱的小龙继续喋喋不休的话，她将会失去藏在身下的一部分珠宝。"

景玉闭上嘴巴，她还比画了一下自动给嘴巴拉上拉链的动作。

但她忍不住，又伸出右手，捂住嘴巴小声抗议道："但是您的这种做法很不对。强行制定规则，强行扣我的薪水，行为恶劣，令人发指，不能原谅——"

"相应地，你也会得到奖励。"克劳斯的眼睛有着宝石般的光泽，他慢慢地抛出诱饵，"只要你遵守规则，每坚持一周，我就奖励你 500 欧元。"

"等等，"景玉瞬间清醒，"亲爱的克劳斯先生，我好像已经做好原谅您的准备了。"

她盯着克劳斯背后墙上挂着的一幅以紫色为主调的画，好似看到了美丽的 500 欧元纸币正在向她招手。

克劳斯宽容地笑起来，他看着眼前这条贪财小龙眼睛发光地站起来，大手自然地压在她的小脑袋上，揉揉她乌黑的头发。

"早点儿睡觉，"他捏着景玉的脸，在她额头上落下轻柔的一吻说，"希望你做个美梦。晚安，贪财的龙宝宝。"

贪财的龙宝宝，在巴伐利亚森林中度过了一个快乐的圣诞节。她还从床边的圣诞袜中收到了一沓厚厚的紫红色欧元纸钞。景玉对这个善解人意的"圣诞老人"很满意。这是她第一次在异国他乡过圣诞节，快乐到差点儿爆炸。

茨维泽尔镇上还有一家蒸汽啤酒厂，如今在圣诞假期中，本来不对外开放，但克劳斯使用了"钞能力"，得以让景玉顺利地进去参观，并尝到了辛辣的浓啤酒。

不过，饶是慕尼黑酒文化如此盛行，在景玉心中，青岛啤酒才是永远的神。

克劳斯的"钞能力"远不止此，他带景玉去布劳瑙的玻璃博物馆，浏览这座城市几千年的玻璃制造业历史，还得到了只为孩子提供的小礼物——一个漂亮的小玻璃杯子。倒热水进去的时候，能看到杯底渐渐冒出的花。

后座车玻璃上有一层朦朦胧胧的雾气，外面的世界是铺天盖地的白，茫茫一片不知所终，她用手指在车窗玻璃上画了一个爱心。

巴伐利亚森林一共有七家滑雪场，克劳斯比较喜爱的滑雪场名叫纽科琴，这家滑雪场提供越野滑雪服务，有着精心维护过的总长达 2000 千米的滑雪路线。

只不过景玉没有这么好的体力，更多的时间，她选择看书。克劳斯有超乎她想象的精力，他热爱新事物，热爱运动，在征服女人和征服自然两者之间，克劳斯明显更热爱后者。

除了平安夜那顿晚餐外，景玉再没有看到过米娅，这让她稍稍有些安心。

不过恼人的虫子并没有减少，全亘生换着号码给她打电话，甚至扬言她这种行为丢了家里的脸面，再这样下去，以后不会把她的名字写在全家族谱上。

景玉满不在乎道："无所谓，反正我在景家族谱上。族谱还没个菜谱有用，在你家族谱上添名字能给我发工资，还是怎么着？"

觉得她为钱傍了外国老男人的全亘生，差点儿被她气得背过气去。

景玉是打心眼儿里瞧不起自己这个父亲。他原本的名字是"根生"，以前跟在电工后面做学徒，一熬就是三年。真不知道母亲怎么会看上他，不仅给他钱，给他找工作，还给他房子、车子、创业资金，就连他的名字"亘生"，都是母亲请了大师给改的。

结果呢？改名之后的全亘生发达了，母亲却落了个郁郁而终的结局。

感情没有任何用，只有钱不会背叛人，景玉如此坚信这点。

在滑雪过后，克劳斯终于申请了微信，添加的第一个好友就是景玉。他盯着她的网名看了许久，认真地问："你的微信名字有什么故事吗？"

"啊，"景玉喝着酒，解释道，"是网络流行语啦，比较可爱的女孩子，都会在自己的网名后加一个'酱'字。比如说，momo酱、草莓酱、甜甜圈酱、彩虹小马卡哇伊酱。"

"原来如此，"克劳斯若有所思，念着她的微信名称，"谢谢你，'煎饼卷葱蘸大酱'。"

"……"

圣诞节过去的第三天，景玉才跟着克劳斯回到那幢漂亮小洋房。克劳斯带领她参观了他的秘密基地——小洋房中的地下室。

地下室的空间，比景玉之前想象的还要大。听珍妮弗讲，这下面的一切都是克劳斯亲自设计并规划的。整个空间的面积大概130平方米，被分隔出不同的房间，其中有一个房间是储藏室，里面放着许多红酒。和上面的洋房不同，地下室的主色调是黑白灰，里面还有一个工作室。打开顶部的遮挡，阳光能够照进来，这里就像一个漂亮而隐秘的基地。

地下室中有可供休息的场所，景玉坐在黑色的皮质沙发上，品尝着克劳斯打开的酒。喝完酒，她有些犯困，趴在地下室的大床上睡了一个午觉。醒来的时候，她发现地下室的灯被关掉了。

景玉在黑暗中伸手去摸手机，可惜运气不太好，把手机碰到了地上。她不得不下床，趴在厚厚的黑色地毯上，四处摸索着手机。

在手指即将触碰到手机的前一刻，她听到黑暗中轻微地"啪"了一声。

有人打开了打火机。

一簇火苗跳跃着，点燃了旁侧烛台上的蜡烛。三支蜡烛亮起光芒，烛光中，景玉最先看到的是克劳斯修长苍白的手，接着是黑色的扣得严严实实的衬衫袖子、他的绿色眼睛，还有金色头发。

景玉叫了一声："先生？"

"需要我的帮助吗？"克劳斯说，"抱歉，地下室的电力系统似乎出问题了。"他平静地说着，不紧不慢地靠近。

烛影幢幢，越来越近，景玉看到他一尘不染的黑皮鞋、熨烫出锋利中裤线的深色西装裤。还有同色的袜子，将他的脚腕包裹得严严实实，没有露出丝毫肌肤。隔着袜子，能清晰地看到勾勒出的脚踝形状。

这是属于成熟男人的优美身躯。在黑暗中，这副身躯在慢慢地靠近她。

景玉终于摸到了自己的手机。指尖刚刚触碰到，另一双修长又白皙的手先她一步，握住了手机。

克劳斯倾身，将手机拿走。他把手机和烛台都放在旁侧的矮脚茶几上，抚摩着景玉的脸颊，怜惜地问她："怕黑？"

他手指上有着薄薄的茧子，是那种经常拿枪才会有的，正细细地抚摩着她的肌肤。

景玉的脑子"啪"的一声炸开烟花，她叫道："先生。"

克劳斯在距离她的唇不过1厘米远的位置停下。他低头看着，绿宝石般的眼睛在烛光下闪着漂亮的光泽。景玉的下一句话并没有说出口，因为克劳斯的唇已经贴上来。

烛火轻摇，映照着墙壁上的影子轻轻摇曳。克劳斯安抚地触碰着景玉的背部，唇往下移，吻到下巴，再往下……

这个贪财的小龙，在克劳斯的耐心照顾下，脑子里只蹦跶出一个念头：耶，这个世界上好像真的有比赚钱还要快乐的事情。

常年蹲在珠宝上拼命敛财的小龙，短暂地被其他的快乐吸引住一秒目光。不过，也就仅仅几秒。

等次日出了地下室，洗漱过后，景玉立刻以"电力故障，害得她在地下室中待了一晚上，好黑好怕怕"为由，索要了一笔精神损失费。

克劳斯给赔偿给得很痛快，同时，他还虚心地问了一个有关中文词义的问题："'龟毛'是什么意思？乌龟的毛？"

"啊，那倒不是，"景玉喜滋滋地数着钱，头也不抬地说，"这是个贬义词。一般用来形容人鸡蛋里挑骨头，过于讲究。嗯……也可以叫'事儿妈'，方言，形容一个人做事不干脆，拖拖拉拉，吹毛求疵。"

克劳斯微笑道："我明白了，谢谢你的解答。"

景玉弹了一下钱说："不客气啦！"

"所以，"克劳斯礼貌地询问道，"你给我的微信备注为什么会是'龟毛老板'？"

四颗糖

界限

"先生，您要知道，"景玉冷静地答道，"我很有职业道德。"

克劳斯语调微微上扬地问："哦？"

"我怎么会将我那慷慨大方的老板称为'龟毛'呢？您这样叫精益求精，完美无瑕。您知道吗，您是我认识的人中最注重细节，并追求完美到极致的，没有之一。"

克劳斯若有所思道："原来我在你心中的地位这么高。"

景玉松了口气。

"是的，"她严谨地回答道，"就是这样的，先生。"

"你喜欢精益求精吗？"

"分情况，不过您让我明白了，原来严谨、细心、追求完美的男人，是如此地具备吸引力。"

"你对我的评价这么高？"

"比珠穆朗玛峰还高。"景玉说，"您完全不明白自己的性格魅力，当我在路边排队等公交时，听到您说话，都会激动到呼吸困难，精神错乱，恨不得原地高歌一曲，赞美伟大的上帝，竟然会创造出您这样行走的大卫，下凡的神明。"

她这句话太长，克劳斯仔细听了半分钟后，才弄明白这一串由中文词汇组成的优美赞赏。他亲自替景玉下总结道："所以，你喜欢这种严谨的生活方式？"

景玉睁眼说瞎话："是的，先生。"

"很好，"克劳斯笑着说，"这样说，你希望自己的行为规范被制定得更加严格？"

"呃？"

"学习方式也追求完美？"

"啊，这——"

"如你所愿，"克劳斯体贴地满足她道，"我将会严格管控你的学习，教导你，约束你。"

景玉安静两秒，提出申请："请问我能撤销刚才的话吗？"

"不能。"

景玉脱口而出一个不太文雅的词，她不知道克劳斯能不能听懂这正宗的国骂。但对方拍拍她的脑袋瓜，笑着整理好领带，像衣冠楚楚的禽兽，优雅地离开了，只留下她独自忧郁。

如今还在假期中，按照原本的计划，为了开学后的生活费，景玉在保持素食餐厅工作的同时，还需要再寻找一份其他的兼职。她能接到的工作不多，如她一般的留学生大部分都选择在餐厅工作，或者去后厨用冷水洗盘子，也有的家庭会选择请她们过来照顾孩子——雇用一名本地保姆的价格在1200欧元左右，而雇用留学生只需要500欧元，甚至更低。

因为德国的高失业率，找到一份不错的工作并不是一件容易的事情。对于好不容易才获得工作许可的景玉而言，她之前能找到的工作不外乎清洁人员、导游、酒吧招待等等。

克劳斯给她制订了一份详细的学习和读书计划，要求她每天都按照时间表来进行。晚上结束工作后，倘若没有其他安排，他会亲自过来检查，听景玉做学习报告，随机抽查当日的学习内容。

景玉："……"

她认真反思了一下，自己是不是找了个家教？有钱人的癖好真的令人想不通。她是不是该庆幸自己的雇主患有白骑士综合征？

克劳斯似乎看出了景玉骨子里的那点儿叛逆，看出她喜欢在规则的边缘冒险试探，看出她偶尔喜欢挑战他的尊严。他并没有严厉警告景玉不许这么做，只严肃地告诉她，有三条红线，是绝对不可以逾越的。

总结下来，就是不可以与其他男人有接触。至于违背规则的下场——

"我们的雇用协议立刻终止，你将会连1欧元也得不到，"克劳斯温和地提醒道，"你的房子、车子、生活费、银行卡等等，都会停止供应。"

景玉懂了：敢出墙，钱扣光。

她严肃地向他保证道："您放心，我对那些情啊爱啊的，都不感兴趣。"毕竟那些只会影响她赚钱的速度。

克劳斯选择景玉做女友，似乎真的并不是她刚开始以为的贪图美色，他只是怜惜当时生活、学业一团糟糕的自己罢了。

昨天在黑暗的地下室中，克劳斯附在她耳侧用德语低声说了一句话："我希望我们能够找到令彼此舒适、享受的相处方式。"

大概是为了照顾她，他又用中文重复了一遍。

景玉认为，如今这种相处方式就很舒适。她可以睡在漂亮的胡桃木四柱床上，天气晴朗时，在卧室中就能享受阳光。不必用廉价的面包和牛奶做主食，也不必吃鸡排、猪排各种排，或者意大利面和沙拉，她每日的食谱都由克劳斯决定。考虑到景玉来自中国，以及生长环境，洋房里也会提供正统的中餐。

克劳斯为她量身定制的漂亮书房里，有巨大的枝形玻璃吊灯，灯光明亮。还有色彩温和的拼色地板，以及造型典雅的古董家具。

正如他那晚说的一样，他需要她充分的信任。

两人并不住在同一个房间，严格遵守着雇主和雇员的友好界限。如果景玉不主动，他们将始终保持着这样的界限——需要治疗的人和治疗者，照顾者和需要被照顾的人。

克劳斯并不会对她做什么失礼的举动，哪怕是昨晚，他也端端正正地穿着衬衫，礼貌地保持着应有的距离，只有唇越过界线，触碰到了她。

按照签订的协议，克劳斯只需要她提供心理上的慰藉。这令景玉忍不住对他产生了几分好奇。

难道克劳斯身上有大片的文身吗？还是说，他有很多伤疤？

众多猜测在景玉的脑海中转啊转，但她什么都说不出。她想自己总不能拍拍克劳斯的肩膀，然后问他："哥们儿，你怎么不脱衣服啊？是不是有什么难言之隐？"

她目前并不想挑战对方的尊严。

直到两天后，景玉才发觉自己的生活中缺少了什么——她已经很久没有喝到奶茶了。

受累于2012年某杂志上的一篇报道，原本如雨后春笋般疯狂涌现的奶茶店纷纷关门。虽然如今已经对"珍珠奶茶会致癌"这种说法进行了辟谣，但德国的奶茶店仍旧不多。

克劳斯不允许景玉喝奶茶，在他眼中，珍珠奶茶被无情地划分到垃圾食品中。

景玉忍耐好久，最终决定偷偷挑战一下对方的权威。

在告诉珍妮弗自己要去塞德林格街购物后，珍妮弗立刻帮她联系好了司机、车辆，以及准备好一部分现金。景玉对买奢侈品的兴致不高，她很乐意让克劳斯帮她做决定每天穿什么，背什么样的包包。

她来这儿只有一个目的，那就是去奶茶店。

慕尼黑的奶茶店不多，景玉让司机在一旁的咖啡店等她，自己则急匆匆地朝奶茶店狂奔。然而刚下车还没跑几步，就听到身后传来了熟悉的声音："去哪儿？"

景玉停下了脚步。

糟糕。出师未捷身先死，长使龙宝宝嗷嗷哭。

克劳斯的车子就在旁边。他下了车，冬日阳光下，他眼睛的绿色渐浅，有着干净的光芒。

景玉优雅端庄地并拢双腿道："锻炼身体。"

克劳斯看着她脚下漂亮的高跟鞋，笑容和煦地询问道："穿高跟鞋？"

"是呀是呀，"景玉说，"这是我们中国一种独特的锻炼方式，轻功水上漂，您听说过吗？先生，就是——"

"坦白从宽。"克劳斯俯视着她道，"我喜欢诚实的孩子。"

"先生，"景玉盯着自己脚尖说，"我想喝奶茶。"

"奶茶属于垃圾食品。"

"那好吧。"景玉从善如流道，"世界上最帅、最慷慨、最大方的克劳斯先生，我想喝垃圾。"

世界上最帅、最慷慨、最大方的克劳斯先生，很满意景玉小姐甜甜的小嘴，然后冷漠无情地拒绝了她卑微的请求，铁面无私地将她带回了家。

失去奶茶的景玉，就像鱼没有水，猫没有罐头，孙猴子没有那个大桃，下午的学习效率明显下降，她甚至忍不住趴在书上睡了一觉。

晚上克劳斯抽查她今天下午的学习成果，很明显，效果并不理想。他坐在木椅上，微微眯眼，双手交叉，优雅地搭在腿上。

"我需要一个解释。"

景玉被克劳斯一连串专业的提问弄到神思恍惚，恍惚间还以为自己是在做论文答辩。她难以置信地问："亲爱的克劳斯先生，为什么您要逼我这样学习？您是我的导师吗？还是我的家教？还是学校的校长？"

克劳斯听她说完，轻轻叹了口气说："你怎么能这么想，甜心？"

他今日穿了一件法式领的黑色衬衫，搭配着暗色平驳领双排扣马甲，一边批评景玉，一边将领带解开，放到旁边的桌子上。

英俊的克劳斯神色严肃，他修长的手指抚摩着钢笔，注视着灯光下景玉纤细的脖颈。他换了个坐姿，问："你忘记了我们的协议？"

说这些的时候，克劳斯没有笑。他不笑的时候神色严峻冷冽，颇有些不可靠近的气势。只是由于平时纵容景玉，外加她一直老老实实地遵守规则，才没有见识过他的这一面。

景玉被他的气场镇住了。

克劳斯起身走到她身侧，他个子原本就高，尤其是站在一直宣称自己身高一米六的景玉身侧，景玉的头顶甚至还不到他的肩膀。

克劳斯衬衫顶端的第一粒纽扣已经解开，他摘下手表，搁在旁边的桌子上，发出"啪嗒"一声轻响，在寂静的书房中如此清晰。他暗色西装马甲上的链条，在灯光下折射出毫无生命的冷漠光芒。

景玉仍旧坐着，克劳斯俯身，仔细看向她。随着他的动作，马甲链也轻轻晃了下，景玉的嘴唇和脸颊，似乎已经感受到了马甲链的金属质感和冰冷温度。

克劳斯抚摩着她的脸颊说："宝贝儿，你认为我花这么多钱和心血栽培你，是为了什么？"

她回答道："是为了让我好好读书，学习。"

"没错，"克劳斯颔首，他冷静地取下马甲链条，"你需要为目标努力，而不是惹我生气。"

在此之前，克劳斯除却提供心理健康报告外，还主动提供了自己的身体检查报告。他很健康，私生活干干净净，没有任何身体上的疾病。景玉早在之前就想要求对方提交体检报告，但碍于各种原因，没有想出合适的措辞。对方这样主动提供的时候，她格外欣慰。

坦白而言，景玉认为做克劳斯的女伴极为省心省事。他形象不错，性格温和，也有耐心，正如他许诺的那样，不喜欢强迫人。

克劳斯解开了衬衫最下面的一粒纽扣。衬衫和西装裤仍旧笔挺工整，他没有将金属链条取下，这无生命的装饰品，温度冰凉。

他如此注重仪表和身体管理，欧洲人大多毛发旺盛，但他基本做了脱毛或者修剪处理。克劳斯也没有像景玉看到的大部分德国人一样蓄须，他的脸颊很干净，下颌线流畅，只不过她现在没办法抬头看他。

克劳斯的手骨骼感很重，青筋凸出。他低下头，绿色的眼睛沉静地注视着她，看到景玉脸上的神色时，他松开手，吻上她的唇。

景玉闭上眼睛，短暂地沉浸在这个吻中。她被吻得踉踉跄跄，本身身材就不够高大，平衡能力又不太好，忍不住后退，腰磕在了古董书桌的棱角上。

克劳斯手落在她腰上，将景玉整个人举起来，让她坐在桌子上。书桌的棱角硌得她有些不舒服，微凉的木质气息在空气中弥漫开，她整个人被压着往后。

景玉清晰地感知着这张胡桃木桌子的触感、克劳斯身上淡淡的苦艾香气，以及他脖子的温度、衬衫的质地。

今晚的风是凉的，月亮不忍穿破云层分毫，只轻轻地落在云上面栖息。

景玉拥抱住克劳斯，他的呼吸慢慢平稳。

"抱歉，"他在她耳侧温柔地问，"刚才吓到你了吗？"

景玉没有说话，她觉得脸上有点儿凉，伸手一摸，才发现自己竟然哭了。她擦了擦眼泪说："对不起，先生。"

景玉不知道怎么回事，她抬头想要解释一下，这泪水并非出于悲伤。但一抬头看到对方如森林般的绿色眼睛，她一下止住了话语。

克劳斯仍旧站在桌子前，伸手抹掉她的泪痕。景玉感受到他手指上的茧子，磨得她肌肤疼。

"宝贝儿，你刚刚实在太可爱了。我很抱歉，我不该这样仓促地对你做这种事情。"

景玉的眼泪流得更凶了，从他说出"抱歉"两个字开始，她的泪水像是开了闸，奔涌而出。她忍不住伏在克劳斯的肩膀上，抽抽搭搭地哭，边哭边小声叫"先生"。

克劳斯安慰地拍着她的肩膀，低声为方才的莽撞道歉。在他说出"不哭了"的时候，抹着泪花的景玉敏锐地捕捉到了重点词汇。

"不哭也可以，"她忧郁地伸出弱不禁风的"招财手"，"想让淑女止住哭泣，大概需要 200 欧元。"

"……"

"如果想让淑女彻底愈合心理创伤，再加 200 欧元。"

"……"

景玉成功了，她还给对方改了新的微信备注——尊敬的先生。

装哭这件事情，景玉从小就很擅长。外公脾气暴躁，小时候她闯了祸，只要"哇哇"哭一哭，外公一定会立刻不再生气，说不定还会心疼地抱抱她。

当景玉吹干头发准备上床休息的时候，珍妮弗微笑着给她端来了一杯奶茶。描述得仔细一点儿，是盛在漂亮的雕刻着太阳花的透明玻璃杯中的自制奶茶，插入了玻璃吸管，还搭配了小勺子，甚至还加了燕麦粒和黑糖珍珠。

这杯特殊的奶茶散发出让景玉熟悉的香味。

"克劳斯先生特意请人为您煮的，糖度按照您平时的口味，"珍妮弗和蔼地说，"您喝过之后，可以将意见告诉我，我们会根据您的喜好进行调整。"

景玉捧着那杯奶茶，温热的，是正好可以入口的温度。手指从玻璃杯壁上滑过，她问："请问先生还说什么了吗？"

"他提醒您喝完后过一阵再休息，喝饱后立刻入睡的话，会影响您的胃部健康。"

景玉笑道："谢谢您。"

她慢慢地将奶茶喝光。虽然味道和店里的还有点儿差距，但景玉却觉得这一点点差异，并不影响饮料本身的美味。

馋奶茶的胃，被克劳斯一点点填满了。

钱包也被克劳斯一点点填满了。

她……

景玉承认，自己的确有那么一秒钟的心动。

还好就一秒。

为了表示对这杯奶茶的感谢，景玉特意为克劳斯写了一封洋溢着各种赞美之词的感谢信——还是中、德、英三语版本。

对方很满意，景玉也很满意。

克劳斯真的很好哄，也真的好省钱。

这一天是 2015 年的元旦，离学校开学还有一段时间，克劳斯忽然提出要带景玉一起去北京度过剩下的元旦假期。

"确定要带我去吗？"景玉沉思两秒，问道，"你想知道我们国家一些工作上的潜规则吗？"

"潜规则"这三个字，成功吸引了克劳斯的注意力，他问："哦？什么？"

"在我们国家，需要离开工作常驻地去其他地方工作的话，被称为'外派'。"景玉耐心地给他解释道，"一般来说，外派人员的工资会更高，而且还有奖金奖励。以及，外派到非常驻地国家的话——"

克劳斯打断她说："原定费用不变的情况下，每天增加 200 欧元。"

景玉心悦诚服道:"先生,您真是我见过悟性最高的人。"

克劳斯正在检查她的读书笔记:"中国职场上还有其他潜规则吗?我很乐意倾听。"

"有啊,"景玉脱口而出道,"先生讲话我唠嗑,先生开门我上车。"

克劳斯合上笔记,捏了捏眉心,招手示意她坐过来。灯光下,他金色的鬈发轻轻晃了一下,问:"唠嗑,是什么意思?"

克劳斯的脸看起来是如此漂亮,哪怕如今正短暂拥有他,景玉在注视他的时候,仍旧会忍不住心动。她自然地坐在他腿上,捧着他的脸,在他嘴唇上贴了贴。没有深吻,就是单纯地贴了贴。

克劳斯没有动,绿森林般的眼睛注视着她。

"就是这样,"景玉说,"部分地区的方言,就是亲吻的意思。"

"我明白了。还有吗?"

景玉从他腿上下来。她意识到自己违反了规则——未经允许,她不能触碰先生的身体。但不知为何,克劳斯今天并没有追究。

"没啦,"景玉笑眯眯道,"暂时想不起来了,等我想起来再告诉您。"

次日,景玉就跟随克劳斯抵达了北京,两人住在同一家酒店同一套房中的不同房间。

景玉察觉到,克劳斯似乎并不喜欢多余的肢体触碰,他不喜欢被人突然触碰身体。

克劳斯之前来北京大多是因为工作,并没有什么机会好好品尝地道的北京美食,于是这一次,他请景玉帮他制订一份详细的北京小吃名单。

景玉前两天还兴致勃勃地带着他到大街小巷里去吃,有芝麻烧饼麻豆腐、红油抄手牛舌饼、煎饼肉龙糊塌子……

第三天,景玉累了,草草规划下,领着克劳斯随便找了家店吃晚餐。

但克劳斯看着店门口的招牌,却不进去,说:"我发现你在敷衍我。"

"没呢,"景玉据理力争道,"您不是说要吃正宗的老店吗?我百度过了,这家店 1992 年就开了,够老了吧?"

"虽然我在中国居住的时间不久,"克劳斯摘下手套说,"但我想,麦当劳应该不是中国菜。"

"……"

"我的甜心,鉴于你这种敷衍的态度,"克劳斯温柔地说出"狠厉"的话语,"今天晚上,我决定对你实施惩罚。"

这还是他第一次,决定真正地惩罚景玉。

在遇到克劳斯之前，景玉一直在超市中买普通的面霜用。她打工得到的微薄薪水，不足以支撑她去专柜购买昂贵的护肤品。而现在，克劳斯打开她舍不得涂到脸上的昂贵精华面霜，在掌心揉开。

景玉想，如果好友知道她如今拿莱珀妮当宝宝霜来保养身体的话，一定会气愤地用中、日、英三语把她骂得狗血淋头。但她并不排斥这种昂贵的护理方式，并趴在沙发上，向西装革履的克劳斯保证，以后绝对不会在"吃饭"这件事情上敷衍对方。

此事才算就此揭过。

在北京，景玉并不是一个合格的导游。她来北京的次数也不太多，目前对于这座城市的了解可能还不如克劳斯。毕竟后者有一群非富即贵的北京土著合作伙伴和朋友，有足够的钱财去任意想去的地方。

景玉和克劳斯在北京一起度过了元旦假期。在她看来，元旦远远不及过年隆重。但对克劳斯而言，元旦才是新一年的开始。

按照德国人的习俗，他们在元旦期间都会在家中摆放针叶树和枞树，用绢花做装饰。还有些地区会举行小伙子爬树的仪式，在零点的时候，从椅子上跳下来等等。

不过，如今的克劳斯显然对中国人庆祝元旦的仪式更感兴趣。他问景玉会如何庆祝元旦，如何度过跨年夜，迎接新年？

景玉绞尽脑汁，只能告诉他："呃……元旦的话，大概会有跨年演唱会。"

克劳斯若有所思道："好主意，你想听哪几个人唱歌？我请过来，或许我们可以用你喜欢的方式重新跨一次年。"

"……"

景玉能分得清1000元和1万元的差距，也知道1万元和10万元有什么不同。但是，一旦资产超过百万、千万，甚至亿万，她就没有办法来辨别这庞大财富背后所代表的含义。

就像埃森集团，资产超过9980亿欧元，或者超过8890亿欧元，对于景玉来说，都是她难以想象的天文数字。正如普通出身的她，有时候也无法揣摩财阀出身的克劳斯，究竟会有什么样的念头。

景玉刚上初中那会儿父母还没离婚，她也算是要风得风，要雨得雨。身边人追一个新兴的男团，她跟风也追。说不上是不是真喜欢那个团，至少现在她已经忘掉了那些团队成员的长相和名字。但初高中的孩子就是这样，喜欢追逐风气，混各种各样的圈子。那时候身边人都喜欢，为了融入他们，找到共同话题，景玉好像也喜欢上了这个男团。不过最轰轰烈烈的，也不过是送他们昂贵的礼物。仅此而已。

像克劳斯这样轻描淡写的一句"想听哪几个人唱歌，就请谁"的派头，景玉简直难以想象。

不过她并不是追星少女，用高价请明星，还不如把钱都给她。真情实感地追星是会受伤的，无论做什么事情，都最好别投真感情进去。

就像现在她和克劳斯，两个人白纸黑字地签了合同，合约一满，桥归桥，路归路。景玉只能"失落"地带着百万欧元离开，从此以后，当一个寂寞的富婆，"失落"地过上富裕的生活，饱尝有钱人的烦恼。

真惨。

一想到未来的生活，景玉躲在被子里都会忍不住笑出声音。

五颗糖

狩猎

回到慕尼黑的第三天，景玉的学校开课了。

她没有考取驾照，洋房离学校又太远，深思熟虑后，搬到了离学校只有两条街的公寓中居住。无他，纯粹是学业压力太大。每学期至少七门的课程，没有一个水课，学校又是知名的难毕业。为了拿到学位证，景玉学习的劲头，一点儿也不比高考前低。

她每天早上 7 点钟起床看书，吃用木质托盘端上桌的早餐，有酸乳酪、麦片粥、水果沙拉、奶酪和牛奶等，典型的德国人早饭。晚上在图书馆泡到 9 点钟才回公寓。

周末也极少出去，她的大部分时间都用在啃书、查资料上。和专业相关的一些项目，在开始前会有笔试或者口试，只要两次不通过，这个项目就会直接挂掉。

景玉和其他人不同，她没有那么充裕的时间和金钱来一次次补过，拿学分。她只想早点儿毕业，找一份稳定又舒适的工作。

之前她又学习又打工，时间表排得极满，两样不能兼顾，期末考试成绩更是惨不忍睹，是那种教授看到都会皱眉头的程度。现在她不必打工，晚上回来后还有克劳斯贴身指导学习。

学业上，在很多地方克劳斯还能给予她帮助。有些晦涩难懂的案例，景玉拿来请教他，只需要他点拨几句，就能让她茅塞顿开。

景玉的头发长长了一些，现在彻底盖过了肩膀，反手摸，还能攥住一小截。克劳斯很喜欢她的黑色头发和眼睛。起初她怀疑他是"Yellow Fever（喜欢亚洲人的白人）"，因此警惕了好久，但暗中观察克劳斯对其他的亚洲女孩并无不同，才慢慢地放下心。毕竟上一个向景玉告白的德国人，半年内换了七次女友，每一任都是黄皮肤、黑头发、黑眼睛的亚洲女孩。

克劳斯仍旧不允许景玉随意触碰，他介意别人未经允许的触碰。冷静的规则和对方的坦诚提醒她，克劳斯对她好，并非出于爱。

Like，仅仅只是"like"。就算是兴致勃勃，会叫她"甜心""小兔子""龙宝贝"，也绝不会说出什么爱她的话。

景玉清清楚楚，她反复地提醒自己，唯恐自己深陷。克劳斯不过是患有白骑士综合征罢了，他只是需要自己来辅助他治疗。

克劳斯熟悉她，可景玉却连他腰上的文身都看不清楚。克劳斯的右腰侧，坚实的腹肌旁，有一个比她的手掌都要大的刺青，黑色，只能瞧出枝叶纹理，好像是什么花朵，像中国的工笔画。他的腹肌往下，有着浅淡的金色毛发，而这个刺青范围内，无丝毫毛发。

职业道德让景玉忍住了问他的冲动。

如此相处又是一个月，她不自觉地冒出一个奇怪的念头——克劳斯找她，该不会是想学习中文吧？

不过很快，她就不这样想了。

哪怕每周有固定的进账，在上午有课的时候，景玉中午一般还是选择在学校食堂解决。

按照德国的传统，午餐是最重要的一顿饭。但现代生活方式改掉了这一点，包括餐馆在内，基本上所有午餐都是以套餐形式提供的。而慕尼黑的学生食堂，基本上都是由大学生服务中心负责，套餐味道说不上特别棒，但也不差。

今日的午餐中还有一份意面。景玉用不惯叉子，又担心面上的酱汁溅到自己身上，正小心翼翼地卷着面。忽然，有人"哐当"一声，重重地将托盘放到了她面前。

景玉抬头，看到了弟弟仝臻。

好久不见，对方长得果然还是和垃圾箱里的垃圾一模一样呢。

仝臻冷着脸，用中文飞快地说："和老男人睡觉的滋味怎么样？这日子过得不错吧？"

景玉放下叉子，言简意赅道："滚。"

仝臻不放过她，言辞极其恶毒："景玉，你就这么想当'慕洋犬'？"

景玉站起来，一句话不说，直接将整盘意大利面扣在了他头上。

克劳斯在下午 2 点才接到电话。

难得的一个好天气，阳光很好，积雪白白的一片，还没有彻底融化。

克劳斯的律师过去了，和警察协商，顺带着向学校的老师递上自己的名片。只需要一句"我为埃森集团的克劳斯先生服务"，对方立刻心领神会，热情亲切地招待了律师。

克劳斯没有去学校，他不需要操心这种小事。他只需要付钱，等着律师把乱打架的贪财龙宝送过来。

虽然已经做好心理准备，但当看到景玉的脸时，他仍旧皱紧了眉头。

她扎好的头发松散了，脸颊上有一道指甲划破的痕迹，流了血，约 3 厘米长，红红的。嘴角也破了，大概是牙齿不小心磕到了嘴唇。衣服也脏掉了，衣领和脖颈上还有酱汁的痕迹，隐约还能看到西蓝花的残骸。整个人可怜兮兮的，像是从垃圾桶里出来的流浪小猫咪。

当景玉坐在他对面时，克劳斯闻到了意大利和青菜酱汁的味道。

"先生，"她垂着头，像一只第一次打架打输的兔子，耷拉着耳朵说，"对不起。"

克劳斯问："今天中午，你和一个男人在学校食堂内打架？"

"嗯。"

"和对方认识？"

"嗯，"景玉有些心不在焉，不想多说，"一个高中的。"

克劳斯按了按眉心，说："你是不是笨到能在牛奶里淹死？"

景玉小声反驳道："我拿餐盘把他头敲破了，还给他脸上来了两拳，不吃亏。"

克劳斯不言语，他抽出纸巾，捏住景玉的脸，仔细地给她擦拭脸颊上那一道血痕。

景玉不说话了。

克劳斯的手很大，轻而易举就捏住她的脸颊，不许她动弹。景玉有些喜欢这种被禁锢的感觉——当然，她更喜欢的，是现在克劳斯脸上专注的神情。

因为车内光线不如外面的强烈，他的绿色眼睛瞧起来颜色也深，金色的睫毛性感又迷人。景玉能从他的眼睛中看到自己的影子，就像是被困在森林中的雀，深深地陷在这一团绿色的迷雾中。

不清楚是不是光线的缘故，她发现克劳斯的瞳孔比平时放大了很多。

她脱口而出道："先生，我们现在真的好像谈恋爱哎！"

克劳斯捏着纸巾的手一顿，将沾了她血迹的纸巾丢掉，换了张新的，擦拭她脖子上不小心溅上的酱汁。

他有配枪证，也加入了射击俱乐部，时常会参加一些俱乐部的聚会，有时候也会去合法狩猎区狩猎，因此指腹和掌侧，都有一层厚厚的茧子。

现在，这层茧子隔着一层纸巾，贴在景玉细嫩的脖颈上。

克劳斯问："什么？"这一句，他用了德语。

"啊，不，"景玉眨了眨眼睛，她回过神，飞快地解释道，"我是指，您现在这样的举动像男友做的。"

克劳斯笑了，问她："如果我真是你的男友，你还想做什么？"

景玉眼睛骤然明亮，她说："把你所有的钱都存到我的账户上！"

克劳斯一时失了力道，捏着纸巾，狠狠地压在她脖子上。

"甜心，"他简略地说，"你最好永远把我当雇主。"

景玉也没把他往其他身份上想，她又不傻。

回到公寓后，克劳斯让她去洗个热水澡，等景玉出来时，家庭医生已经到了。景玉身上的意面酱洗得干干净净，她虽然很勇猛地和对方打了起来，也有反击，但还是不可避免地受了点儿伤。比如说脸颊上的伤痕，红色的一小道，有一点点沁出的血。

景玉对着镜子左右照了照，没事，小问题，谁脸上还没受过点儿伤呢？

出去的时候，克劳斯在与家庭医生用德语低声交谈。景玉心不在焉的，一半听一半不听，只知道克劳斯在问医生，有没有什么不会留疤的药膏。

她真心实意地感觉克劳斯是小题大做。就这么一道伤口，能留什么疤？

但克劳斯明显很重视，连带着景玉的食谱都被换掉了。就这么一点点小伤疤，他居然要求她忌口。

不可思议。

和其他德国人不同，克劳斯尊重景玉喝开水的习惯，而不是直接饮生水。在生理期的时候，他甚至会禁止她喝冷饮。

对于一个在欧美国家长大的人而言，这些生活习惯都有些令人惊讶。景玉猜测，这些大概和克劳斯的母亲有关——那个很少被提起的优雅女人。

在食堂斗殴并不是一件多么值得人夸赞的事情，景玉本来以为学校会对她做出处罚，也做好了接受惩罚的准备——但并没有。

学校完全没有追究她的责任，甚至连批评都没有。事情就这么轻飘飘地过去了，好像什么都没有发生，一切风平浪静。

当天有学生用手机录下视频，食堂中，景玉拿餐盘猛烈地敲仝臻的头，边敲边骂。这些视频也没有流传到网络上，克劳斯聘请的律师彬彬有礼地"请"这些人都删除掉了。

而作为视频中的另一位主角，仝臻并没有受到这样的待遇。他被以故意伤害罪的罪名指控，如今还在警局中关押着，垂头丧气地等待家人聘请律师来为他开脱，还要支付一笔昂贵的保释金。

景玉下午没有课，克劳斯怜悯这只打架挂彩的兔子，允许她暂时偷懒一天，在家好好休息。她一觉醒来，已是黄昏，她睡得迷迷糊糊的，有些口渴，喝过水之后，才发现克劳斯并不在公寓中。

她给克劳斯打去电话，对方语气平静，只说柏林那边有事情需要他去处理。景玉捏着手机，脚尖在白色长毛地毯上画了个圈，问："先生，您要去多久啊？"

克劳斯问："有什么事情吗？"

景玉期期艾艾，最终还是说了出来："嗯，如果您离开得太久的话，我会很想念您。"

"是想念欧元吧？"

被克劳斯一针见血地指出，景玉还试图掩饰道："哦，这倒不是。先生，您怎么能这样想我——"

"薪酬会有人按时打给你的，"克劳斯说，"在家里照顾好自己，别笨到在牛奶里游泳。"

一听到这话，景玉温温柔柔道："我这么大了，怎么会需要您操心呢？"

结束通话后，景玉揉揉脸。她对着镜子照了好久，脸颊上的那道血痕其实并不怎么明显，现在已经凝固了，疤痕上面还擦着一些药膏。药膏质地偏油，有点儿难抹开。医生说这是抑制疤痕增生的。

克劳斯不在的这段时间，景玉一个人过得也很快乐。

她将目前自己攒下来的钱重新做了规划：50% 放到活期账户中，签署了协议，能拿到 3.3% 的利率；33% 交给专业信托机构，这部分利率高，风险也高；剩下的一些买了些理财产品，最好的一个，年化利率能达到 3.8%。

这些景玉都是在附近的埃森银行完成的，工作人员热情地接待了她，认真倾听她的需求，还为她做了详细的理财产品推荐。对方完全不知道景玉的身份，更不知道她的包里面，放着埃森家族唯一继承者的附属卡。

景玉阅读完各类详细的合同，在右下角签上自己的名字。埃森银行的标志就在她签字栏的下方，亲密地紧贴在一起。她盯着被墨水划去一个角的标志，这一点墨水印记好像是一个黑色的小蚂蚁，正在努力地蚕食着埃森的标记。

她签完字合上笔，合上这份协议，洁白的纸张发出脆脆的响声。工作人员微笑着收下，祝她下午愉快。

可惜景玉的下午，并没有特别愉快。

今天是周末，她在国内的好友栾半雪约好了来慕尼黑玩，顺道看看她。

栾半雪是景玉从穿开裆裤就在一起的玩伴，当初景玉外公家落难，栾半雪父亲也没少出力。只可惜杯水车薪，况且那时候栾家自己也困难，最终没能挽回。

但这份恩情，景玉还是牢记着的。

后来，栾半雪父亲头脑灵活，不单做专供出口的家具生意，还做起了殡葬生意。从棺材到人工全都包圆，近几年是赚得盆满钵满。

景玉到达约定的地点时，栾半雪还在和父亲打电话。她父亲是中国人，母亲是日本人，从小学习双语，现在父亲专做日本的生意。

景玉走进树木繁茂的啤酒花园，一眼就看到了白色座椅上的女孩。女孩穿着长风衣，里面是有着樱花图案的旗袍，整个人像个精致的娃娃。

"精致娃娃"栾半雪正在和她父亲讲电话，一口流利的东北大楂子味儿的方言，和日语无缝切换。余光中瞥见景玉，栾半雪匆匆对着电话说道："不搁这儿和你唠了，净和我扯犊子，おやすみなさい（日语'晚安'的意思）。"

她站起来，在景玉打招呼前先激动地和对方来了个熊抱。

两人许久未见，虽然景玉点了肝泥糕、奥巴兹达（一种巴伐利亚奶酪）和日本萝卜等特色食物，但栾半雪丝毫没有品尝的兴致，只激动地拉着景玉的手，追问她那位"克劳斯先生"。

景玉并没有说出克劳斯的具体身份。

栾半雪虽然大大咧咧的，但也知道边界感，只感叹一句道："这种好事什么时候才能轮到我？"

"真值了啊，我的大宝贝，"栾半雪羡慕地说，"能谈恋爱，能和有好身材、好相貌的男人约会，还能领薪水，这真是一举多得啊！"

不远处有一座漂亮的极具古典风情的中国宝塔，一支乐队正在宝塔上面演出。而两人面前的餐桌上蒙着漂亮的淡奶油色桌布，银质餐具置于其上，闪闪发亮。这一切和电影《布鲁斯兄弟》里的场景一模一样。

栾半雪对由卡蒙博尔干酪、洋葱和香菜制造出的食物，产生了浓厚的兴趣。

景玉的心思却不在这上面，侍应生恭敬地送来啤酒，她喝了一口。杯子刚刚放到桌子上，旁边的桌子那儿却发生一阵不大不小的骚乱。好像是有人打翻了杯子，正在找侍应生过来打扫收拾。

景玉转过头，看到了一张熟悉的脸——米娅。

对方显然也看到了她。

天气寒冷，米娅穿着白色的连衣裙，外搭浅色的皮草。她仍旧和之前一样，像一只优雅骄傲的孔雀。

四目相对，米娅走过来，客气地与景玉打招呼道："好久不见。"

"好久不见。"

景玉很记仇，毕竟当初是米娅的投诉让她丢掉了工作。

米娅环顾四周，问："克劳斯呢？他没有陪他可爱的小宠物过来散步吗？"

她的声音可真好听，可惜这话也是真的不讨人喜欢。

景玉客气地说："您的男友不是也没陪您吗？"

米娅笑了一下。过了一阵，或许是觉得无聊，她站了起来，见此栾半雪客气地询问侍应生："可以把那位女士坐过的椅子搬走吗？抱歉，她身上的味道让我没办法安心品尝美食……谢谢。"

米娅肯定听到了，她脚步都顿了一下。

景玉衷心地向好友送上最亲切的祝福："祝愿你以后求极限用洛必达法则，一次就行。"

栾半雪来慕尼黑是初步考察，她申请了学校中的交换生，但要等夏天的时候才能过来。景玉陪她玩了几天，才依依不舍地送走好友。

临走前，栾半雪没有忘记问出最好奇的那个问题："你怎么确认你的先生不会伤害你？"

景玉想了想说："大概因为他有钱？"

栾半雪惊奇地问："不是因为他的脸？"

"好吧，也有一点点。"景玉顿了顿说，"但是，你清醒点儿啊，半雪。人都会老的，好看也会变得不好看，但克劳斯的钱是稳定的啊。"

栾半雪大大地松了口气，颇为欣慰地说："你能这么想，可真是太好了。"她贴心地与好友拥抱："别迷恋他。"

景玉郑重声明道："不会。"

景玉自我判定，认为自己是个乐观主义者。她和克劳斯是纯洁的雇佣关系，他就是雇主，她是雇员。所以，米娅那些讽刺的话语伤害不到她分毫。只要能拿到自己该拿的钱，景玉就能够做到心无旁骛。

两个月后，克劳斯才从柏林回来。他给景玉带了一份可爱的礼物——一条昂贵的钻石项链，光华璀璨，沉甸甸的，中间镶嵌着一颗十二克拉的全美方钻。

当克劳斯亲手为景玉戴上这条项链的时候，她感觉自己的脖子都不受控制地微微弯了些，就好像戴上了一副沉重的镣铐。

克劳斯将她肩膀上的黑发拨到后面，后退两步，称赞道："和你的肌肤很配。"

景玉实话实说道："我的颈椎可能不这样想。"

克劳斯大笑起来，问："喜欢吗？"

景玉在心中估算了下这条项链的价值，诚恳地点头道："非常喜欢。"她摸了摸项链上的钻石，光芒刺得她眼睛痛，一想想拍卖需要缴纳的税，心也要痛了。她补充了一句："先生，您下次再送我东西的话，要不要考虑下现金或者转账？这样昂贵的东西，我折现不太方便——"

克劳斯原本正在解领带，听到这句话转身看向她，绿色的眼睛微微眯起来，问："折现？"

景玉有些为难地戳了戳钻石项链说："它好重，就像一个项圈。"

领带在手里绕了一圈，克劳斯走过来，阻止她试图取下项链的手，看着她细嫩白皙的脖颈，后颈上发际线向下两厘米的位置，有一粒米粒大小的红痣。

景玉浓黑色的头发被重新拨到前面，克劳斯仔细观察她脖子上的小红痣，他的另一只手抚摩着她的脸颊。

景玉闻到他身上迷人的苦艾香水味，她低头咬住他的手指，在上面留下一道咬痕。在听到克劳斯喉间发出声音的时候，她又松开嘴巴，迟疑着贴一下。

她不知道自己怎么了，想用牙齿咬他。

克劳斯问："你想得到一条刻有我名字的项链吗？"他用了德语，声音低沉。

景玉不假思索地说："我要纯金的。"

克劳斯笑着问："贪财的龙，是准备收集所有的珠宝，然后趴在上面睡觉吗？"他用指尖点着她的唇说。

景玉听到了自己的心跳声。

克劳斯教她品尝伊甸园的甜蜜苹果，就像蛇引诱夏娃和亚当，他也在引诱她。此时的克劳斯看起来如此迷人，他漂亮的金色鬓发、绿色眼睛，还有周身萦绕的苦艾的香味都吸引着景玉。

景玉并不掩饰自己对这些特质的欣赏。她咬在他手上虎口的位置，轻吮着指间连接处，克劳斯温暖的胸膛正紧贴着她的背部。

她倾身，在即将再度亲吻他手指时，克劳斯却将手移开了。他低下头，金色鬈发与她黑色的头发贴在一起，问："在想什么？"

"克劳斯先生会造访龙的藏宝洞吗？"

克劳斯的右手下移，从她的下巴移到脖颈处。景玉仰起头，感受到他的大手掐在她脖颈上，掌心温热，并没有用力。他压得更低，咬上她的耳垂。景玉吃痛，倒吸一口冷气，而克劳斯的呼吸，也在此刻离开了她的脖颈。

景玉茫然地与他对视着，克劳斯的手指压着她的唇，压出一个深深的凹窝。被他手指触碰过的地方，漾起酥麻，犹如苏打水里密密麻麻、互相撞击的小气泡。

"我不是你拿来垫床的金子，也不是你可以随意丢弃的珠宝，"克劳斯微笑着拒绝她道，"我希望你能够发自内心地需要我。或者，让我失控，闯入龙的领地，让我彻底属于龙。"

让克劳斯失控？这是一个令景玉极为头痛的问题。

克劳斯看上去毫无弱点，掌控全局。她清晰地认识到，自己还需要一段时间的成长，才能与他抗衡。

景玉新一轮的成绩单发下来，和之前的比起来，有了显著的进步，这令克劳斯非常满意。但精益求精的克劳斯并不满足于此，他拿走她的试卷，饶有兴致地核对上面的数字。

景玉含着一颗薄荷味的糖果，将克劳斯的味道压下去。

"作为一个中国女孩，你竟然会在这种计算上出错。"克劳斯指出试卷上被扣分的那部分，示意她过来，"宝贝儿，你重新算一下。"

景玉重新计算了一遍，告诉他新的数字。她不忘提醒道："先生，'中国人数学都很好'也是你的刻板印象哦，就像'中国人都会功夫'，这是十分不切实际的。"

克劳斯不置可否道："相较而言。"

这个词用得没有丝毫错处，真让人想夸一句他"中文真好"。

景玉刚来德国的时候，的确发现德国人不擅长"找零"。每次当她先机器一步准确地说出自己需要找的零钱时，店员都会愣上那么几秒。

作为成绩大幅度提升的奖励，克劳斯决定带着景玉一同参加狩猎。在动身的前一晚，他还带着她去了朋友的生日派对。

栾半雪虽然经常喜欢瞎说话，但有一点她说得没错——德国人很多都是大闷骚，表面上禁欲冷漠，一旦释放压力，却又狂野不羁，玩得花样百出。

嘻哈音乐、拉丁乐、浩室音乐，音乐声开得这么大，好像能将房子撑破，到处都是身着红色天鹅绒短裙热舞的女郎。玻璃纤维灯管犹如钢铁丛林，有着机械的、华丽的美，灯光有规律地晃着。几个跳钢管舞的女郎出场，闹了个小小的危机，其中一人身上的布条松开，从脖颈往下"哗啦啦"地脱落。身侧的西装男将自己的外套脱下，替她罩上，手同时抚摩上她。

整个房间是深红色的，白天还衣冠楚楚的人，步入其中放松下来，露出完全不同的一面。

夜色渐浓时，有人拉起手风琴，客人们挽着手臂尽情跳舞。唯独景玉坐在长毛绒皮质座椅上，百无聊赖地消磨着时间。

这些客人的名字实在是太长了，她懒得记，也记不住。

克劳斯不跳舞，虽然今天并不是他的生日，但人们都爱钱，爱慕权势，拥有财富和权势的他也是主角，被簇拥着搭讪、聊天。

官方文件上，克劳斯的全名是 Klaus Jorg Essen，但其实他还会被称为 Klaus von Essen（克劳斯·冯·埃森）。

Von（冯），源于瑞典和德国的贵族，克劳斯的家徽上有着猫头鹰，古老的家族相传到现在。虽然早已经废除了贵族制度，也少有人会再使用"von"，但仍旧有人这样恭敬地称呼他。

以上都是景玉今天才发觉的。

桌上摆放着各种形状的玻璃器皿，这些调酒用具总能让她联想到化学实验课上用到的东西。她的化学成绩很糟糕，这个联想绝对谈不上美妙，连带着调制好的酒也变得不美味，就好像在喝化学调制后的液体。

景玉握着酒杯，脸颊贴到手背上，侧身看。她看到那些年轻漂亮的女郎们，有着金色的、红色的或是褐色的头发，有一个女孩的眼睛干净得像是玻璃珠子。她们穿着漂亮的裙子，像朵鲜花作为今晚的点缀。再或者，兜售着自己的青春，想要贩卖一个好价格。

然后呢？花期过后，继续落魄不堪，穷困潦倒。

景玉转过头，握住杯子，闷闷地喝了一口。

今天晚上米娅也在。作为一名名声斐然的歌手，她唱了一首歌，很好听，众人都在为她鼓掌。

景玉趴在自己的胳膊上看，她不经常喝酒，刚才调酒师往她的啤酒里面加了伏特加。由于现场光线太暗，她没有看清楚，稀里糊涂地喝了下去，现在感觉有点儿累，胳膊上沾着桌子上的酒液，凉凉的，黏黏的。

调酒师将那些瓶瓶罐罐的饮料混入杯中，冰块和细长腿的玻璃酒杯撞击到一起，发出清脆的响声，继而冒出大量细密的气泡。

景玉刚伸手，克劳斯先她一步拿走了杯子。

"少喝点儿。"他坐在她旁边的位置，摸了摸她的额头问，"脸这么红？"

克劳斯讲中文的时候声音温和亲切，但讲起德语时，语调就比较低、冷、凶。

她说："我就喝了一杯。"

克劳斯伸手拍拍她的脸，将趴在桌子上的她扶起来。今天出来玩，他破例允许景玉可以无拘无束地活动，也没有责备她随便喝酒这件事。

景玉胳膊上沾了些酒和饮料的混合物，在被扶起时，这些凉凉的液体随着胳膊全都蹭到了克劳斯的衬衫上。克劳斯没有皱眉，他问调酒师给她配了什么样的酒。

景玉却在这时候趴在他耳朵旁说："米娅唱歌的声音真好听，像百灵鸟。"

她并不吝啬对米娅的赞美，作为一个歌手，米娅真的很棒，声音很动听，唱的歌也令人愉悦。

克劳斯说："你喝多了。"

"没有。"景玉额头抵着他的臂膀道，"您的声音也很好听，像闪闪发光的金子。"

克劳斯半搂着她，拿纸巾擦她胳膊上的酒液。

景玉问："您知道自己说哪些话时，声音最好听吗？"

"不知道。"

"您说'给你钱'的时候，最好听了。"

"……"

克劳斯擦干净她的胳膊，拎着闻闻她胳膊上的味道，一皱眉，让侍应生拿来干净的湿纸巾，继续擦。他心平气和道："那你知道自己说哪些话时，声音最好听吗？"

景玉兴冲冲地问："哪些？"

"不说话的时候。"

"……"

可惜克劳斯的这一句话，完全无法阻止准备犯浑的景玉。她凑到他身边，喋喋不休地给他讲故事。

"先生，您知道我写的第一篇德语作文是什么吗？

"是那种命题作文，题目是《雨中的一件小事》。同学们都没什么准备，基本上都在写下雨天没有伞，正好朋友带了伞，便和朋友一起回家。

"然而我写的是，下雨天不小心把伞掉进河里了，河里出来一个神明，问我：'你掉的是一把金伞呢，还是一把银伞？'

"老师让我声情并茂地朗诵了整整三遍我的作文，三遍啊。我那时候德语好差，主格、宾格、与格和属格都搞不清楚，全都混着来……"

克劳斯被她逗笑了，示意她坐好。但景玉不听，仍旧紧紧地抱着他。

"您知道吗？先生，广州的老鼠特别能吃辣。我朋友准备给我寄泡椒凤爪，可惜还没等她寄过来，就被老鼠吃掉了。18包特别辣的泡椒凤爪，被老鼠吃掉了10包。"

克劳斯把掌心贴在她额头上试温度，顺口问道："还剩几包？"

"8包啊。"

克劳斯挪走手，下巴抵在她头顶上说："很好，看来还没有喝醉。"

忽然，一道闪闪发光的纤细身影坐在了两人对面。克劳斯视线从景玉身上移走，微笑着与坐下来的米娅打招呼。

米娅穿了件有很多金色流苏的裙子，就好像百老汇演出时穿的那种，亮闪闪的。她将烟盒放在桌上，优雅地翘起二郎腿。

"我刚刚好像听到有人提到我的名字，"米娅抽出一支烟问，"有吗？"

克劳斯说："景玉夸你声音好听——不好意思，这里不能抽烟。"

米娅将烟又放回烟盒，那支烟上还有她的口红印记。

显然，米娅没想到景玉会赞美她，有些讶然地挑了挑故意修得细长的眉毛，问："哦？"

景玉这时补了一句："你很适合唱歌。"

米娅的男友吉姆也在这时候坐了下来，他父亲曾是一位议员，母亲做生意，家庭背景颇为出色。

吉姆只听到后面这几句，笑着加入了对话，顺着夸赞米娅。

吉姆是一名钢琴家，加入了巴伐利亚广播交响乐团，下周日会在爱乐厅举办演出。话题自然而然地转到他的这场演出上，他兴致勃勃地提到，交响乐团中有一个人会拉二胡。

米娅不懂二胡是什么，吉姆努力给她解释。

"二蛋音越，"他努力地发出中文的音节，"就是那个《二蛋音越》，很优秀。"

景玉迟钝了两秒，才意识到他说的是《二泉映月》。她说："我们中国的乐器都有着丰厚的文化底蕴。"

米娅轻轻笑了一声说："音乐吗？"她仰起脖子，像一只高傲的孔雀般说："音乐是高雅神圣的。"

景玉噌地坐起来，她认为自己有必要反驳一下了。

克劳斯微笑着看向她。

景玉客客气气地问米娅："请问在你心中，什么样的乐器奏出来的曲子才能算音乐？"

米娅也看向她。

"虽然我并非专业的音乐生，没有办法与你来讨论乐器的具体发展史和运用，"景玉坐得端正，她乌黑的眼睛和头发有着绸缎一样的光泽，"但我知道我们国家现存最早的竹质排箫，距今已经有了 2400 多年的历史；而第一个十三管石排箫，距今 2500 多年；目前我们发现最早的禽骨排箫，已经有 3000 多年的历史。"

"你认为音乐是什么？"景玉问，"是必须要穿着华服，站在漂亮的大厅中才能演奏吗？不，米娅小姐，我认为音乐是发自内心的，它可以拿来修身养性，也能表达自己内心的感情。"

米娅笑问："一根木头拉两根弦，也算发自内心吗？这就是你们国家的音乐？"

景玉发自内心地想把她的头夹在二胡那两根弦之间拉一拉，说不定能把她脑袋里的水拉出来汇聚成一条蓝色多瑙河。

"只要能真实表达感情的都叫音乐，通俗易懂的民乐更能深入人心。音乐没有高低贵贱之分，只有文化环境差异和狗眼看人低。"景玉面无表情地说，"这么说吧，米娅小姐，你现在去我们山村找个插秧的老大爷，用你那高贵的嗓子唱到哑，老大爷也听不懂你想表达什么。"

她抬眼看着对方继续说："但是，只要二胡一拉，老大爷就知道，种族歧视的人骨灰盒要炸成烟花了。"

这话说得太复杂，米娅想了一下，气愤地指着她骂道："中国佬！"

"米娅，"坐在一旁的克劳斯出声道，绿色的眼睛里满是沉静，"你对我母亲的国家有什么不满吗？"

吉姆急促地出声警告道："米娅！"

米娅那些歧视性的言论，立刻噎在了她珍贵的喉咙中——克劳斯的母亲也有着一半的中国血统。她说："抱歉，克劳斯先生，我——"

克劳斯没有继续与她交谈，他微笑着询问一脸尴尬的吉姆："你的父亲应该不会喜欢有种族歧视的家庭成员吧？"

吉姆欲言又止。

沉静的半分钟过去。

"是的，"吉姆回答道，"他不会喜欢。"

慕尼黑是爵士乐的天堂。

景玉跟随克劳斯离开派对的时候，才晚上9点钟。这个时间点，很多音乐会和现场表演才刚刚开始。

景玉一直被克劳斯纠正和教育坐姿，但这个晚上，她喝了酒，又刚刚和米娅吵了个不算特别漂亮的架，用很凶的语言，以及克劳斯的帮助来捍卫自己国家的文化。她有点儿累了，刚开始还依靠在克劳斯的肩膀上，后来慢慢地往下滑了滑，头枕在了他的腿上。

景玉睁着眼睛看着车顶，看着这昂贵漂亮的定制内饰。

她有点儿想家了。

高浓度的伏特加让身体发热，两人回到家后在景玉的卧室中拥吻。明天就要离开，行李箱却还没有收拾好。但景玉沉浸在相拥的快乐中，不想再去动脑子思考这些乱七八糟的东西。

克劳斯的一只手压在她腰上，另一只手贴着她的背。两人身高差距太大，接吻时，他必须要低下头，景玉搂着他的脖子，双臂搭在他的肩膀上，左手按住他衬衫的衣领，拇指触碰到他脖颈上的青筋。

景玉能感受到他的心跳、呼吸，还有血液的流淌。她的头发已经散了，身上还有酒味，克劳斯明显并不意这点，在她踮脚踮到累的时候，甚至还主动弯腰俯身，好配合她。

景玉的手已经彻底地搂住他的脖颈，克劳斯的衬衫衣领因她手掌心的温度而滚烫。克劳斯挺直的鼻子压着她的脸颊，他唇上有着好闻的味道，下颌上一根漏网的胡楂扎得她有些发痒。

左手已经滑落到背部，只剩右手还固执地攀住对方的脖颈，景玉要被他亲吻到窒息了。这种像是陷入蝴蝶群中的迷幻窒息感，让她有种不可思议的爽。

她后退，重重地跌落在床上。克劳斯手肘撑着床铺，低头看着她。景玉看到了他漂亮的绿色眼睛。

克劳斯低头，在她额头上轻轻亲了一下，说："晚安。"

他看上去像是要离开，景玉一把拽住他的领带，拽得他再度俯身。

克劳斯单手撑着，低头看着她问道："还有话想对我说？"

景玉手缠上他的领带，道："您知道吗？我以前有个梦想，想当上亿万富翁，和我妈妈一样。"

克劳斯讶然地问："你的母亲是亿万富翁？真优秀。"

"哦不，"她说，"我妈妈的梦想也是当上亿万富翁。"

这个老掉牙的笑话成功地让克劳斯笑起来，他宽容地拍了拍景玉的小脑袋道："我相信你。"

但景玉并没有松手，她坦白道："现在看来，近三年，我的确实现不了这个梦想。"

克劳斯认真地说："三年时间，对一个现在还在读书的女大学生而言，的确有些难度。"

"所以，我换了个目标，"景玉腿搭在他背上，脚后跟蹭了下，仰着脖颈，目不转睛地看着他道，"克劳斯先生，我想我现在或许可以上亿万富翁。"

从下车后，两人始终用中文交谈，对于熟悉中文的克劳斯而言，区别"当上"和"上"的用法并不难。

景玉贴近他，问："慷慨大方的克劳斯先生，愿不愿意帮助我实现小小的梦想？"

克劳斯手指插入景玉发间，自后脑勺抓住她的头发，微微往下拽，强迫她仰起脸看他。

"甜心，你现在喝了酒，"克劳斯微笑着说，"男人不应当去占一位醉酒后淑女的便宜。"

景玉认为他说得有些道理。

电影和小说中的什么酒后乱性，全是假的。真正喝醉了的人，不会失去理智做一些奇怪的事情，借酒做什么事情的人，纯粹都是在耍流氓。酒精不会让一个人变坏，但会放大原本的劣根性。

喝了酒的克劳斯，仍旧保持着理智。

"你现在不清醒，"他礼貌地拒绝道，"虽然我现在的确很需要你，但可以等你醒来。晚安，我的贪财小龙。"

景玉松开他的领带，说："晚安，克劳斯先生。"

这次的狩猎地点是屈夫霍伊泽山脉，这个并不很高的低缓山脉被茂密的森林植被覆盖着，人口稀少，公共交通也不发达，但有着宽阔平坦的自行车道和公路。

德国人酷爱骑行，不过在未来的一周，都不会有骑行爱好者想骑自行车过来旅行。

狩猎季要到了。德国实行的是生态狩猎，数量过多的鹿群会严重影响森林的生长，破坏农场、植被。而在绝大部分欧洲国家，森林比鹿更重要。

每一年，在鹿群影响到植被覆盖率时，政府相关部门都会计算出鹿群的繁衍数量，再定下一个需要射杀的数量，邀请猎人过来狩猎，捕杀固定数量的红鹿。这项运动听起来有些野蛮、血腥。

克劳斯合法拥有持枪证和狩猎证，他有一把保养极好的枪，还有一匹漂亮的枣红色的马，以及训练有素的猎犬和猎鹰。

景玉没有骑过马，她也不想跟着克劳斯去射杀红鹿。

他们住在半木结构的房子中，内部全是木质家具，酒窖里藏着36种葡萄酒，吃食有当地特色的羔羊肉片配菜豆、土豆馅饼和腌渍牛肉。

景玉只有一个想法——德国果真是美食荒漠。

她对这些特色美食的兴趣，还远远不如对这房子的温泉浴池的兴趣高。当克劳斯和他的同伴去狩猎红鹿的时候，景玉在温泉浴池中一边敷着面膜泡澡，一边听着新闻和广播剧。这里不会有人打扰她，外面的人都知道，里面住着的是尊贵的克劳斯先生唯一的女伴。

等到天色已经黑透，克劳斯才骑马回来。他猎杀了两头红鹿和一头野猪，收获颇丰。两头红鹿都处于壮年期，角很漂亮，子弹从它们的头颅穿过，一枪毙命，足见猎人的手法干净利索。

他穿着深绿色的猎人装，棕色的皮靴，这种穿在其他人身上会显得灰扑扑的衣服，到了克劳斯身上，却有一种截然不同的凌厉美感。漂亮的金色鬈发都在帽子下面，这让他看上去似乎不好亲近，好像高悬的月亮。

"过来。"他邀请景玉来欣赏自己的战利品，"这对角漂亮吗？你想不想拿它做装饰品？"

景玉闻到了鹿血的味道，这让她有些反胃，想吐。

"不，先生，"她说，"我不喜欢这个。"

克劳斯侧过脸看向她，慢慢地摘下黑色手套。

景玉不喜欢这种血淋淋的场景，她知道这是为了保护生态的合法狩猎，她也并不是动物保护协会的成员。她充分理解并支持这项为了生态平衡的狩猎运动，也知道克劳斯做的事情有助于当地的森林植被，但是，她看不了这种血腥的场面，她连鱼都没有亲手杀过。

克劳斯应该理解不了她这种奇怪的念头，景玉想。她避开他的视线，当他走过来拥抱自己的时候，她闻到他身上也有着浓郁的鹿血味道。

晚餐有一道红鹿肉，是用克劳斯亲手猎杀的猎物烹饪的，景玉只勉强吃了一小块。克劳斯吃得很多，他今天消耗了很多体能，需要用鹿肉来补充。

晚上，景玉做了噩梦，出了一身冷汗。当她尖叫着从梦中醒来的时候，克劳斯正守在床边。他穿着黑色衬衫，没有系领带，将景玉拥抱住，耐心地问："甜心，你梦到了什么？"

"我不知道，"景玉搂着他的胳膊说，"我很害怕。"

她想不起来梦里究竟是什么，好像是浓密的雾，她一个人在浓雾弥漫的森林中走着，看不清楚方向，分不清南北。

"你已经安全了，别害怕。"克劳斯轻拍着她的背问，"想看看沉睡的森林吗？"

景玉茫然地抬头看向他。

"现在吗？"她确认似的问，"现在去？"

他给了她肯定的答案。

克劳斯开着他的黑色库里南载着景玉沿着车道进入丛林深处，周遭黑漆漆的一片。虽然景玉知道这里并没有狼，却还是有些忐忑。

夜晚沉睡的森林就像是古老的神明，景玉透过车窗和车灯，能看到这静谧的一片。她趴在车窗上，隔着玻璃，窗外繁星万千，星河璀璨，丛林寂静，隐约能听到动物的声音。这是在城市中看不到的明亮星空，只属于这大自然。

克劳斯将车子停在道路旁边，他进入了后排，打开车内的灯光。

当景玉看到他取出随身配枪的时候，吓得叫了一声，手搭在车门上，摸索着开门的地方。

"别怕，"克劳斯神情轻松地将枪递到她手中说，"我不会伤害你。"

这不是猎人打猎时使用的手动拉栓步枪，而是一把漂亮的银色小手枪，防身用的。

景玉第一次触碰到手枪，愣了几秒，才握在手中仔细看。

"七年前，我考取了猎人执照，"克劳斯坦言道，"我喜欢追逐和猎杀猎物的感觉。"

景玉的指尖停留在枪管上。

"当然，我也有必须要遵守的准则，不射杀幼年动物，不射杀怀孕或者哺乳期的动物，不射杀动物头领。射击必须精准，一枪毙命——倘若没有打到要害，受伤的猎物有可能逃脱，因为伤口感染或者无法捕猎而死亡。"

景玉说："我不是猎人学校的学生。"

克劳斯露出一个宽容的笑容，道："当然，你是我的龙宝宝。"

景玉身体瘦小，她轻而易举地骑上克劳斯的腿，面对面，手中的银色小手枪精准地抵住了他的胸膛，只隔一层黑色衬衫。

　　克劳斯全程纵容地看着她，没有流露出丝毫惊讶的表情。哪怕当枪口抵到他心脏处，他的呼吸也没有乱。

　　景玉盯着他的绿色眼睛问："先生，您不怕我开枪吗？"

　　"你为什么开枪？"克劳斯微微侧过脸，金色鬈发让他看起来像是一个神明，"杀了我，以后谁付你这么多钱？"

　　"……"他说得好有道理。

　　"况且，"克劳斯从她手中将枪拿走，把玩了两下，笑着说，"你都没有上膛，怎么发射子弹？用你可爱的意念吗？"

　　他耐心地将枪随手拨弄几下，景玉听到细微的机械碰撞的声音。

　　"下次拿枪威胁人之前，记得先装子弹，上膛，拨保险栓。"

　　景玉一句话都没说，因为那枪管拨开了她的裙子，贴着腿，威胁意味满满，金属质感清晰且冰凉。

　　克劳斯温热的手掌精准地掐住她的后颈，要坐在他腿上的景玉保持着与他对视的姿态。

　　"看我，"他说，"这才是威胁人的正确姿势，学会了吗？"

　　景玉说："大概会了。"只是她的心脏完全不能冷静下来。毫无生命的机械触感让她打了个寒战，而更令她恐惧的是它所代表的死亡含义。

　　但凡有个不小心，但凡擦枪走火……

　　克劳斯的大拇指摩挲着她后颈处的那一粒痣："一击必死。甜心，这是猎人的猎杀准则。"

　　景玉想说他刚刚已经提了，但巨大的恐惧让她没有办法开口。她甚至不能动，担心下一刻机械会失控，她并不希望自己成为意外枪击新闻中的女主角。

　　克劳斯压着她的脖颈，亲吻着她的唇。恐惧和危险让景玉感觉这个吻格外漫长，心脏剧烈跳动，几乎要不能呼吸了。她第一次如此清晰地感受到克劳斯唇的味道，肾上腺素急速飙升，每一个神经末梢，都在保持着警惕，留意着外界的动静。

　　在景玉下一句"先生"即将出口的时候，克劳斯笑了，终于不再逗弄她。

　　"我没有装子弹，"他说，"别怕。"

　　景玉瞬间重新恢复了理智。

　　正当她认真思考该如何趁机索要精神损失费时，枪管却更用力地贴上了她。

"不过,"克劳斯凝视着她的脸道,"你这个时候的表情很可口,我很喜欢。"

"什么?"

冰凉的机械贴靠在嵯峨绿的皮质座椅上,克劳斯绿色的眼睛犹如森林中的野兽,正盯着他的猎物。但他仍旧在笑,语气柔和地问道:"还记得那天你喝醉酒后给我讲的故事吗?你还没告诉我故事的结局。那次作文中,你丢的是把金伞,还是银伞?"

景玉想起来了,金属的冷感也更近了,她挺直脊背,心跳如擂鼓。

克劳斯抚摩着她的黑色头发,耐心地询问道:"坐在我面前的贪财小龙,请问你需要的是把金枪,还是银枪?"

不等她开口,克劳斯起身,在她耳侧低声问:"还是……需要我?"

景玉选择了最后一个答案。

金属的冰凉并没有彻底离开,她坐在男人的西装裤上,试探着伸手,搂住克劳斯的脖颈。她右手压在他的背上,说:"先生。"她不知道该如何和他说出口,她想让对方珍惜自己一下,一下下就好。

克劳斯读懂了,这几个月的相处和耐心照顾,他自然熟悉景玉在这时候的欲言又止。正如随着她轻轻呼吸而摆动的布料,景玉刚才那一声"先生"中不自觉地嗓音发干,已经将她的局促暴露出来。

克劳斯只耐心地与她接吻。

"不用担心,"他握住她的手,压在自己的胸膛上,询问道,"甜心,你信任我吗?"

景玉看着他漂亮的金色鬈发和浓绿的眼睛,绿得像美丽的宝石。她问:"我可以相信你吗?"

拼命把所有珠宝都藏进自己领地中的小龙,偷偷摸摸地露出了一个脑袋。

"按照你的心意,"克劳斯轻咬着她的手指道,"选择权在你手中。景玉,我保证不会伤害你。"

景玉闭上眼睛,吻上他的唇。她选择相信。

夜晚悄然寂静,车外的灯关掉了,只有车内的灯还亮着。虽然已经到了五月,但夜晚的森林仍旧是冷的,车窗上凝了一层朦朦胧胧的雾气,又被手指抹了去,只留下清晰的指痕和汗迹。

景玉在车厢内看到璀璨的夜空，银河磅礴，将夜空撕出缝隙，散落漫天令人炫目的星星。

一击致命，这是猎人的准则。

景玉尝到了铁锈味和黑色衬衫的味道，还有淡淡的苦艾香。他的体温、拥抱和声音，她想，自己找到了新的迷恋。

那把没有子弹的手枪是凉的，但克劳斯的手掌是温热的。克劳斯想要捏碎她，又想重塑她。如此矛盾，正如景玉的心境，想要推开他，又忍不住拥抱他。

归途的车上，景玉半躺在后座上，身上盖着克劳斯的外套，轻轻呼吸着。

她与克劳斯今晚在同一卧室中相拥而眠，也看清楚了他身上的刺青——一朵牡丹，一朵拥有很多花瓣的牡丹。

景玉没有压制住好奇心，她触碰着刺青，问道："先生，这个有什么特殊含义吗？"

克劳斯闭着眼睛，搂住她的胳膊道："这是我母亲最爱的白牡丹品种，是由中国的一位花农培育出来的。"

说到这里，他抚摩着她的唇说："这个牡丹的品种名称和你的名字一样，景玉。"

景玉愣了一下，她大概明白了，难怪在听到她中文名字的时候，对方会露出那种神情。

克劳斯现在心情不错，景玉把耳朵贴在他胸膛上，忍不住问："您有中文名吗？"

"没有。"

景玉来了兴致，说："可以问一下，您外祖母姓什么吗？"

"陆。"克劳斯看穿了她的想法，"你想给我取个名字？"

"对呀！您觉得，'陆莱斯'这个名字怎么样？劳斯莱斯，听起来就很贵气，和您多配啊！"

克劳斯："……"

"要不然叫'陆游器'，借鉴了我国古代伟大诗人陆游的名字，又有器宇轩昂的含义，"景玉一本正经地胡说道，"而且路由器超级讨人喜欢，怎么样？"

克劳斯弹了下她的脑门，微笑着提醒道："不想继续被压，就闭上你漂亮的小嘴巴，乖乖睡觉。"

六颗糖

🍬 作业

　　景玉一觉睡到次日中午。打猎会安排在太阳即将下山时进行，她肚子不舒服，醒来后又在床上趴了很长时间，玩了会儿手机。

　　栾半雪发来消息，点评德国菜系。她用中、日、英三语，把德国菜批评得一无是处，最后才补上一句："最合我口味的德国菜是那个酸菜炖猪肘，和我老家的酸菜白肉一个味儿。"

　　"果然，宇宙的尽头是东北。"

　　还不等景玉和好友就宇宙尽头进行亲切地探讨，克劳斯进来了。他神清气爽地穿着黑色衬衫，头发闪着金子般的光泽，看上去好像久旱逢甘霖，枯木逢春。

　　确认过景玉的身体健康状况后，他亲亲她的脸颊，盛情邀请她品尝午餐。

　　在新德式烹饪和多元文化的影响下，虽然德国不再只是有卷心菜、土豆、肉类和香肠，但也无法和"美食之国"扯上联系，德国菜更不能和故乡的美食相比较。景玉吃了口醋焖牛肉，眼睛不自觉地看向白瓷盘中的东西。她放下筷子，惊诧道："这是什么？"看上去像是饼，介于焦脆和煳之间，边缘发黄。

　　"煎饼。"克劳斯微笑着问，"你的故乡不是人人都爱吃煎饼吗？"

　　"……"

　　"这边没有来自中国的厨师，按照教程只能做成这样。"他怜惜地看着景玉说，"昨晚委屈你了。"

景玉客气道："不委屈，我也快乐到了。"

说到这里，她再度看向那盘奇怪的"煎饼"，思索了两秒，决定和克劳斯好好聊一聊"刻板印象"这个严肃的话题。

"首先，您应该明白，"她认真地告诉他，"您对我的故乡有很多奇怪的印象。这么说吧，我的故乡并不是人人都练武，也不是人人都会开挖掘机。"

克劳斯问："什么挖掘机？"

景玉思考两秒，放弃和对方解释这个笑点的来源。毕竟广告土成这个样子的电视台实在不多见，有损形象，她只想将自己故乡的优点展示给别人看。

景玉重新切回正题道："直接来说，我们并不是天天都吃煎饼的。"

"嗯？"

"举个例子，就像你们德国人，难道天天都在吃香肠吗？"

"是的，每天都吃。"

景玉："……"

克劳斯问："你想说什么？"

景玉慢慢地说："我在想，多好的一个天啊，就这么被您给聊死了。"

"嗯？"

景玉没有再解释，文化差异让她没办法为克劳斯解释得这么清楚。她只吃了一点点那份煎饼，然后回去继续补眠。昨天体力透支太过严重，半夜又被噩梦惊醒，现在她只想好好地休息，再睡上一觉。

下午，有人将克劳斯那辆黑色的库里南开走，进行内饰的清洗、保养，或者更换。

克劳斯微笑着和人解释，他用车运输红鹿肉时不小心出了差错，导致其中一个皮质座椅上全是红鹿的血。

负责开车的人看到了后车座上的红鹿血迹，和明显破损掉的装着红鹿肉的袋子。这些东西让车厢内有股浓郁的血腥味，其余的味道都闻不到了。他并没有怀疑，向克劳斯保证，会重新换掉车内饰。

这次狩猎只持续了三天，克劳斯总共成功猎杀到五头红鹿、三头野猪，收获颇丰。他酣畅淋漓地进行狩猎，而可怜的龙宝宝精神有些萎靡不振，眼下有轻微的黑眼圈。不过还好，算不上太明显。

但狩猎结束，克劳斯并未返回慕尼黑。在征求景玉的意见后，两人前往佛罗伦萨，参加五月音乐节。

景玉暗自揣测，难道是因为前几天她和米娅提到了音乐，所以克劳斯以为她热爱音乐吗?

这个猜测只在脑海中转悠了半天,她晃晃脑袋,很快压了下去。

佛罗伦萨的五月音乐节,算得上是意大利最古老的艺术节了。节日庆典期间,有舞蹈,有爵士乐、古典乐和世界级的戏剧表演。只可惜景玉的艺术细胞并没有那么多,和表演比起来,她更爱热情奔放的意大利美人儿和特色菜肴。

景玉很喜欢在这边居住的酒店,屋顶很高,四柱床,镶花地板,有一个建于1780年的带着漂亮壁画的休息室。还有个漂亮的露台,能让她一边吃巧克力味的冰激凌,一边眺望完整的佛罗伦萨大教堂。

作为女伴,景玉不可避免地受邀去参加克劳斯的社交聚会。她穿着玫瑰红的连衣裙,将头发绾起来,脖子上戴着祖母绿的钻石项链,挽住克劳斯的胳膊,微笑着扮演着一个合格的花瓶。

不过,绅士们也有一些秘密需要交谈。当克劳斯轻轻拍着景玉的手背时,她明白了,自动走开,坐在包豪斯风格的餐桌前,一边品尝着一种又甜又硬的杏仁饼干,一边百无聊赖地看着不远处的交响乐合奏乐团。她现在还不具备欣赏这种音乐的能力。

莎拉是在这个时候坐过来的,她主动向景玉搭讪道:"简玛?"

景玉放下手,说:"是的,我是。"她确信自己并不认识这位有着火焰般的头发、穿着打扮像20世纪50年代生活在上西区的女人。

"莎拉。"女人笑着自我介绍道,"虽然你不认识我,但我们都听说过你,被克劳斯先生珍藏的'珠宝'。"

景玉没有说话,侍者送上来一份来自托斯卡纳的奶酪和一杯浓郁的红葡萄酒,她耐心地等着这位莎拉女士讲话。

"我们先前还在聊,克劳斯先生会垂青哪一位女孩,猜测她会不会有着金子一样的头发。没想到,他会选择一个黑头发、黑眼睛的女孩。"她说话的语气很平和,并不会让人感觉到被冒犯。

莎拉微微倾身,仔细看着景玉的眼睛,递上来一张名片,彬彬有礼道:"很高兴认识你。"

景玉愣了一下,但莎拉小姐已经优雅地离开了。

晚上离开前,景玉试探着向克劳斯提起莎拉。克劳斯面色如常道:"问她做什么?她不过是一个情人。"

莎拉是克劳斯某个朋友的情人之一,漂亮,优雅,对外面她们都是这样展露的。

背地里呢？

离开宴会时，景玉看到一个女人，衣衫破旧，妆容遮盖不住她的年龄。她已经老了，身上没什么钱，站在宴会厅门口，流着眼泪和莎拉挽着的男人交谈。

莎拉面容冷漠地挽着男人，耳垂上的珠宝闪着美丽的光芒。

女人身上没有一件饰品，空空荡荡的，可她也年轻貌美过。男人有些不耐烦地丢给了她一些钱。

克劳斯叫道："景玉？"

"等一下，"景玉说，"抱歉，请您暂时等一下。"她提着裙子过去，将自己身上的一些零钱给了那个女人。

等景玉再回来的时候，克劳斯淡淡地评价她的行为道："愚蠢。"

"不是蠢，"景玉认真纠正道，"先生，我是在帮助以后的自己。"

克劳斯笑起来说："你不是，你绝不会成为那个样子，宝贝。"他凝视着她："你是我亲自教导的好学生，你会好好读书，顺利完成学业，然后毕业，找一份优秀的工作。"

景玉没有说话，她心不在焉地揉着自己的手腕。

白骑士综合征——患者会怜悯身在泥沼中的伴侣，给予无微不至的关怀和帮助，而当伴侣被成功拯救出来之后，他们又会彻底丧失兴趣，而将注意力转移到其他需要被帮助的人身上。听起来怜悯又残忍。

景玉看向旁侧的克劳斯，他也是如此吗？

温柔刀。

她掐了下自己的手腕，提醒自己——倘若付出真感情，宴会厅门口的女人就是她的下场。为男人花钱，会倒霉一辈子；对男人动心，要倒霉三生三世。

假期结束，景玉重新回到学校上课。

现如今临近期末，几乎每个学生都是铆足了劲儿在学习，景玉也是。她学习的劲头上来了，无暇回应克劳斯的暗示。

一周之内，在连续三次暗示晚上一起看星星失败后，克劳斯终于忍不住了，他严肃地告诉她："甜心，我想我们得好好谈谈。"

景玉捏着筷子，她脑海中还是复杂的小组商业策划和方程式。她呆呆地看着克劳斯问："谈什么？谈数据分析吗，还是商业案例？"

克劳斯按了按太阳穴说："谈谈坐在你对面，已经连续五天没有快乐的男人。"

景玉迟钝了两秒。

"哦。"她这样应了一声，然后低头继续吃饭，没有更多的表示。

克劳斯说："一杯奶茶。"

景玉的耳朵悄悄竖起来。

"加焦糖珍珠，还有燕麦粒。"

景玉努力回想刚才克劳斯提出的要求，是什么来着？

"还有椰果。"

想起来了！她完整地回忆起刚才的对话，暂时将案例分析抛到脑后，礼貌地问道："今天你去我那儿，还是我过去找您？"

"不用这么麻烦，"克劳斯言简意赅，将手表摘下来放在餐桌上，"就现在。"

"……"

第二天，景玉成功得到了一杯配料很足的奶茶，足得像是把八宝粥的材料都加了进去。

她在期末周的努力以及克劳斯的督促下，学习效果十分显著。总共八门课程，她拿到了六个 B、两个 A。

当景玉兴高采烈地将成绩分享给克劳斯的时候，对方的情绪没什么波动，只是瞥了一眼反问道："这种成绩就能令你满足吗？"

德国人向来不看重名次和成绩划分，显然，克劳斯并不是一般的德国人，这个人对她的成绩有着极高的要求。

景玉颇为费解地问："您不觉得已经很优秀了吗？"

"如果是和你去年的成绩相比较的话，的确很不错。"克劳斯淡淡地说道，"但是，甜心，这和我给你制订的目标，还有很远的距离。"

景玉不服气，辩驳道："好胜心为什么要这么强？为什么非要争第一？"

"为什么？"克劳斯被她的话激起兴趣，他合上报纸说，"过来，坐。我问你，你知道世界上第一个登上月球的人是谁吗？"

景玉理直气壮道："不知道啊。"

克劳斯从一旁的钱包中抽出一张纸币，心平气和地递到她面前问："现在呢？"

景玉飞快地将这张黄色纸币收起来，说："我好像听见有人告诉我答案了，尼尔·奥尔登·阿姆斯特朗。"

"很好，"克劳斯很满意，他继续进行教育，"所有人都知道第一个登月的宇航员，那你知道第二个登月的人是谁吗？"

"巴兹·奥尔德林。"

"……"他继续问，"第三个呢？"

"皮特·康拉德。"

克劳斯捏了捏眉心，简短地说："下次考试必须全部拿到 A，不然你将彻底失去奶茶。"

"我抗议！"

"再抗议就罚钱，一句 200 欧元。"

"……"景玉只能委委屈屈地捂住嘴巴，很小声地说，"独裁者。"

克劳斯铁面无私地伸出手，摘掉手套，冷静地看着她道："罚款，还是？"

景玉默默地将 200 欧元收进钱包中，只留给他一个极度愤怒的背影。

暑假期间，景玉参加了学校中某个老师开设的商业实践课程。这个课程说起来也十分简单，学生随机分成几个小组，每个组都能拿到一笔初始资金进行正常的商业活动，最后看哪个小组所得的收益最多。

很不幸，景玉和仝臻被直接分到了同一组，对方还是组长。

对方显然还记恨着当初在食堂和她的打架斗殴之仇，铆足了劲儿要折腾她。分配任务时，指派给她和搭档的，全是一些琐碎的很难完成的任务。

第一天，景玉和她的搭档骑着自行车跑遍了宁芬堡区和纽豪森区，就为了做初步的市场调研。晚上景玉累到爆炸，脚心都磨红了，在回家前忍不住买了一大杯奶茶——装进了自己随身带的保温杯中。

这招果真很明显，克劳斯完全没有察觉。

第二天，景玉胆子大了，她装了满满两个保温杯的奶茶。

晚上，在书房中，她照例接受克劳斯的检查。当她用自己的保温杯喝奶茶的时候，克劳斯一会儿看看景玉的读书笔记，一会儿看看正捧着保温杯喝水的景玉。

他沉吟片刻，放下笔说："甜心。"

景玉抬头问："嗯？"她的嘴唇湿漉漉的，很漂亮，像刚刚盛开的花朵。

"你在喝什么？"

景玉理不直气也壮地说："当然是白开水呀，我亲爱的先生。"她捧着保温杯的手指抓紧了。

"哦，"克劳斯若有所思地提出疑问，"为什么你喝水还要嚼？"

"……"她没有办法反驳。

克劳斯站起来，无情地将保温杯拿过来，看到了她还没来得及全部喝掉的"罪证"。他全部倒掉，微笑着宣布，在未来两周，她都喝不到一滴奶茶。

景玉试图据理力争，然而失败了。

克劳斯如此严格地遵守着规则，铁面无私，不给她丝毫转圜的机会。就算是景玉撒娇都没有用，规则就是规则，不能挑战。

景玉原本以为克劳斯就是这么严厉，但在痛苦戒奶茶的第三天，一个访客改变了她的看法。

上门做客的是一个同样有着金色头发，但眼睛像大海一样蔚蓝的男孩。他脆生生地称呼克劳斯为"克劳斯叔叔"，转眼又甜蜜蜜地叫景玉"姐姐"。

景玉被他叫得心花怒放。

这个像天使一样可爱，嘴巴像蜜糖一样甜的男孩子叫安德烈。他是埃森家族的孩子，和克劳斯有些血缘关系，暂时住在家中。

当安德烈要求喝奶茶的时候，景玉以己为例，试图晓之以理，动之以情，劝说对方放弃这个不太可能的念头。毕竟克劳斯如此痛恨奶茶，连她都被管控得这么严格，更何况一个小男孩呢？

但克劳斯头也不抬，让人给安德烈点了他想喝的奶茶。如此自然，甚至连阻拦都没有。

这么明目张胆的双重标准，令景玉心里面有点儿不舒服。她嘀咕道："'双标'（指双重标准）狗。"

克劳斯没听清楚，疑惑地问："什么？"

"没什么，"景玉朝他甜甜一笑道，"我在想明天的学习资料该怎么整理。"

当克劳斯推开这家酒吧门的时候，里面正播放着迷幻的重金属音乐，酒吧装修是工业风，里面灯光绚丽。如今已经临近凌晨4点，很多保留节目都开始上演。

克劳斯并未看向热情的舞台，他坐在卡座中，微笑着与好友聊天，品尝着烈性伏特加酒。

吉姆兴致勃勃地问："你的宝贝快要过生日了？想好送什么生日礼物了吗？"

克劳斯说："她就是龙。"

吉姆不解地问："什么意思？"

"只要是昂贵的、金闪闪的东西，她都喜欢，"克劳斯笑了一下，漂亮的金色鬈发轻颤，"拼命收集所有的宝物，藏在自己身下。就算那些东西用不到，但只要在珠宝上面蹲着就会很开心……吉姆，你说她像不像一条龙？"

吉姆并没有回答，但隔壁卡座上，仝轻芥敏锐地竖起耳朵。她只听到低沉性感的男人声音，转身看去，一眼看到了克劳斯。

看清男人的脸后，仝轻芥惊呆了，她手中的酒杯不自觉地晃了一下，险些将液体倾洒出来。

仝轻芥确认，眼前的男人是她自打出生以来所见到过的最好看的一个。金发碧眼，这标准而英俊的长相，令她的心脏不自觉地"怦怦"直跳。当两人视线相对时，仝轻芥甚至感觉到对方朝她笑，眼睛像绿色的宝石。

仝轻芥浑身都火热了。

她没有见过克劳斯，更不知道对方的身份，但她认识克劳斯手腕上的表，和他身侧男人的衣着装扮。

仝轻芥将头发往耳后撩，隐约感觉对方又在看她，她不由得有些口干舌燥。

恰好，上帝也在帮助她。同卡座有个男性喝多了酒，将酒打翻了，这会儿正吵吵嚷嚷。仝轻芥受到牵连，连衣裙也被弄上酒渍，湿了一大片。她顺理成章地向克劳斯的卡座靠近，用柔和的英语向对方借纸巾。

克劳斯没有动，反倒是旁侧的吉姆热情洋溢地将纸巾递给了她。

仝轻芥顺势坐下来，和吉姆简单闲聊了几句。

喝了一杯酒，她幽幽地说起自己的身世："……我的母亲是在我父亲离婚后和他认识的，很多人却说我是第三者的孩子，排挤我，不与我聊天。"

说到这里，吉姆立刻露出同情的目光。悲惨的童年、校园暴力、被孤立，这些东西能轻而易举地引起这些欧美男人的同情。

仝轻芥知道，全世界的男人都一样，同情心是最好利用的，引起他们的怜爱，钓到手的概率会大幅度增加。

她看向克劳斯问："先生，您也会因为这个而看不起我吗？"

克劳斯平静地说："会的。"

吉姆看到仝轻芥的脸色变得很差，差到像是刚刚生吃了猪的内脏。

克劳斯并没有关心她脸色如何，他在慢慢地喝酒，金色鬈发微微落下一些，手指修长又苍白。他礼貌而又冷漠地拒绝了这个不请自来的女人的谈话要求，这比其他直白的话语更能伤害到她的心灵。这个绅士甚至吝啬视线，都不肯多看她一眼。

全轻芥尴尬地坐了一阵子，吉姆并没有宽慰她的打算。侍应生过来，客气地请她离开，不要打扰客人的正常玩乐。

克劳斯喝了两杯酒才离开，这时候的景玉已经睡下了。

无论两人住在哪里，景玉的房间始终在他隔壁。克劳斯并不习惯与人相拥而眠，大部分时间，他更喜欢独自一人不会被打扰的睡眠。

他要求景玉卧室门不上锁，景玉还真老老实实地遵守了。这个叛逆的女孩，还有些乖巧的因子在，这两者矛盾地融合在她身上。

克劳斯打开景玉的卧室门，脱下拖鞋，赤着脚踩在地毯上，没有发出丝毫声音。

可以容纳四个成年人的大床上，景玉蜷缩着身体睡着，右手搁在脸颊上，身上盖着柔软的被褥——一个极其缺乏安全感的姿势，她在夜晚总是不自觉地惊醒，很容易被噩梦困扰。

克劳斯已经开始摘手表了，他刚准备将手表放在黄铜托盘上，一侧身，不经意间看到景玉的睡颜，他顿住了。她这会儿似乎在做一个美梦，嘴巴还吧唧了一下，声音不大，清脆得很好听，像是小猫咪熟睡后发出的轻微呼噜声。

克劳斯握着手表，站在床边。窗帘没有拉紧，月光落在他的头发上，让这金色不再那么明亮，反倒镀上一层淡淡的灰暗。

床上的景玉呼吸轻微，隐约能瞧见她身体的起伏，眼下有淡淡的乌青，这是黑眼圈。

克劳斯忽然改了主意，他没有继续靠近，转身离开了。

最近，沉迷于做初步市场调研的景玉，脑海之中只有一个想法——她真的希望小组里面能有个正常人。

且不说全臻胡乱指挥，暗藏祸心，给她分配了一大堆乱糟糟的任务。这个小组中有着各国青年，尤其是来自西班牙、意大利、美国这些国家的，几乎个个都是活泼好动，自由自在，不受拘束，做事情也散漫。很多人家中不缺钱，对待这次小组任务也漫不经心，表现得就像这部分学分对他们来讲可有可无。

一周过去，项目没有丝毫进展，他们派对倒是开了四五次。一瞧见景玉，还盛情邀请她一起玩，亲切得好像跟她很熟一样，甜甜蜜蜜地叫着"甜心宝贝"。

景玉没有去，她还不习惯这种社交场合。倒是仝臻，和他们玩在一起，打得火热。

这些留学生热情奔放，讲起德语也令人头疼，词性、动词变位、主格宾格等完全是乱着来。

一般来讲，以印欧语系或者拉丁语系为母语的人，学起德语都要比景玉这个以汉语为母语的人更轻松，但他们似乎并没有好好讲德语的打算。德国人似乎也已经习惯了外国人把德语讲得一塌糊涂，只要说德语——无论语法多么混乱，他们都很欢迎，并且称赞。

景玉的初步市场调研报告，在第四天就撰写好了，也提交成功。按照流程，下一步就等所有人的调研报告写完交齐，然后进行小组讨论，选定货品。

但这些倡导自由的小组成员们，宁愿喝酒，穿着高跟鞋跳舞，开一整夜的派对，也不愿意动动他们娇贵的手指，敲打键盘，完成报告。

景玉只能耐着性子等。早点儿完成任务，也并非全无益处，至少她突然多出来两天的空闲时间。

好友栾半雪也来到了慕尼黑。她申请的学校和景玉是同一所，本来如果不出意外，在去年栾半雪就会一起过来。耽误这么一年，景玉踩好了坑，提前告诉她如何申请学生公寓，不仅能省去一大笔钱，还不必担心安全问题。

克劳斯并没有阻拦这对好友见面，当初签署协议时，景玉就在其中加了一条——不可以干涉她的正常社交。

栾半雪和景玉的第一次约会，就是去塞德林格大街购物。和景玉不同，栾半雪对精致的衣服、包包和珠宝有着近乎狂热的热爱。而景玉不是，在栾半雪试衣服的时候，她就安静地坐在橡木椅子上，安静地看店里的宣传册。

黑头发、黑眼睛的男店员在这时候过来，笑着用中文询问她："有什么能帮助你的吗？"

在异国他乡遇到同胞，是一件值得开心的事情。

景玉放下宣传册，仔细看着眼前这个讲话带京腔的人，问："中国人？"

"是，我姓梁，叫我小梁就好，"男店员笑眯眯道，"我在慕尼黑大学读书，这是我的兼职——您想看看我们店里的新款吗？"

栾半雪还在镜子前喜滋滋地试着衣服，一时半会儿走不开。

景玉和这个自称"小梁"的男店员愉快地聊了一阵，由于对方嘴巴实在太甜，最后她盛情难却，刷克劳斯的卡，购买了一条漂亮的绿色连衣裙。

不过，她拒绝了对方加微信的请求。

晚上，景玉请栾半雪在一家宽敞明亮的法国餐厅吃饭，两人一直聊到9点钟。景玉定的闹钟响起，提醒她该回家了——这是克劳斯规定好的回家时间。

栾半雪忍不住问："你的长腿叔叔，没有送你包吗？"

"什么包？"景玉一时没反应过来，"书包吗？"

"不是呀。"栾半雪解释道，"一些奢侈品的包。"

景玉理所当然地说："可是这东西不保值啊。"

栾半雪犹疑道："话虽然是这么说没错，但有些包还是很保值的。"

已经很久没有接触过奢侈品领域的景玉陷入思考："嗯？"

栾半雪深吸一口气，慢慢地组织语言道："最重要的，宝贝儿，你想清楚，女孩子撒娇的话，说'人家想要那个包包啦'，一点儿问题都没有，对吗？"

景玉颔首。

"那你呢？你怎么说？撒娇说想要金条？"

景玉沉默半秒，慢吞吞地开口道："先生，人家想要个大金疙瘩，越大越好。"

栾半雪为好友下了结论："知道吗？我的大牡丹，你不像长腿叔叔的女友，你更像他的债主。"

"……"

威风凛凛的"债主景玉"踩着门禁的点，准时回家。

克劳斯还没有睡，他在陪安德烈搭乐高。一大一小两个金黄头发的脑袋抵在一起，画面很是养眼。

克劳斯腿长，大部分欧美人似乎做不了"蹲"这个动作，他坐在地毯上，正在打量一粒乐高方块，思考着该将它填充到哪个部分。

安德烈先看到她，眼睛一亮，叫道："姐姐！"

有那么一瞬间，景玉恍惚觉得自己好像真的回到了家。她掐了掐手心，提醒自己，这都是假的。

她叫道："先生。"

克劳斯转身，看了眼她手里拎着的购物袋，有些意外地说："难得见你买衣服。"

景玉将袋子放到桌上，泰然自若地说："店员说我穿起来很好看。"

克劳斯把视线重新移到手中的乐高上，他说："甜心，你穿什么都很美。"

景玉承认，虽然对方说的多半是客气话，但她还是开心了。

只是没想到，第二天，那个男店员通过预留的手机号码打过来，热情洋溢地邀请景玉去店里看他们的新装。单单是打电话倒还无所谓，要命的是，这电话还是克劳斯接的。

景玉那会儿正趴在床上休息，还没从睡梦中醒过神来，就听到电话那边的人一口一个甜甜的"亲爱的"，不像是促销，更像是甜蜜的小情人。

景玉抱着枕头，一个激灵。糟糕，克劳斯该不会因为这件事情吃醋吧？

事实上，并没有。

景玉担心的吃醋、"那个男人是谁""你听我解释""我不听我不听"等，完全都没有发生。克劳斯只是毫无波动地让对方等一下，随后将手机递到了她唇边。他的声音和表情证实，这位绅士并没有吃醋。

景玉心不在焉，随口几句打发了店员。她认真地想了想，发现的确是自己狭隘了。

克劳斯与她生长的环境截然不同，他并不会因为这种事情吃醋。对他来说，一句"亲爱的"，和天津人管人叫"姐姐"，济南人叫人"老师"，广州人叫人"靓女"一样，不过是一个普普通通的称谓而已。

景玉这才松了口气。

如此在家中闷了两日，克劳斯实在看不下去她埋头苦学的模样，恰好慕尼黑电影节开幕，他把人拎去看了看。

景玉对艺术的追求不高，对世界瞩目的国际独立电影节兴趣同样不深，也没有特别喜爱的导演或者影星。

克劳斯安排她拿到了一些签名、合照，还有面对面和导演聊天的机会。

景玉原本对导演这个职业的好奇心还蛮重的，但当看到业界一知名清高且古怪的导演对克劳斯说出迎合的话时，她的好奇心就消失得无影无踪了。大家都一样嘛。

她喝了些酒，回程的路上，一直枕着克劳斯的肩膀。克劳斯将她的座椅调到舒服的位置，侧身看着她红扑扑的脸蛋。

"最近怎么提不起精神？"他问，"还在为小组作业发愁？"

一提到小组作业，景玉忍不住呻吟一声。

"没错，"她坦言道，"我们组长在故意为难我。"

且不说仝臻一直压着进度，最新一轮的探讨中，他还把景玉的调查报告批评得一无是处，要求她更改。

两人争执了半个小时，景玉用优美的中文舌灿莲花，温和、儒雅又不失礼貌，不带一个脏字地问候了对方的祖宗十八代，险些把仝臻气出心脏病。

"不提他。"她不想和克劳斯说这些负面消极的东西。

她脱掉高跟鞋，露出纤细白皙的小腿，撒娇地搭在克劳斯的西装裤上说："我好累呀，先生。"

克劳斯低头，看到了她漂亮的腿和脚。脚趾上做着精致的美甲，点缀着可爱的小贝壳和珍珠。他大手压在她小腿肌肉上，为她揉了两下。

景玉就像被人顺毛的猫，舒服得从喉咙中发出一声喟叹。她闭上眼睛，只可惜还没享受两下，就感觉克劳斯的手挪动了位置。

她睁开眼睛，看到克劳斯侧身正目不转睛地注视着自己。车子还在飞驰，道路两旁的灯如流水般后退，他绿色的眼睛像森林中野兽的眼。

景玉叫道："先生。"

克劳斯没有回应她，他按了一下，车中间的灰白色挡板缓缓升起，将车前后的空间彻底隔开，司机无法再从后视镜中看到他们。

景玉有点儿慌地喊道："先——"

克劳斯俯身，吻上她的唇。这是一个带着酒味的吻，克劳斯品尝得很仔细，像是在喝一瓶珍藏已久的酒。

景玉顾忌前面的司机，怕被听到声响，伸手想推开他，却被抓住了手腕。

克劳斯低头，亲吻着她手指之间的软肉，另一只手将领带扯下。景玉不受控制地喘了一下。克劳斯捕捉到了，他俯身，单手将丝质领带团成一个合适的大小，刚好能够填满她的嘴巴。

他低声提醒道："别叫出声音。小龙宝，想要吗？"

景玉的手还被他握着，她的脸颊因为刚才的亲吻而泛着红晕，暗淡的光线下，她黑色的眼睛中像是蓄着一层水雾，楚楚动人。

"想要，"她软声说，"想要爱马仕、香奈儿，还想要大块金疙瘩，纯金的，越大越好。

"对啦，如果送包的话，可以送经典款吗？这个比较保值。

"送金子的话，如果没有金疙瘩，金条也行，方便携带，也好兑换。

"总之，金子要够大，还要实心的。"

克劳斯仍旧攘着她的手腕，将她按在皮质座椅上，不想和她继续探讨龙的藏宝洞的话题。他侧过头吻上她的唇，把她清脆的声音和话语堵住。

回到家后，安德烈好奇地问："姐姐，你的嘴唇怎么啦？"

景玉咬牙回答道："被可恶的吸血资本家蚊子咬了。"

安德烈似懂非懂地"哦"了一声。

可恶的吸血资本家蚊子想咬的不仅仅是嘴唇，景玉还拽掉了克劳斯的两根金发，好在他头发浓密，并没有脱发的烦恼，被揪掉两根头发也不生气。只是作为代价，她也深刻地认识到了，什么叫"老虎的胡须拔不得"。

吐槽归吐槽，为了能够治愈克劳斯，景玉还是很好地履行了自己的职责。除却不能喝奶茶和每天再怎么痛苦或是不舒服或是懒，都要在固定的时间学习之外，克劳斯给她安排的学习计划，并没有损害她的身体健康。

举个例子，景玉原本有拖延症，什么都想拖到明天或者最后期限才肯行动，导致阅读量年年下滑，但有了克劳斯制定的读书目标，她每周都能顺利地啃完至少一本大部头或者两本参考书籍。

只是，随着她的初步适应，克劳斯也为她更新了日程表，慢慢增加了学业压力并提高了难度。

暑假之中，除了正常的学习之外，克劳斯还为她安排了三门艺术类课程，来培养她的艺术修养。

现在正是清晨，宽敞的餐厅是那种交叉拱顶和木饰墙面的设计，阳光透过高大的透明玻璃窗，落在一盆郁郁葱葱的小型柠檬树盆栽上。柠檬树上挂着一个小白龙玩偶，小白龙骑在黄澄澄的金元宝上，气势汹汹的。

克劳斯穿着黑色的睡衣，领口随意地敞开着，露出些许健壮干净的胸膛。他没有在早餐时间阅读报纸的习惯，现在正专心品尝着用土豆泥酥皮包裹的波罗的海鲟鱼。

现在已经到了芦笋季的尾声，景玉面前摆放着一份加了白芦笋的胡椒粒芹菜汤，还有为了照顾她的口味而做的简单鸡蛋饼和玉米黄瓜香芹沙拉。

景玉："……"

她放下克劳斯给她新做的课程表草稿，沉思两秒，认真道："先生，这么和您讲吧，您想熏陶我，再早个四五年还行，现在有点儿晚了。我已经被金钱腌入味了，满身铜臭，无药可救。"

克劳斯不置可否道："你安心上课，我会为你请老师，缴纳学习产生的费用。"

景玉"啪"的一下将课程表拍到桌子上，说："这不是培训费和老师的问题——"

克劳斯放下叉子，心平气和地看着她。

景玉将纸张拿起来。

克劳斯用纸巾擦拭着嘴唇，说："只要你答应上课，每月增加 500 欧元薪水。"

景玉迟疑一秒，捏紧纸张又说："这不是钱的问题。"

"如果老师回馈你的确在认真学习，每月再增加 500 欧元。"

景玉："……"

她愤怒地将课程表揉皱，站起来，慷慨激昂地发言道："先生，您这是企图用污浊的金钱来收买我的灵魂吗？您难道觉得我是会为了 1000 欧元而折腰的人吗？您觉得我会任由您摆布吗？"

这一连串的发问显然震住了克劳斯。他身体微微后仰，重新审视起景玉。

"您听说过我国古代的伟大诗人陶渊明吗？'不为五斗米折腰'，就算再需要钱，也不可能完全丢掉气节。"景玉看向克劳斯，说得掷地有声，"那个……你打算给多少？"

克劳斯听完这一番慷慨陈词，等到她最后问价的时候，才笑起来。

"抱歉，是我不对，伤害到了你的气节。再加个条件，倘若我也能看到你的努力，在之前增薪的基础上，每月再多付你 500 欧元，怎么样？"

"好的呢，亲爱的先生。"

再增加几门课程的事情，就这么暂时敲定了。

景玉满意地坐下来，克劳斯将自己那份用苹果制作的烘焙点心拿起来，贴心地放在她右手边。

景玉倒了两杯清爽的小麦啤酒，搭配着丁香，愉快地向克劳斯举杯。

她格外满足道："Prost（德语，干杯）！"

克劳斯也举起酒杯，笑着用中文回应道："干杯。"

上额外艺术类课程的事情，就这么轻而易举地敲定下来。只是在选择上什么课这个问题上，景玉犯了难。

克劳斯给她粗略定了一些大类，有修身养性的，诸如插花；也有看上去好像很实用但其实并不实用的，比如艺术品鉴赏；还有些纯技能性质的，比如钢琴、小提琴……甚至二胡和唢呐。

景玉："……"

她最终选择了芭蕾课，可以塑造体态——实际上，克劳斯答应她，如果选择芭蕾课，她每日固定的运动量可以适当减少；一个艺术品鉴赏，开阔视野——对应试教育下成长起来的景玉来说，背东西并不是一件困难的事；最后一个，是小提琴。

景玉小时候也学过一段时间的小提琴，可惜不肯吃苦，撒几次娇就不用再上课了。那时候她还小，不懂得现在的舒服都要以后的辛苦来换。

现在，她正好能重新开始了。克劳斯就像是一座稳稳的桥梁，把她岌岌可危的断裂的辛苦人生轨迹重新接上，一切又能顺遂地继续了。

小组实践的第二周，景玉和仝臻再次打了起来。

这一次同学们都在，景玉刚刚朝仝臻脸上来了一拳，断子绝孙脚还没使出去，就被西班牙姐姐抱住，语速飞快地要她冷静下来，不要冲动。

景玉没办法冷静。仝臻这个不要脸的，竟然把她提交的市场分析报告改了名字，谎称是他自己写的！

她今天听报告，听了几分钟，察觉到自己上了这个狗东西的当。她平生最恨的就是鸠占鹊巢，哪里还能忍？直接朝着仝臻的脸来了一拳。

有了上次的教训，仝臻隐约知道景玉今非昔比，不敢对她还手，就是脸色很差劲。

景玉的脸色更差劲。

西班牙姐姐和其他国家的留学生，用迥异的口音安慰她。仝臻已经拿着报告纸离开了，景玉在教室里缓了一阵，才勉强平复自己的心情。

她从来都不是会吃亏的性格，冷静下来之后，她打开电脑写了一封邮件给导师，将自己当初收集的市场信息、为了撰写报告而做的调研和拍照等等，全都压缩成一个附件发了过去。

她在邮件中还详细列举了仝臻作为组长的种种失职行为，在最后，她恳请老师思考再三，不要再让仝臻继续担任组长一职。

邮件成功发送出去，但景玉心里面的气，还是没有消。回程路上，她又仔细想了想：首先，老师不一定会出手干涉这件事情；其次，还是那句"倡导自由教育，鼓励性格多元化"，现在才刚刚开始，仝臻这种行为或许不足以让他成为被驱逐的对象。

除非，他自愿退出。

景玉忧愁无比，偏偏明天上午小提琴老师会过来检查她的学习成果。

倘若表现不好，这个月的奖金就扑扇着紫色的小翅膀离开了。

她站在琴房中，面对着窗外的月光，认真努力地练着小提琴。

而下班归来的克劳斯，刚踏入自己的房子，就听到了一段气质独特的琴声。他沉默两秒，外套也没脱，就循声而去。

琴房的门并没有关严，轻轻一推就开了。克劳斯看到了满室的月光，玻璃窗外树木葱郁，空气中弥漫着淡淡的香薰味道，是那种好闻的草木花香。

如蝉翼的窗帘旁侧，身着白色连衣裙的景玉侧身而立，乌黑的头发只用了一根发带松松地绾着。月光下，她的肌肤有着瓷器般的光泽，纤细的手执着琴弓，专心致志地拉着琴弦，动作格外优雅，美丽。

克劳斯在门口停下。

景玉察觉到他的到来，放下小提琴，转身惊讶地看向他问："先生，您怎么来了？"

克劳斯脱掉西装外套，搭在胳膊上说："听到些动静。"

景玉仰着头，兴奋地问他："您是被我的琴声吸引来的吗？"

"是的，"克劳斯礼貌地回答道，"我还以为你在锯我的桌子。"

景玉将小提琴放下来，沉思两秒，看在钱的面子上，她决定心平气和地和克劳斯沟通。毕竟对方手里还掌握着她的工资，决定着她能否拿到更多的奖金。

她说："先生。"

克劳斯将外套随手挂在旁侧的衣架上，应道："嗯？"

景玉耿直地开口道："有时候，您说话可以适当委婉一点点。"

克劳斯笑起来，他坐在一旁的高脚椅上，示意她继续拉小提琴。但景玉自觉琴艺受到挑衅，"龙"颜无光，不肯再继续了。

今天晚上，房中只有景玉和克劳斯两个人。现在是假期阶段，景玉不需要每天早起去旁边的学校上课，克劳斯也不喜欢这边的喧闹，他似乎并不喜欢在这样的公寓中生活。等明天，两个人仍旧会搬回西区的那幢小洋房，在那里度过一个悠闲的假期。

事实上，景玉对西区的那幢小洋房还是很喜欢的。就说隔音效果吧，要比这边优秀许多。

安德烈还在的时候，克劳斯一般不会特别过分，也不会在孩子面前与她举止亲昵，顶多有个贴面礼。他没有将私生活公开的爱好，掩盖得很好。德国人大多注重隐私，而克劳斯更为注重自己的私生活。或者，换句话来讲，除了景玉之外，不会有人知道克劳斯那些隐秘的小癖好。

景玉有些头痛，她将小提琴放在桌子上，手腕有一点点发酸。

克劳斯看着她的背影，忽然问："你为什么不穿旗袍呢？"

景玉诧异地转身看向他。

"你穿旗袍时很美。"克劳斯注视着她问，"要不要请裁缝为你做一件？"

她犹豫了一秒。其实她对旗袍知之甚少，并不是相关爱好者，但这并不妨碍她趁机搜刮。

景玉表情为难地说："先生，旗袍的话，好像要配一些珠宝才好看呢。"

克劳斯宽容地看着她，一如既往地慷慨道："下周五陪你去挑。"

景玉欢呼一声，紧紧地抱住了他。其实，她心里仍然很费解：自己什么时候在克劳斯面前穿过旗袍？

事实上，她穿旗袍的次数五根手指就数得过来。尤其是在德国，亚洲女孩容易成为一些坏人下手的目标，景玉平时都尽量把自己往中性的方向装扮，也会减少夜晚出门的次数。

欧洲的一些国家并不安全，尤其是对生活在这里的亚裔而言。景玉体验过语言上的歧视，对此了解深刻。

所以，克劳斯怎么会看到她穿旗袍呢？

在德国这么久，当初独自一人居住的时候，自己甚至都没有穿过裙子。

晃晃脑袋，景玉决定不去想这些乱糟糟的事情。

次日中午，上完小提琴课的景玉，收到了老师发来的邮件。

"亲爱的简玛。"

再往下。

"我很高兴能听到你分享自己的困扰，但是……"

当看到这个词汇的时候，她已经不太想继续往下看了，但她仍逐字逐句地读完了。

果然，和预想中一样，老师委婉地表示，这个项目是完全模拟现实中的场景。而同样地，在现实工作中，遇到糟糕的上司或者决策者都是无法避免的事情，出于尊重学生自由的考虑，他并不会插手这件事情。

总而言之，老师不会取消仝臻的位置。不管遇到什么麻烦事，请小组成员内部解决。除非仝臻本人自愿退出，或者景玉退出。

和仝臻继续在同一个组中共事？这简直是个噩梦。

这场长期的实验项目持续时间很长，贯穿整个学年，足足有一年。而景玉每次见到仝臻，都想踹烂他的脸。

迄今为止，她已经为这个项目做了持续、充分的市场调研，找了很多资料。沉没成本如此高，她不会轻易放弃。

她也不想放弃。

之前父母离婚分家产的时候，妈妈顾忌到多年感情，轻易地放弃了和全亘生争夺，导致他提前偷偷转移财产，最后母女俩只分到了微乎其微的财产。

男人的感情是这个世界上最没用的东西。

景玉喝了杯浓浓的黑咖啡，心不在焉地翻开一页书，指尖敲着桌子，思考着该怎么解决这件事情。

阳光透过右方的玻璃穹顶投射下来，洒落在地下室中这一盆漂亮的盆栽上。巨大的玻璃鱼缸中，几种叫不出名字的奇形怪状的鱼在懒洋洋地摆动着身体，充氧机日夜运作着，往水中不停地输入氧气，鱼缸里泛起无数细密的气泡。

隔壁房间中，克劳斯用袖箍挽起衬衫衣袖，正在整理东西。

景玉站在门旁，盯着他金色的头发。她站直身体，绷紧背部叫道："先生。"

克劳斯暂时停下手里的动作，问："怎么了？"

景玉走近，克劳斯看到她一副忧愁的表情。他去洗了手，又仔细看着她问："去学校上课的时候，不小心掉了钱？"

"没有……"

"还是刚买回来的东西正在大幅度打折降价？"

"也不是。"

克劳斯沉思两秒道："因为我昨晚不小心——"

"更不是！"景玉超大声地打断他的话，"因为我的小组作业！"

这个回答倒是令他微微一愣，显然有些出乎意料。他坐下，示意景玉慢慢地说，他很乐意倾听她的烦恼。

景玉自动坐到他腿上，甩掉鞋子，忧愁地将自己遇到的困扰说出来。

克劳斯耐心地听着，在听到"仝臻"这个名字的时候，他问："上次和你在食堂里打架的那个？"

景玉点头道："嗯。"她不喜欢把垃圾父亲的事情拿出来说，她想克劳斯应该不知道这些。

克劳斯并没有过多地追问下去，只是饶有兴致地问："你怎么想？"

景玉说："我想当组长。"

克劳斯十分赞同她的想法："很好。"

景玉不说话了。她把脚跷起来，低头看了看。她的美甲又换了新的，是漂亮的樱桃红猫眼石，从不同的角度看，有不同的亮亮的偏光。

克劳斯抚摩着她的头发，他意识到问题所在，问："你是担心没有人支持你吗？"

真是一针见血。

或许是文化差异，景玉和小组成员的交流并不多。现在小组内部产生了矛盾，也很少有人站在她这边。

她额头顶着克劳斯的胸肌，闻到了他身上的香味。她伸出手，隔着衬衣摸了摸，说："没有。"手指移开的时候，她听到了克劳斯从喉咙中溢出的声音。

"邀请他们一起玩吧，"克劳斯低头看着她不安分的手说，"我很乐意为你们提供聚会场地和支付开销。小龙，我能问一下，你现在在做什么吗？"

景玉回答道："想试试猫咪踩奶的感受。"

放在之前的规则下，她这种行为明显犯规了。但是今天，克劳斯将规则悄悄为她开了条细缝。或许是瞧见她如今被事情困扰，他并没有因此而责备她，而是任由这个忧愁的小龙趴在他怀里闹了一会儿。

景玉心里面始终记挂着小组的事情，闷闷不乐。不单单是仝臻的不配合，还有些其他组员的调和问题……坦白来说，她的社交能力算不上多么强，甚至可以说是弱。虽然不至于达到"社交恐惧症"的地步，但也绝对好不到哪里去。景玉无比忧愁地叹了口气。

"开心点儿，小龙，"克劳斯双手捏着她的脸，往两边扯，"不是说要当优秀毕业生吗？这么一点点小挫折，就把你打倒了？"

"人际交往是我的短板。"她坦白道，"先生，我很迷茫。"

克劳斯鼓励道："别着急，你慢慢说，我仔细听。"

"举个例子，"景玉坐起来，认真地和克劳斯讲自己遇到的烦恼，"您知道，我们小组中只有两个亚洲学生，其他的全是欧美国家的人。"

克劳斯轻轻"嗯"一声道："因为找不到具有相同文化背景的同伴吗？"

"也算吧，我很难融入他们。"

留学生也有属于自己的小圈子，这倒不是抱团，只是大家更习惯和具备同样文化背景的人一起交流，玩耍，因为这样意味着矛盾和忌讳都会少很多。

但景玉来到慕尼黑之后，父亲就彻底和她撕破脸，说不会提供给她更多的钱，甚至连准备续签登记的钱也不提供。她没有办法，都已经到了这里，只能利用课余时间去打工，完全没有时间和亚洲的留学生交流。

她也会感到孤单啊。

景玉不喜欢对别人诉苦，她犹豫两秒，还是把这些话全都咽回了肚子中。

"那试一试呢？"克劳斯建议道，"像我刚刚说的那样，邀请他们参加派对，和他们聊聊，或许事情没有你想象的那么糟糕。"

"中国有句话，叫'万事开头难'，"克劳斯抚摩着她黑色的头发说，"拿出当初和我要钱的气势来。"

"不一样。"但具体哪里不一样，景玉自己也说不清楚。她趴在克劳斯的胳膊上，感受到对方正在抚摩她的头发。

"你的头发很像绸缎，"克劳斯说，"很美。"

景玉"嗯"了一声。克劳斯大手穿过她的黑发，看着发上的光泽。

绸缎，这个具备浓厚东方文化韵味的词语。几个世纪前，这种来自古老中国的布料，被欧洲大陆视若珍宝。皇室贵族皆以拥有这样的珍宝为荣，他们将东方舶来品都当作奢侈品。

丝绸华美，珍贵，奢侈，却也脆弱，就像她。

克劳斯手指抚摩着景玉的下巴，指腹上的茧子磨过她细嫩的肌肤，像是在挠猫咪。景玉觉得有点儿痒，侧脸躲开，克劳斯手压住她的唇，往下去。她张嘴，一口咬住了。

在景玉含住他的指尖时，克劳斯贴在她耳侧，低声说："知道吗？小龙宝，第一次见你时，我就已经想好了与你相衬的词语。

"And...How you're gonna be railed to death（以及……你将如何被我粗鲁对待）。"

第一次见她？他是在说她被米娅投诉，令她丢掉工作的那次吗？景玉有些迷茫地思考着这个问题。

克劳斯并没有继续交谈，他用手仔细触碰着景玉的脸颊、下巴、锁骨，最后来到她的蝴蝶骨。

阳光透过透明玻璃落在地下室一角，将整片天地照耀得灿烂无比。鱼缸中游曳的鱼儿用鳍和尾巴击打着水，无数的气泡咕噜咕噜地在水中炸开。

景玉抓住克劳斯的手腕，本来是个推拒的姿态，但当克劳斯压下来的时候，她闭上眼睛，手指插入他如阳光一样的金发中。

晚上景玉睡得很早。第二天，在克劳斯的鼓励之下，她精神焕发地开始邀请小组成员参加派对。

这些青年活力四射，他们喜欢参加各种各样的社交派对，喜欢新鲜事物，几乎不需要用什么理由，也不需要怎么邀请，只要告诉他们"今晚在我家里举办派对哦"，这些人就蜂拥而来。

举办派对的地点是克劳斯不常住的一套房子，上午，当景玉坐在床上打着哈欠发送邀请信息的时候，克劳斯聘请的专业人员已经上门开始装饰派对现场了，以及购买各种各样派对上可能用到的玩具、饮料、零食和气球等。

中午，景玉收到答复短信后，只需要将这些人的社交账号发送给派对专业布置人员，对方会迅速对这些个人主页上的动态进行分析，了解各自的宗教忌讳、喜好，甚至人际关系，进而安排餐点和饮品。

景玉什么都不需要做。

好友栾半雪也参加了这场派对，不过她在下午的时候就过来了，帮景玉挑选适合在派对上穿的裙子。

景玉刚换了两条就捂着胸口决定不试了。有一条差不多的就行了，她没有兴趣做"派对女王"，成为被众人追捧的焦点。

栾半雪惊叹于那个面积近90平方米的衣帽间，胡桃木材质的柜子和架子整齐划一，陈列得满满当当。地上铺着乳白色的地毯，墙壁上挂着织锦和树形的装饰灯，衣帽间里全是各大品牌的新装，按照材质、色彩、季节甚至场合做了区分。或许是知道景玉本身对穿着无所谓，很多单品基本上都做好了搭配，还有标签，贴心地注明了适合搭配的首饰、鞋子和包包放在哪里。

栾半雪看了半天，开口道："大牡丹。"

"嗯？"

"这么说吧，我亲爹对我都没这么好。"

景玉："……"

不需要再试衣服，闲着也是闲着，两人索性一起去影音室看电影。

这部电影色调阴冷复古，米娅出演了其中的女主角，而出演男主角的恰巧是景玉的同学，也是这次小组成员之一，卢克。

听闻这部电影，米娅也有投资。

巧合得很，这部电影中出场戏份加起来不到半个小时的男主角，名字也叫克劳斯，金发碧眼，也是财阀之子。

电影中有很多亲热戏码，米娅抱着男演员的金色头发，喘息着叫他"克劳斯"。

"我爱你……克劳斯……

"克劳斯先生……"

景玉将瓜子咬得"咔嚓咔嚓"响。

德国这边，有很多人都不会嗑瓜子。超市里卖的瓜子包装袋上面，甚至会标注嗑瓜子的正确步骤。虽然这边也有一些具备本地特色口味的瓜子，但景玉还是偏爱焦糖味的。

栾半雪的牙齿上有个嗑瓜子嗑出来的小豁口，现在她不怎么嗑了，注意力全都在电影上。她看得入神，盛情称赞那个叫卢克的男演员。等电影放映结束，她还沉浸在剧情之中。

"演技很好啊，把一个花花公子演得这么撩。而且，金发碧眼真的好看，不愧是'就算是恶魔，也会忍不住心动的颜色'啊！"栾半雪狂夸一通，才问，"今天晚上卢克真的会来啊？"

景玉点头道："说起来也蛮怪的，他之前什么派对都不参加，这次突然答应了。"

栾半雪兴奋地问："难道是对你有意思？"

"首先，我和对方基本上没有交集；"景玉纠正好友的说法，"其次，卢克说会顺便把报告拿过来；最后，他曾交往过的所有女友都是金发。"

栾半雪还沉浸在自我脑补中："啊，原本的审美取向都是金发，却突然爱上了一个来自神秘古国的黑发少女，说不定还会说服自己'只是送报告'，才来参加你的聚会。啊，大牡丹，你和卢克这该死的 CP 感（网络用语，这里指有情侣的感觉）——"

"啪——"

有人打开了房间中的灯，景玉的眼睛被猛然刺痛。她伸手遮了下，眯着眼睛，看到了站在门口的克劳斯——身着戗驳领西装外套、灰色马甲、白色衬衫，站得端正。

吓得景玉手里的瓜子都掉了。

克劳斯平静地站着，也不知道他听到了多少。他的视线落在景玉身上，问："简玛，你的朋友来了吗？"

"是的，先生，"景玉拉着栾半雪的手站起来，为他介绍道，"这是我朋友，半雪——"

"不用，"克劳斯打断她的话说，"我还有事情，你们慢慢聊，再见。"

他文质彬彬地与两人告别，金色鬈发搭配上他的脸，漂亮到令栾半雪目瞪口呆。

成熟男人的韵味，是卢克那种所不能相媲美的，方才栾半雪还沉浸在卢克的颜值中，但克劳斯只是站了一站，就足以让她完全忘掉卢克。这才是恶魔都不忍伤害的颜值。克劳斯本人要比照片上看起来更加英俊，年轻，温和。

栾半雪直觉现在的氛围有些微妙，不敢久留，随便找个理由就走了。

景玉不确定克劳斯有没有听懂她说的话，毕竟……栾半雪的 CP 论，其实会令克劳斯不悦——克劳斯不喜欢自己的糖果跑去别人面前。

她刚准备试探性地看看，就被正在整理衬衫的克劳斯捉了个正着。

"过来，"他说，"帮我整理一下领带。"他正在换衣服，应该是为了晚上的私人聚餐做准备。

克劳斯身材高大，为他整理领带的时候，景玉必须仰着头，伸着手，这个动作让她的胳膊有点儿发酸。但现在的她不能拒绝，自己也不是一直皮，最基础的察言观色还是会的。

克劳斯只字不提方才的事，只问："身体好些了吗？"

早晨景玉有些头痛，不舒服。

"好多了，"她说，"但还是有点儿困。"

"吃药了吗？"

"嗯。"

"晚上我有事，不回来休息——你的派对准备开到什么时候？有具体的计划吗？"

"还没想好。"

"最好还是回家休息，我让人去接你，别太晚了。"

"好。"

克劳斯问的都是些再普通不过的问题，就像是随意地和她聊天，了解她的动态。一个一个回答着，景玉紧张的心情慢慢放松了下来。

当克劳斯要她的手机输入司机的联系方式时，她也毫不迟疑地递给了他。

景玉刚刚打好领带，克劳斯低头，忽然问："什么叫'CP'？"

景玉顿时神经紧绷。糟糕，他果然还是听到了。她手里一抖，有那么一瞬间，想把领带打个死结。

景玉平复了一下心情，镇定地回答道："先生，CP 是 Cerebral Palsy 的简称。Cerebral Palsy，脑性麻痹，大脑性瘫痪，简称脑瘫。"

克劳斯疑惑地应："嗯？"

景玉对他粲然一笑道："我朋友那句话的意思是，'该死的，如果不小心磕到头，有概率变成脑瘫'。"

"我明白了，甜心。"克劳斯颔首，浓绿色的眼睛注视着她问，"那么，为什么你朋友会给你发送这样的话？"

景玉一脸蒙地问："什么？"

克劳斯拿着手机，用中文字正腔圆地念栾半雪给她发来的新消息："大牡丹，你和你先生才是最有 CP 感的。"

景玉："……"

糟糕，完蛋。

下午 5 点，克劳斯才离开房间。

他重新换了衣服，手掌心有着淡淡的鱼子酱霜的味道。或许是抹的时间太久，清洗之后，味道依然未完全散去。

克劳斯这次受邀是去参加一位朋友的家庭晚宴，同时参加的还有一位慷慨美丽的女士。女士身边带了一个正在某大学就读的男生，金发碧眼，名字叫卢克，是那种很受人喜爱的长相。

卢克和米娅合作过一部电影，他在里面扮演的男主角也叫克劳斯。

电影中的克劳斯，同样也是大财阀唯一的继承者，同样金发碧眼，同样英俊多金。不同的是他爱上了一个歌手，跪伏在米娅所扮演的人物裙边，祈求她的吻。

吃过饭后，这件看上去像是巧合的事情理所当然地被提及，美丽的女士还特意让卢克去和克劳斯打声招呼。

女士并没有恶意，只是觉得如此凑巧，她笑眯眯地介绍两人认识，还开着两个"克劳斯"的玩笑。

卢克心里很忐忑，他第一次和埃森集团的克劳斯先生聊天，难免有些紧张。

但这位英俊的克劳斯先生并没有流露出不悦，反倒仔细看着他的脸，温和地说："我看过你的电影，不错。"

卢克脸上立刻流露出些许受宠若惊的神色，他问："是吗？我真高兴您会看。"

"尤其是最新的那部，"克劳斯微笑着夸赞道，"你出演的那个失智角色很棒，演技很自然，看上去像个真正的傻子。"

对于德国人的派对来说，"Party"这个词其实并不太合适，他们更喜欢称之为"Feiern"（欢庆）或者"Saufen"（酗酒）。

克劳斯请来的人十分专业，为了这一场派对，除了最基本的人际关系调查之外，还考虑到各个国家地区的差异，并没有和普通的德国人开派对那样只是买来一堆酒和薯片、饼干，也有一些其他的速食品，甚至还请了一位厨师，可以现场做好吃的中餐。

景玉喝的啤酒不多，在这种场合，不喝醉是克劳斯给她定下的规定。

她玩了一会儿万智牌，有意无意地抛出了一些问题，试探着询问这些人对仝臻的看法。

喝了酒，品尝到美味的小点心后，绝大多数人都坦诚地告诉她："事实上，选谁做小组组长都无所谓，简玛。"

只是，其中有个叫玛蒂娜的德国女孩并不同意这个看法。她不是那种只要取得学分，就可以不在乎过程的人。

玛蒂娜的数学很好，她还利用统计学做了一款简单的小程序，用这个程序可以计算出《星际争霸》这款游戏中金钱成长的合理性和规划，很受喜欢这款游戏的同学欢迎。

玛蒂娜直截了当地问道："我看过你写的市场分析报告，你准备售卖一款啤酒，对吗？"

景玉说："是的。"

玛蒂娜轻轻笑了下说："啤酒，慕尼黑最不缺的就是啤酒。"

在计划建组的时候，景玉就想好了做什么。她早早地写完了策划和报告，想好了如何说服其他人："距离慕尼黑十月啤酒节还有几个月，据我查阅的一些官方资料显示，在每年的节日上，啤酒的消耗量至少达到500万升，我们应该抓住这个机会进行推广。"

玛蒂娜不置可否，她的手指在桌面上滑了几下，稍稍思考几秒，像是在计算利润和可能的风险。

计算完毕，她抬起头说："简玛，现在我需要看到更详细的东西才能做判断……甜心，这和我们的友谊没有关系。就算今天是Tong（仝臻），我也会是这个答案。"

景玉说："谢谢你。"

玛蒂娜并没有接话，她低头，注意力放在了面前的法式脆饼上。

等大家喝酒喝到凌晨的时候，一部分人去睡觉了。景玉定的闹钟也响起来，提醒她，该回家了。

司机早就等在外面，她离开前，看到卢克一个人坐在角落里发呆。

的确，虽然都是金发碧眼，但卢克的头发其实偏棕色一点儿，不是那么纯粹的金色；绿眼睛和克劳斯的也不一样，他的绿眼睛看上去更脆弱，仿佛下一秒就会破碎掉。非要比喻的话，就是克劳斯的眼睛像绿翡翠，卢克的像绿玻璃。

绿翡翠昂贵，韵味足，高高在上。

绿玻璃清透，脆弱，随处可见。

不知道为什么，今天晚上卢克来得比较晚，而且始终心不在焉，像是被老师训斥过的学生。他脖子上还有口红的痕迹，衣衫凌乱。

景玉并没有慈悲心肠用来关爱失落美少年，她只是在想：该怎么提出要仝臻退出小组？

次日小组开会，仝臻比景玉先一步掌控话语权，他制作了新的计划书，准备售卖一种咖啡。

仝臻和这个小组里的成员都保持着不错的关系，至少有两个人很赞同他的意见。还有两个，在昨晚景玉的派对上和她聊得不错，并没有去看仝臻的新提议。

景玉在此刻无比感激克劳斯提供的社交建议，人永远离不开"感情"这两个字。

玛蒂娜如同她一开始说的那样，并没有表态，她在等景玉进一步的行动。

景玉也没有浪费玛蒂娜的期待，她拿出自己熬夜写完的报告书，上面每一个数字都是她精心计算、反复验证后得出的。这一份数据报告没有辜负她的期望，它成功地令包括玛蒂娜和卢克在内的剩余成员开始犹豫。

最终，小组成员准备等下次会议时再做决定，从这两种产品里选择一样——同样，这也意味着另一种可能性。

倘若最终选择其中一种，另一个人将会彻底丧失接下来的话语权。

景玉想要售卖的啤酒，来自一家小酿酒厂。

众所周知，德国啤酒以它独特的"纯度法令"吸引了不少啤酒爱好者，许多旅行者都喜欢拜访巴伐利亚啤酒花园。

虽然按照规定，酿酒厂只能利用啤酒花、麦芽、酵母和水这四种成分酿造啤酒，但德国大大小小的酿酒厂，仍旧依靠着基本酿造过程中的微妙变化来做出差异，酿造出了 5000 余种不同的啤酒。

这些知识都是克劳斯介绍的，尽管他并不售卖啤酒，不过，作为一个德国人，他很乐意为景玉讲关于啤酒的故事。

"……你平时经常喝的淡啤酒，是利用的底层发酵技术，"克劳斯讲给景玉听，"名称上与之相对应的，还有顶层发酵。比如早上喝的小麦啤酒……宝贝儿，坐正。"

景玉被迫坐正身体，她打着哈欠，困得睫毛都有了点儿潮湿的痕迹。她快快道："先生，我在听。"

她太累了。

昨天上午上完小提琴课；中午休息了不到两个小时；下午又上了三个小时芭蕾舞的课程，还阅读了至少 30 页的德语书并写报告；晚上还和克劳斯粗暴地切磋了一个小时。今天清晨在自己的床上醒来时，景玉回顾昨天的日程，只感觉自己现如今过得比高三那会儿还要辛苦。至少高三的时候，没有体力劳动。

克劳斯看到她困倦的模样，暂时停下继续为她讲解啤酒的历史和制造工艺。

但景玉却老老实实地端正了坐姿，按照克劳斯要求、教导的姿态，挺直背部，像一个优雅的淑女。

"先生，"她提出要求说，"我想喝奶茶，可以吗？"

克劳斯冷漠无情地拒绝道："不行。"

景玉叹了口气，挪了挪屁股，皱眉自言自语道："腰好酸啊。"

克劳斯侧过脸，看车外的风景。

车窗玻璃上能够映出景玉的影子，小小的一个。她好像在发愁，手指绕啊绕的，两根没梳理好的头发，直挺挺地晃了晃。

"好可怜啊，我真的好可怜啊，"她用只有两个人能听到的音量说，"昨天高强度运动加学习，结果现在连杯奶茶都喝不到，胃好饿，肚子好惨……"

克劳斯慢慢呼吸，侧过身，语气稍稍松动道："换种饮料，除了奶茶，什么都行。"

"好呀好呀，那我想喝牛奶和茶的混合物，"景玉兴致勃勃道，"最好再加进去焦糖珍珠、西米、椰果、燕麦——"

克劳斯打断她道："甜心，你以为换种说法就能喝了？"

"……"

克劳斯言简意赅道："不行。"

景玉忧郁地对着车窗，用方言惆怅地说："潮吧。"

潮吧，在青岛方言中是"傻子"的意思。

克劳斯听不懂方言，景玉这一句，在他耳中成了"好吧"。他对她接受现实这件事情非常满意，对她柔顺的回答，也十分欣慰。

车子经过美因河，逐渐靠近克劳斯的家乡——美因河畔的法兰克福。

这个最不像德国的德国城市，拥有着欧洲第三繁忙的机场，摩天大楼鳞次栉比，有着世界上最大的证券交易所、欧洲中心银行，这里是切切实实的金融和商业中心。夜生活丰富热闹，公园绿树成荫，街道遍布漂亮的啤酒花园和咖啡馆。

在法兰克福，银行业发展得十分强大，而具有垄断性质的埃森集团的总部就在这里，同时这里也是克劳斯·约格·埃森的家乡。

景玉想要寻找的酿酒厂，就在法兰克福以北约90公里处的马尔堡。但克劳斯来这里并不是专程为了她——埃森集团需要他回去处理一些公务，不过是捎带着景玉。

　　克劳斯并没有把景玉带回埃森家族的家中。

　　在抵达法兰克福的第一个晚上，景玉一个人住在克劳斯的房子里。这里同样有着精致的木质地板，还有一个照顾她起居，精通英语和德语的女佣。

　　克劳斯三天没有回来。景玉能够从电视直播采访和报纸、杂志上看到他。作为埃森集团唯一的继承者，有着漂亮金发的克劳斯先生，无疑会受到许多关注。

　　克劳斯不说，景玉也能从报道上知道他的行程。除却公事之外，他还参加了不少其他活动和晚宴，身边跟着门第相当的女伴。合照时，两人站得不远不近，保持着礼貌友好的社交距离。

　　克劳斯看着镜头，绿色的眼睛如此清晰。

　　第四天，克劳斯才回来，和景玉一同动身前往马尔堡。

　　工厂在上城区，景玉在工厂参观的时候没少头疼。这边负责人的英语很差，讲的也不是标准德语，而是低地德语和弗里西语，对于德语非母语的人来讲，实在糟糕透了。

　　还好有克劳斯做翻译，能及时解释一些她听不懂的词语。

　　中途景玉上了个厕所，把自己的包暂时放到了克劳斯手中。等她出来后，发现完全找不到回去的路。她不得已去找旁边的员工，想要询问路线，但对方一张口，景玉的脑袋瓜就"嗡嗡嗡"了——

　　她完全听不懂对方在说什么！这口音也太重了！

　　克劳斯耐心地等了一会儿，没等到人，这才意识到，这个贪财的小龙或许迷路了。

　　与她机灵的小脑瓜和优秀的思维能力，以及出色的语言学习能力截然不同，景玉辨认路线的能力很差。在住到洋房的第二周，她还经常弄错两人的卧室，好几次晚上呆呆地打开他的房门，再说着抱歉离开。迷路到这种程度，实在令人十分惊异。

　　一个亚洲女孩，在异国的酿酒厂中走失的确有些糟糕。克劳斯没有犹豫，立刻寻找经理。当成功找到迷路的"小龙"时，景玉坐在办公室中，正悲伤地擦着眼泪。

　　门开着，但克劳斯并没有进去。隔着窗，他清晰地看到了景玉脸上的焦急不安。迷路的贪财小龙，竟然也会因为找不到他，而害怕难过吗？

克劳斯停下脚步，仔细看"小龙"会为了找他而做出什么努力。

酿酒厂里一个英语说得还算可以的人询问她："小姐，请问和您同行的先生身高多少？"

景玉摇头道："不知道。"

"好吧，那您知道他的大概体重吗？"

景玉回答道："也不知道。"

"嗯……"记录员有点儿头疼地问，"那对方今天穿的什么衣服呢？"

景玉想了想，有些为难地说："对不起，我没注意。"

"……"记录员把笔合上，问，"小姐，那您能提供他的其他特征吗？"

克劳斯看到景玉脸上弥漫出痛苦的悲伤，那种哀伤的神情令人心碎不已。

景玉心疼地说："他拿走了我的喜马拉雅铂金包啊，尼罗鳄鱼皮，扣环装饰 18K 白金，白钻扣，是稀有的雾感烟灰色，里面还装了 500 欧元现金……"

当景玉还在仔仔细细地描述那个自己只背了两次的喜马拉雅铂金包时，一道高大的身影笼罩下来，遮挡住身后的阳光，将她整个人都笼罩在影子中。

景玉的嘴巴暂停。她抬头，看到了心心念念着的尼罗鳄鱼皮、18K 白金扣环、白钻扣、稀有雾感烟灰色的喜马拉雅铂金包，以及金发碧眼、对着她微笑的克劳斯。

"亲爱的景玉，"克劳斯说，"我从未想到，你竟然拥有着如此优秀的观察力和记忆力。"

景玉谦虚地向自己的包包伸出手道："您谬赞了。"

克劳斯没有将包给她，他绅士地选择为龙暂时保存下她的包，虽然有一点点半强迫性质。如今这包就像是能吸引龙的闪闪发光的宝石，只要还在自己手上，景玉就绝对不会走丢。

令克劳斯稍稍欣慰一点儿的是，虽然景玉记挂着他手里的铂金包，但她却没有因此而忘记今天来的目的。

在听员工介绍这家小酿酒厂的啤酒种类、口味，以及最佳饮用方式时，她掏出了随身携带的小笔记本，认认真真地记着笔记。

这家名气很小的酿酒厂，目前生产的主要是 Weizenbier（小麦啤酒）。虽然小麦啤酒在南部，尤其是在巴伐利亚占据着主导地位，但竞争也尤为激烈，最受欢迎的是 Hefeweizen（原始的小麦啤酒）和 Kristallweizen（经过过滤的小麦啤酒），后者是景玉喜欢在早餐时候来一杯的清爽味道。

但这家籍籍无名、险些被大型酿造商吞并的小小工厂，如今却酿造出了味道更清爽，甚至还带着些许葡萄酒香的啤酒。

酿酒厂厂长极力邀请两人品尝。他用最普通不过的玻璃杯，为景玉接了一杯还冒着气泡的鲜酿啤酒。

景玉小心翼翼地接过，说了声谢谢。

这杯啤酒有着更加丰富的泡沫，味道微辣，景玉尝了一口，爽口感惊人，气味芳香，醇厚，好像有葡萄果汁也一并顺着喉咙落入胃中，腾起一片温柔的麦芽香气，柔滑润口。细细回味，嘴唇上仿佛也有麦芽淡淡的焦香味道。

"饮用这款啤酒的话，还可以搭配丁香或者香蕉——哦，千万不要搭配柠檬，"厂长说，"那个味道太糟糕了，会破坏掉完美的泡沫。"

克劳斯并未做出评价，他只稍稍向景玉点头，表示他认为这款啤酒还不错。

这令景玉更加开心。她是喝着青岛啤酒长大的，对德国啤酒的了解自然远不如克劳斯，能得到克劳斯的肯定，对于她来说，就意味着这款啤酒选对了。

回法兰克福的路上，景玉也没有闲着。她埋头计算着厂长报出来的价格，计算着这款啤酒会获得的基本利润，想要推广出去，包装是一定要进行更换的。这家酿酒厂还是传统的家庭经营式，在大型酿造厂的挤压下艰难地存活着。

景玉埋头计算了会儿成本，眼睛有点儿痛。她放下笔，一眼对上了克劳斯的视线。

克劳斯看着她问："算完了？"

景玉点头道："嗯。"

"很好，"克劳斯表情平静地继续说，"那我们现在来谈谈刚才的事情。"

"嗯？"

克劳斯终于把她那装着 500 欧元现金的铂金包归还，景玉小心翼翼地接过来，宝贝一样地捧着包检查了一遍，并决定今后再也不背它了。这么贵的东西，还是得好好收着，留着以后拍卖，真要是弄出个划痕，该贬值了。

克劳斯向她确认道："你很喜欢包？"

"啊，不，您是想送我礼物吗？"景玉将包放好，眨了眨眼睛道，"先生，其实，我还很喜欢小动物。"

这个富有爱心、朴素无华的答案，令克劳斯微微一顿："嗯？"

"比如说什么宝马、悍马、布加迪威龙，"景玉乖乖巧巧地坐着说，"您随意送，我不挑。"

克劳斯沉默两秒，他礼貌地询问道："请问等下下车后，你介意我抽一支烟吗？"

景玉温顺地回道："先生，只要您愿意送，别说抽烟，抽鞭炮都行。"

下车后，克劳斯并没有抽烟，而是新开了一瓶鱼子酱，仔仔细细地教导完某叛逆期的小龙后，他又拿温暖的浴巾将她裹住，抱在怀里。

他手臂压着她的头发，问："知道错了吗？"

景玉听着他的心跳，手指能摸到他金色的头发、眉毛、睫毛和绿色眼睛，她老老实实道："知道了。"

但是仅仅这样还不够。

调皮、傲娇、叛逆的小孩子，克劳斯再度确认景玉的这个特性。

而对于景玉来说，在不被罚款的情况下，违背克劳斯的要求也是一件极为有趣的事情。毕竟之前两人开诚布公地谈过彼此的雷区和注意事项，在不触碰高压线的情况下，她很乐意在规则的边缘疯狂蹦跶。

对于景玉来说，绝对服从这件事情实在太无聊了。她喜欢这样，一次又一次地挑战、试探，确认克劳斯的控制欲。这种不停试探并得到反馈的相处方式，会让她感觉更有活力。

傍晚时分，一直为埃森家族服务的裁缝上门，为克劳斯测量准确的尺寸，好为他定制新的衬衫和裤子。裁缝先生叫劳伦斯，三十多岁的年纪，有着一半的英国血统——这点很明显，可以通过他危险的发际线进行验证。他文质彬彬，戴着一副金丝边眼镜，说话时语速缓慢、清晰，就像英语六级听力中的播音员。

与景玉那塞满了各大品牌新品的衣帽间不同，克劳斯的衣服颜色大多是暗色的，每一件都由裁缝定制——埃森家族拥有着固定聘请的裁缝。这些裁缝世代从事这个行业，只为埃森家族提供私人定制服务。

景玉第一次见量体裁衣，毕竟先前没有接触过。她饶有兴致地站在旁边看热闹，却冷不丁与克劳斯对上视线。他穿着白色的衬衫，伸长胳膊，皮带束缚着腰肢，西装裤中线锋利。

两人视线相对，克劳斯忽然笑了，朝她做了个"过来"的手势说："过来，你帮我量。"

景玉："啊？"

裁缝先生犹疑不决道："先生？"

"免得下次迷路，连我的身高、体重都说不出。"克劳斯看着景玉，慢慢地说，"亲手量，或许能让龙的小脑袋记得更清楚。"

话都说到这份上，景玉只好上手了。她一手拎着尺子，碍于身体的限制，她请克劳斯捏住尺子的另一头，自己则蹲下去，测量腿的长度。

克劳斯低头，看到景玉蹲下身体，露出一截纤细的脖颈。她努力地拿尺子往下测量，盯着上面的数值，报出："122厘米。"

景玉在心里默默地想：天，克劳斯先生的腿好长！

裁缝先生扶了下眼镜，仔细地记下数值。

只是现在，景玉不好意思当着外人的面造次，她站起来，为克劳斯测量胸围。

她没有为人量体的经验，在测量克劳斯的胸围时，犹豫两秒，直接捏着尺子双手环抱住对方。

柔软的尺子压在克劳斯背后，隔着衬衣，景玉的指尖触碰到他温热坚韧的背肌，上面还有她抓挠出来的痕迹。而她的手指，此刻刚好压在其中一道痕迹上。

景玉的胳膊隔着衬衫挤压到他的时候，克劳斯喉咙中不自觉地发出一点儿声音。景玉抬头，正好对上他漂亮的绿色眼睛。

像是偷吃糖果被大人抓到了。

景玉先移开视线，收回尺子，看着上面的数值。

"106厘米。"她声音有点儿发干地说。

克劳斯还在盯着她。

背后的裁缝先生没有听清楚："抱歉？"

景玉仓促回头，手不自觉地将尺子绕了一下，把手指勒出白色的痕迹，再次说："106厘米。"

她没有看克劳斯的眼睛，半蹲下，开始测量他的大腿围。

测量大腿围并没有那么麻烦，景玉将尺子绕过他的西装裤，软尺将原本端正严谨的西装裤压出痕迹来，贴着克劳斯肌肉线条流畅的大腿，箍成一个圈。

软尺交叠处的数值有点儿模糊，还有淡淡的阴影。景玉凑近，想要看清楚上面的数字。她乌黑的发顶到克劳斯的腰间，克劳斯似乎能隔着西装裤感受到她的呼吸，轻微，温热。

不远处，裁缝先生的手机响了一下，他不再盯着这边，下意识地拿出手机看短信。

景玉终于读出了数值："56……嗯！"

克劳斯的大手深深插入她的发间，压着她的头，往腰间按了按。景玉的身体被他按得前倾，脸颊感受到他西装裤的质感。

裁缝先生听到动静，他抓紧时间回完消息，收起手机，看到景玉站起来。景玉头顶的发乱了，像是被人用力揉过，她背对着他，正低头拿着软尺。

裁缝先生看不到她的正脸，他低下头，在本子上记下克劳斯的大腿围度。在他专心致志记数字的时候，听到克劳斯镇定的声音响起："景玉，就到这里，剩下的交给劳伦斯先生。"

景玉有点儿不解，她耳垂上的红其实还没有完全褪去，透着点儿薄薄的绯红，好像桃花花蕊接近根部的红。

她将软尺收好，诧异道："哎？但是还剩下一个腰围——"

克劳斯俯身，用只有两人能听清的声音说："再量下去，只怕我会在劳伦斯先生面前失礼。

"如果你真想得到我的腰围，能否今晚再请你亲自帮我测量？"

景玉晚上花了近一个小时，才测量出克劳斯的腰围。

80 厘米。

虽然整个测量过程比较艰辛，但结果还是比较令人愉悦。

她舒舒服服地一觉睡到中午才起来，太阳正好，她开开心心地随便唱着几首调子欢快的歌曲，裹着浴巾去洗热水澡。

简单吃了些沙拉作为早餐后，景玉继续为自己的啤酒项目工作了。她拉了讨论组，开新的视频会议。

暑假已经开始一段时间了，其中一个同学回到了自己的家，几个人开着视频会议，由景玉简略阐述昨日从酿酒厂厂主那边得来的信息。

这些东西，在昨天晚上，克劳斯就已经帮她仔仔细细地梳理了一遍。他是个很体贴的引导者，教给她该如何说服这个年龄段的大学生。在这一方面，他是老手。

克劳斯教景玉的第一点，就是镇定。

在阐明自己的观点、说服别人的时候，语速一定不要快，太快会暴露自己的不自信和犹豫，要从容、缓慢，才能有足够的时间用来思考和弥补刚才话语的不足。

在克劳斯眼中，这些大学生很容易对付。

为了能够进一步说服玛蒂娜，景玉甚至使用了自己编写的 Matlab（一款商业数学软件）模型。玛蒂娜喜欢数学，那就要使用同样严谨的数学来论证这项计划的可行性。这也是得益于克劳斯的指点。

景玉成功了。

玛蒂娜同意了。

景玉没有继续等待，她认真撰写申请组建新组的邮件，末尾加上了其他几个愿意支持她的同学的电子签名，发送到老师的电子邮箱中。下午，她就收到了回信。老师审核通过，景玉成为了新组的组长，将拥有更多的决策权。

等到克劳斯晚上回来的时候，她主动将这个好消息告诉了他，还特意为此准备了一个小小的惊喜。

克劳斯刚刚从交际场合回来，他脱掉西装外套，只穿着白色衬衫，领带解开，松了两粒纽扣。由于晚上喝了些酒，他现在正在慢慢地品尝一种有气泡的矿泉水。

景玉眼睛弯弯地暗示他，为了答谢他昨晚的帮助，她特意购买了一件很性感的睡衣。对她而言，是很昂贵的一件呢。

克劳斯听完后，纠正道："甜心，你不应该为了某个男人而性感——即使那个男人是我。"

景玉不理解，她坐得离克劳斯很近，表情有些迷茫地问："什么？"

"如果你想穿性感的衣服，那一定是为了取悦自己，而不是别人。宝贝儿，你的想法有误区。穿什么风格的衣服都是你的自由，你不需要特意装扮性感，然后告诉我，是为了我。"

"你可以选择任意你想穿、想尝试的衣服风格，"克劳斯慢慢地说，"我很荣幸能成为观赏者。能看到你的美丽，这是我的幸运。"手掌贴上景玉的肩膀，他继续道："你应该主导自己的人生。"

他的手掌温热，隔着衣服好像都能将她烤坏。

景玉下意识地问："主导？"

"是的，"克劳斯轻拍一下她的肩膀，收回手问，"甜心，你忘记我们的目标了吗？"

景玉没忘——为了满足克劳斯扮演白骑士的心理需求，她需要在对方的指导下，顺利地毕业，顺利地过好自己的生活。

克劳斯绿色的眼睛，因为微笑而成了一汪漂亮的湖水，景玉从里面清晰地看到了自己茫然的表情。

他语气温和道："你有生活的选择权。"

景玉犹豫道："哎，那要不然我把睡衣退掉？ 30 欧元呢，都够我买一份参考资料了。"

克劳斯被她这心疼的模样逗笑了，主动提出替她报销这 30 欧元，还顺带着奖励她一个温柔的深吻和体验感极好的晚觉。

第二天，这件漂亮的、只有轻纱重的睡衣被人送过来，但克劳斯并没有要求她为自己穿。

景玉抚摩着柔软的睡衣，将它放到衣柜的最深处。关上衣柜门的时候，她指尖触碰着胡桃木门板上的精致花纹，漂亮的木头摸上去是那种丧失生命的坚硬，即使清漆把它的美丽永久保存了下来。

停顿一阵后，她决定去剥个橙子吃。只是不清楚为什么，这个橙子不甜，还意外地有些酸。她一口咬下去，酸汁争先恐后地冒了出来，在嘴巴里发起一场味道革命，侵占着每一粒味蕾。

景玉受不了酸，她只咬了一口，就忙不迭地把它丢进了垃圾桶中。

去漱口的时候，她盯着垃圾桶中的橙子，它就这样安静地躺着，几分钟前还在价格高昂的玻璃果盘中，散发着幽幽的果香。自己刚才还将这个橙子捧在手心，小心翼翼地剥皮，丢弃时却毫不犹豫。

被咬了一口就丢弃的新鲜橙子，颜色像是橙黄色的警告。

人吃了一口橙子，后悔了，后果只是短时间内感到牙酸酸的，和指甲里残留的轻而易举就能用清水洗干净的橙子汁液。但新鲜的橙子呢？它躺在垃圾桶中，失去了它存在的一切价值。

景玉用冷水仔细清洗着手指。她脑袋里冒出一个大胆的想法：如果这次项目运作顺利，那么有了攒下来的这些资金，她可不可以和酿酒厂继续合作？她可不可以创造一个新的啤酒品牌？

克劳斯提供的条件的确优渥，但是——

把人生的希望和幸福寄托在一个男人身上，实在是一件再蠢不过的事情了。

只有靠自己。只有握在手中的钱，不会背叛自己。

两人在法兰克福居住的这段时间，景玉成功地拿到了驾照。

德国的驾照并不比国内的好考，费用也更加高昂，乱七八糟的加起来，花掉了将近 1800 欧元。克劳斯主动承担了这些费用，他并不介意为景玉学习新技能买单。甚至，每当景玉掌握一门新技能，他还会以此来激励她。就像这次考证，他已经在询问她对车辆的喜好。

在考证的过程中，景玉同时上理论课和实践课。这边的教练还蛮喜欢她，称赞她最好的一点就是不反驳。教练说什么，她就做什么，不会像其他的学员那样喋喋不休。

路考当天，克劳斯亲自开车送景玉去考试的地点，一路给她加油打气，外加许诺会有额外奖励。

凭借着对奖励的向往，景玉顺利地通过了路考。

如果今后真的打算做自己的啤酒品牌，拥有车是必须的。她不可能像克劳斯一样，以后也聘请专门的司机，这部分开销完全可以省去。景玉默默在心里打着这些小算盘。

现在已经过去了大半年，距离她和克劳斯的协议时间，只剩下不到三年半的时间。不过，这些时间已足够她积累起一笔财富。这些克劳斯缴纳税、经过法律承认后汇到她银行户头的钱，可以让她有足够的勇气去创业。

这些就是她的底气。

顺利拿到驾照的这天晚上，晚饭过后，景玉兴高采烈地邀请克劳斯乘坐她的车。不过，出于某种考量，她开着克劳斯车库中最便宜的一辆 SUV，从法兰克福一直开到多山、热闹又历史悠久的马尔堡大学。

这是拿到驾照后的第一次合法上路，景玉兴奋极了，着意在克劳斯面前炫耀。一直到车子停下，她才转过身，眼睛亮晶晶地看着面无表情的克劳斯。

"怎么样，先生？"她问，"我的技术够硬吗？"

克劳斯温柔地说："亲爱的，我不能评价。"他喝了口水，平复一下心情。

景玉听到他低声说了句"感谢上帝"。

"以我的坐车体验来看，我们能成功到达这里，我很难确定你的技术硬不硬。"克劳斯镇定地用中文补充道，"不过能确定一点，宝贝，我们的命很硬。"

八颗糖

节庆

克劳斯并没有只是吐槽景玉的技术，作为合格的指导者，为防止她犯错，第二天就安排了司机跟着她。

他不会干涉景玉开车，不过副驾驶上必须坐着一个人来保证她的安全。新手司机上路实在太危险了，亲身体验过景玉车技的克劳斯，实在无法放心地让她独自开车往返法兰克福和酿酒厂。

景玉倒是觉得无所谓，能有个老司机在副驾驶盯着，安全感疯狂飙升。

她现在开的是克劳斯的那辆库里南，经过上次的荒唐之后，车内饰已经全都换过一遍。仍旧是原来的嵯峨绿，她很喜欢。

订购啤酒原浆的协商过程，并不算复杂。真要说起来，比较难的是办理一些手续，申请相对应的售卖许可。这个家庭式的酿酒厂，在两个月前就有客户有意购买，特意弄过一次认证，资料都递交了上去。在手续下来的前一段时间，那个客户投资失利，选择破产，没有资产用来支付剩下的费用。

酿酒厂的厂长告诉景玉，如果她想要的话，他们会将新产品的资料认证无偿转让给她。

景玉并没有多想，现如今距离慕尼黑啤酒节还有一段时间，而按照一般的申请流程，则有可能来不及。现在刚好，两全其美。

等到认证下来后，正好可以直接拿到啤酒节上售卖。

景玉也开始正式接洽一些专门做啤酒瓶和包装的厂家，她订购了一些样品，陆陆续续地拿到手后，准备从中挑选出最合适的酒瓶。

最近克劳斯不在家，客厅的空间大，她索性将这些样品暂且放在客厅的地板上。她要求高，想与众不同，厂家也做了不同材质、颜色和样式的样品供她挑选。

好巧不巧，当景玉收到全部样品，拿出来铺在地板上仔细挑选的时候，克劳斯回来了。他推开门，看到几乎铺满了整个房间的大大小小的玻璃瓶和纸箱子，不由得停下了脚步。景玉第一次在克劳斯脸上看到如此明显的震撼表情，就像是看见她在垃圾场中厮混。

只是景玉没办法站起来迎接他，她现在正仔细地比较四种形状不同的玻璃瓶，思考用哪一种装啤酒更为合适。她只能蹲在地上，挥舞着玻璃瓶，友好地和他打招呼："先生！"

克劳斯环顾四周，温和地问："屋里有鞋套吗？"

景玉感慨他的礼貌，满不在乎地说："啊，你直接穿鞋过来就好。这些都只是样品，我不嫌你脏。"

克劳斯顿了顿，委婉地开口道："但是我的鞋子或许会嫌你的样品脏。"

景玉："……"

从一出生就注定要继承埃森集团的克劳斯，有生以来所居住的地方，从来就没有摆放过这么多乱糟糟的东西。他耐心地等景玉把瓶子收拾好后，立刻让人重新整理了这片区域。

好在景玉第二天终于挑中了一款最合适的玻璃瓶，剩下的那些她舍不得丢，于是给这些瓶子全都灌上水，插进去了一枝又一枝的绿萝。她兴致勃勃地跟着视频裁剪绿萝枝条的时候，克劳斯正在喝下午茶。

巨大的落地窗外，从露台往西北方向望去，能清晰地看到法兰克福主塔楼。更远处，是战后重建的中世纪风格的罗马贝格区，全德国最高的办公大楼——德国商业银行大厦就在不远处。再往北，全是埃森家族的版图。

上午心理医生刚刚来过，克劳斯喝了一口茶，看着正蹲在木架旁忙碌的景玉。景玉正聚精会神地用花剪斜切45度，修剪着绿萝的枝条。大抵是没怎么做过园艺，她拿剪刀的姿势并不标准，虎口处被剪子压出了红痕。放下剪刀，这一抹红也没有立刻消失，而是慢慢地发白，泛黄。

她还在哼着什么歌，应当是民谣。克劳斯仔细听了好久，才勉强辨认出歌词。

"……再过五十年，我们来相会，送到火葬场，全都烧成灰……"

克劳斯把杯子轻轻地搁在镶嵌着金边的小碟子上。

"……你一堆，我一堆，谁也不认识谁，全都拉到农村做化肥……"

克劳斯沉默两秒,叫道:"景玉。"

欢乐的歌声暂停,景玉转身问:"先生?"她还沉浸在刚才的快乐歌唱中,尾音稍稍上扬,和唱出那个"化肥"时候的语调基本一致。

克劳斯礼貌地询问道:"你可以换个开心点儿的歌曲吗?"

景玉放下花剪,用手指戳了戳自己的胸口,模仿着机器的声音说:"警告,警告,权限不足,想收听更多歌曲,请开启付费订阅服务——"

刚好,她今天穿了条紫红色的吊带连衣裙,胸口处有个漂亮的刺绣模样的图案。景玉一本正经地用手指戳着这个图案,嘴里还发出"嘀嘀"的声音。

克劳斯抽了张紫红色的钞票,站起来塞到她领口中。纸钞和肌肤接触,肌肤被刮出和方才被花剪压出的一样的红。

他问:"这些可以吗?"

景玉飞快地将纸钞握在手中道:"中德美日韩,民谣、流行、通俗、摇滚,您随便点,我都可以!"

"不用,"克劳斯平静地说,"只要你不唱,我给你更多。"

"……"

哼!

在回到慕尼黑之前,克劳斯带景玉去骑了马。

德国人大多热爱运动,但玩马球的并不多。景玉记得自己早先看过一篇报道,称德国的马球手不过 400 人左右,加上业余爱好者,总共也不超过 600 人。而克劳斯,这个热爱一切运动的男人,恰好是这 600 人之一。

马球是一项开销巨大的运动,且难度颇高。景玉对这种高速运动并不感兴趣,更何况她的骑乘技术不佳。她看克劳斯打马球,实在看不懂,干脆低头继续测算最近啤酒上的支出。

这一趟最令她感兴趣的,是克劳斯的两匹马,其中一匹刚刚生了两匹枣红色的小马。小马还没有取名字,克劳斯看景玉很喜欢这两匹小马犊,大方地允诺,准许她为小马取名。

他看到景玉苦思冥想后,指着稍小一点儿的那匹问:"这个可以叫'伏尔泰'吗?"

景玉给马取了一个文学家的名字,令克劳斯稍感意外,他还以为她会取"欧元""黄金"之类的。

"可以。"他颔首问,"那另外一匹呢?孟德斯鸠?"

"当然不是啊,"景玉抚摩着枣红色的小马,疑惑地看着他道,"福尔泰和孟德斯鸠扯不上联系啊。大的这个叫'福尔康'。"

克劳斯闭了闭眼睛，他忽然意识到，自己和面前的这位中国小淑女，还存在着文化差异。

文化差异不仅仅是这些。

景玉耐心地等了两周，终于拿到了准许售卖这款啤酒的合法手续。

而仝臻带着另外支持他的两个人离开了团队，他们重新组建项目，依然准备做咖啡的生意。只是和景玉相比，他们的进度慢了很多。

仝臻看中的那款咖啡粉，需要办理一些相关手续后才可以进行售卖。按照流程，需要等待三四个月的时间。

仝臻等人原本以为可以钻钻空子，减少一下等待时间。哪里想到完全说不上话，有钱没处使，只能干巴巴地等着。

在他们焦灼不安等待的同时，景玉终于迎来了为期 16 天的啤酒节。

慕尼黑的啤酒节举办地点就在老城区西边的特蕾泽草坪，原本那一天是巴伐利亚国王路德维希一世和公主特蕾泽的盛大婚礼，后来逐渐演变成了节日庆典——世界上最大的啤酒节日。

啤酒节每年都会吸引将近 800 万的游客，算得上是一个相当大的旅游卖点。即使不需要对外出售入场券，但大部分娱乐设施收费，这些能带来近 10 亿欧元的收益。

因事先询问过曾经参加过啤酒节的商家，景玉早早地申请好了位置。在场地的布置上，他们用了漂亮且鲜明的红色调，小麦啤酒原浆被灌装进漂亮的啤酒瓶中，摆得整整齐齐。

景玉还订做了一个巨大的木桶造型的玻璃桶，同时还准备了很多的小杯子，提供免费试喝，搭配着准备好的丁香和香蕉片。

高中假期，为了赚零花钱，景玉没少去超市里做促销活动和免费试吃推广，现在卖起啤酒来也得心应手。

从上午 11 点起，啤酒工人就从太阳大道开始游行。一些当地的居民也罕见地选择穿短裤和连衣裙去上班，只为了下班后能够立刻加入庆典活动。

去年啤酒节，景玉还在中餐厅中忙得团团转，压根儿就没有出来看热闹的机会。

今年，她穿着漂亮的淡紫色旗袍，绾起头发，别了一朵紫丁香造型的发簪，颇为引人注目。旗袍是昨天送来的，一共五套，淡紫色这套是其中之一，景玉还没有在克劳斯面前穿过。

团队中有个棕发男性，名字叫希尔格。在看到景玉这个装扮的瞬间，这个平时闷到话都说不了几句的男生，分别用德语和英语夸赞了她的美丽。

高冷的团队财务总监——数学高手玛蒂娜，也难得和她说了句项目之外的话。

玛蒂娜说："你的衣服看起来真的很美。"

景玉礼貌地谢过了她。

由于他们申请的时间晚了些，啤酒亭的位置在耳朵形状的特蕾泽草坪西侧边缘，旁边是一座对外半开放的艺术馆。在那里能看到一座半身雕像，上面雕刻着巴伐利亚的杰出人士。

当游行的啤酒工人到达露天广场的时候，景玉心不在焉地瞧着墙壁上的雕像，不自觉地想：倘若埃森家族在慕尼黑，那么将来，这上面也会有克劳斯的雕像吗？

上午的试喝推广算不上多么顺利，但景玉的中国风造型明显吸引了不少人。有很多人想要合照，景玉也笑吟吟地配合着，顺便邀请他们过来试喝。

平均每十个试喝的人，就有八个选择停下来询问价格，购买啤酒。

景玉极力推销道："这款啤酒搭配香蕉片和丁香的话，味道会更好！我们有个小小的促销活动，只要您购买两瓶啤酒，我们就送一小包丁香；购买三瓶，我们送一小包香蕉片；如果买四瓶，我们会送一小包丁香以及一小包香蕉片。"

这个活动设置得很诱人，大部分人都选择购买四瓶。有些购买了十瓶的客人，还会被赠送一个精致小巧的塑料杯。

正午的时候，市长来到特蕾泽草坪上，用一个大木槌用力击打啤酒桶，当桶身破裂时，里面的啤酒瞬间喷涌而出。

市长举起大木槌，骄傲地宣布道："O'zapft is（开桶了）！"

庆典正式开始。

景玉的生意也慢慢兴隆起来，他们的啤酒价格优惠，还有额外的赠品和折扣，外加味道的确清爽，卖得很快。

景玉不得不紧急联系工厂，请他们帮自己再预留一些，明天会开车过去灌装。她忙得补了两次货，都是由希尔格开车带回来的。

正当她数钱数到手软时，隐约感觉有人在看她——抬头一看，是仝轻芥和仝臻两人。姐弟俩站在不远处，面色不悦地看着她。

很显然，仝臻完全没有想到，他嗤之以鼻的啤酒，竟然真的被景玉卖得如此火爆。而他的咖啡，还卡在手续认证这一关上，没有任何进展。

仝轻芥旁边还跟着拿着相机和打光板的人，应当是专门过来拍 vlog（全称 video blog，指用视频记录）的。

全轻芥当初在美国读了个野鸡院校，很水地拿到了毕业证书，只是眼馋弟弟和景玉都来了慕尼黑，便也跟了过来。决定做网红后，全轻芥还经营了两家淘宝店，店里的所谓原创款式，基本上都是东边一榔头、西边一锤子地抄袭的各家大牌的新元素。

这对姐弟一个德行，多看一眼，对方都会觉得给他们脸了，劲儿劲儿（东北方言，指说话、办事喜欢拿着，端着，有点嘚瑟）地过来闹事，从小到大就没变过。

景玉收回视线，没有理会这俩人。

她的啤酒格外受欢迎，几乎全都售罄，纸钞和硬币装满了一整个大盒子。晚上她得和酿酒厂沟通，采购原浆，定制玻璃酒瓶。第二天清晨，在克劳斯还在睡觉的时候，她就已经困倦地坐上车，去接灌装好的啤酒。

如此过上四天，景玉瘦了一斤。

第五天，克劳斯也来到了特蕾泽草坪。不过他不是参加啤酒节，而是去艺术馆。

景玉在啤酒亭里卖酒站累了，暂时轮岗换班，在淡绿色的巴伐利亚雕像下面休息。玛蒂娜在喝气泡水，视线无意间看到某一处，呛住了，意外地说："克劳斯·约格·埃森？"

景玉没想到能从玛蒂娜口中听到这个名字，她顺着望过去，果然看到了克劳斯。他身边还有其他人，并不方便过来，只是在看到她后，笑了笑，朝她稍稍点点头。

玛蒂娜疑惑地问："刚刚克劳斯先生好像在往这边看，他是看到熟人了吗？"

"是啊，"景玉点头道，"他看到我了。"

玛蒂娜默默地拧上瓶盖，把气泡水放在身边，她认真地问景玉："简玛，我以前怎么没有发现，你这么有幽默感？"

景玉："……"

她晃了晃瓶子，这里面是冒着气泡的矿泉水。德国人曾经疯狂痴迷到只喝这一种矿泉水，到了如今，没有气泡的矿泉水在德国并不常见。水撞击着塑料瓶身，发出清脆的声音。

直到这时候，景玉才猛然想起，自从啤酒节开始，她和克劳斯好像再也没有一起吃过饭。虽然对方也住在公寓中，但两人不住一个卧室，克劳斯回来得晚，她走得早——两人竟然已经四天没有说过话了！

现在也没有说话。

景玉猛然记起，她的这种行为，算不算失职？

她所剩无几的良心短暂地痛了一下，继而心安理得地继续喝水。算了算了，男人哪里有赚钱要紧？况且，永远不要试图去共情资本家，尤其是克劳斯这种。他之于自己，堪比降维打击。克劳斯随意地品尝各种各样的橙子，吃到酸的，咬一口就丢掉，他甚至不必为剥开酸橙子这个动作而感到懊恼。因为他会拥有更多的、数不清的、各种口味的甜橙子。

但自己不一样。她的真心是只能被剥开一次的酸橙，她不希望眼巴巴地交付出去一颗真心，再被丢弃到垃圾桶中。

男人，只会影响她赚钱的速度！

啤酒节的第八天，景玉遇到了两件极其糟糕的事情。

酿酒厂的啤酒原浆断供了。

啤酒节这么多天，每天都能把啤酒卖得干干净净。刨去成本和一些损耗，净利润接近 3000 欧元，他们团队五个人，平均每人每天都可以分到 600 欧元。

这是一笔极划算的买卖，团队成员都热情高涨起来。

但是第八天的晚上，酿酒厂厂长的妻子，将接下来几天原本要供应给团队的啤酒原浆，以每升 15 欧元的高价出售给了另外一家客户，还签了合同。据描述，对方也是中国人，一男一女，男的用中文称呼女性为"截截"。

姐姐。几乎不用多想，就知道是那姐弟俩。

厂长和自己的妻子争执起来，他用口音浓重的德语告诉景玉，他们会尽快想办法解决这件事情。但未来两天的啤酒原浆，的确无法供应。

景玉没有说什么，事实上，接下来两天的酒，都已经被那对姐弟拉走了。

第二件糟糕的事情，是景玉戴的纯金发簪丢了。这根发簪是克劳斯送她旗袍的时候，一并送来的礼物，上面极为精细地雕刻着漂亮的牡丹——花型参考的就是"景玉白牡丹"。

拿到金簪子的第一天，景玉就张开嘴巴，试探着咬了一口，留下了一个小牙印。

没错，她确定，是纯金的。

这几天她换着旗袍穿，其中有套秋霜色的旗袍和这根金簪很搭配。景玉白天开开心心地穿出去，没想到晚上接到电话，酒没了。洗澡的时候才发现，这根只戴了三次的金簪子也没了。

她难过得要命，大晚上的跑到特蕾泽草坪上去找簪子。

出门的时候正好撞到了克劳斯。弄丢金簪子这件事有点儿大，毕竟这东西的价格是真的贵，景玉心疼得脸都快皱成苦瓜了，完全瞒不住。

克劳斯大手压在她肩膀上问："出什么事了？"

等她说完后，克劳斯并没有责备她，而是略加思索道："我陪你去找。"

说找就找。

这时候的慕尼黑，晚上已经有点儿冷了。庆典还在继续，很多人喝醉了，在路边呕吐，清洁工随时准备着，像收尸一样收拾那些醉酒后的路人，还会贴心地帮他们拍拍背，防止这些人因为呕吐物把自己呛死。

夜晚，还没被清理过的草坪糟糕透了。克劳斯却跟随景玉，认真找遍了每一处她有可能走过的地方。

景玉被风吹得冷得发抖，胳膊上起了一层鸡皮疙瘩。克劳斯将自己的外套脱下，给她穿上。西装外套直接盖过她的臀部，她乌黑的眼睛被灯光一晃，有着漂亮的闪闪发亮的光泽。

"怎么办，"景玉声音低下去说，"纯金呢，这么粗一纯金的簪子，怎么就丢了呢？"

克劳斯说："甜心，别这么早就放弃。"

四处找了一遍，还是没有找到簪子的踪迹。克劳斯提议道："宝贝，我们要不要去附近警局做一下失物记录，说不定明天会有人捡到？"

景玉并没有抱太大期望。

连续两件糟糕事，啤酒原浆还不确定能不能恢复供应，她有点蔫蔫地说："好的。"

克劳斯亲自陪景玉去警局做了登记，对方以极大的热情接待了他们，热切地与他握手，表示一定会帮景玉小姐找到心爱的簪子。

因为丢掉金簪，景玉心情很差，也拒绝了克劳斯一起睡觉的邀请，独自抱着枕头暗自神伤。

事情却峰回路转。

次日上午，她接到了克劳斯打来的电话。对方含笑告诉她，警局那边找到了一根纯金簪子，只是不确定是不是她丢的那一根，请她过去看看。

景玉立刻过去了。

昨天晚上接待过他们的警察，笑容满面地亲手将一根跟她丢掉的一模一样的金簪子递过来。临走前，还请景玉代他向克劳斯先生问好。

景玉这下不敢再戴在头上了，她小心翼翼地将簪子带回去，宝贝一样地摸了一遍后，最终决定把它放到自己的藏宝匣中。

当她打开藏宝匣后，一眼就看到了静静地躺在顶端的金色发簪。她愣住了，伸手将这根金簪拿出来，指腹谨慎地抚摩着。这栩栩如生的牡丹闪烁着金子特有的迷人光泽，她手指捏着金簪，看到上面有被自己咬出来的小小牙印。

金簪并没有丢，而是昨天累到瘫痪的自己，忘掉已经将它摘下来放好了。

如今，手中这根"失而复得"的金簪，光滑如新，上面没有牙印。

几乎是瞬间，景玉就想通了到底是怎么一回事。她怔怔地看着手中的新簪子，张嘴咬了一口，留下一个小牙印。

软的，这也是纯金的。

一股强烈的情绪积压在胸口，几乎要破胸而出。克劳斯的名字像是从胃部伴着无数蝴蝶积压到了喉咙，下一秒就会扇着翅膀一同涌出来。

绅士而又温柔的克劳斯先生，为贪财的小龙耐心地编织了一个善意的谎言。

景玉控制不住了，她将两根金簪小心翼翼地放在一起，终于发自肺腑地开口道："天哪！"

景玉对生物学上的父亲——仝亘生，最大的印象就是抠。仝亘生总是在很奇怪的地方抠门，这大概和他贫穷的成长环境有关系。

景玉小时候曾经被要求去拿红酒，她迈着步子"嗒嗒嗒"地从红酒柜里拿了红酒回来，在兴高采烈地准备递给父亲的时候，不小心被地毯绊了下，跌了一跤。红酒掉到地上碎了，她膝盖摔得很痛，碎掉的玻璃片不小心划破了她的手。

仝亘生将她痛骂了一顿，连连说着浪费，责备她打碎了那瓶昂贵的红酒。还是妈妈抱着景玉，哄她，擦干净她脸上的泪水，为她清洗伤口。

景玉很少能体会到什么"严厉的父爱"，她只有"抠门的父爱"。在父亲眼里，她受伤没什么，谁家的孩子小时候没受过伤？磕出了几个伤口？愈合了就没事了。但红酒跌碎了，不会再复原，算起来他是亏了一笔钱。

景玉的妈妈从小娇生惯养，性格说好听点儿是迷迷糊糊，不好听就是冒冒失失，很爱丢东西。

景玉小时候也容易丢东西，但每次弄丢后，都会被父亲指着骂一顿。时间久了，心眼儿也长全了。

所以长大后的她，对"丢东西"这件事情，仍旧有着本能的恐惧。在很长的一段时间里，她近乎有强迫症似的会反复地确认自己钱包里的东西还在不在、门有没有上锁、柜子有没有关好，还有卡和证件有没有放在夹层中。有时候半夜想起来，她还会忍不住爬起来，睡眼惺忪地去仔细确认。

这些童年中无关紧要的小事，就像是一道道细小的伤口，无伤大雅，现在已经不痛了；但在特定的时间，这些没办法被抹平的留下痕迹的伤口还会提醒她：你害怕。

就像昨天丢了金簪，在面对克劳斯的第一时间，景玉甚至害怕他会因此骂自己，埋怨自己，说什么"天天丢三落四的""你就不能小心点儿""我早和你说过……"这种话。

景玉做好了面对这些话的准备，但是克劳斯没有骂她。

他陪她去了状况糟糕的草坪，给她披上自己的外套，陪着她耐心地找。对方清楚她心疼钱，还连夜订做了一根一模一样的送到警察局，假装是她弄丢的那个。

在看到金簪的瞬间，她差点儿都要心动了。

冷静下来后，景玉将两根簪子都收了起来。她想，以后就算缺钱，也不会卖掉这两根簪子。

下午，景玉又去了酿酒厂。

她现在勉强能听清老板那口音浓重的德语，一同去的还有玛蒂娜。这个看上去有些瘦削的数学爱好者，头脑清晰，提前查阅了一些相关法律法规。

两个还在读大学的女生在遇到这种状况后，一点儿也不弱气，一板一眼地向老板索要未能履行合同的赔偿。老板也按照合同办事，痛快地支付了两天的违约金——景玉担忧啤酒卖不出去，签订的合同也谨慎，每两天订购一批，签的合同也是两天。

这家酿酒厂籍籍无名，哪里想到会被姓仝的姐弟俩在背地里使坏搅和。

景玉拿着这些赔偿金回去，和同学们分了分，一群人聚在一起，认真商量着该怎么解决这件事。

啤酒节总共持续 16 天，来的不仅仅有本地人，还有其他国家的人，是个推销品牌的好机会。

事实上，景玉一开始就打起了电商的主意——国内的电商平台越来越火，几家购物网站正在逐步被大众接纳。只要口碑和名气有了，景玉他们的啤酒项目完全可以往外推广，而不是仅仅在线下售卖，局限在慕尼黑和巴伐利亚的其他城市。

这也是景玉的一个私心。

一开始她自掏腰包出了钱，承担品牌检测认证、转让的部分手续费。理所当然，这个啤酒品牌的所有者也是她。

这些项目中的同学知道这些，景玉也事先说明过，这些人并没有反对。他们只把这个当作业，但景玉把它当成了可以持续性赚钱的一个项目。在这种情况下，她用心的程度也比其他人要深。

今天没有啤酒卖，她便没有去特蕾泽草坪，恰好克劳斯回来得早，看见景玉在房间中发愁。

克劳斯问："小兔子，遇到什么烦心事了？有人抢走了你的萝卜吗？"

现在的景玉亟须倾诉，她一股脑儿地把自己遇到的糟糕事情全都抖落出来，但仍旧陷在忧愁中："如果错过这个节日，虽然可能不会影响小组作业的正常进行，但我总感觉自己会失去一个很好的宣传机会。"

克劳斯耐心地听完她的烦恼，示意她先坐下，问："确认过酒厂那边的确无法提供吗？"

"是的，他们之前的客户主要是当地的酒馆。最近旅行者增多，生意很红火。您也见过那家酿酒厂，很小，产量也低。"

说起来，还是现在的节日特殊。

克劳斯问："对方突然买你的啤酒，准备做什么？"

景玉摇头，她不知道。

仝臻他们组选择的项目是咖啡，要啤酒有什么用？想来想去，就是想给她添堵。自己得不到，别人也别想好，那俩人和他们母亲是一样的脾气。

"过来，坐在这里，"克劳斯向景玉伸手，示意她坐在自己身旁，"我们从头开始整理。首先，这两天的违约金已经要回来了，对不对？甜心，你没有损失太多。这样想的话，会不会感觉稍稍好些？"

景玉点头。

"深呼吸，调整好自己的呼吸频率，会不会舒服一些？"克劳斯继续道，"耐心听我说，抢走你啤酒供应的人，姓仝，对吗？上次和你打架、剽窃你的报告、最后中途退出的那个？"

景玉回答："是的。"

她没去细想对方为何会知道得这么清楚。

克劳斯微微笑起来说："对方现在也遇到了一些小麻烦，对不对？"

景玉醒悟过来。

"你的意思是——"她不安地问，"你要动用自己的能力阻止对方的认证吗？"

"那倒不是，"克劳斯含笑看着她道，"不过，对方让我的小龙宝难过了，负责饲养龙的人也很不开心啊。说不定，在愤怒的情况下，会动用一点点小手段，让对方也栽个跟头。"

景玉没有说话，她陷入思考。

"明天下午有时间吗？我们去你喜欢的那家餐厅吃饭吧。"

景玉点头。

克劳斯具备能让人静心的魔力，仅仅是简单的谈话，就让她的心情平静下来，这可真是不可思议。

克劳斯提到的那个餐厅位于国王湖畔，需要乘船才能到达，景玉第一次来这里吃饭就喜欢上了。不同的是，克劳斯喜欢这家餐厅是因为他们的食材，这些食材都是从周边森林、湖中采摘或者猎取得到的。而景玉喜欢，是因为餐厅供应的食物分量多，风景也好，有个漂亮且隐蔽的啤酒花园，需要穿过巴伐利亚风的蓝白方块拱门才能到达。

克劳斯点了涂着蘑菇酱的鹿肉、红色的德国泡菜、水果布丁以及细嫩的烤猪肉，他还给景玉点了一杯小麦啤酒。

景玉刚坐下不久，就看到有人穿过一张张铺着漂亮桌布的桌子，快步朝这边走过来，笑着打招呼道："克劳斯先生，下午好，没想到能在这里遇见您。"

这是一张陌生的脸，典型的德意志人长相，脸上有着深深的皱纹，一副不苟言笑的模样。

这个人身后，她看到了一脸茫然的仝臻。显然易见，对方也是"没想到能在这里遇见"。

看上去，这个突然过来和克劳斯打招呼的人，还是仝臻今日邀请的客人。克劳斯微笑着和对方聊了几句，对方的态度始终很恭敬。

克劳斯主动为他介绍起景玉："这是简玛，我的女友。简玛，这是赫尔穆特先生。"

景玉慢慢想起来了，对方似乎是仝臻想要巴结的那个负责人。

她先前不是没有和德国的一些机构人员打过交道，他们给她的印象就是刻板、冷漠，大多十分严肃，不喜欢开玩笑，死板，墨守成规。

景玉听说过一个例子，德国流行歌手兼音乐制作人迪特尔·波伦就曾因为对警察使用"du"（你）而不是"Sie"（您）而受到指控。警察认为他的行为带有攻击性，将他告上了法庭。

但今天的赫尔穆特先生很亲切，和景玉印象中的其他人截然不同，他甚至还夸赞了她胸前佩戴的胸针很别致。

其实这个胸针并不少见，景玉逛街的时候曾遇到过三位淑女佩戴着同款。每天和很多人打交道的赫尔穆特先生却连连赞美，说这枚胸针是他第一次见，它是如此地独特，美丽。

克劳斯与赫尔穆特先生聊了许多，关于狩猎、股票和酒。到最后一个话题的时候，克劳斯轻描淡写地提了一句，景玉很喜欢喝啤酒，但因为最近啤酒节的举行，她喜欢喝的那款来自小酿酒厂的带着葡萄味的小麦啤酒无法供应。

赫尔穆特诧异道："为什么会买不到？"

不远处的仝臻脸色很差，身体狠狠晃了一下。

景玉没有看他，她蘸着蘑菇酱，慢慢地吃掉了一块切好的肉。

克劳斯说："大概是供应不足吧。"说到这里，他面色如常地聊起了另一件有趣的日常小事。

景玉在这儿享受了一顿美味的餐食，风景好，她的心情更好。

在回慕尼黑的路上，仝臻气急败坏地打过来电话问："你到底想做什么？"

景玉看着自己的手指，她没有像以前那样，用讽刺的话来攻击对方，而是问："你觉得呢？"然后结束了通话。她看着手中的手机，忽然意识到自己的改变。她不会再像之前那样，尝试把锋利的语言做成尖刺，裹在身上保护自己——她不需要这些了。

当天晚上，刚刚洗过澡，景玉就接到了酿酒厂那边的电话。对方欣喜不已地告诉她，买方取消了订单，付了一部分违约金，明天就能恢复供应。

景玉松了口气。

克劳斯看着她喜滋滋的表情，称赞完她的表现后，才问："你从这件事中有没有学到什么？"

景玉苦思冥想道："金钱果然无所不能？"

克劳斯弹了下她的额头，说："宝贝，认真想。"

景玉认真不起来，她现在开心到快要爆炸了，忍不住抱住克劳斯的腰，头抵在他的胸膛上蹭了好几下，说："英俊的克劳斯先生是万能的。"

"别以为说好话我就会放过你，"克劳斯拍拍她的背说，"老实点儿，站好。这可是你第一次进行商务合作，认真总结一下。"

他的语气简直像极了老师在盘问考试失利后的学生，要求学生提交自己的错误分析报告。

景玉站好，开始回顾自己的失利。

首先是合同签得疏忽，她一开始太谨慎，没有签长期合约——至少要供满整个啤酒节的长约。算起来，也是她第一次做生意，魄力不够。其次，她的保密工作做得不行，仝臻轻而易举地找到了酿酒厂，也算是她的一种失职。最后，她没有想过应急方案，导致意外发生后，焦头烂额，手足无措。从侧面证明她的心态还是不够优秀，不够沉着、冷静。

景玉一边回想，一边慢慢地把这次得到的教训总结出来。

克劳斯赞许了她的总结汇报。他没有说更多，将人拉到自己腿上坐下。景玉闭上眼睛，就着这个姿势，轻轻贴着他的脸颊。

"或许，你可以更多地信赖我。"克劳斯手指插入她发间，凝视着她的眼睛问，"是我给予你的安全感还不够吗？"

景玉嗓子有点儿干，她回答道："先生，能给我安全感的只有钱。"

克劳斯绿色的眼睛瞧起来就像是动人的宝石，他含笑看着眼前的女孩，就像看着一条扯着空口袋朝他打开疯狂索要金子的小龙。

"看来我填不满龙的欲望口袋，"克劳斯手指移到她脖子上，修长的食指抚摩着她的头发，中指触碰着耳垂，小指触碰着脖子处的肌肤，"不过，倒是可以填满……"

他手掌往下，到她的背，又下移到腰，手心压着往上顶。他低头，唇贴上来，轻轻吐出一个字。

景玉抱住他的头，手指插入他金色的发间，嘴巴不受控制地张开，发出细碎的呻吟。

她不想把安全感寄托到别人身上。没有永远的靠山，别人随时可能会走掉。能给予她安全感的，只有学业和事业，只有学到的知识，只有凭自己能力赚到的口袋中的钱，只有这些不会背叛自己。

等到啤酒节结束的时候，景玉得到了两个好消息。

第一个是她成功赚到了一大笔钱，第二个是仝臻的申请失败。他的咖啡样品在抽查中被发现了一些微量的、不符合标准的元素。

景玉不知道他们打算如何处理，只是从同学口中得知，那个项目组的其他成员已经准备投票表决放弃这个咖啡项目。

啤酒节最后一天的骑术表演，她甚至想骑着"福尔康"跑上一圈。只是大腿不太方便，还是算了。

分钱的时候，景玉装满了三个大大的存钱罐。自己赚的这笔钱，她开开心心地数了好久，硬币还拿去洗了一遍，每一张纸钞也都被她认真抚平了边角。最后，还煞有介事地模仿杰克船长（电影《加勒比海盗》中的角色），拿着硬币吹了一口气，然后放到耳朵旁仔细听声音。

当然，这不是金子，也没有特效，什么都没有——除了旁侧克劳斯的笑声。

"亲爱的，"克劳斯忍俊不禁道，"这些钱你已经数了五遍了，有没有数得多出来？"

景玉放下存钱罐，犹豫地看着克劳斯，过了好久，她才勉强下定决心道："先生，您这次帮了我很大的忙，我想送您一件礼物。"

克劳斯交叠双手，放在肚子前，问："我的耳朵好像出现了问题，刚刚似乎听到小龙说，她准备从只进不出的口袋中掏出东西送我？"

景玉大声说："先生，您随便挑——200欧元以内，什么都行！"

克劳斯看着她依依不舍的模样，伸出手问："可以折现吗？"

景玉肉疼地给他数出了200欧元——还是用硬币数的。她眼巴巴地看着那些硬币，叮嘱道："您一定要小心花啊，这可是我好不容易赚到的，腿和嗓子好痛的。"

景玉没有故意卖惨，她在啤酒亭中站的时间最多，毕竟"旗袍女孩"是一个很吸引人的点。很多人在购买后还会和她合影，所以她一整天都在笑，笑得脸都要僵掉了。

在她依依不舍的视线下，克劳斯毫不留情地将所有硬币拿走，一本正经道："我一定谨慎花费这些——以及，阅读报告的截止时间是今天，你写完了吗？"

景玉一边把自己的存钱罐放好，一边说："还有三个小时呢，不要着急。"

作为一个典型的拖延症患者，如果把闹钟定到早上8点钟，即使景玉在7点58分就醒了，也会继续闭着眼睡觉，一直等到8点钟再起床，或者再睡到8点05分的闹钟响起。

这种不拖到最后一秒绝对不会动身的小毛病，在克劳斯的耐心纠正下，终于得到了极大的改善。毕竟不遵守对方制定的学习计划表，是要被罚款或者接受教训的。

克劳斯对她的这种拖延症，也感到不可思议。他问："你必须要等到时间来不及才开始动笔，对吗？"

景玉说："嗯啊，我倒是想提前，但习惯了。"

就像考前复习阶段，总是控制不住地玩手机，到了最后一天晚上，才会心无旁骛地去记知识点。临进考场的前一个小时，永远是记忆力的巅峰。

克劳斯没有为难可怜巴巴的景玉："总会被其他事情吸引注意力，自控能力不强，这很常见，我也有过。"

景玉以为自己找到了知音，问："是吗？那您应该能理解我。"

"理解倒是能理解，"克劳斯沉吟片刻说，"但我上次出现这种自控力差的行为，还是在学习小学课程的时候。"

"……"

"你已经是个很优秀的大学生了。现在，立刻去写阅读总结报告。"

"……"

她去抱了电脑出来，坐在距离克劳斯不远的位置，开始仔仔细细地撰写报告。

景玉在写东西的时候习惯播放音乐，这点癖好，克劳斯并没有进行纠正。他在看书，偶尔喝一口加了柠檬和香料的茶。

景玉的歌单曲风多变，有什么《小寡妇上坟》《四季歌》，也有一些流行英文歌曲，播放什么，她就跟着乱七八糟地唱什么。

其实克劳斯不太听得出来她在随着音乐唱什么，有些中文歌节奏很欢快，连带着歌词音调也变了，克劳斯的中文水平，让他有时候无法清晰地分辨歌词内容。譬如现在景玉在唱 *The Shanghai Restoration Project*（《上海复兴方案》）重新编曲的一首歌——

春季到来绿满窗，大姑娘窗下绣鸳鸯……

克劳斯分辨不出歌词的含义，但他能看到景玉开心敲键盘的身影。她的脑袋晃了下，连带着几根立起的头发和耳边的碎发也轻轻颤动，好像蝴蝶的翅膀，轻轻地扇一下，带动微风。

他看到景玉的手在键盘上欢快地跳跃，听到她愉悦优美的歌声，发现她肩膀随着打字的动作而颤动着，是一种和平时迥异的美。

克劳斯慢慢地喝了口茶，欣赏专注工作的贪财小龙。

或许是察觉到被人注视，景玉转过头，警惕地看着他。

克劳斯并没有躲避视线，他看到景玉如黑珍珠般的眼睛正盯着自己，那目光就像盯着 500 欧元。

景玉说："想让我停止唱歌吗？500 欧元。"

克劳斯笑道："不需要，你唱得很好听。"

景玉"哼"一声，又把头转了回去。

哼，男人。

她写了一段，总感觉身后的男人还在看她。敲击键盘的手不自觉地慢了下来，景玉有些不自然，她偷偷侧身，恰好与克劳斯视线相对。

克劳斯端起旁边的茶喝了一口。

景玉看到他紧系的领带、穿得工整的衬衫、笔挺的西装中裤，以及形状漂亮的被黑袜子紧紧包住的脚踝。

克劳斯现在的注意力，并不在他方才阅读到一半的书上，而是集中在景玉的身体上。他现在就像发现了所属物的新乐趣，正在饶有兴致地摆弄。

景玉重新看回电脑，当她再度噼里啪啦地敲击键盘的时候，那种被人注视的感觉更强烈了。

克劳斯还在看她，而且……这注视和平时有点儿不太一样，这让她的心脏不由得狂跳不止。

景玉说不上哪里不同，只是感觉氛围有点儿怪，怪到她都不敢唱歌了，只能跟着音乐悄悄地抖抖腿，忍得好辛苦。

她的脑袋里忽然冒出一个极度不妙的想法。虽然感觉有点儿不太可能，但克劳斯这样看着她，似乎也只有这点能说通了吧。一般来说，只有一个可能性——

糟糕！她忧心忡忡地"啪嗒"一下压下键帽，克劳斯该不会是后悔只要了 200 欧元，而是准备找她要更多吧？

丧心病狂！这企图榨干劳动人民血汗钱的吸血资本家！

令景玉欣慰的是，克劳斯作为一个绅士，极少会做出"反悔"这种事情。他并没有找自己索要更多——当然自己也没有给他这个机会。第二天，她就立刻把自己辛辛苦苦赚来的钱全都存进了银行。

鉴于景玉如今除却学业之外还要负责销售啤酒，克劳斯重新为她调整计划表，适度减少了艺术品鉴赏和小提琴这两门课程的安排。

景玉忍不住暗示对方，干脆把这两门课程停了算了。

克劳斯不同意，他说："多尝试些东西总不会错，甜心。"

"可是别人都是十年前就开始接触的，我现在这么大了，已经错过了最好的学习年纪。"

"我不赞成你这个想法，"克劳斯耐心劝诫着企图放弃的"龙"，"如果你现在不学，等再过十年，你还是无法掌握。在学习上，什么时候开始都不晚。"

景玉看着他道："克劳斯先生，您完全可以去我的高中做班主任。"

"嗯？"

没有在中国读过高中的克劳斯，错误地理解了这句话。思考两秒后，他慢慢地说："宝贝儿，在德国，师生恋是不被允许的。我有位朋友，法斯宾德，他在爱上自己的学生后选择了辞职。不过，如果你只想增添一点儿小情趣的话，我很乐意配合。"

"您想多了！"

无论如何，景玉承认，自己已经成功被克劳斯说服了。

她白天上课，学习，课余时间联系一些电商，向他们推荐自己的啤酒——她和酿酒厂签订了半年的订购合同，酒厂每个月都会供应定量数额的啤酒。如果这些啤酒全部售出，她可以继续以优惠价进行小批量的购买。

这款小型酿酒厂酿造的啤酒，装进了漂亮的适合抓握的细长颈玻璃瓶中。瓶身参考大部分女孩子手掌的大小，设计成了刚好能够让女孩子稳稳握住的尺寸。

是的，经过啤酒节的试饮，景玉明显发现，女性消费者给予这款啤酒的评价更高。

在最后几天，景玉他们还设计了一份简单的调查表。但凡参与试饮、调查的顾客，都会赠送一份配酒喝的丁香。

这些调查表帮了她很大的忙，在正式向电商供货的时候，景玉参考调查表上收集到的信息，更换了新的包装——总共有三款，不同风格的外包装针对不同审美的人群，价格相同。

他们成功开设了第一家网店，开始出售这款名为"约格"的啤酒。

说来也凑巧，之前那家厂商申请的时候，用的就是"Jorg"，和克劳斯官方文件上的中间名一模一样。

景玉只因为这个巧合而小小地惊讶了一下，除此之外，她的注意力更多地集中在埃森集团的发家史上。只是这些东西并不具备参考性质，时代不同，如今她无法再完成大量的原始财富积累。她现在能做到的，就是好好经营自己小小的啤酒品牌，争取能够获得更多的利润。

景玉的每一天都过得非常充实，但是在入冬的时候，她跟着克劳斯去德国最高峰——楚格峰爬山，滑雪，受凉了。她体力有限，和克劳斯这样的户外爱好者不同，她完全不可能做到徒步爬上山顶。这种运动能够让她丢掉半条命。而且，只有在夏季，登山经验丰富的旅行者才会选择徒步攀登楚格峰。即使徒步路线中那摩尔式华丽风格的林德宫很吸引景玉，她也更想保住自己的腿，并不想和自己的身体过不去。

克劳斯认为景玉平时的运动量有些少，她为此多次辩解，甚至还用手臂发力，努力憋气，给他看自己胳膊上鼓起来的小肌肉，试图用这个来证明她的确很健康。

在坚持不懈的抗议下，景玉终于成功说服了克劳斯陪她一同坐齿轮火车。

两人乘坐着小火车经过山脚的艾比湖，穿过长长的浓绿的山岭隧道，一路抵达海拔近 2600 米的冰川。再想往上，可以换乘空中缆车到达山顶。今日天气晴朗，在顶部能够眺望四国境内的山峰，云海雪线近在咫尺，可以轻而易举地越过国境，抵达奥地利。

唯一的遗憾是啤酒屋并没有开放，他们不能在雪山冰川上畅饮。

景玉穿着厚厚的极地抗寒羽绒服，戴着口罩和耳罩，甚至还戴了防寒护目镜，整个人都在厚衣服的保护中。

克劳斯没有穿得那么严密，他来这儿是为了滑雪，每年冬季都会有很多滑雪爱好者过来。在乘坐齿轮火车的时候，克劳斯那套昂贵的滑雪设备就放在车外，上面有一个专门挂滑雪板的平台。

景玉勉勉强强滑了几下，她对这项运动的兴致算不上高。克劳斯不厌其烦地教她，外加礼物激励，才终于令她愿意尝试。

刚从楚格峰下来，景玉就生病了，这是她来到德国之后第一次生病。

早在来德国之前，景玉就做好了生病的准备。她有公保，提前在谷歌上搜索了最近的医院位置，还跑过去看了一遍，记下不需要预约的医生电话，以免发生不测。

叫一次救护车就得 500 欧元，她没有交相应的保险，负担不起这么昂贵的价格。

景玉身上的口袋里甚至还塞了一张字条，上面用德语、英语和中文分别写了一句同样的话——"不要叫救护车，谢谢"。她考虑过，万一自己不幸摔倒或者晕倒的话，还能撑着最后一口气把这张字条拿出来。

不过，自从结识克劳斯后，她身上再也没有带过这张字条。

医生诊断的结果是上呼吸道感染引起的发烧，克劳斯临时更改计划，在酒店中陪着她，没有返回慕尼黑。

景玉做了一个可怕的噩梦，梦到自己和克劳斯参加宴会，但她的鞋子掉了，赤着脚，腿上还有泥痕，和她身上漂亮的衣服、华贵的珠宝格格不入。她极力想掩盖自己赤着脚的窘迫模样，但克劳斯仍旧发现了。梦中的克劳斯彬彬有礼地表示自己不喜欢她这个样子，要与她告别。

景玉朝他的背影伸手，却看到对方挽着另一个黑发黑瞳、珠光宝气的女孩离开了。

噩梦到了这里就惊醒了，她睁开眼睛，额头上还贴着退烧贴，嗓子有点儿痛。鼻子先闻到香喷喷的粥的味道，还有脆皮鸭的香气。

食物的香气，让病人慢慢地醒了过来。

她现在躺在一家有着三座翼楼的酒店里，从玻璃窗往外看，能看到漂亮的山景。

克劳斯坐在床边问："醒了？你想吃点儿东西吗？"

景玉说："好的，谢谢。"

这边的亚洲餐馆不多，中餐厅更是很难寻觅。景玉半坐起来，克劳斯往她腰后垫了两个枕头，还在床上架了一张那种胡桃木的小桌子。桌子上放着一小碗加了碎肉和蛋沫的粥、一份脆皮鸭，和一盘切好的水果蔬菜沙拉。她的嗓子有点儿发痛，但粥的味道很好，她慢慢地吃着，胃部稍稍舒服一些了。

克劳斯说："今天晚上你好好睡，我在旁边看着你。"

"嗯？"

他拍了拍身下的床说："我想，这张床应该可以承受两个人的重量。"

的确，景玉心想，不仅能承受两个人的重量，还能够承受两个人在床上打架。

克劳斯并没有与她亲近的意思，他似乎真的准备留下来照顾她。这让她有点儿感动，愿意称呼对方一声"男菩萨"。

漱口后，景玉继续睡。这次她没有再做噩梦，在晚上10点钟的时候，退了烧、睡足了觉的她神采奕奕地爬起来，去洗了个热水澡。

克劳斯让人更换了床上用品。

几乎睡了一整个白天，现在的景玉完全不想睡觉，她甚至觉得自己可以窝在沙发里连续看完一整季的《美国恐怖故事》。但克劳斯显然不赞同，他强迫她上床，把她的手塞进了被子中。

景玉说："您知道吗？我小时候发烧，妈妈也是这样搂着我睡觉的。"

克劳斯今天并没有排斥对方的主动触碰，于是景玉大胆地抱住他。其实和最亲密的男女之事比起来，景玉更喜欢拥抱，不带有任何情欲色彩的拥抱，会让她感到更加愉悦，有一种心理上的巨大满足感。

读高中的时候，有很长一段时间，景玉都会忍不住向别人示好。就像病态心理，对别人好，获得别人的赞赏和关注，会让她感到快乐。还好她及时意识到不对劲，咨询了校医院的心理医生。

医生说，人在童年的时候没有从父母那里得到充足的爱，在长大之后，总是下意识地想要从别人身上得到补偿。只需要一点点的温暖，就足够让人刻在心里，忍不住将所有都奉上。

可景玉不会，她一直在清醒地压制着自己。她拥有的不多，不能再轻易地分给别人了。她只有一颗小小的、算不上甘甜可口的酸橙子。

但不可否认的是，今天耐心照顾她的克劳斯，让她对其好感倍增。她认为克劳斯今天晚上比以往都要帅，帅气到她都忍不住想要贴一贴对方。

毕竟克劳斯抱起来的感觉，比枕头更好。

"小时候妈妈请先生给我算命，说我以后能遇到贵人。我当时觉得不太可能，但没想到是真的。不过那算命先生也够神的，居然连外国人都算出来了。你们德国人也属于算命的业务范畴吗？"

克劳斯："……"

"其实我一开始来德国的时候，觉得老外都很冷漠。但是，先生，您知道吗？您和我遇到的老外一点儿也不一样，是因为您体内也有部分中国血统吗？我觉得您其实不像我印象中的老外。"

克劳斯："……"

"其实您想一想，您投资我一点儿也不亏。我拿了您投资我的钱，又花在了德国，提高了德国的 GDP，您这是在为您的国家经济做贡献啊！您不是金钱的制造者，但您是 GDP 的搬运工啊！"

克劳斯："……"

"以前发烧生病的时候，妈妈也会给我熬粥喝。您真的确定，我不可以称呼您为'妈妈'吗？"

克劳斯开始动了，他拍拍景玉的臀部，拽了自己的枕头过来，示意她垫好。

"躺好，'妈妈'今天给你讲个传教士的睡前故事。"

景玉的烧刚退，现在没什么力气，除了一张嘴特别能"叭叭叭"之外，完全没有能和克劳斯抗衡的体力。更何况，本身在肉搏方面，因为先天性条件的限制，景玉并不是克劳斯的对手。

不过，这并不影响她说话。景玉被克劳斯塞枕头的时候碰到痒痒肉，她控制不住地笑起来。克劳斯一只手按住她的腿，另一只手捏着她的腰往下拽。眼看着就要动真格了，景玉连忙伸手，按住他的手腕，勉强止住笑声，阻止道："先生。"

克劳斯的手腕因为用力而青筋鼓起，瞧上去很性感。景玉手指内侧贴着压上去，有种小时候捏扁草茎的奇特快感。

景玉收回手，他的血管又慢慢地鼓了起来。克劳斯的手部皮肤透着淡淡的粉，指骨特别硬，手很大，很热，很漂亮。她觉得很有意思，按了两下，柔软的指腹顺着他手背上的血管来回摩挲，他因为用力而鼓起来的指骨上有着短短的几乎看不到的浅金色毛发。

克劳斯一直很注重身体管理，欧美人毛发重，他会定期去脱除、修剪身体某些地方的毛发。

他低头看向她，问："你想睡觉吗？还是继续听故事？"

景玉怕他来真的，边笑边点头道："睡，马上睡。"

克劳斯这才松开手，顺手掖了下被角。这个动作他做得如此自然，被子轻飘飘地被掀起来，落在肩膀旁边，将她完完整整地裹在其中，像是暖和的云朵。

景玉搂住他的胳膊说："晚安，克劳斯先生。"

克劳斯拍拍她的脸颊道："晚安，淑女龙小姐。"

第二天，景玉又有点儿轻微发烧，但还好，并不是很严重，休息后就好了，继续生龙活虎。

克劳斯带着她去品尝了一家好吃的意大利餐厅，侍者出乎意料地欢快，就像典型的热情如火的意大利男孩，还赠送给他们一朵小花。

景玉发现了，克劳斯其实比她想象中更加宽容，或者说是理智。

她自己没谈过恋爱，但身边有朋友谈过。朋友的男友，总是以"你为什么收那个男人的礼物，你是不是不爱我了""你为什么对他笑，你是不是不爱我了""你见他为什么穿这么少，你是不是不爱我了"等离谱的理由来限制朋友，对方还说自己是吃醋。

在景玉眼里，这不是吃醋，这是被老陈醋给腌入味了。

但克劳斯并不会这样。

也有可能是文化差异，至少在目前看来，克劳斯并不会"吃醋"。

当景玉被其他男人送花时，当景玉被其他男人索要联系方式时，当景玉……克劳斯并不会阻拦。他微笑着看着她接受其他男性的赞美，认为这是一件理所当然的事——他的小龙宝值得受到其他男人的爱慕。

当然，在这点上面，景玉也不会为了试探他，而故意和其他男性亲密接触。她又不是傻子。

克劳斯不干涉她的人际交往，这是一件好事情。

晚上8点钟，景玉又神采奕奕地跟着克劳斯去了一家风格古怪的酒馆。

酒馆中装饰着许许多多具有巴洛克风格的天使，在特意设置的"运动角"，还挂着很多猎物。

这里曾经被评价为游览加尔米施 - 帕滕基兴的一部分，而景玉在看到那个用多种语言所撰写的菜单后，大概明白为什么会有这样的评价了。

当约德尔调和巴伐利亚铜管乐表演结束后，有人跳起了踢踏舞。气氛如此好，她脱掉外套，也开开心心地进去蹦蹦跳跳。

克劳斯并没有参加这场狂欢，他不喜欢跳舞，仍旧坐在位置上，笑着看"小龙"活跃地跳来跳去。

按照景玉妈妈的说法，刚刚生过病的人，其实不应该参加这样的剧烈运动。但机会难得，景玉不确定以后还会不会再来这边玩。踢踏舞其实很好学，有个化着烟熏妆、打了唇钉的红头发女性教了几下，景玉就很快乐地跟上了音乐节拍。

正快乐地跳着，有两个二十岁左右的德国男性靠近，看到景玉后，他们对视一眼，其中一个对着她大声说了些什么。

景玉没听清，以为对方要提醒她什么，用德语大声问："什么？"

两人离得近了，景玉终于听清楚了，他们在用讽刺的语气骂自己。第一次被人这样用歧视性的语句称呼，景玉脑袋一热，热血轰地直接冲上头。她靠近对方，以同样的语气喊了出去。

对方显然没有想到，这么一个个头不高、看上去毫无攻击力的东方女孩，会直接骂回来。

音乐声很大，其他人跳得很尽兴，完全没有注意到这边的动静。刚刚教景玉跳舞的红头发德国女孩听到了，她挤过来，严肃地问："需要我帮忙吗？"

"现在不用，谢谢你。"景玉向她道谢后，又高声质问那两个人，"你们有什么问题吗？"

那两人完全被刚刚那一句"Nazis"（纳粹）震住了，一脸蒙地愣了好久，才连连向她道歉。

景玉平静地看着他们。

北德金发碧眼的男性多，而南德多是些酒鬼。这些人大概就是当地的学生，喝了些酒，就口无遮拦起来。景玉心里清楚，有一部分人种族歧视，会攻击、侮辱其他肤色、民族的人，但这并不代表她会忍气吞声。

很显然，这些二十岁左右的德国人同样欺软怕硬，在意识到景玉并不是那种能供他们嘲讽取乐的对象后，火速连声道歉，飞快离开了。

即使是成功骂了回去，但民族和国家被侮辱的感觉，仍旧令她不适。坦白来说，她又想狠狠地往那俩男人脸上打上几拳。可惜景玉清晰地认识到，自己的肌肉不够强壮，身体素质也不够好，不能和他们打上一架。她真的很想回去问问克劳斯，可不可以把她的芭蕾舞课换成散打、搏击和咏春拳。

克劳斯喝了两杯白啤酒，炸肉排和搭配着白兰地冰激凌的胡椒牛排刚刚送上来，他看到了玩累后回来的景玉。

景玉坐下来，朝他问好："先生。"

克劳斯把她面前加了冰块的啤酒拿走，请侍者送一份常温的气泡水过来。

景玉吃了些冰激凌，又尝了一点点炸肉排。她放下叉子，认真地问克劳斯："先生，您对种族歧视怎么看？"

这个问题有点儿尖锐，克劳斯从她脸上看到了严肃的表情。

"甜心，"他慢慢地说，"你应该知道，我的外祖母是中国人，她在中国成长。从某一点上来讲，我们有着一部分相同的血脉。"

景玉意识到，自己似乎不该问这个问题。

克劳斯承认并喜爱他自己身上来自中国的那部分。

"不过，"他伸出手，覆在景玉的手背上说，"即使我的母亲和外祖母并非中国人，我也会选择你。龙宝贝，我选择你，不是因为国籍或者肤色。"

景玉怔了两秒，心脏里面好像什么东西突然亮了起来。就像小时候，正月十五点燃的银色仙女棒，冒出噼里啪啦响着的小火花。

她反手握住克劳斯的手，眼睛亮亮的，情真意切、颇为动容地问："先生，那您能给我买一杯奶茶吗？"

克劳斯礼貌回应道："不行。"

景玉抽回手："……"

"啪嗒"一声，小火花灭了。

十二月，景玉已经成功把这个小组融合得特别好。不能用刻板印象来定义一个种族，因为好人、坏人都有，至少，她这个小组内的德国人，都还比较友善。

恰好组里的老好人希尔格过生日，景玉提前和克劳斯打好报告，愉悦地和朋友一起去给希尔格庆祝生日。

希尔格的生日派对在他租住的房子中举行，举办的是德国式派对，除了啤酒之外，只有些许薯片。这些德国人上来就是干喝酒，大概是因为业余生活实在太过无聊，他们只能靠酒精来玩点儿稍微刺激的东西。

景玉不得不感慨，难怪啤酒节会在慕尼黑举行。

希尔格甚至还向景玉炫耀了他胳膊上的新文身，一脸骄傲道："是中国字呢，文身师说这几个字很受欢迎，很酷。"

景玉饶有兴致地问："文的什么？龙凤呈祥？还是雄霸武林？一统江湖？千秋万代？"

希尔格露出羞涩的笑容道："七个字呢。"

景玉心里琢磨，难道是一句古诗？七言绝句？

她猜不到，摇摇头。

希尔格"唰"的一下就把T恤下摆撩上去，一脸骄傲地展示他背后的汉字文身。

有些外国人超迷恋汉字，喜欢文在自己身上，他们认为这种像画的字很美丽。

白色的T恤猝不及防地卷上去，在希尔格小麦色的背肌上，清晰地印着七个大字——中国少先队队长。

景玉："……"她吸了一口冷气。

希尔格浑然不觉，还在兴致勃勃地问："是不是意义重大？是不是很酷？"

"的确意义重大。"景玉拍了拍他的肩膀道，"不过，希尔格，以后不要再随便给中国女孩看这七个字了。"

希尔格疑惑："嗯？"

他忽然意识到，自己似乎冒犯了这个不同文化环境下成长起来的女孩，于是放下T恤下摆，抱歉地挠挠头问："对不起——为什么？"

"因为像我这样能忍住笑的人不多，"景玉言简意赅道，"还有，在哪家文身店文的？以后别再去了。"

希尔格："……"

在知道身后汉字是什么意思后，希尔格坐在生日蛋糕前，猛灌了两瓶啤酒，景玉觉得他好可怜。

恰好推特首页上推了一些有趣的段子，她复制下来，发送给克劳斯。

景玉：先生，您看看，这也太好笑了。

景玉：233333。

现在克劳斯应该正在家中休息，他很快回了消息。

克劳斯："233333"是什么意思？

景玉好心肠地为对方解释。

景玉：是我们的网络用语。

景玉：类似于笑声，用于表达快乐的情绪。

景玉：多用在听到笑话之后。

克劳斯回了个笑容的表情。

景玉在午夜零点离开了派对，她喝了两瓶啤酒。虽然不至于喝醉，但走路的时候也有点儿晕，站不太稳。不过今天的派对令她很快乐，她还学会了跟着老掉牙的迪斯科音乐跳老旧的舞蹈。

德国人很爱玩这种涉及酒精的游戏。除了喝酒外，聊的一些话题，景玉其实听不太懂，一知半解。不过好在毕竟是一个项目组的，聊得最多的还是关于赚钱——她最大的爱好和特长。

景玉开心地回到自己的卧室，开心地唱着歌冲澡洗头发。把头发吹干的时候，她还对着镜子左扭扭，右晃晃，哼着欢快的企鹅舞音乐。

克劳斯在这个时候进来了。

对于对方熬夜到这个时候，景玉一点儿也不感到意外。毕竟作为一个督促她学习、健康成长的"男菩萨"，或者说伟大的教父，对方必须要确认她在派对后还能保持理智，没有做什么坏事。

景玉放下吹风机，拨了下头发，心情愉悦地和克劳斯打招呼，顺带着还给他讲了今天晚上发生的有趣的事情。就像小学的时候放学，妈妈接她回家的路上，阳光正好，她一脚踩碎一片落下来的法桐叶，总会叽叽喳喳地说个不停，分享自己今天遇到的快乐的事和学到的一些零碎的小知识。

景玉说了很多很多，她新学到的舞步；喝到的新口味啤酒；玛蒂娜和人打游戏，并成功地把对方打得落花流水……最后，是那个奇怪的汉字文身——

"我发现很多外国人不懂汉字的意思，就把它文在身上。有些文身师也不懂中文，可能连汉语都不会说。我还遇到过有人在自己身上文'宦官''狂浪龙''屄''拆'之类的，还有人穿着'十斤猪头''这个傻老外不懂中文'的T恤，完全没有意识到自己展示出来的这些字是什么含义……"景玉顿了下说，"抱歉，先生，我讲这些，您会不会感到很无聊？"

"不，"克劳斯微笑着回应她道，"很有趣，我很荣幸能分享你的快乐。"

说到这里，像是为佐证自己的回答，克劳斯还使用了新学到的词语，字正腔圆道："二十三万三千三百三十三。"

"……"

景玉在沉默两秒后，终于忍不住爆发出一声响亮的嗝，继而笑到身体发抖，几乎直不起腰。

克劳斯疑惑道："甜心？"

景玉笑得肚子疼，勉强直起身体，眼睛亮晶晶地看着克劳斯。

"先生，"她说，"这个词其实只用在网络沟通上，日常交谈中并不会使用。"

终于有了一次能够教克劳斯的机会，景玉格外骄傲地给他简略解释了一些网络用语及其起源。譬如为什么表达难过用"55555"呢？因为它模拟了哭声"呜呜呜呜呜"。同理，还有个常用的词汇是"666"，一般用于表示震惊或者兴奋。

克劳斯猜测着"666"的含义："因为中国人认为'6'是一个幸运数字？"

"这倒不是。因为'666'等于'2'乘以'333'，双倍'2333'，双倍快乐！"

克劳斯赞叹道："中国文化果真博大精深。"

景玉夸回去道："您也是一样的博大精深。"

早在来德国之前，景玉就曾听人讲过一个段子，说的是英国人的菜谱和德国人的笑话书一样薄。

德语的语法规则太过复杂，更不要说名词和冠词会随着在短语中的作用而变化。这让双关语很难运用，很难产生更多的幽默效果。

现在都已经 2015 年了，德国人还在使用老掉牙的关于名字叫"Kevin"（凯文）的笨小孩梗。*

这一年的冬至，景玉成功地吃到了新鲜美味的水饺。饺子是她和新来的厨师一起包的，厨师是东北人，在口味上两人出乎意料地一致。

而且，在征得克劳斯同意后，景玉还邀请了好友栾半雪过来一起过冬至。受到整体风俗的影响，在饺子口味的选择上，三个人不约而同地选择了猪肉大葱馅儿。

新来的厨师原本在一家中餐馆工作，自从被克劳斯聘请之后，本以为能大展宏图，谁知道景玉很少住在西区这边，他一手好厨艺无处施展，外加管家珍妮弗不苟言笑，大厨过得格外寂寞。

景玉和大厨的第一次见面，也颇富戏剧性。

出于好奇和尊重，景玉提前看了珍妮弗誊写的对应的用人名单——为了便于她理解，珍妮弗还特意在这份名单上使用了中文。大厨的名字很霸气，单名一个"雕"字。景玉不由得猜测，或许厨师先生的英文名字是"Dior"？

因此，当第一次见到这位祖籍在中国东北的厨师时，景玉亲切地和他打招呼道："雕师傅，你好。"

厨师先生："……"

克劳斯温柔地纠正道："甜心，他的中文名字是周佳。"

景玉："哦……"

但这个错误的称谓，并没有影响到双方的友好交流。"雕师傅"的手艺出神入化，只有景玉想不出，没有对方做不出的：上到满汉全席，下到铁锅炖大鹅，但凡能报上名的，"雕师傅"都能变魔术般把菜变出来。

景玉很开心。

不过，克劳斯虽然称赞过中餐的美味，但他日常还是吃西餐多一些。唯独今天是个例外——今天是冬至，他同意一整天都吃中餐。

克劳斯很乐意陪伴景玉度过一个快乐的冬至，以弥补未能陪她庆祝生日的遗憾——景玉生日的时候，克劳斯去了不来梅。但是他并没有因此薄待她，而是送来了一个用以表达歉意的包作为生日礼物。

克劳斯特意为此打电话过来道歉："抱歉，甜心，我没有办法为你庆祝生日。我知道这种礼物或许有些俗气，但我真的想让你开心。"

景玉捧着包，极为贴心地提醒道："我超开心，我特别能理解您日理万机的忙碌。如果可以的话，明年，后年，大后年，您都不用过来陪我过生日，好吗？"

克劳斯："……"

虽然克劳斯并没有允诺，但这次冬至，他还是决定用中国人的传统方式来度过。早上，为了能让他更加熟悉中餐，景玉还仔细地用他所熟悉的词语来翻译了下中餐的名称——

"第一道菜，"景玉说，"顶级皇家油煎艺术法棍。"

克劳斯看着她端上来一份油条。

"第二道，"景玉介绍道，"精品中式黄豆之精华，搭配纯天然无公害新西兰萃取蔗糖。"

克劳斯喝了口她递过来的甜豆浆。

"第三道，"景玉指着桌子上的薏仁粥说，"宫廷秘制珍珠黄金白玉汤。"

她对这个名称十分满意，还在详细地介绍最后一份，由东北厨师"雕师傅"精心腌制的宝塔菜："这是一种生长在我国东北延边寒冷土地上的珍贵植物，选用长白山下生长的、白玉般的大蒜和番茄作为作料。清脆的一口下去，您甚至能感受到来自东北大地的无数大仙在向您问候：'你瞅啥——'。"

"好了，"克劳斯打断她道，"谢谢你。可以不用介绍了。"

他咬了一口，并没有感受到来自东北神明的低语，但他感受到一点——景玉的中文和德语都非常非常优秀。

冬至最重要的活动安排当然是包饺子。在上午9点钟，栾半雪就上门拜访了。脱掉外套后，她直接和景玉去厨房准备包饺子。

克劳斯虽然吃过饺子，但并不熟悉这种中国传统料理的制作方法。

安德烈今天也在，他对包饺子这件事兴致勃勃。由于与景玉的关系也很好，便自动地蹭过去要求学习。

只剩克劳斯独自一人看书，喝茶——就连茶，也被换成了茉莉花茶。

克劳斯看完了半本书，才不紧不慢地往厨房去，打算看看贪财的"小龙"在玩什么好东西。还没有进去，他就听到里面传来了景玉响亮的一句话："这天，齁冷了（方言，太冷了）。"

克劳斯脚步一顿。她是在说冷吗？他慢慢地思考着整句话的含义。

"雕师傅"开口道："出去冻得鼻涕啦瞎，埋汰（方言，出去的话会冻到鼻涕流出来，很丢人）。"

栾半雪也用东北话回应道："可不是咋的？我上次滑了下，波棱盖儿都给卡秃噜皮了（方言，确实如此，我上次不小心摔倒，膝盖都擦伤了）。"

克劳斯："……"他完全听不懂这三个人的对话。

景玉背对着他，穿着优雅的白裙子，长长的黑发用一根漂亮的玉簪绾住，颇像中国古装电视剧里不食人间烟火的仙女装扮。

然后，不食人间烟火的"仙女"开口了："瞅你毛愣三光的，下次长点儿心吧（方言，你这人毛手毛脚的，下次要小心）。"

说到这里，"仙女"终于察觉到身后有人，她回头，双手沾满面粉地招呼道："先生。"

克劳斯很高兴她能流畅地切换为普通话，至少这句他还可以听懂。

好不容易包完饺子，景玉洗干净手，悄悄问克劳斯："先生，您刚才的眼神有点儿奇怪，您看上去好像很放松，是发生了什么事情吗？"

克劳斯说："是的，我忽然意识到自己很幸运。"

"啊？"

克劳斯深深看她一眼道："真幸运，在和你深入交流的时候，你没有使用方言。"

"……"

"你看上去好像充满了遗憾。"

"是的，"景玉回答道，"先生，我忽然意识到，您这辈子可能都看不懂东北的小品了，您将错过喜剧里的重大财富。"

还没有意识到自己错过中国喜剧重要组成部分的克劳斯，对景玉包的水饺评价很高，形容它"一个个像传统的中国金元宝"。

这个称呼极大地取悦到了景玉，让她决定今晚同意克劳斯提出的某些新尝试。

冬至过后的第二天，克劳斯正式向景玉发出邀请，请她去自己埃森家族的家中，和家庭成员一同度过圣诞。

景玉震惊地问："您确定吗？"

"是的，"克劳斯简略回答道，"我的父亲想见你。"

他似乎并不愿意多谈自己家庭的事情。一年了，从克劳斯口中说出"父亲"或者"母亲"之类词语的次数，屈指可数。迄今为止，景玉只知道克劳斯的母亲过世得早，而他的父亲——埃森集团的现任执权者埃森先生，和他的关系十分微妙。

景玉甚至没有撞见过克劳斯与埃森先生打电话。她也只从报纸、杂志和电视上看到过埃森先生，他有着和克劳斯同样的金色头发、绿色眼睛，脸上还有些皱纹，瞧上去更加冷漠，不易亲近，好像这世界上没有什么东西能够值得他去看一眼。

当听说这位埃森先生想见她的时候，景玉顿时陷入这份悠闲工作随时可能不保的恐慌中。毕竟，按照常理来说，埃森先生或许有自己中意的"新家族成员"。就像很多电视剧和电影中描述的那样，出生在金字塔尖的人，大多数都身不由己，只能为了家族利益而牺牲自己的婚姻和爱情。

景玉忐忑不安地问："先生，我可以不去吗？"

克劳斯一口否决道："不行。"

说到这里，他终于意识到她的害怕，伸手拍拍她的肩膀，安抚道："甜心，我不放心让你独过圣诞节。"

景玉毫不在意道："这有什么不放心的？我又不信主，主还能把我怎么样？我可是佛祖的人。"

克劳斯顿了顿，注视着她问："一个人过圣诞节，不会感到孤独吗？"

"您要是真担心我孤单的话，"景玉伸出手说，"要不给我一袋金珠子，让我数着玩？"

克劳斯无情地拒绝了她，他仍旧执意带她去法兰克福参加埃森家族的聚会。

克劳斯无所顾忌，但景玉不一样。毕竟她只是一个贫穷——哦，不，只是一个银行账户里存了一大笔金子和欧元的弱小、无助又可怜的女大学生。

她愁得饭都快吃不下了，一闭上眼，就是埃森先生冷漠地甩给她一张空白支票，让她随便填数字，或者对她说"给你五百万，离开我儿子"的画面。

思来想去，景玉睡不着了。她在半夜爬起来，打开台灯，开始认真地推理埃森先生有可能询问的问题，并在纸上写下自己苦思冥想来的不卑不亢的回答，争取晓之以理、动之以情地说服埃森先生。

在亲自检查景玉的行李箱时，克劳斯看到了这个记录了整整两张纸的应答备忘录。景玉的字很工整，这令他毫不费力就能认清上面的内容。

粗略看几眼，克劳斯明白了这备忘录的用途。

直到他看到第一张末尾的一个问题。

Mr Essen：给你五百万，离开我儿子。

景玉：叔叔，我们是真爱。

克劳斯忍俊不禁，他继续往下看，掀开这张纸，接下来的内容让他手一顿，将纸张捏皱了。

景玉：您得加钱啊！

景玉：要不然的话，以我这厚脸皮，我一定得和您儿子克劳斯先生分分合合好几年。

等景玉哼着《我和我的祖国》换好漂亮裙子时，克劳斯刚刚合上她的行李箱。景玉浑然未觉，还在愉悦地和他打招呼："早上好啊，先生！"

克劳斯站直身体，光线让他的眼瞳泛出漂亮的绿色，他道："早上好。"

景玉昨天花一晚上想好了该怎么面对自己职业生涯的第一道危机，用了好长时间来调整，最后总结出一个硬道理——树不要皮，必死无疑；人不要脸，天下无敌。只要她脸皮够厚，意志力足够坚定，就不怕被炒鱿鱼。

确定好初步作战方针后，她睡觉甜甜，吃饭香香，就连看克劳斯，也觉得他是如此地英俊帅气——

好吧，无论什么时候看，先生都这样迷人。

这次一同去法兰克福的还有可爱的安德烈，克劳斯送安德烈和他的父母团聚。一路上，景玉抚摩着安德烈的金色头发，好像抚摩着灿烂的金子，她感叹道："金色鬈发真好看呀！"

说到这里，她摸了摸自己的头发说："不过，这并不代表我讨厌我的黑色头发。"景玉很喜欢自己的黑头发和黑眼睛。

安德烈也喜欢景玉，经过包饺子时候的熏陶，他现在已经能够运用东北话中的"老妹儿"和"哎呀妈呀"这两个词语了。不过，对于他这个生长环境的人而言，学中文是很困难的。因此，在安德烈面前，克劳斯和景玉一般都会选择用德语交流。

安德烈坐在景玉旁边，伸手摸着她的头发，像洋娃娃一样的眼睛睁大了。他说:"你的头发摸上去好柔软呀。"说到这里,他转身看着克劳斯问:"叔叔,你会和姐姐生出来黑发的宝宝吗?"

克劳斯纠正他的称呼道:"是阿姨。"

景玉提醒道:"安德烈,还是叫姐姐吧。姐姐这个称呼更显年轻,我喜欢听你叫我姐姐。"

克劳斯无法理解景玉的这种心态,他顿了顿,继续回答安德烈提出的问题:"大概会。"

安德烈"呜哇"叫了一声,又问:"也会有像姐姐一样柔软的头发吗?"

克劳斯换了个坐姿,他漂亮的金发闪着灿烂的光,回应道:"会。"

"不会啊,"景玉决定重新给小孩子科普,"纯正的亚洲人和金色鬈发的欧洲人结合,生下来的宝宝不可能是黑色的柔软直发。先别说我完全不可能和你的克劳斯叔叔生孩子——"

克劳斯侧过脸看她,他右手的手指触到了左手上的表带,贴上去敲了一下,发出细微的"啪嗒"声,银色的表带动了一下,折射出寒冷的光芒。

景玉并没有察觉,她声音冷静道:"就算是有宝宝,也不可能会是我这种头发。"

克劳斯指腹摩挲着表带,一言不发。

"假设出生的孩子真的和我的头发一模一样,那也只有一种可能,"景玉认真地对安德烈说,"孩子的父亲不是克劳斯。"

克劳斯:"……"

景玉沉浸在那种情景中:"在那个拥有柔软黑发的孩子出生的一刻,整个巴伐利亚都会回荡着一种低语,告诉你的克劳斯叔叔,'孩子不是你的,是老王的,老王的——'"

克劳斯打断她的话问:"老王是谁?"

猛然注意到自己在俩德国人面前玩梗(网络用语,指笑点)过头,景玉立刻停止了玩笑话。她琢磨着似乎不太好解释,只能简略概括道:"我们国家对于男性第三者的称呼。"

克劳斯慢慢地说:"很怪异的一个称呼。"

安德烈仍旧好奇心满满,缠着景玉问:"那你和克劳斯叔叔会生——"

"不会,不会生的!"为了防止克劳斯误会她打算携子逼迫,景玉义正词严地声明,极力撇清关系,"安德烈,即使全德国的人都戒掉啤酒,我也不会和克劳斯先生孕育后代。"

安德烈似懂非懂地点了点头。

克劳斯坐得端端正正，他凝视着窗外的风景，面容平静。

抵达法兰克福后，克劳斯先将安德烈送回他的家中。安德烈的父母客气而友好地和景玉打招呼，等到两人离开后，才问安德烈："安德烈，你在路上和简玛聊天了吗？"

安德烈点头。

父亲追问："你们聊了些什么，宝贝？"

安德烈苦思冥想良久，手指在额头旁边弯了好几下，才努力想起了路上景玉最后那句话的最后几个重点单词。

"简玛姐姐说，"他将双手合握在一起，信誓旦旦道，"她会和克劳斯叔叔孕育后代哦！"

克劳斯在法兰克福的家，是一座巨大的漂亮城堡。当经过一道巨大的铁门后，映入眼帘的是一座高达 8 米的铜质雕像。雕像周围环绕着美丽的喷泉，能够喷射出高达 15 米的水柱。而这个日夜不停的喷泉，不只在雕像周围，而是往后一路延伸，直到尽头。

不过，埃森先生今天并不在这里。在确认了这个消息后，景玉忐忑不安的一颗心才慢慢地落了下来——谢天谢地，她还没有做好谈分手费的准备。

负责整个城堡的老管家奥勒，头发已经几乎全白了，但是脊背挺得很直。他戴着白色手套，身穿黑色西装，胸前的口袋中放着怀表，留着一些胡须——就像是从 20 世纪 80 年代的电影中走出来的那种装束。

奥勒彬彬有礼地招待景玉，用流利的英文向她问好后，领着她穿过漫长的、铺着厚厚的地毯、悬挂着弗拉芒画派风格和荷兰巴洛克风格的画的长廊，简要地为她介绍经过的房间。

景玉并没有住克劳斯的房间，而是住在他的卧室旁边。房间里的木质家具颇有曲线感，有个可以眺望到铜像和喷泉的大阳台，房间中还摆放着伊特鲁里亚和罗马的花瓶作为装饰品。

她在床上睡了三个小时，被用人叫醒，下楼去吃晚饭——在那之前，用人为她拿来了新的衣服，让她换上。

景玉用德语问："埃森先生会参加吗？"

用人说："不会的，简玛小姐，埃森先生今天没办法回到法兰克福。"

景玉又问："一起吃晚餐的，除了我和克劳斯先生外，还有其他人吗？"

"有的。还有克劳斯先生的外祖母。"

景玉想起来了，克劳斯的外祖母，同样是一位中国女性。克劳斯提起过，外祖母叫陆叶真，北京人，性格直爽。

她立刻端正了自己的姿态，对着镜子调整呼吸后，才在用人的指引下，慢慢地往餐厅走去。

陆叶真女士今年近七十岁了，但精神状态仍旧很好。她穿着旗袍，坐在椅子上，气质威严。

景玉叫道："老奶奶好。"

陆叶真笑起来，指指克劳斯说："瞧你找的这个小丫头片子，叫奶奶就算了，还叫老奶奶。"

克劳斯示意景玉过来坐下，陆叶真倒是对她颇为好奇，和她聊了许久。

陆叶真在德国的时间久了，和景玉聊起来，话语里都充满着对故乡的浓浓怀念。只是两个人之间毕竟有着近五十年的代沟，有些事情还是无法彻底沟通。

但景玉的心态慢慢地稳下来了，至少，外祖母并没有炒她鱿鱼的打算。总体而言，这一顿晚餐，算得上是宾主尽欢。

克劳斯和景玉今天说话的次数不太多，一直到洗漱完准备睡觉前，景玉才猛然意识到，克劳斯好像是……生了她的气？

她试探着给他发短信。

景玉：先生，您睡了吗？

克劳斯：没有。

景玉：您怎么还没有睡呀？是有什么烦心事吗？

其实发送这句话的时候，景玉心里面没有什么底，毕竟克劳斯不会把她当成自己情绪的垃圾桶。德国人喜欢压抑情绪，就算是愤怒时，也不会提高嗓门，而是压低声音说话。

但克劳斯这次回复得很快。

克劳斯：的确有点。

景玉刚刚擦干头发，她趴在床上，飞快地打字。

景玉：为什么呢？我可以知道吗？

克劳斯：我是不是没有提醒过龙，在签署的合同中，违约者要付另外一人双倍赔偿？

这个话题成功让景玉精神焕发，她噌的一下就坐起来了。

双倍……双倍赔偿？

她想想之前克劳斯慷慨付给她的那些钱，不由得眼前一黑，摇摇欲坠，仿佛听到金子掉入火山岩浆中的声音。

等等，这手不能分！

景玉：不不不，我绝对不会违约。

景玉：放心！

克劳斯：甜心，你会拿到更多回报的。

克劳斯：不用厚着脸皮分分合合。

克劳斯：用小龙可爱的脑袋瓜想想，哪一种更划算？

景玉："……"糟糕，她好像发现克劳斯不悦的原因了。这才是自己职业生涯中最大的危机——雇主因为她的跳槽念头而表示不开心。

而在景玉这里，完全不存在"哄男人"这种技能，毕竟以前她压根儿就没考虑过会有男友。

但眼下的情形看起来有点儿紧迫，在经过深思熟虑之后，她决定放弃挣扎，再度使用自己那三寸不烂之舌，姑且对克劳斯软一些，好让对方能够放下芥蒂，继续治疗。至少，让他忘掉"分分合合好几年"这件事。

于是，景玉选择邀请克劳斯一起打游戏。毕竟就她所体验到的，一起打游戏时结交的战友情谊，能够增进现实中的友谊。

虽然克劳斯热爱户外运动，但偶尔也会尝试一些新事物。譬如之前索尼德国公布游戏排行榜单的时候，他也购买了一些，不过都是试玩一会儿后，就丢给了她。

克劳斯喜欢多尝试，也会把自己不喜欢的抛到脑后。

之前十月末那会儿，《英雄联盟》的全球总决赛在柏林举行。喜欢玩这款游戏的德国人也不少，恰好景玉也会一点点，因此，在克劳斯还在休息的时候，她就带着自己的笔记本电脑，敲响了对方的卧室房门。

她主动服软的姿态太过于明显，克劳斯垂眼看她。

景玉抱着电脑问："先生，您想玩点儿快乐的游戏吗？"

就像一条龙扛着空口袋可怜巴巴地上门，手里还握着一块糖。他知道龙准备用这块微不足道的糖，换取更多的珠宝。

克劳斯侧身让开，道："我现在很有兴趣。"

克劳斯的卧室里有一张足够让景玉平躺上去的大桌子，现在上面放了两台电脑，景玉兴致勃勃地为他介绍这款游戏的玩法，还贴心地帮克劳斯注册了游戏账号。教他走完初始流程后，她出去喝水，等回来的时候，看到克劳斯的笔记本电脑屏幕上已经混战一片了，敌我双方一群人都集中在中路打团，施放各种技能。

景玉无意间一瞥，只看到寒冰（游戏中的角色）冲上去，被对方打得只剩残血。被小学生坑怕了的她愤怒了，不假思索道："这寒冰谁啊？技术这么烂——"

话音刚落，克劳斯侧过头看向她，鬈发在灯光下闪着金子般的光泽，他说："是我，甜心，怎么了？"

景玉冷静一秒，说："没什么，我觉得您冲上去的姿态，真的好勇敢啊！"

她绞尽脑汁，想说出点儿好听的话来短暂地哄一下对方。但克劳斯显然对这款游戏兴致索然，手从键盘上移走了。

景玉屏住呼吸。

"路上出了些意外，我父亲今晚不会回来。"克劳斯简短地说，"不用这么拘束，宝贝，你想做什么就做什么。"

景玉"嗯嗯嗯"地应着。

"担心的话，就在我房间打一会儿游戏，"克劳斯看了眼时间道，"圣诞假期，允许你好好休息。"

他看上去好像已经不生气了，这令景玉重重地松了口气，发自内心地赞赏他宽广的胸怀："先生，您的胸襟比大海还要宽广。"

克劳斯礼貌地回应道："你的也很漂亮，像可口的甜桃。"

"先生……胸襟和胸是不一样的。"

景玉起初以为，埃森先生没来得及赶到是因为火车误点——毕竟德国的火车是出了名的容易误时。就像很久之前自己听到的那个冷笑话：地狱就是吃英国人做的饭，坐印度人的火车，看德国人的电视节目；而比地狱还要地狱的东西，是吃德国人做的饭，坐德国人的火车，看德国人的电视节目。

在大部分人眼中，德国人就是严谨。

可是，在这里居住这么长时间后，景玉发现这并不是严谨。说好听点儿叫遵守规则，难听点儿就是墨守成规、不肯变通、死脑筋。以至于她每次和他们交涉，本来半个小时就能完成的事情，对方偏偏要一点一点来，能拖上一个多小时。

无聊也是真的无聊，德国的夜生活，也远不如北上广丰富。

不过，尊贵的埃森先生并不会乘坐火车。城堡后面有一幢楼，用来存放埃森先生所有的豪车，他还有三架私人飞机以及多条私人航线。对方迟到的原因，是去了克劳斯母亲的墓地，晚上也住在了那边。

克劳斯的母亲，埋葬在富尔达。

第二天下午，景玉和克劳斯去逛了附近的圣诞集市。法兰克福的圣诞集市和慕尼黑的相比并没有太大的区别，景玉饶有兴致地买了很多热葡萄酒品尝。她的野心不局限于一个啤酒品牌，如果可以的话，等啤酒的品牌稳定下来之后，她会考虑做葡萄酒的生意。

当然，在节庆期间，景玉还是好好地享受了长达三天不需要阅读、不需要写报告的快乐时光。她买了一些辣姜饼，咬了几口后舌头被辣得发麻；还买了一些可可爱爱的姜饼小人，以及很多亮闪闪的小饰品。

克劳斯看着她时而扑往这边，时而扑往另一边，像一只蝴蝶。他问："你很喜欢圣诞集市？"

"对啊，"景玉喜滋滋道，"你不觉得这样的小摊子很有趣吗？先生，我买了这么多，才花了20欧元！"

她献宝一样给克劳斯看自己今天的收获：一些锡蜡的小手链、造型奇怪的戒指、有些质朴的手刻木头，还有些用五颜六色的玻璃珠穿起来的手串、一个看上去很有年代感的胸针……

这些不值钱的小东西，景玉一样一样地从自己的斜挎包中取出来给克劳斯看，像是在炫耀它们。她神采奕奕，好像手上这些是无价的珍宝。

克劳斯看着那些东西道："亲爱的，我送你的首饰，你似乎很少戴。"

景玉脱口而出道："因为要留着卖——"那么贵的东西，万一不小心弄坏了，日后回收价格可会低上很多呢！

在看到克劳斯的眼神后，她及时停住了。

"是这样的，先生，"她小心翼翼地说，"您送的礼物，我怎么能够轻易地戴呢？万一弄坏了，难道不是浪费了您的一片心意？"

克劳斯称赞道："甜心，如果你的嘴巴晚上也能这么灵巧就好了。我也不至于在检查你的课业时，为你背不出内容而苦恼了。"

景玉谦虚回礼道："您晚上的嘴巴，倒是比白天更灵活。"

两人和平交流完毕，景玉陆陆续续又挑了很多奇奇怪怪的小东西，她还看上了一个非常有童话感的音乐盒。只是老板说里面的零件似乎坏掉了，没有办法上发条，所以拿出来低价处理。

这个音乐盒表面看上去普普通通的，木头的底座，刷上了近似于蒂凡尼蓝的那种颜色，圆圆的玻璃罩子里面有着精巧的白色小雪花。而最吸引景玉的，其实是里面的小物件——一条金色的小龙，捧着钻石和钞票，坐在堆满金银珠宝的山上，尾巴尖盖在金子堆上。表面上看是在用尾巴扫荡珠宝，其实在金子下面偷偷地藏了盆正在盛开的玫瑰。

音乐盒不大，和景玉的手掌差不多大。里面这小东西做得这么精细，令她怦然心动。

她停下脚步，用流利的德语询问价格，摊主开出了20欧元的价格。

景玉并不能接受，她拿出了砍价的绝招："先生，便宜一点儿吧。您要是能便宜点儿，我把这个音乐盒和小雪人都买走。"

她所说的小雪人，是一个小雪人造型的小灯，用的是那种很小的纽扣电池，亮着昏黄的灯光。

克劳斯站在旁边，低头看着她。

这时候的天气已经很冷了，她系了一条深棕色的羊绒围巾。半张脸被围巾包裹着，只露出一双乌溜溜的眼睛，漂亮又神气。她的德语说得很出色，不愧是一条头脑聪慧的"小龙"。

景玉是那种哪怕给她信用卡，除非必要，也很少用那张卡消费的人。甚至，在消费之前，她还会认真地告诉对方每一笔钱的用途。

哪怕龙贪财，也有自己的一份规则。

在有求于人的时候，景玉的嘴巴一直很甜，她成功地恭维和诱惑到了摊主。最终，对方以她提出的价格将音乐盒和小雪人卖给了她，还送给她几个自制的松果铃铛。

景玉开心极了，道谢后埋头拼命扒拉着自己的小包，将东西严严实实地放好。

那些松果铃铛放不下了，小包已经塞满了"宝贝"。她犹豫间，戴着口罩的克劳斯伸出戴着皮质手套的手，说："我来。"

摊主将东西放到他手中，笑着说："先生，您的女儿好可爱。"

克劳斯一顿，差点儿将手里的松果捏碎。

就像亚洲人很难分清白人和黑人的年纪一样，大部分欧洲人也无法断定亚洲人的年龄。亚洲人具备着令人艳羡的抗衰老能力，他们好像永远都不会衰老。更何况，官方身高一米六的景玉，实际的净身高只有一米五八，穿鞋后一米五九。她今天又戴着口罩，看不清脸，德语又说得这么棒，在摊主眼中，的的确确是个混血孩子。

克劳斯客气地说："谢谢。"

景玉的注意力都集中在新到手的漂亮音乐盒上，完全没有在意摊主说了什么。等走出好几步远，她才好奇地问："先生，刚刚老板和您说了什么？"

"没什么，"克劳斯冷静地答道，"他在夸奖你——我的女朋友很可爱。"

虽然埃森家族并不是虔诚的信徒，但圣诞树仍旧必不可缺——毕竟，世界上第一棵圣诞树就是在德国诞生的。

德国人格外看重圣诞节，在克劳斯的提醒下，景玉将一只崭新的从来没有穿过的靴子放在卧室门口。

对于制作圣诞节饼，德国人也很有讲究，不过埃森家族的成员并不会亲手去做，因为有很多人送来了各式各样的饼。景玉每一款都尝一小块，才尝到一半，肚子就有点儿受不住了——实在是太多了。

埃森先生在下午5点钟才抵达家中，彼时景玉正在和克劳斯一起装饰漂亮的圣诞树。她想将自己下午得到的松果铃铛也挂上去，两个挂在下面的枝丫上，还想往高处也悬挂一个，可惜自己身高不够，只能求助于克劳斯。

克劳斯正根据她的指挥调整铃铛的位置，景玉后退一步，听到脚步声一转身，看到了同样金发碧眼的埃森先生。对方和克劳斯一样身材高大，不苟言笑，脸上有着深刻的纹路，眼窝很深。

克劳斯一只手握着松果铃铛，走到景玉面前，另一只手的手掌心贴在她肩膀上，叫道："父亲。"

埃森先生点了点头道："欢迎你回来。"

就像没有看到景玉，埃森先生转身就走，甚至没有和儿子多聊聊天。

景玉有些畏惧如此严肃的埃森先生，看上去，对方很像是能丢给她一张空白支票，让她滚蛋的样子。

距离晚饭还有一段时间，景玉陷入了这种随时可能被雇主父亲砸饭碗的恐惧中。焦虑让她看不下去书，在企图摸小提琴的时候，被克劳斯适时地握住了手腕。

他问："你为什么这么焦虑？"

景玉说："先生，您应该没有看过多少电视剧和小说吧？"

她指指自己，又指指他，继续道："坦白来说，像我们这样的结合，是一定、一定会遭受到来自家庭的反对——哦，也就是您的家庭。您这样的家庭条件，难道不会为了利益而选择联姻吗？"

"为了什么利益？"

她不明白对方的反问是什么意思，继续自己的思路，条理清晰地说："按照电视剧的套路，我们基本会被强制分开，你的家庭可能狠狠地拿钱羞辱我，也可能是用什么要挟我——希望是前者。强行在一起的话，你就要离开你的家庭。多年之后，我们生下一个精通八国语言、随便什么领域的天才，也可能是八岁天才黑客那种，然后该天才宝宝成功获取了您父亲的芳心，我们才——"

克劳斯打断她道："甜心，埃森家不需要联姻。"

景玉沉默了一会儿，说："好像也是……"

克劳斯是唯一的继承人，而以埃森如今的地位，似乎完全不需要牺牲继承者的婚姻。当然，应该也不会在意一个不以结婚为目的、兢兢业业赚钱的她吧？

正当她这样思考着，克劳斯又说："不过，你说得的确有些道理。"他看向景玉，慢慢开口道："我的父亲，在我这个年纪的时候，已经有人称呼他为'爸爸'了。"

"你想有人叫你爸爸？"景玉眼前一亮，"我也可以啊。"

她伸手道："不过得先说清楚，不包周，不包月，论声收费——您想先来几声吗？"

"……"

克劳斯平息一下呼吸，缓缓道："龙宝，你可以说些正常情人间应该说的话吗？"

景玉并不能。她苦思冥想好久，也没有想出来克劳斯究竟想要什么样的"情人间应该说的话"。她最大的优点就是不钻牛角尖，实在想不通就不去想，回房间继续快快乐乐地打游戏。

只是刚玩了一局，她就被女用请出去了。

这件事情，从景玉第一次到法兰克福的时候就有预感了，但始终没有出现。在她刚刚成功拿到五杀后，该来的还是来了。

埃森先生避开克劳斯，单独邀请她见面"聊一聊"。

谈话的地点在一间宽阔但不算明亮的房间中，厚重的红桦木桌子后面，埃森先生抱着一只猫，一言不发，神情肃穆，看上去就像《教父》里的维托·唐·柯里昂。

景玉内心忐忑不安。

她终于听到对方的声音，冷漠得像冰块。

埃森先生说："我每年给你 20 万欧元。"

每年 20 万欧元？这个分手费听上去有点儿少啊。

景玉已经做好和克劳斯分分合合好几年的准备了，她说："先生，我们是真爱——"

埃森先生打断她道："只要你继续和克劳斯谈恋爱。

"如果你能令他开心，每个月，我愿意多付1万欧元作为你的酬劳。"

"尊敬的埃森先生，真爱也可以加钱。"

埃森先生抚摸着怀中柔顺的猫咪，他的英文听起来如此流畅："中国女孩，我不是和你商量。这是交易，一桩对你而言十分划算的交易。"

景玉没有说话，她意识到，埃森先生和克劳斯完全不同，他更像一个没有感情的机器。

"你认为怎么样？"埃森先生放下猫，他的脸终于出现在光明中，目光锐利，"我猜测，你和克劳斯应当签订了某些协议，他想塑造你？"

景玉挺直脊背，不卑不亢地望着埃森先生道："是的。"

据说，浅色系眼瞳的人，在黑暗中的视力要比深色眼瞳的优秀很多。她不太能确定这条信息的真假，但克劳斯在晚上的时候，的确不需要太强烈的光线。

而埃森先生坐在暗处，景玉没有办法从他的表情判断他此刻的想法，埃森先生却能看清她。

"如果你能治愈他，"埃森先生身体前倾道，"我会给出一个你无法拒绝的价格。"

景玉没有立刻给出回答，而是问："您有什么要求吗？"

"无，"埃森先生坐回去，暗淡的光线下，他眼睛中的绿看起来都没有那么明显了，"只要你能使克劳斯开心。"

平安夜的餐食格外丰富，啤酒、白葡萄酒、啤酒烩牛肉、甜菜椰子汤……有叫不出名字的生菜搭配在一起的沙拉，还有德国人必不可少的酸猪蹄，和一些其他叫不出名字的特色菜肴。

餐桌上，基本上都是陆叶真和景玉在聊天。他们用中文交谈，克劳斯偶尔会说上一句话，但从始至终，埃森先生都没有参与他们的话题。

景玉已经感受到了这对父子间的隔阂。

晚饭后，克劳斯将景玉下午淘来的小音乐盒用精细的工具拆开，重新清洗了一遍，仔细观察里面每一个细小的零件，试图找出它坏掉的原因。

景玉盘腿坐在床上，她在阅读一本上了年头的书，这本书有着厚厚的封面、泛黄的纸张，甚至封面上还镶嵌着金边。她试探着用指甲用力戳了戳，发现这应当是真正的金子。

这本本身就像童话故事中才存在的书籍，是格林兄弟所做的故事集。19

世纪初，这对为接下来三百年内儿童提供睡前故事的兄弟，游遍德国中部，收集了无数的德国传说，在1812年首次出版了这本童话书。

这本德语书上用的词汇都很简单，便于理解。景玉看了一会儿，里面有些她没听说过的童话，还有篇关于饲养龙的小故事——居住在高塔中的国王用金子骗来龙，拿走了龙的心脏，将龙永远囚禁在高塔上。

这个故事没头没尾的，难怪没有被后来的《格林童话》收录。景玉合上书，裹着毛毯凑到克劳斯那边，认真看他的手工制作。

克劳斯戴着金色细边框的眼镜，这让他瞧上去比平时更加内敛克制。他拿了一把只有景玉小拇指粗细的小螺丝刀，顶头的钻头几乎和耳饰针一样细，正在小心拆卸着一枚零件。

"先生，可以修好吗？"

"试试看——刚才读了什么故事？"

"《穿花衣的吹笛手》《莴苣姑娘》《奇幻森林历险记》……还有龙和国王的故事。龙好惨，被国王挖掉了心脏，还被关在高塔上，只能被迫接受投喂。"

克劳斯的镜片上有光泽闪过，他用柔软的丝绸擦拭着音乐盒内龙尾巴下藏着的玫瑰花，将褶皱中藏着的灰尘——抹除。

他说："龙不是最爱金子和珠宝吗？"

景玉回答他："不是的，先生，龙更渴望自由。"

克劳斯没有回应，他将零件重新组装回去，原本有些灰尘的玻璃球被他擦得闪闪发亮。他还把里面的小龙处理得干干净净的，现在，这条藏好玫瑰的小龙，正神气地捧着大把钻石和钞票。

景玉兴高采烈地拧紧发条，将音乐盒放在桌面上。里面的龙缓缓地转起来，音乐也一同流泻出来，是最简单的《致爱丽丝》。她翻来覆去地玩了好久，忍不住夸奖克劳斯心灵手巧。

克劳斯并不怎么谦虚地享受着她的恭维，他坐在景玉身后——从后面看，更像是景玉坐在他怀中。

他将她黑色的头发拨到一侧，低头触碰着她的后脖颈，在上面留下草莓的痕迹。当触碰到她墨绿色的裙子后，景玉放下音乐盒，手掌心贴上他金色的鬓发……

在中国的农历新年即将来临的时候，景玉向克劳斯申请回家，她向学校方面也申请了一周的假期。

"按照我们家乡的习俗，在过年的时候，要为祖先供奉香火。先生，我是我们家唯一的孩子。"

克劳斯看着她，没有立即给出答复。

景玉说："您可以扣除我这部分的工资。"

克劳斯松开手，问："你要回去多久？"

"一周。"

克劳斯沉默了两秒，道："你让我想一想。"

景玉也犹豫两秒，说："我必须得回去，如果您认为这种行为很不合适，可以多扣我一部分——"

"甜心，"克劳斯身体往后靠，他坐在椅子上，沉静地注视着她道，"你觉得我是那种狠心阻止你回家探望的人吗？"

"是……"

"回答'是'扣200欧元。"

"完全不可能的！"

她隐约听出了克劳斯的画外音，眼睛亮闪闪地看着他问："先生，您同意了？"

克劳斯没说好，也没说不好，而是说："先将你的阅读报告和作业完成，等我检查合格后，你才有机会回家。"

景玉心心念念要回家，剩下的四五天，她铆足劲儿疯狂学习，几乎是超额完成了克劳斯规定的工作量。

克劳斯给了她假期，没扣钱，带薪休假。景玉开心到爆炸，她买了头等舱，舒舒服服地睡回了青岛。

回到青岛后，她白天简单地收拾了房间，去店里购买了一些香烛、纸钱，和过年时候用的对联、窗花。现在禁止放鞭炮，景玉也不敢放，只买了些其他年货，装满了一整个书包，手里还拎着一些。

晚上她就快活多了，直接跑去酒彪子街，点了辣炒蟹、海菜凉粉、蛤蜊，还开了两瓶啤酒。啤酒屋里还有个人在弹木吉他，唱着她没有听过的一首民谣。灯光映照得人脸都是红的，景玉拿着小酒牌去换了酒，恍惚间感觉，自己似乎从来没有离开过这个城市。

啤酒屋在这儿开了十几年，老板认识她，笑吟吟地给她抹了零头，用青岛话问："大嫚（山东方言，指二十多岁未婚的女性），咱这儿啤酒好哈，还是德国的啤酒好哈？"

景玉响亮地回答道："咱们的！"

啤酒屋老板就喜欢她这样的回答，临走前，还拿打包盒装了些腊肠、炸丸子之类的年货给她，叮嘱道："大玉啊，回家路上慢慢的，注意安全。"

景玉就住在附近的小区，她拎着沉甸甸的饭盒回去。晚上的台东是青岛最热闹的地方，各种找乐子、淘货的年轻人挤在这里，卖唱的小伙子抱着吉他弹得火热。

欢声笑语，觥筹交错，热热闹闹，她踩着路边的积雪往回走，天上只剩一钩残月。

景玉的生物学父亲在第二天拜访，她关上门不见面。对方为了什么而来，她心里面清清楚楚，多半又是听那姐弟俩添油加醋地说了些什么。

全亘生把自己卖出去过，现在又觍着脸准备摆出父亲的架势来指责她了。

农历二十八，全亘生终于消停了——他得回乡祭祖，回那个给他"根生"这个名字的贫困故乡，祭拜吸干了景玉外公钱财才修建起来的大祠堂。

景玉不认。从始至终，她就没有继承全亘生"高贵且不能断香火"的姓氏。

景玉独自费力地贴着春联，她身高不够，贴门联和横幅的时候比较费力，必须踩着大椅子。好在对面的邻居也在贴，一声令下，把自己正在读大学的、身高一米八五的儿子直接送了过来，帮她贴。

邻居是今年刚搬过来的，景玉和人聊了许久，才知道对方姓王。帮她贴对联的叫王及，就读于青岛大学医学院。巧的是，两人读的高中还是同一个，还同一级，英语老师也是同一个。不过，由于班级离得远，彼此没怎么见过面。

两人聊得颇为投机，王及不仅帮景玉把对联贴好，还顺带着帮她清扫了天花板角落里的灰尘。只不过，他临走前，不小心将蓝牙耳机落在了景玉家中。

景玉在喝了一杯水后才发现这件事。为了表达感谢，她翻翻自己的行李箱，在给对方送耳机的同时，准备再送一些自己在德国买的香肠。

只是刚走到门口，就听到了门铃响。

景玉只当是王及回来找耳机，毫不设防地打开门，声音清脆道："王及，你——"

入目的是黑色羊绒大衣，搭配着同色系的平驳领西装和马甲，再往里是暗灰色的衬衫，领带系得端正。

克劳斯金色的头发，好像照亮了这一方声控灯不太灵敏的区域。他看着景玉手里的蓝牙耳机和香肠问："这么晚了，要去拜访别人吗？"

他的语气如此自然，就像他们中午刚刚见过面。

景玉指了指对面说："给邻居送耳机，他不小心落在我家了。"

"哦，邻居，姓王，"克劳斯摘掉黑色的手套，露出青筋凸起的手，礼貌地问，"隔壁老王？你说的那个老王？"

景玉沉默了几秒钟，她后退一步，"哇哦"一声道："先生，您怎么来了呢？"她此刻的表情是如此真诚，真诚到克劳斯几乎快要相信她了。

克劳斯礼貌地问："请问我可以进来吗？"

景玉更礼貌地问："现在给算加班费吗？"

"双倍工资，以及新年红包。"

景玉让开，笑容满面道："先生，您可算来了啊！"最后一声，圆润饱满，就像学校文艺会演时被临时抓去诗朗诵。

克劳斯踏入房门，脱下外套，环顾四周——这间简陋但干净的房子，墙上倒贴着"福"字，还有"春"字。不过还没有贴完，桌上还有一些零零散散的红色物品。

景玉去泡了茶，往干净崭新的小碟子里倒入瓜子和花生，摆在克劳斯面前。这是招待客人的礼仪，招待雇主应该也一样。

克劳斯还在看她手中的耳机，问："不需要给对方送过去吗？"

景玉顿悟了。克劳斯出双倍工资雇用她，肯定不希望看到她占用这个时间去做其他事情吧？双倍加班费的话，从老板的角度考虑，一定是希望员工时时刻刻都为自己服务吧？

想到这里，她立刻懂了，善解人意地说："等您睡着了，我再送。"

但克劳斯并没有如她所想的那样愉悦，反倒是用他绿如森林的眼睛注视着她，露出温和宽容的笑容，简短地说："现在就去送，这是命令。"

"……"老板好奇怪。

景玉无法理解德国人的思维，只好满腹疑惑地带着作为感谢礼物的德国香肠上门。将耳机归还给王及的时候，对方还盛情邀请她一起吃饭，她连连推辞了。

景玉家中的房间不多，这房子的使用面积勉勉强强一百多平方米。白天晒的被褥有限，景玉并没有想到今天会有访客。

克劳斯只能纡尊降贵地和她一起睡在那张并不怎么宽大的小床上。

床实在太小了，景玉睡在上面，完全不敢翻身。往前，一不小心就掉了下去；往后，稍有不慎就会碰到人。她在白天的时候走了好多路，买了很多东西，现在很累，真的很想睡觉。

但睡不着。

身体累了，脑子却还是活跃的。大过年的，景玉有好多念头被这个新春勾了出来。她费力地挪了挪身体，小心翼翼地问："先生，您困吗？"

克劳斯说："不。"

"您怎么过来了？"

"见朋友，顺便来看看你。"

景玉"哦"了一声，她的脑袋在克劳斯手腕上蹭了两下，舒服地叹气道："您身上好暖和。"

卧室里的空调已经很旧了，还是景玉外公还清债务后重新置办的第一个家电。

其实，青岛的地理位置好，夏天倒不是特别热，近海的地方，凉爽适宜。不过，景玉快中考那年，夏天来得出奇地早，也出奇地热。

景玉的房间闷，她每天都要开着窗户写功课，楼下生意又吵吵闹闹的，让人无法集中精力；关上窗户的话，会热得汗水顺着额头往下淌，不小心进了眼睛，又酸又疼。外公舍不得，等拿到这笔可自由支配的钱后，立刻给景玉的房间装上了空调，要她静心读书，好好学习。

当时花了一大笔钱的空调，过了这么多年还在努力工作。上面两个穿着裤衩、勾肩搭背的小人都磨得几乎看不到了，空调打开的时候还会有轻微的噪声。就算是开到 30℃，实际制造的温度，说不定才 24℃左右。

事实上，景玉触碰克劳斯，一直遵循着循序渐进的原则。克劳斯不喜欢被人直接触碰身体，她就先从手开始。在察觉到对方并没有不悦之后，再试着碰手腕、胳膊、肩膀、脖子……然后，挪成面对面，她的脸贴在他的脖颈处。

好温暖，先生身上好暖和，像是温柔的大火炉。

她停下了。

不可以离得太近，太近会被炉子里的火焰灼伤。

"男人其实都靠不住……"景玉睁开眼睛，盯着克劳斯的胸膛。对方没有带睡衣过来，也没有穿。

"我生物学上的父亲昨天来了，我没有开门。"

克劳斯问："他是个坏人？"

景玉想对方在明知故问，因为从他的语气里听不出一丝惊讶或者疑惑，只是礼貌性地询问。

其实她完全能够理解克劳斯这样礼貌问话的原因，毕竟直接陈述"令尊乃一傻缺"这种话，的确有些过于激烈。

不过，她的确很想指着全盲生的鼻子把他骂个痛快。

"嗯。"她叹气道，"怎么说呢？刚从厕所里捞出来的哈士奇，都比他招人喜欢。"

窗外零星飘来欢声笑语和电子鞭炮声，大家都在团聚，好像和亲人在一起，能够消除掉一整年遭受的不平和孤单。

马上就是新年。

新年如此热闹，快乐团圆都是邻居的，和她没有关系。她只有眼下这个有着时间期限的温暖胸膛可以短暂依偎——哦，还有银行卡中急剧增加的财富，和她刚起步的线上啤酒品牌。

想到这里，景玉又没有那么伤感了。

"我和您提过我的母亲吗？"她主动问道。

"提过，"克劳斯说，"上次你发烧的时候。"

景玉想起来了。

"她是个很单纯的人，您可能没办法理解，但她真的被家庭保护得很好。结婚之后，有人提醒她，做人不要光看表面，还得看男人对待弱势群体是什么态度。我母亲傻乎乎地偷偷观察了全亘生好几天，发现他对工作单位的一个孕妇悉心照顾，从来不在乎单位中的流言蜚语，就认定他是个好人。"

说到这里，她顿了顿，继续说："后来才发现，那个孕妇肚子里的是全亘生的孩子。"

克劳斯沉默了。

"所以，我没有办法按照您的期望，长成一个对所有人都友善的女孩，没有办法成为一个单纯柔顺的淑女，"景玉直言道，"您会失望吗？"

克劳斯只是摸了摸她的头发。

"你可以成长为任何你想要的模样，"他说，"没有人能对你下定义，要求你必须成为淑女或者公主。你不需要去习惯社会或者家庭对于女性的认知，也不必考虑接受旁人眼中的定义。"

他亲吻她的头发，继续说："作为女性，你具备攻击力，具备欲望，具备野心，这些都是理所当然的，是好事情。你很优秀，不必为此感到困扰。宝贝儿，人生的意义不需要通过别人的看法来证明，你是完整、独立的个体。"

景玉怔怔地贴着他。

克劳斯说："你始终属于你自己。"

十颗糖

新年

农历的最后一天，景玉去买了些面粉、新鲜的猪肉糜、葱和香菇等食材。

回家之前，她极力向克劳斯介绍新年习俗："对于中国人来讲，新年是个极为重要的日子。我们会放鞭炮，驱赶年兽——哦，当然，现在城市禁止燃放鞭炮、烟花，所以我们最重要的活动就成了发红包——

"新年的时候，晚辈会早起向长辈拜年，最重要的活动就是发红包——

"春晚您知道吗？每年底的综艺性节目，最重要的活动就是发红包——

"大家都有新衣服，以前是做，现在是买的，最重要的活动就是发红包——"

克劳斯打断她道："宝贝，除了发红包之外，新年还有其他重要活动吗？"

"对别人来说有的，对我来说没了。"

克劳斯笑了一声，低头看着景玉的头顶，问："你想拿我的红包做什么呢，甜心？"

"买衣服。"

"这个用途不错，"克劳斯赞扬道，"我很乐意帮助你度过一个愉快的新年。不过，甜心，如果你打算拿红包去给某位姓王或者姓什么的邻居买礼物，那我只能遗憾地收回了。"

景玉不理解，克劳斯的思维好跳跃啊，这关王及什么事啊？她只当这是什么神秘的中德文化差异，"嗯嗯"几声，眼巴巴地盯着他。

克劳斯说："明天小龙公主摸摸她的枕头，或许能发现一些惊喜。"

景玉欢呼一声道："谢谢老板！"

克劳斯口中的惊喜，从来都不会缺席。譬如之前在法兰克福度过的圣诞节，次日清晨，景玉在空靴子里发现了沉甸甸的金块，还有一对水头十足的手镯——这手镯的成色甚至比克劳斯给她定制的某个同比例玩具还要好，以及金镶玉的平安锁、沉甸甸的钻石项链和大把的欧元钞票。

有了克劳斯这句话，景玉满怀喜悦地回到家，开开心心地包饺子。

克劳斯也参与了进来。

对于心灵手巧的克劳斯而言，这种用面和肉馅塑形的事情并不困难。毕竟他连结构复杂的音乐盒，都能够轻而易举地修好。

新年一到，很多店铺都早早关了门，下午大部分人都选择在家里待着。电视上播放着一些公益节目，以及去年的相声小品，景玉被逗得笑个不停。

而从小接受的文化和生长环境都不同的克劳斯，看着电视节目上沈腾放弃破自行车，正在和老太太细数寓言故事名称——《东郭先生与狼》《吕洞宾与狗》《农夫与蛇》《郝建与老太太》。克劳斯还在思考这些名称相对应的故事时，旁边的景玉已经笑到直不起腰来。

事实上，克劳斯不喜欢太闹腾、性格夸张的家伙。他不喜欢大哭大笑，不喜欢身侧的人表现出太过于强烈的情感，不喜欢被别人的情绪感染，不喜欢吵闹。

但——

克劳斯将鼓鼓囊囊的饺子放在撒了一层面粉的托盘上，他将托盘拿得远一些，以免被景玉的笑声震翻。

景玉一直在开心地看电视节目，她手上的饺子已经捏了快一分钟。

贪财的小龙笑起来的模样，还挺讨人喜欢。

煮饺子这种事情由景玉负责，但等待水烧开也是一个漫长的过程。

景玉刚刚往锅中加入冷水，打开燃气灶，站在客厅的克劳斯拿了沓红色的纸过来问："这些还需要贴吗？"

景玉转身看了眼。这些东西还没有拆，大概有十几张，塞在一个塑料袋中。

"啊，那些呀，其实贴不贴都行，都是卖对联的老板送的——不过要注意哦，'福'要倒着贴，寓意着'福到了'。"

克劳斯问："'春'字呢？倒着贴寓意着什么？春天到了？"

景玉言简意赅道："蠢（春）到家了。"

这个简单的双关，终于逗乐了克劳斯。这次算得上是他第一次在中国过春节，他找到固体胶棒，饶有兴趣地将这些东西贴到一些空旷的地方。

景玉在厨房中，正低头清洗着早上买回来的新鲜圣女果。她掰开圣女果底端的绿色叶柄，在水下洗得干干净净，沥干净水，放在一个印着草莓的干净盘子中。

刚刚盛好，她听到身后的克劳斯夸赞道："宝贝，门口的对联贴得好工整，一个人贴很辛苦吧？"

"没啊，"景玉脱口而出道，"隔壁帮——"

等等。她终于缓慢地意识到，似乎，不该提这个。

迟疑间，身后的克劳斯已经走过来了。他面色如常，好像她的回答并没有激起他的半点儿不悦。

"还剩最后一张，"他给景玉看那个长条的赠品，问道，"这个应该贴在哪里？"

景玉探身去看。

红色的底，金灿灿的四个大字——出入平安。

"啊，这个呀，一般会贴在大门口，或者车子上。就是字面上的意思，希望出行和归来都能够平平安安，出入平安。"景玉解释道，"不过我们家墙壁上不适合贴这个，我也没有车子，所以暂时用不到，您收起来吧。"

克劳斯应了一声，随手放在旁边。他一低头，看着景玉手里的圣女果问："好吃吗？"

景玉捏了一个，递到他唇边。克劳斯张口，景玉感受到了他唇的温度，只有一下。

而在这个时候，与这厨房仅一墙之隔的邻居家的厨房中，除了炒菜声和咳嗽声，还传来了邻居阿姨的声音："小及啊，你觉得住咱对门的景玉咋样啊？"

听不清楚王及是怎么回答的，只听见邻居阿姨的笑声："你上了两年大学，连个女朋友都没找到——我觉得那女孩挺好的，模样标志，脾气也好，要不试试？晚上要不请她过来咱们家一块儿吃饭，你和她再接触接触……"

景玉绷紧了神经，克劳斯没什么反应。他好像没有听懂对方在说什么，毕竟不是母语，还隔着一堵墙。

克劳斯慢慢地品尝着圣女果的味道，评价道："不错。"

景玉松了口气，反问道："是吗？"她觉得此地不宜久留，主动提出："先生，我们去客厅吃圣女果——"

克劳斯将她抱起来，放在比较高的、一般用来随手放些杂物的料理台上。现在，这上面的东西被清理掉，干干净净的，只有冰凉的白色瓷砖。

景玉仍旧不能和他平视，但她的腿已经和克劳斯的腰差不多平齐了。她的背部已经贴到身后冰冷的瓷砖上，甚至能更加清晰地听到隔壁的声音。

"男人嘛，得抓住机会。"邻居阿姨循循善诱道，"当初要不是你爸抓住机会，也就没有你。你现在给我抓住机会，争取让我早几年抱上孙子。"

景玉不确定克劳斯有没有听懂。

克劳斯礼貌地问："你想尝尝圣女果吗？"

"我可以拒绝吗？"

"不可以。"

"好吧，我想吃。"

克劳斯拿起一颗圣女果，像景玉刚才做的一样，递到了她唇边。

景玉咬了一口，很诚实地皱眉道："这个好酸。"

"没关系，"克劳斯微笑着拿着圣女果说，"我们蘸些糖就可以了。"

景玉绷紧脚趾，她身后和身下坐着的瓷砖很凉。厨房中没有空调，门开着，只有从客厅里渡过来的暖风带来一些暖意。

她看着克劳斯的眼睛，里面倒映出身后的一点红——那是贴在她身后墙壁上的红色"福"字。

这点红一点点侵占着克劳斯的眼睛，他离景玉越近，绿宝石般的眼睛中映衬出的红色面积越大。而景玉看不到的地方，冰凉的红色与她接触的面积也越来越多。

水槽旁的水龙头没有关紧，水一滴一滴地滴落下来，滴滴答答地敲击着碗中盛着的圣女果。

"啪嗒——"

景玉的神经高度紧绷，她甚至怀疑自己听到了声音。

"好凉，"她说，"先生，瓷砖好凉。"

克劳斯俯身与她接吻，他口腔中还有圣女果的味道，并不酸，甚至还有点儿甜甜的。看来，的确是景玉不走运，吃的那颗比较酸。

隔壁的谈话声还在继续，邻居阿姨畅想着自家儿子和新邻居乖乖女的未来。显而易见，她对景玉的印象非常好。却浑然不知，她眼中的乖乖女，此刻正坐在厨房的料理台上，搂着金色鬈发绅士的脖颈，与他接吻。

克劳斯抽出手，拿了那张写着"出入平安"的红纸，往景玉身上一贴，又屈起手指，纸张滑落至上衣下摆处，他弹了一下，红纸发出不堪重击的清脆响声。

"小龙宝，"克劳斯微笑道，"我想，我知道最适合它的位置了。"

在青岛这座海滨城市里，年夜饭上最不可缺少的就是海鲜，什么熏黄花鱼、鲅鱼饺子、白菜丝拌海蜇皮、油焖大虾、刀鱼……年年有鱼，年年有余。

隔壁大吉大利，这儿万事如意。

邻居阿姨和自己的丈夫、儿子，在厨房里一起准备年夜饭。现在两家人的厨房只隔了一堵墙，还是老房子，隔音效果不怎么好。这边刚刚把螃蟹绑好上蒸笼，就听到隔壁"咚咚咚"的声音，像是在砸墙。

邻居阿姨正和儿子聊着天呢，冷不丁听到这么一声，愣了一下，问："大玉那孩子，现在该不会是在剁馅儿吧？"

王及正在开罐头，随口道："可能吧。"

邻居阿姨放下刀，丈夫还在炒菜，油烟机开得迟了，即使开了窗透气，可辣椒和花椒的麻香味仍旧远远地飘了出去，呛得人想掉眼泪，嗓子也痒，不住地想咳嗽，打喷嚏。

邻居阿姨咳了几声，走到窗户旁边透气。突然听到声音，她被吓了一跳。再凝神听，又什么都没有了，应当是幻听，也或许是风声。寒风吹过一些管道裂缝，的确会有些动静。

隔壁厨房里放起了歌，声音很大，动感强烈。她听不出来这是哪个国家的语言，总之不是汉语。

音乐节奏劲爆，激烈如狂风骤雨、电闪雷鸣，邻居阿姨一边笑着想年轻人喜欢的音乐就是刺激，一边按了按自己的腰，重新回去蒸螃蟹。

"咚咚咚"的切菜声、锅铲与锅壁摩擦发出来的清脆声、油烟机的"呼呼"声，成功掩盖了隔壁嘈杂的声音，只隐约能听到劲爆的德语歌声。

邻居阿姨和王及聊了好久，话题不外乎住在隔壁的女孩。天底下没有不透风的墙，她听人说了这女孩的可怜事情，心疼到不行，还指使儿子道："小及啊，你过去叫叫大玉吧。咱们家菜做得多，邻里邻居的，也就添双筷子、添个座位的事。"

王及不肯："大过年的，不太合适吧？"

"小姑娘一个人在家里过年多可怜啊。"邻居阿姨叹口气道，"你呀，死脑筋……"

念叨了半个多小时，王及去洗草莓。他拧开水龙头，水流一下子冲出来，冲烂了几颗草莓的表皮，连带着从洁白碗口流下的水，也带着淡淡的草莓红，一股脑儿地落在水池里。

"等您准备好饭菜，我再去叫她，"王及问，"成不？"

邻居阿姨满意地说："这还差不多。"

等把年夜饭基本准备好，王及才去敲邻居家的门。由于长久没住人，景玉家中的门铃有些坏掉了，得用力按才能勉强有声音，王及放弃了按门铃，敲了几下门。

好在老房子的隔音效果并不算多么好，他等了一分钟，景玉终于过来开门了。

"景玉同学，我妈妈想请你来我们家一起吃年夜饭——"不知道为什么，他说起话来有点儿紧张。莫名的紧张感，让王及不自在地笑了笑，声控灯不太好用了，灯光昏黄，他的手掌心有点出汗，稍稍抬起来，又不自觉地放了下去。

景玉说了一声："这样啊。"她顿了顿，像是在缓慢思考王及话中的意思。她又说："不了，我已经煮好饺子啦，谢谢你！"

王及早就想过她会拒绝，笑了笑叮嘱道："有什么事情叫我啊。"

他看着景玉道谢，等门关上后，又多站了两分钟。王及隐约感觉，刚刚的景玉好像有点心不在焉。

而仅仅相隔一扇门，屋里的景玉被克劳斯抱了起来，背部顶着冰凉的门。为了配合克劳斯的身高，她整个人被抱起，双脚都离开了地面。两条腿在他腰间，景玉搂着他的脖子，费力地转过头，勉强躲开了这个吻。

"先生，"她提醒道，"锅里的水快烧干了。"

克劳斯咬了一口她的耳朵，景玉拽住他金色的头发，他把脸埋在她脖颈处，用中文礼貌地道歉："抱歉，我有些贪得无厌。"

景玉毫不客气，抓住他的头发往后扯了一下。

饥饿状态下的景玉比较暴躁，毕竟对于干饭人（指热衷于吃的人）来讲，饿着肚子是最大的折磨。她言简意赅道："先吃饭。"

克劳斯轻轻叹了口气。

"宝贝，我想念周佳先生的厨艺了。"

是的，当昵称为"雕"、本名是周佳的厨师的时候，克劳斯永远不会有这种烦恼。可现在，想要做些让两人都开心的事情，还得先考虑龙的肚子问题。

虽然克劳斯身上只流淌着一部分中国人的血液，但这部分血液成功地让他在厨艺上有了不错的技能点。哪怕是第一次包饺子，他仍旧能精准地掌握住技巧。他包的那几个，下锅煮开后圆滚滚的，漂漂亮亮地浮了起来，一点儿也没露馅。

景玉吃掉了一整碗，饱暖思懒意，吃饱喝足后的她拍拍自己的小肚子，并不是很想动。但放着这么多东西，似乎也不太好，正犹豫着，克劳斯挽起袖子礼貌地问："我们可以一起洗碗吗？"

景玉说："当然可以！"

大过年的，不可能聘请钟点工临时上门收拾东西，电视上春晚还在进行直播。景玉在厨房中一边把克劳斯洗干净的碗摆在沥水架上，一边心情愉悦地哼着歌。

次日凌晨，景玉从枕头下掏出来一沓厚厚的红包。她发自内心地将红包贴在心口，虔诚祈祷。

"感谢天，感谢地，感谢老天爷、观音菩萨、如来佛祖——"

神清气爽的克劳斯站在卧室门口，他没有睡衣，腰间围着图案是小熊抱蜂蜜的浴巾，正用一条印着白兔的毛巾擦着他湿漉漉的头发。水顺着他的脖颈、胸膛一路往下，最后顺着腹部没入浴巾。

他听到了贪财小龙的祈祷。

"谢谢列祖列宗，谢谢财神爷——"

克劳斯提醒道："你该谢谢克劳斯先生，谢谢我的钱包里恰好有一些纸钞。"

景玉用了一个热情的吻，充分表达了自己对收到新年红包的喜悦。

热热闹闹的萝卜会（青岛的民俗活动，也叫清溪庵庙会）要等到初九才会开始，地点在昌乐路文化街那边，一直持续到正月十五。在这个恭贺玉皇大帝生诞的庙会上，可以一边看萝卜雕刻比赛，一边吃脆脆的萝卜。

景玉以前喜欢去，她还摆过摊，卖过一些小东西。只可惜今年时间不够用，而大年初一和初二，她也没有什么亲戚可以走，索性带着克劳斯去买睡衣和一些其他的生活用品。

克劳斯虽然生活精细，养尊处优，但他其实并不是一个惯于奢华铺张的人。在征求他的意见后，景玉给他买的睡衣并不算昂贵，但手感不错——

景玉付的钱。

景玉为自己的雇主并不是一个追求奢侈品的人，而感到空前的幸福。

"礼尚往来，"她认真地和克劳斯说，"先生，这是我送你的新年礼物。"

"我很高兴能收到这些，"凌晨刚刚送了厚厚的红包作为压岁钱的克劳斯，现在拎着这套价值不到百元人民币的纯棉睡衣，微笑着向景玉表达自己的感谢，"这是我收到的最棒的新年礼物。"

回家路上，途经一家奶茶店，景玉停下脚步，看了看奶茶，又看了看克劳斯。她疯狂暗示道："先生，我好想知道这家的奶茶甜不甜啊。"

她眼巴巴地看着克劳斯，就像望着满满一杯奶茶，几乎可以称得上明示了："日夜操劳的龙，不应该得到这个作为奖励吗？"

克劳斯心领神会，微微颔首道："等我一下。"

景玉开开心心地站在旁边等，看着克劳斯走到奶茶店。

克劳斯站在窗口前。

克劳斯在和店员交谈。

克劳斯回来了。

克劳斯空着手。

他走到景玉旁边，慈祥地摸了摸她的脑袋说："店员告诉我，奶茶可以选择甜度——你现在知道奶茶甜不甜了，走吧。"

"……"

克劳斯自然而然地牵起景玉的手，问："甜心，你在想什么？"

她说："我在想，您知道大耳刮子吗？和人沾边的事情，您真的是一样也不干啊。"

景玉认为，克劳斯单身多年是有原因的。

就算是月老强制性地拿钢丝给他捆上，他仍旧能冷酷无情地剪断。

——哦，不，克劳斯的爱情，应该归丘比特管理。

即使长着翅膀的丘比特拼命地拿小金箭，"咻咻咻"地朝着克劳斯的心脏射，他也能成功地徒手接下，并面无表情地揪住丘比特的翅膀，拎着小金箭，按住它屁股一顿狠抽。

假如自己是天生赚钱命的话，那克劳斯应该就是天生单身命。

以上全为景玉的内心谴责。

为保"龙臀"，她并不敢真的让克劳斯见识青岛小嫚的大耳刮子，更不敢将以上的吐槽发表出口。

"一杯奶茶！一杯奶茶而已！"景玉几乎声泪俱下，"先生，您知道我们国家的人民对奶茶的热爱吗？您明白奶茶为我们国家创造了多少GDP吗？您清楚香飘飘一年卖出去的杯子能绕地球三圈吗？哦，对不起，现在速溶奶茶不怎么受欢迎了，但是您能从我语无伦次的话中感到我对奶茶的渴望吗？"

克劳斯耐心地听完"小龙"的控诉。他沉吟两秒，回答道："从你的强烈反应中，我可以大致了解。"

"不过，"他提醒她说，"甜心，你要控制住自己的欲望。"

"是的，"景玉深以为然道，"先生，今晚我也会这样提醒你。"

克劳斯沉默一秒，面不改色地攥紧她的手问："你想喝哪一种口味的？只能一杯——除非你今天能提前完成明天的阅读任务，明天我或许会酌情奖励你。"

景玉终于能够成功扳回一局，"哦耶"一声，额头抵着克劳斯的胸膛蹭了一下，夸赞道："先生，您真是我见过最善解人意的男人。"

被甜言蜜语成功取悦到的克劳斯，愉悦地满足了景玉，让她兴致勃勃地点了杯半糖的国王奶昔。

如果不是克劳斯管束，不喝奶茶就不开心的景玉，一定会天天奶茶、薯片、小烧烤。但克劳斯控制她的饮食，阻止她摄入过多的糖分，拒绝她吃太多"无意义的食品"。

控制饮食的优点很明显，景玉的皮肤比之前好很多，不再是那种看上去有些营养不良的模样，而是健康、透亮的肤色。她的生理期越来越规律，胃部不舒服的次数约等于零，头发也更有光泽了——遗憾的是，并没有变得更多。

整体而言，景玉对目前的身体状况十分满意。

完美。

下午，克劳斯并没有继续留在这儿，他来这里的确是要见一位旧友。旧友住在崂山国家森林公园附近，晚上会晚一些回来。

克劳斯临走前给景玉布置了今天的学习任务，严格规定阅读笔记的字数。

"即使是假日，也不能松懈。"他叮嘱道，"宝贝，等我回来后，要看到你的笔记，或者——"

最后那些，他没说。

景玉懂了，她立正，认真保证自己绝对不会辜负他的期望。

克劳斯离开后的第一个五分钟，景玉仔细擦干净书桌，认真地摆好书、笔，摊开本子，努力创造出好好学习的氛围。

克劳斯离开后的第二个五分钟，景玉逐字逐行阅读书上的内容，拿着笔，小心翼翼地圈着每一个重点。

克劳斯离开后的第三个五分钟，景玉……

"学习，学个屁！大过年的，高三的学生都能开开心心地过年！我一个快要读大三的，凭什么就得辛辛苦苦地写阅读笔记？"

准备开心过大年的景玉，点开手机阅读软件，开开心心地看起小说，连续订阅了五章，又是五章。嘿，再订阅……等一路追到作者最新更新的时候，抬头一看，天黑了。

她匆匆忙忙地快速读完书，迅速完成阅读笔记，字迹如狂草，卡着克劳斯规定的字数，画上了并不太圆满的句号。

晚上克劳斯不在，景玉下楼，去买现成的炒菜。刚出门，就看到了对面的王及。他看上去刚刚买菜回来，一只手里拎着沉甸甸的大葱，差不多有景玉的一半高；另一只手拎了一麻袋水灵灵的大白菜，一个个比景玉的两个头还大。

景玉快乐地和他打招呼道："嗨！"

王及笑了笑，看她要下楼，提醒道："楼下的声控灯不太灵敏了，很黑，你害怕吗？我陪你下去吧？"

"不用啦，我不怕。"

"但是——"

"吼！哈！"

王及话还没说完，景玉气沉丹田，扯着嗓子对着楼道口吼了一声。从上往下好几层的声控灯，齐刷刷地全部都亮起来了。

"……"

"再见。"景玉笑眯眯和王及挥挥手道，"新年快乐！"

王及讷讷道："新年快乐。"

没有克劳斯管控的景玉，好比脱了缰的野马、离开牧羊犬撒欢儿的羊、红太狼不在家的灰太狼。她喜滋滋地买了一杯奶茶，躲在奶茶店最隐蔽的位置一口气喝完，又心满意足地买了些简单的炒菜、炒饼和香喷喷的大馒头，拎着回家。

但这个美好的自由之夜，被打断了。

景玉在门口遇到了她生物学上的父亲——仝亘生。对方就站在门口。

上了年纪的男人，到了这个时候，当初能够迷倒景玉妈妈的一张脸，也开始浮肿、发胖，只留下被酒色掏空的身体。

景玉礼貌地说："您好，好狗不挡道。"

仝亘生就像没有听到，他皱着眉，打量着她。景玉穿着黑色的羽绒服，整个人裹得严严实实的，脸色看起来不错。

他伸手就要拉她，说："你回来就住在这里？走，跟我回去。"

景玉避开了。

仝亘生脸颊上的肉抖了抖，他挡在门口说："再怎么说，你都是我仝亘生的闺女，别在外面丢人现眼——"

一道声音，打断了他的话。

"抱歉，打扰一下。"

楼梯上，克劳斯走了上来。他目光沉静，金色的头发仿佛能驱赶黑暗。他走到景玉面前，打断仝亘生的话，礼貌地问："请问你要对我的女朋友做什么？"

克劳斯太高了，经常保持锻炼的人，远远不是仝亘生这种浸泡在声色犬马中的人所能比的。本身就比仝亘生要高出一个头，外加他良好身材造就的压迫感——

黑暗中，克劳斯金色头发和黑色大衣下的身材极具攻击性。

仝亘生后退一步，他怕了。眼前这个人，好像一拳就能把他打进墙里。

这个老外还会说普通话，这更恐怖了，仝亘生甚至不敢直接骂他。

仝亘生指着景玉，用方言大声骂她："你个潮吧（山东方言，指傻子），和这么个洋鬼子——"

景玉"啪"的一声，拎着饭盒里的炒饼，干脆利索地糊他一脸。

"放屁！"她骂回去，"你才是什么垃圾玩意儿！"

仝亘生勃然大怒，但克劳斯的手已经护住景玉，平静地垂眼看向他道："你好？"

轻飘飘的两个字，让仝亘生顿时哑炮了，自我掂量着打也打不过，便灰溜溜地走了。

克劳斯听不懂这对父女刚刚在说什么，他只低头看着景玉，双手握住她的肩膀问："你还好吗？"

景玉看上去状态很差，目光虚浮、脆弱，她看着仝亘生离去的背影，视线中充满了伤感。

她很少得到过父爱，父母离异，跟着外公和母亲生活，母亲却因为身体不好而离世。后来外公也过世了，只剩下她孤苦无依地活在这个世界上。

没有亲人，背后没有支撑，前途全是茫然。

她独自在外求学，父亲却又临时反悔，断了生活费的供应。她只能努力打工，而兄弟姐妹享受着父爱，甚至还来到她面前故意炫耀。

在"小龙"的成长过程中，她是否也曾渴望过父爱？克劳斯想。

方才面对全亘生的时候，景玉还竖起尖刺，然而等对方离开后，现在的她看起来却如此遗憾、无助，像是要挽留什么。

克劳斯安抚地触碰着她的肩膀。景玉将脸埋在他衬衫上，抓紧，难过地喘了一口气。

"先生，谢谢你。"她抬起头，惆怅地叹了口气，视线注视着黑暗的楼道，悲伤地倾诉着内心的难过，"我辛辛苦苦等了十分钟，花了十二块钱打包的加肠、加蛋、加辣条超级豪华版炒饼啊，呜呜呜呜！我一口都没有吃！全砸那垃圾脸上了，我的炒饼，呜呜呜，我的十二块钱……"

克劳斯："……"

为了拯救悲伤而又饥饿的"龙"，克劳斯亲自陪景玉去了炒饼摊子，重新点了一份，还破例给她买了一杯奶茶。

在等待炒饼的间隙，克劳斯温和地询问景玉："小龙，你晚上和对方说的方言，是什么意思？"

通过他的声音，景玉感受到对方虚心请教的态度了。

关于克劳斯喜欢学中文这件事情，她感到格外欣慰。景玉坐正身体，仔细琢磨了一下该如何说明。为了能够树立起共同仇恨的目标，她添油加醋道："我很乐意告诉您，那个烂人说的全是攻击您的话。他在羞辱您的身份，认为您就是一个无可救药的蠢蛋，辱骂您道德败坏、三观不正、变态。"

"嗯……"克劳斯若有所思，他问，"所以，'潮吧'这个词汇，对应的是什么？"

景玉："嗯？！"

"你平时和我常说的这个词汇，原来并不是'好吧'。"克劳斯绿色的眼睛看着她，温柔地笑道，"告诉我，'潮吧'对应着你上面提的哪一个词语？"

景玉："……"

克劳斯双手交握，景玉听到他的指节"啪嗒"响了一声，看到他苍白的手背上暴起的青筋，性感，极具侵略性。

他压低声音，礼貌地问："无可救药的蠢蛋、道德败坏、三观不正、变态。在你的心里，我是哪一类呢，我可爱又可怜的小龙宝贝？"

十一颗糖

沉岸

在大年初一还坚持开门的店铺很少，而食客更少。毕竟很少有人大过年的还需要依靠外卖。

楼下的炒饼店开了好多年，景玉在还背着双肩包、踢着路边的小石子回家的时候，它就在。

在这种地方，一个店铺能开这么长时间，一定有它的独特之处。而这家开在居民楼楼下的炒饼店的优点，一是便宜好吃，二是干净。

和其他的路边小店不同，这家炒饼店特别干净，玻璃擦得透明，没有什么烟熏出来的痕迹，桌位并不多，总共加起来也就十张桌子。虽然桌子很旧，但都铺了一层防烫防油的桌布，椅子也擦得干干净净。在入座前，景玉拿桌上的纸巾擦了下桌椅，没有什么灰。

克劳斯并不是一个不屑于吃路边小店的人，与之相反，他对当地居民的饮食颇感兴趣。

当然，现在，他最感兴趣的，还是景玉的那句"潮吧"。

景玉沉默了两秒，她小心翼翼地问："先生，请问有'坦白从宽'的条例吗？"

克劳斯说："不能保证，但一定会有'抗拒从严'。"

景玉极力称赞道："天哪，先生，您的中文越来越好了，居然还知道'坦白从宽，抗拒从严'这个词组！您的语言天赋，真的令我感叹——"

"别转移话题，"克劳斯打断她说，"回答我。"

"……"转移话题失败。

景玉端端正正地坐着，店里没有其他食客，奶茶杯就在右手旁，手指尖能够感受到从上面传来的热度。

她小心翼翼地开口道："您知道吗？在我们国家的语言文化中，有个词语叫'贬义褒用'。意思是什么呢？就是一个贬义词，但有时候会为了表现出亲昵、疼爱，我们会酌情将它当作褒义词来使用。比如说'小笨蛋''小兔崽子'这种——"

克劳斯耐心地等她铺垫完，微笑着看她的嘴巴一张一合。

他喜欢听景玉讲中文，那是她的母语。人在说自己母语的时候会更加放松，而其他语言的不文明用语，大大限制了景玉在与人吵架这件事情上的发挥。她在勇猛反击自己父亲的时候，生气勃勃，好像一株顽强生长的小草，如此鲜活。

他们的位置靠窗，玻璃窗边的绿萝成精了似的，"噌噌噌"地长。外面的雪还没有完全融化掉，靠海的北方城市，雪也会比内陆的厚一些。小店里的暖气算不上太热，景玉还穿着黑色羽绒服。她摘掉围巾，因为刚刚情绪稍微激动，她的脖子到耳垂的一片区域都浮现出淡淡的红色。

景玉铺垫了一大堆，到最后，她的声音低下去，小心翼翼道："就像我上面提到的一样，先生，我对您使用'潮吧'，也是一种爱称，就像是'小笨蛋''小蠢货'。举个例子，就像日语里面的'ばか'（笨蛋）。"

一口气说完这些，她期期艾艾地看向克劳斯。

克劳斯并没有生气，在光线明亮的地方，他绿色的眼睛看上去颜色更浅一些，洁净、漂亮，在金色睫毛的映衬下，像极了镶嵌的名贵珠宝。

他轻轻叹了口气，有些遗憾地看着她道："看来的确是该管教一下了。"

景玉老老实实地低头，脑子里却想着她的那份字迹潦草的阅读笔记——糟糕，自己下午写得是不是太随意奔放了点儿？克劳斯能看出来她的不用心吗？会数罪并罚吗？

炒饼店老板在这时候端了两盘热腾腾的炒饼上来，乐呵呵道："来喽——"她看看景玉，又看看克劳斯。

青岛这个城市的国际化程度不低，包容度也广，很多小众文化在此栖息，也孕育了不少独立书店、摇滚酒吧、地下音乐等。在这里，结伴而行的异国情侣不算少见，大部分人对此没什么想法。毕竟又不是一九九几年或者二零零几年那阵子了，在如今能够光明正大地宣称自己爱"纸片人"（指二次元动画或游戏中的角色）的年代，异国恋算不了什么——至少对方还是实打实的人类。

炒饼店老板和景玉特别熟，在某种角度上而言，老板也算是看着她长大的。当初景玉去德国前，老板还给她塞了些独家配比的酱和香料，好在顺利通过了海关。这些东西帮上了大忙，在景玉刚到德国的前一个月，成功拯救了她的胃。

老板问："你对象听得懂中文吗？"

景玉有点儿骄傲，特高兴地告诉她："不仅能听懂，还能说，说得可溜啦！"

克劳斯礼貌地说："你好。"

不是"泥嚎"也不是"嗷"，这发音精准的两个字成功让老板笑起来。在她眼里，只要好好讲中文、懂礼貌的老外都是好老外。

老板说："真好啊——小伙子哪个国家的？"

"德国。"

"德国啊，还行，"老板对德国没有什么太多感情，她继续问，"做什么工作的？"

"我在银行工作。"

"哟，在银行上班，那挺好，铁饭碗啊。"老板拍了拍景玉说："哎，大玉玉，德国那边银行的待遇还行吧？在他们那儿算铁饭碗吗？"

景玉想了想，说："算，待遇还可以。"

埃森家族的唯一继承人……应该勉勉强强算得上是"铁饭碗"。

老板兴致勃勃地继续问："小伙子，你打算啥时候和我们大玉玉领证啊？"

景玉感觉这话题有点敏感，克劳斯事先声明过，他不想为婚姻所约束，也无法向她承诺长久的感情以及婚姻。

这些两人在合同上写得明明白白，景玉为他治疗心理疾病，不同的是两人都受到对方的吸引，跨出了本该保持距离但其实也很容易跨出、跨出后也刹不住车的距离。

她并不想打破这个平衡。

于是，景玉想代克劳斯回答："丰——"

克劳斯微笑着和老板说："不着急。"

景玉："嗯？"

不着急？明明是不可能的嘛。转念一想，其实也能理解，毕竟现在老板如此热心肠，总不能让她白白失望。克劳斯这种委婉的说法，其实也不伤害老板的感情。

老板颇为认同道："也是，现在年轻人都不想结婚太早。"她长舒一口气又问："你怎么和我们大玉玉认识的啊？以后打算在哪个国家定居啊？家里兄弟姐妹几个啊？家里长辈都还好吧？"

这一连串的问题太多了，景玉阻拦住老板继续追问，拉了拉她的衣袖道："丰姨，您今年做辣椒油了吗？我想尝尝您做的辣椒油，可想死我了。"

老板哈哈大笑，念叨着她是个小馋猫，短暂地放过了两人。

景玉喝了口奶茶，听到克劳斯笑了一声。她专注地看着面前的炒饼，看到克劳斯拆了筷子的包装，用热水烫了一下后，才并不怎么标准地拿起来。

克劳斯拿筷子的姿势其实有点奇怪，手拿得很远。但对于一个并不怎么吃中餐的人来讲，能够用筷子夹起来丸子、汤圆、小饺子，已经很不错了。

景玉咬了口炒饼，脑子里又想起来刚才他笑着说的那句"不着急"，字正腔圆，语气柔和暧昧，说得就像真的考虑过之后结婚的事情一样。

她不由得心中感慨道：克劳斯先生可真会讲话。

其实克劳斯唇形漂亮的嘴不仅很会讲话，还会做其他的事情。他曾经考虑过蓄须，不过很快就放弃了，因为会扎到自己。他的手也很巧，能够修理好旧音乐盒，能够包饺子，还会插花。而当克劳斯言行不一的时候，才最令人煎熬；他是如此矛盾，在严厉询问她之后，总会及时给予安慰；而有时候，又会温柔地用甜蜜的话语来安抚她。他言行一致的时候很少，但两人磨合得很好，他摸透了她的脾气，她也一样。

大部分时间，景玉在危险的边缘疯狂试探的时候，克劳斯睁一只眼闭一只眼，笑着瞧她闹腾。顶多是看不下去了，把她捉回去教育一顿。当事人更是好了伤疤忘了痛，老实认错几天后继续疯狂试探。

景玉也渐渐熟悉了克劳斯的一切，他那朵品种为"景玉"的牡丹文身旁侧，有几处明显凸起的、可以摸到的血管，用手指轻轻贴上去，能感受到跳动。克劳斯皮肤白，血管也是显眼的青色。当紧绷时，文身图案会更加清晰，景玉没办法继续贴近，但她能看出来。克劳斯越来越喜欢抚摸她的头发，要她去认真看这朵和她名字一样的文身，看那些因她而暴动的血液流动，听心脏跳动的声音。

文身下方，浅浅的金色一直蔓延到深处，好像漂亮的点点流萤。看上去，就好像文身上的牡丹花盛开了，牡丹周围溢出灿烂绚丽的金色光芒。

景玉还喜欢克劳斯常用的香水气味。他的头发虽然比较硬，但摸上去的手感很好。克劳斯并不介意她触碰自己的鬓发，不过要在他心情好的前提下提出申请，大部分情况下，他不会拒绝。

克劳斯的睫毛很浓密，景玉喜欢把手贴上去，要求他眨眼——她喜欢金色睫毛擦过手掌心的感觉。在事后，克劳斯很好说话，他很乐意满足她这点儿可可爱爱的小癖好。

不过，景玉最喜欢的，还是克劳斯的拥抱。她喜欢不含杂念地和克劳斯相拥，他会给她低声哼德语的《摇篮曲》，会将胳膊垫在她脑袋下面，会亲吻她的额头。

今晚同样如此。

第二天，景玉在晨起后趴在克劳斯腿上看了会儿书，又在他怀抱中看完了一部电影——她家中没有专门的影音室，用的是平板电脑。

景玉原本订了明天的机票，但因为克劳斯突然的到来，又改成了后天。克劳斯特"体贴"地主动提出，下午允许她喝一杯奶茶当作奖励，然后顺便买些她想吃的东西。

后天马上就要离开，而学业让景玉不可能时时回到故乡。克劳斯思考后决定，让她短暂地放纵这么几天。

只是今天不太走运，奶茶店和蛋挞店前面都排起了长龙。景玉想了想，决定先去买蛋挞。中间出了个小插曲，有个红毛男想插队，景玉礼貌地提醒他去后面排。旁边人也盯着他，排在前面的人也防备着往前贴了贴，明显不准备给人插队的机会。

插队未遂，红毛男明显不太乐意，有些蛮横地盯着景玉。但瞧见克劳斯和她说话，他犹豫几秒，又灰溜溜地离开了。

排队的过程中，景玉还在纠结买哪种奶茶。她很喜欢上次点的国王奶昔，味道非常棒。但新出的乌龙烤奶听起来也很吸引人，她还没有喝过这个口味的呢。

果然，还是国内好，奶茶种类多，新品随便挑。可惜只能喝一杯。

"算了算了，"她自暴自弃地把两种奶茶的名字都告诉克劳斯，"先生，您替我决定吧。"

克劳斯微笑着说好，然后去奶茶店点单。

蛋挞卖得很快，几乎没过多久，就轮到了景玉。景玉不太清楚克劳斯喜欢吃哪种，她点了一大堆，装了满满一整个纸袋。刚抱起来，没走几步，就听到后面一个男人冷不丁地问道："跟老外，拿的钱挺多吧？"

景玉停下脚步，她看到了刚才的红毛男。

身高不到一米七的男人，打着唇钉，一身黑皮衣，铆钉堆在衣领和袖子上，紧身裤，豆豆鞋，一脸愤世嫉俗的模样。

景玉不会以貌取人，她认为用长相来评价一个人是很失礼的行为。但这位仁兄的确长得颇为"骇人"，好像就是挑着姥姥不疼、舅舅不爱的方向狂野生长，令人不忍细看。

她说："嘴巴放干净点儿。"

"找老外不都图一刺激？"红毛男鄙夷地说，"端架子给谁看啊？以后打算找个老实人接盘？"

景玉不欲与他多言："滚。"

红毛男记恨刚才景玉阻止他插队，觉得她让自己丢了面子，现在打量着她说："没化妆？素颜就出来，挺自信的嘛。"

景玉终于看向他，讥讽一笑道："不化妆就自信？那你穿裤子是因为什么？自卑吗？"

由于最后这句话杀伤力太强，红毛男恼羞成怒，只是还没来得及发火，冷不丁瞧见拎着奶茶的克劳斯过来，气焰顿时灭了下去。

红毛男这种人还是欺软怕硬，看到比他高、比他壮的男人就　　　　厌，恶狠狠地抛下一句辱骂克劳斯的话，又怕被打，一溜烟儿飞快地跑开了。

景玉抱着刚刚买到的红豆蛋挞，香香甜甜的味道从袋子里飘了出来。蛋挞刚刚做好不久，正是香味最浓郁的时候。

这些糕点的温度并不高，顶多算得上暖和，隔着一层纸袋，景玉却感觉自己的手指好像被烫到了。

明明知道，不应该计较。

她转过身，若无其事地对着克劳斯笑笑。看到他手里拎着两杯奶茶，她眼前一亮，问道："先生，您买了两杯吗？两杯都是给我的？"

"小龙大白天就开始做梦了？怎么可能一天让你喝两杯奶茶？"克劳斯笑着接过她抱着的纸袋，让她得以有空余的手选择奶茶，"另一杯是我的。"

景玉肉痛地选了乌龙烤奶，还好没有盲选错，同样好喝。

她很快喝光了一整杯，但一杯奶茶不足以填满"龙腹"，只能眼巴巴地看着克劳斯手中的国王奶昔。

他没有喝，一口也没动，连吸管都没拆开。

正惆怅着，克劳斯将手中的国王奶昔递给她，很自然地说："忽然不想喝了——果然我还是不适合这些。为了避免浪费，温柔的龙淑女，你能替我解决掉它吗？"

景玉如获至宝，她飞快地伸手，将他那杯迅速拿走道："尊敬的先生，我很乐意为您效劳。"

她拆开吸管，插进去，刚刚喝了一口，就听到克劳斯问："刚才那个红头发的男性在和你聊什么？"

景玉吸了一大口，这杯国王奶昔也是半糖，一口喝得多了，里面有点巧克力的苦，涩涩地在舌尖蔓延开。

"没什么，"她主动握住克劳斯的手，攥紧他的手指，轻松地说，"先生，他只是问路。"

这并不是景玉第一次借助语言不通而对克劳斯撒谎，但是她第一次以维护他为目的。

从读小学开始，景玉就在跟着一位德语老师上课。一开始是一对一，从她启蒙到后来写作，都是这个老师教的，带了她好多年。后来家庭变故，景玉外公负担不起昂贵的语言教学费用，无奈之下只能停课。但德语老师主动提出，可以让景玉继续免费旁听她的课程——德语老师和人一起合伙开了一个语言辅导机构。景玉的位置被安排在窗边，她能够继续进行语言学习。

景玉的德语和英语很好，这些都多亏了那位善良的德语老师。

在景玉的记忆中，她是一位很温柔很优雅的女性。后来她去深造，选择做翻译。在景玉刚升高中的时候，两人曾经见过一次面。

德语老师赞叹景玉语言天赋高，那时候她以为这个女孩同样会选择做外语翻译，还提前嘱咐——为外国人提供翻译工作，并不是一件简单的差事。尤其是当你的外国雇主和自己的同胞产生矛盾时，作为夹在其中的翻译是最为痛苦的。

那时候是 2012 年。

遗憾的是，景玉并没有如德语老师期望的那样踏上翻译这条路，而是读了商科。

但她如今能够理解当时德语老师说的话。

她没有在蛋挞店前和对方把事情闹大，克劳斯也不必听到这种污言秽语——恶臭的男人有很多，垃圾男是不分国籍的。她在德国做侍应生时遇到过各种心怀鬼胎的男客人，来自哪个国家的都有。

但是人不能因为臭水沟里的阴暗而错过路边的风景，景玉深深吸气、吐气好几次，慢慢地感觉自己放松了下来。

她又重整旗鼓，精神抖擞了。

刚烤出来的蛋挞香味十足，两人晚上一起看了《窈窕淑女》。这个基于皮格马利翁传说而改编的故事，其中一段被选中作为教学内容，放在了高中英语的必修课上。

克劳斯也看电影，不过对于讲爱情的故事，他并不怎么感兴趣。但对陪着景玉看爱情片这件事，倒是还有些兴致。

这些天来，景玉认真地教克劳斯如何品尝西镇人的美食。早餐是加了花生、粉丝、豆腐丁的甜沫，肉馅或者素馅的皮脆酥香的馅饼，以及搭配的小菜和豆腐乳，还有鲅鱼馅儿和虾仁馅儿的水饺。景玉最喜欢而克劳斯避之不及的是墨鱼水饺，饺子皮里都掺了墨鱼汁，颜色很深；还有酱好后放到冰箱中的特色猪蹄，拿出来的时候，外面一层肉冻，又可口又软。

景玉尽到了地主之谊，就像克劳斯带她去德国各地兜风，她也认认真真地用自己家乡的美食来招待他。投之以桃，报之以李。

比较令景玉开心的一件事，是生物学上的父亲再没有过来打扰她。她听说，对方出口的一批货物，在抵达德国后被抽查产品质量，发现这一批次的染色完全不合格，某种成分严重超标。现在已经被扣下来，需要交涉。

这件事让全亘生刚过年就不得安生，现在正着急忙慌地处理。

景玉不想和他再有其他牵扯，也完全没有去留意。

在离开青岛的前一天晚上，景玉刷微博，刷到一条本地的新闻。一群职高辍学的男学生打群架，其中几个已经成年的人被依法拘留。她一眼就看到了一头熟悉的红毛，虽然他脸部打了码，但她还是一眼就认出来了。

景玉关掉手机，钻进被子里好好睡觉。此刻，她只想做一个安稳的梦。

在景玉大二结束即将迎来大三的暑假里，克劳斯需要去拉斯维加斯谈一些公事，顺便带上了她。

拉斯维加斯是每个人的好莱坞。这句话，景玉已经忘记是从哪里看到的了。但她对拉斯维加斯的印象，就是一个拥有着多重人格的城市，危险的温床。

当然，以上全是她的个人想象。

不过，在去之前，克劳斯严肃地告诉景玉，她需要保持警惕。

他说："既然它们选择对你开放，那我不能阻拦你探索的自由。"

说这些话的时候，景玉坐在他的私人飞机里。按摩刚刚做到一半，她还没来得及享受完周到的款待，就被拎起来听他的叮嘱。

"但是，我有义务保障你的个人安全，以及禁止你染上糟糕癖好的责任。"克劳斯严肃地征求她的意见，"我会全程陪着你玩，你想玩什么，我们都可以试试，但每种都只能体验一次。这个要求，你可以接受吗？"

景玉用力点头道："我完全可以！"

克劳斯没有给她讲太多事情，也没有像其他人那样，故意夸大，举可怕的例子来吓她。

但他让景玉看到了。

克劳斯选择入住的地方是安可酒店，这个集玩乐与酒店为一身的地方，为入住的客人提供了优雅、俏皮又舒适的房间。

高达七层楼的巨大假山，横跨在酒店和拉斯维加斯大道之中。山景飞瀑，喷泉飞射出来的水珠闪烁着光芒。

景玉在下车后，看到不远处有招揽生意的女郎。看得出来，对方曾经养尊处优过，身上的穿着漂亮但是陈旧，一看就知道主人经济窘迫，黑色高跟鞋上有试图用黑笔掩盖绷皮部位的痕迹。和她讨价还价的人打量着她，那视线就像是食客打量着鱼缸中的鱼。

景玉不禁打了个寒战——这就是沉迷赌博的下场。

克劳斯也看到了那个女人，但他只瞧了一眼，毫无波澜，微笑着向景玉伸出手道："宝贝儿，我们该进去了。"

景玉握住了他的手。

她今天穿了一条白色的裙子，露出半个背部，没有过多的头饰和耳饰，只在脖子上戴着一串亮闪闪、沉甸甸的钻石项链。此外，她戴了一双和裙子同色同花纹的手套。

安可酒店有着装礼仪要求，景玉第一次穿得这么"隆重"，有些不太适应。但克劳斯温和地称赞了她的美丽，尤其是她戴上这双手套后的手——他还吻了景玉的手，吻在无名指的位置。

景玉挽着他的手臂走进酒店，听他和一些人礼貌地寒暄，问好。克劳斯在这儿，仍旧是备受尊敬的。

他并没有违背自己的诺言，陪着景玉从最简单的开始玩。景玉坐在椅子上，克劳斯弯腰俯身，自背后揽住她，手把手地教她如何出牌，温声告诉她这些规则。

那个克劳斯·约格·埃森竟然在教一个黑头发、黑眼睛的女孩玩牌，这件事刚刚传出去，就让很多人感到吃惊，其中就包括史蒂夫。

史蒂夫是法国人，和克劳斯有一点点浅薄的友谊。和大部分有钱的花花公子一样，史蒂夫更换女伴很勤快，比如怀中这位叫卡罗纳的德国女孩，是他上周才结交的新宠。

史蒂夫听着周围人的各种猜测，远远地看了会儿景玉，以及正耐心教她打牌的克劳斯。

他愉悦地叫了一声："克劳斯！"

克劳斯抬起头，看到了对方。他仍旧保持着握住景玉手的姿势，只给了对方一个目光，无关紧要的那种，便又继续低头，看景玉的牌面。

史蒂夫却开始大步靠近，朝克劳斯热情地做着手势，用法语亲热地与他打招呼道："好久不见，上次见你，还是2014年的冬天吧？"

克劳斯终于站起来，他低声问景玉："会玩了吗？"

景玉"嗯嗯嗯"地点头，她现在的心思全在手中的这副牌上。

克劳斯这才回应史蒂夫，客气地询问道："约瑟芬夫人的身体还好吗？我真担心她的腿。"

约瑟芬夫人是史蒂夫的母亲，不幸出了一场车祸，今后只能坐在轮椅上。

史蒂夫耸耸肩道："还是老样子。"

离得近了，他看到了景玉，这个传说中是"克劳斯亲手收藏的珍宝"的女孩儿。

史蒂夫确信她不懂法语，因为这个女孩对法语毫无反应。在克劳斯说法语的时候，她还困惑茫然地看了对方一眼，才低头继续看牌。

于是，怀着某种恶劣的心思，他问："克劳斯，我们来玩一场吧。要是我赢了，把你的宝贝借给我一天，怎么样？"

克劳斯没有立刻回应。他低下头，温和地用中文告诉景玉："甜心，我有件事需要和这位先生谈。你坐在这里，不要走，等我回来好吗？"

景玉点头。

克劳斯站直身体，向史蒂夫招手，示意他跟自己过来。

史蒂夫毫不设防，走开一段不远不近的距离后，跟着克劳斯走到有着巨大蝴蝶雕刻的石柱后面。他还以为对方同意了，兴致勃勃地问："你想玩什么——啊！"

确保景玉的视线被石柱遮挡之后，克劳斯一手拽住史蒂夫的领带和衬衫领口，将人狠狠地压在巨大的石柱上。

史蒂夫的后脑勺重重地撞上去，疼得他怀疑自己的头骨被撞出了凹槽。

没等他回过神，克劳斯又一拳重重地打在他右脸颊上。剧痛从牙齿的部位传来，史蒂夫疼得吸了口气，嘴巴里泛出浓烈的血腥味，他感觉到自己牙齿的松动。

而造成这一切的"罪魁祸首"，穿着黑色西装，系着绅士的温莎结，金色鬈发有着美丽的光泽。此刻，他正冷静地将嘴巴流血的"受害者"按在柱子上。

克劳斯的手背青筋暴起，史蒂夫感受到男人的怒气，他毫不怀疑，如果对方佩枪的话，此刻会直接轰了他的脑袋。

他吓得有点儿腿软。

克劳斯平静地说："史蒂夫，你严重冒犯了我和我的女伴。

"如果不想和可怜的约瑟芬夫人一样此后终生依靠轮椅的话，现在立刻离开。

"滚！"

史蒂夫第一次听克劳斯使用"fuck off"（滚开，滚蛋）这个词语。

做完这些后，克劳斯招招手，不远处看见了一切的侍者靠近，连"先生"这个词的发音都在颤抖。

克劳斯拿走托盘上叠好的白色餐巾，仔细地给史蒂夫擦拭着他唇角的血迹，然后捏住他的下巴，下颌骨的剧烈疼痛，让史蒂夫只能被迫张口。

克劳斯将染着史蒂夫血的餐巾塞到他的嘴巴里，压住他牙齿脱落处的伤口。史蒂夫疼得浑身战栗，然而嘴巴被餐巾完全堵住，发不出一点声音。他终于意识到危险，不再是刚才那种轻松的表情，心脏剧烈跳动，浓烈的不安将他彻底掩盖了。

他看向克劳斯的目光，就好像对方是一个恶魔。

"还有，"克劳斯礼貌地说，"以后对我说话，请使用'您'。"

众所周知，新手总是更容易得到幸运女神的眷顾。景玉兴致勃勃地玩了两把，手气很好，成功赢了这一局。

她刚才也赢了点小钱，但是和这次的筹码不能比。

景玉第一次尝到快速赚到这么多钱的感觉，当工作人员询问她是否要继续的时候，她想了想，摇头道："不了，谢谢！"

克劳斯在这个时候走过来，她开心地和对方分享着自己的喜悦。他夸赞她的聪明和运气，问她还有没有其他想玩的。

景玉不觉得累，相反，她还有些亢奋。刚才那些精密的计算让她注意力高度集中，现在还处于那种状态里面。

"刚刚和你打招呼的那个先生呢？"景玉有些好奇地问，"他去哪里了？"

"回酒店了。"克劳斯含笑问道，"饿吗？"

经过他一提醒，景玉才意识到自己什么都没有吃，肚子的确有点空。她自然地牵上克劳斯的手，感觉到他的手有点凉，像是刚刚洗过。克劳斯不喜欢与人触碰，在这种地方多洗手，也不是什么奇怪的事情。

安可酒店里有个博特罗餐厅，中间立着一座由费尔南多·博特罗本人创作的巨大雕塑，算得上是一个标志性建筑物。景玉经过时，看到有几个人在对着雕塑自拍，准备发到社交软件上。

克劳斯给她点了一杯创新时令鸡尾酒。对于品酒这件事，景玉已经养成习惯了。她喝了一口，慢慢地品尝后问道："里面加了苦艾酒吗？"

"没错，你的味觉和记忆力真棒。"克劳斯微笑着将剩下的配料也告诉了她，"还加了白兰地和一些果酱。"

景玉那个专门售卖啤酒的网店，经营得还算不错。社会实践已经结束，她所在的组拿到了最高分，她有点儿坏心眼地看了下仝臻他们组的分数，并不理想，可以说是差劲。

这让她更加开心。

景玉和自己的小组成员认真讨论了一番，其中有两个人选择退出。他们家中有钱，并不在乎这个小小的啤酒生意，而剩下的人——包括玛蒂娜和希尔格，都选择留下来。

她按照一开始的投资比例，把那两个人的钱结清，和剩下的小组成员一同继续经营这个啤酒品牌。他们雇用了专业的客服和发货人员，不必什么事情都自己动手。

现在，她想在新季度引入新的酒，但是还没有找到合适的工厂。

景玉吃了一点儿新鲜的意面，一些明火烤肉，以及克劳斯特别要求的水果蔬菜沙拉，这些东西把她的胃填得满满当当。等准备离开的时候，她忍不住打了个小小的嗝儿，立刻用纸巾捂住嘴巴，抱歉地看着克劳斯道："对不起，先生，我好像有点儿失礼。"

"没有，"克劳斯笑道，"我第一次发现，原来淑女打嗝儿这么有趣。"

景玉下意识想告诉他那叫"爱屋及乌"，话都到舌头尖上了，自己仔细一琢磨，好像有点不对劲。她和对方，似乎还达不到"love"的境界，仍旧被困在"like"这一点上。

拉斯维加斯大道大约有 4 英里长，这儿是"罪恶之城"的中心，吸引着世界各地无数的游客。克劳斯在办完工作上的事后，带着景玉几乎参观了这里所有的赌场。在这么多纸醉金迷中，她彻底地见识到了另外一个世界。

在拉斯维加斯的最后一天，克劳斯带她去了一个意想不到的地方——典当行。

这儿并没有赌场那么豪华，工作人员礼貌地询问他是否有需要典当的东西，他们有专业的评估师进行估价。

克劳斯微笑着谢过，委婉地表示自己想多看看。

这些典当行和赌场有着密切的合作，很多豪赌客赌红了眼，会来这里典当身上的东西。那些昂贵的东西，到了这里甚至只能换到不到原本十五分之一的价格。

景玉看到了一些熟面孔。

前两天还坐在桌子上大赢特赢的人，现在如丧考妣，垂头丧气，穿着名贵的西装，将自己身上所有能拿来换钱的小物件，都抛到桌子上。

对比如此明显，她牙齿磨了一下，尖锐地疼。

她理解克劳斯带她来的用意，没有什么比让她亲眼看到更加直观，所以他不会告诉她危害，而是让她直接明白——

越是容易得到的金钱，也越容易失去。天底下没有白捡的馅饼。

即将离开典当行的时候，景玉还遇到了一个熟人——莎拉，那个有着火焰红的头发、穿着打扮都像 20 世纪 50 年代生活在上西区的女人，漂亮，美丽。

十三个月前，景玉在佛罗伦萨五月节时曾经与她有过一面之缘。当时，莎拉还是克劳斯一个朋友的情人，她还将自己当作了克劳斯的情人。

现在的莎拉，已经没有了当时那份美丽优雅的姿态，火焰红的头发有点乱，她正在急切地将自己手指上的戒指用力摘下来，放到评估师面前。

或许是对方给的价钱令她很不满意，莎拉和对方激烈地吵起来，随后被工作人员请了出去。

景玉看着她，就好像看到了曾经被抛弃的另外一个情人。

克劳斯顺着她的目光看过去，他已经不记得莎拉了，问景玉："你们认识？"

"不，"她摇摇头，想了想，又点头道，"先生，我们在佛罗伦萨见过。"

这一点提醒了克劳斯，而被赶出来的莎拉也看到了他，她泪水涟涟道：

"克劳斯先生！"

眼看他起高楼，眼看他楼塌了。景玉看着此刻的莎拉，感触万千。她叫停工作人员，请饥肠辘辘的莎拉吃了一顿饭。

关于景玉的"日行一善"，克劳斯什么都没有说，他点了杯酒，看着玻璃窗外。

他并没有对景玉泛滥的同情心进行点评，毕竟她帮助的大多数对象都是同性，这点尚在自己的理解范围之内。

莎拉显然饿坏了，她的吃相也并不文雅。在很快吃完了一盘意大利面后，她用纸巾擦拭着嘴唇，问景玉："我可以和克劳斯先生谈谈吗？我有些事情……关于罗曼先生的一些秘密，想要询问一下克劳斯先生。"

罗曼是克劳斯朋友的名字，也是莎拉的前任金主。

景玉同意了，她主动让出位置，去了店里另一片位置，点了杯饮品。

等她离开，莎拉迫切地看向克劳斯说："先生，罗曼和我提起过……您，我大概知道您选择简玛小姐是为了什么。"

白骑士情结。

这还是莎拉无意间从罗曼那边偷听到的秘密，克劳斯有着特殊的白骑士情结，他会从拯救他人中得到愉悦感和成就感。而景玉，其实是克劳斯聘请来疗愈自己的。方才……也是克劳斯出面，那个女孩才会请她吃晚饭的吧？

豪赌之后的人，几乎没有什么理智可言，如今的莎拉在急切地寻找下一个可以依附的目标。她过惯了声色犬马的生活，早就成了只能依附男人而活的藤蔓，又染上……她毫无独立生存的能力，只能像市场中的肉，在彻底腐烂前焦急地等待着买主。

莎拉想，克劳斯应当不会介意再供养一个她。

克劳斯没说话。

"我知道现在说出来或许有些冒犯，但是，先生，我认为我或许比简玛小姐更适合现在的您，"莎拉靠近他，火焰红的眼睛看着他说，"您能从我这里得到您想要的所有，我什么都可以配合您。"

克劳斯终于笑了，他说："莎拉小姐，你的自信令我难以置信。"

这话语嘲讽辛辣，令莎拉呼吸停滞。

"我向来不赞同简玛的慈悲心，那孩子太容易被毒蛇可怜的外表蒙蔽，"克劳斯说，"感谢你又印证了这一点。"

莎拉声音发抖道："您把简玛小姐当作宝贝，我理解。但是，您这样疼爱她，总会有些舍不得在她身上实施的念头吧？您如果觉得不尽兴，可以找我，我——"

克劳斯文质彬彬地说出了刀子般的话："我不需要一个脊柱和大脑没有连上的东西。"

他叫来侍应生，买单。在付完小费后，他甚至连一个子儿都没给莎拉，视线也吝啬，看都不看她一眼就径直去找景玉。

景玉面前摆着一杯疑似奶茶的调制饮料，只喝了一口，现在她正捧着脸发呆，好像在想什么。看到克劳斯后，她眼睛一亮，不忘试图藏一下这杯疑似奶茶的饮料。

在得知莎拉已经空手离开后，景玉大为好奇地问："为什么？"

克劳斯说："她想让我供养她。"他并没有打算隐瞒，也刚好借助这个机会，让"小龙"长长记性，不要随便施舍自己的爱心。

果不其然，景玉立刻睁大了眼睛，愤怒地说："她怎么可以这样？"如此激烈的反应，如此浓郁的占有欲，完全让人出乎意料。

克劳斯愣了一下，才笑起来，试图温声安抚暴躁的"小龙"："甜——"

景玉义愤填膺地握拳道："就算真的要挖墙脚，也得再等两年啊！等我顺利毕业不行吗？现在明晃晃地影响我的学业算什么？亏我还请她吃饭呢！"

"……"克劳斯深呼吸，叫她，"甜心。"

"嗯？"

"往后一月，你都别想再碰奶茶。"

克劳斯的心情，就像股市里的股票，说变就变，令人捉摸不定。

浑身上下散发着珍贵鱼子酱面霜芳香的景玉，趴在足够睡得下五个人的大床上，肚子下面还垫了一个枕头。她苦思冥想，实在想不通自己哪里说错了话。

等到克劳斯出来的时候，景玉两只手撑着床，摆出一个瑜伽动作中的上犬式，道："先生。"

克劳斯刚刚洗过澡，白色的浴袍系在身上，他冷静地看着星星眼的景玉。

桌子上放着带气泡的纯净水，他拧开盖子，喝了一口。景玉看到未擦干的水珠从他的下巴一路往下，滑过喉结，顺着胸膛，没入浴袍深处。

他就像闪闪发光的玉雕。

景玉想自己大概知道原因了。她的独占欲在一点点作祟，而她无法控制，这种愤怒不亚于被人抢了珍贵珠宝的龙。

不过，克劳斯会为了这个生气吗？

她试探着开口道："先生，要不您再联系联系莎拉？其实您——"

"宝贝儿，听说愤怒会缩短人的寿命，"克劳斯冷静地打断她道，"不要再说了，我想多活一段时间。"

"好的呢……"景玉慢慢地趴下去，认真回顾着克劳斯的全部反应，终于琢磨出哪里不对劲了。

是不是因为她表现得太过不在乎了？

想想也对，如果一位员工表现得对自己的工作毫不在意，是不是在某种程度上，也会让老板感到不舒服？克劳斯是觉得她没有认真对待这份工作？

想到这里，她顿悟了："先生。"

"嗯？"克劳斯垂眼看她。

他金色的鬈发刚刚吹干，看上去特别蓬松，摸上去手感一定很棒。

景玉很喜欢摸他的头发，人对自己没有的东西总是充满好奇心，她就超级喜欢自来卷儿。

她克制着想去揉克劳斯头发的冲动，认真道歉："对不起，我不该那样说。"

克劳斯问："哪儿错了？"

"我不该说'撬墙脚要等两年后再撬'这种话。"她眼神真挚地看着他道，"先生，其实我心里想的是，两年后她也不要撬。"

这番话成功地让克劳斯的面色和缓了些。他放下瓶子，走过来，居高临下地看着景玉问："这是你发自内心的真实想法吗？"

"比您送我的钻石项链还要真。"

克劳斯在她旁边坐下，床垫往下陷进去一点点。景玉保持着上犬式往旁边挪了挪，克劳斯手掌心贴在她头上，揉了两下。

景玉有着一头黑色的丝绸一般的头发和漂亮的黑色眼睛。克劳斯的手顺着她柔软的头发往下滑，滑过她的眉毛、睫毛、鼻子、嘴唇，最后，无名指压在她的嘴唇上，景玉啄了一口他的指尖。

一股电流般的酥麻传遍克劳斯全身，他狠狠压了下她的唇，又松开。看到她的唇边被自己按出一点儿玫瑰红，又慢慢消散掉。

景玉思考了一阵，认为克劳斯应当已经消气了。于是她放心地往下压了压身体，顺着克劳斯的抚摩，将头枕在他的膝盖上。

克劳斯的容忍度，就像是正在一点点往水中泡的海绵，只要她足够耐心，他就会慢慢接纳。就像现在，未经允许，她也可以主动拥抱他，而他并不会拒绝。

景玉还不懂，不拒绝有时候意味着另有图谋。

克劳斯问她："为什么舍不得我？"

景玉认真地和他分析原因道："首先呢，您给开的工资很高。说真的，就目前来看，我几乎不可能找到年薪这么高的工作。"

"……"

"其次，您事儿少，省心。"

"……"

"最后，您长得——"

"宝贝儿，"克劳斯抚摩着她的头发，心平气和道，"为了奶茶，你还是别说了。"

"呃？"景玉实在摸不透老板的性格，男人心，海底针。她还总结了一堆优点没说呢，温柔、善良、大方、心胸宽广等等。原来竟然还有人不喜欢被拍马屁吗？她是百思不得其解。

不清楚是不是练芭蕾纠正了景玉体态上的一些缺陷，在克劳斯亲自为她测量身高的时候，惊讶地发现她的净身高竟然逼近一米六。

逼近。

这个意外之喜令景玉格外骄傲，她开心地说："我外公常和我说，'二十三，蹿一蹿'，我现在还没二十三岁呢，说不定等二十三岁时，就能成功过一米六啦！"

"不错，"克劳斯赞同，他收起尺子，双手抱起她，仔细掂一掂体重，"再高一些也好，不然很多方面会受到限制。"

景玉深以为然道："确实，要是我能长到一米八，说不定会比较和谐。"

克劳斯想了想那个画面，笑起来。

或许因为从小接受的教育不同，克劳斯对待性的态度很坦然。对他来说，这种事情并不是什么羞于表达的东西，也不会像某些男人那样，有什么"只要睡了，你就一定属于我"之类的思想。

这和景玉的生长环境截然不同，从小学到高中，她一直生活在身边人都认为性是肮脏、不洁、邪恶的环境中。景玉没有亲密的同性长辈来教她正确的性知识，没办法接受完整的性教育，对很多东西都是一知半解。

但克劳斯不同，他尊重她的偏好和喜好，也乐意出于让她快乐的角度来与她沟通，帮助她。

官方身高一米六、实际身高一米五九的景玉站在克劳斯旁边，的确对比有些明显。不过，这并不影响她把克劳斯撩到心脏"怦怦"跳，然后自己被压到"嗷嗷"叫。

八月末，随着德国各地的葡萄陆续丰收，很多地方都开始举办葡萄酒节，民俗游行、烟花燃放、品尝葡萄酒、评选"葡萄酒皇后"……这些活动渐渐拉开了帷幕。

而景玉最想去的，其实是在杜塞尔多夫肉类市场举行的葡萄酒节。

杜塞尔多夫位于一座名为巴特迪克海姆的温泉镇上，盐质温泉比较出名。而最出名的，还是这个全世界规模最大的葡萄酒节。

景玉想给自己的品牌引进一款物美价廉的葡萄酒饮品，显然易见，现在是最合适的机会。

可惜天公不作美，在她准备向克劳斯申请去巴特迪克海姆参加葡萄酒节的时候，克劳斯已经兴致勃勃地做好了规划——他准备带景玉去斯里兰卡度假。

景玉："……"

两个工作之间，产生了极其严重的冲突。

景玉清楚克劳斯的脾气，他是那种一旦做好计划，就不会轻易更改的人。德国人严谨，爱制订计划这点，在他身上展露得淋漓尽致。怎么说呢，就算是和景玉进行辩论，他也会精准地列好要点。

景玉愁到不行，饭也吃得少了，晚上又饿了，溜出卧室去厨房中觅食。

还好今晚"雕师傅"还在工作，他麻利地准备食材，给景玉熬粥、做夜宵。看到她垂头丧气的模样，"雕师傅"主动安慰道："怎么啦？和克劳斯先生吵架啦？"

"这倒没有，"景玉摇头道，"就是，嗯……和克劳斯先生的计划有点儿冲突。"

锅中煲着香喷喷的粥，酥皮肉也烤得香喷喷的，油滴在果木炭上，发出细微的"滋啦"声。这种味道很容易让景玉想到还在国内上学的时候，晚上外公也喜欢给她烤点肉加餐。

她慢慢地将自己的烦恼讲给"雕师傅"听。

"雕师傅"一拍大腿道："哎呀，这有啥好愁的？听我说啊，对克劳斯先生这种人，就是得煽情，给我往死里煽。"

"啊？"

"雕师傅"给她出主意道："我以前听过一件事啊，说是丈夫每天早出晚归，不在家里，节假日也加班，妻子很难过。有一天呢，妻子把攒的一大笔钱给了丈夫，要求丈夫陪她玩两天。丈夫大为感动，深深感受到自己忽略了妻子，以后节假日都不再加班，在家耐心地陪伴妻子。"

景玉懂了："我明白了，您是要我花钱去买克劳斯先生的时间？"

"雕师傅"很满意地说："对，你想想，克劳斯先生最不缺这东西。他和你这么好，能要你的钱吗？他肯定被你感动了，然后陪你去玩啊。"

景玉心里面顿时舒坦了。她吃了一碗热腾腾的瘦肉粥、一点儿烤肉，还有一些蔬菜沙拉，最后饱饱地上楼了。

克劳斯就在不远处，他刚刚回来，外套搭在右手手臂上，另一只手正在松领带。听到这边的动静，他随意地看了眼，继续松。

而景玉过去了，殷勤道："先生！"

克劳斯将领带摘了下来，握在手中问："怎么了？"

景玉期待地看着他问："先生，我是说如果，如果有人想买您一天的时间，得多少钱啊？"

克劳斯垂眼看向她问："做什么？"

"嗯……就是有点儿好奇，"景玉眼巴巴地看着他说，"就是问一问，如果有人——譬如我，想购买您一天的时间，您认为价格开到多少合适？"

克劳斯平静地说："200万欧元吧，税后，走公证，节假日双倍。"

景玉："……"

"怎么了？"

"没什么，当我什么都没说。"

坦白来讲，自从成年之后，景玉就再也没有在价格这件事上妥协过。

好看的衣服太贵，不买，反正便宜货一样穿；想吃的东西买不起，忍忍，吃其他的也没有差别。无论是多喜欢的东西，只要价格不合心意，景玉就会干净利索地选择直接放弃。她是真的把"理智消费"贯彻到底，无论做什么都先考虑性价比。

她会计算着自己的花销，心里面有一杆秤，仔细衡量欲望和金钱之间的价格。一旦超出预期，就绝对不会犹豫。

这还是景玉第一次做如此艰难的选择。

她试探着向克劳斯打出一张感情牌道："先生，您看，我们一起出去玩，放松的又不是我一个人。"

克劳斯轻轻"嗯"了一声，纠正她道："小龙宝，之前也不是我一个人在快乐。"

景玉稍加回忆，这话很有道理。

最终，在她的"努力"之下，用一天600欧元的价格买下了克劳斯的一天。虽然这与克劳斯一开始说的200万欧元相比，是断崖式的降价，但依然让景玉的心在滴血。

600欧元啊，她得卖出去多少瓶啤酒，才能赚到这些钱啊。

或许因为这昂贵的600欧元的光环，她现在再看克劳斯时的目光，也和刚才不同了。他的头发更加珍贵，嘴唇更加可口。

景玉坐在克劳斯腿上，要他低头配合自己，亲吻他的额头。手指搭在白色的绳结上，在即将解开之前，她改变主意，不解开了。她就像一尾灵活的小海鱼，机灵地绕过挡住玉石金块的海藻。

克劳斯抚摩着景玉搭在他肩膀上的手，侧过脸亲吻她的手腕，他的呼吸落在她胳膊内侧，像是用羽毛滑过豆腐。他喉咙间发出低吟，习惯性地去搂景玉，而景玉精准地伸手挡住他，恶作剧般笑起来。

"宝贝儿，"她说，"未经我允许，你不可以触碰我。"这一句话，她还特意模仿了克劳斯的语调。

她贴在克劳斯耳旁，贴心地用德语提醒他说："这是我们的规则。"

克劳斯纵容了她突发奇想的念头，始终看着对方的脸。那是一种带着欣赏的目光，看着她运用自己以前教她的那些东西——或者说，是他曾经做过的事情。当然，也不仅仅于此，她很聪明，头脑灵活，明白对付他用什么东西最有效。

这是他一手培养出来的珍宝，没有人会比他们更熟悉彼此。

克劳斯微笑着看景玉到底能折腾到什么地步，又能给他带来什么新发现，默许了她一系列"大不韪"的行为和语言。正如景玉会遵守规则一样，他如今也遵守着她的小小规则。

只是这种理智存在的时间并不长久，在景玉准备离开时，克劳斯捏着她的肩膀，把未完成的吻继续下去。他用德语低声叫她，甜心，珍宝，小兔，小龙宝贝儿。他使用了景玉所能听到的所有爱称。也正因此，直到次日上午，景玉悲伤地发现，自己错过了和朋友约好的出发时间。

原本按照计划，应该在上午 10 点统一乘坐火车过去。德国的火车车厢虽然分为一等车厢和二等车厢，但在人流量不是特别大的时候，其实舒适度差距并不大。景玉他们都准备购买二等车厢的位置，只是当即将停止售票的前十分钟，希尔格打过来电话的时候，她还趴在床上睡得迷迷糊糊的。

景玉在 11 点左右才彻底清醒，她给希尔格回复了电话，告诉他，自己会在下午过去。

虽然不守时有点儿糟糕，但希尔格表示理解，并关切地询问她是不是生病了，为什么声音听起来有点哑？

景玉礼貌地谢过对方的关切，并愤怒地捶了一拳克劳斯。

这个全世界规模最大的葡萄酒节，本地人更喜欢称之为"香肠集市"，现在即将举办。酒店的房间也十分紧张，团队成员提前半个月就开始预订，终于筛选出一个还算不错的酒店，距离火车站只有 1 公里的距离。只可惜这个酒店只能提供五天的住宿，还剩下一天，景玉原计划是和朋友一块儿去露营公园，尝试露营的感觉。

尽管错过了火车，但这个小难题，完全难不倒克劳斯。他取消了前往斯里兰卡的行程计划，亲自开车前往巴特迪克海姆。

景玉有个奇怪的偏好，一坐长途车就容易睡觉。

一开始，她还能回答克劳斯提出的一些问题，譬如她最近读的一些书、做了哪些案例分析、能从当中学到点儿什么；或者克劳斯随机出个数学题，测试她的心算能力……但慢慢地，她撑不住了，闭上眼睛开始睡觉。

太阳从玻璃车窗中透过来，晒得眼皮发烫。隐约中，她感觉到车子停在附近，克劳斯挤出点儿什么东西，揉在掌心中，给她擦拭着脸颊，然后给她戴上眼罩。

景玉不喜欢睡梦中被打扰，刚动了一下，克劳斯安抚地轻轻拍着她的背说："好了好了好了，我们继续睡觉。"

他哼了首中文的摇篮曲，类似于"好宝宝，睡觉觉"这种。调子很古老，景玉小时候从妈妈那儿听到过，很多北方地区的妈妈在哄孩子睡觉的时候，都会哼着同样的旋律和腔调。她不知道克劳斯是怎么知道的。

克劳斯的语调不是很流利，显然并不习惯唱给别人听。

眼罩戴好了，黑暗和阴凉同时落下来，眼睛不必再受强烈阳光的直射，景玉舒服了，再度沉沉地睡过去。

她醒来时已过中午，车子还在开，不知道到了哪个小镇子。她摘掉眼罩，发现了很多半木结构的建筑，和一些葡萄酒馆。

克劳斯停下车，打开侧边车门问："醒了？"

景玉搭着他的手下车，终于记起脸上的东西，狐疑地看着克劳斯说："先生，您该不会趁我睡觉后——"

克劳斯说："收起你脑袋里不适合小孩子听的念头。"

景玉摸了摸脸颊问："您给我涂的是防晒霜吗？真好，呜呜呜。我还是第一次遇到像您这么体贴入微、温柔善良的人——"

"少恭维我，"克劳斯提醒她注意脚下的石板，"免得晚上又有人哭哭啼啼地和我说自己忘涂防晒了。"

景玉还在拍马屁："这哪里是恭维呢？我说的都是事实。真的，您真的太温柔了。"

克劳斯淡淡地说："好听话说得再多，我也不会为你降价的。"

景玉真心实意道："您真是铁石心肠。"

心比石头还要硬的克劳斯，连一个子儿都不肯优惠，任凭对方各种溜须拍马，他自岿然不动。就连餐费和油耗，也是景玉出。

德国人日常使用现金多，景玉的小钱包瘪下去的时候，她的心都在"啪嗒啪嗒"滴血。

"虽然先生您这辆车的的确确很好看，但油耗也是真的高，"她摸了摸自己的小钱包说，"我以后可不能买这种车。"

克劳斯不说话，他在悠闲地品尝着地方特色菜包，一种填满了新鲜白奶酪、奶油干酪和一些草药的土豆面团。

在饮食方面，景玉并没有亏待克劳斯，她贴心地为他点了一份红鹿肉。

一想到他们刚认识时，对方文质彬彬，两人相敬如宾，她还琢磨着这人好绅士，好有风度。现在想起来，哪里有什么岁月静好，都是表面，都是诱捕器，之后还是得自己负重前行。

临近巴特迪克海姆的时候，克劳斯让景玉打开收音机。景玉听了一阵，等听清楚新闻播报的内容后，有些惊讶地问："这边还能听到美国的广播吗？"

"嗯，"克劳斯告诉她，"是美军广播网的电台，专门给在凯泽斯劳滕附近的拉姆施泰因空军基地服役的美国军人听的……应该还有威斯巴登美军基地。"

克劳斯让她换了个频道，还能听到一些其他的英文节目。

景玉找到一个音乐节目，她一边听，一边埋头用手机计算了一会儿，发现如果按照出租车的价格来衡量今天在克劳斯身上的花销，她完全赚翻了，毕竟德国的出租车也好贵好贵。她再次想念起祖国物美价廉的出租车和还很能侃大山的出租车司机。

直到接近傍晚6点，车子才终于抵达预订好的酒店。

景玉给克劳斯提前打预防针道："先生，您知道的，我没有您那么多的钱，所以预订的酒店，肯定不会像您经常住的那么舒适——"

克劳斯说："没关系。"

今天是周五，服务台在下午5点钟就关闭了，克劳斯将车子停在了自助停车场里。

景玉刚给服务人员打过去电话，她在思考着，该怎么向同学们介绍克劳斯的身份。

"先生，"她犹豫着开口道，"您觉得，我该怎么向朋友介绍您？怎么介绍我们的关系？"

克劳斯问："什么意思？"

不远处的小公园中栽种着许多杜鹃花和紫藤树，现在小镇上的游客很多，还有一对父母正带着他们的孩子在道路上悠闲地散步。

景玉在想怎样的措辞才能和谐又不失礼貌地表达出两人之间的关系。

正纠结着，抱着足球、满身大汗的希尔格和其他同学走了过来。他们聊着天，声音并不高，转身，一眼看到了景玉和她身边金发的高大男人。

希尔格眼前一亮，一手抱着足球，另外一只手扬起来道："简玛！"

克劳斯转身，看到是上次深夜里掀开衣服给景玉看身体的年轻男人。

希尔格已经走过来，看着克劳斯热情洋溢地说："您就是简玛的养父吧？叔叔，您好！我是希尔格，是简玛的同学、实践项目组的搭档、事业上的合伙人、翻译、朋友，以及她的助理。"

克劳斯并没有直接和眼前这个男人握手，他平静地叫着景玉的名字："景玉。"用的是中文，字正腔圆。

景玉："嗯？"

克劳斯给了她选择："如果是作为男友，我很乐意免费为你解决社交问题；不过，如果你想隐瞒我的身份，或许需要为此付出——"

景玉了然道："我懂了，亲爱的！"

他们使用中文交谈，其他人听不懂。

秉承着能免费绝不付费的朴素原则，景玉挽住克劳斯的胳膊，在希尔格骤然惊变的视线里，微笑着告诉他："希尔格，这是我的男友。"

希尔格脸上的笑容停住了，他就像是刚刚拿到及格分试卷，还没来得及庆幸，就被老师告知试卷错误，实际上只考了零分的小可怜。

他的手停在半空中，尝试着收回。但克劳斯已经握住他的手，微微低头，文质彬彬地做着自我介绍："克劳斯，简玛的男友。"

希尔格并没有认出他，倒是身边的朋友看克劳斯很眼熟。

普通的青少年或许不会关注银行的新闻，但是他们不一样，他们是商科的学生，会经常阅读一些相关资料或者新闻。

只是现在天色太暗，他们忙着安慰少男心破碎的希尔格，并没有分心去关注景玉的男朋友。而且对方真的长得很帅，是那种几个正值自信心爆棚的青少年也不得不承认"嘿，这个男人真不错"的帅气。

服务台的人员在这个要命的关头姗姗来迟，温柔地解释着自己迟到的原因。

在希尔格心碎的目光下，景玉和克劳斯成功拿到了他们房间的房卡。

一张。

景玉实在不知道该如何向希尔格解释眼下这种复杂的情况，更不知道该如何缓解克劳斯面对"养父"这个称呼的愤怒和错愕。

她偷偷抬头，看向前方踩着木质楼梯往上走的克劳斯。他拎着两个行李箱，身影斜斜地倾落下来，将身后的自己覆盖住。

表情冷静，看上去并没有生气。

可是德国人普遍都很克制、压抑，他们都喜欢隐藏自己的情绪——除非忍不住。

景玉小心翼翼地跟在克劳斯后面进门，等他打开房间的灯的时候，她猛然醒悟过来。

对哦！今天可是她花钱购买了克劳斯的时间，花钱的是大爷，为什么她要战战兢兢的呢？直接享受啊！现在克劳斯可是她的所有物啊！况且，克劳斯最重视的就是规则。按照他们的约定，就算真的生气了，他也不可以对她做什么。

一想到这里，景玉头不痛、眼不花，腰板也挺直了。

她走进房间，在克劳斯整理行李箱的时候，把自己摊成一个"大"字，迎面趴在床上，抱着枕头，用力吸了口气，满足道："终于躺下了！"

虽然克劳斯的车坐着很舒服，但还是比不上在床上整个人都放松下来的感觉。

这个房间月光能洒进来，有一个漂亮的小阳台，还有独立的洗衣机和烘干机。克劳斯将行李箱中的衣服一一取出来，听到景玉叫他："先生。"

他将被压皱的衣服抖开，问："什么？"

"我饿了，请帮我拿一份吃的和一份喝的，谢谢。"

他没有动，看了眼时间，将手腕上的表解下来，随意地放在桌子上，提醒她说："甜心，现在已经是晚上 7 点 13 分了。"

景玉茫然地问："7 点 13 分怎么了？"

"昨天你在这个时间给了我薪酬。"

"……"她明白了，这是要钱了。

景玉一边替自己日渐消瘦的小钱包肉痛，一边认真地数出钞票放到克劳斯的手中说："再续一天。"

克劳斯没有动，他笑着确认道："不需要购买套餐吗？"

景玉疯狂摇头道："不要不要，坚决不要！"吸血的资本家，怎么会好心肠地提供套餐，都是套路罢了。

克劳斯并没有强买强卖，他很尊重景玉的想法，在她依依不舍的视线下，从容地将钱拿走了。

景玉保持着一个"大"字在床上躺了一阵，纪念自己消失的小钱钱。

纪念到快睡着了，克劳斯才回来。他带回了一些以普法尔茨特色食物为主的菜，还有两杯葡萄酒。

景玉洗干净手，坐在桌子前，等待着开饭。

不清楚是不是花了钱的效果，她现在看克劳斯，发现他的每一根头发丝都散发着珍贵的金钱芬芳。

景玉对自己花的每一分钱都很珍惜，尤其是斥巨资"购买"的克劳斯。果然，人只会珍惜让自己付出很多心血的东西。每次感到心痛时，看看克劳斯的脸和身材，她又觉得自己值了。

而且，克劳斯的服务态度也如此温柔、周到。他铺上崭新洁净的桌布，先将闪闪发亮的餐盘和刀叉摆在景玉面前，丝毫不乱。然后，他又将葡萄酒放到桌上说："一杯 10 欧元。"

景玉："……"

克劳斯温柔地介绍着菜肴，贴心地告诉她这些特色菜的原料和价格："青酱，里面有新鲜药草、软白奶酪和酸奶油，一碟 5 欧元。

"酒酿式猪排，14 欧元。

"德式灌肠，将肉和土豆、辣椒放到猪大肠里，煮熟后再油炸，15 欧元。

"甜点，原料是成熟的栗子……"

景玉几乎是屏着呼吸听克劳斯报出价格，每当他说出一个数字，她自己的心跳都会快上一些。她想提出给她吸氧，想想价格还是算了。

好不容易等克劳斯介绍完毕，他微笑着伸出手道："总共 103 欧元。"

景玉心塞地问："必须要交吗？"

"是的，只有养父才会承担女儿的餐费。"

"不可以稍微通融一下吗？"

"不可以，"克劳斯叹息道，"谁让我不是简玛小姐的养父呢？"

"……"

她心疼地将钱包拿出来，当把钱交到克劳斯手掌心的时候，不由得感叹道："不是有句话叫'顾客是上帝'吗？"

克劳斯从容地将钱收走，反问道："现在你难道不是享受着上帝般的待遇吗？我尊敬的景玉小姐。"

"……"

以前景玉花克劳斯钱的时候，对于开销或者什么，慢慢地就没有太多的概念。毕竟基本上都是对方买单，她只需要吃吃吃、喝喝喝，不用去留意菜单上的价格。

今晚不一样了，她感觉自己吃的不是饭菜，是洒了金粉的纸钞。

当香喷喷、干干净净的克劳斯躺在旁边的时候，景玉忍不住凑上去，贴在他的脖颈上嗅了嗅：好香，今天先生多喷了香水吗？

克劳斯宽容地说："300欧元。"

景玉迅速回道："我就闻闻。"

克劳斯了然道："闻一秒1欧元，碰一下10欧元。"

"……"

克劳斯大方地说："刚才可以当作试用，免费。"

景玉一言不发，卷着被子愤怒地滚去床的另一边，只留给他一个倔强的后脑勺和一撮愤怒的呆毛。

奸商啊！资本家的每一个毛孔都流着血和肮脏的东西！

次日是周六，景玉和克劳斯，以及自己团队的成员分开去观察、咨询一些准备在葡萄酒节出售葡萄酒的商贩，下午还参观了一家酿制葡萄酒的工厂。

等到傍晚时分，景玉简单吃了点儿东西。其他几个人去踢足球，她则选择去喷泉公园散步。

公园旁边有一个儿童游乐场，这时候人渐渐多起来，景玉遥遥地看到一个四岁左右的棕发小朋友在草地上撒丫子狂奔，身上带着牵引绳，牵引绳的另一端是他妈妈，被带着一起跑。

景玉坐在长椅上，计算着自己这几天的花销，不禁心如刀割。再三默念"给男人花钱就是给自己断后路"这句话三遍，她抬起头，看到了一个可可爱爱、装扮成花仙子的混血女孩。

小女孩将一朵黄色的小野花递给她，别别扭扭地开口道："你好。"小女孩的父亲是亚裔，站在后面，笑着朝景玉点点头。

景玉收下了花朵说："谢谢你。"

小女孩挎着自己装满鲜花的小篮子，小篮子有点儿往下滑，她努力往上托了托，口齿不清道："寨见（再见）！"

景玉把自己的发夹摘下来，别在小女孩的头发上，回道："再见！"

克劳斯就坐在旁边，看着这个混血的小女孩挎着篮子，迈着步子去给另外一个人送野花。他说："父母的血缘关系距离越远，生下的孩子往往越优秀。"

景玉看了他一眼说："因为你是多国混血，所以才会这么认为。"

克劳斯笑了一下，他的手搭在膝盖上，姿态放松地说："我想，如果我们有了孩子，应该和她差不多，有着漂亮的深色鬈发、和你一样的眼睛。"

景玉深以为然道："应该吧。你要是想要金发碧眼的下一代，只能继续选择金发碧眼——哎，其实你也可以收养啊，不过德国收养的规则比较苛刻吧？"

她努力回想着规则。

好像应该要年龄差距多少来着，总之，为了避免狼心狗肺的养父做出肮脏的行为，无论是中国还是其他国家，对收养都有着严苛的条件。

克劳斯双手合拢，低头仔细地看着景玉，她头顶一根漂亮的黑色头发，被风吹得飘了起来。

他问："你难道没想过，让我成为真正的父亲吗？"

景玉疑惑不解地问："为什么是我想——"话说到一半，她忽然意识到什么，停住没继续说下去，而是陷入思考，像是在消化他话里的意思。

两秒后，景玉顿悟，惊讶地看着克劳斯，脸上满是震惊地说："等等！原来你是这样想的？"

克劳斯没说话，他注视着她，绿色的眼睛在夜色中深深浓浓，犹如绿色密林。

景玉更激动了，不可思议地问："难道你真想收养我？"

克劳斯深深地叹了一口气。

景玉期盼地看着他问："如果真的可以，按照法律，等你死后，是不是会给我遗产？"

克劳斯看着她道："活着也可以给你。"

景玉还沉浸在他说的那些话中："可是，我们差的年纪并不算大，真的能够合法收养吗？而且我早就成年……"

她目光热切地看着克劳斯，如果她有尾巴的话，现在已经快乐地晃动起来了，就像是看到了一座金山的龙。

克劳斯朝她伸出手，和善地笑道："为了我的心脏健康，请你不要再说下去了。"

葡萄酒节大部分活动都集中在巴特迪克海姆镇的地标——杜尔克海姆巨桶餐厅周围。从外面看，这个餐厅就像是一个巨大的葡萄酒木桶。克劳斯为好奇的景玉简单做了介绍，这个餐厅是一名制桶工人在1934年建造的。2009年的时候，他还来这里参加过其75周年庆典。

2009年啊，景玉短暂地回忆了一下。

2009年的她，还在读初中。

2009年的克劳斯，在读大学。

一想到其中的年龄差距，景玉真想说他一声老牛吃嫩草。

只是克劳斯或许不会理解这句话吧。

景玉的酒量算不上好，也算不上糟糕，属于偶尔饮酒的正常酒量。她兴致勃勃地一路试喝过去，每次喝完后都要仔细品，然后用随身带的水漱口。在和同伴交流感想之后，把初步品尝后的味道和余韵记下来。

昨天希尔格踢了好久的足球，额头上有一块伤，简单地贴了个创可贴。因为这一点儿小伤口，景玉贴心地提醒他，最好不要饮酒。

但希尔格并没有听，让一个习惯饮酒的德国人在葡萄酒节上不饮酒极为困难。他甚至还能一口气将一大杯酒全都喝光，然后给出一些奇奇怪怪、丧里丧气的形容词。

毕竟要考虑到大众的口味，这次选品景玉格外谨慎，等葡萄酒节结束后，她的记录本上记载了一堆密密麻麻的东西，口味、名称、饮后口感，以及目前还没有办法验证的醉酒后的状态和醒酒后的舒适度。

接下来一周的时间，景玉会和朋友一起来详细地验证这些葡萄酒的"醉后感"。

不过，她不需要喝到不省人事，只需要喝到微醺就可以停下，然后洗漱睡觉。或者借着"喝醉"趁机找克劳斯蹭抱抱亲亲，第二天以"醉酒误事"为由，试图抵赖。

宽容的克劳斯，原谅了她这种耍赖行为。

第四天，在克劳斯的主动建议下，景玉去了附近的代德斯海姆。这个人口不足四千的小城，四处种满了漂亮的紫藤花，也是"葡萄酒之路"上最漂亮、收入最高的一座小城。

"这个小镇的圣诞集市不错，"克劳斯说，"今年要不要来玩？"

圣诞集市并不是一天，一般来说，会持续半个月或者更久。

景玉愉快地点头道："好呀！"

她喜欢在圣诞集市上购买一些奇奇怪怪的东西，上次的那个音乐盒现在还在她卧室的桌子上摆着。她很喜欢玻璃罩中的小龙，坐拥珠宝，藏匿玫瑰，奢侈又浪漫。

克劳斯说："德国还有很多有趣的地方，比如马克·吐温长久居住过的海德堡。它有一座横跨内卡河的桥梁，还有亚琛大教堂，查理曼大帝在这里长眠，我想你或许会喜欢它的虹色彩绘玻璃窗。"

景玉听得津津有味，问："那我们什么时候去呀？"

"等你毕业后？"

景玉想了想，摇头道："还是算了。"

他们聊这些事情的时候，正好经过市政厅，往南走，阳光洒在景玉米白色的长风衣上。她在里面穿了件浅紫色的无省旗袍，这个紫色很美，像是浓郁紫葡萄表面上挂着的一层薄霜。

他们经过长廊，克劳斯被笼罩在阴影下，他问："为什么？"

"那时候合约就结束了呀，先生，我可付不起您的薪酬。"

紫藤花随风轻轻摇曳着，景玉伸了个懒腰，阳光落在她红润饱满的脸颊上。

"时间过得可真快呀，"她回头向克劳斯笑了一下说，"先生。"

代德斯海姆总共有16家可以参观的葡萄酒酿酒厂，景玉顺着有"Weingut（葡萄酒酿酒厂）"和"Weinprobe（葡萄酒品尝）"的标记迅速地找到了自己想要的东西。考虑到克劳斯还要开车，她只是稍微尝了尝，花钱购买了一批样品回去，准备挨个儿和同伴们试一试。

德国人都热爱骑自行车，路上两人还遇到了一个自行车团队游，景玉兴致勃勃地看了一阵。在得知对方在寻找贩卖有气泡水的店铺时，她还好心肠地和他们分享了一些。只不过，没想到晚上又和他们在餐馆中相遇了。

或许是区域性的饮食习惯，这边餐馆里提供的大部分餐食，都以创新口味的法国菜和普法尔茨美食为主。两人还没来得及品尝，自行车团队游中的领头人就笑着过来，和他们分享同一张长桌。

景玉对这种安排并没有太多意见，一个人的生命和精力都有限，她注定没办法去经历所有的事情。也正因此，她很乐意倾听别人的故事，好像通过和他们交谈，能短暂地接触到另一段人生似的。

德国整个白天的氛围都很闷，大街上人也不多。但一到晚上，很多压抑的德国人都会借助酒来放松，或者说发泄。克劳斯不喝酒，但是他盯住了景玉的酒杯，阻止她多饮，顶多尝个味道就把酒杯移走了。

晚上8点钟一过，餐馆里的气氛热烈起来，有个西班牙女郎装扮成吉普赛女郎的模样，跳着火辣的舞蹈，展示着自己的漂亮和热情。她还会和台下人互动，只需要1欧元，就能享受她亲自喂酒的服务。

德国对难民开放后，给很多难民开出的工资是一小时1欧元。这也是德国不够安全的因素之一。

在征得克劳斯同意之后，景玉兴致勃勃地出了1欧元，享受到了舞娘的喂酒服务——用的是克劳斯亲自开封、亲自倒出来的一杯酒。

舞娘没有立刻离开，她侧站着，向克劳斯伸出手，就像一只慵懒地舒展着身体的猫咪。

"您不需要来一杯吗？"她用英文问，"我可以免费。"

克劳斯礼貌地拒绝道："对不起。"

舞娘笑起来，她抽了一张餐巾纸，在上面印下自己的唇印，手一扬，精准地落在克劳斯面前的桌子上。

"真遗憾。"舞娘眨眨眼睛，暗示他道，"我就住在后面，今晚随时可以过来找我。"

克劳斯没有说话，也没有碰纸巾，而是侧身看着景玉。

景玉手托着腮，手肘压在木桌上，正盯着他面前的纸巾看，抿着嘴，目不转睛。克劳斯第一次见她流露出这种严肃的神情，看上去似乎很在意这张印着口红印的纸巾。

他倾身道："甜心，我——"

景玉却兴致勃勃地问他："先生，您能帮我问问她，这口红是哪个品牌的哪个色号吗？"

"……"

克劳斯伸手，拍了拍景玉的后脑勺，抚摩着她绸缎般的黑发。景玉似乎听到他极轻地笑了一下，有些无奈，也或许是幻觉。

克劳斯说："我不会去找她。"

"您干吗和我说这些？"景玉吃惊地睁大眼睛问，"您该不会觉得我会因为一张印着口红的纸巾就介意、难过吧？难道您眼中的我，气量就这样小吗？"

"气量很大的小龙宝贝，"克劳斯耐心地听她说完，手指顺着她的头发下移，抚摩着她的肩膀，微笑着向她道歉，"抱歉，我知道你大概率不会因为这种事情而不开心，但我不想忽视你小概率存在的糟糕心情。"

景玉想好的话噎在了喉咙中。

克劳斯手往下，握住她的手，低头在她手背上落下绅士的一吻道："况且，今天你购买了我的时间。"

此刻的他，看起来就像保护公主的骑士。

"我想，我应当有责任来维护龙小姐的愉悦心情。"

"克劳斯先生，"景玉小心翼翼地说，"如果你能稍微降降价，龙小姐的心情会更加愉悦。"

"景玉小姐，"克劳斯温柔地回答道，"降价是不可能的。"

景玉诚挚地说："您还真是不把感情带到事业上。"

克劳斯笑着回应道："你也很理智。"

克劳斯负责开车，他一滴酒都没有碰，不过又给景玉倒了一杯。自行车团队游的人在打着节拍唱歌，景玉跟着哼了一阵。她听不懂这些人唱的是什么内容，毕竟无法分辨一些本地浓重的口音，但这些并不影响她跟着节奏无意义地哼着。

山川无相连，横跨洲洋湖海。

异国不同语，风月有所别。

有些人，哪怕母语不同，仍旧能够用对方的语言开心交流，无话不谈；而有些人，即使生长在同一国度，语言相通，相对而坐却无法沟通。

景玉跟着听不懂的歌曲，快乐地哼着自己的歌。

她白天品尝了那么多葡萄酒，没醉，但却意外地在小酒馆中喝高了。

走出餐馆的时候，景玉觉得世界像是凡·高的画，天空是由无数蓝色的圆圈和灿烂金色的星星编织成的。她走路东倒西歪的，拥有着比星星还要亮的金色头发的克劳斯骑士，将景玉公主抱起。公主拽着他的衬衫，脸颊贴在他的胸膛上。

"我喝醉了，克劳斯先生，"她说，"抱歉，对不起，sorry，Entschuldigen Sie Bitte（德语'对不起'），すみません（日语'对不起'）。"

她努力发准每一个音节，几乎使用了自己所有能表达歉意的方式来认真道歉。克劳斯打开车门，将她安置在副驾驶上。

低头为她扣上安全带的时候，他听到景玉小声地说："我需要很多很多的钱……"

克劳斯说："会有的，甜心。"

景玉这次是切切实实地喝断片了。

只能说小酒馆里的葡萄酒的确品质不佳，她第一次头这么疼地醒过来，感觉像是有一堆小人手拿着大铁锤挨个儿在她的脑壳里锤年糕。

克劳斯不在，但小桌子上有煮好放温的汤饮，下面压着便笺，提醒她可以喝这个来缓解宿醉后的头痛。

景玉不太喜欢这苦涩的味道，会让她想起初中的时候给妈妈熬的一些中药汤剂，这些气息会让她想到一些很不好的东西。

她洗漱完毕，站在桌子前，盯着这东西看了好久，犹豫两秒，捏着鼻子，鼓起勇气一口喝了下去。

还是好苦啊。

景玉简单吃了点儿糖，阳台上的窗帘拉得严严实实，遮住了阳光。她走过去，"哗啦"一声将窗帘打开，阳光透过来，她伸手在眼前挡了挡，眯上眼睛。

今天的天气好棒。

景玉揉了揉脸颊，用力吸一口气，用凉水洗过脸后，才认认真真地抹上爽肤水、精华液、面霜，最后抹上防晒。

等她下楼去吃早饭时，才发现他们的团队惹了点不大不小的麻烦。

因为踢足球，希尔格他们和当地一些中学生产生了争执，对方用棒球棒敲破了希尔格的额头，现在他正在接受伤口包扎。

克劳斯在亲自处理这件事情。

用棒球棒打破希尔格额头的中学生被控制住了，警方正在和克劳斯请来的律师交涉——和上次的并不是同一个。景玉想象不到，克劳斯究竟聘请了多少位律师，是不是在德国任意一个城市都有他的员工呢？

希尔格看上去有些沮丧，他额头上的伤已经包扎好，也做完了其他的检查。这些诊断结果将成为索赔的重要证据。

景玉过去探望的时候，其他人纷纷互相推搡着离开了。这一点，全世界的朋友都一样。

希尔格其实有点儿不想让景玉看到自己这样，在他心里，被高中生敲破头是件比较丢脸的事情。

景玉没有说这些，只是依照着中国人的习惯，告诉他要忌口，不可以再碰酒精。希尔格点头答应了。

但是，在景玉站起来准备离开的时候，希尔格突然叫住她："简玛。"

景玉看看这个背后文着"中国少先队队长"、胸口文着"憨"的棕发男同学，问："怎么了？"

"你的男友很优秀，"希尔格说，"很棒！"

景玉笑起来，她说："谢谢你的夸奖，如果他知道的话，一定会很开心。"

等到吃午饭的时候，她才把希尔格的这些话转述给克劳斯。

克劳斯喝了一点儿葡萄酒，他笑着说："希尔格也很不错——不过，估计要再过上十年，才会是受女孩喜欢的交往对象。"

景玉拿起葡萄酒杯闻了闻，故作诧异道："奇怪，我怎么闻着好大一股醋味？"

克劳斯看着她问："什么醋？"

他虽然能流畅地说中文，与人交流也没有问题，但在某些词语上，还是没办法正确理解含义。

"没什么。"景玉笑眯眯地与他干杯，顺口问道，"先生，您身上的文身是什么时候文的呀？我可以知道吗？如果您认为是冒犯的话，也可以不回答我，我先向您道歉！"

克劳斯喝了口酒，放下杯子，坦言道："我成年时去文的。"

景玉屏住了呼吸。

"牡丹是母亲最爱的花朵，尤其是白牡丹，"克劳斯看着景玉说，"这是一种由中国花工培育出的牡丹品种，属于中国的花朵，它的名字叫'景玉'。"

景玉想了想，道："我外公没说我名字的由来哎。"

克劳斯举了举杯子说："巧合。"

景玉纠正道："先生，这个时候应该用'缘分'这个词，更合适哦。"

她耐心地纠正克劳斯在中文使用上的小瑕疵，完全忘记了继续追问对方为何文这个文身。

克劳斯没有说理由，就像以前，涉及父母的问题，他基本都避而不谈。

景玉在这儿一直等到庆典彻底结束，最后一天的时候，一伙人兴致勃勃地扛着自己的帐篷，去露宿公园扎帐篷露营。

她更兴奋，摩拳擦掌道："我还没有试过露营哎。"

这个露营公园在一个漂亮的镜子般的湖旁边，在距离市中心约 3.5 公里的东北方向，场地费需要 12 欧元，每人额外缴纳 6.4 欧元。

今天天气晴朗，来露营的人说多不多，说少也不少。因为天生的界限感和距离感，大部分人都尽量将帐篷错开一定的距离安插。

克劳斯和景玉一起把帐篷搭起来，景玉的动手能力不错，这点倒是出乎克劳斯的意料。

当克劳斯夸奖她的灵活时，景玉神气地告诉对方道："从小到大，我家小到桌椅板凳，大到电器，可都是我自己修的！"

克劳斯称赞道："真了不起。"

帐篷已经搭好，当景玉将压缩睡袋取出来打开的时候，克劳斯站在太阳下，看着她趴进帐篷内放双人睡袋，只露出一双脚在外面。她脚踝上有一块红色的皱皱巴巴的烫伤，中指上有一道白色的像是水果刀不小心割出来的伤痕，无名指上长过冻疮。

但"小龙"从没把自己的伤痛翻出来拿到别人眼下看，她只会开开心心地攒一些金银珠宝，晃一晃袋子，满足地听里面的响声，好像这些已经能够驱散她过往的所有不愉快。

景玉没有哭诉过自己的生活多么艰难，她只会笑着说自己需要钱。

克劳斯站在太阳下面，他黑色的影子将她整个人都包起来，像是要将她吞噬。

景玉很快放好睡袋，走出他的影子，快乐地去车上拿其他的东西。

两人只有一顶帐篷，这注定了他们必须睡在一起。到了晚上的睡觉时间，克劳斯似乎很快入睡了。可能因为是第一次露营，景玉兴奋到完全睡不着，她凑过去，贴了贴他的胳膊。

克劳斯闻起来香香的，让她蠢蠢欲动，蹭得更加靠近，像抱着一块大金子，将克劳斯整个儿抱住。

克劳斯抱起来暖暖的，景玉胆子更大了，她凑过去，想亲吻克劳斯的脸颊。她刚支撑起身体，就对上了一双浓绿色的眼睛。

克劳斯问："你在做什么？"

景玉回答道："梦游。"

回答完毕，她松开手，假装若无其事地继续躺下。但克劳斯握住她的手，让她差点儿叫出来。

帐篷外有灯亮起来，两个德国男人在不远处交谈，声音并不高，可是在寂静的夜晚，听起来如此清晰。

景玉把剩下的话都吞进肚子里，睁大眼睛与克劳斯对视。

克劳斯友好地问："现在还在梦游吗？"

景玉点头道："是的。"

克劳斯笑了一声，握住她的手，往上撑，压在她头顶上，低头看着她问道："梦游的人还会说话吗？"

他离得很近，景玉的耳朵能够感觉到他的气息，热辣辣的。

景玉拼命地用另一只手捂住自己的钱包，说："您不要强买强卖啊。"

"不算强卖，"克劳斯说，"甜心，这是服务外的赠品。"

景玉眼前一亮，问："真的免费？"

克劳斯宽容地说："真的，所有都免费。"

景玉顿时觉得他的声音非常动听。

原本抗拒的手从他肩膀上移，她捧住克劳斯的脸，重重地亲一口，贴贴他的唇。这个免费的吻还没有结束，克劳斯指腹压着她的脸颊，抚摩着她的黑色头发。景玉还没意识到主导权已被抢走，她还沉浸在快乐中。

彼此靠近的时候，黑色长发与金色鬈发触碰到一起，像是沉沉的夜幕，绽放开无数金色的星星。

营帐之外，那两个德国男人还在笑着交谈，还有个人在他们的帐篷外不远处抽烟。隔着厚厚的帐篷袋，隐约能看到零星的一点火光。

这里禁止抽烟，这个人多半是憋不住了。

景玉紧张得手指发抖，克劳斯将她握紧的拳头掰开，大手握住她的手，触碰着她紧张的手指，低声提醒道："小龙，放松。"

景玉抖着声音回应道："什么？什么放葱？"

克劳斯控制不住地漏出一点儿笑声，他温柔地使用着命令式语气："Kiss me（吻我）。"

当景玉仰头的时候，克劳斯手指插入她发间，温和却不容拒绝地阻止了她的进一步行动，示意她换个位置。

十三颗糖

狂热

　　免费的，有时候也是最昂贵的。天底下没有免费的午餐，现在吃的每一口，以后都得再受回来。

　　曾经的景玉对网络上各种"免费领××""一分钱砍××"的病毒式广告营销手段不屑一顾，认为这些都是商家搞出来骗人的套路，世界上根本就不可能存在天上掉馅饼的事情。然而，今天她也中了套路，当了一回小傻瓜。

　　帐篷外的人还没有走，他们在低声交谈着，口音很重，还夹杂着一些本地人才会使用的词汇，景玉听不清楚。

　　她想起来自己喝醉时，走出餐馆看到的星空，像凡·高笔下的画，金色的星星扭曲成一圈一圈的圆，努力团起来。为了配合她的身高而弯腰低头搂住她的克劳斯，金色的发落在她腿上。

　　景玉甚至感觉，自己可以隔着帐篷闻到青草香。睡袋并不大，她基本上都是依靠着克劳斯睡的。她喜欢趴在克劳斯身上，虽然觉得有点儿吃力。

　　外面的人在兴致勃勃地聊天，从歌德聊到英格夫·霍伦，从《审判》到《越墙者》。最后话题转变为下周的乒乓球赛，他们试图向俱乐部那位神秘的、从不屑于和他们对战的中国高手取经。

　　他们聊了很久很久，草地上都起了一层露水，其中一人才猛然发现，他们竟然聊了近一个小时。

　　那人站起来，腿坐得有些僵，和自己的好友告别。临走前，他好像听到了旁边帐篷里有男人用德语低声说了一句话，他停下脚步再去听，已没有任何动静。

安安静静的，夜色深浓，只有远处路灯将原本浓绿的树叶染上一层暖黄。

等两人都离开后，帐篷才猛然晃动起来。

夜幕像深蓝色的、暗沉的绸布，金色星星高速旋转，渐渐扭成漂亮的、灿烂的圆圈。景玉的脑海和视线中都是扭曲的灿烂星空。

免费的，果然也是最昂贵的。

景玉他们这次的葡萄酒节之旅，并没有白费心血，经过多方面的考察，他们最终锁定了其中一款。这款酒价格自然比啤酒高，但是很甜，是用熟透了的有些皱褶的葡萄酿造出来的，香味浓郁。克劳斯告诉她这种酒有种专业分类名称，单词很长，比他的全名还要长，叫"Trockenbeerenauslese"（逐粒枯葡萄精选贵腐酒），简称"TBA"。

这款葡萄酒的引进，并没有太多波折，她很顺利地和对方谈好价格、签订相应的协议，现在一切都在按照流程慢慢地推进。

景玉也在按照克劳斯为她规划的学习流程，上练习课和实践课，选修一些小课。

德国的本科学制是6个学期，但想从公立大学顺利地按时毕业并不是一件容易的事，很多人都会花费7到10个学期才可以毕业。当然，在大部分德国人眼中，延期毕业并不是一件恐怖的事情。他们很多人也会选择在就读过程中主动申请休学一年，调整好后继续攻读。还有的，哪怕读了10个学期也没办法顺利毕业，仍需继续延毕。也正因此，在一开始制订计划的时候，克劳斯根据景玉的情况，与她商量之后，两人制定的目标就是7个学期毕业。

而现在，景玉又面临着另一个问题——她要不要读研。

德国的研究生只需要四个学期，不少国内的学生都会在国内攻读完本科后，再申请德国的研究生。这是很多人经常选择的一条路。

景玉一开始没有这个打算，她只想着毕业后回国，找一份合适的工作。但现在——

毕业之后，回到自己熟悉的故乡，还是留在异国继续漂泊？

她原本不考虑继续攻读的原因，主要是没钱。而现在，她的钱足以让她顺利地读完研究生。

可是，公立大学的商科更注重理论知识，而私立商学院重视实践。景玉不知道自己还要不要继续读公立大学的研，她并不适合搞学术研究。

这个问题困扰了她很久，一直到本学期结束，也没有寻找到答案。倒是另一件事情摆在了她的面前——需要实习了。

在这方面，德国的公立大学能提供的资源，远远不如昂贵的私立商学院。大概是因为免学费，德国公立大学对学生采取的都是一种自由放养的方式。

景玉并没有麻烦克劳斯，她浏览着一些公司的官方网站，投递了一些简历。最终，她通过了法兰克福一家公司的面试。

克劳斯对她寻找实习工作这件事，并没有发表什么意见，因为他最近的确也很忙。

周末的时候，景玉会从法兰克福坐车回到慕尼黑，在这边度过一个快乐的休息日。

受到克劳斯以及埃森先生的关照，景玉的小金库越来越丰厚。在埃森银行，她拥有了属于自己的私人理财顾问，对方会为她的存款提供贴心的理财建议。新年的时候，她还收到了私人理财顾问送来的礼品，还有亲笔书写的感谢信。景玉对感谢信兴致不高，但她很喜欢礼品里的特色小点心，大方地分给了克劳斯一半。

眨眼间，就又到了五月。

2017年5月30日，农历五月初五，端午节。

端午节这天是周二，景玉还在法兰克福工作。不过，她花了好大力气买材料，包了粽子，煮熟后，请人带给了克劳斯。

等到下班之后，她开开心心地给克劳斯打去电话，询问他的吃后感。

"是的，味道不错，"克劳斯说，"吃法也很新奇，只是不太方便咀嚼，对牙齿有些考验。"

景玉："嗯？"

她仔细想了想，恍然大悟。克劳斯应该是说里面的红枣吧，她做的时候的确有些疏忽，好像忘记把里面的枣核取出来丢掉了。

克劳斯不喜欢批评别人，他教育自己时的用词也很委婉。譬如现在他说的"对牙齿有些考验"，应该是指他不小心咬到了枣核。

一想到自己的疏忽给克劳斯的牙齿带来了一点儿不大不小的麻烦，景玉顿时感到有些抱歉。

"对不起，"她认真地向克劳斯道歉，"下次我会注意的。"

克劳斯笑着告诉她不必在意。

通话结束之后，克劳斯盯着面前那个盛在洁白瓷盘中的粽子——用绿色植物叶子裹成多边立体的食物，看了很久。

沉吟两秒，他用银制的餐刀和餐叉，将绿色的粽子切下一小块。然后，连带着被切下来的粽叶，和里面包裹着红枣、花生、小甜豆的糯米块一起用餐叉穿起来，放在口中慢慢地咀嚼。

粽叶嚼起来的感觉并不太好，不过想到这是景玉为他精心准备的特色节日食物，克劳斯优雅地将整颗粽子吃掉了——包括粽叶。

在没有克劳斯的情况下，景玉见到了另外一个不同的法兰克福。她承认，法兰克福的确是莱茵河-美因河地区最具魅力以及文化吸引力的一座城市。

景玉在这边仍旧住着克劳斯的那套公寓，可以看到主塔楼。不过，现在她一部分时间分给工作，另一部分时间要么专注于推出葡萄酒的新饮品，要么就在法兰克福自由行走，很少会悠闲地在家中欣赏风景。

没有啤酒奠定的良好基础，葡萄酒的推出并不是那么容易。

景玉决定用最传统的推广方法——他们订做了一部分小瓶装，当作试赠饮品，装在漂亮的盒子里，送给一些经常采购，或者大批量购买啤酒的客人。

第一批葡萄酒刚刚送出去，目前还没有收到明显的反馈。

算一算，距离景玉第一次来德国，已经过去了很长时间。只是时不时地，她还是容易梦到自己刚来德国时居住的那个老旧公寓，其他人在隔壁疯狂开派对，发出各种夸张的叫声。梦里面的公寓像是蒙了一层灰尘，阴沉沉的，空气中飘着密密麻麻的潮湿水珠，好像生活在满是黑色的迷雾中。

她还在读研还是就业这两个选择上继续受困扰。

法兰克福有如此多的音乐会、俱乐部和夜店，而周四，是上班族最为喜欢的一天。在这个夜晚，他们会齐齐狂欢，在夜店或者酒吧中放松自己。

周五，景玉总能遇到很多困到睁不开眼睛的工薪族，看到因为过度跳舞而磨损的鞋子，以及他们昏昏沉沉、宿醉后的窘态。

如果她选择工作，会变得和他们一样吗？

她没办法确定。

但她的确确享受了一段时间独居工作的快乐。

早晨喝着咖啡，吃用小麦粉和黑麦粉做的面包，还有简单的蔬菜水果沙拉；午餐则是黑森林蛋糕、威斯特伐利亚那儿独有的味道绝佳的腌火腿，或是用杜松子熏的火腿。她最喜欢吃的一道菜，是用香料、酸豆、柠檬汁和啤酒炖成的肉菜。

在下班过后，她会去法兰克福顶级的歌舞表演场所看一场歌舞。有时候还可以看到杂耍，或者魔术表演。她喜欢上一个只有 80 个座位的艺术型电影院，那个电影院有着漂亮的葡萄酒酒吧，可以一边喝，一边看一些非传统的原版电影。

克劳斯并不会陪她去感受这些东西，在他的影子之外，景玉快乐地去观察、尝试普通的德国生活。她还尝试了苹果酒和法兰克福绿酱，这些东西其实比想象中更容易接受。

在克劳斯没有注意到的时候，景玉剪掉了长发。原本能一直到后背的头发，被她剪到刚刚盖住耳朵，她还接受发型师的建议，将头发的边缘烫出了一个个小卷。

剪完头发之后，她才给克劳斯打去电话。

果不其然，克劳斯极为震惊。在得知头发已经剪掉之后，他要求景玉将她那些头发带回来。景玉不知道他想拿自己的头发做什么，不过这些东西对她而言毫无用处，于是痛快地送给了对方。反正他也不可能拿这些头发来下蛊，或者做别的什么事情。

等到六月末回到慕尼黑的时候，克劳斯和她好好地谈了谈。

克劳斯首先称赞了景玉的新发型。

景玉知道他更喜欢她的长发，但他仍旧使用了赞美的词汇和语气，微笑着告诉她："新发型让你看上去就像美丽的小玫瑰。"赞美过后，话锋一转，问她："你考虑过继续读书吗？"

景玉看着他。

"继续申读研究生，"克劳斯说，"德国学制只有两年，比你在中国读研会少一年。"他看着景玉的眼睛，观察着她的神色变化。

景玉想了想，告诉他："先生，但是这样的话，我需要继续在德国——"

"我可以继续为你支付生活费用，金钱不应当成为你继续求学的障碍。"

景玉并没有立刻给出答案，她说："可以让我想想吗？"

这一想，就到了晚上。

再度进行这个话题的时候，他们刚刚看完一场电影。具体的剧情是什么，景玉已经忘得一干二净。她坐在舒适的躺椅上，穿着玫瑰红睡衣，没有戴任何饰品。克劳斯坐在她旁边，她能感觉到，他并没有看自己。

景玉说："先生，我不想继续申读研究生了。"

克劳斯将手指搭在椅子上。

"我和您不一样。"景玉躺在躺椅上继续说，"先生，我知道富人的时间是很宝贵的，你们的每一分钟都在创造着需要我花一年甚至好几年才能赚到的财富。这样比起来，普通人的时间，看上去的确不值得一提。"

她慢慢地说："毕竟只要1欧元，就可以让一个难民在工厂流水线上工作一小时。一无所有的人，时间也很廉价，对吗？"

克劳斯摇头道："我不赞成你的观点。"

"是的，"景玉点点头说，"我想说的是，普通人的时间也很珍贵，或许比您的时间更珍贵。"

克劳斯并没有打断她，他在听。

电影放映已经结束，前面的光亮起来。他们的前面是朦胧的光雾，身后却是浓浓的黑暗。

"您有很多可以用来试错的时间成本，比如继续读研，如果在攻读过程中发现自己做了一个错误的决定，您还有其他的选择，用来修正这个错误。"景玉认真地说，"可是我不一样，我没有去试错的机会。您可能觉得我过于谨慎、不敢尝试，是因为我承担不起错误的后果。"

如果给予她同样的资源、同样的教育、同样的支持，景玉想，自己并不会比如今的克劳斯差。她的头脑也很灵活，如今欠缺的，只是一些阅历。

她接受克劳斯的培养、教育、塑造，她崇拜他，尊敬他，感激他，亲近他，但不会头脑发热地迷恋他。就像阿历山德罗斯创作了《米洛斯的维纳斯》，而《米洛斯的维纳斯》也同时成就了他。

"您知道象棋吗？"景玉说，"只要下错一个棋子，就面临着失败的风险。运气好了，说不定还能花点儿心血补救回来；运气差的话，只能面对失败。"

说到这里，她转过头看向克劳斯道："先生，我的人生是不能反悔的一盘棋，我只有一颗并不太甜的酸橙。"

克劳斯问："除了金钱，还有其他能够给予你安全感的东西吗？"

"没有。坦白来说，我不需要那些。"

克劳斯坐正身体，他穿着黑色的睡衣，这个颜色衬得他的手很白。他侧着脸，金色鬈发垂下来，缓缓开口道："你是不信任这些。"

景玉沉默了，她端起旁边的酒杯，喝掉了杯子中的最后一口酒。

今天外面狂风骤雨，为保持最佳的视听体验，影音房中做了很好的隔音处理，听不到那些风雨声，只有酒瓶从冰桶里取出来时"哗啦啦"的声音。

克劳斯亲手给景玉倒了一杯酒，这种声名显赫的高品质葡萄酒，口感强烈，回味甘甜。酒液从酒瓶中缓缓注入杯子，景玉从杯中的液体里看到自己的脸，有点儿陌生。

克劳斯举杯，绿宝石般的眼睛中有着微微笑意。他重新回到最初的分歧点，把话题又绕到是否继续读研上面。

"不申请读研也可以，我尊重你的选择。"

景玉喝了一口葡萄酒，里面的冰块让她忍不住打了个寒战——克劳斯明知道她不是在说这个。

在暑假来临的时候，景玉的实习也结束了。她向克劳斯申请了两周的假期，回到了青岛为母亲和外公扫墓。

住在对面的王及也放暑假回家了，他家里多住进来了一个小男孩，听说是王及的表弟，姓齐，小名啤酒。

景玉大扫除的时候，王及一家没少主动帮忙。远亲不如近邻，更何况景玉如今孑然一身，无亲无故的。面对邻居的帮忙，她也很感激，将自己从德国带回的一些火腿等作为礼物送给他们。

齐啤酒特爱吃景玉带来的火腿，几乎天天敲门过来找她玩。景玉对这个嘴巴甜甜、脑袋机灵的孩子印象还不错，而且对门的王阿姨对她也很照顾，经常送她一些饺子之类的食物。

有时候景玉会和德国的伙伴们开视频通话，和他们沟通最近店铺的情况。约格啤酒为他们积攒了一批稳定的老客户，但是由于种种限制，并没有在其他地区铺开销量。葡萄酒倒是渐渐被大众接受了，不过因为价格稍微高一些，所以销量算不上很好。

景玉和他们聊天时用的是德语，这些并没有避讳齐啤酒，有时候也会拉着齐啤酒介绍一下，说是邻居家的小朋友。

周五晚上，景玉接到了克劳斯的视频通话请求。

她拖延症晚期，之前匆匆忙忙地翻了一遍书，没有读得很仔细，现在还有点儿心虚，但是不得不接通视频。

克劳斯例行过问她的读书计划，她回答得磕磕巴巴的。

提问越多，克劳斯眉皱得越厉害。

眼看着事情要往糟糕的方向发展下去，齐啤酒在后方探出个脑袋，好奇地问景玉："姐姐，你又在视频吗？"

克劳斯也看到了这个黑发黑眸的小男孩，他暂时中止抽查，询问道："这是谁？"

景玉松了口气——谢天谢地，看来能转移一下克劳斯的注意力了。于是，她热情洋溢地介绍着齐啤酒："邻居家的小朋友。"

"邻居？"克劳斯问，"隔壁姓王的邻居？"

景玉一边庆幸他没有使用"隔壁老王"这个词，一边惊叹他的记忆力是真的强。这种鸡毛蒜皮的事情，他还能记得这么清楚。

她没有忘记转移克劳斯的注意力，让他淡忘抽查的目标，对齐啤酒说："你要过来看看吗？"

齐啤酒抱着小足球"嗒嗒嗒"地跑了过来。

为了能让克劳斯高兴，景玉不遗余力地当面夸奖他，企图让嘴甜的齐啤酒说点儿恭维话。

齐啤酒被家人教得嘴巴很溜，能夸一个人三十句不带重样的。

景玉抛砖引玉，让齐啤酒看屏幕上的克劳斯，问："啤酒，你看视频里的叔叔帅不帅啊？"

隔着屏幕，克劳斯优雅地使用中文纠正道："是哥哥。"

齐啤酒看向他——这个金色头发的男人穿着西装，穿西装的都是叔叔，是大人。前几天和景玉姐姐视频的男人都穿 T 恤，穿 T 恤的才是哥哥。

于是，在景玉期盼的视线中，平常嘴巴甜甜的齐啤酒犹豫两秒，转头说道："但这个老外就是叔叔啊，前几天晚上经常和姐姐视频的那几个老外，才是哥哥。"

景玉想捂住齐啤酒的嘴巴，但是已经来不及了。

克劳斯问："晚上？"

景玉试图转移重点，夸赞道："先生，您抓关键词汇的能力真好。"

可惜，转移话题失败，克劳斯并没有因她的恭维而露出笑容。

克劳斯还没有回答，齐啤酒已经惊呆了，他问景玉："这个老外会说中国话吗？"

克劳斯对叽叽喳喳、闹闹腾腾的孩子，并没有什么兴趣。他如今的注意力，集中在景玉身上，他说："我想我需要一个解释。"

他的声音听起来如此柔和，而景玉却不由得感到身体的某部位一痛。

三言两语将齐啤酒送走，她重新坐回来，调整了一下呼吸，才严肃地告诉克劳斯："您知道，我一直遵守着规则。"

克劳斯轻轻应了一声，问："是那种'只要脱离视线，就立刻先玩了再说学习的事'这种遵守吗？"

"……"

"你知道，我不喜欢强迫人，"克劳斯告诉她，"小龙宝贝，如果你现在坦白的话，或许会稍微舒服一些。"

景玉不再犹豫，竹筒倒豆子一般，噼里啪啦地把自己最近几天的视频对象都一一上报。一口气说完之后，她眼巴巴地看着克劳斯说："您可以随时进行检验。"

她在解释这些的时候，克劳斯的视线就没有从她身上移开过。

等景玉说完之后，他才稍稍倾身，注视着对方问："你为什么要让刚才那个孩子称呼我为'叔叔'？你不喜欢'哥哥'这个称呼吗？"

"嗯？"景玉犹豫道，"可是他和安德烈的年龄差不多哎。"

"不一样，"克劳斯微微抬起头，想了想道，"我想我还是有点儿介意被误认为是你的长辈。"

年龄和外观的确会让人介意，景玉回想到自己还在读高中的时候，晚上在广场散步，被一个小孩子叫过"阿姨"。

的确很不舒服。

她真情实感地点头道："没错，如果有人叫你'哥哥'却叫我'阿姨'的话，我会把他打到连他妈妈都认不出来。"

克劳斯被她故作凶狠的话逗笑了，他并没有纠正，只是提醒她，家里购买了新的面霜，他很乐意听她分享使用感。另外，他也做了些可爱的小玩具和新礼物，只等她回来。

景玉有一个老外男友的事情，很快被齐啤酒说了出去。邻居阿姨有些遗憾当年没有下手，不过这并没有影响她对景玉的怜爱，仍旧笑吟吟地送了些饺子过来。

至于王及，他当天晚上喝了杯酒，什么都没有说。第二天，他还是像以前一样，帮景玉将订来的一些桶装水送上楼。

与德国比起来，景玉更喜欢自己充满人情味和烟火气息的故乡。现在是夏天，街上有的小店会售卖一种叫"甜甜稍"的东西，是一种绿色的、茎秆甜甜的高粱。吃法和甘蔗类似，但并没有那么甜，反而多了丝草木的清香。

景玉在水果店买了一些，后来发现夜市上有更便宜的，于是买了好几根扛回来。她在德国从没有见过这种东西售卖。

在国内的这几天，她疯狂地"搜刮"各式各样的家乡美食。下一次回来……大概是毕业后，也可能是两年后，谁也说不准。

克劳斯显然并不认识景玉喜欢的这种甜高粱，当视频通话的时候，他盯着景玉身后，出声问她："你后面，倚靠在墙上的绿色植物是做什么用的？"

"什么？"景玉回头看了眼，看到那几根"甜甜稍"，顿时明白了，"啊，这个呀。"

她笑眯眯地告诉克劳斯："是可以吃的哟！"

正巧手边有一截，她本来打算咬一口示范一下，但这种东西就像酸菜猪肉炖粉皮子一样，很难吃出优雅感。

景玉只能停下来，简略地用语言向克劳斯介绍食用方法："用牙齿咬断，然后咀嚼，能尝到甜甜的汁水。"

克劳斯看着景玉手中的植物，绿色的，直筒的，边缘泛白。她身后的白墙上还倚着几根，摄像头只能让他看到植物中间一节一节的、绿油油的一段。

"甜心，我知道中国的熊猫很可爱，只是没想到你们吃的食物也一样可爱。"

景玉："啊？"

她原本有些疑惑克劳斯为什么在这时候提起熊猫，但略加一想就明白了。

6月24日，有两只来自中国的大熊猫"梦梦"和"娇庆"刚刚抵达柏林舍内费尔德机场，被安置在柏林动物园中。德国民众都很喜欢它们，"德国之声"还为此做了专门的报道。

或许，克劳斯也喜爱熊猫。

景玉并不介意被对方用国宝来形容，这比爱称"小耗子""小鼠鼠"更加容易让人接受。

"我承认，中国的菜系颇为丰富，饮食文化也很优秀。不过，"克劳斯微微皱着眉道，"我不理解，甜心，为什么中国有这么多考验牙齿和消化能力的食物呢？"

"嗯？"

克劳斯提示道："比如说，你之前送我的粽子。"那些粽叶很难咀嚼，也很难消化。

景玉恍然大悟道："啊，这个啊，对不起，忘记说了。"

说起来，豆子和糯米的确有些不太好消化。她想了想，提出建议道："这样吧，等我回去，再给你煮一锅赔罪，好不好？"

"谢谢，不过不用了，"克劳斯礼貌性地拒绝道，"宝贝，虽然很想答应你，但我需要为身体着想。"

"那好吧。"景玉遗憾地叹了口气，问道，"啊，对了，先生，您之前没有吃过粽子吗？"

她记得克劳斯说过，他的外祖母在中国长大，他怎么可能没吃过粽子呢？

"或许吃过，"克劳斯面色如常道，"抱歉，我记不清楚了。"

"上次你还将冰糖葫芦认成了橙子炸鸡，"景玉兴致勃勃地提起这个文化差异而导致的小小误会，"嗯……您小时候不喜欢吃中餐吗？"

"也会吃，不过是一些味道不太好的面条、饺子。"

其实并不是味道不太好，是放了太久，闷在盒子里面馊掉了。也有一些混杂在一起的炒菜，各种剩下的菜叶子和奇怪的肉，甜与咸，酸与辣，各种不同的味道融合。不过，衣冠楚楚的克劳斯只会微笑着说，不过是味道不太好。

景玉不解地问："味道不太好？您是认为连饺子都不好吃吗？"

"不是，"克劳斯说，"你做的味道很不错。"

景玉很想继续问他口中"味道不好"的饺子是什么馅料，这样她可以记下来。但他并没有继续这个话题，而是重新转移到了学习抽查上。

转移注意力这种方式，对克劳斯完全不起作用。她不仅没有成功，还白白地搭上了一个"叔叔"称谓导致的不悦。

这大概是景玉在毕业前最后一次回国。她去香烛店买了很多纸钱和香烛，烧给外公和母亲，还将墓碑周围打扫得干干净净。

母亲遗照用的照片是未出嫁时候的。这桩糟糕的婚姻是母亲无法释怀的噩梦，她，包括外公和景玉，都真心地希望她不曾踏入这一场婚姻。

一段良好的感情，应该是让人变得更优秀，而不是从云端跌落泥土。

不知道为什么，回到慕尼黑的当天晚上，景玉就生病了。她流鼻涕，不住地打喷嚏，体温升高，家庭医生检查完说是流感。

对于克劳斯来说，生病忌口这种事情显然可有可无，他只柔声问她想吃些什么。

生病的人，所提出的一切合理要求都能够得到满足。景玉刚刚吃完药，睡得迷迷糊糊的，告诉他："我想吃'甜甜稍'。"

克劳斯并不理解她的方言，不解地问："什么是'Tian tian shao'？"

"嗯，就是绿色的，这么粗，很长很长，"景玉不知道这种东西在德语中叫什么，她甚至不确定德国有没有，认真给他描述道，"从一头咬着吃——"

克劳斯明白了，问："是那天视频通话的时候，你吃的东西吗？"

景玉点头。

"虽然你的饮食爱好有点儿奇怪，"克劳斯若有所思道，"不过也不是不可以理解。"

"什么？"景玉短暂清醒了一下，严肃地告诉他说，"先生，请您尊重我们的饮食文化和风俗。"

克劳斯从善如流道："对不起，甜心，明天我会给你带来你喜欢的食物。"

沉默两秒，他想起了端午节食用的粽子。他又继续说："宝贝儿，中国人真的拥有一口健康且强壮的牙齿，也有一副健康优秀的肠胃。"

景玉明白克劳斯并没有恶意，他并不是一个种族主义者。所以，尽管觉得对方的夸奖听起来有点儿怪怪的，但她仍旧接受了。

她猜测，自己那股奇妙的感觉，大概是因为克劳斯还不能够恰当地使用某些中文词汇。毕竟他并不是在中国长大的，有些中文运用得不够合适。

次日，流感还没有痊愈的景玉，大清早就收到了一份特殊的礼物。

和她手臂差不多长短、粗细均匀、叶片上还带着露水的绿色……竹子，干干净净地盛在瓷白的盘子中，摆在她面前的餐桌上。

送来竹子的人很有礼貌地告诉她说："小姐，这是在荷兰培育的竹子，和柏林动物园的梦梦、娇庆食用的一模一样。克劳斯先生祝您食用愉快！"

景玉与餐桌上那些干净的竹子至少对视了一分钟。

德国原本没有竹子，现在的竹子都是从其他地方引进的，并不适合种植。而距离德国最近的国家，荷兰是最优秀的培育竹子的地方。

很久之前，景玉在学业压力大到快要爆炸的时候，也曾发过一些抱怨性质的帖子，诸如"当人太累了，我想做一只熊猫"之类的话。毕竟几乎没有人会不爱国宝，生下来就可以喝盆盆奶，有饲养员给洗香香，还有大把大把的竹子啃。不用担心内卷（指非理性内部竞争），也不用担心学习，从生下来到死亡，都有人一手包办。

但是，当年顶着黑眼圈写下这些话的景玉，做梦也没有想到，这辈子她竟然会有梦想成真的一天——她居然还有和熊猫吃同样食物的待遇。

景玉没有啃那些竹子，她的牙齿很好，但她并不想牺牲它们。

或许因为克劳斯平时过于包容，才让她很少去正视两人之间存在的巨大文化差异。现在，她才发现，两个人之间隔着的，何止是一条文化小沟，这简直是韦尔东大峡谷啊！

她终于明白，克劳斯凝重的表情是因为什么了，也彻底醒悟了，克劳斯为什么会说出"奇怪的饮食爱好"这种话。

景玉原本因患流感而不舒服的脑袋，如今再度雪上加霜。她吃下感冒药，厨房里的"雕师傅"为她重新煮了粥，做了些容易消化的食物。

在得知克劳斯送了她竹子之后，"雕师傅"震惊了："难怪先生问我中国人吃不吃竹子。"

景玉问："你怎么说的啊？"

"雕师傅"一拍大腿道："可不是嘛！我一寻思，竹笋也是竹子啊，那家伙这么香。我就和他说'吃！特好吃！'。"

"……"

除了这件事之外，还有另外一件更加令她担心的事情——克劳斯评价粽子时，最高频的一句就是"对牙齿和消化有考验"，他老人家究竟是怎么吃的粽子？

景玉不敢想象。

她牙疼。

生病的人可以不用做作业，但景玉下午还是趴着看了会儿书。她现在大脑不太清醒，看不了太过高深复杂的东西。她还在啃一本童话书，因为这本书主要面向的读者是儿童，所以很多单词和句式不会太复杂。

故事仍旧是龙和国王，原来景玉上次看到的童话故事只有一半。这是它的下半部分，囚禁龙之后的国王露出了本性，原来他并不是人类，从一开始就瞄准了龙的心脏。

景玉看到这里就睡着了，醒来的时候，天已经暗下来。

有黑影坐在床边，她惊得一抖。

克劳斯打开灯，他只穿了黑衬衫，领带已经解开，能看到他衬衫下包裹着的优美身体，他漂亮的肌肉将衬衫撑了起来。此刻，他正伸手试她额头的温度。

景玉闻到了淡淡的苦艾香。

克劳斯抽回手，评价道："好像不烫了。"

"嗯……"景玉手撑着半坐起来，克劳斯手掌按住她的肩膀，示意她躺回去。

"医生说你需要休息。"他问，"下午一直在看童话书吗？"

景玉半坐着，她腰后面垫了一个软枕。

"是的。"现在的气氛很好，她想自己不应该破坏。

但是，她实在太好奇了。

犹豫两秒钟，景玉小心翼翼地问："先生……请问您是怎么吃粽子的？"

克劳斯说："切开吃。"

他似乎有些疑惑这个问题，低头继续看童话书，上面被压出了一个褶皱，证明她刚刚看到这里睡着了。

景玉欲言又止，半晌后，她小声问："那个，切开之前，您有没有将粽子叶剥掉？"

克劳斯翻童话书的手一顿，他侧过脸看向景玉，仿佛听到了什么天方夜谭。"需要剥掉吗？"

"不需要吗？"景玉小声道，"您不觉得，有那么一点点划喉咙吗？"

克劳斯沉默了。

景玉第一次在克劳斯脸上看到这种表情，虽然他仍旧捧着童话书，但表情有点儿——怎么说呢？初中的时候，景玉跟着妈妈吃了一个星期不削皮的土豆后，才震惊地发现，原来朋友家的土豆丝都是削皮后再炒的。

那时候她的表情，和克劳斯现在的很像。

景玉往被子里缩了缩。

克劳斯放下童话书，言简意赅道："不许笑。

"以后不可以提这件事。否则，罚款 500 欧元。"

景玉半张脸都裹着被子，她颤巍巍地举起手。

克劳斯老师宽容地点了她的名字说："景玉同学，你还有什么话要说吗？"

"有，我现在可以笑一下吗？就一下下，我真的忍不住了，亲爱的克劳斯先生。"

克劳斯准许了。

景玉掀开被子，一阵猛笑，因为动静太大，还险些憋出一声鹅叫。

克劳斯始终绷着一张脸，他坐得端正，好像坐的不是床，而是会议室中的椅子。在景玉笑出鹅叫的时候，他终于忍耐不住，伸手去捂她的嘴巴，用冷静的声音提醒道："可以了，甜心，到此为止。"

景玉控制不住，这种惊天新闻令她停不下来，笑得肚子很痛。

唇从克劳斯的手掌心滑过去，软软的，像放到水里面的湿豆腐。他低下头，去亲吻她的额头。

被他的手指插入发间之前，景玉感觉自己好像看到了克劳斯红透的耳根。一擦而过，就像太阳照耀着成熟的红樱桃，满是充满阳光的、灿灿的透明红色，景玉怀疑自己出现了幻觉。

克劳斯的唇压下来，她闭上眼睛，搂住他的脖颈。她好像也尝到了甜甜的樱桃味道，稍微带一点点此刻完全可以忽略掉的酸。

十四颗糖

 巴黎

在暑假结束前一周，两人去了巴黎。确切地说，是克劳斯带大病初愈的景玉来这里散心。

在克劳斯的初步计划中，他原本要去斯里兰卡浮潜，或者去尼泊尔徒步旅行。对于一个精力充沛的户外运动爱好者而言，巴黎这种城市，从来不会被放到旅行计划里。

但以上的无论哪一种，对于患上流感近两周才痊愈的景玉来说，都不太合适。所以克劳斯才临时改成去大部分女孩子都会喜欢的巴黎，让景玉放心大胆地买买买。

当然，是刷克劳斯的卡。

景玉并不懂法语，于是，好心肠的克劳斯担任了大部分的翻译工作。

景玉起初吃惊他竟然掌握了这么多种语言，但在旁敲侧击地问出克劳斯青少年时期接受的教育后，顿时明白了。

与克劳斯接受过的教育比起来，他如今给自己安排的学习课程，已经算得上很轻松了。

景玉最喜欢巴黎的玛莱区，这里有很多出色的专卖店，还有很多从世界各地而来的时髦年轻的设计师。

她逛得最合心意的地方，还是孚日广场的那些画廊和古董店。

克劳斯为她请来的老师培养了她的鉴赏能力，她买了一些精美的雕塑，准备摆在自己卧室中。

还有个像两座巨大白色迷宫的店铺，里面陈设着很多创新家居产品——它们的创造者是来自欧洲各地的设计师。有的家居很时髦、精细，而有的又很俗气、奇葩。景玉很喜欢这些形态各异的东西，而店员也殷勤地介绍着这些产品。他们还可以帮忙把购买的东西送到家中——无论你在欧洲哪个角落。当然，这项服务会收取一定的费用。

景玉疯狂心动，她喜欢上一款米白色的、可以供两个成年人躺上去的沙发。在看到它的第一眼起，她就已经开始幻想自己在上面睡午觉的情形。这个沙发有着令她喜欢的舒适度，甚至可以被当作床来使用。

克劳斯看着她恋恋不舍地抚摩着沙发边缘，试着手感。她的手指感受着沙发毛茸茸的触感，伸手戳下去，戳出一个小窝，手抬起来的时候，又迅速回弹。

克劳斯转身，告诉店员："我想买这个——"

"别，"景玉及时制止他，提醒道，"先生，不要买。"

"为什么？"

"明年我就该走啦，"景玉坦坦荡荡地说，"您没必要再买一张沙发。说实话，有点儿浪费。"

克劳斯看了她一秒钟，看着她脸上的坦然，没再说什么。

最后，他还是购买了这张沙发，将卡递给店员，在账单上签下自己的名字。不过，最后起笔的时候，笔有点儿漏墨，滴了一滴在干净的纸上，渐渐地晕染出一个黑色且完整的圆，悄然吞噬着周围的洁白。

玛莱区不仅是购物者的天堂，晚上也同样生机勃勃。这里有很多具有艺术派头的咖啡馆，还有许许多多的酒吧和吵吵嚷嚷的小酒馆。

景玉对这些很感兴趣，她在一众酒吧中精挑细选，最终选出来一个符合心意的，是一家轻松随意的智利酒吧。

夏天的夜晚，酒吧的氛围也格外火爆。店里站不开那么多人，还有很多只能站在店外，一直站到了人行道上。大家随意地在外面喝酒，聊天。这时候，停在路边的汽车甚至可以当作桌子使用，上面摆满了各种精心调制的饮料，空气里都是各色各样的酒香。

景玉喝了一杯菠萝椰奶鸡尾酒，香香的味道让她十分满足。她甚至在喝完一杯后，满足地亲了克劳斯一口。外面有很多正在激吻的男女，在这里热吻并不会引起过多的注意，但景玉只贴了贴他的唇。

酒吧的营业一直持续到凌晨 1 点，但刚刚过了午夜 12 点，她就扛不住了，想回去睡觉。

在即将离开的时候，发生了一个小插曲。一个同样黑发黑眸的旗袍少女看到了克劳斯，她惊喜地叫着他的名字，热情地和他拥抱，用中文问候他的近况。少女比景玉高，中文说得不是很好，有些肢体语言表明，她应当长期生活在其他国家。

景玉站在旁边，克劳斯将她介绍给对方，用的仍旧是女友这一身份。

不过旗袍少女并没有惊讶，她只是礼貌性地和景玉打了个招呼，继续热切地问克劳斯有没有看最新的足球比赛，有没有参加某某俱乐部的活动……

直到有人叫她，她才和克劳斯挥手道别，大步离开。

景玉裹了裹肩膀上克劳斯的西装外套。这件西装在她身上格外宽大，能盖住她的臀部，以及大腿的一部分。晚上的风有点儿冷，冷到她的腿忍不住颤了下。她低头，捂了捂手，手上发冷，又用手贴了贴脸颊，脸也不太热。

阴影笼罩下来，把她遮盖住。克劳斯弯腰，握住她的手问："你现在很冷吗？"

景玉回答道："还好，谢谢您的关心。"

克劳斯顿了顿说："琼是我母亲兄长的女儿。"

"谁是琼？"

景玉停下脚步，仰起脸，看到克劳斯温和漂亮的绿色眼睛。此时此刻，克劳斯也在低头看她。她移开视线，但克劳斯捏住她的脸颊，要她不能转过头，不能躲避视线，只能看着他。他英俊的脸庞，在夜晚看起来如此清晰。

"迷糊的小龙又走神了吗？"克劳斯说，"刚刚和你对话的女孩，我介绍过她的名字，琼，我的表妹。"

景玉终于记起来了。西装挡住从外面吹来的凉凉晚风，克劳斯的手是热的。她哼了一声，垂眼盯着他的手看。

克劳斯的手指修长，骨节分明，很白，是令她羡慕嫉妒的那种白。

"先生，我不想知道。"

克劳斯笑了，他慢慢松开手，注视着她道："但我想让你知道。"

在巴黎，夜店里那些经验丰富的常客，喜欢把夜晚分成三个部分——在有着DJ（打碟）演出的酒吧中喝酒、聊天，这是前夜；等到凌晨1点或者2点，再跑去一些举办活动的酒吧；后夜是从凌晨5点开始划分，一直到中午，继续活动或者开始新一轮的聚会。

现在只是前夜。

巴黎夜店的DJ属于流动性质，他们并不会在某个特定的场所留上一夜，永远都是短暂停留，再奔赴下一个场所。

痴迷疯克音乐的人从景玉身边经过，这些人喝了酒，边走边大声交谈。克劳斯揽住她的肩膀，将人往自己身边带了一下。

不远处的塞纳河静静流淌着，隔了一条街，依稀能听到水声，也或许仅仅是幻觉。景玉踩过地上的积水和落叶，听到克劳斯说："我始终遵守我们的约定。"

景玉纠正他的用词不当："是合约。"

"我更喜欢'约定'这个词汇。"

"但有时候不是喜欢就行呀，"她仰起脸，看向他道，"先生，喜欢有时候不一定意味着恰当。"

克劳斯深深看她一眼说："你也说了，是'有时候'。"

景玉强调道："大部分情况下。"

两个人之间的短暂争执，到此告一段落，克劳斯没有继续与她就这个问题展开深度探讨。他移开话题，询问景玉接下来的计划安排。

回到家，景玉察觉到今天的克劳斯格外热情，好像明天就是世界末日似的。她的指甲控制不住地将枕头掐出明显的痕迹，这还是她前天刚刚做的美甲，酒红色的底色，上面有漂亮小巧的珍珠，从中间断了点儿血，很可惜。

克劳斯压住她的手，不知道是谁用力过度，将枕头也扯出了一道裂痕。

这片断掉的指甲掐住克劳斯，抓出一片痕迹，隐约透出点儿血。或许指甲上也有，不过因为指甲的底色原本就是浓郁的酒红色，所以分辨不出。

就像一条意外在沙滩搁浅的鱼，景玉得不到充足的氧气。她亲吻着克劳斯的手，与他绿色的眼睛对视。

现在的克劳斯看起来就像一头野兽，景玉曾从纪录片中看到过，狮子在捕猎的时候也是如此，将毫无反抗能力的猎物压住，然后一口咬住脖颈。

大部分德国人惯于隐藏本性，整个民族都很压抑。但总有偶尔爆发的时候，像是从裂缝中轰然倾泻的洪水，无休无止。

景玉听到克劳斯的声音，他抚摩着她还没有长到原本长度的黑发，控制不住地使用德语。

人在无法自控的时候，下意识出口的永远是母语。

或许这才是他的本性。

但景玉并不讨厌。她喜欢被需要的感觉，也喜欢被拥抱，或者说喜欢被克劳斯拥抱。

只是她没有听清楚克劳斯最后说了什么，衣什么西什么的，她的耳朵好似被海浪完全侵占，听力被严重干扰，其他的感官都像被麻醉，无法感受，思维能力也被短暂屏蔽。她很难用对待母语的反应速度，去思考这些音节组成的含义。

等到克劳斯抚摩着她的头发，她才慢慢回过神来，好奇地问他："抱歉，您刚刚在说什么？我没有听清。"

克劳斯手指一顿，道："我在说对不起。"

他用中文又说了一遍："对不起，我有些失控。"

他诚挚地为自己刚才的行为道歉，不过景玉认为她并没有受到伤害。这是两人交往三年以来，第一次看到克劳斯濒临失控。尽管她认为这是可以接受的，但克劳斯明显还是感觉到抱歉。为了表达自己的歉意，克劳斯大方地告诉景玉，她可以随意挑选一件珠宝。

预约的珠宝商在第二天上门，他小心翼翼地向景玉展示着自己珍贵的藏品。它们有像鸽子蛋一样大的钻石，也有湛蓝的毫无瑕疵的宝石。景玉在这些东西之间犹豫不决，每一件看上去都是那么昂贵，让她难以抉择。

克劳斯的休假还没有结束，他走过来，看到她一脸纠结的模样。

景玉正在看那个闪闪发光的大钻石。珠宝商也在极力推荐这个："小姐，这颗很适合做成戒指，您很难找到这样——"

话听了半截，景玉重新把钻石放回去说："算了。"

克劳斯问："宝贝儿，你不想要一个漂亮的戒指吗？"

"太重了，"景玉头也不抬地继续研究其他的宝石，"戴着手指头痛，而且钻石的本质就是碳。地球上的钻石储存量大到可怕，这本身就是你们资本家的骗局。"

珠宝商听不懂中文，他见景玉的注意力集中在蓝宝石上，又开始极力夸耀它的成色和珍贵。

但景玉还很喜欢另一颗鸽子血般的红宝石。

克劳斯说："不如都要了，权当是提前送你的下一年的生日礼物。"

"无功不受禄——嗯，我的意思是，我没有做那么多工作，不能拿这么珍贵的礼物。"景玉看他一眼，强调道，"先生，君子爱财，取之有道。您听说过这句话吗？"

克劳斯低头看向她问："不想从我这儿再多取点儿吗？"

"算了，天底下没有免费的馅饼，只有免费的陷阱。我得到的已经够多了，我不贪心。"

她最终选择了那颗蓝宝石。

次日，珠宝商把镶嵌好的蓝宝石项链送了过来，周围一圈切割精细的钻石，围绕着中间这颗蓝宝石，像是海的女儿落下的一滴眼泪。

中间还发生了一个不太好的小插曲，原本克劳斯制订的旅行计划有七天，但在巴黎玩了不到四天，景玉就不得不回慕尼黑。

性格耿直的希尔格，在踢足球的时候不小心摔断了自己的腿，需要做手术进行修复。这就意味着，有些工作需要其他人来做。

克劳斯建议景玉临时多雇用一位员工，他这边有很多可靠的人选。如果她需要，随时能够推荐给她。

但景玉想自己回去交接工作，因为她是这个店铺的负责人。

两个人在这件事情上起了不大不小的分歧。最终，克劳斯勉强做出了让步。

一个人处理原本两个人的工作很累，景玉几乎天天都泡在并不大的工作室中。玛蒂娜和其他成员也在这里，不过玛蒂娜新交了一个可爱的男朋友。他是个热情爽朗的意大利人，嘴巴很甜，会说很多情话，还会勾着玛蒂娜热吻。

景玉也很羡慕。白天看到玛蒂娜和她的男友如胶似漆地拥吻，晚上回去会发现自己只有一个因为频繁让步而不怎么开心的克劳斯。

克劳斯和景玉不一样，他经受得住诱惑。可是在今晚，他难得地穿了件墨绿色的睡衣。

克劳斯的睡衣一直都是黑与白两个颜色，他似乎很少尝试其他的颜色。就连西装、衬衫、裤子和运动常服也固定在几个颜色范围之中。

几年来，景玉还是第一次看见他穿墨绿色的衣服。这件睡衣是她以前购买的，和她那条墨绿的真丝睡裙很搭。不过睡裙买来后被欣赏完毕就放在了衣柜深处，和她那些性感睡衣同样束之高阁。

当景玉拖着疲倦的身体回到家中，看到卧室里穿着墨绿色睡衣擦头发的克劳斯时，她愣了两秒，怀疑自己是不是工作太累，以至于出现了幻觉。

还好，并不是。

克劳斯擦拭着他金色的头发，侧身看了景玉一眼。

墨绿色的睡衣和他绿宝石般的眼睛很衬，他喉结上还挂着一滴水。在景玉的注视下，这滴水慢慢地顺着他的喉结滚落，留下一点儿透明的痕迹。

克劳斯向她发起邀约道："可以帮我擦一下头发吗？"

景玉说："我很乐意，先生。"

她接过毛巾，盖在他头发上，没有太过用力，轻轻地给他擦着。

克劳斯的睡衣很宽松，为了配合景玉，他坐在了软凳上。景玉站在他身后，能够清晰地看到睡衣下这具漂亮的身体。

他的肤色白，因为酷爱户外运动和锻炼，胸肌的形状也很漂亮。大概是换了洗发水，景玉给他擦头发的时候，清晰地闻到了从他身上散发出来的香味，是一种很温暖的味道。

她不自觉地低头，靠近他。

克劳斯的脖子很好看，尤其是从这个角度。因为身高差，她很少能够从这个视角来观察他的后颈。

她很想摸一下，就一下，假装是擦头发不小心碰到了，应该没关系吧……

这样想着，景玉伸出了蠢蠢欲动的手。

在手指距离他脖颈不到1厘米的时候，克劳斯忽然叫她："龙宝宝。"

刚想缩回手，但已经迟了。克劳斯转身，精准地抓住了她的手腕。还以为小动作被发现了，景玉的心跳骤然漏了一拍。

她说："先生。"

克劳斯看着她，他额前有一缕湿漉漉的金发，是刚才的漏网之鱼，发梢还有一滴水。这一缕湿掉的金发，让他看上去更加具有诱惑力。

"今天晚上，"克劳斯凝视着她道，"你可以对我提出一个无理的要求。无论什么，我都可以答应你。"

景玉呼吸都急促了，问："真的吗？"

克劳斯抚摩着她的掌心，他手指上的茧将她细嫩的指缝磨得有些发红、发痒。

他说："真的。"

景玉更兴奋了，她脱口而出道："先生，那您能给我涨工资吗？"

九月末的慕尼黑，温度其实并不算高，晚风凉凉。这个温度之下，在室外行走，需要加一件外套来御寒。一些流浪的人需要用好几层纸板箱来维持体温，他们自发地在一些能够挡住寒风的地方寻找容身之处。

但是室内，却始终保持着主人的体感最佳温度和湿度。

卧室之中，旁侧放置着一张漂亮的米白色新沙发。这是今天下午刚从巴黎送过来的，只是当初开开心心地在沙发上试手感的女主人，还没有来得及躺上去体验睡午觉的感觉。

身着墨绿色睡衣的克劳斯坐在旁边的方凳上，头发还没有完全干，仍旧带着潮气。他的喉结和锁骨都很明显，受身上的中国血脉影响，他看起来要比真实年龄更加年轻一些，气质温和沉稳。

景玉的手腕被克劳斯捏住，明明是被束缚的姿态，但她并不会感到惧怕，眼底只有雀跃的欢喜。

克劳斯注视着她的脸，景玉拥有着一头柔顺的黑发和一双如黑珍珠般的眼睛。眼瞳很亮，好像永远都这样，泛着点儿水意，熠熠地闪耀着光泽。

早知道她是贪财的小龙，恨不得把所有的珠宝、金子都塞进自己的口袋，填满洞窟。她只要闪闪发光的金子。

克劳斯清晰地明白，她爱财。这本来应该是被批评的品德。

自成年之后，第一次穿墨绿色睡衣的克劳斯，看着"小龙"兴奋的眼睛，并没有松开手，而是仰起脸看着她问道："你确定吗？宝贝儿？"

景玉郑重地点头。

她稍稍思考一下，条理清晰地提出了自己的想法："先生，您最近应该也关注到了欧元和人民币的汇率吧？现在，人民币兑欧元的汇率，已经从2014年的0.1466跌到上个月的0.1332啦！我知道汇率是不恒定的，但您观察一下，近三年走势持续降低。考虑到我今后或许会回国发展，我现在认真地向您申请涨薪。"

在景玉长篇大论地阐述自己观点的时候，克劳斯没有反驳，他笑着安静地听她讲，好像她在讲什么有趣的事情。但是，在他听到"回国发展"这四个字后，笑容淡了一些。

他调整了下坐姿，这细微的动作让他未干的头发垂了下来。景玉用自由的那只手，及时地接住了险些滑落的毛巾。她努力地把刚刚的漏网之鱼——他额头上那缕仍湿着的金发塞进了毛巾里，擦了擦。

克劳斯问："你想涨多少？"

景玉毫不犹豫道："以前薪酬的1.5倍。"

"很合情合理的价格。"克劳斯重新笑起来，痛快允诺道，"明天开始，我会为你涨薪。"

"哇！"这一声是发自内心的，她完全没有想到，克劳斯竟然真的直接被她说服了，她都做好了和他唇枪舌剑的准备呢。

还没等景玉从"天哪，老板真是个大善人，早知道就狮子大开口报两倍"的惊喜且遗憾中醒过神来，又听到克劳斯慢悠悠地说："宝贝儿，我原本以为你会想要双倍。"

景玉听出来他的言外之意，愣了一秒，小心谨慎地问："那您现在也能这么以为吗？"

克劳斯松开她的手腕，欣赏地看着自己在她手上制造的红痕，反问道："为什么不呢？"

景玉真想喊他一声"男菩萨"，圣父也莫过于此。

"我可以给你双倍工资。"克劳斯自然地开口，在景玉惊喜的视线中，他话锋一转道，"不过，我们需要签订一份新的协议。"

景玉沉浸在涨薪的喜悦之中，满不在乎道："签个名字而已，不费事。"

克劳斯不紧不慢地说："但是，宝贝儿，我不喜欢签署同样内容的合约。"

"你这是什么意思？什么叫同样——"

剩下的话全都压在喉咙中，没有办法继续说下去。景玉看着克劳斯，她从对方的表情中做着简单的测评。

克劳斯沉静地看着她，哪怕是穿着睡衣，他看上去仍旧胜券在握。

资本家才不会给人提供免费的午餐，克劳斯的每一次赠予，都是有目的的索取。

景玉忽然明白了他的言外之意，沉默了。

"如果重新签署协议，我想我们应该需要重新商量一下，"克劳斯微笑着说，"现在我们对彼此都具备了更深的认知，或许要调整协议的部分内容，比如说时间。"

景玉抿了抿唇。

克劳斯一点点抛出诱饵道："我可以给你双倍薪酬，你的工作日从一周五天改成一周四天。"

景玉飞快地计算着新薪酬，这个数字令她的心脏"怦怦"直跳。

"你想继续读研吗？宝贝儿，或许我们的约定可以适当延长一段时间。关于成绩的激励，也可以翻倍。"

景玉想，克劳斯给出的条件太具有诱惑力了。她承认，自己有那么一点点心动了。

她犹豫了五秒。

克劳斯看起来就像浑身上下都散发着光芒的金子，那么梦幻，那么遥不可及，这是景玉做梦都不敢想的事情。

可是，她沉浸在这个梦中，已经足够久了。

"对不起，"她认真地说，"先生，我选择放弃。"说完，她目不转睛地看着克劳斯。

克劳斯并没有因为她的话而有过多的情绪波动，他坐得仍旧很平稳。金发仍旧灿烂，眼睛仍旧漂亮，脸上也仍旧保持着笑容。

他很好地保持着绅士风度，好像被景玉拒绝这件事，完全在他的意料之中。

"我明白了。"克劳斯颔首道，"没关系，小龙，我可以理解。"

他真的很体贴，景玉感叹一声，随即又陷在另一种纠结里面。她踌躇片刻，欲言又止，最终还是控制不住自己，小心地问："那个，先生，我们之前说好的 1.5 倍薪酬，还算不算数？"

"我仍旧会支付给你，你不用担心。"

谨慎起见，景玉再度向他确认道："从下个月开始涨吗？"

"明天就为你重新计算。"

这个回答令她不由得浑身舒畅，景玉终于露出了真心的笑容说："您真的很慷慨，先生。"

三年，帮助克劳斯治病，并接受他教导的三年，景玉的胸围增加了 5 厘米，身高增长了 1 厘米，从原本的穿上鞋勉勉强强一米六变成了就算穿拖鞋，也能达到一米六的标准。她的小提琴被克劳斯称赞"终于是人类可以接受的音乐"，学习成绩每一科都能拿到优秀，还增加了一些奇特的小知识和生活经验。

她顺利地结交了几个异国的好朋友，她的啤酒小店每个月都能给她带来一笔可观的分红。

以前早餐啃黑面包，偶尔奢侈加个香肠的景玉，现在已经可以随意地去装饰着大量暗色木头和清幽光线灯饰的高档酒店吃饭。无论在哪一家店铺中购物，都能受到亲切温柔的招待。她还学会了用一下午的时间，来挑选一些珠宝、布料。

克劳斯就像苦艾酒，刚喝下去的一口是苦涩的、浓郁的中草药味道，加了四倍冰水稀释，才能稍稍减弱他的高浓度。

他是拯救，也是沉沦。

从小生活在云端的克劳斯，自诞生之刻就有了寻常人所不敢想象的巨大财富。他是将景玉从糟糕状况中成功解救出来的慈善家。

景玉对他怀有感激。

而现在，马上就要到属于慈善家的重要节日了。

10 月 24 日是克劳斯的生日，只是两人暂时还没有一起庆祝过。克劳斯对自己的生日似乎并不怎么看重，之前的生日，他都不在德国过，不过景玉也都有为他准备生日礼物。

上一年，她送的是和他那辆库里南同样颜色的领带，用的可是她自己辛辛苦苦卖啤酒和葡萄酒攒下来的钱。

今年，景玉的啤酒和葡萄酒销售额骤然增加，让她狠狠地赚了一笔。

为了感谢克劳斯，也是为了能够让他度过一个难忘的生日，景玉第一次虚心向朋友们求教，应该怎么为男友庆祝生日。

玛蒂娜提议道："送他一本高阶数独？"

景玉委婉地拒绝道："呃……先生好像并不是数学爱好者，但还是很感谢你。"

希尔格也提出建议道："送他足球？乒乓球拍？"

景玉说："我考虑一下，谢谢你。"

还有其他一些建议，譬如在泳池中灌满啤酒、举办一场盛大的生日派对、包下整个夜店等等。

栾半雪笑得不怀好意："嘿嘿嘿——"

景玉打断她道："好了，你不用说了，我明白你想说什么。"

"……"

景玉收集了满满当当一大堆庆生的建议，可惜还是没有理清楚头绪。这是她第一次为男人做生日庆祝和策划，对方还是对她而言很重要的德国人，不得不谨慎对待。

虽然克劳斯很包容，即使出现了些许文化差异，他也不会放在心上。但是，景玉仍旧想努力给他一个完美的生日。

毕竟是第一次为他庆生，也应该是最后一次。她尽可能地收集一些德国男性的看法，参考着这些地区的文化差异。

在朋友的派对上景玉尝了一点点烈性酒，刚开始还好，五分钟后才渐渐觉得有点儿上头，嘴唇和脸颊都像火烧起来一样地热起来。

她给司机先生打去电话，告诉他自己喝醉了，可能需要他的帮助。

但司机先生将这件事上报给了克劳斯，等到醉眼蒙眬的景玉坐在道路旁的木椅上等车的时候，下来接她的是衣冠楚楚的克劳斯。

克劳斯最近很忙，景玉还不能确定他会不会留在慕尼黑过生日。她还没有告诉他自己私下里做的庆生计划。

克劳斯准备扶景玉上车，但她不要他扶，也不要他抱，一定要让他背着。

克劳斯拒绝道："小鬼，自己站起来。"

可惜醉酒后的景玉简直像极了小孩子，任性，自我。她不走，就可怜巴巴地看着他。景玉太明白什么能让他心软，这点好像刻在了骨子里面，哪怕醉酒后还牢牢地记着。

克劳斯提醒她说:"宝贝儿,只有这一回,不会再有下次。"

严苛的克劳斯先生,勉强原谅了醉酒小鬼的冒犯。

欧美人很难做到"蹲"这个动作,他尝试了好久,才终于让景玉成功地趴在他背上。

顺利被背上还只是开始,景玉嘀嘀咕咕地对着克劳斯的耳朵自言自语。她说的都是青岛方言,叽叽喳喳一大串,克劳斯一个字都听不懂。后来她还揪着他的耳朵,对他声情并茂地进行了古诗词朗诵。只是克劳斯对中国文化的理解并不深刻,只能捕捉到一些零星字眼,枝、知,还是吱?像极了小老鼠叫的拟声词。

德国一些男性喜欢称呼自己的女性爱人为"小耗子""小老鼠",这是一种很常见的爱称。只不过景玉不接受这个昵称,她举起手指严肃地告诉克劳斯,她曾经被老鼠咬过,这种生物给她留下了巨大的心理阴影。

克劳斯背着景玉往停车的地方走,她很轻,平时将她完整地抱起来抵着墙本就轻而易举,更何况是背。对于克劳斯而言,她的体重完全不是什么负担,或许只比玫瑰花稍稍重那么一点点。

景玉开始唱歌,断断续续地唱着《只对你有感觉》。这首歌克劳斯听她放过几次,景玉解释过,是她初中时候喜欢看的偶像剧中的插曲。

克劳斯背着她,一边在月光下走着,一边问:"甜心,你只对谁有感觉?"

景玉毫不犹豫地说:"我自己!"

克劳斯笑了一声,意料之中的答案。

醉酒后的景玉想骑大马,她揪着克劳斯灿烂的金色头发在考虑,如果自己坐在他肩膀上或者脖颈上,对方会不会感觉到被冒犯?然后不悦地揪着她一顿猛抽。

克劳斯又问:"那什么能在你心中排第二位?"

"学习。"

"然后呢?"

"啤酒,卖啤酒,葡萄酒……"

"除了酒呢?"

景玉迷迷糊糊地说:"克劳斯——"说到这里,她停顿一下。

克劳斯脖子处能感受到她的呼吸,微微泛着点儿热气,若有若无。

喝醉了的景玉趴在克劳斯肩膀上小声呢喃,声音含混不清地说:"克劳斯先生送的礼物,克劳斯先生养的'福尔泰'和'福尔康',克劳斯先生的鸟……"

克劳斯："……"

景玉一口气说了十几样，每一样都不是克劳斯，但每一样都与克劳斯有关。

"……'雕师傅'做的拔丝地瓜、蛤蜊、东北大拉皮、酱肘子、蒸羊羔、蒸鹿尾儿……"

眼看着喝醉后变话痨的景玉要往报菜名的趋势发展，克劳斯打断她问："宝贝儿，克劳斯排在第几位？"

"克劳斯？"景玉慢慢地问，"克劳斯·约格·埃森先生吗？"

在得到肯定的答复之后，景玉沉默了。她什么话都没说，只搂紧他的脖子，脸贴在他灿烂的金发上，压着蹭了好几下。

不远处，传来一阵"哗啦哗啦"的声响。

刚刚从车上搬下来一箱薯片的希尔格看到景玉和克劳斯在一起，他一晃神，手中整箱薯片都噼里啪啦地砸落在地上。

希尔格看了看地上的薯片，又看了看不远处那对男女。

景玉挣扎着要从克劳斯背上下来，努力看清不远处的希尔格——她的视力受限，在晚上看不太清楚，必须仔细辨认。而在希尔格眼中，就成了对方在吃惊地看着他干的蠢事。

为了掩饰尴尬，他挠了挠头，用蹩脚的中文说了声"搞砸了"。

遗憾的是他的口音太重，重到让人无法听懂。

景玉不小心拽了下克劳斯的金发，她一边道歉，一边凑到他耳朵旁边问："这德国老外说什么呢？"

克劳斯礼貌地问："宝贝儿，你忘记我的国籍了吗？"

"对不起，对不起，"景玉努力道歉，她问，"他叽里呱啦地在说什么呢？"

克劳斯没有回答，希尔格已经重新抱起那箱薯片，看着克劳斯，笑着打招呼道："泥嚎（你好）！"

终于听到熟悉的母语，景玉也晃晃悠悠地挥手道："你好呀！"

在酒醒之后，景玉被克劳斯拎起来教育了一个小时。因为她并没有遵守好"不能在没有克劳斯先生陪伴下的场合喝醉"这一条规定。

还没意识到自己犯错误的景玉，早晨舒舒服服地醒来时，还开开心心地吃完了早餐。克劳斯甚至为她倒了咖啡。

在这个过程中，克劳斯态度很友好，并没有追究她的责任或者过错。景玉还以为是对方心肠好，不计较这个。

但是——

等她吃饱喝足之后，克劳斯放下咖啡杯，礼貌地请她去地下室参观。

"纵容"和"严格"这两个看似矛盾的词语，却能这样奇妙地在克劳斯身上完美结合。他能宽恕景玉醉酒后的一些小小冒犯和举动，但在一些事情上，即使景玉撒娇也不行，也不会让他动容。

参观完毕的景玉趴在他的腿上，表明自己吸取教训，以后绝不会再在绝对安全之外的情况下尝试烈性酒。

"你知道的，宝贝儿，"克劳斯声音温和道，"我并不是阻拦你去探索一些新东西。"

在严厉之后，他仍旧会心平气和地用征求意见的语气与她聊天。

"但你探索的前提条件是保护好自己。"他捏着她的手腕慢慢地揉着，"我不反对你尝试，但我们要分清楚，什么事情可以做，什么不可以——能答应我吗？"

景玉点头。

她知道克劳斯的忌讳和禁区。但凡是对身体有损伤、有成瘾性的东西，他都不希望自己去尝试。再严重一点儿的，他会明令禁止她去触碰。

有些东西是高压线，不能碰。

如果要用颜色来区分轻重，黄色代表警告，红色代表禁止的话，在没有可靠人员陪伴下的醉酒，属于黄灯，警告。

景玉这次彻底长了记性。

尽管因为"纯度法令"（在德国保证啤酒质量的法律规定），很多人都相信德国啤酒不会给醉酒者带来宿醉感和头痛。但昨天景玉喝的不仅仅是啤酒，还有一些高浓度烈性酒。她仍旧有点儿头痛，在接受专业护理人员的按摩之后，她趴在克劳斯送给她的那个米白色沙发上睡了好久。

安德烈小朋友在下午造访，他这次给景玉和克劳斯都带来了礼物。

给克劳斯的是父母挑的酒，而给景玉带来的，是法兰克福绿酱——这是安德烈家中聘请的厨师做的。传说它是歌德的最爱，里面加了酸模、小地榆、雪维菜、时蔓子等数十种作料，混合的酸牛奶和蛋黄酱，也是特别调配的。

但安德烈的头发没有之前那么灿烂了，像是加深了颜色。原本是和克劳斯相近的金色，现在慢慢地变成了浅浅的棕色，像被涂抹上了其他颜色。

景玉知道，这么小的孩子不太可能会染头发，她来来回回反复揉了好几下，才震惊地询问克劳斯："你们的头发还会变颜色吗？"

今日休假，克劳斯穿了件黑色的圆领上衣。他刚刚打磨完一个送给景玉的木质猫爪，上面刻着她的中文名字——他自己写的，很漂亮。

令景玉意外的是，克劳斯中文字写得也很不错。有很多人，在接受教育和在中国生活很长一段时间后，虽然能流畅地说中文，但在书写这件事上，仍旧有一定的困难。对于他们而言，能做到工整地书写中文，已经很不错了。但克劳斯却很擅长，只是他认识的汉字有限，书写时也比较慢，景玉能写完十个字的时间，他只能写两个。

听到景玉这么震惊发色的变化，克劳斯抬起头，简单回答道："很多人童年时期都是金发，随着年龄的增加，会变成棕色或者其他深色。"

景玉看看安德烈已经不再灿烂的金发，犹豫着摸了一把，心里生了点儿疑惑。她好奇地询问道："先生，您呢？您小时候发色是什么颜色？更浅的吗？"她并没有看过他小时候的照片。

克劳斯想了想，让人拿了电脑过来，直接给她看照片。电脑里面有个文件夹，里面储存着很多他的照片。景玉饶有兴致地坐在他腿上看，这些基本上囊括了对方的整个童年和少年时期。

克劳斯拥有博士学位，不过在拍毕业照的时候并没有戴帽子。他穿着黑色衣服，看着镜头，旁边是他的同学。很多德国人都痴迷博士学位，他们以取得博士学位为荣。有一些房东，甚至还会优先将房子租给拥有博士头衔的人。景玉之前没有问过克劳斯的学位，现在冷不丁翻到这张照片，有点儿吃惊。

再往前翻，还有他踢足球时的照片，穿着运动球衣，头发也比现在要短很多。大学时候的克劳斯，身材看上去和现在没有太大区别。但还在读中学时候的他，明显比现在稍微瘦一些。那时候没有如今成熟的身体，就是一个拥有灿烂金发、高高瘦瘦的德国少年。

再往前，景玉看到了洋娃娃般的克劳斯——大概七八岁的时候，依旧是漂亮的金色鬈发，发色看上去和现在很接近。虽然稍有区别，但应该是拍摄光线的问题。

只是童年时候的克劳斯头发更卷，睫毛也更明显，眼睛大大的圆圆的，不知道和拍摄环境有没有关系，眼睛的颜色好像也更绿、更透，简直就是个漂亮的洋娃娃。

景玉惊叹道："哇——"

安德烈模仿她的语气道："哇——"

景玉看了看七八岁时洋娃娃一样的克劳斯的照片，再看看现在被她坐在身下的克劳斯，她说："您的头发真的没有太大变化。"

安德烈快乐地问："以后简玛会生出来这样的孩子吗？"

小孩子的记性果然很差。景玉一边感慨安德烈时隔两年又问出了同样的问题，一边做好了为他详细解答的准备。

但这一次，克劳斯先开口了。他说："暂时还不会有孩子。"

暂时，还不会。

景玉敏锐地抓到了这两个时间限定词。她想回头看看克劳斯的表情，但他伸手按住她的脑袋，阻止道："专心点儿。"

克劳斯的手掌很大，很热，压在她脑袋上，让景玉不得不将注意力完全集中在电脑屏幕上。

景玉再往前翻，小时候的克劳斯真的很像洋娃娃。只是那时候的他好像并不怎么喜欢笑，好几张照片上，他都在躲避镜头，即使正视着，也是一脸的麻木、冷漠。

然后就没了。

没有更早时候的照片了，似乎停留在了六岁这个阶段。

景玉点了一下鼠标，看着跳出来的提示，问："只有这些吗？"

"嗯。"

景玉很想问问他，为什么没有更小时候的照片，但又感觉会有些冒犯，只好将话全都压了下去。

她换了夸奖的话语说："先生，您小时候长得真的很英俊，像我童年时期就想拥有的洋娃娃。在玩过家家的时候，我很喜欢给玩偶当妈妈……"

景玉的确曾经拥有过很多很多金发的洋娃娃，不过那些洋娃娃在妈妈离婚的时候没有带走。她还没来得及收拾，自己的东西就被继母和她的孩子给打包丢掉了。连整理自己东西的时间都没有，大晚上被赶出去的经历，景玉不想再体验一次了。

克劳斯低头看向她问："甜心，那你想不想生育这种长相的孩子？"

他用了"生育"这个词语，堵住了景玉所有可以发散思维、侥幸逃脱的路，一点儿空子也不给她留。

"先生，"景玉选择从科学的角度来回应，"除非基因突变，我不可能会孕育出金发的孩子。"

克劳斯淡淡地说："棕色头发也很漂亮，你想要吗？想要生育一个混血儿吗？"

"没错，"景玉点头道，"但我讨厌非婚生子，先生。"

这句话让克劳斯沉默了。他的下巴压在景玉的头顶，景玉闻到了他身上的木质香味。她想从他怀抱里出来，但克劳斯搂得这么紧，她挣脱失败了。

安德烈去外面玩了，"雕师傅"做的牛舌饼成功引起了他的兴趣。大部分德国人都喜欢吃甜食，而这种稍微带一点点咸味的点心，让安德烈充满了强烈的好奇。

书房中，只有克劳斯和他怀抱中的景玉。

古老的落地钟发出沉闷的声响，克劳斯问："我可以问一下你讨厌非婚生子的原因吗？"

景玉想了想，道："因为我曾经被他们欺负过。"

今晚，在离约定还剩下一年左右的时间，景玉第一次向他展示出自己的厌恶。

"您应该见到过，和我拥有同一个生物学意义上的父亲的那对姐弟，"景玉仰起脸，克劳斯的手就在她脖子上，"我母亲在他们那里吃了不少苦头。我一直在想，等我毕业后，等我有足够的能力，我要让他们把私吞的东西全都吐出来。"

克劳斯的指腹就压在她咽喉处，他垂眼看向景玉，从她眼中看到了自己的脸。

"你可以向我寻求帮助，为什么不呢？"

对于景玉来说，让那对姐弟吃苦头是一件很麻烦的事，她势单力薄，很难对抗。但对克劳斯而言，或许这些只是一句话的事情。

景玉没有说话。

克劳斯侧过脸，他的手指托住她的下巴，像是在诱惑她道："我告诉过你，你随时可以向我求助。

"还记得你第一次向我发起的求助吗？我带你参加派对那次。

"那天晚上，你喝了高浓度的伏特加，给我讲你写的德语作文，讲广州一只吃掉 10 包泡椒凤爪的老鼠，讲你的梦想，讲你的野心。"

景玉隐约能从记忆中捕捉到一点儿踪迹，而克劳斯的声音让这一切具象化，像擦掉了蒙在那场醉酒记忆里的灰尘，将碎裂的拼图一块一块完整无缺地拼在一起。

他的手指让那场混乱清晰了起来。

克劳斯问："你第一次向我祈求，还记得你说了什么吗？"

景玉当然记得。

她说："Mr. Klaus, kiss me, please." 亲爱的克劳斯先生，请吻我。

"我很喜欢你这样说，"克劳斯手指抚摩着她的脸颊说，"用那时候的语气和表情，再和我说一遍吧。"他浓绿的眼睛注视着她，"求我，说'Mr. Klaus, please'。

"现在，只要你用同样的语气请求，我就帮你——无论你提出什么。"

在景玉开口之前，他又补充了一个限制："除了涨工资，除了给你金子、包和珠宝首饰，除了送你车子、房子、古董、字画等一切可以变现的高价物品。"

景玉抗议道："那您就不应该用'无论'这个词来修饰了！"

"我喜欢用，"克劳斯无视她的抗议，继续问道，"宝贝，想让他们付出代价吗？我帮你。"

景玉沉默了两秒。她想了想，说："现在还不要。"

"为什么？"

"如果我需要您帮助的话，我会告诉您。有些事情，我想我还是得自己参与进去。"

克劳斯侧过脸，捏着她的下巴，要她仰起头，一个吻落在景玉的脸颊上。

他低声问："还有其他想要的吗？"

克劳斯讲德语的时候很严肃，或许因为德语听起来本就如此。但景玉很喜欢他说中文时候的声音，他的中文这么好，说得这么流畅。

景玉抓住了他的手腕，但只轻轻一下，手指又松开，指甲在他手腕上轻轻划了一道，留下了并不明显的红痕。

她说："我想要您。"她又补充了一个词："现在。"

Mr. Klaus,kiss me.touch me,help me.

love me like you do.

please.

克劳斯先生，吻我，触碰我，帮助我，请用你的方式来爱我吧。

在景玉准备为克劳斯的派对挑选装饰的时候，她猝不及防地得到了一个喜忧参半的消息——克劳斯打算带着安德烈和她一块儿去海德堡拜访一位老师。

按照他的规划，这个生日，仍旧不会在慕尼黑或者法兰克福度过。

景玉不知道他为什么要刻意避开和家人庆祝生日——如果是一年、两年的话，还有可能是巧合。而现在，她发现克劳斯的确在刻意躲避。但她并没有问出口，就像她有不想告诉克劳斯的东西一样，他也有不愿说出口的秘密。

很多马克·吐温的书迷会来海德堡——这个位于横跨德法边境的巴登 - 符腾堡北部地区的城市，拥有着晴朗的田园风光，也有着活力四射的现代化市区。

景玉好奇地欣赏着城内兼具灰泥和木头结构的房屋。她先前看过一点儿资料，知道这里在中世纪的时候，曾经依靠食盐贸易积累下一笔可观的财富。

景玉兴致勃勃地翻看着地图，上面有个地标成功吸引了她的注意力。她放下书，好奇地问克劳斯："学生监狱是做什么的？"

"在1778年到1914年，这里的确曾经用来关押犯罪的大学生，"克劳斯耐心地回答她的小问题，"比如说嫖娼、酗酒，最轻的处罚是禁闭三天。禁闭期间，他们只能得到水和黑面包。不过现在已经开放成一个景点，对外出售门票。"

景玉感慨地"哇"了一声。

"听上去很有趣。"她研究着地图，看似漫不经心地询问道，"先生，那您曾经约过女孩子吗？"

克劳斯看着她反问道："甜心，三年了，你眼中的我会这样做吗？"

"不会。"

"我能向你保证，以后也不会。"

景玉低头，她在摸自己的手指："您没必要向我保证以后。"

克劳斯说："很有必要。"

车子停下来，在克劳斯倾身过来前，景玉先他一步，打开了车门。

他们选择了一家有着暗色木质古董家具和花岗岩卫生间的酒店，踩上去的时候，木质地板会发出轻微的声音，昭示着这家酒店历史悠久。克劳斯去拜访老师的时候，景玉就在柔软的大床上休息，或者泡个澡，喝点儿牛奶。

克劳斯如今已经可以确认，景玉的身体素质不太好，或许因为生长发育期没有得到充足的营养。她有些贫血的小毛病，不能运动太久，无论做什么，都需要中途休息一下，不然有可能陷入晕厥。

虽然这三年他一直在精心照顾她，但景玉的身体素质并没有得到快速提高。

景玉坐了这么久的车，现在只想好好地休息一下。至于什么参观游玩，日程都排到了明天。

不过，晚上仍旧要和克劳斯的老师一同吃饭。

店铺是参照着老师的喜好选择的，在老城区，桌上铺着小方巾，整个酒馆整体用的是暗色木质装潢。据说店铺供应着海德堡最优秀的奶酪蛋糕和果馅饼。

安德烈小朋友也跟着去了，但他今天规规矩矩的，一举一动都很礼貌。

克劳斯的老师叫凡妮莎，是个华裔，从祖父一代起就在德国生活了。不过她中文讲得并不太好，仍旧用德语沟通。

克劳斯很尊敬自己的老师，景玉只知道对方曾经教授过他数学——在他就读中学的时候。

凡妮莎的年纪已经很大了，她耳侧有白发，脸上有很深的皱纹。但她的性格很开朗，聊到有趣的事情时，还会大笑。

她讲了很多关于克劳斯读书时候的趣事，比如他也曾因为和朋友打架而被老师教育，踢足球的时候不小心撞碎了校长的车窗……

凡妮莎很喜欢景玉，还给对方带了小礼物——她丈夫制作的一些美味糖果和冰冻果子露。

相比之下，景玉顿时觉得自己给老师准备的礼物就不够细心了——她只准备了漂亮的丝巾。

克劳斯中途离开去接电话，只剩下景玉和凡妮莎的时候，对方尝了一口黑森林蛋糕上的樱桃，忽然问："景玉，你计划什么时候和克劳斯举行婚礼呢？"

景玉愣住了，问道："什么？"

旁边的安德烈兴奋地看着景玉问："你要和克劳斯叔叔结婚了吗？"

这下倒是轮到凡妮莎吃惊了："难道你们还没有做婚礼计划吗？"

景玉摇头，她想了想道："我和克劳斯先生的交往，并不是以结婚为目的。"

凡妮莎若有所思地说："我以为，他受到父母的影响，会选择和你——"她没有继续说下去，喝了口酒，彬彬有礼地转移了话题。

晚餐结束后，凡妮莎的丈夫过来接她。对方同样是华裔，高大温和，在凡妮莎出门前，细心地为她穿上外套。

安德烈很困了，克劳斯让司机先送他回酒店，自己则陪景玉在老城区的小巷和画廊中慢慢闲逛。

景玉虽然不怎么吃甜食，但仍旧被一些果仁糖和蜜饯成功吸引了注意。克劳斯买了一些，他问："刚刚和老师聊了什么？"

景玉兴致勃勃地说："凡妮莎女士说您读中学的时候，很受女孩子欢迎呢。嗯……还说您数学很好。"

她脖子后面的围巾滑下来，搭在了肩膀上。克劳斯伸手，帮她把围巾围了一下。

她黑色的头发很柔顺地披在后面，之前烫的卷不太明显了，又长长了一些。景玉已经预约了发型师，准备在下周去剪掉这部分。

"她说您那时候性格很闷，可我难以想象，性格很闷的克劳斯先生是什么模样。您笑起来的时候，真的很好看……"她叽叽喳喳地说着，说的都是些琐碎的小事，但克劳斯还是很感兴趣地听着。

景玉看到不远处有一家小小的手工店，还用了中文的招牌。异国他乡，看到汉字总会令人欣喜，她开心地拉着克劳斯进去逛，也忘记了自己接下来准备说什么。

从始至终，她都没有提凡妮莎女士关心的那个问题。

店里面装饰着红、蓝、白三色的三角形小旗子，还有许许多多色彩鲜艳的饰品和手工艺品。景玉看中了其中的两对发夹，下面有标注和标签提醒客人，这些东西是店主从中国采购来的。

这些发夹其实就是普通的猫耳朵，一对纯白，一对纯黑。景玉先是对着镜子左右照了照，在得到克劳斯的称赞之后，她开心地拉着他坐下，将猫耳朵发夹在他的金色鬓发上比了比。

克劳斯终于意识到了她要做什么。

景玉兴致勃勃地问："先生，您想要白色，还是黑色？"

"不可以，"他说，"宝贝儿，我是个男人。"

"男人也可以戴呀，偶尔戴一下没关系的，"景玉兴致勃勃地在他头上比画了一下问，"您觉得哪一个颜色更好看？"

克劳斯不看镜子中的自己，他抓住景玉的手腕，温声提醒道："No."

景玉眼巴巴地看着他问："真的不可以吗？"

"不可以。"

在得到克劳斯明确的拒绝之后，景玉失望地叹了口气道："好吧。"

她遗憾地看着手上这些猫耳夹说："看来只能拜托希尔格戴上去了，我真的很想看看，日耳曼男人穿正装戴猫耳发夹到底是什么样子的。"

她没有看克劳斯的表情，而是从他身后离开，走到木质的货架前，专心致志地继续挑选猫耳。

她叹了口气，声音刚好能够令身后人听到，有点儿像自言自语。

"希尔格的头发颜色更深呢，我是不是应该选择深色的比较好？嗯，不如选棕色或者黑色吧……"

"小龙宝贝儿，"克劳斯忽然叫住她，"回来。"

他声音冷静，若无其事地说："给我白色。"

使用这个小花招虽然不算高明，但是却成功地达到了目的。克劳斯话音刚落，景玉就兴奋地拿着白色猫耳夹过来，开开心心地在他的金色鬈发上比画了下："我也觉得，白色猫耳和金色鬈发真的好般配呀！"

克劳斯由着景玉在他的金发上拨弄，人对自己不曾拥有过的事物如此好奇。正如他称赞景玉如丝绸般顺滑的黑头发和黑眼睛，景玉也格外中意他的金色鬈发。

景玉身边不是没有鬈发的朋友，但他们的鬈发摸起来其实有点儿硬，发丝比较粗。相比之下，克劳斯的头发就没有那么硬了，比她软软的头发要硬挺一点儿，比其他的鬈发要柔软一些。

景玉很喜欢拨弄克劳斯的头发，不过她也要为此付出相应的代价。在放肆地揉过他的鬈发后，结局一般是她被压到嗷嗷叫。

现如今，克劳斯就坐在棕色的木质椅子上。他闭上眼睛，有些不愿看镜中的自己，无奈地纵容景玉，任由她拨弄自己的金发。

景玉很早之前听说过一种说法，越是混血儿，越容易生出一些健康的孩子。有些人也会认为，混血儿会更加优秀。

景玉不是这领域的研究专家，更不能据此做出什么调查研究。她只知道一点，克劳斯真的很优秀。

他不像大多数西方人那么容易衰老，三年过去，他好像并没有什么变化，这点应当归结于他身上的中国血脉。

景玉将白色的猫耳夹小心翼翼地夹在他头发两侧，撒娇着让他睁开眼睛。

她很迷恋克劳斯的瞳色。

克劳斯今天穿着黑色正装、灰色衬衫，他很注重仪表，尤其是今天见他敬重的老师，这一身很正式、严谨。

而与之不相匹配的，是此时他头上戴着的一对猫耳。这对东西做得十分精细，包括上面的猫毛，都非常逼真。

景玉后退一步，满意地欣赏着镜子中的克劳斯，惊叹道："好棒啊！"

克劳斯只看了一眼，就移开了视线，有些头痛地叹气道："甜心，你的爱好真的很奇特。"

拥有奇特爱好的景玉欣赏完毕，可惜并没有成功拍下照片。克劳斯不允许自己以这种形象被拍摄，无论景玉如何撒娇都没有用。不过他勉勉强强同意，让她一边揉着猫耳，一边抚摸他的金色头发。

景玉依依不舍地揉了好几把才松开手，快乐地去付钱，买下这对猫耳夹。虽然价格稍微有点儿贵，但她认为物有所值，很配克劳斯的发色和瞳色。

店主是亚裔，会说中文，在结账的时候，还送给了景玉一副简单的飞行棋。

景玉第一次玩飞行棋，还是之前从网上低价淘到一副情侣版飞行棋那会儿。上面的一些招数花样百出，而有时候掷到的结果，更是令人意想不到。

现在拿到这副赠品飞行棋，她感觉有点儿烫手。原本想偷偷地丢掉，还没来得及，就被克劳斯发现了。

克劳斯问："这是什么东西？"

景玉只好将飞行棋拿给他看，不过也提醒道："先生，这个是普通版本的。"

克劳斯看清楚上面印的字，停下手，遗憾地说："那就算了。"

景玉："……"

次日，恰逢周末，海德堡到处都是学生聚会，还有很多其他的文化活动，景玉和克劳斯去听了场音乐会。

离开的时候，克劳斯往街头的乞讨者碗中放了一张纸钞。

这些乞讨者将自己装扮成雕塑的模样，在太阳下一动也不动。只有在收到钱的时候，才会对着好心的捐赠者笑一笑，然后更换一个姿势，继续保持固定。

景玉看着那些乞讨者，忽然说："先生，我刚到慕尼黑的时候，也想过做乞讨者。"

克劳斯脚步顿了一下，这句话令他感觉到意外。

他说："你没有和我说过。"

"可能是觉得有点儿丢人，"景玉想了想，痛快地告诉他，"先生，刚刚认识您的时候，我还有颗年轻好强的心。"

克劳斯并不赞成她的说法，他说："你现在也很年轻，甜心，你有着满满的活力和朝气。"

景玉走进旁边的酒吧，道："但是，我现在没有那种古怪的争强好胜心了。"

酒吧内复古的、闪闪发光的拿破仑雕像下，景玉在这里拿了一瓶冷茴香酒。克劳斯付过钱，顺手拿走了她手中的酒。店员殷勤地为克劳斯推开门，亲切地请尊贵的客人注意脚下的台阶。

"没有吗？"克劳斯垂眼看向她道，"或许，你比你想象中更加想要和我分出胜负。"

景玉仰脸看着他说："没有，我很尊敬您。"

"仅仅是尊敬？"

"您培养了我。"

冷茴香酒被装在精致的牛皮纸袋中，里面的酒水轻轻晃荡，发出细微的液体碰撞声。空气撞击在瓶身上，沁出密密麻麻的小水珠。

克劳斯问："龙宝贝，你说，在象牙上落下雕刻少女的第一刀时，塞浦路斯国王能预料到后面会发生的事情吗？"

景玉想了想，告诉他："先生，这个问题，您应当亲自去问国王。"

绿树成荫的街区，古老的砖砌房子里传来忧郁的蓝调音乐。景玉怕冷，她穿了件米白色的大衣，整个脸几乎都埋在围巾中。

克劳斯说："我发现你很像我之前看过的一种动物，很可爱，有种令人意外的倔强。"

小动物？倔强的小动物？

景玉对这个形容词很感兴趣，她追问道："是小鹿吗？我很喜欢这个形容哎。"

"这倒不是，"克劳斯简短地说，"灰色的，哺乳动物。"

景玉苦思冥想道："小马？"

虽然小马听上去没有小鹿灵动，不过感觉也不错。

克劳斯摇头道："比马体型稍微小一些。"

景玉："……"

她沉默半晌，说："您说的该不会是驴吧？"

克劳斯点头。

景玉深吸一口气，看着他，内心努力劝自己要忍住。

"是这样的，尊敬的克劳斯先生，有些话，其实您可以选择不说。"

十五颗糖

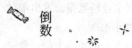

倒数

　　景玉想，从小在富足环境中长大的克劳斯，大概不懂得"人间疾苦"这四个字该怎么书写。

　　在慕尼黑被断了生活费的她，一开始不是没有想过去做乞讨者，但尊严让她选择不去。国内的好友栾半雪得知她的窘境后，和父亲聊了聊，给景玉打了一大笔钱过来。

　　那是景玉最艰难的一段时光，她在异国，全亘生突然和她翻脸，不再提供她任何钱财，连先前的允诺都不兑现。

　　景玉只觉得自己傻，竟然也信了他会保证出生活费的话。明明男人都不可信，就连亲生父亲也不例外。

　　朋友打来的这些钱，景玉花得很节省，在自己拿到工资后，就立刻还清。她不想过度依靠好友的救济，尽管她明白栾半雪是好心，但她更希望通过自己的努力突破困境。

　　晚上，在安德烈睡了之后，景玉和克劳斯相对而坐。桌子上的冷茴香酒喝掉了半瓶，展开的飞行棋下到一半，景玉才将这些事情告诉他。

　　12点过后就是克劳斯的生日，景玉偷偷准备好了生日礼物，准备在飞行棋游戏结束后送给他。

　　景玉想自己知道了这副飞行棋被拿来做赠品的原因——虽然是中、英、德三种语言，但这个棋盘上很多问题都是和真心话大冒险结合在一起的。虽然这个双人版并没有情侣版的劲爆火辣，但也有很多深挖秘密，或者让友情破裂的问题。

比如她刚刚抛出的问题——你经历过的最大危机，再比如现在克劳斯抛出的问题——你的童年阴影。

克劳斯想了想，坦然道："是中餐馆晚上的后院。"

景玉看着他，克劳斯的这个答案令她始料未及。

酒喝了一杯，桌子上摆着一份炒面，上面有一尾大虾，还有些切成细长条的青椒和猪肉。这是德国人比较喜欢的中餐，也很容易点到。

刚才克劳斯想为景玉点一份黑森林蛋糕，但无论怎么劝说，她都不同意。她认为大晚上吃甜食很不好，坚持要了一份炒面。

克劳斯注视着这盘炒面，平静地说："我曾经一个人住在中餐馆的后院，吃一些有异味的食物。晚上能够听到老鼠叫，我经常担心它们会不会咬我的头发和耳朵。不过后来才发现，并没有担心的必要，老鼠更惧怕人类。"

景玉愣住了，她小心翼翼地问："您是为了体验生活吗？"

"不是。"克劳斯顿了顿说，"抱歉，我不想谈这个话题，可以换一个吗？"

景玉道歉，她重新丢骰子。

新的问题。

——最近，你向对方撒的最后一个谎。

克劳斯对这个问题很感兴趣。

景玉咳了好几声，声音有些底气不足地说："我和你说准备把猫耳夹送给希尔格戴，是骗您的，我就是想让您戴上看看。"

克劳斯微微一笑，看着她心虚的表情说："我知道。"

桌子上，代表景玉的红色小人雄赳赳气昂昂地站着。但主人却没有这样的底气，她正盯着另一份香喷喷的炒面。

克劳斯刚刚喝完酒，他拿起骰子，转了两下，声音平静得像是自言自语道："很奇怪，我明明知道你在说谎，可还是担心你会真的送猫耳夹给他。"

"龙宝，"他将骰子丢在桌子上，浓绿色的眼睛注视着她，随意地问，"你知道这是因为什么吗？"

骰子在桌子上滴溜溜地转个不停，发出细微的声音。灯光投下影子，骰子的边缘好似切割着灯光，碎成几片波光粼粼。

景玉没有回答克劳斯的问题，眼看着骰子转到了她面前，她伸手猛然盖住再掀开，看清后惊喜地感叹道："6个点哎，今晚第一次出这么大的——"

就像没有听到克劳斯的最后一个问题，她兴致勃勃地数着步伐。

"一、二……哎，这个问题好，'你送给对方最贵重的礼物'。先生，"景玉用亮晶晶的眼睛注视着他问，"您送给我的哪一个礼物最贵重呀？是那个包吗？还是车子？"

克劳斯宽容地看着她，就好像在看一个顽皮捣蛋、故意装不懂事的孩子。

景玉移开视线，她低头，用筷子夹起面，大口大口地往嘴巴里面塞。她忽然有种莫名的心慌。

"龙宝，我——"

景玉试图一口咬断面条，但不知道为什么，牙齿忽然咬到了一个硬硬的东西。这个坚硬的圆形物体有点儿像硬币，硌得她牙痛。

怀疑是没有处理干净的猪骨头，景玉想都没想，用纸巾捂着嘴巴，把这个硬东西包裹着丢进了垃圾桶。

在她干净利索地丢掉这个东西的时候，克劳斯安静了。

景玉没有等到对方的回答，她抬头，看到对面男人有些古怪的表情。

"怎么了？"她问，"您怎么不继续说了？送我最贵重的礼物是什么？"

克劳斯注视着她刚才丢掉东西的垃圾桶，慢慢地说："最贵重的礼物现在在垃圾桶中，龙宝贝。"

景玉极度震惊地去垃圾桶中翻找。她找到了一个金灿灿的东西，虽然上面沾了一点点油，还散发着炒面的香味。

看清楚这东西是什么之后，她松了口气。

克劳斯看到她脸上露出如释重负的表情，只是不清楚是因为成功找到了，还是因为这东西并非她一开始所想的。

景玉将东西拿去认真清洗，加了泡泡洗得香喷喷的，才惊讶地发现，上面雕刻的东西像是传统的徽章，不仅有猫头鹰，还有猛禽的翅膀，正中间镶嵌着一粒红钻。这个徽章并不大，很小巧，雕刻得也极为精致。

她认识这图案，抬头看向克劳斯。

"这是你的家族家徽？"她确认道，"你要送给我吗？"

"选一条合适的项链吧，"克劳斯注视着景玉说，"我希望你能戴上它。"

景玉掂了掂重量，低头看到上面刚刚被她咬出的牙印，指腹贴着猫头鹰仔细抚摩。

这东西是纯金的。

真要说金子，景玉有很多很多。但这个小东西贵的绝非它本身的材质，而是这种特殊的雕刻工艺和这枚硬币背后所代表的意义——埃森。虽然不过硬币大小，竟然连猫头鹰眼睛上方的毛发纹理都雕刻出来了。虽然说现代机器工艺已经达到了炉火纯青的地步，可这么精细的东西，绝非机器所能雕刻出的。

景玉问："戴着它，我能有什么好处吗？"

克劳斯回答道："会让你以后做事情容易一些。"

景玉抚摩着上面栩栩如生的猫头鹰，在法兰克福，属于埃森家族的庄园中，就养了几只。当时，在克劳斯的允许下，她还好奇地摸过猫头鹰，看了看它们引人注目的"大长腿"——猫头鹰腿上有着细细的绒毛，摸上去是带着温热的软。

景玉若无其事地拨弄着这个立体雕刻的徽章，上面的红钻，此刻并不如这只猫头鹰更能惹她注意，她问："我需要更换姓氏吗？"

"不，"克劳斯看着她说，"我只希望我的宝贝在离开我后，也能够生活得轻松。"

景玉没说话。

克劳斯声音温和，面色如常地征求她的意见问："还想继续玩吗？"

看穿之后，他又恢复成往常的克劳斯先生。克劳斯先生不会向任何人祈求。

景玉把徽章放在桌子上，她松了一口气，就好像把心脏上的一点点东西也松了出去，留下一个小小的说不清道不明的空洞。

她拿起骰子，在桌子上空一松手，声音活力满满道："轮到我啦！"

这一场飞行棋，最终是景玉胜利了。她欢呼一声，拿走了桌上的筹码。

在这场飞行棋游戏进行之前，克劳斯将他的手表、雕刻着家徽的红宝石戒指，以及装了一些现金的钱包，都放在桌子上做筹码。景玉成功地赢到了这些，不过，她归还了克劳斯那枚刻着家徽的红宝石戒指。

克劳斯看了看戒指问："不想要？"

景玉说："不要。"

克劳斯重新戴上戒指，听到景玉打趣道："先生，您现在就已戴着戒指了，等到结婚的时候，岂不是还要多戴一个？"

克劳斯笑了一下，说："甜心，你不用有这种忧虑。"

看着他的眼睛，景玉想起来了。

克劳斯是坚定的不婚族。

当初在自我介绍和邀请她治疗自己心理问题的时候，克劳斯就曾坦言过自己的状况——他不会允诺婚姻。

想到这点的时候，景玉提前定下的闹钟响了。

在这样的夜晚，忽然响起的声音，让本来已经准备站起来的克劳斯重新坐回去，微微讶然地看着她。

景玉从桌子下面拿出了自己提前准备好的礼物，递到克劳斯面前，看着他说："先生，祝您生日快乐！"

她唱起了德语版的生日歌，虽然没有其他的伴奏，但她唱得依然很起劲。

这个意外的惊喜，令克劳斯久久没有动。他看着景玉的手，她应该有些紧张，像是第一次上台等着老师评价的小朋友。

她或许没有意识到自己在紧张，景玉对外界的一些伤害很敏感。但是在其他事情上，却又有着意外的钝感。

良久，克劳斯才微微笑了一下。

"谢谢你，"他说，"我想，那个困扰我的问题有答案了。"

"什么问题？"

"关于塞浦路斯国王，"克劳斯慢慢地说，"他想不到。"

当塞浦路斯国王第一次看到未经雕琢的象牙时，他想不到，今后的自己会对一件作品倾注感情。

克劳斯也没想到。

回到慕尼黑之后，那枚徽章就挂在了景玉的脖子上，用一条并不长的锁骨链。离远了看，是很漂亮精致的一件饰品。可这件饰品的背后——贴着景玉锁骨的位置，以极小的字体篆刻着克劳斯的全名。

Klaus von Essen。

不是"Jorg"，而是"von"。

克劳斯骨子里也有一点点的小傲娇。

坦白来说，景玉并不介意戴克劳斯家族的徽章，这种东西有点儿古装剧中那个"免死金牌"的意味。她读的商科，平时做生意难免需要和一些政府人员，或者银行从业人员打交道。

这个家徽的作用力，比她想象中更大。

以前见到她只会文质彬彬地说些死板、机械化语言的人，在注意到这个徽章后，都会愣住，然后询问她东西的来历。

景玉并没有遮掩，她微笑着大大方方地说："克劳斯先生送我的。

"克劳斯·约格·埃森先生。"

她太懂得狐假虎威了，克劳斯教过她，人性的本质都是相同的。德国人也并非表面上看到的那样死板，他们同样会被金钱和权势打动。更何况，种族歧视和优越感，在这些人当中并不少见。

景玉个头不高，气势也不够强，和这些精明的德国人谈生意，很难占到什么便宜。

早在刚到德国的时候，她就曾听人说起过一句极其具有种族优越感的话："对于一个亚裔女性而言，想要获得认可，除非她能成功嫁给一个日耳曼牙医或者上流阶层的人。"

景玉对"通过嫁人来改变自身阶层"这种刻板的言论并不赞同，但这并不妨碍她去借助克劳斯的权势来为自己铺路。

她见识到那些原本"古板冷漠"的官员的另一副样子，他们不再只提工作上的事情，会花更多的时间来询问她的近况，滴水不漏地刺探着她和克劳斯的关系。

景玉知道他们在想什么。他们大概在想：眼前这个女孩究竟是什么人？克劳斯先生为何会将重要的家徽送给她？

她回答得同样滴水不漏，不会谈一些敏感话题，也会避开对方的一些问题。但这并不影响她每件事情都办得很顺利。

她的产品已经在亚马逊上开始售卖，她也在搭建属于自己品牌的销售网站和手机软件。这些都需要钱，需要和相关部门打交道，拿到许可证。

同时，景玉也在紧张地完成自己的学习任务。

这是她的最后一个学期，也是和克劳斯约定的最后期限。在达成"顺利毕业"这一条件后，等中国农历新年结束，她和克劳斯的合约也能提前结束了。

最近克劳斯并不住在慕尼黑，他提前去参加了冬季狩猎，骑着他的马，带着猎犬和枪，去猎杀过度繁衍的红鹿。

事实上，除那一次之外，景玉再也没有和克劳斯一同参加过狩猎。她明白这是为了保护森林的生态平衡，但克劳斯的确也在享受着狩猎的快感。

大概是直面红鹿眼睛的恐惧过于震撼，也或许是在车上和克劳斯的初次疼痛多于甜蜜，之后克劳斯邀请过她一次，但她拒绝了。

德国的大学出名地难毕业，为了不至于再延期毕业，景玉埋头写着老师布置的课题报告。原本想喝点儿酒提提神，却没想到，这酒的后劲比她想象中更加大。才喝了没两口，她就有了点儿困意。

在酒精的作用下，景玉困到趴在桌子上睡着了。朦胧中，感觉有人在触碰她的脸颊。

她下意识伸手捉住，梦呓道："先生？"

她想克劳斯应当不在这里，毕竟对方昨天刚离开。他喜爱狩猎，按照常理，应当会在三天后归来。

从那天下完飞行棋后，克劳斯几乎没有再陪过她。或许只是单纯的工作忙，也或许有些其他让她不愿多想的原因。

不过在平时的生活中，克劳斯并没有亏待她，一如既往。

克劳斯仍旧会微笑着为她准备节日礼物，检查她的作业和阅读情况，检查她身体是否健康……唯独不会与她同床。就像遵循着正常的一开始就制定好的规则，克劳斯在全心全意地培养一个女孩，塑造一件优秀的作品。

但现在景玉的确听到了克劳斯的声音："你喝酒了。"

不是疑问句，是肯定句。

克劳斯弯腰，将她打横抱起，送到卧室中。

景玉已经洗过澡了，她穿着睡衣，醉后迷迷糊糊地拽着克劳斯的手，不让他走："先生。"

克劳斯坐在床侧，低头看她。

景玉睁大了眼睛，想要看清他。可酒精让她的视线有点儿失焦，必须很努力地才能看清对方："妈妈……我肚子痛。"

她的确是醉了，现在已经开始说胡话了。

克劳斯换了个姿势，低头，触碰到她睡裙边缘，准备查看她不舒服的肚子。

这里是景玉的卧室，生活了三年多，房间里面处处都是她留下来的鲜明的痕迹，比如她随手买来的一些奇奇怪怪的装饰品，有从古董店里淘来的台灯，也有镏金的香薰烛台，还有造型可可爱爱的姜饼小人，高度不到5厘米，放在装着睡眠喷雾的盒子中。

放在床边小桌上的音乐盒，是她在圣诞集市上淘来、克劳斯修好的。玻璃罩内，用尾巴偷偷藏好玫瑰的小龙，坐在金山上，神气地笑着。

虽然嘴巴上一直在索要钱财，事实上，景玉很少会购买奢侈品。她要钱只是单纯地因为这种东西能给她安全感，可她并不会以此作为夸耀的资本。

景玉还在说胡话，其实她已经有点儿不清醒了，不然也不会把克劳斯当成妈妈了。

克劳斯掐住她的脸颊，强迫这个醉到不知东南西北的家伙直视自己。

"我是谁？"他问，"你看清楚。"

景玉却侧过脸蹭了蹭，吻上他的手指。

"你是克劳斯先生。"

她这样说着，呼出来的热气喷在他手指上。盯着现在蹭他手掌的景玉良久，克劳斯无声地叹了口气。

很意外，她冒犯的感觉，并没有那么严重了。

他悄悄松了松手。

正常人不应当试图去和一个醉醺醺的酒鬼讲道理，但克劳斯却这么做了。

"是因为近两周对你的约束少了吗，我的宝贝？"

景玉没有说话，她搂着克劳斯的胳膊，脸依赖地贴在他的衬衫上。她闻到他衬衫上有淡淡的血腥味。

克劳斯是刚刚猎杀完红鹿，简单洗完澡后，换了衬衫直接回来的。

景玉打了个寒战，下意识想离开，但克劳斯却压住她的后脑勺，要她贴着自己。景玉的脸颊感受到衬衫上的纽扣质感，没办法分辨它究竟是什么质地，只知道冰凉地贴着，硌出了痕迹。

"你知道的，"克劳斯说，"我之前教过你，应该怎么和人沟通。"

他很绅士，没有过多触碰她，似乎在刻意避开什么。

景玉喝的酒很适合冬天喝，下午刚刚送来一批。原本要等克劳斯回来一起品尝，但她自己忍不住先开了一瓶。

酒精暖和了血液，她的胳膊和脸都是热的，下意识想往男人的衬衫上贴贴，但对方却礼貌地保持了距离。

"要使用'请'，"克劳斯温和地纠正她的用法，"这么简单的用法，你已经忘记了？"

景玉想看看他，但只听到他的声音："需要我教你吗？"

景玉在他怀抱中仰着脸，头发从对方下巴上蹭过去，她闻到了淡淡的木质香水气息，和红鹿血液的味道融合在一起。

森林和血液，绿色和死亡；礼貌与狂烈，绅士与暴徒；温柔与严厉，放纵与约束。

克劳斯就是一个暴徒，一个身着西装的暴徒。现在，西装暴徒要礼貌性地确认他的掌控权。

他说："说'请'。"

他语调严肃地教育着，手掌心却贴着她的头顶护着，防止景玉因为挣扎而撞到床头。

景玉喘了口气，克劳斯低头，为了配合她的身高，他将人往上抱了抱，好让她能够直视他。

景玉看到克劳斯的眼睛，浓绿得像一片弥漫着茫茫迷雾的丛林。她知道这种迷雾会让小鹿迷路，她也知道童话故事中，魔王递出来的宝石都是陷阱。她知道的东西这么多，也知道男人多么不可信。

她都知道。

可是……

她说："请你亲吻我。"

克劳斯垂眼看向她，金色的鬓发垂下来。他在她额头上亲吻了一下，手背青筋凸出，而他礼貌地开口道："我会满足你的祈求，小龙宝贝。"

景玉只想用两个字来总结昨天的事情。

爆裂。

她坐在桌子前吃着属于自己的早餐，满脑子都还是昨天的事情。

怎么会呢？怎么会这样呢？

其实昨天她醉得不是太严重，只是没想到克劳斯会提前回来。她刚开始以为是一场梦，但当克劳斯将她压住时，才意识到这些并不是幻觉，而是真真切切存在的现实。

景玉慢慢地想着，心不在焉地喝了口豆浆。

她的早餐食谱上，啤酒被暂时划走，取而代之的是健康的豆浆——"雕师傅"现做的。

克劳斯已经吃过早饭了，但这并不妨碍他在这个时候喝些咖啡，看些报纸，陪伴景玉。

他不依赖电子产品，连电子游戏也几乎不玩。和这些东西比起来，他显然更乐意教育她，培养她。

景玉有些心不在焉，今天的早餐同样美味，"雕师傅"做了小笼包。肉馅是藤椒搭配大虾，汤汁有一点点的甜味，鲜香可口。一口下去，小笼包表层的芝麻香酥美味，浓郁的汤汁流出来，她用小勺子接住，防止汁水外溢。

等吃饱之后，景玉才认真地告诉克劳斯："先生，我记得您曾经说过，醉酒后并不能视作性同意。"

克劳斯坦然道歉道："对不起，昨天是我的错。"

景玉强调道："您弄痛我了。"她说完这一句，顿了顿。

其实她也很贪恋这种感觉。

不知道为什么，随着约定的时间将近，她的心脏有些说不清道不明的焦灼感。这种焦灼放在昨天就成了一种发泄，景玉说不清昨天自己到底是以什么心态咬了克劳斯。

佛爷爷保佑，希望他老人家的肩膀并没有受伤。

克劳斯显然并不在意这点，他顺着她的话温和地向她道歉。

下午，一位亲切和蔼的教授打电话给景玉，询问她是否有意向申请继续读研究生。如果想要申请的话，现在准备材料也来得及，从夏季学期开始读。

这个电话打来的时候，克劳斯就在旁边，他在督促景玉的法语学习情况。景玉一开始想离开出去接听，但是克劳斯将她重新按着坐了下去。

就在他的视线中，景玉听完了整个电话。她并没有拒绝，也没有同意，只是礼貌地说自己想考虑一下。

通话刚刚结束，克劳斯就说了："我希望你能继续读。"

景玉拒绝道："不要。"

她全神贯注地辨认着法语，头也不抬地说："以后再读也一样。"

克劳斯顿了顿，他问："小龙宝贝，你毕业后有计划吗？"

这还是两个人第一次谈毕业计划这个问题。或许因为牵扯到合约到期这件事，两人避免谈这个话题，似乎就不会面对很可能会发生的争执。

克劳斯坐在旁边，说："你可以说出来，说不定我还能够为你提供一些帮助。"

景玉警惕地看着他问："不需要我付出什么吗？"

克劳斯笑起来说："就当是送你的毕业礼物。"

景玉想了想道："计划啊？毕业后先回国看看情况，如果国内市场前景不错的话，就大力推广我的啤酒品牌，争取三年内在北上广买房，五年内北上广各两套房。等事业差不多了，再选纯情男大学生，咳，这个还是算了，男人都靠不住，为男人花钱没有好下场……"

她滔滔不绝地说了一堆，转身看着面无表情的克劳斯。

她继续快乐地说："如果您现在想资助我达成三年内的小目标，我也不会介意的！"

克劳斯动作优雅地站起来，礼貌地回应她的梦想道："当我没说。"

因为生意需要，景玉以后大概率会接触到一些法国客户，也避免不了和那边的一些酒厂打交道。很多法国人都有种奇怪的骄傲感，他们以说法语为荣。在很多时候，即使懂英文，他们宁愿听人讲磕磕巴巴的法语，也不肯用英文继续交流。

正因如此，景玉才不得不从头开始学起，掌握一门新语言。

她在房间中苦读的时候，克劳斯去书架上拿书，不经意间瞥见一沓细心地夹在一起的资料。大概是不小心被碰掉，也或许是被风吹掉，现在这一份资料就安安静静地躺在地板上。

克劳斯的手顿住了，他想将这份资料放好，无意间看到了上面的名字。

这是一份申请表，一份往曼海姆大学递交的研究生申请表，上面有着熟悉的签名。

简玛。

景玉。

她想离开了。

糖 sugar

下册

多梨 著

北京燕山出版社

十六颗糖

终点

在某种程度上来说，欧美国家使用的语言体系其实差不了太多。日常生活中所能够使用到的一些法语发音，从英语中几乎都能找到类似的。

为了便于景玉理解、学习好法语，克劳斯亲自做了一份笔记，总结了一些经常用到的口语以及单词，并言传身教地告诉她阳性词和阴性词的区别。

景玉的学习速度算不上慢，更何况还有克劳斯这样一个优秀的"老师"，阳性、阴性、复数形式……她饶有兴致地记着单词，连克劳斯走到她身边都没有察觉。景玉完全沉浸在学习的世界中了。

克劳斯坐在她旁边，他拿的书很厚，和胡桃木桌面相接触的时候，发出沉闷的一声，好像一声沉重的叹息。

景玉还在背一些日常生活中惯用的短句："Peux le voir，我可以看看这个吗……"

克劳斯冷静地叫她："景玉。"

景玉疑惑道："嗯？"她还沉浸在背诵中，反应没有那么灵敏，顿了一秒，才回头看他。

虽然这种机械、重读的背诵方式经常被人诟病，但对于景玉来说，这的确是个最佳的学习语言的方式。她必须要大声地念好几遍，才能加深自己对它们的理解。

为了不影响阅读，书房中没有阳光，只有灯光，开到最适合阅读和学习的亮度。

现在如此安静，听不到外面的声音，当景玉合上书的时候，纸张发出清脆的响声。她捏着笔，在笔记上无意识地戳着。

椅子可以转动，景玉往克劳斯的方向转了转，让他完整地看到自己的脸。她也在看着克劳斯。

克劳斯的头发像她第一次见到的时候那么漂亮。他好像神祇，古希腊神话中描述的神明，永久在云端上，掌控着人类。

神明创造了人类，但人类却想逃离神明。

克劳斯很平静，他手上戴着那枚被景玉拒绝的红宝石戒指。里面镌刻着他的名字，以及埃森家族的家徽，和她脖子上佩戴的那枚吊坠，出自同一工匠之手。

他问："你刚才说的毕业计划，是真心的吗？"

景玉回答道："至少在刚刚那一秒，是真心的。"

克劳斯没有说话，他仍旧保持着这个坐姿，垂眼看着比他矮上许多的景玉。她看起来如此弱小，黑头发、黑眼睛的少女，刚成年不久就独自来到异国求学。

在中餐厅的时候被客人刁难，穿着廉价的短旗袍，劣质的布料将她的胳膊和腿都磨出了殷红的痕迹。那是他第一次见她，中餐厅的生意并不好，店里没有一个客人，空荡荡的。但玻璃擦得干干净净，桌椅也摆放得整整齐齐。店里唯一的店员，将每一个角落都擦得闪闪发亮。

阳光透过透明的玻璃洒下来，这个勤劳的员工，在餐桌上铺开一张纸，趴在上面看借阅来的书。厚厚的一本，书的封面是烫金的。

克劳斯本该径直经过，他不吃中餐，更不会注意到街边这家快要倒闭的中餐厅。但是，在他走过玻璃窗的瞬间，景玉正翻开书，封面上的烫金字经过阳光的折射，产生了一道灿烂的金色影子落在他的眼底，晃了一下他的眼睛。这道金色的、随着主人平放下书而消失的光，好似一道线，牵住了克劳斯的手脚。

他眯了眯眼，折射出的光芒从他脸上划过，去了其他地方。但克劳斯却停了下来，转过身。

克劳斯看到了一双谈不上娇嫩的手正慢慢地翻着书，指腹上有茧子，手掌并不大。瞧得出主人吃了不少苦头，手在水中泡久了，边缘发白，指腹皱起来，手腕上还贴着一个创可贴。

他的视线顺着这双劳累的手往上看，他看到了一个黑头发、黑眼睛的少女。

女孩的确年龄不大，头发扎起来，是西方人对旗袍少女印象中的两个丸子头。旗袍的款式过于紧贴，不合身，领子也高，边缘包着粗糙的布，针脚松松垮垮的，甚至连线头都没有处理好，她的脖子被磨出了红色的痕迹。

克劳斯驻足，看着一个矮小的亚裔男性进了店。旗袍少女合上书，拿了菜单和笔过去，正式接待客人。

门没有关，他听到了里面的对话。

少女的英语说得很流畅，不过这并不是什么稀奇的事情。中国是个很重视英语教育的国家，他知道，他们大部分人从小学就开始学习英语了。

也或许，她是华裔。

这样的念头刚刚存在两秒，克劳斯就听到少女收起菜单，"啪"的一巴掌打在了对方脸上。

少女用流畅的中文，一字一顿地骂道："客你祖宗十八代的坟！"

克劳斯终于仔细看她的脸，那是一张年轻、傲气的脸。明明她如此贫穷，为了微薄的薪酬边打工边学习，困到几乎要在桌子上睡着。

第一眼见到她的时候，克劳斯就看出了她的处境艰难。她穷到在中餐厅中辛苦工作，喝从水龙头中流出来的不确定有没有经过过滤的生水。晚餐是从中餐厅打包的卖不掉的剩菜和面包。这个唯一能多多照料她的中餐厅，也面临着客源稀少、即将倒闭的命运。

为了书费和生活费而发愁的少女，住着简陋混乱的廉价公寓，遭受着邻居的种族歧视，还要躲避一些不怀好意的男人的纠缠。她生活得如此混乱，不安，会小心翼翼地收好每一个瓶子，去超市里退钱。

克劳斯想，她是最佳的人选。

的确是最佳。

克劳斯取出自己捡到的那份资料，上面有她做的标记。

不出意外地，他从景玉脸上看到了一瞬间的紧张。她强压下去，保持镇定，挺直脊背，端正地坐着。

这资料是景玉故意放在那边的，刻意放到了能让他看到的位置。

克劳斯将这份她偷偷准备并装订好的申请材料放到桌子上，仔细地看着他培养了三年多的人。

景玉很优秀，这点从始至终都不需要他的承认。她不需要依靠别人的目光，来确认自身的优秀。

现在，她手上没有那些做粗活留下来的茧子，头发打理得很漂亮，柔顺而有光泽；衣服很合身，不会有糟糕的线头来弄伤她的肌肤；不用喝未过滤的生水，皮肤泛着健康的血色。

她不需要边打工边读书，不用担心没有钱吃饭和买教授列出的书单上的书。银行账户中有一大笔能够让她轻松生活、好好享受学习时光的钱。

克劳斯确信，景玉能够成功申请到这所学校的研究生和奖学金。

他成功达成了目的。

但，此刻他并没有欣喜。

他问："为什么是曼海姆？而不是慕尼黑？"

景玉回答道："曼海姆大学的商学院排名更高，先生。"

她手里面的笔不小心掉下去，发出"啪"的一声响，笔尖上渗出的墨水滴到纸张上，那是克劳斯为她做的简单笔记，她刚刚还背诵过。

——Cela ne me plait pas.（我不太喜欢）

克劳斯看出她在尽量保持平静，她很不安，右手放在膝盖上，无意识地揪紧了衣摆。在紧张不安地等待审判时，她喜欢做这个动作，这点或许连她自己都没有意识到。

"不考虑慕尼黑吗？"

"或许离开对我的未来更有利。"

克劳斯没有勉强，他将那份资料递给她。

"龙宝贝，"他叫着为她取的爱称，很冷静地说，"我尊重你的选择。"

现在的他很冷静。

只是晚饭过后，他就没有这么冷静了。

景玉被拽住两只手腕，被迫仰起上半身。克劳斯另一只手压在她唇上，感受着她断断续续的呼吸混乱地喷在他手上。

她在用中文说着什么，听不清楚。克劳斯克制不住地吸口冷气，压低身体，贴到她唇边问："什么？"

景玉在说她的膝盖不舒服，克劳斯将她抱起来，低头揉着她发红的膝盖，亲吻她的额头。她顺势重新搂住他的脖颈，小声在他耳侧叫着"先生"。

她很喜欢这样。

克劳斯温柔地触碰着她的脸颊，在她耳侧轻柔地蹭了一下。

他忽然想到一个中国的成语，耳鬓厮磨。

大概就是描述这一刻的场景吧。

最终，景玉在他怀抱中开心地哭出来。她用力搂住他的肩膀，好像花朵抱住采撷的蝴蝶。克劳斯与她十指相扣，轻轻拍着背安抚她。

克劳斯手指上仍旧戴着那枚红宝石戒指，他将戒指摘下来，握在掌心，有些无意识地用力，宝石在他掌心留下红色的痕迹。他另一只手去捉了景玉的左手过来。

克劳斯很平静，他并不知道自己为何这么做，只是单纯地想罢了。

景玉疑惑道："嗯？"

这一枚镶嵌着硕大红宝石的戒指，被克劳斯戴在了她的左手无名指上。他看着她细细的手指，和与之并不匹配的硕大戒指，称赞道："你戴这个很漂亮。"

景玉愣住了。

沉默两秒后，她提出建议道："您不觉得这戒指太大太重，也太松了吗？"

克劳斯手指很粗，很长，戒指是按照他的尺寸定制的。他戴着合适，而到了她手指上就空荡荡的，晃一晃就要掉下来。

这戒指的戒围太松了，款式也是如此，严肃庄重，完全不适合景玉这个年纪的人佩戴。

景玉想把戒指晃下来，可惜被克劳斯牢牢地握住了手，尝试失败。她不得不再度提醒他说："而且，先生，您不应该给我戴在无名指上。"

克劳斯垂眼，看着她的手说："我偏要戴。"他问："龙宝宝，你不想留在慕尼黑吗？不想留在我身边吗？"

景玉只是茫然地看着他。

克劳斯抚摩着她的无名指，捏着她柔软的指缝说："我想我们或许可以有更深的合约之外的感情。"

"NO！"景玉骤然睁大眼睛，惊慌失措道，"先生，请您不要试图用肮脏的感情，来玷污我们之间纯洁的金钱关系啊！"

克劳斯仍在捏着她的无名指，动作稍微停顿了一下，深深吸了一口气。

比他刚刚为了缓解过于愉快而做的呼吸更深。

"甜心，"他垂眼看着她问，"你口袋中的金子只会更多，不考虑一下吗？"

景玉还真的考虑了一下。两秒后，她果断地拒绝道："不。"

克劳斯松开手，失去约束后，那个过大过重的红宝石戒指，从景玉手指上顺利地脱落下来，掉在他的掌心中。

克劳斯的手指骤然蜷缩，又慢慢地伸开。

景玉把脸贴在他胸膛上，能够听到他的心跳声，"怦怦怦"，有力且有节奏地跳动着，和平时并没有区别。

克劳斯抚摸着她的脖颈，景玉仍旧佩戴着镌刻着他名字的项链，他的指尖轻轻抚过这条项链。

"你想去曼海姆？我在曼海姆也有个漂亮的小房子，就在内卡河旁边，离路易森公园很近。在阳光好的时候，你可以去那边散步，看看那些温室、花园、水族馆和蝴蝶展厅。对了，旁边还有家不错的中国茶馆，或许你会喜欢。"

景玉告诉他："我已经准备申请学校提供的公寓，只需要400欧元。"

克劳斯抚摸着她的头发说："或许，你会吃不惯那边的饭菜。甜心，你难道会喜欢他们做的那些乱七八糟的饭菜吗？那些黏糊糊的意面？还有带皮一起烤的土豆？"

这还是景玉第一次从他口中听到贬低德国菜的话语。

虽然德国本地的确缺乏美食，但大部分德国人都还有种神奇的自豪感。在大部分情况下，他们甚至会挑剔法国菜。克劳斯也不例外。景玉想偷偷地用"山猪嚼不了细糠"这句话，来形容这些缺乏美食细胞的德国人。

"我觉得还蛮好的呀，很有异域风情。"

克劳斯沉吟两秒，尝试着从另一个角度说服她："你听说过吗？德国有些大学食堂因为食物安全问题闹上过新闻，据说是他们的后厨使用了不新鲜的蔬菜——"

"不干不净，吃了没病。"

"万一因此生病，你将支出一笔医疗费用。"

景玉满不在乎道："不怕，我可以请律师向学校索赔——而且，小额的话，现在的我还是可以负担的。"

"但你的身体会因此受到损伤。"

景玉拍了拍自己的胸膛，骄傲道："我的身体很健康！"

克劳斯有些头痛，他拿这个天不怕地不怕的女孩没有办法。他将话题重新绕回去说："学校提供的公寓，不一定能申请成功。"

"那也没事，您不用担心这个。"景玉安慰他道，"曼海姆那边的房租其实还可以，不会太高。就算自己租房子的话，找个不错的公寓，每个月顶多700欧元。"

克劳斯称赞她说："不错，甜心，你已经不是那个会找我要1欧元水钱的女孩了，你现在已经不再将700欧元放在眼里了。不错，很棒，聪明的女孩。"

他一句话中连续使用了三个夸奖的词汇。

景玉坦然地接受了他的赞美："谢谢您的夸奖！"

克劳斯又进行了一次缓慢的深呼吸。

景玉体贴地问他："先生，您不舒服吗？"

"是的。"

"需要叫医生吗？我做什么可以让你舒服点儿？"

克劳斯看着她道："你可以短暂地安静两分钟吗？就这样，什么都不要说，就这样抱着我。"

景玉很温柔地靠近，抱了抱他，她还亲了亲，贴了贴。

刚才她控制不住咬破了克劳斯的胸，很为此感到抱歉。但宽容的克劳斯，显然并不会在意她造成的这点伤害。

和克劳斯比起来，景玉的体型的确有些偏小。她脸贴在他的胸膛上，额头抵着，伸手拥抱他。她很喜欢他的胸肌，此刻埋头在上面，手指贴着，有种奇怪的安全感、温暖，以及短暂的宁静。

克劳斯什么都没有说，他保持沉默，摸摸她的黑色头发。红宝石戒指孤零零地躺在枕头下面，把床单压出了褶皱，只是现在并没有人在意它。

景玉在心里面噼里啪啦地数着时间过了两分钟，贴在克劳斯的胸膛上亲了亲。她轻声说："先生，您听说过一句话吗？聚散无常，世间万物都讲究一个缘分。"

克劳斯低头，难得能从她口中听到这种虚无缥缈而又极富哲学的话题，不禁不解地应道："嗯？"

向来眼里只有金子的守财小龙，如今居然会谈论这种精神层面上的东西，谈这种带着一些淡淡悲伤的虚无。这可真是令人感到十分意外。

"就像我们，"景玉感叹一声道，"先生，以我们两个人的身份，原本就不该在一起。您知道这叫什么吗？这叫'无缘'，但是啊——"

克劳斯低头看着她，他在等这个"但是"。

"但是，只要您肯花钱，我们就有缘。"

克劳斯重新把她的脑袋按回自己的胸膛，说："甜心，你可以继续沉默两分钟吗？"

景玉发现，克劳斯留在她这里的时间越来越多了。

很奇怪。

之前克劳斯很注重界限，在同住这方面也保持着一定的谨慎。尽管在某些事情上他很乐意和她尝试，但这个男人也会约束自己的欲望，并不会每天都和她在一起。

坦白来说，景玉很喜欢这样。毕竟两个人如果住在一起的话，她也会感觉到有些莫名的压力——就像普通职员面对老板的那种压力。

还有一点——

即使克劳斯包容性强，但景玉也不能确定，自己在睡着了之后，会不会说出些奇奇怪怪的梦话。

临近毕业，景玉需要准备的东西也越来越多。其实，按照她一开始的计划，最好是用6个学期读完全部课程，省钱也省时间。但那样的话，时间安排得太紧凑，克劳斯并不赞同她将所有精力都花费在学习和赶课程上面，他更希望她能够充实地度过她的学业生涯。

两人沟通、商议之后，才敲定下来，用7个学期读完。

景玉很感谢克劳斯做出的这个决定，他是对的。多用一个学期，让她能够更好地学习这些东西。而在此期间申请的实习工作，也让她深入学习到了一些商业上的运作。

德国的公立大学的确更注重理论，不像私立的商学院一样注重实践。而这个实习以及克劳斯的一些指点，让她收获颇丰。

但是在临近毕业的时候，景玉仍旧不可避免地有些失眠。她不知道这种焦灼感从何而来，随着毕业的日子一天一天地临近，她入睡需要花的时间越来越长。

尽管已经戒掉了咖啡，甚至从早晨开始就不去碰它，但景玉还是莫名地感觉到压力和焦虑——焦虑到背上起了一个小红点，一碰就痛。克劳斯请来医生帮她看了下，对方只建议她保持心情愉快，多吃一些新鲜蔬菜和水果。

在景玉又一次失眠，次日顶着黑眼圈从学校回来之后，她看到了克劳斯请来的珠宝商。她感到有些意外，仔细回想了一遍，也不觉得自己这一周做过什么能让他送自己礼物的好事。

克劳斯向她招手道："过来，挑几个你喜欢的。"

这句话真的犹如天籁，尤其是在听他说"几个"的时候。

景玉和这位珠宝商已经很熟悉了，对方为埃森家族服务多年，为成员送上珍贵的、精挑细选出来的好东西。

她兴致勃勃地凑过去看，惊叹得"哇哦"了一声。

这次送来的东西，真的都很美丽。

除却先前都会送来的一些宝石和钻石外，还有很多精细的金制首饰，镂空雕刻，能够将金子做出蕾丝般的感觉。

景玉一眼看中了含金量最多的饰品，手一指道："我要那个。"

克劳斯坐在旁边，他没有看珠宝商铺满一桌子的珍宝，只是看着景玉问："还有其他喜欢的吗？如果觉得都喜欢，那就全要了。"

这句放在平时能令景玉开心到唱"好运来，我们好运来"的话，今天却并没有打动"小龙"的心。

她警惕地看着他问："先生，您想做什么？事先声明，珠宝是不能用来抵工资的。"

克劳斯微笑着看向她道："送你的礼物。"

景玉懂了。

离职大礼包啊！

她松了一口气，双手合十，对着克劳斯做了个手势说："先生，您真是我见过最仁慈的资本家。"

克劳斯没有感谢她的恭维，只低头喝咖啡。

景玉并没有贪婪地全部都要，她精挑细选，最终只挑了几样最喜欢的东西。等到珠宝商离开后，她守在桌子前兴致勃勃地数着自己得到的新宝藏。

克劳斯喝完咖啡，走过来，低头看着她手中的东西说："或许我应该给你打造一个箱子做礼盒。"

景玉眨巴着眼睛问："如果可以的话，能做成纯金的吗？"

"还可以给你镶钻，你想要镶多少？"

"镶满！"

"建议很棒。"克劳斯点点头说，"不过，简玛，镶满的话，需要等一段时间——"

"哦，算了，"景玉埋头抚摩着漂亮的手镯说，"那我不要了。纯金的箱子就行，我不贪心。"

克劳斯顿了顿，问："除了纯金的箱子，你还想要其他东西吗？"

"现金最好，金子也可以。"她沉浸在用金子填满纯金箱子的快乐中，忽然顿了一下，惊喜地仰头，看着克劳斯说，"这种感觉就像是嫁妆哎，先生，您知道'嫁妆'是什么吗？是我们中国的一个传统，送女儿出嫁前——"

"甜心。"

"嗯？"

"再多说一句，就把东西全留下。"

景玉不说了，她十分快活地把这些东西收了起来。

克劳斯看着她美滋滋地数东西，看着她没心没肺的模样，心里一窒。他站起来，刚刚起身，景玉忽然伸手，抓住了他的手腕。

袖口处的纽扣很硬，硌得景玉的掌心一片发白。

克劳斯垂眼看着她。

景玉拉住他的胳膊，努力踮起脚，在他下巴上亲了一口。位置没对准，只贴到唇旁边的位置，轻轻的一下。

她真诚地向他道谢道："先生，谢谢您。"

克劳斯的手习惯性地压在她肩膀上，抚摩她柔软的黑发。

她的头发生长速度很快，现在已经能够浅浅地盖住肩膀，柔顺地垂着。比第一次见面的时候短了很多，也有光泽了很多。

克劳斯说："能教导你，是我的荣幸。"

他俯身，还给景玉一个完整的吻，并没有深入，只是礼貌地浅尝辄止。

不清楚是不是人体的自我保护，毕业即将到来的前几天，景玉反倒没有那么慌乱了。就像狂欢之后的暂时冷静，也像是看恐怖电影时，被接二连三的画面吓到，她已经能够麻木冷静地观看结局。

但一切都很顺利。

之前主动给景玉打电话的老师很欣赏她的成绩，在他的帮助下，她成功地拿到了一笔优秀毕业生的奖学金。不过，德国的毕业典礼不像其他国家那么隆重，很多大学都没有集体毕业典礼。尤其是景玉，选择了并不太恰当的毕业时期。

大部分毕业生，也不像国内有学士服。很多人穿着常服拍照，有些正式点儿的，或许会选择穿正装过来。

景玉怕冷，她裹得严严实实的，和朋友在校园内简单地拍了一些照片，鼻尖被冻得有点发红，但笑得十分灿烂。

希尔格延毕了一年，玛蒂娜也是。大部分德国人都会延毕一两年，这很正常。

至于栾半雪，她挂了一科，还有两门课程拿到了警告——如果再这样下去，栾半雪只能换个专业重新学，或者退学。

因为这点"宽进严出"的标准，栾半雪已经哭哭啼啼地喝着啤酒难过好久了。

曼海姆的硕士冬季学期申请时间四月份才开始，一直截止到五月末，景玉准备给自己申请冬季学期。

而在此之前，她想给自己留半年的时间好好经营店铺，以及在曼海姆找一个租金合适的仓库，用来储存啤酒，做他们的工作室。

慕尼黑到曼海姆的距离不算太远，毕竟整个德国加起来，也就和山东、河南两省的面积差不多大。

景玉再次感叹了一句，还是祖国幅员辽阔，地大物博！不像这里，本土菜肴完全离不开土豆和猪肉。

按照约定，在毕业的第二天，景玉就要从这里搬走。但是，两天后是她的生日。

景玉的朋友已经约定好为她庆祝生日，举办生日派对。克劳斯很乐意免费为她提供场地，并且好心肠地告诉她，可以等生日结束后再搬走。

景玉十分感激。

克劳斯给她订了一个硕大的黑森林蛋糕，能够让邀请来的二十多个同学吃到饱。还有一些其他的东西：抹了一层香草酱的红果羹，奶油冻，蜂蜜口味的小姜饼，冰激凌，加了蜂蜜、香料和坚果的纽伦堡姜饼，吕贝克的杏仁蛋白软糖……

几乎是能想到的所有甜品，都被克劳斯搜罗来了。

还有饮品，德国人疯狂喜爱的带着气泡的矿泉水、法式碗装牛奶咖啡、啤酒、烈酒，甚至是一些助消化的药草饮料。

自成年之后，景玉还是第一次这样盛大地过生日，还邀请了这么多人。

确定她要留下来过生日后，克劳斯参考着她的意见，请来了专门的活动策划。

他们两人，现在已经很自然地恢复到相敬如宾的状态。

克劳斯一直很重视规则。现在，约束他们两个的规则已经荡然无存，他也开始与她保持应有的距离，不会冒犯她。

不过，景玉对他的称呼没有改变，仍旧是"先生"和"您"。她叫了三年多，短时间内有点改不过来。

但两人没有接吻，也没有拥抱，客客气气的。

昨天还发生了一个小小的插曲，景玉去书房中归还自己看的书。不过书架太高，书又是放在顶层，她只能借助克劳斯给她做的小梯子，踩在上面去放书。

或许是前几天忙毕业的事情太累了，放上去的时候，她有点头晕，身子晃了晃。差点摔下来时，克劳斯从背后扶住了她。景玉连声道谢，克劳斯却没有对此做出什么反应。确认景玉站稳之后，他缩回手，后退一步，什么都没有说。

这次景玉的生日派对，克劳斯并没有出面。他告诉她，今晚自己有些其他要紧的事情需要去处理，没办法陪伴她，不过会让人替他转交生日礼物。

派对仍旧是在克劳斯的另一处公寓中举行，这儿离景玉的学校很近。从晚上8点钟开始，就有她的朋友过来，受邀的、没有受邀的，呼啦啦来了好多。

枯燥无味的德国人，日常没有更多的放松活动，也就派对能够让他们活跃一些。景玉并不讨厌这样，她现在已经习惯了他们的文化。

如今，景玉不用受规则的约束，自然意味着她可以选择喝醉。现在的她已经有了自己的判断准则，她也认为在派对上喝醉，并不是一件好事。

晚上10点过后，又陆陆续续地过来了很多不太熟悉的同学——那种见了面虽然会打招呼，但平时不会聊天的不熟悉。

景玉学会了谨慎，即使是在克劳斯提供的场地中。她只吃了一点点自己的生日蛋糕，音乐声开得很大，人渐渐多起来之后，派对就有点混乱了。虽然说了禁止抽烟，但仍旧有些人不守规则，在角落里偷偷地抽。

景玉并没有制止，只是提醒他们烟头不要乱丢，这房中有很多易燃物品。

整个公寓里都充斥着啤酒的香味，有些人喝高了，东倒西歪地叠在沙发上，压在一起。

景玉收到了很多很多的生日礼物，也收到了很多祝福。她把这些东西暂时都放在一个卧室中，避免被喝醉了的人弄坏。

她刚放好礼物，直起腰，就看到穿着黑衬衫的克劳斯站在门口。

她没有想到他会来，不禁愣住了。

景玉看了眼时间，现在已经接近深夜12点了。通过克劳斯身后大开的门，她听到、看到、闻到外面的混乱，大量的啤酒气味飘进来，和甜甜的蛋糕香味混在一起——克劳斯为她精心准备的黑森林蛋糕，只有少部分被人吃掉，大部分都在玩闹中被浪费掉了。

克劳斯穿得很正式，甚至还系了领带，佩戴着马甲链，戴着一双黑色的手套，身材高大挺拔，和身后的喧闹格格不入。

他不是今天晚上第一个不请自来的客人，却是最让她惊喜的。

景玉惊喜地叫道："先生！"

克劳斯关上了卧室门，他没有摘手套，将礼物递到她面前。这个向来游刃有余的男人，在此刻却露出有些头痛的表情说："我已经很久没有参加过大学生的派对了——真的很吵。"

外面的音乐声几乎要把房顶掀开，这个公寓的隔音效果并不是太好。关上门之后，声音仿佛仍旧能够透过木质门板，通过四面八方的缝隙无孔不入地渗透进来。

卧室并不小，但不知道为什么，当克劳斯关上门的时候，景玉忽然觉得空间有点过于狭窄了。她站起来，接过礼物，道谢道："谢谢。"

德国人通常会在收到礼物后立刻打开，并表达对它们的喜爱。景玉也应当这么做。只是不知道为何，她并没有立刻打开，道谢之后轻轻放在了旁边。

景玉想打开窗户，稍稍透透气，她感觉这个卧室缺少新鲜的氧气。

克劳斯问："你订好车票了吗？"

"订的不是车票，"景玉纠正道，"东西太多了，我开车搬过去。"

从慕尼黑到曼海姆，差不多四个小时的车程。景玉十分感谢先前克劳斯督促她考了驾照，并让司机陪伴她锻炼车技。

果然用得上。

克劳斯问："开我送你的那辆车吗？"

之前玩完飞行棋后，景玉从克劳斯这里得到了一辆粉红色的劳斯莱斯。

"不行，"她摇头道，"那个太小了，不能拿来搬东西。我租了一辆空间大的车，能装很多呢。车的租金很便宜，还给了我折扣。"

房间有点热，大概是空调温度开得太高了。景玉从桌上拿了杯水，喝下去，胃里面的燥热仍在，火辣辣的。

放下杯子后，她试图找空调遥控器，没找到。

她又低头，想用手机连上控制系统。但不知道为什么，平时很灵敏的遥控系统，在今天却像失灵了般，她尝试了好几次，手机屏幕仍旧停留在转圈圈的加载界面上。

克劳斯从她身边经过，他并没有摘掉黑手套。他拉开窗帘，微微打开一条缝隙，外面的光透进来。

这里是十四层，周围的建筑物都不是很高。对面是漂亮的街景，能够清楚地看到老美术馆。

今天周一，老美术馆闭馆，在十个小时之后，才会再度开放。而那个时候，景玉应当已经离开慕尼黑了。

克劳斯问："找到住处了吗？"

景玉点头道："玛蒂娜和她男友帮我联系好了，是个很漂亮的公寓。"

"很好。"两秒后，他又说，"如果有需要，你依然可以向我寻求帮助。"

景玉抬头看向他。

克劳斯现在的表情很冷静，他穿着很正式的衣服，身材挺拔地站在窗帘旁，注视着景玉脖颈上佩戴的家徽吊坠。

"我不希望自己精心培养出的宝贝，要继续品尝她本不该吃的苦头。"

景玉侧过头问："你今天来，只是想说这些吗？"

克劳斯说："还有，祝你生日快乐。"

他看上去真是一个标准的绅士。

景玉靠近他，微微仰头，确认道："你没有其他话想对我说吗？"

克劳斯沉默了。

景玉站在他的面前，身高差距太大，让她没有办法平视对方，但这并不影响她靠近。

她已经走到克劳斯身边了。克劳斯依旧没有摘掉手套，他还在触碰着窗帘，微微眯着眼睛看她。

外面的喧闹还在继续，有人试图打开卧室的门，拧了两下，没打开。对方拍了拍木门，大声问："Hello？有人吗？"

他们二人都没有给出回应。

景玉看着克劳斯始终戴着黑色手套的手，忽然起了点戏弄他的心思。她问："你刚刚拉窗帘做什么？怕我吃了你吗？"

这是她留在慕尼黑的最后一个晚上了，德国说大不大，但也不算小，至少是两个城市，在不同州。今后，如果不是刻意联系，大概再没有见面的机会了。

现在，景玉说话也带着点调侃和随意。

克劳斯礼貌地问："哪种吃？"

他真的很严格，在合约结束后，两人连最基本的肢体接触都没有。

景玉笑了，她忽然觉得自己刚才的念头有一点点幼稚。从侧边的桌子上顺手拿了一个小蛋糕，她举到克劳斯面前道："这种——呃！"

话还没有说完，方才还和她平静聊天、保持距离的克劳斯，忽然搋住她的手腕，用力拉她贴近自己。

这是自从合约结束后，他第一次主动触碰她。她能感受到他手掌心的炙热，还有力度。

猝不及防被扯住，景玉担心会打翻蛋糕，牢牢地护住它。

克劳斯偏过头，咬着右手手套，摘下，松开，黑色手套孤零零地躺在地上。他苍白的手指沾了点樱桃下方的奶油，慢慢地抹在景玉嘴唇上，低声说："可是我想吃你。"

"另一种。"

蛋糕被克劳斯拿走，放到桌子上，他另一只手仍旧戴着黑手套。

景玉坐在桌子上，现在这个高度仍旧不能让她和对方对视。她的手搭在克劳斯肩膀上，虽然比刚才好些，但这个高度并不能令她满意。

还不够。她想，她还希望能更高一点，再高一些。

克劳斯没有说话，他细细亲吻着她唇上的那点奶油。景玉闭上眼睛，她清晰地听到自己并不太妙的心跳声。

现在事情的发展有点糟糕，有点出乎她的意料。

但，享受当下，只享受一次。

景玉这样对自己说，她真的太累了，不想再去思考这些复杂的东西了。上帝啊，请让她堕落一回吧。

她搂住了克劳斯的肩膀。

克劳斯将窗帘拉得严严实实的，桌子上的奶油蛋糕也被打翻了。不喜欢将黏腻的食物弄到手上的他，今天并没有在意这些，而是将另外一只黑手套摘了下来，随意地扯出纸巾，胡乱擦拭着手上沾到的奶油，揉成一个纸团，径直丢进了垃圾桶中。

景玉第一次见克劳斯如此不注重仪表，第一次见他这样失控，甚至可以用"迫切"这个词来形容。

外面嘈杂的音乐还在继续，炙热的音浪升腾向上，气氛狂热。她搂住克劳斯的脖子，脸贴在他锁骨处，叫他："克劳斯。"

克劳斯按住她的腰，提醒道："是'先生'。"

景玉吸了一口冷气，声音有点颤，但仍旧坚持道："克劳斯……"

克劳斯没有继续纠正她，他只是亲亲她的黑发。

外面又有人开始敲门，甚至尝试着拧门把手，看看能不能进来。

他们还在问："Hello？"

无人回应。

没有人能分心回应。

将派对场地限制在卧室外是正确的，很多醉鬼没有自我约束能力，找个地方就想睡觉。克劳斯不会允许这些人在自己的地盘上狂欢，他很注重个人隐私。

整个公寓如此热闹，吵吵嚷嚷，啤酒杯碎了一地，酒和蛋糕、奶油都混合在一起。而这个房间中，两个人都压着自己的声音，克制着不让呼吸声太大。外面如此嘈杂，房内漆黑一片，他们两个只拥有彼此。

其他人都在尽力地把声音弄大，唯独克劳斯和景玉控制着快要压不住的声音，在暗处接吻。

景玉猛然往后缩了一下，又被克劳斯压着后背贴近他。她睁大眼睛看着对面的男人，看着他漂亮的绿色眼睛，她想说些什么，但现在不行。

她只有一颗小心翼翼保护好的酸橙子。

她用力在克劳斯脖子上留下一个深深的牙印。

神明在上，是否能够庇佑她这个非信徒？

这个狂欢派对，一直持续到凌晨 4 点才结束。

大部分人互相搀扶着离开，也有一些不省人事的醉鬼，随便找了个地方，倒头就睡。

中途希尔格给景玉打了个电话，景玉迷迷糊糊地告诉他，自己刚刚不小心喝多了酒，现在正在睡觉，不用担心，谢谢他。

克劳斯从来没有这么混乱过。他衣服凌乱，赤着脚去倒了两杯水，俯身先将其中一杯递给了景玉。他脖子上的牙印很深，流了血，现在表层已经凝固，结了血痂。

"我们需要好好地谈一谈，简玛。"

景玉喝了点水，平稳呼吸，听到这句话，侧脸看着他。

克劳斯慢慢地说："我想让你留下来。"

"为什么？"她看着他的眼睛问，"你想我留下来的理由是什么？可以告诉我吗？"

"我们很合拍，我喜欢你。"

又是一个"like"。

第一次正式谈的时候，在那个温暖的蛋糕店里，衣冠楚楚的克劳斯微笑着告诉她："坦白来说，我喜欢你。"

几年之后，克劳斯仍旧这样注视着她，说："我喜欢你。"

I like you。

景玉真庆幸自己从始至终都没有想太多。她抱着枕头，看着克劳斯，温柔地告诉他："先生，您喜欢的或许并不是我，而是自己一手塑造出的作品。您知道追星吗？哦，我没有其他意思，只是想告诉您——

"就像那些粉丝迷恋他们付出、培养的明星一样，您喜欢我，或许只是因为您在我身上倾注的心血。

"如您所见，我也承认自己被您培养得很优秀——请不要嘲笑我。您应该知道，我并不具备谦虚这一美德。"

克劳斯笑了一下说："我很喜欢你的坦诚。"

"我也很荣幸能够接受您的照顾和培养，但是，我想我们对未来的追求并不一致。至少现在，我们的目标并不相同。"景玉顿了顿，笑着说，"抱歉，我今天晚上喝酒了。"

克劳斯明白她的潜台词。

他什么都没说。

骄傲自矜的克劳斯·约格·埃森，不会在被明确拒绝后继续尝试，他的尊严不允许他这么做。

他只是长久地坐着，衣服上的痕迹还没有完全干。这些混乱的液体说不清是怎样弄上去的，刚才太过颠倒，两人都失了分寸。

但衣衫凌乱的他最终站起来，俯身，亲了亲景玉的额头。

景玉没办法判断是她在抖，还是对方在颤。他的手贴了两下，才准确地触碰到她的脸颊。

克劳斯清晰地看到景玉脖子上仍旧挂着的那枚家徽，他将它翻了个面，背面对着自己，那上面镌刻着他的名字——

Klaus von Essen。

"我的承诺始终有效，"他说，"你知道，随时可以联系我。"

景玉说："感谢您一直以来的照顾。"

克劳斯打电话，让人送衣服过来——还有景玉的。

他并没有回家，而是去了上阿默高。如今还在冬猎期间，他今年猎鹿的次数并不多，当地的政府仍旧在召集猎人，希望他们能够猎杀红鹿。这是为了保护植被，不然到了次年，大量繁衍的红鹿会吃掉很多植物，严重地影响山林的生态平衡。

克劳斯骑上马，在日暮时分开始打猎。

这宽阔的峡谷之中，四周环绕着寂静又浩瀚无垠的黑森林。阿尔卑斯山白雪皑皑，沉默地耸立着。克劳斯控制着马，冷静地扫视着雪地，寻找逃跑红鹿留下的痕迹。

他用的还是一把中折式单发步枪，这是从猎人学校毕业的人使用的传统枪支，只有新手才会使用半自动步枪。

一击必中。

射杀猎物的时候，要一枪打中它们的要害，倘若第一枪未能毙命，猎物会拖着受伤的身体仓皇逃脱。受重伤后的猎物会丧失捕食能力，疼痛、伤口感染和饥饿，都能令它们痛苦地死去。

遵守生态狩猎和保护主义，克劳斯必须一枪解决掉它们的生命。他一直做得很好，在射击的精准度上，他有着近乎偏执的追求。

他享受冬猎，但不会折辱生命。

当克劳斯成功打伤一头红鹿的时候，猎犬却对着另一处欢快地叫起来，一边叫，一边回头，冲着克劳斯摇尾巴。

克劳斯刚刚下马，他重新上了子弹，踩着积雪过去，"嘎吱嘎吱"的踩雪声响起。

被一枪击中要害的红鹿静静地躺在地上，流出的热血染红了洁白的雪地。

在倒下去的红鹿不远处，克劳斯看到另外一头看上去刚成年不久的红鹿，它有些笨拙，也或许是被吓到了。

那头红鹿一动不动，即使看到同类被枪杀，它也傻乎乎地站在雪地之中，只是用水汪汪的眼睛注视着他。

猎人之间都有约定俗成的规则，不猎杀幼崽，不猎杀领头的野兽，不猎杀怀孕或者哺乳期的母兽。

但这头红鹿已经成年了，它的体型和角都是成年鹿的模样。

克劳斯没有犹豫，他举起枪，瞄准。

红鹿没有动，它仍旧站在原地。这种不设防的模样，让他想到了一个人。

克劳斯迟迟没有开枪，他第一次在射击前犹豫了。沉默两秒后，他将枪放下，冲着红鹿喊道："走！"

红鹿像是被这喊声惊醒了，拔腿就跑。

这种生物动作原本就很敏捷，它轻盈地跳了几下，飞快地往密林深处逃跑，只在地上留下一些鹿蹄印。

克劳斯低头擦拭着猎枪，冷风吹下树上的雪，悄无声息地掩盖住地上的痕迹。

已经结束了。

克劳斯提前结束了他的狩猎季，不过他并没有立刻回慕尼黑，他在法兰克福住了两天，才返回西区。

洋房中安安静静的，他经过书房时停下脚步，下意识往里面看了眼。没有人，书桌上的东西整整齐齐地摆放着，包括那把为了配合她的身高而重新定做的椅子和阅读架。

珍妮弗说："先生，在您离开的时候，景玉小姐回来过一次，带走——"

"稍等，"克劳斯打断她道，"现在先不用告诉我。"

珍妮弗问："您晚上想来点红葡萄酒吗？"

"随意安排，谢谢。"

他忽然觉得心脏有些空旷，好像有人从中偷走了什么。而他看着这一切发生，却没有阻止。

随着他走到二楼，经过景玉曾经居住过的房间时，空旷感更强了。

克劳斯看了一眼她的卧室门，上面还有她弄的一个小牌子，用中文和德语双语，一面写着"请进"，另一面写着"请勿打扰"。

他并没有停留，继续往前走。但，一分钟后，他又折返回来，在景玉的卧室门前站了两分钟，才伸手推开。内心的空旷感迫使他这么做，大概看一看，或许能够稍稍缓解。

他不想深究其中的含义。

这是他第一次不愿主动去探索自己情绪波动的原因——尽管心知肚明，只是不肯继续深思。

卧室门并没有上锁，轻而易举就打开了，就像之前他无数次做过的那样。克劳斯内心空旷，打开后，更加空旷了。他凝视着空空荡荡、只剩下四面墙壁的卧室，哦，还有承重墙。

两秒后，他高声叫珍妮弗。

"珍妮弗！景玉把卧室里的东西全都搬走了吗？"

十七颗糖

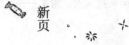

新页

在某些时候，景玉不得不承认，克劳斯的确具备一种奇特的魔力。他的预言很精准，精准到她忍不住想说一声"乌鸦嘴"。

景玉并没有成功申请到学校里的公寓。不过也不算什么大事，她在莱茵河附近成功租到了房子，住在二楼，房主同意她将那辆粉红色的劳斯莱斯停到车库中。

这里距离火车总站只需要步行 15 分钟，房子被粉刷成淡淡的鹅黄色，总共有两层，最上面还有一个小小的像魔法世界中的小阁楼——房东将它一并交给景玉处理。景玉在阁楼里铺上了厚厚的毛毯，她可以趴在上面看书、阅读，或者躺着玩一会儿手机游戏。

二楼还有一个很大的漂亮露台，上面摆着一张圆桌子。天气好的时候，景玉能够在露台上喝茶，一伸手就能触碰到樱桃树的树冠。她刚刚搬过来没多久，樱桃就成熟了。房东允许她可以摘着随便吃，因为家里面就她们两个人，完全没有办法解决这些樱桃。

景玉摘下来一部分，送给邻居，还有一些洗干净了，加上糖熬煮，做成了樱桃果酱，盛放在漂亮的透明玻璃罐子中。

还有些熟透的果子来不及摘，掉到地上，把有着漂亮花纹的白色地砖染成了浓浓的紫色。蒙蒙细雨的时候，这些混杂着紫色樱桃果汁的雨水，也慢慢地渗透到草坪中。

景玉离开慕尼黑的时候，痛快地搬走了自己卧室中所有的东西。这些昂贵的家具让房东太太认定她是一个外出体验生活的富家千金。景玉并没有纠正这点，被当成富家千金没什么不好。毕竟在这个环境中，她作为一个孤身生活在异国的亚裔，的确要留心自己的人身安全。

房东太太是个身材高大的德意志女子，工作很忙，离过一次婚。在休假的时候，喜欢开车出去兜风，也会和景玉分享一些自己制作的食物，以及朋友送来的东西。景玉和她关系不错，将自己的车子借给她过几次。

作为回礼，房东太太也出过几次车子的油费和清洁保养费用。

景玉很快就收到了恭喜她成功申请到硕士就读机会的电子邮件，曼海姆大学属于巴登 - 符腾堡州，每个学期需要缴纳 1500 欧元的学费。这个价格还可以，在她的承受范围之内。

租住的房子附近，也有一些物美价廉的连锁超市，能够买到一些便宜的牛奶和鸡蛋。熟悉之后，房东太太严肃地批评景玉道："你现在这么瘦小，一定是发育期没有喝够奶、吃够肉吧？"

景玉哭笑不得。

这个住起来很舒服的房子，房租虽然高了一些，但周围的环境很好。如果是几年前，她说不定会选择居住在更廉价的公寓。但现在，她不会在这件事上节省钱。克劳斯教她要享受生活，在金钱并不紧张的时候，可以适当地多花一些钱，选择能令自己更舒服的房子。

大部分时间，景玉都用来阅读，偶尔会出去散散心。

曼海姆最出名的景点，是一些用红砂岩、柠檬黄砂岩建造的宫殿。作为德国最大的巴洛克式宫殿，这里每年都能吸引来自世界各地的人和建筑学家。景玉经常过来，偶尔会义务帮助一些在语言上遇到困难的游客，不过她很少遇到中国游客。

最近的一次还是上周，她帮助了一个在建筑间迷失方向的叫作洛娅的中国女孩。景玉陪着她一起等她的男友。洛娅的男友发色和瞳色很不同寻常，他有着纯黑的头发，却有着红宝石一样的眼睛。

因为曼海姆位于汉堡-巴塞尔铁路线上，是一个主要的铁路交通枢纽站。从这儿去往法兰克福只需要 15.2 欧元到 25.5 欧元不等，快的话 37 分钟，最慢的一趟要 70 分钟。德国的铁路能让景玉疯狂吐槽，但她却不得不耐着性子——毕竟为了节省运输费用，现在她大部分的货物都需要依靠铁路。

景玉重新招聘了两名兼职人员，不过手机软件商城还没有上线，负责开发的公司还在进行最后的调试。如果顺利的话，能够在慕尼黑十月啤酒节之前完成。

在等待入学之前，景玉有大把的自由时间，啤酒和葡萄酒的售卖一切正常。至于那对讨人厌的姐弟，听说姐姐惹了不小的麻烦，灰溜溜地离开慕尼黑，去了其他城市躲避；弟弟则延毕，前途未卜。

真好，景玉想，一个去小城市躲避，另一个延毕。而她顺利深造，大家都有着"光明"的未来。

国内的生意也不好做，景玉上一次听到自己那生物学上的父亲的消息，还是他的品牌连续两年亏损，以及被消费者大量投诉，因质量不合格还上了一次热搜。这种好消息，让她开心得多吃掉了一份山莓果馅饼。

在离开克劳斯的这段时间里，景玉一个人也过得很快乐。托他的福，狐假虎威这一套，她已经掌握得很熟练了。

在和某个经销商签订销售合同的时候，对方注意到景玉佩戴的家徽。

对方迟疑两秒，仔细看清楚后，夸赞道："您的项链很漂亮。"

景玉摸了摸，不动声色地笑着回答道："是的，克劳斯先生的眼光一直很好。"

这句话让她成功地多卖出一部分酒。

对方还主动提出帮忙，牵线搭桥，帮她顺利地加入了法兰克福的华人商会。这个商会主要是为华人谋福利，偶尔也会举办一些大大小小的活动，用来加深联系，以及帮助其他在法兰克福及附近城市的华人。只是加入之后，景玉过去参加活动的次数不太多。虽然她很想拓展人脉，但是商会的活动时间点都很不凑巧，好几次邀请，偏偏都赶上她很忙碌的时候。

她也结交了一些朋友，不过算不上真心相待。商人之间很难建立起真正的情谊，大部分都是各取所需。

学会保持理智，冷血，权衡利弊，利益要高于个人喜好，不能感情用事。这些都是克劳斯教给她的，她做得很出色。

唯一不太令人快乐的，就是附近住了一个"Yellow Fever"，指的是疯狂迷恋亚洲人的人。因为一些对亚洲女性的刻板印象——诸如温柔、居家、勤劳、顺从等，那些人渴望能够寻找亚洲人作为伴侣。对于他们来说，什么性格、外貌都是其次，只要是亚洲女性，他们都会迷恋，搭讪，追求。

和景玉住在同一社区的这个"Yellow Fever"有个并不太时髦的名字——托马斯，就是托马斯小火车（《铁路系列》故事中的出场人物）的那个"托马斯"。

托马斯从第一眼看到景玉起就向她疯狂示爱，甚至堵门要联系方式。不过房东太太严肃地挥舞着花铲将对方成功赶了出去，并骂了他一顿。

景玉为此头痛了很久。尤其是最近，对方即将去其他州读大学，这几天更是疯狂上门想见她。

真的没救了，狂热到令人害怕。

刚好，法兰克福那边的华人商会发来新的邀请函，邀请景玉参加一个募捐的慈善活动。房东太太近期出差，受够了骚扰的景玉欣然应邀。

慈善活动在一个华人开的酒店中举行，听说今天晚上还邀请了一些法兰克福本地和华人交好的商人。这些宾客都有详细的名单统计，也公布出来了，只不过这份名单很长，景玉只看了一眼就晕乎了。她没有仔细读完。

这次募捐活动准备帮助的对象，是一些在德国生活困难的华裔儿童。

来到曼海姆之后，除了在房东太太家，景玉在外面能不喝酒就不喝。尤其是这种场合，不熟悉的人很多，她更加慎重。不过，这并不妨碍她等会儿进场后拿一杯酒，做一做样子。

景玉在门口出示了自己的邀请函，登记姓名后进去。在场的果然都是华人，这让端着酒的她重重地松了口气。都说留学生容易抱团，其实倒也不是因为什么，只是和自己同种族的人在一起，会令人感觉到更加放松。

景玉和认识的几个人打了招呼，不过奇怪的是，不知道为什么，对方表现得都十分暧昧，语焉不详，还笑着打趣道：“你怎么没有和他一起来啊？”

“啊？”

她听不懂这句话是什么意思，冷静下来后想，难道是克劳斯也要过来？

自从生日当晚过后，她再也没有和对方见过面，也没有互相发过消息。

而距那一晚，已经过去三个月了。

和华人交好的法兰克福商人。景玉突然想到这一点，她冷汗涔涔，重新去翻了一遍受邀的宾客名单。看了英文那一栏，从上往下扫，没有看到“Klaus”。

她利用克劳斯的名头走了不少捷径，只不过现在哪怕好奇，也不能直接问对方，只能用那种“你懂的”的微笑，成功地敷衍过去。

对方也是一副“了解了解”的表情。

坦白而言，景玉完全不知道克劳斯如今在做什么、在哪里，是不是又找到了新的救助者。她想自己应该对这种事情不感兴趣。

这个困扰她近一个小时的疑惑，一直等到商会会长发表重要感言，才终于得到解答。

慈善活动开始后，一群人聚在一起，听台上的会长隆重地发表冗长而无用的开场白。在景玉听得有些昏昏欲睡时，会长清了清嗓子，微笑着说：

"今天，我们还特意请来了一位身份尊贵的客人，他的外祖母是曾经无私帮助过很多华商的陆叶真陆女士。"

不妙。

景玉心中骤然一震。

她看到了三个月未见的克劳斯，还是那金子般的头发，还是那绿宝石一样的眼睛，衣冠楚楚，身材挺拔，和第一次见时一样英俊动人。

他站到了会长旁边，会长还在热切地介绍他的身份。

"陆叶真女士的外孙代替她出席今晚的活动，也就是站在我身边的这位克劳斯·约格·埃森先生。今晚，我们可以称呼他的中文名字——"

说到这里，会长卡住了，他看向克劳斯，用眼神征求他的意见。

景玉却陷入思考……等等，克劳斯什么时候有中文名字了？不是说没有吗？还是说，他一直都有，只是没有告诉过自己？

在寂静中，克劳斯的视线扫过台下的人群，这么多华人，锦衣华服，衣香鬓影。

灯光在克劳斯的头上镀上一层光，使他的金发越发金灿灿的。他沉静地开口道："我的中文名字是陆莱斯。"

景玉："……"陆莱斯？他怎么不干脆叫陆游器呢？

旁边的人体贴地问景玉："嗓子不舒服吗？你怎么咳起来了？"

景玉摇头，她捂住嘴巴，忍不住又咳了一声说："抱歉，不好意思。"她庆幸自己刚才只喝了一点点伪装成酒的饮料，不至于将它们喷出来。

克劳斯的这个中文名字虽然很"草率"，但台下的人并没有反应过来。毕竟，今天他能够代替自己的外祖母出席活动已经足够令人震惊。至于"lai si"是什么发音，具体哪两个字，他们不在乎。

大部分人仍旧选择称呼他为"陆先生"。

景玉将酒杯放到侍应生的托盘上，低头从手袋中拿出手机，抓紧时间翻了翻手机上的名单。果不其然，在特邀嘉宾一栏中，赫然有"陆莱斯"三个大字。

"……"

这家伙居然真用了这个名字。这算不算另类的"以你之姓，冠我（取的）之名"？

克劳斯的致辞并不长，也很官方，只是在末尾加了句幽默的话，表示他愿意承担今晚的全部开销。

旁边有个人半是嘀咕半是发酸地说了句："有钱真的了不起啊。"

景玉想，有钱没什么了不起，但克劳斯敢用"陆莱斯"这个中文名，是真的很了不起。

景玉的位置和克劳斯的并没有连在一起，这样其实也挺好的，免得还要寒暄。坦白来说，她还有点为难，不知道该怎么和对方打招呼。

她承认自己的确有那么一点点的在意，毕竟和他相处的这四年不是假的，她没有办法真的把他当陌生人看待。她很坦然，这样也很正常，换成其他人的话，大概也会有这种想法。

之前的活动基本上也是开开会，讲讲话，大家一起吃吃饭。今天的募捐会原本也不例外，只不过因为有了克劳斯的到访，将募捐这个仪式又弄得隆重起来。

克劳斯以陆叶真的名义捐了一大笔钱——令景玉倒吸一口冷气的那种程度。

之后还有一些其他的应酬，不过景玉仗着自己个子小，行动灵活，熟稔地找到自己的目标客户，兴致勃勃地上前攀谈。

克劳斯却被其他的事情牵绊住了。

景玉没有忘记自己参加活动的目的，她热情洋溢地与面前这位老乡赵先生聊天。

对方自幼随父母移民，已经不怎么会说家乡话了。但当景玉说的时候，赵先生能够听懂，还露出点怀念的表情来："说起来，我已经有好多年没有回去了。"

他顿了顿，问景玉："你在这儿多久了？在这边的品牌是你自己一个人做的？"

景玉挨个儿回答他的问题道："也得三四年了吧。怎么能呢，和我朋友一起做的。赵先生——"

对方笑起来，摆摆手道："都是老乡，叫'赵先生'多生分，叫我一声'赵叔'吧。"

景玉知道，自己刚刚的话题找对了，笑眯眯地叫了声"赵叔"。

这个"赵叔"就是现在这家酒店的老板，景玉和他打招呼，也是试图将自己的啤酒和葡萄酒销售给他。

看得出赵先生对故乡的一些变化很感兴趣，为了能够打动对方，景玉铆足了劲儿，把从小到大的趣事都拿出来说了一遍。什么挖沙坑，洗海澡，"晒人鱼"，去泉心河玩水，在西海岸的无人沙滩上露营，晚上还会去抓偷偷出来的小螃蟹，把它装进瓶子里……

景玉越说越起劲儿，赵先生也笑着听。

忽然，赵先生抬起头，看了眼景玉的背后，站起来道："克劳斯先生。"

景玉顿了一下，回头看。

衣冠楚楚的克劳斯就站在她背后，礼貌地和赵先生打招呼。

景玉不吭声了。

克劳斯自然地坐在景玉旁边，微笑着和赵先生寒暄，用的也是中文。

景玉在旁边听了一阵，大概听明白了。两个人早就认识，今天晚上也是赵先生邀请克劳斯过来的。她端起杯子喝了口水，嗓子有一点点干，刚才话说得太多了，不太舒服。

在外人面前，景玉和克劳斯一句话也没有说。

克劳斯很注重仪表，今天也是。他用了景玉熟悉的香水，穿着她熟悉的黑色正装，不过今日并没有穿马甲。

他身材高大，腿长，为了能够坐得更舒服一些，在落座前，椅子被他手动往后调了调，才能够自由放开。景玉一低头就能看到他熨烫到笔直的西装裤，裤缝锐利。

赵先生与克劳斯寒暄完毕，笑着指着景玉说："景玉小姐很健谈啊，刚才和我聊了很多。哎，口才也很好，说得我都想休假回去看看了。"

克劳斯听他说完，笑起来说："她的确能说会道。"

景玉想在自己的小本本上记下来：哦嚯！克劳斯先生又能够熟练运用一个四字成语，中文水平再度迈上一个新台阶。

只是这种庆祝的欣喜，只持续到赵先生说了声"失陪"，站起来离开了。

克劳斯这才侧身，看向景玉。他还是如此绅士，而且今日的他看上去更加有礼貌。

景玉说："好久不见，克劳斯先生。"

克劳斯微微笑着，他绿宝石般的眼睛好像盛满可以漾起波纹的水："三个月也不算太久。简玛，你最近的生活还好吗？"

开场白有那么多，他们两个人偏偏选择了最俗气的这种。

景玉笑眯眯道："很好，我的体重又增加了一磅哎。"

克劳斯赞成道："的确很不错——刚刚你表现得也很出色。"

景玉有点儿小骄傲，甚至还有点儿得意，她说："是吧？"就像学生向自己的老师展示自己的学习成果。

"四年了，"克劳斯若无其事地合拢双手，身体微微后仰，平静地注视着她说，"我都没有听你称呼我一声'叔叔'。"

景玉沉默两秒钟，她清清嗓子，认真地说："因为之前你没有要求。"

克劳斯想说些什么，但赵先生回来了，重新落座。

在有其他人的情况下，他并没有和景玉讨论以往那几年的想法，而是和赵先生聊了很多。关于比赛，关于赛马，关于足球俱乐部，等等。

只是在最后，赵先生才咨询了有关埃森银行的一些事情和流程，克劳斯只选择性地回答了一部分。

景玉喝掉了两杯加了蜂蜜的甜果汁，并没有吃太多东西，她今天食欲不太好。

等到她喝第三杯的时候，克劳斯说："你捐款的数额令我意外。"景玉捐的不是一笔小数额。

她放下了杯子。

赵先生也说："的确，我原本想，既然克劳斯先生捐款了，景玉小姐就不必再捐了。"

景玉说："不一样。"他的钱是他的，她赚的是自己的。

想了想，她看着克劳斯说："我们中国有句话，叫'君子爱财，取之有道'。呃，虽然放在这个语境上不太合适，但道理差不多——我们只积累有道义的财富。"

克劳斯朝她举杯，笑起来说："原来是'君子爱财，取之有道'。抱歉，我刚刚只想到了'劫富济贫'。"

"……"你怎么不说是盗亦有道呢？

腹诽归腹诽，景玉仍旧礼貌地将酒杯再度举起来，把甜甜的橙汁喝了下去。

今天晚上，她与三个月零一周未见的克劳斯的谈话到此为止。

克劳斯还有其他事情要做，景玉又和赵先生聊了些，不过再没有之前那么挖空心思找话题了。她心里清楚，就算她现在指着赵先生的鼻子骂，对方仍会笑容可掬地签下合同。

在晚上11点的时候，已经陆续有人离场。景玉也困了，她和几个相熟的人打招呼告别，离开了酒店。

她今天开了自己那辆粉红色的劳斯莱斯，很惹眼。酒店的侍应生将车子从车库中开出来需要时间，景玉站在门口稍微等了一下，在心里默默计算到酒店需要的时间，正好看到了刚出来的克劳斯。

克劳斯先和她打招呼，对方的态度看上去如此自然："简玛。"

景玉礼貌地回应道："晚上好，克劳斯先生。"

他问："需要我送你回家吗？"

"不用，我的车子马上就到了。"话说到这里，她已经看到自己的粉红色劳斯莱斯缓缓开过来——和"陆莱斯"这个名字很配的一辆车。

克劳斯没有坚持，他点了点头说："晚安。"

景玉还没来得及回答，就看到对方一皱眉，大拇指轻轻按了一下太阳穴的位置。她问："你怎么了？不舒服吗？"

"还好，"克劳斯说，"最近工作量有些大。"

眼看着自己的粉红色劳斯莱斯停在面前，景玉着急回酒店。但现在这种情况下，不关心一下对方的身体，又会显得过于冷漠，说多了又太耽误时间。

景玉只好拿出百试不爽的撒手锏——敷衍而不失礼貌地说："多喝热水，晚安！"

在说完这句话之后，她担心会影响后面的车辆，没有过多停留，匆匆拉开车门，开车离开了。

克劳斯仍旧站在台阶上，看着景玉上了他送的那辆粉红色车子，可可爱爱地开着离开。

多喝热水——克劳斯没有想到，景玉竟然如此挂念他的身体，还会关心他这些生活上的小细节。

他明白，中国人都喜欢喝烧开的水。在生病后，很多人会选择多喝水；在日常生活里身体有些不舒服的时候，也会多喝热水。

克劳斯认为自己能够理解这句话的含义——尽管它只有短短的四个字，这是中国人最贴心、最淳朴的问候，一般只会对自己的好朋友或者家人使用。

克劳斯缓慢地做了一次深呼吸，他很愉悦。

法兰克福的酒店，价格波动一直很大。为了能够吸引旅行者，很多酒店都会选择在周五、周六和周日晚上这三个时间段，以及节假日和八月份降低房间的价格。不过，在重要交易会的时候，房间价格会骤然上涨到平时的3倍甚至4倍。

现在还好，景玉提前登录网站查询过，确认最近法兰克福没有大型的展览会和交易会，在下周的话，倒是有一个克里斯托弗节。

景玉回到酒店的时候已经很晚了，刚洗过澡，就听到手机响了一下，是克劳斯发来的短信。

克劳斯：谢谢你的关心。

"嗯？"

她的记忆实在称不上多么优秀，尤其是今天晚上，她脑子里装满了大量的其他信息。比如说认识了一些新的经销商，比如说又有一些曾经合作过的人想要约吃饭……

人的脑容量是有限的，当她专注于这些东西的时候，下意识就会忽略掉其他。想了好久，景玉也不确定自己今天晚上有没有对克劳斯表现出关心。但以防万一，她仍旧谨慎客气地回应。

景玉：这是我应该做的。

这句话可能并不怎么酷。

克劳斯：明天晚上，你想喝一杯吗？

景玉：不了，我还有其他事情。

景玉：谢谢你。

婉拒了克劳斯的邀约，景玉重新坐起来，认真地将头发吹干。她太困了，甚至可以站着睡着。

说不出什么原因，自从两人分开之后，景玉从来没有梦到过他。但今晚是个意外，她倒头便睡，就像鸟儿落入水中，她一头陷入有克劳斯的梦中。

梦里还是第一次冬猎的那天晚上，呼吸出的气体将车窗蒙上一层水雾。车窗是凉的，外面是深沉浓如墨的夜晚。她坐在克劳斯的腿上，能从对方眼中看到自己痛苦的脸。

克劳斯用温和的声音让她放轻松，景玉记不清楚自己当时有没有掉眼泪。但她意识到克劳斯能够从她的战栗中感到愉悦——不，或者说，他在享受安慰她的这一过程。

颠倒的梦境延伸到现实中，也是如出一辙的剧烈腹痛。景玉在深夜中惊醒，这才意识到，原来是生理期到了。

她打内线电话给前台，请工作人员上来更换床品。

每晚150欧元的房费物有所值，工作人员在10分钟内就解决了景玉遇到的困境，还为她带来了一些生理用品，她还顺便要了一粒止疼片。她的耐痛度并不高，除了克劳斯给予的疼痛外，她对其他的都敬谢不敏。

景玉在法兰克福又住了四天，她其实原本只订了三晚，只是赵先生最近没有时间谈合同，将时间改到了下周。

景玉不得不给房东太太打电话，告诉她自己最近不能回去，没有办法陪伴她去逛街。房东太太表示理解，并祝工作顺利。

生理期让景玉不怎么想出门活动，偶尔乘车去勃肯海姆区品尝一些物美价廉、具备异国风味的外卖小吃。虽然很多大学都搬到了韦斯滕德，但直到现在，这里仍然深受法兰克福学生的喜爱。

或者乘坐由法兰克福公共交通公司运营的苹果酒专列，只要6欧元，就能享受近70分钟的城市风景观光游览。这个有轨电车从动物园和博览会之间的美因河两岸循环穿行，还能够品尝到列车上提供的苹果酒和椒盐脆饼。

偶尔会有人主动搭讪，不过景玉并没有留下联系方式，而是微笑着拒绝了。

欧美人的审美相较而言比较多元化一些，景玉这种长相在有些人眼中并不算得上性感，但也有一部分人认为非常"hot"（形容女生很辣很性感）。她不确定自己今后还要不要留在德国，目前她并不需要感情上的慰藉，因此也没有开展一段恋情的打算。

再次遇到克劳斯，是商会活动结束后的第五天。

景玉一直想拿下酒店订单的赵先生，他的儿子举办婚礼，不知道为什么，赵先生给她也送来了一张邀请函。

因为新娘从小生长在德国，这场婚礼基本上也是按照德国的习俗来举办的。算起来，这也是景玉到达德国之后，所参加的第一场当地人的婚礼。

婚礼在位于马尔堡的一家尖顶教堂中举行。教堂里有着极具艺术感的石刻雕像，主圣坛后面是令人惊叹的巨大哥特式彩色玻璃，阳光穿透，五彩缤纷的光芒落下，在石质的地板上映照出一片灿烂的光辉。

按照这边的习俗，当新人并肩走入教堂的时候，站在两边的宾客要向新人抛撒米粒，寓意祝福。景玉也拿到了一小兜的米，摸了摸，忍不住轻轻叹了一口气说："有点浪费。"

"算不上浪费，"一个男声从耳侧传来，男人用德语说，"在婚礼结束后，这些米会在清理后送去饲料厂。我们明白中国人重视食物，只是也希望能够按照我们的习俗来完整地完成婚礼。"

景玉抬头，看到了一张陌生的脸。男人有着一头棕色的头发，眼睛是很浓的绿色。

他自我介绍道："马克西姆，新娘的养兄。"

景玉了然，她说："简玛。"

"我知道您，"马克西姆笑起来说，"克劳斯先生的辅助治疗者，等待白骑士拯救的落难公主。"

他说话的语调很慢，遣词造句也很怪。

听他在这时候提起克劳斯，景玉保持了高度警惕，她问："谁告诉你的？"

"不不不，别这么紧张，"马克西姆笑了，他耸耸肩，终于介绍起自己的职业，"我是一名心理医生，曾经为克劳斯先生服务过。我知道您的存在，不过也仅仅是'知道'。"

景玉直直地看着他道："马克西姆先生，作为心理医生，您应该知道，保护病人的隐私是最重要的职业道德。我如果是您，绝不会在这时候提起克劳斯先生。"

她有点说不清道不明的恼怒，并非因为自己，而是马克西姆这么轻易地将克劳斯的事情说出来。

即使她心里知道，自己是克劳斯的"辅助治疗工具"，她也不喜欢克劳斯被这样"泄露隐私"。

克劳斯一定不愿意让别人知道他的心理状况。

谈话到这里结束，载着新郎和新娘的马车停到入口处。这对新人互相搀扶着从红毯末端往前走，当周围人抛撒米粒的时候，景玉也从小包里面抓了一把，和众人一样，用力地抛撒向新人。洁白的米粒落在新娘的裙摆上，像漂亮的、细细小小的珍珠碎。

马克西姆对景玉小声道歉道："很抱歉冒犯到您，请相信我，我并没有恶意。"

景玉没有说话，她跟随着人群，前往教堂内落座。马克西姆在她旁边坐下，仍旧试图和她攀谈。

他可真是健谈，一直到坐下后还在聊。不过对方长记性了，不再提克劳斯的事情，而是问起了景玉的心理状况。

"当初我很不赞成他们实施这个辅助治疗方法，才会选择离职，"马克西姆终于说出了原因，"这种辅助治疗有可能会导致克劳斯先生为了能够继续帮助您而伤害您，从而制造出一个仍旧需要他帮助的'可怜女孩'——哦，先不说这点。最令我担心的是，您有可能会因此过度依赖克劳斯先生，最后离不开他。"

景玉说："您想多了。"

"坦白来说，一开始是我提出的'辅助治疗'设想，但我并没有想到克劳斯先生真的会选择这么做。在意识到犯下错误后，我试图更正，但失败了。我想我需要为我的不成熟想法负起责任——"马克西姆顿了顿，继续道，"另外，出于健康的考虑，我认为您需要接受一个详细的心理评估，我想确认您目前的心理健康状况。"

他很诚挚地邀请景玉做心理测评。

"不需要，"景玉拒绝道，"谢谢。"

马克西姆看出了她的冷淡，但并没有放弃："简玛小姐，我是第一个察觉到克劳斯先生心理状况异常的医生，我想没有人比我更了解他。他的成长经历和心理状况，比您想象中要复杂很多，也并非只是'白骑士综合征'能概括的。"

景玉头疼地想，该怎么才能让这个心理医生闭嘴？

"鉴于克劳斯先生的特殊性，我真的很担心您会深深迷恋上他，"马克西姆说，"您应该明白，迷恋患有白骑士综合征的人会很危险，您有可能会因此遭受到严重的伤害。"

景玉实在听不下去对方的形容。这个已离职的心理医生，将克劳斯形容成了一个恶魔。她简短地反问道："我迷恋克劳斯先生怎么了？我迷恋他迷恋到想给他生八个孩子有问题吗？"

一句话成功地让马克西姆沉默了。

果然还是要以毒攻毒，只要她自己表现得够疯，心理医生就不会找上她。

景玉终于得到片刻的宁静。她换了个坐姿，还没来得及放松，就听见了克劳斯熟悉的声音："简玛小姐，请问您旁边的位置有人吗？"

"……"

景玉不确定对方有没有听到刚才她那番惊世骇俗的言论，头也不抬，紧绷着脸，严肃回答道："应该没有。"

克劳斯说："谢谢。"

他从容地坐下，景玉低头，看到他洁净的、闪闪发亮的黑皮鞋，还有黑色长袜包裹下的脚踝，骨骼感很重，很性感。

不过她不敢再说话了，老老实实地坐着，听克劳斯微笑着和马克西姆打招呼，说着很客气礼貌的那种简单的客套话。

在打过招呼之后，克劳斯若无其事地询问景玉："抱歉，我忘记带瓷器了，请问你有多余的吗？"

按照德国的习俗，他们要在新郎新娘走出教堂的时候摔掉一些瓷器。和中国不同，德国认为在婚礼上打破东西是好的征兆，寓意着除去往日的烦恼，迎来甜蜜的开始。

在刚才分发米粒的时候，宾客也都领到了一些可以摔的拇指大小的小瓷瓶。景玉镇定地分给了他三个。她想，克劳斯应该没有听懂她刚刚那句愤怒之下的德语。毕竟考虑到是在公共场合，她说话的声音并不大。

这口气还没有彻底松下来，景玉听到克劳斯文质彬彬地低声用中文对她说:"简玛,很高兴你愿意和我孕育后代,但生育对于女性的健康影响很大,我认为八个孩子太多了。"

景玉冷静了两秒。

景玉没法冷静了。

她说:"我也觉得。"

这干巴巴的四个字说出来之后,她听见克劳斯笑了一下。

克劳斯没有更换坐姿,只是身体稍稍向她倾斜,略微低头,语气轻柔,好让她能够听清自己的声音:"我尊重你的意见,你想要几个都可以。"

她深深吸一口气,道:"上帝啊!"

她紧绷着脸说:"请您保持安静,谢谢!"

克劳斯不再说话,而是专注地看着台上的新人。

新娘穿着圣洁的白色婚纱,她的发色很浅,是浅浅的棕色。按照习俗,佩戴着一条借来的项链,耳朵上戴着家族传承下来的耳坠,鞋子是蓝色的。

景玉听到旁边的马克西姆轻轻咳了一声。她猜他一定是话说多了嗓子不舒服,真同情他的声带,长在一个话多的主人身上。

新人已经在神父的指引下完成了交换戒指,当神父宣布新郎可以亲吻新娘的时候,大家都在鼓掌,景玉也跟着鼓掌。虽然她本身对婚姻并无太大信任,但这并不妨碍她为见证旁人的爱情而感觉到开心。

相对而言,德国现在的法律更加倾向于保护女性的权益。如果离婚的话,假设女性没有工作,或者没有再婚,男性就必须负担女性的生活费用,包括子女的费用,一直到男性退休。他的养老金和退休金中,也有一部分属于未再婚或无工作的前妻。

或许因为这一点,德国人对待婚姻比较谨慎。很多年轻人都选择只同居,住在一起养育儿女,并不会登记结婚。

走出教堂之后,新娘开心地抛掷自己的捧花——一般来说,捧花会送给单身的女性。据说谁能接到捧花,谁就是下一个结婚的人。

景玉饶有兴致地看着,哪里想到捧花会直直地冲她而来。

虽然目前没有考虑过结婚,但众目睽睽之下躲避捧花,显然会破坏掉这场婚礼的幸福基调。景玉犹豫再三,还是伸手接住了捧花。

周围一群人欢呼起来,新娘也过来,亲热地与她进行了贴面礼,用甜蜜的声音祝贺她道:"希望能够分享您的好消息,甜心。"

景玉说:"祝您新婚愉快。"她拿着那捧花,感觉有一点儿烫手。

虽然她并没有什么信仰，但捧花的意义毕竟不同，握在手中还有点不对劲。就像拿到它之后，真的会很快结婚。

好在克劳斯绅士地问："需要我帮你暂时拿一下吗？"

景玉松了口气，准备将花递给他。

克劳斯衣冠楚楚的，他今天打了温莎结，搭配温莎领白衬衫，还佩戴了一朵小小的精致的花朵，就别在西装上的插花眼中。

旁边有人经过，看着他们俩，有个人笑着问景玉："要将捧花送给喜欢的人吗？"

景玉立刻缩手，重新将花牢牢地握在手中。

她不确定德国是不是有什么她不明白的风俗，但现在，在克劳斯的注视下，她并没有将花递给他，而是说："我想我应该拿得动。"

"是的，"克劳斯遗憾地说，"抱歉，我不应该质疑一个敢于成为八个孩子母亲的勇敢女性。"

景玉："……"

等到了空旷的地方，众人都开始摔瓷器、碗等东西。周围噼里啪啦地响起来，声音越响，欢呼声越高。大家都在为这对新人庆祝，祝福他们新婚幸福。

只不过，在景玉兴高采烈地摔瓷器的时候，克劳斯忽然不动声色地轻轻扯了下她的衣服。

"呃？"

她的破坏欲还没有结束，鼻尖上有一点点因为热而沁出的汗水。

克劳斯低声说："往后一些。"

景玉不太明白他什么意思，但她知道眼前人不会伤害自己。

她接纳了这个建议，往后稍微站了站。克劳斯自然而然地站到她前面，替她挡住那些因为激烈撞击而飞溅出来的碎瓷片。有些残渣落在他的裤脚上、鞋子上，又悄无声息地滚落在地。

这个为了庆祝婚礼而举办的晚宴安排在户外，新娘喜欢大自然气息的婚礼，包括教堂在内的一切，都是她亲自挑选的。

不远处是刷着鲜艳橙色和奶油色的房子，这边绿树成荫，装饰的花朵多以白色和橙色为主，头顶苍穹，浮着干净的云朵。

景玉看到了自己的位置，果然和克劳斯的在一起。她没有惊讶。估计是赵先生安排的，她选择接受。

婚宴上提供的食物很丰盛，也有很多种类的酒可以挑选。不过景玉只喝了一杯苹果酒，其余的大部分时间都在吃一份烤猪排。只是她的牙齿有点不太好——有一颗智齿发育很迟缓，现在才开始萌芽，顶得有点痛。大概是昨天没有睡好，牙龈有点肿，连带着这颗牙也痛，咬了一口肉，好疼。

景玉停下刀叉，伸手捂住脸颊，皱了皱眉。

和其他人聊天的间隙中，克劳斯不动声色地侧过身，低头轻声问她："牙齿不舒服吗？还是之前那颗智齿？"

景玉没想到他还记得："是。"

之前还在慕尼黑时，她做过例行的身体检查，在看牙医时，牙医发现了她那颗准备萌生的牙齿，建议她将这颗牙齿取出来。当时她想着等离开后再去拔，只不过后来牙齿不再痛，就将它抛在脑后了。

克劳斯很自然地邀请道："下午我刚好要去看牙医，你要一起吗？"

景玉觉得他这话说得可真漂亮。克劳斯一直有自己的牙医，会固定在每周日上门给他做检查，什么时候轮到尊贵的克劳斯先生自己去看牙医了？

她婉拒道："抱歉，我已经约好牙医了，谢谢。"

克劳斯点头道："好的。"

他没有再坚持，不过他叫侍应生过来，给景玉多加了一份方便咀嚼的熏鲑鱼和搭配着法兰克绿酱的土豆泥。

晚宴结束的时候已经近11点了，很多人在婚宴上喝醉了，有的索性席地而坐，或者躺在草地上。德国人对酒的热爱真是刻在骨子里，只要沾到，就完全停不下来。

克劳斯今天晚上仍旧很忙。

景玉晚上也喝了一些酒，不能开车。不过这并不是什么大问题，她给酒店打了电话，让那边的侍应生过来帮她把车开走——她支付了昂贵的房费，这些服务也包含在其中。

晚上的风有点凉，景玉裹了一条丝质的披巾。她今天穿的是丁香色的旗袍，很传统的款式，步子不能迈太大。

头顶之上，是晴朗的夜晚苍穹，满天星辰点点，森林悄然无声。身后灯火通明，好像星辉细细碎碎地坠落下来。

有人上前询问她需不需要帮助，她微笑着拒绝了。

景玉独自一人，穿着旗袍，裹紧柔软温暖的披肩，慢慢悠悠地拎着自己的小手包和寄托着新人祝福的捧花，一步一步离开身后的灯火喧哗和衣香鬓影。

从婚礼上带走的手捧花，被景玉插在了花瓶中。

去掉固定用的小花泥，45度斜切花枝，只是现在醒花没什么用处。景玉把它们放进瓶子中，顺便抛进去一片维生素片，希望它们能够多坚持一些时间。

不清楚是不是晚上吹了凉风，第二天她的头就开始痛起来。她在地图上找到最近的正在营业的私人诊所，先打电话过去，确认不需要预约后，便立刻过去接受治疗了。

没有太大的问题，医生只开了一些口服的药物。

因身体不适，景玉在酒店中睡了一上午，其间吃了酒店送来的早餐，只是她的胃有点受够了这些德国食物。她忍不住，心一横，恶向胆边生，从最近的华人超市中购买了一些螺蛳粉和一人用的小电煮锅。

这些东西的价格要比国内高出很多，景玉短暂地心疼了一下，又拨打了电话给一个相熟的中餐厅老板，希望他能送来一份酸笋猪蹄汤、炸豆腐和饼。

中间还收到了克劳斯的短信，对方说昨天不小心将东西落在了她的手包中，想知道她现在住在哪里，他会过来取回东西。

景玉的手包是半开放的，她将里面的东西都倒出来，仔细一找，还真的翻出了昨天克劳斯佩戴的领花，多半是帮她拿手包时不小心放进去的。

虽然不确定他要这东西有什么用，但她还是把自己的地址告诉他。

克劳斯回了道谢的短信，表示一个小时后，他会过来取。

当景玉在酒店房间中用电煮锅将水煮开的时候，承载着中餐厅老板满满爱意的套餐，也送了过来，对方还贴心地送了点自己特制的酱汁——就是闻上去不怎么美妙。不过还好，对于喜欢吃螺蛳粉的人来说，酸笋的气味完全在可以忍受的范围中。

更何况，今天的她还有些不舒服，鼻子闻不到太多气味。

当她开开心心地坐在桌子前准备开吃的时候，酒店房间的门铃被人按响。景玉以为是自己打电话要侍应生送的水果到了，兴高采烈地去开门。

一拉开门，她看到了西装革履的克劳斯。他还带了一份绸缎包装的礼物，绸缎很有质感，是那种很纯净的绿色的。

对方礼貌地说："简玛，我想取回昨天——"

话说到这里，从景玉打开的门中，克劳斯闻到了一丝微妙的气味。他不自觉往后退一步，露出震惊的神色。

景玉还是第一次看到他露出这个表情。

克劳斯担忧地问："龙宝宝，你房间内的马桶坏掉了吗？"

景玉认真思考了一下，究竟要不要让克劳斯进来。她不确定对方能不能喜欢上这种味道，毕竟螺蛳粉和榴梿、香菜一样，属于爱的人会疯狂迷恋，迷恋到恨不得"哐哐"撞大墙，不爱的人打死都不会尝一口，闻到味道就会哕一地那一类。

以景玉对克劳斯的了解，对方显然不是第一种。别的且不说，仅仅是她所了解到的，克劳斯也并不喜爱气味浓重的食物。

这就有点难搞了。

对方还在等她的回答，他刚才显然被这股神秘的气味给震惊到了，以至于现在看景玉的目光，也充满着深深的担忧。

怎么说呢？

就像是魔王放走了他精心照顾的小龙出去历练，担心不谙世事的小龙在外会饱受欺负，忍不住偷偷跟上去，却发现小龙生活得一切都还可以——唯一不太可以的，就是这条傻乎乎的龙，自己正快乐地往垃圾堆中跳。

景玉轻轻地叹了口气，自言自语道："也是时候让你领略一下我们国家丰富多彩的美食文化了。"

克劳斯一脸迷惑。

景玉礼貌地邀请道："我正在煮午饭吃，请问你有兴趣一起吗？"

这是一个很突然的邀约，克劳斯稍微怔了一下说："我的荣幸——"

话音未落，景玉把门打开，房间内的气味更加浓郁地泄漏出来。

克劳斯的脚停在门口，他感受到一股力量。他冷静地确认道："你确定不需要我叫侍应生来修理卫生间吗？"

"哦，不用的，"景玉痛快地打开门说，"这是我刚刚煮好的午餐，还有一些点来的外卖……进来品尝我特制的独特美食吧，克劳斯先生。"

克劳斯已经闻到了，他没有深呼吸，再度后退一步，友好地询问道："抱歉，我们刚刚在谈论什么？"

景玉骄傲地说："我特制的独特美食。"

"再往上一个话题。"

"啊，我邀请你一起吃午饭。"

"没错，"克劳斯礼貌地问，"请问我现在还能拒绝吗？"

"……"

答案自然是不能，克劳斯最终还是坐在了铺垫着精美蕾丝的圆桌前。

这家拥有现代德式设计风格的高档酒店，贴心地为宾客准备了用有机食物制作的餐食，确保客人的饮食健康。

克劳斯很欣慰景玉能够选择一家舒适的酒店居住，而不是在廉价的旅馆中勉强休息。

但他对景玉吃的食物保留意见，尤其是现在摆在她面前的神秘食物。

克劳斯只能辨认出来那是面，浸泡在浓郁的汤汁中。

"简玛，这个世界上已经没有其他能让你留恋的事情了吗？"

"啊？"

"我是说这个，"克劳斯看向景玉面前的螺蛳粉，里面的酸笋在自由地散发着独特的气味，这让他连呼吸都很谨慎，"你心情糟糕到连这种东西也吃吗？"

景玉狐疑地问："先生，为什么你的表情看起来就像我在吃垃圾？"

克劳斯怜爱地看着她说："需要我为你重新点一份午餐吗？放心，我很乐意为你付费。"

景玉拆开配送的筷子，在克劳斯的注视下，认真地卷了一筷子粉道："克劳斯先生，请你像尊重我一样，尊重一下螺蛳粉。"

粉被煮成有点透明的质地，上面裹着一层厚厚的酱汁和辣椒，还夹进去了一根酸豆角和酸笋尖。

克劳斯显然无福消受此等美食，他沉默地注视着景玉将整碗粉吃光。

景玉还盛情邀请他，企图让他品尝她点的另一份酸笋猪蹄汤和炸豆腐。

克劳斯只吃了一小块炸豆腐。

虽然房间中的空气过滤系统在尽职尽责地将气味努力地排出去，但螺蛳粉的威力仍然不容小觑。

等到景玉将东西打包丢进封闭的垃圾桶后，克劳斯才站起来，去阳台透了透气。冷静一阵后，他才友好地询问道："这是你家乡的传统美食吗？如果在你的家乡生活，会经常吃到吗？"

景玉说："啊，这倒不是，这是广西的。"

克劳斯松了口气道："感谢上帝。"

"嗯？"她不懂这声祈祷是因为什么，不过这并不重要。

景玉顺利地找到了克劳斯的那枚有点蔫儿的领花，递给他的时候，忍不住好奇地问："您要它还有什么用处吗？"

克劳斯言简意赅道："吉利。"

景玉对德国人的习俗了解得还是不够深，她深以为然道："的确，这花都蔫儿成这个样子了。如果不是图吉利，除非你疯了，才会特意跑过来要回去。"

克劳斯拇指摩挲着这枚领花，花朵的确已经蔫儿到不行，花瓣和枝条摸上去软塌塌的。他看着景玉的眼睛问："那你没想过，或许有其他原因吗？"

"其他原因？"景玉苦思冥想道，"你比较抠门？不，这应该不可能。"

克劳斯："……"

他说："聪明的简玛小姐，真想打开你的小脑袋，看看里面藏了点什么奇怪的东西。"

景玉友好地建议道："开人脑犯法，英俊的克劳斯先生。"

商业互吹之后，景玉的牙齿又开始痛起来了。大概是因为刚才那份螺蛳粉里加了太多的辣椒油，刺激到了那颗智齿。她和克劳斯说了声抱歉，去洗手间漱口，认真冲洗了牙齿。

这颗恼人的智齿实在令人头痛，景玉对着镜子努力地照了很久，想看清楚里面的状况，可惜失败了。

她做不到。

隔着透明的玻璃，克劳斯看到她对着镜子龇牙咧嘴。

"需要我帮助吗？"他问，"牙齿还在痛？"

景玉刚准备拒绝，但她实在想弄清楚牙齿目前的情况，只好点点头说："麻烦你了。"

她老老实实地在椅子上坐下，在克劳斯的指导下张开嘴巴，露出牙齿和舌头。

克劳斯坐在对面，微微俯身，示意她不要乱动。他不是专业人员，没有多余的工具，没有可以使用的反射镜子，也没有专用的灯，只有手指。

在景玉张大嘴巴后，克劳斯清清楚楚地看到她的口腔内部，很干净，内壁是漂亮的淡粉色，柔软湿润。

为了能够让他看得更清楚，景玉还用力地张大了嘴巴。保持这个姿势应该会让她感到嘴巴酸疼，但她未曾察觉似的，努力地配合着。

克劳斯伸了一根手指进去，不小心蹭到内壁。这种触碰令景玉条件反射地往后仰头，又控制住自己的身体没有乱动，老老实实地任由他触碰那颗冒出尖尖的智齿。

她闻到了克劳斯手上的淡淡香气，他刚刚洗过手，这是酒店提供的洗护用品的味道。

克劳斯的指腹已经贴到景玉牙齿的顶端，尖尖的，他在轻触这颗不驯的智齿。

景玉忍住即将出口的声音，她与克劳斯对视，看着他绿色的眼睛。

空气里暂时闻不到螺蛳粉的味道了。自从合作结束后，两人还是第一次离得这么近，几乎要贴在一起。

他的瞳孔在放大。

她的也是。

这种气氛太糟糕了。

这颗俏皮的智齿在生长时顶破了牙龈，在与景玉视线相对的时候，克劳斯的手不自觉地用力，触碰到被智齿伤害到的柔软牙龈。

疼痛传来，景玉忍不住哼了一声。克劳斯抽回手，用纸巾擦拭着手指上的液体，道歉道："对不起，很难受吗？"

"还好，"她捂着脸颊说，"一点点痛。"

克劳斯若无其事地询问道："我刚刚没有看清楚，能再让我看看吗？"

"不用了不用了，反正现在看也没有用，我得回去才能拔掉它……"像是被什么东西烫到了，景玉飞快地站起来。

她突然想起什么似的，又说："啊，对了，我的电脑好像出了点小问题，你可以帮我看看吗？"

这个转移话题的战术实在过于拙劣，但克劳斯笑了一声，答应了。

景玉立刻把自己的电脑拿给他看。

因为手机软件后台程序运行环境的需要，她重新买了一台电脑。不过不清楚怎么搞的，前天她下载了一些软件后，这个程序打开后一直跳出一个奇怪的提示框。假如她关掉提示框的话，整个程序就自动关闭了。

偏偏那个开发公司的技术人员最近在休假，对方态度很坚决，休假就是休假。况且这属于景玉本身的操作失误，即使提供给他三倍的加班工资，他也不会立刻处理问题。

只能等技术人员上班再处理。

景玉知道克劳斯对电脑有点小研究，这是他的一点小爱好。虽然算不上多么深入，但能够熟练地解决一些软件运行上的小问题。

她操作示范了一下。

克劳斯抬头看着她问："如果我帮你解决了这个问题，你能给我什么好处？"

景玉试探道："100 欧元？"

"我的时间难道就值 100 欧元吗？"他的注意力并不完全集中在屏幕

上，而是侧着脸看向景玉，耐心地等她回答。

显然，他能解决这个小麻烦。

景玉忍痛割爱道："200 欧元？"

克劳斯手指从键盘上移开，他问："不想请我吃顿晚饭吗？"

景玉一锤定音道："250 欧元，不能再多了！"

她这样的态度太过于明显，克劳斯没有勉强。他将电脑放在桌子上，开始检查景玉之前下载的那些软件。

景玉打电话让侍应生将房间内的垃圾清理干净。

五分钟后，侍应生哼着歌曲上来了。这个有着一头红发的侍应生，语调轻快地和景玉打招呼，但是在打开封闭垃圾桶的时候，他猛地站起来，一声响亮的"上帝"脱口而出。

他犹豫着小心翼翼地问："尊贵的客人，请问是马桶坏掉了吗？"

景玉："……"

等到侍应生一脸怀疑人生地将垃圾清理干净后，克劳斯这边也将电脑弄好了。

景玉开开心心地点了几下。

哇！非常流畅。

她问："你做了什么？"

"稍微改动了一些配置文件。"克劳斯简单解答了一下，看着景玉操纵着鼠标点来点去，"嗯，就是你现在看到的这些——别，啊，算了。"

景玉回头看向他，满脸疑惑地应道："嗯？"

克劳斯欲言又止，轻叹了口气，露出一个温和的笑容。

"没什么。"他按了按太阳穴，彬彬有礼地起身告别，"我该回去了，谢谢你今天的款待。"虽然只款待了几片炸豆腐，以及充满着酸笋和螺蛳粉味道的空气。

景玉送他离开后，重新坐到电脑前，才想起来酬劳的问题。她发短信问："我可以直接把钱转入你的银行账户吗？"

克劳斯回复得很快："可以。"

"是 250 欧元对吧？"

"为了方便，我建议你直接付 500 欧元。"

嗯？ 500 欧元？

他就修了一次，凭什么要付 500 欧元？

景玉狐疑地盯着这条短信，看了一阵，想不通，摇了摇头。

但很快，她就发现克劳斯为什么要 500 欧元了。她那恢复顺畅的程序，在不小心关掉又重启之后，再度跳出了报错的提示框。

"……"

等等，刚才她试用的时候，好像克劳斯说了句什么"别"还是"不要"来着？

奸商啊！邪恶的吸血鬼！可恶的资本家！

景玉立刻给克劳斯打去电话。在听清楚她的诉求之后，对方只微笑着告诉她："简玛小姐，抱歉，我下午还有事情，暂时没办法去你的酒店帮你处理问题。不过，我晚上倒是有些时间。

"简玛小姐，你愿意和我一起共进晚餐吗？我想我们可以边吃边解决你的小麻烦。"

——我真傻，真的。我只知道资本家的每一个毛孔中都流着血和肮脏的东西，会剥削员工，却不知道连辅助治疗工具也会剥削。夏天了，我还没来得及赚大钱，资本家迎面就是一个压迫，压迫到脸上来了。

"惨遭剥削"的景玉手握手机，看了眼电脑上令人心痛的提示弹窗，试图和对方讨价还价："500 欧元哎，你刚刚说了 500 欧元！"

"是的，"克劳斯温和地提醒她道，"我明白你的时间很珍贵，但我的时间应该也稍微值一点小钱。"

景玉不说话了，她用自己的指甲抠了下拿手机这只手的手腕。

有点痒。

她低头看了看，手腕上的一片皮肤被自己抓红了。想继续又怕抓破皮会受伤，不继续的话，这股痒又很难耐，诱惑着人要去抓一抓。

"这样吧，给你一个折扣，"克劳斯友好地说，"作为对你时间的补偿，我只收 200 欧元，今天晚餐的开销由我负责。你认为这个提议怎么样？"

景玉算了算，这是笔很合适的交易，她赚了。

她毫不犹豫道："一言为定。"

两人最终约在晚上 7 点钟见面，而在此之前，景玉又吃了一片药，看了一下午的书。

离开克劳斯之后，景玉的阅读习惯差了很多。由俭入奢易，从奢入俭难。想要培养一个良好的习惯很困难，可能需要两个月甚至更长时间的努力。而放弃一个培养了四年的习惯并不是什么难事，景玉只用了一个月，就将之前建立好的阅读习惯推翻了。

刚开始几天忙着搬家时倒还没怎么察觉，只不过最近她闲下来，意识到自己这样不对。就算没有人督促，她也该好好学习，只有学到的知识和手里赚到的钱不会背叛她。

这次来法兰克福，她包里面还特意装了个Kindle（一款电子阅读器）。虽然电子书的阅读感并不好，但一些大部头的书实在过于沉重，她不想给自己短时间的出差增加更多的麻烦。

下午她还接到了栾半雪的视频求助，对方正在为了教授的测验而紧张复习。有些地方，栾半雪读不太明白，周围同学都在刻苦学习，也爱莫能助。她抓耳挠腮，想到恰好景玉也修过那一门课程，这才打来电话。

好友有难，景玉自然当仁不让地施以援手。

栾半雪还在哗啦啦地翻着书，想要告诉她细节："对了，我先把这部分课程用到的资料拍给你——"

"不用，不用拍，我还记得。"

两个人开着视频，景玉一边回想着这部分内容，一边在纸上写写画画，慢慢地将这部分内容讲给栾半雪听。

栾半雪听她条理清晰地整理完，惊叹不已道："牛啊！姐妹，士别三日当刮目相看，你这记性怎么这么好了？"

景玉想了想，说："也不是记性的问题……嗯，非要说的话，应该是学习方式。"说到这里，她顿了顿。

没错，是学习方式——有克劳斯监督的学习方式。

栾半雪对这点很感兴趣，她问："什么学习方式？说来听听。"

景玉表情严肃地说："不好好学习，一个月都喝不到奶茶。"

栾半雪瞬间花容失色，尖叫道："老吓银了，怖い（太吓人了吧，可怕）。"

其实何止这些，如果没有认真读书，除却基本的奶茶惩罚之外，还有罚站，罚……当然，这些惩罚都是建立在两人商量后，确认彼此都能够接受的程度。

效果很好，至少景玉的确严格地记住了这些内容。现在过去一年了，还没有忘。

克劳斯并不赞成景玉那种临时抱佛脚、熬夜冲刺的学习方式，他对付拖延症实在有一套。

每个学期开始，他都会记住景玉的课程单和教授列出的资料、书单。他先一步大致浏览，再将这些细碎的知识阅读记忆，为她规划详细的学习时间。什么时候学什么东西，安排在什么时候复习检查、巩固……简直是手把手地教景玉学习，一一纠正她那些坏习惯，引领她建立起更好的阅读体系。

给栾半雪解答完疑惑之后，景玉又自己看了会儿书，尝试着假想仍旧有人督促她学习，如果完不成任务的话，晚上屁股就要遭殃。

这个假想并不是很顺利。但今天，她终于成功地把自己原本计划内的书读完了，并完成了阅读笔记。也算是这段时间犯懒之后的一次勤奋。

景玉放下笔，揉了揉眼睛，有点儿心不在焉。

怎么搞的？

克劳斯和她约在一家传统的德国餐厅，餐厅里有一个只在固定时间开放的漂亮的啤酒花园。

现在是夏天，室内的壁炉仅仅起到了装饰作用，还有铜质的烛台、闪闪发光的水晶吊灯，以及铺设着丝绒桌布的长木桌。

这儿的确是个品尝地方特色菜的好去处，景玉从坐下来、菜送上来之后就开始吃。烤猪排搭配泡菜和土豆泥，苹果酒开了一瓶，还有加了碎冰块的冰牛奶、热香肠和胡椒粒香芹汤。

景玉不得不承认，克劳斯真的很会选择餐厅。在美食方面，他总有自己的一套寻觅规则，或许因为法兰克福是他成长的地方。

克劳斯吃得不多，他宽容地看着景玉大快朵颐，顺便帮她解决完电脑上的小小麻烦。

这次景玉长教训了，在拿到电脑之后，做的第一件事就是反复开关机检查。确认这次真的没问题了，她松了口气，将说好的200欧元认真地交到克劳斯手中，感谢他这次提供的帮助。

克劳斯却提起另一件事："下周，法兰克福还有个苹果酒展览品鉴会，你要来吗？"

"不了，"景玉想了想，有点心动，但还是坚定不移地拒绝道，"我现在还没有售卖苹果酒种类的打算。"

从上次售卖葡萄酒的过程中，景玉发现，推出新产品并不是一件容易的事情，至少没有她一开始想象的那么简单。就像她代理的这款葡萄酒，至今销量平平，完全比不上啤酒热销。

她不想捡了芝麻，丢了西瓜，目前还是打算一步一步地来。

克劳斯并没有勉强，也没有继续劝说。

今天的晚餐很美味，尤其是店里提供的热香肠。毫不夸张地说，这是景玉来到德国之后，吃到的最好吃的香肠，尤其是菜单上标注着"地狱热辣"的一款。

克劳斯提醒她吃的时候小心一点，别烫到舌头。

景玉觉得他有点小题大做，但是等她小心翼翼地切下一块放到嘴巴里面后，才意识到这香肠当真名不虚传。

她终于知道，为什么克劳斯会在就餐前为她点一杯冰牛奶了。凉凉的牛奶，的确能够缓解辣度和热度。

景玉不小心烫了一下舌尖，她一口将杯子中的奶全部喝光，最底部的碎冰块也哗啦啦地掉进嘴巴里，把牙齿冰得一哆嗦，牙龈都在生理性地颤抖。

有点反差的刺激和快乐。

她满足地喟叹一声，听到克劳斯若有若无的声音："在离开慕尼黑后，你有开展一段新感情的打算吗？"

她抬头，看到克劳斯仍旧姿态自然地坐着，好像刚刚提到的，是一件再普通不过的小事情。他今天的领带很精致，暗纹上隐隐有漂亮的光泽感。

景玉把玻璃杯放在桌子上，有些不确定地问："嗯？"

克劳斯示意侍应生过来，告诉对方："请再给我面前的小姐来一杯冰牛奶，谢谢。"

侍应生说："好的，先生。"

点完饮料之后，克劳斯不忘解答景玉的疑惑，他温和地说："抱歉，我控制不住自己想要了解你的近况。"他的语言如此真挚："你应该理解吧，关于我的心理问题？"

景玉了然，对着他比了个"OK"的手势说："我懂，我懂。"

白骑士心理嘛，作为曾经帮助过她的人，现在肯定忍不住想要探察她的近况。只是不清楚，他是出于习惯，还是其他。

在这份合约结束之后，还没有完全好起来的白骑士，还有没有向其他落难公主施以爱心和援手，她并不清楚。而且，她和这位白骑士签订的合约，已经结束了，他们两个人都自由了。

景玉看着空掉的杯子，杯子中凉气尚在，外面又凝结了一层薄雾，只有指腹按压的地方是干净的。

她并没有正面回答刚才那个问题，而是反问克劳斯："你呢？在我离开慕尼黑后，你遇到其他追求者了吗？"

侍应生很快将冰牛奶送过来，垫在软木垫上，贴心地放在景玉面前。

景玉拿起杯子，"咕噜咕噜"地喝着。她没有看克劳斯，注意力全在手里这杯牛奶上。

克劳斯失笑，他坐在椅子上微微后仰，绿色的眼睛中有些细碎的光芒。那是水晶吊灯落下来的灿烂光辉，坠落眼中像极了星星。

他笑着看景玉狂放不羁的饮食姿态，道："没有。"

"笨蛋！"景玉将空掉的杯子放在桌子上道，"你怎么一个都没有？追我的人都换三茬啦！"

克劳斯看着活力满满的景玉，她发尖的那些小卷卷都被剪得干干净净，新长出的头发是黑色的。现在长度已经能够盖住肩膀，和他第一次见到她时的头发长度差不多。

但她整个人看起来和那个时候完全不一样了，神采奕奕，眼睛中都散发着明亮的光泽。

如今的景玉已经是个富有、漂亮又有活力的少女，她可以坦然地享受高档的服务，从容地挑选珠宝首饰。

从一开始克劳斯就明白，他给予景玉的每一次帮助，都是往她能够离开自己的翅膀上装一根强健的羽毛。

他明白，他在帮助对方远离自己。

正如心理医生做出的诊断，有着"白骑士情结"的人，会向那些处于糟糕状况的人施以援手，渴望拯救自己的伴侣。

这听上去很棒，但是——

倘若对方不再需要救助，为了能够继续满足自己的救助欲，有些"白骑士"会堕落成恶魔，转而伤害对方，人为制造出需要自己拯救的对象。一边伤害，一边抚慰，白骑士沉浸在这种扭曲的愉悦感之中。

但克劳斯并不是这样。他骨子里就不是那么偏激的人，总体而言能够平衡自己的情绪。当景玉的生活状况变好之后，他并没有伤害她的冲动。

他舍不得。

他无法想象，要摧毁自己亲手培育出的花朵。

可是今天，在听到景玉快乐地说出她有那么多追求者的时候，克劳斯一顿，慢慢地喝了一口苹果酒，手指上的红宝石闪着幽幽的光泽。

他心中有一点糟糕的念头，恶念蔓延，不过并不是对景玉，而是对那些"追求者"。

克劳斯将自己的阴暗念头缓慢地压下去，冷静地审视着。他称赞道："很不错，你的确值得这么多人去追求。"他承认，这句话的确有那么一点儿言不由衷。

一点点。

景玉认真地品尝着剩下的这些香肠，听到克劳斯向她再度发起邀请："晚饭后想去看音乐剧吗？我这边恰好有两张票。"

"什么？"

"根据萧伯纳的作品《卖花女》改编的音乐剧《窈窕淑女》。"

哦，她知道这个。

前两天，她看到了这个音乐剧的宣传册。参与演出的都是百老汇的重磅演员，因为表演场次很少，宣传铺天盖地，价格炒得很高。

景玉饶有兴致地说："我读高中的时候，在英语课本上学过这个故事的电影版本，奥黛丽·赫本出演的。"

克劳斯却注意到另一点，他说："你好像很少和我提起你之前的事情。"

"毕竟我的过往乏善可陈，没有什么轰轰烈烈的大事情。"景玉坦言道，"表演一直到什么时候结束？"

"晚上 10 点。"

这个时间点很好，她思考一阵后，欣然应邀。

音乐剧表演仍旧是在老虎宫举行，这个法兰克福顶级的歌舞及其他表演场所，平时的票价一般会在 60 欧元左右。但是，因为今晚前来表演的是百老汇的顶级团队，只表演三场，令票价急剧飙升。

放在平时的话，景玉一定会因为票价而犹豫。不过，有慷慨到不会计较价格的克劳斯买单，她很乐意去享受一下。

克劳斯就坐在她旁边，自从开场后，两人再没有说过一句话，她很专注地看完了整场《窈窕淑女》。

在原版《卖花女》的结局中，伊莉莎选择了离开教授，决定嫁给另一个追求她、爱她的人，开了家花店，完成自己当花店店员的梦想。

"伽拉忒亚并非真爱皮格马利翁。"这是萧伯纳亲自写下的内容。

但克劳斯请她看的《窈窕淑女》和萧伯纳版本的《卖花女》不同，被教授改造成优雅淑女的伦敦卖花女伊莉莎，并没有离开普金斯教授，而是选择留在教授身边，继续陪伴他。

一个童话般的浪漫结局。

歌剧结束后，克劳斯的司机送两人回去。但准备上车前，景玉改主意了。她想吹一吹风，她喝的苹果酒酒劲慢慢地上来了，这让她的头又有些不太舒服。

克劳斯选择陪她散步。

法兰克福并不如中国安全，尤其是火车总站的东北地区。那边的易北街和陶努斯大街两条街道是法兰克福最主要的红灯区，那里极其混乱。

尽管周围有警察巡逻，甚至有四家安保公司的安全巡逻人员值勤，但在夜晚，单身的女性最好还是远离那边。

这些事情，克劳斯早就告诉过她。

景玉做得很好，她基本上不会靠近那些有危险的区域，她很惜命。一般来说，晚上 8 点后，她就不会独自出门，任何国家的治安都不能和祖国相比较。

在这个晚上，景玉裹紧外套，她有点想念故乡了。

道路旁的酒吧里，夜生活才刚刚开始。一个土耳其人抱着吉他，轻声弹唱着一首歌曲。

红叶落在地面上，浸泡着一汪不小心积起的雨水，雨水映衬着橙黄色的柔和灯光。景玉看到地上的影子——她和克劳斯，两个人的身影好像要接近在一起，又若无其事地分开，保持着一个恰当的距离。

景玉盯着影子看的时候，克劳斯往她的方向走了一步。他的影子高大，将她的半个影子都遮蔽进去。

只看影子的话，好像她依偎在了克劳斯的怀抱之中。

道路旁，有个人在哼唱着方才音乐剧《窈窕淑女》中的插曲："...warm and tender as he can be, who takes good care of me..."

克劳斯友好地问道："你回去之后，还要继续吃那种可怕的食物吗？"

景玉纠正他的观点道："克劳斯先生，螺蛳粉是美味的。"

"好好好。"克劳斯不再与她在这个问题上争执，他咳了一声，鼻尖被风吹得有点发红，若无其事地问："你的那三茬追求者，都在曼海姆吗？"

克劳斯很镇定，他肌肤很白，此刻鼻子上、脖颈上的红，一定都是凉风吹出来的——尽管他穿着规整的西装外套。

景玉侧过脸看着他问："嗯？您对这个很感兴趣吗？克劳斯先生。"

"没有，"克劳斯踩碎一片红叶，顿了顿避开，往旁边让开一步，冷静地解释道，"我只是很想关心小龙目前的状况。毕竟，作为她曾经的教导员，我有义务保护她不被糟糕的男人欺骗。"

景玉瞥他一眼，在对方看过来之前，飞快移开视线。她语气轻快地说："骗身骗心都无所谓，只要别骗我钱。"

这个加了点消极的俏皮话，并没有逗乐克劳斯。他严肃地纠正道："前两个更不行。"

景玉耸耸肩，这个动作不怎么淑女，但她用了很淑女的声音说："对我来说，钱最重要。"

旁边的人仍旧在陶醉地唱着方才的插曲："Oh,wouldn't it be loverly！"

克劳斯的手指上仍旧佩戴着那枚被景玉拒绝掉的红宝石戒指，另一只手慢慢地在戒指上抚摩了一下，指腹从珠宝顶端擦过。

他说："我之前说过的话仍旧有效，如果你想回到我——"

晚风微凉，景玉重重地打了个喷嚏，打断了他的话。她从包中翻出来纸巾捂住鼻子，声音听起来有点闷地说："先生，我好像感冒了，可以上车吗？"

克劳斯目光深沉地看着她，说："当然可以。"

不知道怎么回事，赵先生最近很忙，原本答应好景玉的见面时间一拖再拖。景玉不好意思催促，只能耐着性子等。

客户比天都要大，这一点，放在哪个国家都适用，甲方永远都是大爷。

毕竟赵先生态度明确地表示了，这场见面会谈只是走走流程，一定会从她这里订购葡萄酒。具体订购的数量、价格、付款方式、供货时间……这些细节都谈得差不多了，就差最后一步——签订供货合同。只要这个合同一签，景玉就能顺利地离开法兰克福，回到曼海姆，开始安排发货事宜。合同初步敲定的是一年，她能够从中获得一笔巨大的利润。

景玉在法兰克福多住的这段时间，虽然合同没有成功签署，但是却收到了一个意想不到的邀约——安德烈小可爱的生日要到了，他的父母邀请她参加生日派对。

景玉本来想拒绝掉，但安德烈小可爱的声音委屈巴巴的，快要哭出来似的，他可怜兮兮地请求她过来。

这让她实在没办法狠下心拒绝，只好同意。

安德烈一家住在韦斯滕德，出了名的富人住宅区，景玉开着她的粉红色劳斯莱斯过来一点儿也不突兀。安德烈的母亲热情地与她拥抱，对她说："甜心，你已经好久没有来看我了。"

景玉说："抱歉。"

"就算和克劳斯选择分手，你也不可以和我们断了联系。"这位美丽优雅的女士说，"简玛，你不知道我们有多么多么地想念你，我甚至已经想好了你和克劳斯孩子的名字——哦，我们不说他，甜心，你想暂时休息一下吗？"

克劳斯的亲人都很友好，即使景玉离开他后，他们仍旧对她表现出极大的善意，不想让她感到难过。他们都有着很好的教养，也很尊重她。不管她是不是克劳斯的女友，他们都将她当未来的家庭成员来看待。

安德烈的生日派对邀请了很多人，尤其是他的同学。安德烈的母亲请景玉暂时在书房中休息，这儿有美味的茶和蛋糕，还有……衣冠楚楚的克劳斯先生。

在这儿看到他，景玉一点儿也不意外。

不过，今天的克劳斯看上去精神并不怎么好。他似乎有些疲倦，正在闭着眼睛休息，看到她后，微笑着打了招呼。

景玉问："你身体不适吗？"

"抱歉，时差还没有倒过来，"克劳斯说，"我刚从北京回来。"

景玉听到他提及熟悉的城市，有些怀念道："真好。"

克劳斯耐心地等了四秒，但景玉并没有说那句代表最高关切的"多喝热水"，她只是温和地建议道："你要睡一会儿吗？"

"哦，不，"克劳斯若无其事地又说了一遍，"只是最近工作量有点大。"

口令失败。

两秒钟后，景玉仍旧只是点头说："真辛苦啊，你注意好好休息。"

她还是没有说"多喝热水"。

克劳斯看着桌上装满水的杯子，一言不发。

景玉不懂他这似乎有些失望的表情是怎么回事。

前任老板心，海底针。

桌子上放着安德烈母亲拿来的家庭相册，里面除了安德烈的照片外，还有他们年轻时候的影像。她贴心地让景玉先看着，打发一下时间——说不定还能借看照片的机会，让景玉和克劳斯发展一下友谊。

景玉兴致勃勃地翻看着。

安德烈小时候的头发颜色，果然更浅一些。

再往前，还有安德烈父母的照片。这对富有的夫妻是慷慨的慈善家，里面还有他们去孤儿院帮助孩子的照片，并不分人种。他们还去过亚洲和非洲的一些孤儿院，和一些孩子合照，放在自己的家庭纪念册中。

再往前，安德烈父亲未成家时的照片也在。不过那时他是一个人做慈善，照片上的他更年轻。

其中一张成功地吸引到了景玉的注意，这张照片的拍摄时间显然离现在已经很久了，照片的边缘都有点变色。

少年模样的安德烈父亲站在孤儿院门前，和身边一个看起来不到七岁的孩子拍照。那个孩子头发的颜色很浅，整个人也很瘦，瘦到胳膊像细细的树枝。他穿着过于宽松的印着中文字样的 T 恤，胳膊上、脸上满是泥，两只眼睛都被打得肿起来，睁不开。看上去又滑稽又好笑，身上还有大面积瘀青，好像刚刚和人打过一架。

景玉本来都已经翻过去了，但看到孩子身上的 T 恤印着中文字，对母语的敏锐让她停下来，重新翻到这一页，盯着照片，仔细辨认着上面的字。

由于照片时间太久，像素不高外加存放的原因，上面的字迹看起来并不太清晰。

她读出来："晓……香……中……餐……"

坐在沙发上的克劳斯猛然睁开眼睛，他站起来，走过来问："你在看什么？"

景玉指给他看，说道："喏，一个可怜的孩子。"

克劳斯看清楚了那张照片。

他沉默了。

就在这时，房间中的灯光忽然熄灭，大概是装饰在客厅的彩灯出了点小问题，影响到了电路，整个住宅都陷入黑暗之中。

外面传来孩子们惊喜的尖叫声，以及安德烈母亲的安抚声："孩子们，别怕，我们马上就能解决这个小麻烦——拉尔夫！你去看看，到底怎么回事？"

外面这样躁动，但这个房间内却十分安静。黑暗落下的时候，两个人都没有发出声音，保持沉默。

景玉的眼睛还没适应这样的黑暗，她探身想将相册放到桌子上。但一倾身，头却撞到了一堵温热的坚韧。

条件反射，景玉顺着摸了摸，想知道她刚刚撞到了什么东西上。克劳斯抓住她的手腕，阻止她进一步行动。

"美丽的简玛小姐，虽然我很想你继续，"克劳斯说，"但我不得不提醒你，再往上，你就要交 300 欧元了。"

"300 欧元？那我不要！"景玉下意识地拒绝道。

黑暗中克劳斯轻笑一声，他并没有勉强。

景玉缩回手，她感觉到手里面的相册被人拿走了。她听见克劳斯的衬衫发出细微的声响，那是随着他做动作而发出的声音。这令她的心脏不由得

"怦怦"直跳，也完全忘掉了刚才相册里那个浅金色头发、鼻青脸肿、穿着印着汉字衣服的白人男孩。

她的眼睛还没有办法适应黑暗，什么都看不清楚，但克劳斯却能精准地拿走她手中的东西。

浅色瞳的人，夜视能力比深色瞳的要好很多。

就像现在，就像几年前。

黑暗之中，景玉没办法看到克劳斯。但对方能看清楚她，一举一动，清清楚楚。这一点，哪怕过去了近四年的时间，也没有改变。

"需要我帮助吗？"他问，声音和几年前在地下室中问她时一样。

不清楚是不是景玉的错觉，克劳斯的语气有了微妙的变化，没有了当时那种高高在上的、怜悯的审视感。

这次对方的确想帮助她。

她说："是的，谢谢你。"

克劳斯牵着她的手，离开了这个房间。

他的手掌很热，景玉触碰到他掌心的茧，还有拇指和食指的夹缝衔接处、食指左右两侧，这些部位的茧都是他用枪留下来的。

不知道克劳斯有没有参加新的狩猎季。景玉心不在焉地想着，她的指尖试探着碰了碰对方掌心的茧子，想从茧子的厚度来判断他究竟有没有去狩猎。但克劳斯却将她的整只手握紧，紧到她完全挪不动手指，完全被包裹住。

"别乱动，"他温和地说，"不然，我怕忍不住对你做些事情。"

景玉安分了。

外面的情况比这里要好一些，安德烈的母亲指挥着用人拿来了一些备用的灯。有些原本是为了生日派对装点氛围的烛台也点燃起来，将房间映照出橙黄色的光泽。

她也终于注意到克劳斯和景玉，笑着过来说："我们遇到了一点儿小麻烦，不过现在应该可以解决了……"

景玉用力将手从克劳斯手中抽出来，挤压得她的手指和手背都很痛。她低头，轻轻地吹了吹自己的手。头发变成棕色、个子已经长高了的安德烈朝她招手，想要她过来看自己做的漂亮小灯笼。

等景玉离开之后，克劳斯才看向安德烈的妈妈问："安妮塔，你不应该给景玉看那张照片。"

安妮塔是一个典型的法国太太，她留着复古的法式波波头，头发是深棕色的。

安妮塔是个坚持己见、友善率直的人。现在，她问克劳斯："你难道不想让她知道你的过去？倘若她知道你童年时在中餐馆打工的经历，或许能因此理解你。"

不止这些。

克劳斯的母亲瞒着所有相熟的人，偷偷生下孩子，而埃森家族对此一无所知。

现任的埃森家族掌权者埃森先生，当时就已经富可敌国。但在他唯一的孩子——克劳斯睡在中餐厅的杂物间中，只能吃剩菜果腹的时候，他甚至不知道自己有一个儿子。

安妮塔知道自己不能再说下去了，她担心会触及克劳斯一些并不愉悦的记忆。比如说，那家有着道貌岸然院长的孤儿院中，小克劳斯的生活经历。

提到这些事情的时候，安妮塔别有深意地提醒道："克劳斯，你知道吗？博取爱意的另外一种方式，是同情。"

"我不需要。"他说，"请你不要再自作主张。"

五米远的位置，景玉正在好奇地摆弄着安德烈的那只小灯笼。光芒随着她的动作摇摇晃晃地从克劳斯脸上掠过。他没有表情，再度不容置疑地提醒安妮塔。

"这是我自己的事情。"

景玉度过了一个温馨的生日派对，安德烈将自己生日蛋糕上最美味的几颗樱桃分享给了她。

她婉拒了安妮塔邀请自己留宿的建议。

不清楚是不是她之前的祈祷有了用处，在第二天，景玉就得到了赵先生的答复，确认要签署合同。没有丝毫障碍，她很顺利地拿下了这个单子。

为了庆祝合同顺利签订，景玉邀请了团队成员去海德堡痛痛快快地玩了三天。她很乐意为自己的员工报销住宿费和餐饮花销。

克劳斯先前提到过一次，成功的领导者至少具备三个特点：珍惜声望、专注、慷慨。

尤其是像景玉这种创业初期，凝聚力很重要。

景玉对待自己的员工，从来都不小气。她不会克扣他们的工资，也不会吝啬饮食。好几次她订员工餐，都是按照最丰盛的标准来。

君子爱财，取之有道，用之也有道。

几个人在海德堡度过了一个快乐的周末，景玉还订了一家有趣的酒店。里面的每一个房间都有不同的风格，有斐济风的海滩小屋，也有加拿大风的猎人木屋，浪漫又可爱。

在得知景玉和她帅气的男友分手的那天晚上，希尔格开心地喝到酒精中毒，被紧急送到私人医院洗胃。虽然景玉明确表示自己目前并不想发展新的感情，但这并没有阻挡希尔格的热情，更不会浇灭他"心中的爱意之火"——这是他的原话。

在海德堡停留的最后一晚，几个人去了当地的一家小餐馆吃刚刚做好的猪肩肉，顺便打纸牌。

今天不是休息日，餐馆中的大学生都少了很多。餐馆老板乐呵呵地看着他们打牌，顺带着送他们一人一小杯啤酒。

但很不凑巧，另一队人也在这里放松。景玉一眼就看到了仝臻，这可真是令人扫兴，她叹了口气。

希尔格用蹩脚的中文好奇地问道："你看到熟悉的同学，触景生情了吗？"

景玉回答道："很高兴你能学会'触景生情'这个词语，但现在用这个并不太对。对方不是景，我对他也没有情，他顶多算个畜生。"

这一长串的中文，对于希尔格这个汉语初学者来说是个严峻的考验。他什么都听不懂，还在费力地思考、揣测景玉到底在说什么。

仝臻也看到了她。

在一起的这些人都是同学，不过其他人并不知道他俩之间那点恩怨纠葛。本着"不与垃圾扯关系"的原则，景玉也不愿让人知道她和对方有那么一点微妙的血缘关系。

仝臻显然也不想承认她这个姐姐。

同学见面，互相聊了几句，就请餐馆老板将桌子拼起来，一起玩纸牌。

景玉没有参加。她甚至没有和仝臻说话，连对视也没有。

玛蒂娜打了一会儿牌，她那浪漫可爱的男友打来了情意绵绵的电话，温柔地告诉自己做饭时不小心把厨房点燃了。

玛蒂娜抓了景玉替她临时过来打牌，她去外面接电话，提醒自己这个把所有智商点数都分配到颜值上的男友，不要再拍短视频了，要抓紧时间联系消防人员。

同学们兴致正高，景玉不忍扫他们的兴，只能临时接手。她刚刚坐下，仝臻冷不丁地用中文问："被抛弃了？"

他还知道要面子，在这些人面前讲中文，笑眯眯的，表面上一点儿也看不出来。

景玉浏览着手上拿到的牌，心平气和地说："不想挨骂的话，就闭上你的嘴。你脑子里进的水，是为了养鱼吗？"

仝臻看了她一眼，拿了牌。

"不管怎么说，你都是我的姐姐，"他顿了顿说，"我最近才知道爸断你生活费的事情，我理解你之前是误入歧途。你现在回来，向咱爸认个错——"

可惜，景玉对打感情牌这件事情完全免疫，尤其是仝臻这么假的说辞。

"人畜殊途，"她纠正道，"请别'咱'来'咱'去的，你们是你们，和我没关系。"

只可惜景玉今晚的手气不太好，筹码零零散散地几乎全输掉了。还剩最后一个的时候，她犹豫了一下。

算了，玩就玩了。

玩牌嘛，图的就是一个消遣。

但仝臻不这么想，他赢了好几场，后面和景玉聊天的时候，声音都带了点笑。

"认输吧，"他说，"别全输给我了，你留点钱回去当路费。"

这种赤裸裸的嘲弄，让景玉不断做着深呼吸。

仝臻放下牌，伸了个懒腰，哼着歌，迈着六亲不认的步伐去卫生间。

景玉被他激起怒火，拿起最后一枚筹码，刚刚准备放到桌子上，就听见克劳斯带着笑意的声音："简玛，好巧。"

这熟悉的声音让她的筹码差点从手中脱落，一回头看见了克劳斯和他的老师凡妮莎——哦，还有凡妮莎的丈夫。后者风度翩翩地摘下帽子，微笑着与她打招呼。

克劳斯和他们两人说了声"失陪"，在希尔格的注视下从容不迫地走来。他低头看了看景玉的牌，轻轻叹了口气道："龙失去了她的运气吗？"

景玉今天晚上真的输惨了。

大部分赌徒都有这样的心态，总是想着"万一下一把我能翻盘呢"。景玉不知道今天晚上想了多少次能翻盘，可惜都失败了。

她那点牌技还全是靠克劳斯指点，从一开始，克劳斯就不赞同她玩这些，而景玉也很少能找到旗鼓相当的对手。

她和克劳斯玩没什么意思，在纸牌方面，对方段位实在太高了，一眼就能看穿她要出什么牌。有时候看不下去了，克劳斯也会故意放几次水让她赢，可景玉不喜欢这样。

尽管希尔格不太开心，但他还是礼貌地请其他人让出一个空位来，留给克劳斯坐。他坐在景玉右边，克劳斯在景玉的左边。

没关系，希尔格这样安慰自己。虽然中国古代有过以左为尊，也有过以右为尊，但现在是国际社会，右边的位置总要比左边的尊贵一些。

即使现在同样坐在景玉身边，他的地位也要比她前男友的高。

但，克劳斯一坐下来，景玉就自动地把自己的牌交给他了。她还小声和他聊天，用的是中文。

希尔格听不懂。

如果景玉放缓语速，一个字一个词地说，或许他还能够跟得上对话。但这两人说得实在太流畅了，流畅到他只能听到"龙"。他很悲伤，悲伤到决定回家后要立刻把那两本花高价买来的《三字经》和《千字文》手抄一遍，好好学汉语。

景玉小声地和克劳斯交谈道："我没有钱支付雇用你替我打牌的费用。"

"没关系，"克劳斯垂首看着她手中的牌，点了点，听纸牌发出的清脆声响，"鉴于之前简玛小姐的消费记录良好，我决定免费赠送一次打牌服务。"

景玉眼前一亮，问："只有一次吗？"她偷偷伸出讨价还价的小手，就像在圣诞市集上和老板商量赠品时一样。

克劳斯手滑过纸牌，侧过脸看向她问："嗯？"

"我消费了那么多次，"景玉提醒他道，"就算是积分制，也总该多弄几个可以选择兑换的礼品吧？"她预谋着从克劳斯这里多抠点好处过来。比如说，今后免费帮她培养人脉、解决一次危机、帮忙打通关系等等。

但克劳斯显然并不会这样轻易许诺，他摩挲着纸牌，露出为难的神色说："我们事先并没有约定赠品。"

见对方表现得如此不情愿，现在的景玉已经降低了自己心中的标准，退而求其次，只要他提供赠品就行。

即使不是人脉上的帮助也可以，她现在不愿意放弃，能薅一点儿是一点儿。

景玉仍旧孜孜不倦地劝说、诱惑着克劳斯道："可是，你现在设定也不迟呀！说不定我这个老主顾，会为了赠品再度回购呢？"

克劳斯明显还在思考，并没有看景玉，他如今的注意力全部集中在面前的牌上。

景玉期期艾艾。

"那好吧，"他叹了口气，一副忍痛割爱、不得不让步的模样，抽出一张纸牌说，"那我愿意额外赠送两次夜间服务，整夜。"

对于景玉来说，赠品就是白捡的大便宜，没有无所谓，有了当然更好。

没想到居然真的可以成功说服克劳斯，"勤俭持家"的景玉沉浸在成功的喜悦之中，也没细听内容，就开开心心地一口答应下来："好啊！"

两秒后，她慢慢地回过味来，怔怔道："我觉得事情好像哪里有点不对。

"你个老东西好像在阴我。"

克劳斯还是第一次从景玉口中听到"老东西"这个词语。虽然文化上略微有一点点差异，但这并不影响他理解这个词语的意思。

这是两人认识之后，对方第一次这样直白地说出冒犯性的称呼。

克劳斯捏着牌，视线终于从纸牌上移开，他看向景玉说："货物一经售出，概不退换，"他提醒她道："身为一个成功的商人，你要有契约精神。"

景玉愤然道："你就是在阴我！我明明指的不是这个！老东西！老东西！"

可惜克劳斯并不介意被她这样称呼，他整理好手中的牌，漫不经心地扫了眼其他人手里的牌和桌子上的纸牌数目。

在景玉谴责的目光下，他说："坦白来说，我不介意你对我使用这个不太文雅的昵称。"

景玉发自内心地说："尊敬的克劳斯先生，您的格局实在是高，真高。"

克劳斯温和回应道："聪明的景玉小姐，你的谈判技巧也很诱人。"丝毫没有悔悟的意思，他就这么光明正大地强买强卖了。

不，是强行打包赠品。

景玉还在企图辩解，她稍微想了一下，就敏锐地抓住漏洞，振振有词地反击道："但是，你好像并没有说兑换的时间，对吧？这两晚赠品，我想什么时候兑换，就可以什么时候兑。"

克劳斯点头道："理论上是这样。"

景玉差点欢呼出声，她说："那我先攒着，以后一块儿用。"

克劳斯没有戳穿她的小心思，他坐在旁边，拿着她那一手烂牌，顺便提醒周围一个准备抽烟的同学道："请不要在就餐的地方抽烟。"

他说得很有礼貌，无论是措辞还是语气，都没有丝毫问题。

但那个刚刚把烟拿出来的人，却像是听到斥责一样，立刻将烟放回去，连声道歉道："对不起，对不起！"

克劳斯说："谢谢你的合作。"

那同学又说没关系。

彼此客套之后，男同学手指点着烟盒，越想越觉得奇怪，忍不住抬头看克劳斯。

黑色的衬衫，没有系领带，金色的头发，绿色的眼睛，皮肤很白，没有美黑，香水是木质的味道，是个很英俊的男人。他身上并没有佩戴其他昂贵的配饰，手表也没有，只有右手戴了个红宝石戒指，在灯光下泛着珠宝特有的优雅光泽。

这个金发的男人很有礼貌，始终保持微笑，用中文和简玛交谈时也很温和，好几次都把她逗得眼睛弯弯。

但是，这个温和的男人却有种奇特的气场，令人忍不住想要臣服。就像刚才，自己不自觉就听从了这个男人的命令。

希尔格倒是没有这么多乱七八糟的想法，他早就见过克劳斯，对对方的评价——一个英俊迷人的男人。比起这个来，他更关心刚才景玉和克劳斯说了些什么。

三天了，希尔格第一次见景玉露出这么开心的表情。他喝了两杯酒，终于忍不住偷偷地问道："简玛，你们刚刚在聊什么有趣的东西吗？"

"嗯，"景玉痛心疾首地告诉他，"我们在谈资本主义者设置的花样陷阱，其中包括鼓吹消费主义和赠品诱惑。"

希尔格肃然起敬道："你真的很努力。"

没有想到简玛和她前男友平时也在讨论学习，希尔格简单回想一下自己之前给她发的邀请，不是请她看球赛，就是请她去踢足球。

他想，他知道自己错在哪里了。

——下一次，就试着邀请简玛一起去学院听"货币金融学和固定收益证券市场"吧！

十九颗糖

援手

　　仝臻从洗手间回来，就看到了坐在景玉旁边的克劳斯。有那么两分钟，他愣了一下，他对这张脸当然还有印象——还是很深刻的那种。

　　他一言不发，重新回到牌桌前坐下。

　　不需要怎么介绍，其他几个同学已经等不及要继续玩牌了。

　　景玉坐在旁边，兴致勃勃地看着克劳斯打牌，她毫不怀疑对方的牌技。

　　仝臻出第一张牌的时候，眼睛一直盯着景玉，想说些什么，嘴唇翕动几下，又死死闭上了。

　　景玉不理他，她的注意力全在克劳斯拿着的这几张牌上面，想看他会出什么。她对这种贴身的学习方式充满兴趣。

　　克劳斯也放慢了出牌速度，毕竟还在和其他人一起打牌，他不会一一拆开了给景玉讲自己出每张牌的意图。但景玉跟了他这么久，熟知他的战术，几乎不需要他多讲，她自个儿就能琢磨透。

　　她很聪明，只是缺乏一些实战经验。

　　仝臻刚开始还能保持镇定，但他方才赢走的那些筹码，一个一个地又输了回去。由于一直在输，他开始不淡定了，计算牌也开始混乱，频频出错。

　　桌子上的西班牙风味小吃已经凉透了，他越打越紧张，热得解开衬衫袖扣，也没有袖箍。他有些粗鲁，不耐烦地将袖子卷了上去。

　　这个动作并不怎么文雅，桌子上的酒杯也被他碰翻在地，发出"啪"的一声脆响，酒液洒落一地。

克劳斯还是刚开始玩牌时的表情，赢了也不动声色。

纸牌夹成扇形，他用纸牌将桌子上的筹码堆到景玉面前，含笑看着她道："数一数，小龙成功拿回她的东西了吗？"

一直到他开口说中文，仝臻才猛然抬头看向他。

仝臻的眼里都爆出了红血丝。

景玉简单地"嗯"了一声，兴致勃勃地数克劳斯推到她面前的筹码。一枚、两枚……何止全都拿回来了，连牌桌上其他几人的那几份都赢了过来。

仝臻说："再来。"

克劳斯终于看向这个景玉同父异母的弟弟，他问："你还有什么？"

语气很礼貌，但仝臻却感觉到深深的羞辱。他摸了摸口袋，空了，所有的现金都被花光了。

仝臻将自己手腕上的表摘下来，还有镶嵌着钻石的袖扣、胸针……这些东西都被他摘下来，噼里啪啦地丢到了桌子上。

"我还有这些，"他已经陷入一种近乎执拗的冲动中，重复道，"再来一局。"

他真上头了。

刚才他赢得有多爽，现在就输得有多惨。

还是双倍的。

克劳斯看了眼桌子上那些零碎的东西，笑着提醒他道："抱歉，我对用冒牌货做赌注这种事不感兴趣。"

仝臻愣了愣。

耻辱感更强烈了，他提高声音，为自己的东西解释道："这些东西都是我姐姐在法国买的。"

克劳斯惋惜地说："法国也有一些职业骗子……真可惜，请允许我向你的姐姐表示同情。"

仝臻虽然已经二十多岁了，但他作为家里唯一的儿子，真真切切是被宠大的。这种男人都有种通病，自我意识过强，以及有着奇特的自尊心和自信心。现在听克劳斯这样说，热血一下子涌上头，差点就要和对方辩解起来。

但他不敢。

他知道克劳斯是什么人。

这股气在胸口郁结着，仝臻将丢到桌上的东西一一拿回去。今天晚上他输得惨不忍睹，钱包已经空了，还得知了自己花大价钱托姐姐买的奢侈品手表是假货。他忍着气将东西装起来，袖扣都没扣好，就这么捏在手里，和表一起。由于捏得太紧了，东西摩擦时发出了刺耳的尖锐声音。

"等等，"景玉忽然叫住他，"等一下。"

仝臻回头看她。

景玉平静地将一枚2欧元的硬币放到他手中说："拿去坐车用，应该足够你付有轨电车的单程票价。"

仝臻心里一震，不可思议地看着手中的硬币。半晌，他眼神复杂地看着景玉。

他好像第一次认真看自己这个姐姐。

但景玉并没有和他多聊的打算，她重新坐到克劳斯身边，快乐地数着筹码。

仝臻心里有股说不清道不明的暖流，他捏着2欧元的硬币，一咬牙离开了。

他决定，现在去购买单程票回家。

景玉正哼着《好运来》，快乐地数着钱，听到克劳斯说："我没想到你会帮他。"

"帮谁？"她困惑地问，很快反应过来道，"啊，你是说仝臻啊。"

顿了顿，她愉悦地开口道："放心，回他住的地方要六站呢。我算过了，就算购买有轨电车的单程票，至少也要2.5欧元，他现在只有2欧元的现金，买不了。"

"嗯？"

"看他刚刚那样子，估计现在已经感动到准备坐有轨电车回去了吧。最近的有轨电车站离出租车候车站有1千多米呢，好漫长的路，"景玉笑眯眯道，"嗯……买不到票、在夜晚淋雨的仝臻，大概率会忍无可忍地选择铤而走险，偷偷逃票吧？很不凑巧，我听说今晚海德堡的车票稽查人员会严查有轨电车……"

克劳斯耐心地听完，习惯性地想要伸手摸摸她的脑袋。但是在即将触碰到她的头发时，又硬生生地收回去了。

他称赞道："简玛，你做得很不错。"

景玉谦虚礼让道："还是克劳斯老师教得好。"

克劳斯忍着笑，补充了一句："仁慈的上帝啊，希望我这一生都不用承受面前这位淑女的小手段。"

"……"

没了仝臻，景玉和剩下的同学玩起了店里提供的飞行棋。克劳斯离开了，去店里的另一边找凡妮莎和她的丈夫共进晚餐。

龙被骗走了珠宝，坐在石头上茫然。路过的魔王不仅帮龙找回了她的宝贝，还将骗子的家底也掏空，全都摆放在龙的面前。作为感谢，龙友好地赐予魔王一个新的昵称——"老东西"。

克劳斯回想起景玉说这三个字时的神态和语气，忍不住笑了一下。

凡妮莎问："克劳斯？"

"抱歉，老师，"克劳斯说，"我刚刚想到了简玛。"

凡妮莎柔和地笑了一下，她说："我明白。"

她是克劳斯的老师，也是当初第一个发现孤儿院异样并曝光此事的人。也正是她丈夫当初拍摄的照片和发表的新闻，让埃森家族发现了克劳斯的存在。

一个表面上救济各种孤儿、伪装成慈善的孤儿院，私下里却会对这些无父无母的孩子进行殴打、虐待。当时的孤儿院院长名声斐然，谁都不敢相信，他竟然会犯下这种罪行。

眼看着希尔格经过，克劳斯站起来，主动将他请过来。

问了几句，希尔格毫不设防地回答他准备联系车子，然后和景玉一块儿回酒店。

克劳斯不动声色地给他倒了杯由烈性伏特加调制的酒，说："这么早，不准备多喝一杯吗？"

希尔格很爱喝酒，他闻着就馋，忍不住问："这是什么？"

"我不清楚，大概是店里新出来的果酒，"克劳斯将这小小一杯放在他面前问，"想要试试吗？"

这杯子看上去很小巧，酒液也并不多。希尔格一边说着"谢谢"，一边喝了下去，和克劳斯告别后，准备给出租车司机打电话。

但他刚走出几步，脚就感觉软软的，被刷成金色的墙壁和以石灰绿为主调的桌椅都软绵绵地陷了一起。希尔格惊奇地"咦"了一声，身体不受控制地一歪，差点倒在地上。

戴着黑色手套的克劳斯及时扶住他，关心地问："需要我帮你联系出租车吗？"

酒精上头，希尔格话也开始说不清楚，连单词都是拖着长音的："简玛，简玛……"

"我会送简玛回去，"克劳斯示意旁侧的司机将希尔格带走，"你放心。"

希尔格被司机搀扶着，嘴巴里仍旧在念念有词，只是没有人能听懂醉汉在说什么。

克劳斯直起身体，微笑着向醉醺醺的希尔格道谢："谢谢你，纯真的希尔格先生。"

景玉等了十分钟，还没有等到希尔格，她有点困了。

其他人兴致高昂，约着一起去了夜店。景玉不打算去了，她准备和希尔格拼车回酒店休息。

但希尔格离开后再也没有回来，景玉打了个哈欠，心不在焉地想着今后的一些计划。她强迫自己的脑子运作起来，去想象等会儿回到酒店是先漱口还是先洗澡，或者在淋浴下边洗头边漱口。嗯，听上去好像有点犯懒。

她连第二天早餐吃什么都想好了，要是希尔格再不来，她可能都要继续想午餐的菜单了。

景玉准备给他打电话，刚刚拿出手机，就听到了克劳斯惊讶的声音。

"为什么只有你一个人在这儿？"

她回头，看到克劳斯站在不远处，他身后是因为时间久远而有些褪色的壁纸。

她说："我在等希尔格。"

"是吗？"克劳斯慢慢靠近，稍稍沉吟，有些疑惑地说，"我刚刚送老师出门的时候，看到希尔格上了出租车。"

"啊？"景玉有点惊讶。

希尔格是不是喝多了？他是不是忘记了这件事情？

"他是不是喝多了酒，忘记了？"克劳斯叹了口气，绿色的眼睛里闪着温和的光芒，"希尔格怎么能让一个淑女在这里等待？真是不可思议。"

"我还以为他会送你呢。"他从容地摘下右手手套，白皙的手露出来，优雅地朝景玉伸出，怜惜地开口道，"小龙宝贝，我送你回去吧。"

景玉从餐馆中走出来的时候，外面还在持续不断地下着雨。她发现克劳斯的司机开的竟然是一辆库里南——当初她第一次和他参加狩猎时坐的那辆。

景玉顿了顿，在外面的喧闹嘈杂中，提着裙摆，小心翼翼地上了车。

这边有很多小酒馆和咖啡吧，都已经这个时刻了，还有些老人在喝酒或者喝红茶。梧桐树叶被风吹雨打，哗啦啦地作响，外面有或白或灰的鸽子，敏捷地从树冠上落下，穿过雨幕，落在店铺屋檐下。

这些鸽子都不怕人，它们悠闲地在屋檐下散步，一个个被喂得肥嘟嘟的，整理着翅膀，呼啦啦地抖落一些雨珠。

在德国，鸽子和鹅都是保护动物，人不可以随便去捉，德国人也很少会吃禽类。

在来德国之前，景玉就听老师讲过，曾经有个留学生，因为捉了广场上的鸽子烤来吃被遣返。虽然这大概率是谣言，有危言耸听的成分在，但抓鸽子的确要面临高昂的罚款。

景玉目不转睛地看着外面啄翅膀的鸽子，雨滴被风吹落，敲打在车窗上，发出窸窸窣窣的声音。

她忽然有点想家了。

克劳斯问她："累了吗？"

"还好，"她说，"只是看到鸽子，有点想念故乡。"

说这些话的时候，她的指腹贴着玻璃窗，声音慢慢地低下去。

她老家街道那一片就有很多鸽子，大部分是洁白的，在晴朗的天空中展开翅膀，呼啦啦地飞出去。

克劳斯明白了，他沉思片刻说："虽然德国人不吃鸽子，但如果你想的话，明天我可以让人为你炖乳鸽汤。"

景玉："……"

车窗外的鸽子，呼啦啦地飞走了。

她转过身，手离开车窗玻璃，友好地提醒克劳斯道："我偶尔也想文艺一下，请不要打扰我刚刚酝酿好的思乡情绪，好吗？"

克劳斯笑着道歉道："我很抱歉。"

"你要明白，我不可能每天都想着吃吃吃，"景玉理直气壮地告诉他，"我的脑子里除了吃，还有其他很多更有价值的东西。"

"比如钱？"

"尊敬的老东西，你再多说一句，我就立刻下车。"

克劳斯忍俊不禁道："抱歉，请您继续。"

景玉满意地清了清嗓子，说："刚刚说到哪里了？哦，钱。"她义正词严道："钱当然也包括在内，这是个好东西。"

克劳斯放缓声音，问她："那你觉得它好在哪里呢？"

他的声音和语气真的很具有诱惑性，让人忍不住顺着他的问题回答。

"钱能让人生活得更轻松，不用将所有的精力和时间都浪费在'怎么温饱'这件事上。"景玉没有看他，她侧脸看着车窗，盯着上面的雨滴，看着这些小小的水珠说，"你可能没有体验过没有钱的窘迫——尤其是亲人为了省钱而不去体检，等身体感觉不适，拖到受不了的时候才去医院，发现时疾病已经没办法控制了。"

克劳斯慢慢地握紧手指，这句话牵扯到一些微妙的回忆——母亲在中餐厅里咳血，她的肺部整夜整夜地痛，晚上还能听到她因为身体疼痛而发出的呻吟，以及昂贵的药费、医生开出的高价诊疗单……

景玉无意识地又重复了一句："你大概体会不到。"

克劳斯没说话。

他体会得到。

"爱这种东西，好像并不比金钱有更高的价值，至少我现在还没有发现。"景玉的视线有些恍惚，她怔怔地看着黑漆漆的车窗，眼底是一片茫然的神色，"当亲人因为发病而痛苦的时候，你总不能告诉医生：'我很爱他，我有很多很多的爱，请救救他吧？'"

克劳斯看着趴在车窗上的景玉，他如此清晰地看清楚了她的脸。四年来，他第一次从她脸上看到这种表情——这种有些脆弱、茫然、无助的模样。

以前的景玉，就算为了金钱发愁，为了学业苦恼，为了奶茶悲伤……也没有这样过。

此刻的她，好像把自己身上所有的尖刺都悄悄放软、收起来的小刺猬，小心翼翼地露出粉红色的柔软小肚皮。就这么悄悄地给他看一眼，就一眼。

——我相信你，所以给你偷偷看一下我藏起来的伤心事啊。

克劳斯准备安慰她："小龙宝——"

"所以，"景玉猛然转头看向他，一字一句，铿锵有力，眼睛亮晶晶的，已经换了另外一副表情，语气轻快地说，"你答应我的那两晚赠品，能折现吗？"

克劳斯："……"

他尽力放缓呼吸道："简玛，你知道吗？你不提钱的时候，会让人心甘情愿地将所有珠宝都捧到你面前。"

景玉懂了，她抬起手，准备做一个给嘴巴拉上拉链的动作——

但克劳斯抬头，轻而易举地握住了她的手腕，阻止她的进一步行动。

隔着袖子，克劳斯准确地捏住她的手腕。他并没有用力，像是第一次使用筷子夹东西，不敢使劲，担心会捏碎对方。

景玉的胳膊微微凉，透过衬衫感受着克劳斯手的温度，他们的体温在此刻沉默地彼此交融着。

克劳斯目光温和地注视着景玉，目不转睛地看着她的黑色眼睛。

"但有一点很奇怪，"他笑着说，"我竟然认为你叽叽喳喳的样子更美丽。"

景玉的心脏骤然一顿，继而缓慢有力地跳了一下。

好奇怪，明明对方说的话这么普通，明明克劳斯已经无数次称赞过她的美丽、淑女、优雅、可爱、聪慧、机智、伶俐，他曾经几乎使用过他所了解的中文里所有的赞美词汇，但从来没有哪一次的赞美，会像今天这样动听。

景玉睁大眼睛和他对视，她从对方的眼睛中看到了自己的脸，脸颊奇异地染上了一层光泽，像是兴奋，又像是薄怒，看上去好像都不像她自己了。

这都不像她会做出的表情。

景玉哼一声，用力将自己的手腕从对方手掌中挣脱。她垂眼不看克劳斯，自顾自地揉着手腕，不忘反驳他说："我当然知道我很漂亮，不需要你这么委婉地提醒。"

"是的，"克劳斯温和地说，"你的优点不需要通过别人的语言来证明。"

景玉顿了一下，终于再度抬头看向他。

"我曾经说过，你有决定自己人生的权利，"克劳斯说，"我很荣幸能见证你的成长。"

他如此温柔地和她聊着天，使用她的母语，用她喜欢的思维方式。他灿烂的金发整整齐齐，绿色的眼睛中如今只有她一个人的影子。

如兄如父，克劳斯是优秀的老师、教导者、支配者。

景玉忽然想给他一个拥抱，又硬生生地将这股冲动用力地压了下去。

"谢谢您，"她使用了之前的敬称，"克劳斯先生。"

"不过，"她眼睛亮晶晶地看着他问，"我什么时候可以喝到乳鸽汤？'雕师傅'还在为您工作吗？能给鸽子汤多加红枣、百合、枸杞吗？能给我多煮一些吗？"

如今的克劳斯已经适应了她跳跃的思维，笑着跟上她的情绪变化。

"会有的，"他说，"只要你要求，什么都会有。"

克劳斯将景玉一直送到酒店。景玉掏出卡来刷房间门，她有些心不在焉，甚至错用了银行卡，刷失败了好几次，克劳斯发现后提醒她。

景玉打开房间门，但并没有立刻走进去。她站在门口，停下脚步，看着克劳斯，犹豫几秒，才迟疑地问："你想进来坐坐吗？"

克劳斯没有动。

房间的灯光如此柔和，微醺的景玉连发丝也被灯光映照得泛起淡淡的黄色。

克劳斯绅士地回答道："甜心，当你不再为问出这句话而犹豫的时候，我才可以进去。"

景玉怔怔地看了他半晌，困惑地问："最近，你是不是给其他女孩子买奶茶了？"

克劳斯深吸一口气，友好地答道："你确定要问一个已经度过了四个多月单身生活的男人这个问题吗？"

景玉挠了挠头，刚想和他告别，但头有点痛，忍不住伸手揉了揉。

克劳斯注意到了她这个小动作。

"可能是喝酒喝多了，又吹了点冷风，"景玉皱着眉，努力向他解释道，"稍微有一点点头痛。"

克劳斯叮嘱道："多喝热水。"

景玉呆了一秒。

她很快反应了过来：啊，克劳斯先生不太了解中国的网民文化。在外国人眼中，中国人的"热水"能够包治百病，不管哪里不舒服都要喝热水。想必，在克劳斯先生的心目中，"多喝热水"一定是最淳朴、最亲切的一句问候了吧？一般只对亲近的人使用。

她应当体谅一下这个不了解中国网络语言、不具备中国人思维的老外。

想到这里，景玉露出了一个笑容。

"谢谢，"她说，"您也多喝热水。"

她进了房间，转身对克劳斯说："晚安。"

克劳斯看着她道："晚安。"

"啪——"门关上了。

克劳斯在门口站了站，一回头，就看到了像脆弱的大金毛一样用力扒拉着门框的希尔格。

希尔格这会儿不太清醒，思维正在努力和酒精做着斗争。他就住在景玉的隔壁，虽然酒精让他思维有点混乱，但这并不影响他听清楚了刚刚两人的对话。

他始终盯着克劳斯的背影，等到景玉踏入房门之后，才跌跌撞撞地过来道："克劳斯先生——"

克劳斯停下脚步，关心地问："希尔格，你还好吗？"

希尔格想说自己很不好，都怪你递给我的那杯酒。可是克劳斯的表情如此真诚，他又长得这么英俊，语气如此亲切，顿时，希尔格心头积压的怒气，都消失得无影无踪了。

克劳斯的气质真的很好，希尔格看着他诚挚的绿色眼睛，完全不相信这家伙是故意的。

希尔格瓮声瓮气地说："还……还好。"

克劳斯礼貌地问："请问你有什么事情吗？"

希尔格脑袋木了一下，他说："是这样的，克劳斯先生。我有个朋友，他喜欢上了一个中国女孩，但他的朋友中没有一个和中国女孩谈过恋爱，也不知道该如何讨她的欢心。"

克劳斯专注地听着。

希尔格觉得自己的这种行为有点无耻，他躲避开对面男人的直视，有一点点羞赧，但还是鼓起勇气，想要隐晦地表达出自己的立场。

"我——不，我的朋友很想追求那个中国女孩，但还有一个强有力的竞争对手，"希尔格说，"是她的前男友。先生，您能理解吗？"

"我很能理解。"克劳斯宽容地笑着，看希尔格的视线，像是在看一个孩子，"你的朋友想追求那个女孩吗？我倒是可以提供一些关于和中国女孩交往的建议。"

希尔格眼睛一亮，就像大金毛看到香喷喷的猪排，连说话都有点结巴了："真……真的吗？"

"真的。"克劳斯温和地说，"我这边有一些中国男朋友对女朋友的说话技巧，你需要吗？"

希尔格连声道谢道："是的，是的，我很需要！"

"比如，如果对方怀疑你和异性朋友的关系的时候，你要勇敢地说'你想多了，我和她真的没什么'，"克劳斯友好地建议道，"如果她主动质疑，你要善解人意地说'随便你怎么想'。

"假如你们为了一个观点争吵，在这个时候，你要承担起男人的责任做出让步，告诉她'那你要这样想，我也没办法'。"

希尔格点头如捣蒜，他的眼睛中透露着"智慧"的光芒。

"最重要的一点，"克劳斯笑吟吟地说，"简玛——哦，不，你朋友喜欢的那个中国女孩，应该很大方，对吗？她从来都不把金钱放在眼中。"

希尔格回想起景玉慷慨地请员工吃饭、住宿、游玩。景玉在这方面毫不吝啬，基本上都是按照最高标准来的。他深以为然道："是的。"简玛是一个视金钱如粪土的女孩。

"所以，"克劳斯提醒道，"你在金钱上，一定要和她分得清清楚楚。即使请她吃饭、出去玩，也要主动提议 AA，不能负担她的开销。有必要时，你要主动找她索要平摊的费用——即使只有 1 欧元或 0.5 欧元。因为大方的女孩，最痛恨别人请客，你明白吗？"

希尔格恍然大悟，他感激不已地看着克劳斯，心中豁然开朗，他感觉自己成功掌握了和对方交往的技巧。

"谢谢您，您真的很慷慨。"

克劳斯友好地微笑道："不用谢，这是我应该做的。"

"德国人真的把钱分得很清楚吗？"

"好朋友突然要求很严格地 AA，是因为我做错了什么吗？"

"团队成员骤然变抠门是什么征兆？"

"德国人有可能会被葛朗台夺舍吗？"

…………

景玉很不理解，但她大受震撼。

不知道为什么，在从海德堡离开的时候，一直像大金毛一样洒脱、快乐、单纯、率直的希尔格，忽然间就像换了一个人设。

举个例子，从海德堡回慕尼黑的途中，希尔格抱过来一堆薯片，亲亲热热地和大家分了。到了景玉的时候，他特意将最大最好吃的一包递给了她。

景玉超开心地接过，说："谢谢！"

"不用谢，"希尔格笑眯眯道，"1.29 欧元。"

景玉："……"

她沉默两秒，从包里找出零零散散的硬币，递给希尔格。

希尔格用大金毛一样湿漉漉的眼神看着她，快乐地哼着歌离开了。

景玉"哗啦"一声撕开薯片的袋子，一边吃薯片，一边认真地想：我是不是哪里得罪希尔格了？

再举个例子，下车后，希尔格去买了一些水，景玉已经准备好给他钱了。但希尔格却下意识地拒绝道："我请大家的，你直接喝就好。"

景玉松了口气，她刚准备将硬币放好，希尔格却紧盯着她手中的钱。

僵持三秒后，希尔格犹豫着开口道："简玛，喝完后可以把瓶子给我吗？或者现在给我0.2欧元，这是退瓶子的价格。"

"……"景玉直接把水钱给他了。

她陷入沉思：希尔格是对我有什么不满吗？还是说，希尔格体内那些属于德国人的严谨因子蠢蠢欲动了？

景玉喝完了整瓶水，一直想到头痛，都没有想清楚希尔格今天的行为逻辑。

她不理解。

如果是以前的话，她已经去找克劳斯进行"关于德国人在金钱上的严谨划分问题及勤俭突变性因子"的热切探讨了。可现在不行，他不再对她的疑问负责，不需要再教导她，也没有再为她解答的义务。

这样贸然的询问或者聊天，会严重地打扰到对方。意识到这点之后，景玉稍微有那么一点点失落。

然后，她忽然想到，自己之前也是和克劳斯这样，每1欧元都计算得很清楚。那个时候的克劳斯是怎么看待她的呢？会像她一样，觉得这种行为不可思议吗？

景玉试图回想当时克劳斯的表情。

应该不是。

他虽然也有点吃惊，但只是一开始。除第一次会惊讶之外，剩下的时间，当她提出AA时，对方一直很温和地笑。

他说："可以。"

他还说："一开始怎么没看出来，你是条喜欢收藏金子的小龙？贪财的龙宝宝，是准备把你的山洞填满珠宝，然后趴在上面睡觉吗？"

小龙、龙宝宝、龙宝贝，克劳斯用了这么多有趣的昵称来称呼她。

不像自己，脑子里只有一个"老硌磨"（山东方言，意为斤斤计较的人）。

景玉越想，越有那么一点点赧然，她忍不住给克劳斯发信息。

景玉：克劳斯先生，谢谢你之前的包容。

另一边，大学植物园中，刚刚帮凡妮莎搬过几盆兰花和蕨类植物的克劳斯，坐在白色的圆椅上。他洗干净了手，圆桌上放着沏好的红茶，还没有来得及品尝。

现在是非开放时间，植物园内只有老师和一些义务帮忙的学生来照顾植物，或者做一些记录。这些蕨类和一些来自马达加斯加的植物，郁郁葱葱地生长着。

克劳斯拿出手机，看到景玉发来的短信，他回复道："很荣幸能为你提供服务。"

消息刚刚发出去，他又收到了希尔格发来的短信。

他们昨晚交换了联系方式，克劳斯还得到了希尔格的多个社交软件的账号。

希尔格：克劳斯先生，我的朋友向您表示诚挚的感谢，您的建议真的很有用。

希尔格：今天对方看我朋友的眼神都不一样了！

克劳斯：继续努力。

在八月初，景玉后知后觉到，现在的她很需要社交——不是平时和同学进行的这种，而是需要一个能够认识更多潜在客户的场合。单单是一个华商会还不够，她如今的社交方式太过于单一。

之前克劳斯还会主动带她去看一些运动比赛，或者参加一些活动。但景玉清醒地认识到，那个时候结交的人脉，并不是多么坚不可摧。在那些人眼中，她的身份是"克劳斯先生的女友"，而不是"一个可以谈生意的合作伙伴"。

德国人大部分喜欢运动，比如克劳斯。他喜欢高山攀登、射击、狩猎、马术表演等，偶尔也会去浮潜，看一些比赛。

景玉很感激自己曾经参与过他的生活，这让她此刻在寻找社交活动时多了一个参考，能够更快速地寻找到适合自己的方式，少走冤枉路。

首先，去掉一些花费高昂的运动项目，她在社交方面的经费有限。再去掉一些她这个小体格承受不了的运动，避免适得其反。挑挑拣拣，景玉最终把目标放在了射击俱乐部上。

在她的认知中，在德国，射击俱乐部的成员可以申请合法的持枪证。或者，更贴切的叫法是"拥枪证"，可以拥有属于自己的枪支。

景玉觉得这个很酷，如果真的申请下来，放支枪在身边，还可以防身。

在国内人的认知中，很多国家都不够安全。栾半雪出来这么久了，现在手机屏保还是一张符——一张栾爸爸花了大价钱请道士画的符，拍了照片发给她的，要求她一定要设为手机屏保和壁纸。据说该符防火防盗防男人，驱魔驱鬼驱邪灵，还能跨国保佑。就算是德国地盘上的邪祟，也能给治得服服帖帖的。

景玉真心佩服。

根据统计数据表明，德国有着130多万个射击俱乐部的成员。很可惜，景玉认识且熟悉的射击俱乐部成员，只有克劳斯一个人。

她犹豫了一段时间，才给克劳斯发去言辞恳切的短信。大致内容就是自己对射击很感兴趣，想要加入射击俱乐部，现在想知道自己需要做些什么，需要帮助。希望克劳斯在方便的时候给她回个短信——电话更好，她有很多问题想咨询。

这条言辞恳切的短信，并没有立刻得到回复。

大概过去了半小时，景玉才收到答复。

克劳斯：我很高兴你愿意来找我。

克劳斯：不过，我等下要看棒球俱乐部的比赛。

克劳斯：比赛大概在8点钟结束，那个时候，我们开视频聊。

景玉虽然迫切地想得到咨询，但她还是回复了"好的"。毕竟是她有求于人，她要尊重对方的时间安排。

景玉从来没有哪一秒像现在这样，觉得克劳斯的回复如此令人渴望，或许是为了照顾她的无安全感，克劳斯之前一直很及时地给她反馈，回应。

等待的时间，总是如此煎熬。

景玉喝掉了一杯热巧克力，吃掉了加了肉桂的乳蛋饼，她还去洗了个热水澡，把头发吹干。看完一个很没有营养的帖子，做了10个仰卧起坐。

在她犹豫着要不要放弃运动的时候，克劳斯终于发来了视频邀请。

景玉端正地坐好。

屏幕上，克劳斯显然刚刚看完比赛。看背景，现在的他应该在酒店房间中，穿着墨绿色的睡衣。金色的头发半干，发梢还有些湿润，锁骨处被热气蒸得有些红润，泛出好看诱人的血色。

景玉惊了。

哇，他居然还去洗了个澡！还穿着这么好看的睡衣！

她确定这是新睡衣，因为她从来没有见对方穿过。印象中，克劳斯只穿过一次墨绿色的睡衣。

克劳斯直接切入正题，问："你为什么想加入射击俱乐部？"

景玉毫不犹豫道："因为我想要一把自己的枪，英俊的克劳斯先生。"

克劳斯没有直接回答，他的重点落在奇怪的地方上，若有所思地说："用到我的时候，称呼是'英俊的克劳斯先生'；不用的时候，就是'尊敬的老东西'？"

"……"

"好了，"克劳斯不调侃她了，脸上带着微笑，声音低下去说，"被你利用也是我的荣幸，小龙宝贝。"

景玉清了清嗓子，问："我需要为达成目标做什么吗？"

"我们先从最基本的谈一谈。"克劳斯告诉她，"按照目前的法律，你想合法地拥有枪支，途径只有下面几种——竞赛、狩猎、收藏、工作需求、自卫以及继承。"

他放慢语速，好让景玉能够听清楚。

"首先，竞赛。你需要先加入俱乐部，拿到购买武器的训练证明——至少一年，通过武器基础知识考试之后，去开无罪证明，用'正当理由'才能申请，"克劳斯强调了"正当理由"四个字，"比如说，你需要枪支来参加运动比赛。"

景玉感觉上帝一脚踹上了门，还关上了窗。

"至于狩猎，"克劳斯顿了顿说，"你应该明白。"

景玉明白，她需要先去猎人学校参加学习，通过考试。

好了，上帝不仅踹她的门、关她的窗，还在上面钉满了木板，钉死了。

收藏？更不可能。她没有那么多钱去合法购买古董枪支。这类枪支有很多，也不适合拿来使用。

工作需求？那也不可能。她难道要说自己为了保护"娇嫩"的葡萄酒，所以申请拥枪证？

"只剩下最后一个，"克劳斯慢慢地说，"继承。"

景玉眼前骤然一亮，她说："克劳斯先生，我记得您好像有很多枪哎，要不——"

"不行，不可以。想都不要想，把你糟糕的念头全都压在心里面，一句话都不要说，"克劳斯笑着打断她道，"我不可能收养你，法律不允许，我的私心更不允许。你也不能称呼我为'Daddy'或者'爸爸''父亲'。'爹'这个字也不可以，不要以为我不懂中文。"

她沉默两秒，"啪啪啪"为他鼓了鼓掌，由衷地说："好家伙，您都学会抢答了！"

二十颗糖

融化

景玉的小心思，刚刚悄悄地露出一点点苗头，就这么被克劳斯给无情地扼杀在摇篮之中。

但这么轻易就放弃，从来不是她的做事风格。她将手机拿得稍微远一点点，按照之前栾半雪教给她的小技巧——随手拽了一个抱枕过来，下巴贴在抱枕上，竭力让自己看上去有点可怜。

但克劳斯的心肠是石头做的。在景玉这么可怜巴巴的注视下，他非但没有动容，反而笑了起来。

她看到有一缕没有干的头发贴在克劳斯耳朵旁边，湿湿的，像雨季树林里冒出的嫩芽。

尽管经常运动，或许是基因使然，克劳斯好像晒不黑——但在强烈紫外线的照射下，他必须要做好防晒防护，不然皮肤会被晒伤。

这是白种人的基因缺陷，而克劳斯比其他的白人更容易被晒伤。或许也正因此，他从不做美黑。

"告诉我，"克劳斯问，"你想加入射击俱乐部的原因是什么？别再使用你之前那套说辞，你骗不了我。"

景玉哼了一声，才慢吞吞地开口道："事实上，我需要一个能够让我认识更多朋友的平台。"

克劳斯没有立刻给出回应，他下意识地去摸手上戴着的戒指，但摸了个空。他稍稍一顿，才看向景玉问："不考虑其他的社交运动吗？比如说，骑马。"

景玉像听到了天方夜谭，不可思议地问："你疯了吗？我哪里养得起马？"

克劳斯轻描淡写道："你忘记'福尔泰'和'福尔康'了吗？"

"……"

"两只小马已经被训练得很优秀了，"克劳斯提醒她道，"它们应该也很想念你。"

"这可不一定，如果有人给我起名'夏紫薇'或者'小燕子'，别说想念了，我看到对方就会难过。"

克劳斯不解道："嗯？"他并不懂这个梗，有点疑惑。

景玉思考两秒，决定放弃给他解释这点。因为太难了。

"不考虑这个，就射击吧。射击听上去还很酷，也不会磨屁股。"

之前她试过骑马，虽然做了防护措施，但结果还是不太妙，她的臀部和大腿间被磨红了一片，骑马后两天了大腿还又痒又痛的。自此之后，她就对这项运动敬谢不敏了。

克劳斯没有继续劝说，他问："那么，你想知道什么？"

景玉原本已经组织好了语言，列清楚了想询问的事项。可是没想到克劳斯一开视频就是个美颜暴击，让她原本想好的话都堵在嘴巴中，一时间表达不出来。

这个男人，平时穿惯了基础色，偶尔穿一下这种颜色，真的很吸引人的眼球。墨绿本身就衬得人皮肤白，更不要说克劳斯天生皮肤白，又有着能蛊惑人的绿色眼睛……

景玉清了清嗓子道："我想要你帮助我加入射击俱乐部，然后——如果可以的话，你可以帮我推荐一些比较合适的吗？我在网上找到了很多信息，但枪支的种类和课程很多，很复杂，我没办法确定自己应该选择哪一种……"说到后面，她强迫自己不去看克劳斯。

他的墨绿色睡衣并没有穿好，有些松松垮垮的，不经意间露出一些肌肉。景玉当然知道这部分摸起来的手感如何好，可是现在不能碰。隔着屏幕，隔着距离，她坐得端正，拿着纸、笔，强迫自己埋头记忆克劳斯说的那些要点。

克劳斯接受了她的请求。他详细地告诉她应该准备买些什么样的装备，又简单地告诉她该如何做好防护。至于资料，那种东西倒不需要提前准备，他会给她发一张俱乐部的电子表格，只要景玉填写完成，剩下的事情就交给他了。

景玉为此松了口气，感激地说："我们中国有句古话，叫大恩不言谢——"

克劳斯打断她道："以身相许？"

景玉沉默一秒，诚挚地说："尊敬的克劳斯先生，您想得真有点美啊。"

"不是这个吗？"克劳斯眼睛里带着笑，注视着她问，"那你准备怎么感谢我？"

坦白来讲，景玉还没有考虑过这个层面上的问题，刚刚只是顺口画饼（网络用语，指一方给另一方描绘美好的前景或者未来），意思意思。

她犹豫一秒，问："你想要什么？"

"目前还没有想好，"克劳斯含笑说，"能否给我一些时间，让我好好地想一下？"

景玉一口答应下来。两秒后，她又记起一件事情，严肃地提醒道："但是，有些事情我们得事先谈明白。你不能要求我做触犯法律的事情，也不能违背道德，不能违背我的国家立场，不能严重违反我的个人意愿……"

克劳斯耐心地听景玉飞快地表达着她的感想，看着她越说越有底气。

景玉一口气说完，缓了缓，继续振振有词道："最重要的一点，更不可以要我太多的钱！1000欧元！这是你的上限，也是我的底线！"

克劳斯点头，善解人意地说："你放心，我不会去索要龙藏在身下的珠宝。"

这句话让景玉重重地松了口气，她由衷道："那可真是太好了。"

沟通完毕，克劳斯看着景玉兴高采烈地与他道别。她还是如此活力满满，说了晚安后，倾身过来，干脆利索地关掉视频。

他凝神想了想，忍不住笑了一下，低头看自己的手指。他重新戴上了刚刚摘下的红宝石戒指。

正如景玉经常看的那本童话书中所讲述的一样，魔王想要的，从来都不是龙的宝藏。

在克劳斯的帮助下，景玉轻而易举地收到了射击俱乐部的答复。

射击俱乐部不会拒绝克劳斯邀请来的人，景玉成功加入。

在认真谈过需求之后，克劳斯建议她使用半自动手枪，半自动，枪管只有9毫米。严格来讲，这个属于开放式瞄具，可调可不调。

在选择枪的时候，他主要考虑的是景玉的身体状况，以及她未来想要拥枪证这一"野心"。倘若未来她真的参加此类比赛，还真的有一定的概率能够成功申请到拥枪证。

在参加完武器基础知识考试并顺利通过之后，就可以携带表格去找协会主席，或者其他负责人签字，要求开具一年内的训练证明，等等。等这些证明和需求表等资料全部准备好之后，景玉就可以前往射击联合会，缴纳一部分钱，等待审核。要再等审核通过之后，她才会拿到需求证明。到了这一步，才可以去政府的相关部门，申请拥枪证，以及绿色购枪许可。

一般来说，景玉只能申请购买她训练用枪种类的购买许可。当然非德国国籍的人申请半自动小手枪的拥枪证比较困难，但克劳斯很乐意帮她"解决掉"这点困难。

景玉积极参加着俱乐部的活动，这边也提供课程，一个阶段的课程花费在350欧元。当然，这个价格包括了场地费以及枪支、弹药的费用。

课程教练也是克劳斯推荐给她的，是个严肃的德国人，有部分意大利血统，名字叫西亚拉，曾经拿过两次德国女性小口径运动手枪射击分类的全国冠军。

加入俱乐部之后，景玉的生活又快速地充盈起来。

唯一令她不解的是希尔格，对方似乎还没有从那种"只针对景玉AA制"的人设中脱离出来。而且，还开始天天给她分享一些奇奇怪怪的中老年表情包，以及各种奇特的心灵鸡汤。

比如说今天早上——

希尔格：一年之计在于春，一日之计在于晨。年轻人一定要记住，孝顺父母，保持自律，热爱生活。早安追梦人。

中午——

希尔格：健康的身体和勇敢的体魄是努力奋斗的前提，是追逐梦想的本源。不要羡慕安逸，不要畏惧困难，冲啊，打工人。

晚上——

希尔格：简玛，你抬头看看外面的月亮，像不像晚上我们AA后，你忘记给我的那20欧元？

景玉："……"

她终于忍无可忍，虚心向克劳斯请教。当她简单地将希尔格发送的短信向对方描述之后，他沉思片刻，友好地提出猜测道："或许，对方很想找你学习中文？"

景玉陷入回忆，尝试着思考："大概是？"

"虽然我很能理解对方，但是——"克劳斯的语音稍稍一顿。

景玉清晰地听到了他叹息的声音。

"但他怎么能做出这么令人困扰的事情呢？"克劳斯惋惜道，"虽然我赞成 AA 制，但如果是我，一定不会和你计较得这么清楚。"

景玉由衷地表示赞同。

他们简单聊了几句，才结束通话。

此时，距离克劳斯推荐景玉进入射击俱乐部，已经过去了一段时间。景玉成功地和两个潜在客户交换了名片，还一起约着喝了咖啡。这两个潜在客户，一个是土耳其裔，在慕尼黑开了一家土耳其风味餐厅；另一个是某连锁超市的区域经理，常居法兰克福，是华侨。

这两个单子，无论签下哪一个，景玉都能赚够接下来两年都不用发愁的钱。

不过，到了这一层面上，人情世故又有不同。虽说她戴着克劳斯送的项链，但这些人精，没有亲眼看到两人同时出现过，也不会轻易地表露态度，真是不见兔子不撒鹰。

加入俱乐部后的很长一段时间，景玉都没有再见到克劳斯。她不清楚是不是两人的时间安排不同，还是对方最近真的很忙。至少，她参加了好多次俱乐部活动，克劳斯都恰好缺席。而当她某天偷懒不过来的时候，他又非常巧合地去了射击俱乐部。

除此之外，景玉还在俱乐部遇到了马克西姆——这个克劳斯曾经的心理医生，仍旧会笑着和她聊天，面无异色。就好像之前在婚礼上坚持要为她做心理测评的事情，从未发生过。

景玉向来遵守"伸手不打笑脸人"的原则，即使她心中对这个心理医生打上了"缺乏职业道德"的标签，当马克西姆笑着与她闲聊的时候，她仍旧耐心地在听。

和克劳斯在一起的这几年，她的脾气也好了很多。大概这就是传说中的近朱者赤、近墨者黑，克劳斯亲身教给了她什么叫"忍耐"。

在你彻底了解一个人的所有过往和经历之前，不要轻易地对他下评判。当你想指责人的时候，也要记住，对方的生长环境或许很恶劣。人际交往中，要学会向下兼容。

景玉接触的人越多，慢慢地越能觉察出来，如克劳斯一般宽容的绅士，并不多见。

绅士的优点千篇一律，而奇葩的性格各有特点。

尤其是马克西姆，这个不守医德的医生，最近总喜欢笑吟吟地和她讲一些听上去很糟糕的新闻。

"你知道吗？简玛，法国某孤儿院院长因为虐待儿童被判处终身监禁，前几天因为心脏病发，死在了监狱中。

"法国敦刻尔克有一家开了30多年的中餐厅——晓香中餐，名字很有趣对吧？不过听说老板非法雇用过儿童……大概也要倒闭了。

"简玛，你对童年遭受过严重心理创伤的人，怎么看？"

…………

景玉被他吵得头痛，随便抛下一句话，匆匆地去拿了枪支，进行练习。

马克西姆没有跟上来。

景玉认真地给自己穿好保护肩膀的黑色防护服，手上戴着厚厚的保护手套，将小手枪举起来，眯着眼睛，随意瞄了一下不远处的靶子。

她有几天没过来了，再摸枪时，有些生疏。

景玉刚准备打开保险栓，就听到身后传来了克劳斯的声音："简玛，你握枪的姿势不正确，这样会损伤你的肩膀。在接下来的射击中，子弹也会产生严重的偏差。"

景玉停下动作，收好枪，回头打招呼道："克劳斯先生。"

克劳斯穿着一身黑衣，修长的腿包裹在裤子中。除运动外，他基本不会穿修身的T恤。尤其这种，T恤下的美好身材展露无遗，和平时他西装革履的模样完全不同，荷尔蒙爆棚。

即使景玉之前也见过他这样穿，但两人已经有很长时间没有如此近距离地接触。今日看到他的第一眼时，景玉的脑袋"嗡"了一下，她花了好大的力气，才强迫自己移开视线，将注意力集中在前方的靶子上。两秒后，又若无其事地环顾四周，偷偷地去看他。

糟糕，为什么克劳斯先生的身材看上去比之前更加迷人了？

克劳斯环顾四周，没有看到熟悉的人，他有些惊异地问："西亚拉呢？"

景玉回答说："她去拿水，马上就回来。"

克劳斯明显不赞同道："西亚拉太乱来了，怎么能让学员独自射击？"

枪支和其他东西不同，潜在的危险性太大。在没有教练的保护和监视下，一般来讲，是禁止学员，尤其是初学者练习的。

克劳斯看着景玉拿枪的姿态，并不标准，有很多错误。他低头将黑色的射击防护手套戴好，靠近她，皱眉问："西亚拉是这样教你拿枪的？"

尽管他脾气很好，但在某些事情上，也秉承着德国人的严谨。

景玉立刻为自己的老师澄清道："不是的，先生，是我自己忘记了教练的叮嘱。"

克劳斯不置可否，他走到景玉背后，示意她重新做出射击的动作。

等景玉摆好姿势后，他站在她身后，才开始纠正她的错误："首先，站姿射击，背部不要后仰——重新站。"这样说着，他的手轻轻贴在景玉背后。

隔着手套，景玉感受到克劳斯的手掌贴上来——他很冷静地保持着距离，就像正常的教练对待学员。他的手指并没有完全触碰到自己，只有防护手套贴在她后背一推，纠正她的体态。

景玉挺直背部，她的呼吸在此刻稍微有了一点点乱，甚至没有更多的感受时间，克劳斯挪开了手。他简直像一个没有感情的机器，严肃地指导她，不含一点儿其他想法，也不在乎她因靠近而骤快的心跳。

"其次，你握枪的姿势不正确。简玛，你陷入了误区，射击中的手不动并不代表'稳'。别和枪的后坐力抗争，明白吗？"

地上克劳斯的身影完全吞没了她，景玉看着那浅浅的影子想，克劳斯先生身材如此高大。

景玉闻到了他身上的香味，隔着空气感受到他的体温，听到他的声音。

克劳斯仍旧在温和地教导她，指引她。他问："请问我能触碰你的手吗？"

景玉的嗓子有些发干。

"是的，"她回答，"可以。"

克劳斯低头，他的大手完全能够将景玉的手包裹住，但他并没有这么做，只是轻轻弹一下她手指的错误位置，耐心纠正她握枪的姿势："手臂抬起，和你的右肩平行。"

景玉被他握着手，轻轻往后一带，举高了手臂。她耳朵有点热，大概是还不适应这样近的距离。

克劳斯控制着两人之间的肢体接触，并没有多余的动作。除教学必要之外，他不会触碰她的手或身体，他真的很像一个理智又优秀的老师。

"腿分开，"他说，"分到和你肩膀距离相等，来，握紧枪柄——松开点，你握得太紧了。"

景玉终于意识到，接受克劳斯的指导真的是个愚蠢的决定。她本身就对美色没有过多抵抗力，尤其是这么近。

近到都要贴面了。

她的心脏不受控制地"怦怦怦"直跳，慌张到好像冬天里到处乱窜的野兔子。

偏偏克劳斯还在关切地询问："简玛，你的耳朵为什么这么红？"

景玉深吸一口气，声音干涩地答道："没什么，想到即将射击，有点激动。"为了体现出这话的真实性，她着重强调说："这是我第七次碰枪哎。"

她听见克劳斯笑了。

克劳斯握住景玉的手，很绅士地发出邀约："简玛，我家里还有很多枪，你晚上要不要过来？我有一个私人射击场，我们可以慢慢练习。"

"亲爱的老东西，说实话，"景玉彬彬有礼地问，"如果我答应你，跟你回家参观你的私人射击场，过去之后我真的是学射击吗？"

克劳斯提醒她注视前方，顺便善解人意地帮她扶住枪，另一只手帮她把耳塞调整好，护住耳朵说："集中注意力，现在瞄准目标，轮到你开枪了。"

他这一招转移注意力大法，用得可真好啊。

就算景玉肚子里还满满当当地装着气，现在也不得不集中注意力，专心致志地看着不远处的靶子。

"嘭！"

景玉成功地开了一枪，这把小手枪的后坐力虽然比不上大型枪械的威力，但还是震得她的手腕和胳膊有点发麻。而在开枪的这一瞬间，她也从克劳斯扶住自己的手中，感受到他所说的"不要和后坐力对抗"。

之前每次练习完，景玉的手腕都要痛好久。但这次显然要好多了，只有手腕有一点点轻轻的酸痛。

手枪还没放下来，克劳斯伸手，给她揉了揉手腕。

但在景玉刚想和他说话的时候，他又将手抽走，后退一步，摘掉了她防护用的耳塞，微笑着看向她问："这次是不是好多了？"

是，好太多太多了。

西亚拉拿了两瓶气泡水过来，看到克劳斯后，她露出了惊喜的笑容。但她并没有和他握手，也没有递给他水，只是和他聊着天。

克劳斯不喜欢未经允许的肢体接触，他的朋友都知道这点。

他们俩曾经上过同一个射击教练的课程，严格来说算是同学。西亚拉不忘给景玉一瓶水，亲亲她的额头，让她先去休息一会儿，等下再过来练习。

景玉坐在休息区，深绿色的木制长椅很硬。她刚刚拧开气泡水的瓶盖，就听到旁边的马克西姆说："克劳斯先生看上去很不错，对吗？"

景玉温和地问："请问您是有什么疾病吗？"

马克西姆稍微愣了一下，他在景玉身旁坐下，露出点笑容道："只是一点儿微不足道的小问题。"

"从本质上来讲，我和克劳斯先生是同一类人，"马克西姆坐的姿态很放松，他显然并不是这个俱乐部的常客，连射击手套都戴得不怎么规范，甚至没有粘好，"哦，你不要为此惊讶，简玛小姐。"

景玉喝了一口水。

她没有惊讶。

马克西姆和克劳斯才不是同一种人。他们两个人之间的距离，就和麦当劳和麦当娜的距离一样遥远。

"聊些有趣的话题吧。"马克西姆笑着说，"我对你的过往很好奇。"

景玉没理他。

"父母离异，没有亲人可以依靠，你怎么想起到德国读书的？"马克西姆观察着她的神色问，"据我所知，你所在的国家，对于你这样条件的学生，也有学费和生活费的补助吧？"

景玉看着自己手中的瓶子，面对这样的问题，她坦然地答道："很简单，被生物学上的父亲欺骗了。"

马克西姆看着她平静的脸，又问了一个比较尖锐的问题："你外公离世时，你怨恨你父亲吗？"

景玉没有正面回答，她垂眼看了看手里的瓶子说："抱歉，我不想谈这个。"

马克西姆笑了笑，他后仰着，胳膊搭在椅背上，仍旧是那副亲切的语气，循循善诱道："你还没有告诉我，你如何看待童年遭受过虐待的儿童？你认为他们为此而导致的心理障碍是可愈的吗？"

景玉说："对不起，我不是心理学家，也没有阅读过心理方面的书籍，我想我不能回答你这个问题。"

她站起来，刚想走，又被马克西姆叫住了："你能。"

景玉顿住脚步，她转身，与马克西姆对视。

马克西姆仍旧是半弓着身体的姿态，他一动不动地看着景玉道："如果我告诉你，克劳斯先生童年遭遇过不好的事情呢？"他不放过景玉任何一个表情的变化。

景玉站在原地，有两秒钟的呆滞。

和刚才回答他时的表情完全不同，在马克西姆故意提及她那些伤心事和过往的时候，景玉没有过多的反应，她对自己的伤痛接受得很坦然。但是，在提到克劳斯的时候，她的表情瞬间变了。

她一言不发，拎起来那瓶气泡水，气冲冲地朝马克西姆走过来。马克西姆意识到什么，他举起手说："简玛小姐！简玛小姐，请您相信，我没有恶意——"

不到 10 米远的位置，克劳斯原本正在和西亚拉聊天，余光能够清楚地看到马克西姆和景玉。

马克西姆曾经是他的心理医生。

曾经。

在企图拯救跌落深渊中的人时，他自己跳入了深渊，并永远留在其中。

现在的马克西姆也在为自己的心理疾病而忧虑，大部分医生很难医治自己，尤其是心理方面的——由于他们了解到的知识和案例太多太多，这让大部分患有心理疾病的心理医生，像丧失掉所有希望一般痛苦。

马克西姆已经休养了四年，并且很有可能继续休养下去。那些他试图用来治疗克劳斯的方案，他对自己全部用了一遍，没有丝毫好转。

心理医生更难接受心理干预和暗示疗法。

克劳斯不清楚马克西姆在和景玉谈什么，但他在看到景玉拎着气泡水瓶朝马克西姆气冲冲地走过去的时候，那种熟悉的感觉又回来了。就像四年前，隔着玻璃，他看到她气势汹汹地一巴掌甩到日本客人的脸上。

现在也是。

克劳斯叫道："景玉！冷静——"

景玉并没有冷静，她拎着气泡水，一瓶子砸到马克西姆脸上，言简意赅道："浑蛋！"

马克西姆并没有什么大碍——除了脸颊红了一大块。他第一次见识到淑女的力量，如果不是克劳斯及时赶过来，景玉能拎着那个瓶子再来一次。

他真庆幸她手上没有拿枪。

克劳斯向马克西姆道歉，景玉愤怒地与他直视着，用德语谴责他说："你应该为自己的所作所为感到羞愧！克劳斯先生并不需要向你道歉！你这个没有职业道德的家伙！"

马克西姆什么都没有说。克劳斯抱歉地笑笑，将景玉抱走了。景玉后面还慷慨激昂地说了些中英文夹杂的话，但他完全听不懂。不过，这不妨碍他确认了一件事情。

与其说景玉是克劳斯的心理辅助治疗者，倒不如说——

克劳斯才是景玉的心理辅助治疗者。

景玉被抱回车上的时候，还陷在沉重的愤怒中。

"他并不是一个合格的心理医生，"她不能把那些话告诉克劳斯，她不想对他造成二次伤害，只能大声地告诉他，"你以后不能再聘请他。"

"冷静下来，简玛，深呼吸，好，就这样——马克西姆已经被取消了认证，"克劳斯说，"他以后再也不能做心理医生了，你放心。"

景玉深深吸了一口气，虽然她很想把那些事情说出来，但她又慢慢地压了下去。

她只能简单地用两个字发泄自己的不悦："很好。"

好心情完全被破坏掉了，景玉脱下自己的训练服，摘掉手套，随手将头发往后捋了捋。现在是下午 2 点钟，离天黑还有一段时间，她不想回曼海姆，想好好地发泄。

她看着克劳斯问："要不要去喝一杯？"

当然可以，克劳斯不会拒绝这个小小的提议。

他们在一个种满了葡萄的夏日庭院中喝掉了三杯葡萄酒和一些气泡水——克劳斯没有喝酒，他需要开车。不知道为什么，他这次是自己开车过来的。接着他们又来到一家艺术电影院消磨剩下的时间。景玉始终没有和克劳斯交流，只静静地陷在自己的思考中。

她没说，克劳斯也没有问。

晚上，两人又去了夜店，一直玩到凌晨。今天是周四，这家夜店的俱乐部乐队会带着乐器进行现场演出。景玉没有喝啤酒，更多的时候，她是跟着节拍跳舞，或者拉着克劳斯的手，要求他下来陪自己一起跳。

克劳斯并不擅长这种舞蹈，双人舞中，他仅仅学过华尔兹。但这种由穿着燕尾服的男士文质彬彬地向女士发出邀约的社交类舞蹈，显然不适合在夜店中跳。

景玉晚上没有摄入任何酒精，但混乱的灯光、喧嚷的人群和吵闹的音乐，似乎赋予了她无穷无尽的勇气，她拉着克劳斯的手，和他一起跟着节奏乱舞。

夜店正中央有个很大的装饰性水池，一个身材高大、长相有点像莱昂纳多的家伙，猛然跳了进去，溅起了巨大的水花，惹得周围人惊声尖叫，和笑声、音乐声混合在一起。

景玉想要发泄。

马克西姆有意无意透露出的东西令她很不安、很压抑，她总感觉自己好像忘掉了什么重要的事情。

景玉拉住克劳斯的手。身后有人喝多了撞过来，克劳斯将她往自己身上轻轻一带，原本跳的舞步就有点乱，这一下景玉身体彻底失衡，额头撞到了他的胸膛上。

景玉闻到了熟悉的香水味。

克劳斯拉开她，伸手抚摩着她额头上的痕迹，问："痛吗？"

"没事，"她扯着他的手，在脸颊温度变高之前拉下来说，"继续跳。"

两人在夜店里一直玩到凌晨 3 点半，景玉的腿脚都跳得酸痛不已，声音也喊不出来了——这家夜店一直持续经营到凌晨 4 点。他们离开的时候，夜店中的人还有很多，酒的味道也很浓郁。

景玉和克劳斯从里面出来，推开门，她呼吸到新鲜空气，有种从堕落狂欢地狱来到人间的感觉。

克劳斯虽然没有喝酒，但因为被拉着跳了很久的舞，脸颊上还带着一点点的红。方才的音乐太大，这让每一个刚从里面出来的人，耳朵里面就像是有无数只蝴蝶在飞舞。

他很绅士地提议道："我送你回曼海姆？"

景玉犹豫两秒，裹紧外套道谢："好的，谢谢你。"

正常情况下，现在她应该在睡觉。但今天的她一点儿也不困，神采奕奕，活力四射，就是有点累。

克劳斯也是，这个男人身上有着令人惊讶的精力。

上车之后，景玉整个人蜷缩在座椅上，不想动。克劳斯倾身过来的时候，她还以为对方要吻她。她往旁边躲了一下，问他："干吗？"

"不做什么，"克劳斯伸手，将安全带的卡扣精准地取出来，他仔细地替她扣上安全带，声音带了点笑说，"帮累瘫的小龙绑好她的安全带。"

"咔"的一声，安全带卡扣扣上了。

克劳斯侧身过来的时候，景玉看到他浓绿的眼睛，金色的睫毛像扇动的蝶翼。

"你觉得我会对你做什么？"克劳斯放缓声音，调侃地问她，"你刚刚在想什么？龙宝宝？"

景玉悄悄骂了一句。

克劳斯又用了这个昵称。他知道她在想什么，也知道她明白。明明他说的每一个问题，他都知道答案，却还要这样温柔地问出来。

今晚的克劳斯用了景玉最喜欢的香水，穿了她眼馋的黑色 T 恤，陪她看了一下午电影，还陪他一起跳舞，从深夜跳到凌晨。

每一次的舞步里，不小心的触碰、擦手腕、额头触碰胸膛、手牵手、拨弄头发，他都是故意的。他在刻意地诱惑她，准备捕捉她。

这个狡猾的浑蛋。

景玉侧过脸，顺着车玻璃往上方看，但看不到月亮。周围高楼林立，只有一群玩到凌晨个个精神萎靡不振的年轻人。

他们都喝多了。

"克劳斯先生，"景玉忧伤地开口道，"你看天上的月亮，多圆呀。如果说月亮是夜晚的畅销品，那它旁边的两颗小星星，像不像赠品？"

克劳斯问："什么？"

景玉又盯着他的衣服看，看柔软布料下勾勒出的肌肉形状，目光惆怅地说："是这样的，男人呢，就得言而有信。你知道吗？之前有个男人曾经承诺过，要送一个人礼物，和'二'有关的。"

克劳斯微微倾身，将耳朵贴近景玉，声音温柔道："你想说什么？"他做出了认真倾听的姿态。

景玉第一次这么柔声细语地说着颠三倒四的话，克劳斯没能理解其中的含义。他看景玉的表情和目光，猜测她应当有很浓重的心事。

她有些难以启齿的烦恼，想与他分享。

景玉嗓子有点哑，她刚刚在夜店里面喊的声音有点大，现在嘴巴干干的，嗓子也痛。离开的时候，她含了一块润喉糖。这颗糖是清凉的薄荷味道，在舌尖上甜甜蜜蜜地化开，口腔里充盈着一股浅浅淡淡的凉爽。

"二啊，"她说，"哎，你知道《二泉映月》吗？听说过'二十四桥明月夜'吗？知道'二士争功'的典故吗？还记得你之前说过的二……嗯……两个……赠……"

克劳斯笑了，他垂下眼睛，宽容地看着景玉道："小龙宝贝，你在为什么纠结？可以直白一点，我很乐意倾听你的烦恼和心事。"他鼓励她道："勇敢一些，直接说，不用犹豫。"

"那好吧，"景玉轻轻地叹了口气，礼貌地说，"是这样的，我想和你睡觉。"

克劳斯赞叹道："还真是个礼貌的请求。"他体贴地征求她的意见道：

"你想在哪里？这里离我的房子比较近。或者，我们在最近的地方选择一家酒店？"

"都行，"景玉长长地伸了一个懒腰说，"嗯……我需要一个舒适的、能让我好好休息的地方。"

克劳斯决定回他自己的地方，但从这儿到住处的路程让他感觉十分煎熬。

刚开始还好，景玉低头闻了闻自己的T恤，她在酒吧里的时间太久了，想知道上面有没有染上糟糕的味道。不过她闻不出来，人对自己身上的味道不太敏感。

车内的灯没有开，她自己用力扯开衣服下摆看了看，上面有一些酒渍，格外明显，也不确定是什么时候洒上去的。

"真讨厌。"她低声嘟囔了一句，将弄脏的衣服脱下来，完全没有在意旁边人的目光。

她里面还穿着一件黑色的运动短衣，很普通的款式，克劳斯确认自己之前没有见她穿过。离开他之后，景玉的生活水平似乎稍稍下降了那么一点点。至少，在酒店中发现她竟然开始吃那种味道诡异的食物后，他开始有一点点担心她了。

现在的景玉比离开时瘦了一些，肩胛骨微微凸出来。她虽然经常在外面奔跑，但没有被太阳晒到的地方，还是白得像上好的玉，和她的名字一样。

黑与白，这两种颜色反差本身就格外明显。哪怕是在夜晚，也如此耀眼。

克劳斯余光一瞥，呼吸稍微停了一下，他不得不提醒她说："甜心，我正在开车。"

景玉说："我知道。"

她心不在焉地低下头，将那件黑色的T恤随手揉成一团，漫不经心地丢到他这边。揉成一团的布料顺着克劳斯的脖子往下落，轻飘飘地落在他的西装裤上，触到的瞬间，能够闻到T恤上属于她的淡淡体香。

方才T恤碰到了他的喉结，她的力气并不大，T恤是纯棉质地，本身就轻飘飘的，没有造成丝毫疼痛。但随着T恤落下，克劳斯的喉结也动了一下。

他第一次尝到这样的感觉，好像在蚂蚁面前撒了一颗糖，蚂蚁慢吞吞地朝糖的方向爬。即使糖果如此诱人，它也只能压着性子，耐心地一步一步地爬过去。

这一段等待的时间，什么都做不了，只有忍耐。

景玉将头发往后拨了拨，她"哗啦啦"地从小包里找出发圈，不需要镜子，也不需要梳子，直接把手指插到发间捋了捋，将头发扎起来。

"好热，"她倾身过来，但因为安全带的束缚，动作幅度并不大，头发若有若无地蹭过克劳斯的胳膊，她疑惑地问，"你没有打开空调吗？"

"开了。"克劳斯问，"感觉不舒服吗？"

景玉不回答了。她重新坐回去，背部陷在皮质座椅里。

克劳斯开始思考，要不要就近找一家酒店，订一个能让她舒舒服服睡觉的大床房，回家这个主意似乎不妙。

景玉低头，她今天穿的运动裤很宽松，甚至连鞋子都不用脱下来，就能轻而易举地将裤子褪下来。

她今天的衣服都是成套的，无论内外。

克劳斯直视着前方，再过去一个可以让房车露营的公园，就有一条开设着许多舒适的高档酒店的街道。

景玉没有把手里面这团衣服丢过来，她抽了张湿巾，仔细地擦拭着脖子上的汗。

"我没想到今天的气温这么高哎，"她不看他，只用柔和的声线与他闲聊着，"你觉得呢？"

克劳斯没有回应。

"我刚刚出了好多汗，"她又扯了扯腰间的衣摆抱怨道，"这里也是。"

克劳斯控制自己不去看她，但还是忍不住，攥住方向盘的手更用力了。

他评价她道："你这个浑蛋。"

他握着方向盘的手绷紧了，上面能够清晰地看到血管和凸起的指骨，景玉看到一滴汗水从他喉结上滚落下来。

其实两人都明白，车内空调的温度开得并不高，是对人体而言最适宜的温度。

景玉却说："再把温度调低一些吧。"说到这里，她一伸手，隔着T恤戳了戳克劳斯的胸膛。

她好像夜里坐在礁石上的人鱼，用声音引诱着过往的船只。

"等下会更热的。"

克劳斯说："这里距我的公寓还有两条街，不，我们穿过这个公园，前面有很多酒店。你可以随便挑一家，或者，就第一家。"

景玉只是轻轻地"嗯"了一声，尾音微微上挑，充满了疑惑。

"就这里吧，"她脱掉鞋子，赤着脚，轻轻踩了下他的皮鞋，坦然地告诉对方，"我喜欢这里。"

克劳斯停下车，他在车里找到了计生用品，捏在手中。

景玉惊讶道："哇，居然随身带着这个，你这个不要脸的老东西。"

克劳斯征求她的意见说："甜心，你可以换个礼貌点的说法吗？"

景玉想了想，道："您这个不要脸的老东西？"

克劳斯被她逗得笑了一声。

夜色浓重，这个小公园为房车提供露营区，不远处停着一些房车。树叶被风吹得"哗啦啦"作响，盛夏的夜空像是一幅漂亮的油画。

在景玉想将腿缩回去的时候，克劳斯拽住她，令她动弹不得，微微侧过脸。她身后就是车窗，玻璃有着无生命的温度，外面是寂静的夜。

她感受到克劳斯手指的温度，看来刚才空调的确开高了，他的手掌温热潮湿。

克劳斯倾身过去，解开她安全带上的搭扣。在亲吻到她头发的时候，他重复着刚才那句话："你这个狡猾的小浑蛋。"

虽然此刻在下位，但景玉用力地揪住了克劳斯的衣服。

他绿色的眼睛真的好美，像珍贵的宝石。龙现在已经拥有了许许多多的珠宝，她的首饰满满当当，能够装满两个克劳斯送给她的纯金箱子。但没有一件，能够比得上克劳斯的眼睛。

景玉说："你是我认识的男性中第一个这样说我的，也不确定以后会不会有其他男性这样说呢。"

"其他男性？"克劳斯笑了一声，他触碰着她的脸颊，温和地问，"狡猾的龙在洞窟中还偷偷藏了其他男人吗？"

他的手指用力捏住景玉黑色的头发，她刚刚扎得有些松散了。

景玉直视着面前男人的眼睛，没有往后退，反倒靠近他，问："那曾经饲养过龙的魔王，想要亲自检查一下吗？"

她的语气充满挑衅，和此刻的目光一样。

"Do you want to come to dragon's den?"（你想进入龙的领地吗？）

克劳斯压低身子，他承认，自己刚才被那几句话给激怒了。

她赢了。

在触碰到景玉的脖颈之前，他说："I will love you the way you like."我会用你喜欢的方式来爱你。

即便是在晚上，为了维护治安，这边也有一些值夜的警察，尤其是在富人区和中心区域。

保罗今天是第一天上任，他开着车从房车露营地经过的时候，敏锐地发现有辆停在附近的车子有剧烈的震动和摇晃。显然不太正常，需要立刻进行检查。

他将车子停下来，靠近。

这辆突兀地停在露营地的豪车，动静不小，还从里面传出闷闷的声音。保罗一边感慨着，一边靠近。

但并没有成功。

他刚刚下车，不远处另一辆停着的车子打开了门。穿着黑色西装、戴着雪白手套的男人微笑着和他打招呼道："警官，您好。"

保罗警惕地摸向配枪，看着眼前这个高大的男人。

"克劳斯先生在享受与女友的约会，"男人靠近，文质彬彬地给对方看自己衣服上佩戴的胸针，礼貌地问，"可以请您不要打扰吗？"

保罗当然知道，那是埃森家族的印记。他收起枪，身上出了一些冷汗，说："那是应该的。"

男人颔首道："谢谢您的合作。"

保罗收好配枪，额头上沁出密密麻麻的汗水。他一阵后怕，庆幸自己刚才并没有擅作主张。

有钱人的爱好，还真是古怪啊！

他很不理解。

很久之前，景玉在克劳斯的房间中阅读过很多关于龙与魔王的童话故事。

人鱼在夜晚会故意用优美的歌声来引诱过往的船只，受到歌声吸引的水手情不自禁地跌落水中，最终成为人鱼的晚餐。

小龙很喜欢这个故事，于是，爱财的龙决定效仿，用以掠夺路者的宝藏。但在第一次尝试用歌声诱来客人后翻了车。

因为她选择的对象，是欲壑难填的魔王。

魔王被趴在石头上唱歌的小龙成功吸引住。当龙觊觎魔王身上携带的闪闪发光的金制宝剑时，魔王也在饶有兴趣地观察龙的眼睛。

小龙对此一无所知，像人鱼般翻出自己雪白的肚皮，友好地邀请魔王过来玩耍。

邀请玩耍是假，窃取魔王的金制宝剑才是真。

"当然可以，"魔王这样回答，他友好地靠近，"能否让我触碰一下你的尾巴？"

满心惦记着金剑的龙答应了，允许魔王触碰自己珍贵的龙尾。然后，修身养性接近半年的魔王，毫不留情地拎起龙的尾巴，一顿猛抽。

魔王将龙藏在身下的珍珠和红珊瑚尽数掏出、掠夺走，又毫不留情地用金剑把龙藏匿珠宝的洞窟彻底毁灭。他将龙的藏宝洞洗劫一空，最后自己霸占了龙的地盘。

这可真是个残忍又让龙感到悲伤的童话故事。

克劳斯过度实施了他的那句话。

景玉原本因为闹腾了一晚上而沙哑的声音现在雪上加霜，偏偏克劳斯喜欢她的声音，就算她想捂住嘴巴憋住，他也总会有许多花样要她开口。

他可真是个无耻的浑蛋。

但辱骂这种话对于克劳斯来说毫无用处，毕竟有着文化上的差异，就算是"老东西"这种词语，克劳斯也会含笑地认为是她为自己取的独特爱称，并愉悦地接受。

在这一方面，景玉承认自己惨败。她裹着他的西装外套，忍不住重重地打了个喷嚏。

克劳斯正在使用湿巾擦拭，听到这一声，顺手扯了新的递过来，友好地开口道："Gesundheit."

祝你安康。

都这个时候了，他还记得说这个。这个浑蛋德国人。

"空调温度太低了，请你调一下，"景玉用湿巾捂住脸，她想多吃几颗能够滋润喉咙的糖果，指挥着他去调温度，"别把我冻感冒了，谢谢。"

克劳斯暂时停下清理工作，按照她的要求，调整温度。

景玉现在很想要一张柔软的床来好好休息。她很累了，嗓子也不太舒服，只想要一个温暖的地方能睡个觉，喝口水。

克劳斯没有选择回自己的房子，而是选了最近的一家酒店，能够让她早点入睡，而不是继续窝在这空间狭小的车内。

现在并非旅游高峰期，两人很顺利地开了一个房间。景玉入睡很快，但克劳斯在小憩之后被手机铃声吵醒了。他庆幸过度疲惫的龙在今晚拥有良好的睡眠，铃声并没有对她造成干扰。她仍旧趴在床上睡得香甜，还发出一点点有趣的小呼噜声，他猜测她或许在刚才的运动后被冻到了。

克劳斯不喜欢睡眠时被打扰，这是童年时代养成的习惯。他觉浅，一点点动静就能让他惊醒，但景玉不会。她在入睡后，会发出一些可爱的、讨人喜欢的小声音。

电话是马克西姆打来的，想和他找个时间谈一谈。

"我不得不提醒你一句，"克劳斯看了眼时间，心平气和地说，"现在是早晨7点，7点钟，你确定要在这个时候打扰我？打扰一个刚和女孩子约会完的男人？"

一个半年了终于和女孩成功约会的男人。

马克西姆笑着说了好几声抱歉，他很惊讶地说："简玛在你身边？"

克劳斯说："一分钟，你最好给我一个在这时候打扰我的正当理由，而不是说这些废话。"

马克西姆无奈道："就算我们已经不是朋友了，看在童年时期一起相依为命的经历上，你能否给我多一点耐心？"

"你还有四十秒时间。"

"好好好，"马克西姆投降，他简单地说，"我想为景玉和你分别做一次心理测评。"

克劳斯提醒他道："你现在已经没有从业许可了。"

"我知道，但是……"马克西姆苦笑道，"我已经用例子证明过，你不应该对她倾注过多的感情，尤其在她也具备情感缺陷的情况下。克劳斯，你们可能会伤害到彼此。"

"我不是你，简玛也不是你的多萝西娅。我确认过，我不会伤害她。"

"我明白了。"

"再见。"

"再见。"

这通电话结束之后，克劳斯的人也将新的衣服送了过来，包括睡衣。他重新去冲了澡，哪怕刚才已经洗过一次，可他仍旧选择现在再洗一遍。或许是马克西姆刚才提到的童年，让他短时间内回忆起了一些不好的事情。

将自己清洗干净之后，克劳斯看了眼三套睡衣——黑色、白色和天蓝色。他略微思考，选择了天蓝色。

这是个很正确的决定。

那边景玉一觉睡到了中午，当她看到穿着天蓝色睡衣的克劳斯时，如他所想的那样，惊喜地"哇哦"了一声，伸手戳了戳他，惊叹不已。

景玉毫不吝啬自己的赞美道："您还真是老黄瓜刷绿漆——装嫩啊。"

最后一个"嫩"字瓢了嘴，她担心被发现，偷偷地滑了音，最后出口的就是"装 lun（四声）"。

克劳斯果然听不懂，他问："这句话是什么意思？"

景玉言简意赅道："夸你穿这衣服气色好，显年轻。"

并不了解歇后语的克劳斯对这句话很满意，满意到破天荒地给景玉点了一杯奶茶，还加满了料。得到奶茶的景玉更加满意。

老外就是好糊弄。

她留在这个酒店里吃了早餐，尽管店里提供的早餐美味又健康，但刚才那杯加满料的奶茶堪比八宝粥，景玉用小勺子吃完里面添加的东西之后，完全吃不下早餐了。

但克劳斯需要，他吃早餐的时候动作很慢，每一个姿态都无可挑剔。景玉欣赏着他吃饭的模样，不由得感慨，果然是唯一继承人，这种姿态，想必是从小就开始培养起来的——小时候，景玉一顿，马克西姆说的克劳斯小时候曾遭遇过的不幸，究竟指什么？

她来不及深思，因为克劳斯开口问她："你今天有没有什么计划？"

景玉习惯性地把自己的日程告诉他。

"啊，"她忽然想起一件事，拍了拍脑袋道，"今天住酒店的费用是多少？还有早餐的钱，我一并给你。"

三句话，成功让克劳斯皱起眉，他问："你这是什么意思？"

"因为我从我的好朋友那里发现，德国人好像的确很喜欢 AA。"景玉埋头找钱包，"对了，还有你给我买的这套衣服，多少钱？我也给你。"

克劳斯眯起眼睛问："哪个好朋友？"

景玉奇怪地看着他道："这个就没必要说了吧？"

"对了，昨晚你说是赠品，所以我应该不用为此付钱，"景玉噼里啪啦地打着小算盘，"其实吧，我觉得我们没必要算这么清楚，毕竟我们在感情上就和其他人不一样，对吗？"

在听到"赠品"的时候，克劳斯一皱眉。但在听到"我们在感情上就和其他人不一样"时，他又眉头舒展开，笑着看着景玉说："当然不一样。"

"所以，以后我们长期约会的话，也尽量 AA？"景玉暗示他道，"你觉得怎么样？"

克劳斯的注意力在前面，他声音更柔和了，不动声色地问："长期约会？"

"对呀对呀，"景玉也很开心地说，"然后，既然我们感情这么好，以后那个什么，嗯……毕竟，毕竟我也很喜欢你。"

喜欢。

克劳斯沉默了。

景玉用了"喜欢"这个词。

中文里的"喜欢"，是不是和"爱"也有着差距？

很快，景玉的下一句话就解答了他的疑惑。

"I like you，"她坦然地说，"Mr.Klaus,I like you."

短暂的沉默之后。

"我明白了，"克劳斯恍然大悟道，"原来你是这个意思。"

他优雅地放下叉子，用餐巾轻轻擦掉唇上并不存在的东西，进行总结道："你说喜欢我，愿意接受和我长期约会，但又想和我AA。"他冷静地问她："你打算始乱终弃？"

景玉捧着牛奶，正回味着方才奶茶的味道。在听到对方使用这个词语后，她轻轻地将杯子放在桌子上，郑重地鼓了鼓掌。

她说："很优秀！恭喜你，已经可以熟练地使用一些成语啦！"

"别转移话题，"克劳斯往后靠了靠说，"你也成为一个优秀的商人了。"

景玉友好地提出了一个小小的建议："要不要先吃饭？吃完饭我们再好好聊聊？"

然而对方并没有被她这招"顾左右而言其他"的话术迷晕，他很坚决地说："不，我们先聊，再吃。"

景玉说："啊，那个，你有没有看最新的电视剧？好像也不太好——"

"简玛，"克劳斯打断她的喋喋不休道，"回答我。"

景玉端端正正地坐好，她轻轻地叹了口气。

"好吧，"她说，"至少这样比较公平嘛。我们花销也AA，谁也不要占谁的便宜。"

克劳斯还在等着她继续说，没有要对此做出评价的意思。

景玉嘀咕道："再说了，对于你们德国人来说，先约会一段时间，再考虑要不要交往，不是很平常的事情吗？"

而且，按照大部分欧美人的看法，约会不更像一种非正式交往的状态吗？

这句话是吐槽，说起来却有点抱怨的成分在。毕竟这句话的语气算不上多好，她说话的声音也小小的。

但克劳斯却意外地露出了一个笑容。

"你说得很对，"他重新拿起叉子说，"是很平常。"

"嗯？"她刚刚说了什么有价值的东西吗？

景玉有一点点茫然，慢慢回想自己刚刚说过的话，还没等想出个所以然来，就听克劳斯笑着说："那就这么决定了。"

嗯？对方接受她的提议了？

景玉刚想欢呼，但克劳斯已经开始示意她吃掉面前的那份早餐。

这种传说中采用有机食物制作出来的早餐，虽然价格昂贵，但还不如麻辣烫、小火锅、串串香更能引起景玉的食欲。尤其是，她刚刚才喝掉一整杯加满料的奶茶。

景玉盯着桌上的菜说："我的胃告诉我，它好像并不是很想吃。"

克劳斯说："考虑到你的身体健康，我希望你的胃能够暂且忍耐一下。"

景玉拿叉子轻轻划拉一下，勉勉强强吃了一点点菜叶子。

桌子上铺着厚厚的亚麻布，只是用餐的淑女姿态并不怎么文雅。看着景玉这样愁眉苦脸地吃早餐，克劳斯沉默了。他说："之前早餐也是这种，你似乎并没有提出什么意见。"

"吃人嘴软，拿人手短。我亲爱的克劳斯先生，"景玉诚恳地回答道，"而且，你提供的早餐总要比黑面包好很多……嗯，不过，我现在有了更多的选择。"

克劳斯明白了。他第一次在早餐进行时征求她的意见："那么，今天的早餐，你想吃点什么？"

景玉干脆利索地报菜名："热干面。"

克劳斯想了想，问："可以用意大利面代替吗？"

"算了，油条。"

"嗯……法棍？"

"豆腐脑。"

"奶油蘑菇汤？"

…………

景玉对这些替代品完全不满意，她一一否决后，有点自暴自弃地趴在桌子上，喃喃低语道："算了，要不然你给我点一些快餐好了，汉堡之类的，我还能勉强假装它是肉夹馍。"

克劳斯笑了一下，他给侍应生打了电话，重新点单。他用的是德语，说话语速快了点，还有些食物的特殊名称，景玉听得不是很清晰。等送上来之后，她才看到是什么——一种多层的塞满鸡肉的酥饼，还有口味稍微重一点的炖肉。

"现在时间不够，你先将就着吃，可以吗？"

景玉觉得太可以了。她快乐地吃掉了两个酥饼，以及大半碗炖肉。为了清理一下口腔的味道，又将克劳斯一开始点的那些蔬菜沙拉吃得干干净净。她对这顿早餐十分满意，克劳斯看着她吃饭的模样，也十分满意。

一个填满了胃，另一个填满了心。

按照日程表，景玉下午还要去见一个客户。在小睡过后，克劳斯开车送她去了预定好的地方。

长期约会，开销 AA。

不过，如果有其他需求的话，需要在两个人都同意的情况下。

最后，不可以进入对方的生活。

克劳斯对最后一点表示不满，在他的要求之下，景玉才把这条勉勉强强地改成——

"不可以过多地干涉对方的生活。"

尽管还是有些不太满意，但总归比一开始要好太多太多。

克劳斯下午的事情并不多，他约好和朋友伯尔特一块儿去打马球。两场下来，他坐在场边休息，不远处的两个阿根廷人说说笑笑着过来，见到他，立刻热情地打招呼："克劳斯先生。"

克劳斯回以微笑。

这些阿根廷人是职业的马球手，是俱乐部雇来专门和成员打比赛的。尽管大部分俱乐部成员的马球技术并不怎么样，但这依然不影响他们狂热地爱好这项运动。

克劳斯喝了口水，听到旁边的伯尔特在抱怨。

法国那边的反垄断监管机构正式对对方的企业进行反垄断调查，一旦指证成立，他们将面临开出的高额罚单。但这些和克劳斯、埃森家族并没有关系。埃森家族经营到现在，早就是一棵坚不可摧的大树。

克劳斯喝了水，稍稍休息后，又站了起来。太阳照得他的眼睛微微眯起来，映衬着眼底一点绿。

不远处有个亚洲女孩，穿着俱乐部的运动衣，正在收拾着地上的一些狼藉，看上去有那么几分像景玉。

旁边的朋友也说："克劳斯先生，那个是你的女友吗？"

克劳斯说："不是。"

太阳火辣，那个亚洲女孩捡东西时的动作看起来十分艰难。她在绿茵场上奔跑着，努力地去追赶一张被风吹跑的纸。大概是在外面晒得时间久了，她弯腰捡起，在站起时，身体晃了下，差点摔倒。

伯尔特饶有兴趣地问："你想过去帮她吗？"

"不，"克劳斯顿了顿，看向伯尔特说，"你想做什么就去做，不需要试探我。"

伯尔特笑了，他问："听说亚洲女孩很在意男友对其他异性的态度，你已经在意到这种层面了吗？"

"和简玛没有关系。"克劳斯将手中的空瓶子丢进垃圾桶中道。

伯尔特热情地过去对这个亚洲女孩表达关心，但克劳斯并没有为此多停留，他转身离开了。

就在刚才，克劳斯清醒地意识到，他对那个女孩稍微起的那一点点恻隐之心，并不是源于他的心理疾病，而是因为——

对方和景玉一样，都是亚洲人。

他想起了中国有一个成语，叫"爱屋及乌"。

景玉，就是那个"屋"。

约会

接下来的一个星期，克劳斯只在射击俱乐部中见过景玉。

她最近去射击俱乐部的次数很多，或许是新鲜感还没有过去，也或许是她真的迷恋上了射击的感觉。

在克劳斯的叮嘱下，西亚拉也开始不遗余力地将自己所有的技术都传授给景玉。

虽然景玉在射击上的确没有太多的天赋，但也算不上笨。西亚拉确认，在经过长时间的严格培训之后，景玉去参加一些小的、区域性质的比赛，或许能够拿到个奖牌。

景玉对自己拿不拿奖这件事情并不关心，她沉浸在新运动和自己的事业中。好几次，克劳斯暗示她想不想和自己约会的时候，都被拒绝掉了。

刚刚饱餐一顿的龙，暂时得到了一些满足，对男色并不是那么看重。

克劳斯过多的精力无处发泄，约着和伯尔特一起打马球，把精力全都耗费在运动上。

但伯尔特和那个亚洲女孩进展飞快，才一周，两个人已经迅速确认了男女朋友的关系。

在又一场比赛结束后，伯尔特享受着按摩服务，舒服地哼了几声。喝完水，用并不熟练的中文给对方发送语音。

"窝矮拟。"

三个字，没有一个音调在应该在的位置上。

克劳斯没有嘲笑他的语调，只是问："你为什么不能让发音更标准些呢？"

伯尔特没有正面回答他，他使用了《蝴蝶君》（美籍华裔剧作家黄哲伦所写的话剧剧本）中的一句台词，感慨自己女友的温柔和包容。

"The Oriental woman:when she's good, she's very very very good."（东方女人：当她好的时候，会比你想象中还要好。）

克劳斯并没有对此做出评价，但伯尔特却给他看自己与那个亚洲女孩的短信。

他被迫看了一眼。

伯尔特：我亲爱的小卷心菜，已经很久没有和我发消息了，她现在在做什么呢？

下面是对方的回复。

"别担心。"

"我亲爱的熊熊先生。"

"我感受到你想念我啦！"

"我晚上立刻飞奔过来找你，我也很想念你！"

克劳斯移开视线，他礼貌地说："抱歉，我不喜欢这种交流方式。"大概只有十六岁的少年，在中学时代才会给女朋友发这种黏黏腻腻的短信。

伯尔特没有理会他这句话，反倒是大笑起来说："克劳斯，你啊。"

马球比赛结束后，克劳斯和其他朋友去酒吧喝了些酒，闲聊。伯尔特并没有参加，他在陪自己的女友，度过一个浪漫的夜晚。

克劳斯喝了一点酒，他低头，拿出手机。

景玉并没有发消息过来。

停顿两秒，他给景玉发去短信。

克劳斯：我可爱的小龙，已经 7 小时 52 分钟没有和我发消息了。

克劳斯：我想确认一下她的安全。

克劳斯：她现在在做什么呢？

两分钟后，景玉发来回复。

景玉：别担心。

景玉：我亲爱的老东西。

景玉：我现在正和希尔格他们吃烤肉呢！

房东太太格雷琴女士带来了一些味道很好的葡萄酒，酿造原料是莱茵高南部的莱茵黑森产出的白葡萄。她带来这瓶白葡萄酒，是为了庆祝自己升职成功。

或许是本身的性格所致，房东太太的朋友并不多，她只向六个人发出了邀约。格雷琴女士今天心情不错，特意煮了加卷心菜和香肠的"农夫汤"，还做了烟熏小鲱鱼、酥脆的巴伐利亚猪腿和土豆汤团。

她的另一个好友来得很早，下午就开始准备，精心烘焙出一个海绵蛋糕。除了黄油、樱桃和奶油之外，还在里面加了朗姆酒。

景玉也为这顿晚餐准备了一些其他的食材。德国人虽然也喜欢吃猪肉，但是这边售卖的猪肉都不是放血后的，大部分是未阉割过的猪，远远不如国内的口感好。

景玉特意找了一家华人开的店，买到了大量的香料，又选了一些鳗鱼、对虾、鲑鱼、鸭肉之类的食材，准备和大家一起吃烤肉。

希尔格本来只是过来送啤酒的，准备离开的时候，房东太太邀请他留下来一起吃，他愉快地一口答应下来。

景玉发现希尔格真的很单纯，如果用一种动物来形容的话，希尔格一定是单纯的大金毛，喜欢在沙子堆里打滚的那种。

尽管前段时间的 AA 制，让景玉仔细琢磨了一下是不是自己做错了什么，但她很快发现，原来是希尔格误会了。不知道是哪个可恶的老外，居然会告诉希尔格"亚洲女孩都很喜欢 AA，如果不 AA，对方会认为不尊重自己"这种错误观点。

景玉不得不和他解释，在亚洲，好朋友之间，有时候也不会过分地讲究 AA 制。

希尔格小心翼翼地和她聊了许久，确认过她的真实想法后，才终于放弃了这一念头。

他也有很多天真可爱的地方，比如今天晚上得知要吃烤肉后，一声不吭地跑去采购了一大包的蔬菜和水果，简单地做了一些沙拉。

烤肉吃到一半，景玉才看到克劳斯发来的短信。她很诚实地回复过去，顺便还发出了礼节性的邀约——真的只是一句客套话。

景玉：你要来吗？

因为是私人性质的聚会，今天参与者大部分都是女性，只有两位男性和一个……天真烂漫的希尔格。

景玉的穿着也很随意，没有化妆，毕竟要吃烤肉，她是主要负责烤制、刷酱汁的那一个，不适合带妆。她并不介意这样子见克劳斯，毕竟认识这么久，她比这时候更糟糕的模样，都被克劳斯见过，不差这一次。

克劳斯：不了。

克劳斯：祝你们吃得开心。

意料之中的答案。

尊敬的克劳斯先生还是这样高冷，惜字如金。除非疯了，不然他不可能在这个时候从法兰克福开车往曼海姆这边来。

希尔格高声叫着景玉的名字，征求她的意见："简玛，你想在你的蔬菜沙拉中加入蛋黄酱吗？"

"不要放，"景玉回道，"谢谢你！"

烤盘附近的温度很高，景玉身上热出了一层细细密密的汗水。格雷琴女士走过来，询问她："甜心，需要我帮忙吗？"

景玉婉拒了她的提议。

格雷琴女士顺手抽了一张湿巾，贴心地帮她擦拭着鼻尖的汗珠。

景玉的手机又响了一下，她拿出来看。尽管她还没有回复，克劳斯还是发了一条新的短信过来。

克劳斯：虽然我知道应该尊重我的约会对象。

克劳斯：但还是想问一句，你为什么会和希尔格那家伙在一起吃烤肉？

哦嚯，连"那家伙"这个词语都用上了。

格雷琴女士问："甜心，你在和你的朋友聊天吗？"

景玉快乐地回答道："是的！"

格雷琴女士笑了，继续问道："男性朋友吗？"

景玉顿了一下，想起了克劳斯的脸。烤盘这边的温度真的好高，烤得她的脸有一点点热，还有一点点烫。

她说："是一个比普通朋友要亲近一点的老师。"

和格雷琴女士聊了这么两句，景玉回复速度变慢。她刚刚拿起手机，第一个字还没打上去，对方又发送过来了新短信。

克劳斯：当然，我明白，和什么人吃饭是你的自由。

克劳斯：不过，我想我有义务提醒你，我们的约会是建立在彼此没有其他约会对象的基础上。

克劳斯：如果你想拥有多个约会对象，那么我们应该好好谈一谈。

景玉真想夸他一句现在的打字速度更快了，这速度，"嗖嗖嗖"，比她说话的语速都猛。

腹诽归腹诽，她仍旧不太好意思直接讲出来，回复对方——

景玉：并不是，还有房东太太和她的一些朋友。

景玉：我们在庆祝房东太太成功升职。

克劳斯：祝你玩得愉快！

景玉又加了一句礼貌性的话。

景玉：有机会，下次我们一起吃。

在中国，"有机会""下次一起"这种话，大部分情况下是礼貌性的客套话。不管是说者还是听者，都心知肚明，那个"有机会"连日期都不确定，遥遥无期。

景玉以为克劳斯也明白，但是——

克劳斯："有机会"是什么时候？

景玉："……"这家伙，为什么这么严谨啊？

景玉：有时间的时候吧。

但对面的男人仍旧严格地向她确认时间。

克劳斯：你什么时候有时间？

克劳斯：明天晚上有吗？

景玉："……"

她盯着克劳斯的短信看了很久，深深吸了一口气。

糟糕。

她忘记了，这个男人就是这种性格，没办法糊弄过去。

景玉慢吞吞地打字。

"好像并没有"这条消息还没有发出去，克劳斯的新短信又跳出来了。

克劳斯：我新养了只猫头鹰，会跳舞，你想看看吗？

克劳斯：顺便提一句，上周我在家中发现了一串红宝石项链，是你不小心落在这里的吗？

红宝石项链！景玉眼前骤然一亮。

虽然当初在离开之前，她确定自己已经将卧室中的所有东西都收得干干净净，包括地板上铺设的地毯。但这并不意味着，其他地方就没有遗漏。克劳斯送给她的珠宝实在太多了，尤其是最后为她打造的纯金箱子，里面塞得满满当当的。

景玉还真的难以确定，自己是不是在他家中不小心遗落了红宝石项链。她回复——

景玉：有时间。

景玉：谁能拒绝一只会跳舞的猫头鹰呢？

心情愉悦地回复过去之后，景玉将烤盘上的鱼片轻轻翻了个面，均匀地撒上特制的芝麻粉、茴香碎、辣椒面等调味料。

希尔格看了这边好久，终于忍不住过来，友好地邀请她："景玉，你明天想去听讲座吗？是普希金教授主持的，关于跨境电子商务和德国未来的经济发展。"

景玉奇怪地看他一眼，礼貌地拒绝了。

希尔格最近真的好奇怪。他为什么一直在邀请她去看学术讲座？难道这就是德国男性独特的追求方式？邀请女孩子去看学术讲座？

她不懂。

经过这段时间的相处，在景玉的心目中，希尔格的定义已经变成一个单纯率直的朋友。和他做恋人或者约会对象的话，简直是一种令人难以想象的灾难。更何况，过度的感情对于现在的她而言，更像一种负担。

聪明的人，才不会选择谈恋爱。

爱是对理智造成影响的最大因素。

时隔近三年，景玉再度抵达埃森家族的庄园。陆叶真女士并不在，她去参加了一场义卖，呼吁大家帮助一些生活艰难的单身母亲。

慷慨大方的埃森先生，也不在这里。

坦白来讲，景玉对这个严肃的先生还有那么点畏惧。和克劳斯比起来，埃森先生更像一个没有任何感情的机器，她甚至怀疑他是否具备人类的情感。

克劳斯的猫头鹰养在庄园最深处的森林中，那里有个漂亮的玻璃花房——没错，埃森家族的房子简直就像一个巨大的城堡。他们拥有着自己的土地和私人森林，可以选择乘车或者步行。

景玉毫不犹豫地选择乘车。

正在这里度假的安德烈一听说要看猫头鹰，也快乐地上了车。他现在已经成长为一个很不错的小伙子了。

克劳斯上车后，先习惯性地更换了车载音乐的电台。慵懒的女声流淌出来，或许是为了照顾景玉的品味，现在这个电台播放的都是些流行歌曲。

克劳斯微笑着问景玉昨天晚上有没有玩尽兴。

景玉立刻开心地告诉他，房东太太带来的葡萄酒多么美味，蛋糕上的奶油如何入口即化，第一次尝试烤肉的希尔格，不小心把肉烤老了，吃下去的时候，把一颗牙咬得松动了些许……

这些有趣的、琐碎的东西，景玉眉飞色舞地和克劳斯分享着。

克劳斯含笑听着，在对方讲到嘴巴发干的时候，他忽然抛出了一个问题："你认为希尔格如何？"

景玉很快回答道："嗯？他人很好啊。"顿了顿，她又感慨道："就是不知道是哪个愚蠢的老外，真是坏到家了，竟然教了希尔格一些乱七八糟的'中国习俗'。还告诉他必须 AA，不 AA 不是男人——嗯？克劳斯先生，你咳什么？嗓子不舒服吗？"

克劳斯咳了两声，紧绷着脸，说："没什么。"

景玉没有发现他的异常，继续自己方才的那些吐槽："真的，我的天哪，我严重怀疑教他的那个老外就不了解中国。还是说，那人也是一个憨憨——"

克劳斯打断她道："我是说，假如希尔格作为恋人，你会如何评价他？"

这一句话成功让景玉皱起眉，暂时放弃了吐槽希尔格的"老师"。她不太理解，看向克劳斯问："什么意思？"

"我有一个朋友，"克劳斯注视着前方，阳光洒落，映衬着他眼底细碎的金色影子，他若无其事地说，"她前几天看到希尔格，很欣赏对方，爱上了……"

景玉像听到天方夜谭，笑了一声，打断他道："克劳斯先生，您别逗我了。"

她说："聪明人才不会谈恋爱呢，尤其是有钱的聪明人。"

这样说着，她低下头，心脏有点微妙的不对劲，就好像有什么坏人准备抢她的橙子。

有些不安的预感，悄悄蔓延。

克劳斯没有说话。车载音响播放着一首英文歌，音乐声在车内悄悄蔓延开。

"And I'll be a fool for you,I know myself,but I pretend..."（……我愿成为你的小傻瓜，我知道我已爱上你，但我假装不在意……）

后面的安德烈凑过来，他一探头，饶有兴趣地问："放的这首歌名字是什么啊？我喜欢。"

克劳斯简单回答道："Fool for you。"他侧过头，看着景玉，慢慢地又重复了一遍："Fool for you."

"哦！我知道这首歌！用我们那里的方言来翻译的话，"景玉兴致勃勃地开口道，"叫《为你变憨种》！"

克劳斯握紧方向盘，手背青筋暴起。他使用中文，温柔地告诉景玉："小龙宝贝，你最好保持沉默。不然，就往自己的臀上多涂些鱼子酱面霜。"

景玉坐正身体，她一只手捂住嘴巴，另外一只手对着克劳斯比出个"OK"的手势。

克劳斯没有切掉歌，慵懒的女声仍旧在唱着。

"...I love you time and time again,I know just how the story ends..."（……我一次又一次地爱上你，尽管我知道结局如何……）

安德烈的中文水平有限，他没有听懂刚才那句话，还以为两个人正在友好交流。他放下心，哼着歌，低头给朋友发短信。

穿过热带温室，经过玫瑰花园，埃森家的古老庄园里拥有不输给棕榈树公园（德国最大的植物园）的植物数量。车子在森林边缘停下，克劳斯先一步下车，帮景玉打开副驾驶的车门。

景玉礼貌地说："谢谢您！克劳斯先生。"

克劳斯说："很乐意为您效劳，美丽的小姐。"

安德烈说："别说没用的话啦！快点去看！"

成年后的猫头鹰很难再与人培养出感情，因此，想要饲养猫头鹰做宠物的人，一般都是从猫头鹰的幼年时期开始驯养的。

克劳斯口中这只"会跳舞的猫头鹰"，是一个圆滚滚的小可爱。它的毛发蓬松，圆头圆脑，身上有着漂亮的棕色花纹，眼睛圆溜溜的。

景玉惊喜地"哇"了一声。

因为还没有被完全驯化，现在猫头鹰仍旧住在玻璃花园中，并没有让它在无保护措施的情况下接触森林。

猫头鹰一边发出"咕咕喵""咕咕喵"的叫声，一边顺从地蹲在克劳斯手腕上，任由主人将自己推向面前的女孩。

景玉眼里有光地问："它叫什么名字？"

"中文名字，欧元。"

"……"

她抚摸着猫头鹰的羽毛，真心实意地说："您给它取的名字可真土啊！"

克劳斯若有所思道："这难道不是龙最爱的东西吗？或者，你有什么好主意吗？"

景玉建议道："金子？钻石？红宝石？富贵？有钱？珍珠？玛瑙？"

克劳斯："……"

最终，猫头鹰的名字被确定下来：中文名——富贵，英文名字——Lucky。

Lucky 的确会表演舞蹈，头一点一点的，只是因为它圆滚滚的大眼睛和呆头呆脑，看上去有点一本正经的傻气。景玉简直爱死了这只小可爱，还凑过去亲了亲猫头鹰圆脑袋上蓬松的羽毛。

克劳斯评价道："你都没有如此亲密地亲过我。"

景玉回答道："如果你可以'咕咕喵'的话，我也会亲你的。"

克劳斯侧过脸，没有回应。

那条红宝石项链，也并没有送过来。

"是打扫房间时捡到的，有些脏，"他满怀歉意地说，"已经送过去清洗了，大概明天才能送过来——你可以暂时等一下吗？"

景玉沉默了两秒。她慢吞吞地开口道："如果你想和我在晚上约会的话，其实不用这么委婉。"

克劳斯笑了，他低头仔细地看着景玉的脸，赞赏她道："你真是我见过的人之中最聪明的女性。"

"是的，"景玉说，"你也是我见过的人之中最绅士的男性。"

两个人假惺惺地商业互吹（网络用语，互相夸奖对方很喜欢的东西）一阵，互相推拉几次，安德烈还兴高采烈地讨论着晚饭后的活动安排。

"克劳斯从中国运回来了十盆昙花呢，"安德烈憋不住了，先一步告诉景玉，兴奋地说，"预测今天晚上会有花朵开放，我已经做好准备——"

"安德烈，"克劳斯打断他，问，"你今天晚上不是还要和父母一起庆祝橄榄球比赛结束吗？"

安德烈想都没想地答道："啊？什么比赛？那个不是早就——"话说到这里，他与克劳斯对上视线，瞬间噤声。

克劳斯转动着手上的戒指，正用那双绿色的眼睛沉静地注视着他。戴着红宝石戒指的手指上，还有一点点茧子，那是拿枪时留下来的。

安德烈"哦"了一声，说："是的，糟糕，我怎么把这件事情忘记了。"

景玉好奇极了，问："什么橄榄球比赛？不是在上周吗？"

"这个不重要。"克劳斯不动声色地转移了话题，"景玉，或许你想去看看一些来自你故乡的花朵？"

景玉欣然应邀。

在德国，牡丹的花期分为三个时间段：早一点儿的，会在 5 月中旬开始开放；有一些中间的，则会在 5 月下旬开放；最晚的一批牡丹，也会在 6 月初开放完毕。

克劳斯的母亲喜爱牡丹，在埃森庄园中，也有一大片专门用来培育牡丹的地方。

克劳斯耐心地向景玉介绍庄园的历史。

"最初的庄园是在 1803 年建造而成的，一开始并没有这么大的面积，大部分都是私家森林。时间久了，又经历过十几次修缮和重建。在 1913 年、1998 年都大面积地重新进行了建造。你现在看到的很多东西，都是一代代埃森家族人改造的成果。"

景玉"哦"了一声，埃森家族比她想象中存在的更久。

克劳斯为她举例子道："比如你刚刚看到的牡丹园，是父亲为纪念母亲修建的。"

景玉感叹道："真浪漫呀！"

克劳斯领着她，边走边说："玫瑰园圃，是祖父为了祖母修建的，因为她喜欢用新鲜的玫瑰花瓣泡澡。"

景玉夸奖道："真贴心啊！"

克劳斯继续说："热带温室花园，曾祖母喜欢斯里兰卡——哦，那时候还被称作僧伽罗王国，里面有许多从斯里兰卡移植过来的植物。"

景玉衷心赞叹道："好奢侈。"

"前面，有一个仙人掌园，因为曾曾祖母喜欢食用仙人掌。"

"真……嗯？"她勉强道，"好胃口。"

"再往前，有一些荆棘园，因为修建荆棘园的曾曾曾祖母，喜欢用荆棘抽——"

说到这里，克劳斯顿了顿，镇定地问："好了，景玉，你有特别喜欢的植物吗？"

景玉兴致勃勃地看着他问："刚刚说到哪里了？继续啊，你怎么能在最令人兴奋的地方停下来呢？我就想知道这个。"

克劳斯转移话题道："我们还是换一个吧。"

事实上，景玉看到过埃森家祖辈们的画像。这些画像并没有如剧中演的那样挂满整个城堡楼梯的侧面，而是都被妥善地安置在城堡主楼的第四层走廊上。

埃森家的祖辈们都拥有一头灿烂的金发，唯独克劳斯的母亲，她是蜜糖棕一样的鬈发。这些古老的油画将他们的神韵捕捉下来，埃森家族的人大多都有一股傲慢之气。画家笔下的他们一个比一个冷漠，包括那位喜欢使用荆棘条的曾曾曾祖父和曾曾曾祖母。后者的画像是个优雅美丽的女性，有着和克劳斯几乎一模一样的眼睛，神态疏离，高傲，脸上挂着难以亲近的笑容。

也只有她的画像和其他女士不同，她穿着优雅华丽的绿色克里诺林裙，戴着同色的手套，手上捏了一朵荆棘上开出的小小花朵，荆棘绕成一枚小巧的戒指，被她用小指勾住。

景玉以前没有听克劳斯讲过他的祖辈。

和一些刚见面不久就喜欢说自己祖辈姓"叶赫那拉"和"爱新觉罗"的男性不同，四年了，她才第一次从克劳斯口中听到关于埃森家族的历史。

还只有一点点。

虽然并没有什么用处，但她也可以当故事一样听得津津有味。

景玉骄傲地挺起胸膛道："虽然我们家族不像你们那样有画像和花园，但我们也很光荣。祖上三代贫农，根正苗红。"

克劳斯垂下金色的睫毛，用浓绿色的眼睛看着一脸神气的景玉，说："我想，他们也会为有你这样优秀的后代而感到欣慰。"

克劳斯口中"来自你故乡"的花朵，在一个新修建的玻璃花房中。里面种植着一些兰花、牡丹等，都是中国特有的品种，尤其是"景玉"这个名字的牡丹。只是现在还不是花期，只有绿色的、丰润的漂亮叶子。

景玉兴致勃勃地观看时，听到克劳斯问了一句："你有特别喜欢的植物吗？"

她想了想，问他："摇钱树算不算？就是结满金元宝的那种。"

"……"

"或者，拿金子做树干，上面挂满红宝石和绿宝石，什么珍珠、翡翠、白玉啦，统统都给我挂上去……"

克劳斯看着兴奋地描述那个场景的景玉，如释重负地轻叹了一口气。

景玉奇怪地看着他问："你叹什么气？"

克劳斯说："我忽然发现，原来钱财并不是一无是处。我真庆幸自己还有一些能够养得起龙的财产。"

景玉郑重地和他握手，颇为认同地说："你我本无缘，全靠你花钱。"

克劳斯："……"

景玉只握了一下，就飞快地松开手，开心地去看那些兰花："这些土也是你从我的国家运来的吗？是哪里的？水呢？该不会水也是从我的国家运来的吧？"

克劳斯简单地做了回答。他看着景玉的身影，从这一边跑到另一边。他说："景玉，奇怪，我曾经竟然认为贪财是一个不好的品质。"

"嗯哼？"景玉头也没回，她正在研究花盆中空运来的土壤。

"不过，现在我居然希望你更加贪财一些。"

景玉没有转身，她盯着面前的土壤。身后克劳斯这句话说得这么清楚，她听得也如此分明。手指悄悄压一压胸口，像想要努力将自己藏在河水中的冰块，试图瞒过春天。

她用快乐的声音说："我会继续努力的！"

克劳斯看着她的背影，慢慢摩挲着手上戴着的红宝石戒指。

魔王拥有足以供养小龙的财富，但谨慎的小龙抱着橙子，站在外面张望，不敢迈入。龙担心弄丢自己最珍贵的东西，可是橙子却不受控制地、一点一点地接近魔王。

就像度过一年冬天的冰雪，被春天的太阳晒成滴滴答答的水痕。

景玉确信爱这种东西不值钱这件事，还是因为母亲临终前的念叨。

母亲那时候神志已经不太清醒了，大部分时间都陷在昏昏沉沉的梦境中，说话会耗费精力，因此她也很少开口。

母亲给景玉讲了很多很多，讲外公不同意，她就拿了钱和父亲"私奔"。两个人住在狭窄的旧出租屋中，笨拙地做着饭，父亲给她煮了一份蔬菜汤，还给她多加了一个鸡蛋。

为那一个鸡蛋她感动良久，却不知道，父亲刚刚给他的"白月光"送去了一个攒了三个月的工资才买下来的包。

给她的，仅仅是多一个鸡蛋，连一块钱都不值的鸡蛋。

从始至终，只有虚情假意，没有半点真心。

尤其是在母亲怀了景玉之后，父亲立刻借口"孩子需要母亲全心全意地培养"，母亲也傻乎乎地相信了，逐渐放权给父亲。

真心的价格甚至不会比一颗熟鸡蛋更昂贵。

就比如，昨天景玉刚刚收到消息，她那个生物学上的父亲全亘生，准备来德国这边发展，过不了两日就会抵达慕尼黑。

好像是他拿品牌做假慈善以及吸前岳父一家血的事情被人捅了出来，在国内，网民的舆论很强大。听说对方现在焦头烂额，连一些公共场合都不敢去，就怕被人认出来，拍成短视频放在网上。

景玉想，时候应该到了。

在小时候，外公就教过她——痛打落水狗。仝亘生为了这次出国煞费苦心，景玉早就清楚，之前仝臻被送来德国就是为了探路。

前不久，仝臻也在走流程，申请注册相关的证明，比如商标和出售许可等等。

不清楚仝臻和仝亘生说了什么，总而言之，现在仝亘生计划着售卖一些平价的甜葡萄酒，利用自己的金钱，以及借助一些德国朋友的帮助，企图扎根慕尼黑，再度发展。

景玉原本约好了今天晚上8点钟向检验中心的汉娜女士致电，阻止仝臻的申请。

就像克劳斯曾经做的那样。

但，德国的官员都很谨慎，单单一个埃森家族的徽章，并不足以让他们做出这种事情。更何况，仝亘生也有一些朋友，也有一些人会帮助他。汉娜女士对此的意思很明显，除非克劳斯主动致电，不然她绝对不会让步。

景玉没有提这件事，不过这并不妨碍她要一点儿小聪明。比如，假装不经意地让克劳斯在她和汉娜女士通话时说上两句话。

晚饭前她去换了一件旗袍，云锦材质的，昂贵、精细。这件旗袍是克劳斯准备的，起初她还不太乐意换，警惕地问他："难道你是觉得我今天穿的衣服不好看吗？"

她无比认真地和他对视。

"哦，不，"克劳斯诚恳地说，"我只是觉得，是那件衣服拖累了你优秀的身材。"

景玉发现克劳斯的嘴巴是真甜啊。虽然知道是对方的陷阱，但她仍旧忍不住为了这一句甜言蜜语入坑，换上他提供的旗袍。

在影视剧中，大部分的古老城堡在夜间看起来都有点阴森可怖，好似下一秒就会有吸血鬼或者女巫出现。

这里并不会，城堡之中处处灯光璀璨，用人来回穿行，亮如白昼。

在整个庄园中，总共雇用了326人为埃森家的三个人提供服务——其中之一的克劳斯，还不经常回来居住。

今天晚上，只有景玉和克劳斯两人。

景玉对晚饭很满意，她极力地夸赞着食物的美味，好像这样不停地说话，就能够掩盖住她内心的一点不安。

时间已经过了约好的 8 点，汉娜女士的电话迟迟没有打过来。按照克劳斯的习惯，接下来应该是他的"正餐"时间。

景玉还没有做好准备，她心神不宁，控制不住地频频望向墙上的时钟。

克劳斯注意到她的不安，问："怎么了？"

"没什么，嗯……可以再给我一点水果沙拉吗？"

克劳斯看了眼她放在餐桌上的手机。正常情况下，手机应该放在包里，这是自己之前教过的用餐礼仪，她应该不会出错。

她似乎在等某个人的通话。

克劳斯问："你今天的胃口似乎很好。"

景玉点头道："是啊是啊，我下午走了那么久，腿都快累软了。"

克劳斯笑了一下，加了一份她想要的水果沙拉。景玉尽量磨磨蹭蹭地吃，花了近三十分钟才吃完。

克劳斯也不着急，他喝了些酒，看着景玉像小鸡啄米一样，心不在焉地吃着用来装饰的菜叶子。

景玉很不安。

汉娜女士仍旧没有打来电话。

她有些焦灼，但又不能将这种焦灼体现出来。当克劳斯邀请她去玻璃花房中看昙花时，她如释重负，松了口气。

"好啊！"看昙花……怎么着都能多拖延一点时间吧？

晚上的花园有和白天截然不同的风景。为了方便观赏，这些灯光错落有致地排列开，有的璀璨如星，而有的稀稀疏疏地点缀着，好似零零散散的萤火虫。

预测的昙花开放时间在晚上 10 点钟，距离现在，还有 1 小时 15 分钟。

景玉终于松了口气，她故意将手机放到离克劳斯比较近的平台上，自己快乐地跑过去，欣赏着还未盛开的昙花。

今天的运气不错，她刚刚走开，手机就响起来了。

如她所料，克劳斯抬头提醒道："你的手机响了。"

景玉说："啊？能麻烦你先帮我接一下吗？"手心悄悄出了些汗水。

她没有回头，只听见克劳斯说了句"好"。

"你好，这里是克劳斯，简玛正在忙。"

景玉的心脏"怦怦"跳，都快跳到嗓子眼儿了。她不确定汉娜女士会说些什么，按道理，对方应该不会说什么过分的话。

10 秒后，克劳斯说："好，我将手机转交给她。"

事情很顺利，他面色如常地将手机递给景玉，似乎并没有发现异常。

景玉拿着手机，以谈工作为借口，提着裙子避开克劳斯，站在玻璃房外和汉娜女士进行沟通。对方对待她的态度明显友好了不少，不过并没有立刻答应。

两人随意地聊了些，通话结束。

景玉松了一口气，听对方的语气，这件事情基本能成。她重新回到花房中，脚步轻快。

克劳斯戴了副金丝边的眼镜，正在仔细观察其中一盆昙花，看悄悄绽放的花瓣。

景玉叫他："先生。"

克劳斯手指触碰了一下脆弱的昙花花茎，并没有抬头，语气柔和道："和汉娜女士聊得还愉快吗？"

"挺好的。"

"嗯，"克劳斯站直身体，灯光落下来，在他的镜片上折射出一层漂亮的流光，"那么，她答应帮你的忙了？"

景玉原本有点心不在焉，听他这么说，僵直身体，目不转睛地看着他。

"难怪你前几天一直往检验中心跑，我还以为你遇到了些什么小麻烦。还好，是我多想了。"

景玉对他知道自己行程这件事并不感到稀奇，而且他也从不会干涉自己。

"你的父亲要来慕尼黑吗？"克劳斯微笑道，"对他来说，这的确是个愚蠢的决定。"

景玉没有说话，她嗓子有点发干。

被发现了，她确信，自己的小把戏没有瞒过他。

"你的决定也是，"克劳斯语调温和地问她，"为什么不先向我寻求帮助呢？"

从看到屏幕上跳动的名字时就意识到了一切，可他仍旧选择了接通那个电话，选择满足她的小心思。

他知道景玉在利用他。说不定，在一开始答应好晚上的约会时，她就已经约好了这通电话。

克劳斯单手摘下眼镜，顺手放到旁边桌子上，盯着景玉的脸。他回答了自己提出来的问题，露出一点笑："你还是不信任我。甜心，你认为我会像其他男人一样，给你带来伤害吗？"

景玉还没来得及说话，她握着的手机又响了起来。

不清楚为什么，汉娜女士又重新拨了过来。

景玉不知道自己现在要不要接，能不能接。她不确定克劳斯现在是不是在生气，对方的反应超出了她的意料，她还没见过他愤怒的模样。

但克劳斯刚才的确按照她所想的那样做出了行动。

他向景玉伸出手，露出一个笑容，那笑容像父母对辛苦培养的孩子，像兄长看一手带大的妹妹，像老师对辛苦栽培的学生。即使对方会背叛，他仍旧不会有半分懊恼。

"过来，"克劳斯说，"趴着，继续接汉娜女士的电话。"

景玉这么做了。

克劳斯一只手解开旗袍侧边的纽扣，另一只手取了未开封的面霜。也不知他是不是早就"包藏祸心"，不然谁会没事揣瓶面霜在身上？

他问："想利用我？"

景玉伸手捂住旗袍侧边，她扣上时花了好大力气，但现在却被这样轻而易举地解开了。

手机铃声仍旧在响，汉娜女士的名字清晰地浮现在屏幕上。

在她接通的前五秒，克劳斯将面霜涂在她身上，手掌温热，指腹的温度将面霜融化。

他说："信任我，然后，用你能想到的方式，更多地利用我。"

在中国，有一个成语叫"昙花一现"。美丽的事物总是如此短暂，昙花开放的时间这么短，仅仅四个小时。深夜之中，四个小时过后，昙花立刻枯萎。

景玉以前从来没有见过昙花开放，时机总是不对。她的运气并不好，没有赶上花期。

但今天并不一样。

克劳斯让人计算好了昙花的开放时间，就为了让她欣赏。

只是现在的景玉并没有心思去欣赏美丽的昙花，她俯身趴在对方的腿上，深刻地感受到克劳斯西装裤的质感，还有他手掌的温度。

未开的昙花只有淡淡的味道，更多的是植物本身就具备的清新草木香。

景玉忍不住想起在走廊上看到的那幅画，油画上漂亮高傲的女性，指间捏着一朵荆棘上开出的小花朵。

荆棘之上，花朵温柔，温柔和疼痛并不矛盾。爱和刀总是如此容易混淆。

就像现在的克劳斯，他将景玉抱起来，亲吻她的额头、脸颊。为了方便观赏和休息，玻璃花房中放了一张柔软的沙发，克劳斯将景玉放在沙发上，她面前就是含苞欲放的昙花花苞。

半年了，这是第一次她又被他压着亲吻。

昙花开的时候有声音吗？

听说花朵在开放的时候，都会有细细微微的破碎声，原本闭拢成苞的细长花瓣悄然绽开，从花苞到盛放，可能只需要一个吻，也或许需要春风的轻拂。

景玉还没有听到昙花花开的声音。

在她忍不住叫克劳斯名字的时候，他抬起头，自背后拥抱住她，握住她的手，将她整个人都拥抱在怀中。

这个拥抱很温暖。

"相信我，"克劳斯用德语低声重复着，紧紧地抓住她的手说，"交给我。"

景玉惊叫一声。

昙花开了。

她第一次看到昙花开放的过程，是如此美丽。

克劳斯捏住她的手，在她发出更多声音之前，捂住了她的嘴巴。

"你可以相信我，"他说，"我只接受这一种答案。"

景玉亲吻着他的手指，她看不到对方的脸，但能够感觉到他手指的温度。

"像我信任你一样，来信任我吧。我希望困住你的，不是绳子或者锁链。"

景玉想问是什么，但是字和音节都被风撞碎了。

来不及问，克劳斯在她耳侧说出了答案：

"You're stuck with me.（你摆脱不了我的）

"And...I'm stuck with you."（我要和你在一起）

我们互相被困住了。

并不是绳子、锁链、镣铐，而是一个拥抱。

景玉在第二天中午才看到克劳斯口中的那条红宝石项链。红宝石璀璨夺目，像是鸽子血，周围簇拥了一堆细碎闪亮的钻石。

她并不觉得自己会弄丢它。这么昂贵的宝石项链，即使是丢在夜晚中，也会发出夺目的光彩吧，她怎么可能会弄丢呢？

"你确定这是我丢的吗？"

克劳斯原本正在喝水，他放下杯子说："我只养过一条小龙。"

景玉侧过脸道："嗯……或许你会想偶尔再带来一条？"她觉得自己大概不应该这么讲，但好像没有控制住，就这么说了出来。

克劳斯并没有被冒犯到的不悦，他也没有继续开玩笑，把这件事揭过去了。

"甜心。"

"嗯？"

"你不应该质疑我的诚意，"克劳斯表情严肃地说，"你这样让我很难过。"

"嗯？"

克劳斯长叹一口气，将刀叉放在桌子上，有些难过地看着景玉。

"我真的没有想到，"他慢慢地说，"在你的心里，我竟然是这种男人。"

景玉没怎么见过对方这副表情，一时间有点手足无措，她说："啊，我不是……"

"不是什么？你说。"

不知道为什么，现在看着他漂亮的绿色眼睛，景玉居然有种辜负别人的感觉。她清清嗓子，咳了一声道："我没怀疑你不忠……"

"好，问题解决了，"克劳斯坦然地打断她道，"继续吃饭。"

不过一句话的工夫，景玉甚至还没来得及表示出自己的意愿，克劳斯已经微笑着问她想不想喝麦片粥、要不要再加牛奶冲泡……

她原本的质疑消失得无影无踪，现在还背了一个"不信任"的标签。

这个男人……套路，都是套路！

被成功套路的景玉现在一肚子怒气，在收到一整盒红宝石项链的时候，才稍稍得到了一点点缓解。

一点点。

她仍旧要回曼海姆。

临走前，克劳斯亲吻着她的额头，彬彬有礼道："期待我们的下次约会。"

景玉说："期待下次的礼物。"

克劳斯笑了一下，他想继续加深这个吻，但景玉已经想离开。她抱着盒子，不安地往侧边移开脚步。

不得不承认，在刚刚那个瞬间，她的心跳好像背叛了自己几秒。

她已经没有办法控制自己了。

她需要冷静下来。

景玉低头默念道："给男人花钱要倒霉一年，对男人动心要倒霉三年……"

她的期待，一定只是期待礼物，一定只是期待克劳斯能带来的愉悦感，而不是期待他本人。

克劳斯听到了景玉在碎碎念地嘀咕着什么，但是他想，自己并不会在意。

他不应当去在意。

在他的视线下，景玉匆匆忙忙地抱着盒子离开了，在上车的时候，脚还滑了一下。大概是有些走神，心不在焉。她低着头，不知道在想些什么。

克劳斯为她拉开车门，帮她关上，微笑着说："再见。"

景玉假装镇定地回答："再见，克劳斯先生。"她目不斜视，像一位高傲的淑女，平视前方，唯独胸口剧烈的起伏暴露了她的内心。

一直到傍晚，埃森先生才回来。他有和克劳斯同样的鬈发和绿色眼睛，只不过因为上了年纪，眼神更加锐利，好像随时能冲下来捕食的鹰，眼角和脸上也有严肃的皱纹。

埃森先生并不擅长扮演一个慈祥的老人，即使上了年纪，威严也比和蔼更多。

克劳斯原本正在阅读，听到声音的瞬间，他皱起眉，一言不发，合拢书转身就走。

埃森先生叫道："克劳斯。"

克劳斯没有停下。

他又叫一声，用了全名："克劳斯·约格·埃森。"

德国人在愤怒的时候并不会高声说话，而是用具备警告意味的低声。

用人缄默，安静又飞快地整理着桌子，收拾着刚才克劳斯用过的杯子，而后一点儿动静都没有地迅速离开。

克劳斯站在台阶下，转身看向埃森先生。

埃森先生看上去有些疲惫，他揉了揉自己的眼睛，脸上已经有了皱纹，在灯光下投射出一道道浓重的阴影，头发也不如以前那么有光泽。

他已经老了。

"你需要一个继承人，"埃森先生简短地说，"那个中国女孩不错，我认为可以。"

克劳斯像是听到了什么天方夜谭。

"我想我应该和您说过，"他说，"未来五年，我都没有孕育后代的计划。"

"我像你这么大的时候，"埃森先生睁开眼睛道，"你已经出生了。"

"然后呢？"克劳斯平静地问，"让一个基督教信徒怀孕，让她不能违背教义堕胎，只能隐瞒家人偷偷生下孩子？让这个孩子被人欺负、殴打，甚至差点儿……"他顿了顿没再说下去。

克劳斯令人称赞的金色头发和绿色眼睛，这被人所推崇的最为美丽的发色和瞳色，在他人生中的前七年，却让他吃尽了苦头。

为了反抗被卖到某些黑暗的小岛上，克劳斯自己偷偷割掉头发，和人打架，装作患有癫痫。他曾经深深憎恶过给他带来不幸的头发和眼睛，以及那些充满审视的目光。

成年后，他要求其他人必须用"您"来称呼自己，也不允许旁人触碰自己。

克劳斯对埃森先生说："我不会让我的孩子经历这些。"

埃森先生站在下面，他发现克劳斯已经这么高了。当初那个衣衫褴褛、脸肿到看不清容貌的孩子，现在已经能够站在高处与他谈判了。他说："足够的金钱能够让她留在你身边，为你生孩子，这没什么不好。"

"留不住，"克劳斯笑了一下，他握着书道，"我比您更希望她贪财。"这样说完之后，他转身上了楼。

作为埃森先生唯一的孩子、唯一的继承者，克劳斯不需要牺牲自己的婚姻来进行联姻。埃森家族的继承人，一直具备可以自由选择婚姻的底气。但历代的继承人，也有着他们各自的烦恼。

譬如埃森先生错过了他的挚爱，余生的忏悔，并没有得到任何宽恕。

譬如克劳斯，一周过后，仍旧没有接到景玉的约会短信。

她似乎忘记了。

有了克劳斯的电话，汉娜女士很顺利地帮助景玉达成了她的心愿。但一心一意忙碌于事业的景玉，完全没有联系克劳斯再约会的意思。

克劳斯不得不主动拨打她的电话。

还好，她很快就接起来。

"克劳斯先生？"

景玉那边的背景音有些嘈杂，音乐声很大，她和旁边人说了句什么，边往前走，边问："有什么事情吗？"

克劳斯听到了交谈声、细碎的音乐声，和打哈欠的声音，还有些凌乱的、醉醺醺的酒鬼发出的声音。

她应该去了卫生间。

已经深夜 12 点了，龙还在酒吧中快乐，完全不在意空巢的魔王。

克劳斯平静地告诉她："你最近怎么没有和我联系？"

景玉打了个哈欠说："嗯？可能有点忙。"

"事情都解决了吗？"

"是的，托您的福。"

"那你现在在忙什么？"

"……"

"利用完就走，这是你的习惯吗？"

"……"

景玉不说话了。

克劳斯温和地提醒她道："你知道吗？我前两天刚刚学到一个中文成语，很适合现在的你，你猜猜是什么？"

——过河拆桥。

一条小龙，利用完魔王，带着一肚子宝贝，提起裙子，甩着尾巴，蹦蹦跳跳地离开了，完全不在意魔王的心情。不过，魔王有着一颗包容的心。如果这条小龙能意识到自己的错误行为或者能解释清楚，魔王想，他应该不会揪住龙的尾巴狠抽，而是给小龙一个温暖的拥抱。

克劳斯已经做好原谅她的准备了。

两秒后，景玉很小声地说了四个字。

克劳斯："……"很好，他感觉自己更生气了。

二十二颗糖

🍬 试探 ✦

景玉好久好久都没有等到克劳斯的回话。她已经习惯了德国这边的酒吧文化,晚上过来开心地蹦迪蹦到现在,有些疲倦了。她的脑袋里面像是有一堆乱糟糟的蝴蝶在呼啦呼啦地飞,晕头转向的。

景玉拍了拍晕乎乎的脑袋,又问了一句:"克劳斯先生?"

过了两秒,才听见克劳斯说:"我在。"

"你刚刚在想什么?"

克劳斯沉静地说:"我想开了。"

景玉:"……"她真心实意地想夸一句,他这样的中文水平,说是一日千里,也不为过啊。

很显然,对方现在并不想接受这样的夸奖。克劳斯礼貌地说:"你先好好玩,晚一点儿我们谈一下。"

景玉总觉得他这句话,和那个"哦,你先忙,我没事"听起来差不多。于是她抓紧时间补救道:"不忙,我现在就可以听你说话。"

"你想说什么,直接说,别客气,"她鼓励道,"我在听,很认真地听。"

手机那边沉默了两秒钟。克劳斯叹了口气,他的叹气声听起来这么无奈,就像老师费劲儿地教了四年学生,一回头,学生还在泥坑里打滚"喔喔喔"地叫。

"算了,"他说,"你好好玩,别喝太多酒。"

景玉不是多么主动的性格,她"哦"了一声,良久后才迟疑着结束了这个通话。

魔王并没有愤怒。他想，自己并不应该因为小龙身上的情感缺陷而去指责她，这样只会令两个人离得更远。

尽管情感令克劳斯很想现在就去酒吧，拽着龙尾巴把人拎回来，对着龙屁股一顿抽打。但理智提醒他要给龙一些时间，要多给她一点空间。

曾经在"爱"这个字眼上吃过亏的小龙，不会轻易地卸下防备，魔王要给她足够的时间。

魔王也尝过苦头。

景玉的确是喝得太嗨了，一直到第二天清晨，从自己香喷喷的被窝里醒来的时候，她才意识到，自己昨天晚上似乎对克劳斯说了了不得的脏话。

而了不得的克劳斯，也知道这那句脏话的意思。

景玉一个鲤鱼打挺坐起来。她呆呆地看着面前的墙壁，木制的，上面有着亲爱的房东太太格雷琴女士自己手工绘制的图案。现在，图案上的小人手拉着手跳下来，跑到景玉的眼睛里，冒起了团团旋转的花花。

糟糕糟糕糟糕糟糕……

景玉捂着脑袋，拿起手机，想确认昨天的通话是否真实。难道说，是自己喝太多酒的错觉？

她坐在床上，外面的阳光很好，从棉质的窗帘中透进来，落下一道金灿灿的影子，恰好落在手机屏幕上。金光跳跃，那是和克劳斯的头发同样的颜色，闪耀着动人的光辉，影响了她看手机屏幕。

景玉眯着眼睛，往旁边挪了挪位置。失去了太阳的照耀，她终于看清楚了屏幕上的内容。

安德烈刚刚给她发了两条消息。

安德烈：克劳斯好像生病了。

安德烈：你要去看看他吗？

景玉愣了一下，她还没有见过克劳斯生病呢。

这个热爱户外运动的德国人，身体非常健康。她完全无法想象，这样的人会生病。

短信是一个小时前发送的。景玉立刻给安德烈打过去电话，安德烈的鼻音也有点重，听起来像是感冒了。

"嗯……就是怎么说呢，你知道的，人总会生病的，"他说着一些含糊的废话，"克劳斯也是人啊，就这样。"

这种语焉不详的回答，安德烈真是适合做营销号的好苗子，千万年可能才会有一个领悟力这么强的。

景玉说："现在，立刻告诉我，克劳斯先生得了什么病？"

安德烈小小声说："轻微流感……阿门。"

景玉结束通话，立刻给克劳斯打过去电话。

对面很快就接起了。

景玉说："克劳斯先生。"

克劳斯简短地回道："我在。"

"你现在在做什么呀？"

"工作。"

"想我了吗？"

"不想。"

景玉站起来，楼下的格雷琴女士正跟着音乐在跳舞。房子是老式结构，木头的，地板也是，隔着一层，音乐声飘到了楼上。她隐约能够听清楚这些声音。

景玉说："我不是来气你的。"

她听到电话对面的人深深吸了一口气。

克劳斯说："好，现在让我们重新回归到上一个问题，你说什么？"

景玉想了想，小心翼翼地问："你想我吗？"

克劳斯声音温和地开口道："非常想念你，我可爱的小龙。"

景玉犹豫两秒，盯着地上的太阳光，一块光斑跳到另一边的时候，她才问："你生病了吗？"

大概过去五秒钟，才听到克劳斯咳了两声，是那种听起来很干燥、很不舒服的干咳，好像嗓子很难受。

她体会到了。

"有一些，怎么了？"

景玉重新坐回床上，坐正身体。下面的格雷琴太太还在继续跳舞，音乐如此动感、激烈，她的心脏也跟着一跳一跳的。她分不清这心跳是因为过于动感的音乐，还是克劳斯的声音。

"你看过医生了吗？"

这句话刚出口，景玉就意识到完全没有必要。克劳斯有自己的家庭医生，只要他轻轻咳一声，医生就会过去，完全不需要她操心。

聪明人不该说这些废话，他们不屑于聊这些无意义的东西。但克劳斯却很开心，他回答道："看过了，谢谢你的关心。"

景玉又干巴巴地补充了一句："那你现在还难受吗？"

"坦白来说，比早晨好很多，头也不痛了。"克劳斯放低声音说，"不过，如果那条喜欢珠宝的小龙愿意过来和我约会的话，或许能让疾病好得更快一些。"

景玉认真地提醒他道："克劳斯先生，您还有精力做额外的事情吗？"

克劳斯同样提醒回去道："我可爱的小龙，你刚刚说了，不气我。"

"抱歉抱歉。"景玉连声道歉，顿了顿，她才苦恼地问，"那我该怎么去见你呢？你什么时候有时间？"

"今天晚上。"克劳斯又咳了两声说，"虽然我很期待你能过来，但如果这让你为难的话，还是算了。"

他可真是体贴啊！这话说得，让人怎么好意思拒绝呢？景玉在心中默默感慨了一句，忙说不为难，终于结束了这次通话。

两人约定，在晚上9点钟，她会去慕尼黑，去西区的那栋房子探望他，以及喝"雕师傅"精心炖出来的乳鸽汤。

事实上，景玉已经很久没有过去了，不清楚当初她种的那些花还在不在。

她伸了个长长的懒腰，起床下楼，木质楼梯发出细微的声响，听起来有种意外的安心。

阳光照得屋子里暖暖的，格雷琴女士还在伸展胳膊，向景玉打招呼道："早上好！"

"早上好。"

鲜牛奶就放在桌子上，景玉将切片面包放进吐司机中加热，去洗了些水果，切些菜叶子，加在一起，撒了点简单的调料汁，拌一拌。

德国人的早餐不会很复杂。

格雷琴女士说："冰箱里还有一碗麦片粥，你放到微波炉里加热一下。"

景玉说了声"好的"。

她喝着牛奶，格雷琴女士也完成了今天的运动，打开电视看了起来。

格雷琴女士已经吃过早餐了，但她还是用德语对景玉说："Guten Appetit.（好胃口）"

景玉同样回应道："Guten Appetit."

电视上播放着一部纪录片，讲的是法国某个孤儿院的院长表面光鲜、实则肮脏的一生。

这个孤儿院还和某些臭名昭著的"富人岛屿"有合作，会定期选一批漂亮的孩子过去——那些被送去的孩子，最后都失去了自己的生命。偶尔有些活下来的，也被某些担心泄露风声的富人们进行了"秘密处理"。

没有一个存活下来。

景玉看这些东西只觉得心疼，她有点想吐。格雷琴女士摇摇头，换掉了电视台。因此，她只听到了播报的几句。

"……埃森集团的一位慈善家，在第二次拜访孤儿院时发现了异常……"

格雷琴女士皱着眉说："一群该下地狱的家伙。"

景玉慢慢地喝着麦片粥，她冷不丁想起来。当初，在安德烈家中看到的那个相册上，那个淡金色头发、穿着印有中文T恤的男孩子后面的拍摄背景，好像就是纪录片报道的那家孤儿院。

但这个小疑惑，只在她心里面悄悄地结上了一个疙瘩，无声无息，不痛不痒。

下午还要忙着见一些客户，是谈啤酒的合作。等到景玉终于有了空闲的时候，距离约定的时间只剩下一个小时。

如果放在其他时候，她或许会选择放弃，取消约会，改天再登门道歉，认真挑选礼物送过去，解释原因。

可是，不清楚为什么，她今天并不想这么做。

她不想错过这次约会。

景玉抓紧时间，直奔车站。

从曼海姆到慕尼黑，2小时56分钟。等到克劳斯家中的时候，她已经迟到了两个多小时。

景玉不确定，很有时间观念的克劳斯会不会因此生气。她已经想好了，偷偷将锅推给今天其实很准时的德国火车。

珍妮弗脸上完全看不到不悦，笑容可掬地请她上了楼，温柔地告诉她，克劳斯还在房间里等她。而且，除了乳鸽汤外，还为景玉准备了她最爱的中餐。

景玉松了口气，她礼貌地说："谢谢你。"

景玉对这栋房子的构造很熟悉，这里的陈设和格局，从她离开后就没有变过。她怀念地摸了摸楼梯上的一道划痕。这是当初她找人搬床、搬沙发、搬桌子、搬椅子时不小心留下来的。

她带着有些怀旧的心情，推开了餐厅的门，然后闻到了浓郁的螺蛳粉特有的气味。

还有酸笋猪蹄汤。

酸笋的味道在整个房间内弥漫，营造出一种狂热的气味狂潮。

看着戴着口罩的克劳斯，她惊呆了。

克劳斯微笑着开口道："过来，我准备了你最爱吃的东西。"

景玉上前走了两步，她没有看那些美味的螺蛳粉、酸笋猪蹄汤、炸豆腐等等。

那些不重要。

忍受不了这种食物的味道，却还准备了这些的克劳斯更重要。

她担忧地伸出手，摸摸对方的额头。

这是自分手以来，离家的小龙，第一次对魔王展现出真心的问候。

她忧心忡忡道："克劳斯先生，您嗅觉失灵了吗？"

克劳斯安静两秒，礼貌地说："我发现了。

"我似乎不应该对你抱有不切实际的幻想。

"龙的嘴巴里面，的确吐不出来象牙。"

能够面不改色地吃下粽叶的克劳斯，仍旧坚守了自己的"底线"，坚决不肯碰那些龙挚爱的食物。

景玉在确认克劳斯是为了她才准备这些的时候，不禁感叹道："我真是受宠若惊啊！"

克劳斯稍做思考，才理解了这四字成语的意思。没有办法，他对有些成语并不够敏锐——尤其是一些不常用的。他在日常生活中，接触中文的时候并不太多。

景玉倒是兴致勃勃地吃掉了螺蛳粉。

曼海姆的中餐厅并不算多，即使是亚洲餐厅，也多是泰国风味或者东南亚那边其他国家的食物。而为了格雷琴女士着想，景玉也不会在家中吃这种东西。

要知道，上次隔壁邻居家为拍摄短视频而开了鲱鱼罐头，无法忍受的格雷琴女士直接选择了报警。

相比之下，将这种东西当作黑暗料理，却仍旧容忍她食用的克劳斯，简直就像天使。

不过，在景玉单方面开心地食用完毕之后，克劳斯委婉地提出，她还是需要洗一次澡，他们才可以进行深度的约会。

景玉对此表示了严肃的抗议："你听说过'爱屋及乌'这个成语吗？如

果你真的想和我约会，那就也得接受我最爱的螺蛳粉。不然，我会怀疑你不能接受我的全部，你只接受了我的优点——"

好脾气的克劳斯捂住景玉的嘴巴，强行把这条喋喋不休的小龙用力按进浴缸，从内到外认真清洗了一遍。包括她的嘴巴，也被强硬地塞进了牙刷。

"甜心，"克劳斯提醒她看清现实，"如果我不能接受你的全部，现在你的臀部已经开花了。"

景玉下意识捂住了自己的屁股。

"听说中国会用'龙种'来形容重要的胚胎，"克劳斯摸了摸景玉的脑袋说，"我确定了，你以后怀孕，应该也会怀个'霸王龙种'。"

景玉愣怔道："话听着是好话，怎么从你嘴巴里说出来就这么怪呢？"

克劳斯笑了一声，他并没有过多地关注这点，低头亲亲景玉的脸颊。

景玉的嘴巴还没有冲洗干净，里面还有一些牙膏泡沫。但这些都不重要了，她沉浸在克劳斯精心准备好的美梦中，和这些使用沐浴露揉搓出来的泡泡一样，密密麻麻、噼里啪啦地丰盈起来，有着柠檬和甜罗勒草的气息。

就像很久很久没有喝到奶茶，她小口小口地品尝着久违的香醇；又像激烈的 800 米体测结束之后，猛灌一口从冰箱中拿出来的冰可乐，又凉又爽，无数个碳酸气泡在身体里面炸开，酣畅又舒爽。

景玉隐约意识到，克劳斯似乎想让她迷上这种感觉。在很久很久之前，栾半雪就曾经煞有介事地告诉过她——不可以睡同一个男人超过三次。

女性很容易把那几分钟荷尔蒙的荡漾和多巴胺的分泌误解为爱情。景玉想，她应当是清醒的，她把自己的橙子保护得很好。

但是当克劳斯亲吻她的时候，她仍旧不可抑制地心跳漏了一拍。就好像一声春雷过后，第一滴雨水落在大地上，蓬勃的绿草挤开土壤，密密麻麻地生长着。

景玉要控制不住自己了。

第二天天气很好，"雕师傅"中午又炖了乳鸽汤，因此景玉"不得不"等到午饭后再离开。

除此之外，还有个意外之喜——

克劳斯先前订购了一个铂金包，据他所说，因为工艺和设计师的原因，一直到上个月才送过来。

克劳斯并没有其他交往的女伴，或者适合这个包的女性亲属，因此他大方地将包送给了景玉。

铂金包送来的时候，他正在泳池中游泳。而景玉换好白色的泳衣，正用脚尖试探着水温，犹豫着要不要下水。她感觉水的温度有那么一点点低。

克劳斯可是敢在冬天洗冷水澡的人，景玉的小身板并不能和他相比。

景玉不得不感叹，克劳斯的身体基础条件真的棒，昨天白天还在感冒，晚上就生龙活虎了，第二天还能神采奕奕地去游泳。她严重怀疑，他身上说不定还有战斗民族的血脉。

来不及继续往下想，她的铂金包被送了过来。景玉欣喜不已地拿到手里看，只是刚看没几眼，就听见克劳斯问："这个包有什么特殊的吗？"

景玉宝贝地捧着包左看右看，回答他说："管他呢，只要值钱就好。"

这样说着，克劳斯站起来，他看着她如此宝贝包的模样，伸手道："给我看看。"

景玉看了看他手上的水，犹豫两秒，用丝绒袋子包在包柄上，谨慎地递过去，不忘嘱托道："小心点啊。"

克劳斯淡淡地应了一声，他将包拿在手里，左看右看，忽然不经意间痛哼一声。

在景玉的目光之下，她刚到手的崭新铂金包"啪"地落到了水中。

与此同时，克劳斯也彻底浸入深水区——这泳池最深处有 2.3 米，他好像腿抽筋了，一脸不舒服地浸在泳池里。

珠宝和男人同时遇到危险，这不是景玉第一次遇到。之前滑雪时，她的钻石项链和克劳斯同时掉进了一个未来得及排查的雪窝子中，景玉想都没想，先扒拉着雪找项链，还往克劳斯脸上刨了几爪子雪。

后果当然很严重。

但这一次，景玉想都没想，直接跳进了泳池。她在海滨城市长大，水性极佳，费力地拽着克劳斯的手往上拉。她力气小，不大拖得动，连吃粉的劲儿都使出来了，才堪堪拖动一点点。

好在克劳斯的不适很快缓解过来，他搂住景玉的腰，将这个脸都憋红了的小龙轻松带上水面，靠近泳池边缘。

景玉咳了两声。由于她刚刚用力过猛，不小心呛了一点点水。耳朵里面的水还没排干净，她就听到了克劳斯的声音。

克劳斯的头发和眼睫都湿了，映衬着眼睛像雨后的丛林。他仍旧扶着景玉的腰，问："为什么先拉我？"又强调了一句："我喜欢诚实的人。"

景玉打了一个喷嚏，老老实实回答道："先拉你的话，好处更多；不拉，屁股可能挨揍。"

"你以为这样回答，屁股就不会挨打了吗？"

景玉睁大眼睛，抗议道："明明是你说喜欢诚实的人！"

"是的，"克劳斯坦然地说，"但我没让你这么诚实。"

"……"真是一个阴险狡诈的黑心资本家，作为无产阶级，她的确不应该和这种人辩论。

"你刚刚真的没有感觉吗？"克劳斯搂着景玉的肩膀，他的头发已经完全被水打湿，衬衫湿漉漉地贴在身上，体温很高。他将景玉举起来，让她坐在泳池的边缘，又道："先坐好。"

景玉又打了个重重的喷嚏。

其实这时候的空气算不上多么冷，只是她刚刚骤然跳下泳池，没有做好热身，泳池的水也是凉的——克劳斯不喜欢在有温度的水中游泳。

景玉眼巴巴地看着他。

克劳斯又问了一句："真的没感觉？"

景玉一伸手，肉痛地捂着胸口处说："有感觉，太有感觉了！我的铂金包掉进了水里，你要是再不帮我捞起来，我会更有感觉……"

她的心脏不安地跳动着，说不清楚是因为什么，大概是刚才的水太凉了。景玉真心希望是因为水太凉，是冷水和阳光的温差刺激的，而不是因为其他。

但克劳斯笑了，他说："我知道你擅长这个，不过没关系。"

魔王知道龙擅长装傻，知道龙的不安。龙喜欢把自己埋进藏着珠宝的小山洞中，只露出一个屁股和尾巴在外面。龙一直以为，这样就能保护好自己不受伤害。

克劳斯将景玉搂住，在她仍旧滴水的头发上落下一吻，道："我很有感觉。"

将景玉捂在心口的手扯下来，他看着她的眼睛，叹气道："很遗憾，我原本想感谢勇敢的景玉小姐，谢谢她不顾钱财挽救我，没想到原来是我想多了。"

他顿了顿，平静地说："看来，为了感谢的那两个铂金包，也不用买了——"

"等等，"景玉醍醐灌顶，立刻打断他说，"尊敬的克劳斯先生，感觉好像来了。"

克劳斯坐在泳池边，他没有刨根问底，要求对方讲出是什么"感觉"。

他知道那肯定与自己无关。

风吹动泳池表面碧蓝色的水，荡起一圈又一圈动人的涟漪。景玉的小腿泡在水里，恍惚中像回到了童年，她也曾在外公家的泳池中这样玩耍。

克劳斯忽然问："东方的女性，更喜欢委婉地表达自己的情绪吗？"

"不，这是一个刻板印象，克劳斯先生。"景玉严肃地告诉他，"委婉表达还是热烈表达，和地域、国家没有任何关系，这个只和人的性格有关系。"

"嗯？"克劳斯发出疑惑的声音，他看上去很乐意听景玉为他分析、讲解。

景玉头顶有一小撮并不太安分的头发，像草芽一样倔强地挺立起来，他伸手给她压下去。

"告诉我吧，"他说，"来纠正我错误的观点。"

景玉很喜欢对方这一副愿闻其详的模样，尽管他可能不知道这个成语的意思。克劳斯需要从她这里获取一些知识——这个认知会让她拥有一些成就感。

原来克劳斯也并非无所不能，原来她的引导者偶尔也会需要她的解答。

景玉对这个话题很感兴趣，她侃侃而谈道："举个例子，美剧里面的女性，也有一些羞赧的少女形象。她们在和心上人亲密的时候，会喜欢将一只脚翘起来，用来隐晦地表达自己内心的激动。"

这样说着，她把自己的脚从泳池中抽出来，微微翘起一个可爱的弧度，示范给克劳斯看："喏，看到了吗？你看过美剧吗？"

克劳斯若有所思，答非所问道："我从来没有见你做过。"

景玉继续讲："当然，剧集中热辣示爱的女性也很多——这点在亚洲剧集中也不少见，很多剧里面的亚洲女孩，也会勇敢地向心上人告白。"

克劳斯低头看她，太阳直射下来，在景玉的脸颊上映照出一个小小的、可爱的雀斑。这枚小雀斑是离开他之后才长出来的，并没有破坏她的容貌，反而让人觉得它像花蕊一样俏皮活泼。

克劳斯："那一些小心谨慎、怕受伤害的亚洲女孩呢？她们如何表达自己的爱意？"

"你说的应该是一些性格温柔的亚洲女孩，"景玉认真地回答道，"嗯……如你所见，的确有一些女孩会选择委婉地表示喜欢，不会直接说出口，而是偷偷地借助其他方式来表达。"

她靠近克劳斯，听到自己的心脏"怦怦怦"直跳，相当剧烈。

庆幸这是户外，只有自己能听到这些。不知名的鸟儿扇动翅膀，能掩住花开的声音，青草也可以将自己的摇动归咎于风。

景玉慢慢地说："比如说，会忍不住多多关注对方、找理由靠近对方；不经意间产生肢体接触的话，也会暗地里开心好久——"她若无其事地用脚蹭了蹭克劳斯的脚说："举个例子，就像这样。"

景玉将脚从水中抽出来的时候，"哗啦啦"地溅起了不少小水珠。她仍旧垂着头，太阳晒在她的脖子上，火辣辣的。她并没有涂防晒霜，被这么晒了一下，有一点点被炙烤的热。

但这些都比不上她轻轻靠近克劳斯的脚所感受到的温度。

大概因为人种和基因不同，克劳斯有着旺盛的金色毛发。尽管会进行身体管理，但在他脱下的一些睡衣上，景玉仍旧能够发现淡淡的金色毛发。

克劳斯的脚也很白，除了洗澡或游泳，他几乎不会穿能将脚趾露出来的鞋子。男性的脚似乎不能用"漂亮"来形容，只能说骨骼感很重，很大。

景玉尝试过穿他的鞋子，就像踩在小船里面，晃晃荡荡的。这些并不是重点，重点在于，当她用脚趾轻轻触碰克劳斯的脚掌时，她感觉到两人接触到的肌肤，好像有细小微弱的电流流过，噼里啪啦的。

景玉的心脏跳动得更厉害了，她几乎无法控制心跳的频率，只能听到它来来回回反复地颤抖。

她盯着碧波荡漾的水面，若无其事地将脚移开，又若无其事地补充了一句："就是这样，亲爱的克劳斯先生。"

脖子上的水已经被太阳晒干了，泳池中的铂金包，也终于被人捞了起来。这种娇贵的皮质在水中泡了这么长时间，很明显受到了严重的影响。

景玉只觉得可惜。

上一个被泡在雪水中报废的包并不是铂金包，而是一个 Classic Flap（香奈儿的经典款手袋）。

克劳斯喜好滑雪，尤其是冬天的时候，喜欢带着景玉往阿尔卑斯山脉去。但景玉怕冷，她随身的小包中塞满了暖宝宝贴和充电用的暖手蛋，还有嫌凉摘下来放进去的钻石项链。

克劳斯自己不小心掉雪坑中那次其实是在晚上，景玉想着他一米九多的个子，那个积雪的深坑还没他个子高——

当然，那时候她的第一反应，的的确确是先捞自己的项链和包。以至于旁边的人不得不大声地用英文提醒她："先拉人呀！你为什么要先找包？"

景玉确信那次克劳斯也听到了，当天晚上自己就被他按住教训了一顿。对方甚至还不悦地质问她："我和你的钻石项链掉雪里，你应该先救什么？"

"……"

"以后我和你的包同时掉水里，你先捞哪一个？"

"那得看是什么包。"

这个回答成功地让她多挨了两下重的。

景玉现在已经想不太清楚自己当时的心路历程，大概率是财迷心窍。

唯一清晰可知的是，在刚才的泳池中，她的身体比大脑先做出了反应——她在昂贵的铂金包和克劳斯中选了后者。其中原因，她不敢去深究。

阳光晒得人身上发烫，刚刚触碰克劳斯的那只脚温温热热的。景玉的嗓子微妙地开始发干，她咳了一声，若无其事地仰起头。

今天的阳光真大啊！

克劳斯在泳池中又游了两圈才上岸。他用毛巾擦拭着身上的水，一路湿淋淋地过来，头发上折射出太阳的光辉。

他坐在躺椅上，喝着水，问景玉："你下午有安排吗？"

景玉心不在焉，愣了一下才回答道："嗯……和希尔格约好一块儿去看新包装。"

克劳斯没有说什么，他手里拿着装满水的瓶子，晃了一下。太阳透过瓶子照过来，他的手指泛出一种干净利索的白，好像刀刃上的一抹光。

"你似乎和希尔格走得很近，"他若无其事地开口道，随意地和她聊着天，"在你那些合作伙伴中，你提到他的次数最多。"

"因为其他人现在只是占了一部分资金，"景玉想了想，告诉他，"他们都有其他更高的追求。比如说玛蒂娜，比起经商，她对数学更感兴趣，之后她或许会选择一些深入研究数学的专业。"

德国人就是这样，他们很多人会在读大学读到一半或者即将读完的时候，才猛然发现自己的"真爱专业"，再选择申请更换专业，重新开始读书。就像他们对延毕这种事情毫不在乎，哪怕多花四个甚至五个学期读完原本的课程，也不会令他们为此焦虑。

景玉的这番解释，显然并没有令克劳斯满意。他轻轻地"嗯"一声，忽然又问："现在追你的男性，已经排到第几位了？"

"啊？"景玉愣了一下，仔细地看克劳斯的脸。

这场悠闲的谈话之中，克劳斯始终没有看她的眼睛。这其实有点不礼貌，之前克劳斯告诉过她，无论什么时候，在和人交流的时候，为了表示尊敬，或隐藏自己的其他情绪，最好都要直视对方的眼睛。如果心虚或者紧张的话，就抬头，稍稍看对方眉毛的位置——在这个小技巧下，对方仍旧会误以为你在与他对视。

克劳斯教得这么好，但他现在却没有看景玉的眼睛。他在看手中装满水的瓶子，很多德国人都爱喝这种含有大量细密气泡的水，克劳斯也不例外。

"作为你的约会对象，我关心你的感情生活，会让你感到不适吗？"

"嗯……好像并没有。"

克劳斯又喝了一口水。

"不过——"景玉朝他的方向倾身，上半身贴近他道，"在回答你之前，我还得了解你的想法。"

克劳斯转开视线问："什么？"

"我想知道，您的这种行为就是吃醋吗？"

"德国的确有一部分人喜欢吃醋，"克劳斯面色平静地解答着她的疑惑，"土豆沙拉、酸脊肉、炸鱼……这些菜里面不都喜欢放醋吗？哦，对了，甜心，不过我们不经常吃米醋，大部分是一些果醋。"

景玉"嗯哼"一声，手托着腮，笑眯眯道："先生，我的意思是'jealous'（嫉妒）。"

克劳斯的手指点着凝聚着小水珠的塑料瓶身，一下又一下，他看起来十分冷静。

"沮丧，或者生气，"景玉继续说，"有吗？"

克劳斯喝了口水。

"那是幼稚鬼的表现，"他将瓶子放在旁边的桌子上，然后躺在躺椅上，微笑着看着她道，"我不认为我会做出这种幼稚的行为。我需要提醒你，宝贝，我已经三十多岁了，不是那种捧着玫瑰花挤上地铁，在很多陌生人的注视下对你大声表白的年轻人。"

景玉恍然大悟地"哦"了一声，手指点着腮。

"不过，我需要再次提醒你，你不可以同时和第二个男性约会。如果你想，一定要提前通知我。"

景玉想：提醒你做什么？方便让你拎着枪，一下子崩掉对方的脑袋吗？

她才不傻。

为了报答景玉那"舍包为人"的精神，在这次约会结束后的第二天，克劳斯慷慨地让她挑选了自己想要的定制包，不过这次需要等半年才能拿到。

这也就意味着，如果半年之内，景玉想要提前结束这段关系的话，在一定程度上，会影响她收到这个珍贵的礼物。

不过景玉目前的心思并不在这上面，她如今在曼海姆和慕尼黑两地跑。为了方便，也是为躲开全亘生那一家人，景玉并没有选择在慕尼黑租房。她有几个常住的酒店，基本都能拿到折扣价，或者去克劳斯那儿睡，而且她有事情求助的话，也会打电话约克劳斯。

其他人想请克劳斯帮忙的话，得挖空心思送礼物或者制造机会偶遇。她何止是找了个免费的落脚点，这简直是剥削啊！她做梦都没想到，自己还有剥削克劳斯的机会呢。

景玉觉得自己赚了，克劳斯对目前的约会频率也渐渐满意。她主动打电话要求见面的频率，已经逐渐地从之前的每两周一次，变成了每周两次。

克劳斯认为，按照这个增长速度，距离每周七次的同居生活，不会太遥远。

只不过，他也有自己的小烦恼——关于景玉上次提到的"用脚背轻轻蹭对方的脚"。

克劳斯对"爱"这个字的定义并不熟悉，至于家庭成员表达爱意的方式，他也很难感受到。

在克劳斯被接到埃森庄园的第二个月，外祖母陆叶真才匆匆从法国赶了过来。

陆叶真是华裔，自幼跟随父母迁居海外。她一生坎坷，婚姻也同样。克劳斯的母亲是陆叶真和第二任丈夫的女儿。后来离婚的时候，因陪审团中的成员多是一些"白人至上论者"，陆叶真并没有成功拿到女儿的抚养权。

这也是后面一系列悲剧的导火索。

陆叶真不会直白地表达自己的爱意，她只会盯着厨房里面的女用，让她们不要在克劳斯的饮食上动手脚；或者直接大声斥责埃森先生的无耻行径，责备他令克劳斯承受了许多本不该承受的痛苦，以及间接导致了黛安的死亡。

黛安，克劳斯的母亲，她还有一个几乎没有使用过的中文名字，陆茵玉。

克劳斯对她最深的印象，就是她每天祈祷，祈祷被她背离过一次的上帝，能够宽恕她的罪过。除此之外，再没有其他。

克劳斯翻阅过一些资料，关于景玉富裕的童年、困顿的发育期和成长期，以及节衣缩食的求学阶段。包括马克西姆通过和景玉简单交流后下的定论，她的困扰、担忧和迷茫。

在某种程度上，景玉有着情感缺陷，她过度渴望父爱，希望被人关注，就连疼痛都能令她感觉到被重视和被关心。但，成长期的糟糕经历，又令她不相信男性，宁愿选择把自己封闭保护起来。

…………

克劳斯刚刚结束和马克西姆的谈话，现在正站在落地窗前往下望，一眼就看到正在和人聊天的厨房员工——周佳先生。

因小时候在中餐厅的糟糕经历，为了生存，克劳斯被迫吃了太多客人剩下的、味道糟糕的菜肴。那些变质的味道造成了他深刻的心理阴影，这令他一直到现在，都难以继续尝试中餐。

尽管他明白，中餐和他幼年吃的那些东西并不相同，但影响仍旧存在。

而周佳，还是为了满足景玉口味而聘请的员工。

在景玉离开之后，克劳斯很少吃中餐，这令周佳颇有一些"怀才不遇"的惆怅和遗憾。

譬如现在，周佳明明精通八大菜系，熟知各类烹饪手法，还偶尔能搞个创新菜式，来一个中西结合。

可自从景玉离开之后，很长一段时间里，他只能拿着高昂的工资，忧郁地将自己每一件厨具都擦拭得闪闪发亮。在厨瘾发作的时候，也只能用来自各地的各类新鲜食材准备一下自己的晚餐，过过瘾。然后在漂亮的花园中散步，呼吸呼吸新鲜空气，看看书，玩玩手机，泡泡澡，聊聊天，准时早睡晚起。

没有景玉的工作，枯燥无味。

他说的梗都没人能接得上，毕竟不是所有人都看东北小品。

但今天不同。

周佳在准备散步的时候，遇到了克劳斯。在热情地打招呼之后，克劳斯忽然问了他一个问题："周先生，在中国的影视作品中，会有女性通过悄悄蹭男性的脚，来表达隐秘的爱意吗？"

周佳想了想，一拍大腿道："有啊！

"潘金莲和西门大官人就是这么勾搭上的啊！"

景玉最近的日程表，又排得满满当当的。

之前在射击俱乐部认识的那个名为巴哈尔的土耳其餐厅老板，和他原本的供货商产生了一些争执。据了解，他们双方签订的啤酒供应合同，将会在下个月结束。对于景玉来说，这是一个可以好好把握的机会。

受到历史因素的影响，德国有不少移民过来的土耳其人。作为一个横跨亚欧大陆的国家，土耳其至今只加入了北约，而没有获得准入欧盟的允许。

克劳斯曾经无意间提到过一句——

"一旦让土耳其加入欧盟，只怕他们整个国家的人，都会搬到伊斯坦布尔海峡。"

景玉对国家方面的事情并不感兴趣，在她的生活中能够接触到关于土耳其的东西，是德国处处开设的一些土耳其烤肉店，土耳其人做的电式旋转烤肉、甜到能令人牙齿发疼的土耳其软糖、不停地转来转去挑逗顾客味蕾的土耳其冰激凌，还有效仿亚洲某小国疯狂进行文化输出的土耳其言情剧。

除此之外，景玉最在乎的，就是自己的啤酒、葡萄酒，如今能不能卖到那个土耳其人开设的餐厅。

景玉在德国生活了这么长时间，而她遭受过最严重的一次种族歧视，就来自一些土耳其裔的家伙。

景玉并不是一个种族主义者，她清楚地明白，偶然出现的渣滓绝对不能代表整个民族或者国家。好在巴哈尔并没有种族或者国家歧视，反倒因为曾经旅居广州的经历，对中国人还是比较友好的。

巴哈尔和景玉吐槽上一个啤酒合作商，虽然对方来自日本，但并没有宣扬出来的"严谨""有礼"，合作起来只觉得对方死板、墨守成规。原本一两句话就能解决的事情，对方硬生生地拖了好几天，直接磨到巴哈尔脾气爆炸。

最让人愤怒的是对方表面有礼，背地里却狠狠地捅刀子，将原本给巴哈尔的一批酒优先提供给了他的竞争对手。

"这不叫什么合约关系，"巴哈尔愤愤不平地说，"这叫不讲道理。"

景玉深以为然地点头道："是的。"

说这些话的时候，她刚刚在巴哈尔的店里和他一同吃了晚餐。

今天是周六，晚上9点刚刚过去，店里面就挤满了赌马下注的客人。巴哈尔聘请的肚皮舞者正在跳着热辣活泼的舞蹈，漾开的红色裙摆像大丽花的绚丽花瓣。桌子上摆放着一条正宗的、撒着库尔德和土耳其香料的鱼，散发着独特的香味，还有烤羊羔肉和腌肉。

在土耳其，酒精饮料卖得很贵，因此很多人都选择自己酿酒，什么樱桃酒、桑葚酒……甚至还有土耳其国酒拉克酒——这是一种使用葡萄和茴香酿出来的酒，有着浓郁的大料香气。

一些土耳其人很喜爱这种味道，但这款酒并不能够被德国大众所接受。因此，巴哈尔还需要采购大量别的酒，用来供应给其他客人。

景玉捎带了自己的产品，一瓶啤酒和葡萄酒。这两种酒的味道令巴哈尔称赞连连，但是在谈到采购问题时，对方却又微妙地避开了。

"你要知道，简玛，"巴哈尔说，"我并不喜欢为其他人做宣传。当初在我这儿售卖的啤酒，我要求对方为我的餐厅做了特殊的包装。"

这并不是什么过分的要求。

景玉想，就像国内她喜欢吃的海底捞那款鲜奶油味道的玉米花，代工厂也专门定制了海底捞的特殊包装。

只是稍稍影响了一下自己的品牌推广计划。

景玉说："我能理解——"

"不，"巴哈尔说，"老实说，因为上个家伙的问题，我被亚洲的合作伙伴伤透了心。土耳其是亚洲的朋友，我没想到竟然会遭到背叛。"

景玉沉默了。她只吃了一点点烤鱼，现在正冷静地等巴哈尔继续说。

"我之前去过广州的很多餐厅，很喜欢你们那种可以旋转的玻璃餐桌——哦，看起来简直和日式烤肉的机器一样酷炫，不是吗？"巴哈尔看向景玉，他的深色眼睛里面有种别样的光芒，好像狼在与另一个较弱小的种群谈判，"还有你们餐厅的一些经营模式，我很欣赏。"

景玉问："什么？"

巴哈尔意有所指道："据我所知，在你们中国的一些餐厅里面，很多饮料为了推广自己，会为餐厅付一部分租金，租赁一小块地方来摆放货架，出售饮料。"

景玉明白了。

巴哈尔说："我比较想和简玛小姐以这种方式合作。"

景玉没有说话，她喝掉了自己带来的那些啤酒——最后一杯。

她手指抚摩着杯壁，礼貌地和对方告别："我想我需要和团队的伙伴商量一下，再见。"

巴哈尔热情地笑起来，招待她品尝土耳其特色美食。但景玉只觉得那些香料的味道很冲，冲到她的胃痛，甚至想呕吐。

尤其是当离别的时候，巴哈尔给了她一个热情的贴面礼。景玉不喜欢他那过于茂盛的胡须，这个贴面礼令她猝不及防。在毫无防备的情况下，对方那好像又潮又闷的杂草堆，又像是三年没洗澡的羊毛的胡须贴到她的脸颊上，让景玉差点呕了出来。

她约好了今晚和克劳斯见面。

对方刚刚从米滕瓦尔德归来，这个坐落在积满白雪山峰下的迷人的小镇，因为擅长制作小提琴而声名远播。克劳斯归来的时候，给景玉带了一把漂亮的小提琴作为礼物。

刚刚见面的时候，克劳斯闻了闻她的头发，皱眉道："有谁在吃完烤羊肉后拥抱你了吗？"

他对气味格外敏感，敏感到甚至能够靠气味来分辨人。

景玉自己闻不到，不过她说了和巴哈尔那场并不愉快的谈话，以及对方一些过分的商业要求。

克劳斯让她先去洗个澡，衣服也立刻拿去清洗。

景玉发现了，克劳斯在这种时候表现得有些不悦，就好像有人侵犯了他的地盘。

不过，这并不是什么大问题。景玉也不喜欢那个猝不及防的拥抱和那令人窒息的味道，她洗完澡后换上浴袍，开始兴致勃勃地看这把新的小提琴。

她还告诉克劳斯一件趣事："我之前和您说过吗？其实小时候我一开始学的是二胡，二胡的弦也需要上松香。第一次上松香的时候，我没经验，不小心上多了，导致拉起来的时候满是烟雾。那个时候快把我吓坏了，还以为把弦拉冒烟了。晚上我就告诉妈妈，以后再也不学二胡了。"

克劳斯显然对她的话题很感兴趣，问："然后呢？"

"然后啊，"景玉有些遗憾地说，"后来发现小提琴也不好学。啧，早知道就学二胡了。"

"为什么？"

"学二胡的话，五年前全亘生做寿，我正好能给他拉一首丧乐助助兴。"

"……"

景玉原本以为，克劳斯让她洗澡是准备激烈战斗。但她预估失误了，对方并没有这么做，他只是拥抱着她，手抚摩着她的头发。

克劳斯的身上并没有那种野蛮的气味，他就像是香根草，像淡淡的苦艾，有着令人安心的气息。

"关于上次的问题，"他忽然说，"我还有些事情需要问你。"

景玉原本快要睡着了，又被他一句话拉出了梦乡。她半梦半醒着，趴在克劳斯胸前蹭了蹭，才说："什么？"

克劳斯已经习惯了她这种无意识的动作。

每个人都有各自的小习惯，虽然他无法想象自己在景玉的脑海中究竟充当着怎样的角色，但这并不影响他继续充当她的保护伞。

"我还不太清楚，中国人确定恋爱关系的步骤，听说会比较慢。我有一个朋友对此感到困惑，请问你能帮忙做出解答吗？"

如果放在平时，景玉一定很乐意帮这个忙。但今天不太行，她太困了，困到不用打哈欠就会分泌出眼泪。

"嗯……是有点慢……"景玉无意识地说，"大概是，先约出来吃饭，然后找机会牵手，一起压马路——"

"什么是压马路？"

"就是手拉手逛街，闲逛，聊天，做一些没有意义的事情。"

克劳斯若有所思地应了一声。

"然后，"景玉的大脑快要停止运作了，"嗯……拥抱，然后羞涩地接吻……感情升温后选择一起睡觉觉……"

后面她的话并不太清晰，她太累了，脸抵着还挂着她口水的克劳斯的胸肌，睡着了。

克劳斯没有叫醒她。

景玉做了一个神清气爽的梦，她梦到巴哈尔没有提出那个过分的要求，而是追在自己屁股后面，强烈地要求和她签订大笔的订购合同。合同签署后，天上大把大把地掉欧元纸钞，还全是 500 面值的。她开心地扛着大麻袋，努力地扫啊扫，装满了沉甸甸的一麻袋。

景玉是在钱堆里面笑醒的。

克劳斯并不在，她竟然一直睡到了 10 点钟。

"雕师傅"已经准备好早餐，大概是景玉不经常过来，对方感觉一身厨艺难以有用武之地。因此，每次景玉过来做客时，他都铆足了劲儿，变着花样准备中餐。

景玉吃到一半，帮国内的三个高中同学砍了商品。她正感慨着现在的互联网购物软件为拉新用户而无所不用其极，克劳斯回来了。他问："这个周末，你想去基姆湖吗？"

景玉放下筷子，想了想问："海伦基姆湖宫的那个基姆湖？"

"是的，"克劳斯颔首，他将外套脱下来，交给用人，低头摘黑色的皮质手套，"或许你想在那里度过一个周末。"

"可以。"

景玉刚想喝粥，又问："还有谁一起去吗？"

克劳斯平静地说："射击俱乐部的一些成员会去，还有巴哈尔？还是巴哈姆先生？抱歉，我记不清他的名字，就是那个胡须像羊毛的土耳其男人。"

景玉很快明白了他的意思。她快乐地叫了一声，跑到克劳斯面前问："你想帮我吗？"

"亲爱的，"克劳斯绿色的眼睛里存了些笑意，纠正她道，"这只是一场平常的射击俱乐部成员社交活动。"

景玉抱着他，猛烈表达着自己内心的激动道："你可真是明察秋毫、心细如尘、体贴入微、善解人意……"

克劳斯淡然地承受着来自小龙的彩虹屁（网络用语，指夸奖的话）。

他还在摘手套。小龙的彩虹屁来得过于激烈，眩晕了魔王。他刚刚摘下时脱了手，没拽动，大魔王很享受这一点点失误。

景玉还在不遗余力地夸赞着："——你真是太棒了，想必对待亲生的女儿，也不过如此吧？"

很明显，其中有两个字深深刺中了克劳斯的心脏。听到这里，他低头看向景玉，那目光里的意味不言而喻——恨不得用刚脱下的黑色皮质手套，狠狠地抽她的屁股。

他问："亲生的？你怎么不说是野生的？"

景玉挠了挠头道："你这中文运用得，可真是出神入化啊。"

"收起你的夸赞。"克劳斯将皮质手套"啪"地放在桌子上，提醒她道，"老老实实地想想自己刚才说错了什么，不然我很难保证等下我不会想用马刀砍些什么。"

景玉咳了一声，谨慎地问："如果你真想砍点东西来发泄的话，能不能帮我的中国朋友在拼多多上砍一刀？"

这是克劳斯所收到的最奇怪的请求。他并不太理解，微微蹙眉问："什么意思？"

景玉用了五分钟时间，来为他完完整整地讲述拼多多的工作原理及用户使用指南。克劳斯沉默一秒钟，拒绝道："不可以，我并没有注册账号。"

景玉更高兴了，她说："没事没事啊，新用户砍得更多。"

克劳斯并没有如景玉所期待的那样，替她国内的朋友砍拼多多，而是毫不留情地将她"教训"了一顿。

景玉无比庆幸餐厅的桌布用的也是厚实的亚麻，不然她的膝盖绝对无法承受直接和木头接触的冲击力。她为自己的顽皮付出了相应的代价。

克劳斯低头，吻住了她的唇。

景玉睁大了眼睛。

不知道为什么，两个人做过如此多的亲密事情，但在亲吻的时候，她仍旧会控制不住地战栗。好像，这么简单的触碰，比其他的接触更令她害怕。

人真的好奇怪，有些东西一旦沾上感情，就会立刻变质。

景玉更喜欢纯粹的东西。

情感会让人变得不理智。

一种莫名的胆怯涌上心头，她下意识地想往后躲避。她不知道自己在怕什么，但感觉克劳斯正在用唇品尝着她的酸橙子——那个被她用一层一层沾满辣椒水和荆棘保护起来的橙子，在克劳斯的亲吻下开始发颤。

她快守不住了。

克劳斯的手、克劳斯的唇，都在尝试着触碰她藏起来的酸橙子。

信任我，拥抱我，亲吻我。虽然克劳斯并没有这么命令，但他的动作都透露着这样的意味。

他在要求景玉的触碰。

景玉迫切地想证明，此刻的心动大概是荷尔蒙在作祟，就像上次在游泳池里逾矩的动作。她伸手钩住克劳斯的脖子，用甜蜜的声音唤着他，试图用些其他的小手段，好让他停下亲吻。

克劳斯却将这个吻继续下去，他金色的睫毛垂下来，仔细观察她脸上的表情。景玉的表情乱了，他的眼神也乱了。

他问："你喜欢这样吗？"

景玉诚恳地回答道："我更喜欢做些其他的事。"

她开始贴心地替克劳斯解他衬衫上的纽扣，那些凉凉的扣子，让她感觉不舒服。克劳斯笑了一下，任由她手上动作，唇贴上她的脸颊，蹭了蹭，这个吻让两个人的味道混在一起了。

他满足了景玉的要求，两人十指相扣。景玉每一道颤抖的指缝都被填满了，他低头与她深吻。在终于放景玉呼吸的时候，克劳斯隔着上衣抚摩着她的脊椎，按住，让她不能因为无法承受而往后缩。

他问："You like me when I do this to you ain't it（你喜欢我这样对你吗）？"

景玉哼唧一声。

"景玉，"克劳斯叫着她的名字，要她看着自己，他绿色的眼睛好像一场巨大又虚幻的梦境，"接纳我。

"无论是身体，还是心。"

景玉最擅长虚与委蛇这种事情，她一边嘴里甜甜地说着什么"最喜欢你"了，一边去贴克劳斯的胸肌。

克劳斯被她咬得吸了口冷气，强行拽着她的脖子要她松口。

"小兔子，"他问，"你是把啃胡萝卜的劲儿都用出来了吗？"

景玉没有对克劳斯胸膛处的齿痕产生愧疚心理，她知道对方会原谅自己这点无伤大雅的举动，仍旧无知无畏地冲他露出笑容，伸出想要拥抱的手。

克劳斯掐着她脸颊的肉说："以为自己不道歉，只凭借笑容就能获得原谅吗？"

景玉说不出话，被他扯得哼了一声。

"我不可能原谅你，你将我当作什么？给你讲睡前故事、哄你睡觉的妈妈？给你钱、给你房子住的爸爸？还是给你提供生理需求的男性伴侣？"

景玉提出了自己的想法："不可以都是吗？"

克劳斯遗憾地说："真是个糟糕的回答。"这样说着，他开始冷漠地扣衬衫的纽扣。

景玉伸手，拽住一根金色的漏网之鱼，轻轻扯了扯。

克劳斯看着她。

景玉的语气里带了点挑衅地说："确认不继续了吗？"

克劳斯没有说话，他将刚扣上一粒纽扣的衬衫又解开了，整个儿地脱下，随意地丢到旁边，按住景玉的肩膀。

他言简意赅道："下不为例。"

景玉不确定克劳斯的"下不为例"是不是真的没有下次，毕竟她是一个擅长在对方可忍受的范围内、在怒气的临界线边缘疯狂蹦跶的"优秀"少女。

只要不去触碰克劳斯内心的三道高压线，她就疯狂地试探着他其他的容忍范围。结果也很鲜明，要么是他一声长叹纵容她撒野，往后退让三分；要么就是他忍无可忍，成功被激起怒火，拎着她一顿收拾。

无论哪种结果，她都喜欢。

景玉在第四天才收到射击俱乐部发来的短信通知，有好些人参与了这次前往基姆湖的周末小假期。克劳斯的名字排在第一位。

很难判断究竟有多少人是为了克劳斯而来的，不过景玉只要知道，这次对她有利。她兴致勃勃地往下浏览着参与成员的名单，拉到最下面时，猝不及防地看到了一个熟悉的名字——Tong Gensheng。

哦嚯，这不是她那早就该去阎王爷那边报到的生物学父亲吗？

对方能被巴哈尔邀请参加射击俱乐部活动这件事，是景玉万万没想到的。

景玉只知道，对方也想和巴哈尔谈生意——就是上次和她说的那种合作模式。

全亘生申请的代理，虽然屡次被严查出不合格物质而被打回，但对方最终选择退而求其次，直接签下了另一款欧盟已引进的酒类品牌代理。

他的新产品需要获取一定的知名度才能打开市场，就像全亘生原本经营的品牌，一开始也是搞了个高大上的噱头，花大价钱请人编写文案和品牌历史。在那个互联网并不发达的时代，全亘生已经知道给自己那全部"made in China"的产品包上各类外语包装，什么"极致手工制作"——完全是因为工厂买不起精准度高的机器；"每份独一无二的享受"——因为工人的手艺参差不齐；"绝无仅有的异域风情"——整个品牌最异域风情的，其实就是创始人本人全亘生。因为严格来说，他的所作所为已经超出了正常人类的道德范围。

但凡是个人，都干不出那些缺德事。

景玉不在乎全亘生打算使用新的促销手段，她只在乎自己的酒。不过，品牌毕竟不是她一个人的，她给希尔格、玛蒂娜他们打去电话，想和他们好好地谈谈。

巧的是，今天晚上，克劳斯也想约景玉吃晚饭。

说这些话的时候，克劳斯刚刚结束完射击训练。他把手套和枪械收起来，摘下束发带，金色的头发有一点点乱，看上去别有一番风情。

在得知景玉约了其他人之后，他问："都有谁？"

"嗯……目前只有希尔格有时间过来。"

这个回答成功令克劳斯皱起了眉。

景玉的手腕酸痛，她心不在焉地回答着问题，脑子里还在思考着：一个巴哈尔算不了什么，主要全亘生代理的那个品牌和自己目前经营的定位相同，目标消费人群也一致。

换句话来讲，两家公司的产品属于竞争关系。

是竞品。

她得好好想想，让全亘生知道什么叫"长江后浪推前浪，后浪把她爹拍死在沙滩上"。

克劳斯又问："只有你们两个人？"

"大概。"

"什么叫'大概'？"克劳斯伸手阻挡景玉往前走，"你拒绝我的约会，去单独见另一个男性，你不该为此解释一下吗？"

"啊？"景玉有点不清楚对方此刻的态度和语气，茫然道，"解释什么？"

"解释拒绝我，选择和他吃晚餐的原因。"

景玉被空调的凉风一吹，咳了一声道："因为我和他是工作伙伴。"

克劳斯的手机在这个时候响了，他看了眼屏幕，是珍妮弗打来的，对方想确认今晚的菜单——为了克劳斯和景玉的夜间约会做好准备。

在景玉的注视下，克劳斯接通电话，告诉对方："麻烦今晚多准备一些酸黄瓜、醋腌牛肉、果醋沙拉、糖醋茄子……"

景玉打断他道："等等，你点这么多酸的东西做什么？准备考验'雕师傅'的厨艺吗？"她很迷惑。

克劳斯仍旧拿着手机，看着景玉。

两秒后，成熟理智的克劳斯·约格·埃森先生，优雅地解答景玉小姐的疑惑："因为今天晚上，有个德国男性准备疯狂吃醋。"

可惜的是，晚上他并没有选择继续"吃醋"。因为在二十分钟后，景玉刚刚在俱乐部洗完澡换上自己的衣服，就接到了希尔格的电话。对方语气焦急地告诉她，他的父亲在家里忽然感觉到不适，迫切地想见自己一面，自己需要赶紧回去。

和中国一样，德国人的家庭关系也有亲密，有冷漠。希尔格属于和家人关系十分亲密的那种。权衡之下，他只能抱歉地拒绝掉了景玉的邀约。

两人约好了改天再见。

终于将这件事情安排好，景玉拎着自己的包，绕过有着巨大落地玻璃窗的房间，近五米高的灯柱将白色细沙石铺陈的小路照耀出灿烂的光辉。

克劳斯就站在光辉的尽头，绅士地询问道："你确定今天晚上不和我一同吃晚饭吗？"

景玉："……"

她"呃"了一声，想了想，告诉他："我不太喜欢吃酸酸的食物。"

克劳斯镇定地说："我刚刚让周佳改成了中式菜单，还没有进行详细的确认。"

景玉没说好，也没说不好，但克劳斯已经自然地接过她手中的包，若无其事地问："那个喜欢在身上文奇怪中文字的小先生呢？今天晚上不陪你了吗？"

外面落了一点点的小雨，德国的夏天已经开始接近尾声，地上落了一片本体翠绿但边缘渐渐泛黄的叶子。

当司机拉开车门的时候，景玉像是突然想到什么，盯着克劳斯问："等等，我面对的，该不会是一个为了欺骗女性与他约会，而对小先生下黑手的人吧？"

"怎么会呢？"克劳斯笑容温和，看起来就像是电影里的变态绅士，"难道我会对一个毫无竞争力的毛头小子动手吗？"

景玉认为他说得很有道理。不过，之前对方所说的那个"吃醋"，令她忍不住多想了点儿，就多那么一点点，比玫瑰花重、比酸橙子轻的一点点。

她那唯一的橙子，快藏不住了。

景玉无法确定巴哈尔和仝亘生谈得如何，只知道，在前往基姆湖的前一天晚上，她忽然收到了一个陌生来电。仝亘生用她熟悉的那种字词、发音有些奇怪的中文告诉她，希望她不要再在这件事情上干扰自己。

"别和我硬着来，"他警告道，"你是我的种，就算是天王老子来了，我也是你爹，你得有点当人闺女的样子。"

谁干扰他？景玉有些疑惑，不过她没有继续思考，只是听到他的声音，就让她忍不住痛苦。

如果放在以前，她已经控制不住地礼貌问候对方的祖宗十八代了，但现在不行。

景玉想不起来自己上次说脏话是什么时候了，她对仝亘生说："管好你自己。"然后结束了这个通话。

她原本以为，自己会因为这个恶心的电话而做噩梦，毕竟全亘生是那种恶心到她回想起来就会反胃的程度，但是并没有。

她睡得很安稳。

她只梦到克劳斯牵着她的手，在夜晚的沙滩上散步。海风温柔地吹起他金色的头发，她钩住他的脖子，与他亲密地接吻。

景玉并不反感这个梦境，因此，当克劳斯询问她订房间方面的建议时，也同意了他要求两人住隔壁的建议。

基姆湖被人称为"巴伐利亚海"，周末时游客如织。不过，许多外地的旅行者来这里，只是想参观路德维希二世的海伦基姆湖宫。而来这里的慕尼黑人，是为了基姆湖本身的自然风光和丰富多彩的其他水上运动。

果然，这次活动的参与成员中，没有全亘生的身影。他没有参加。

另外还有一件小小的失误，景玉将一些文件落在了工作室，只好打电话给希尔格，希望他能送过来。

景玉和克劳斯来得早，他们不需要去湖滨租赁船只。克劳斯拥有一艘漂亮的私人船，船身漆成了漂亮的浅蓝色，还用黑色粉刷着他的姓名缩写，最前端是一头可可爱爱正在喷水的鲸鱼。

景玉称赞这艘船道："看上去真的好可爱，像是童话故事里的。"她也喜欢这种介于蓝天和梦幻之间的淡蓝色。

克劳斯问："你喜欢吗？"

景玉想了想道："还行，不过这种船似乎更适合家庭出行。就是……嗯，爸爸妈妈带着孩子。"

克劳斯诚恳地提出建议道："但是，我聪明的龙小姐，虽然我稍微有一点点财富，但你要知道，钱并不是万能的——我现在并不能满足你家庭出行的愿望，并和你迅速孕育出八个孩子。"

"……"她没想到，对方对"八个孩子"这件事记得如此准确，不免有一丢丢懊恼。

"不是这个！"景玉极力澄清道，"我的意思是，这个船的颜色，可能有点童趣。"

克劳斯低头看向她问："那全部漆成紫色呢？"

紫色？

景玉做出了一脸苦恼的表情。

"……"他明白了。

"'景玉'的另一个含义是白牡丹，"克劳斯又建议道，"你认为白色的小船如何？"

"水葬？"

克劳斯做了一个深呼吸。

"景玉小姐，谢谢你，"他礼貌地说，"和你交流，真的能够大幅度锻炼我的忍耐能力。"

当克劳斯的专属定制小船慢悠悠地下水后，景玉去岸边喝了些茶，和俱乐部的其他成员聊聊天，才等到气喘吁吁地跑过来的希尔格。

当看到希尔格的时候，克劳斯心平气和地喝完了一杯红茶。他还是很关心地问了一句："上帝啊，希尔格先生，你怎么跑得一身汗？"

希尔格用力地喘着气，说："我的运气真的很差，不知道为什么，离开城铁后，路过的车子都拒绝载我。我抱着这些沉重的文件过来，真的好重。"

景玉贴心地递给他一杯茶，问："辛苦你跑一趟——等会儿要不要一起玩？"

希尔格的眼睛亮起来，就像金毛看到冻干肉，他问："真的吗？"

克劳斯将茶杯放回托盘中，骨瓷相互触碰时，发出动听的叮咚声。他说："假的。"

希尔格："嗯？"

克劳斯金色的头发让他看上去像个天使，他指了指不远处停在湖边的船，问："看到了吗？那个蓝色的。简玛现在很想玩'爸爸、妈妈和孩子'的游戏，现在只差一个孩子——简玛希望你能担任这个角色。"

希尔格明显愣住了。

景玉也被他的一番话给成功说蒙了。她想解释，但克劳斯的视线已经扫过来。

"简玛，看吧，希尔格不会接受的。"

"并不是所有男性都像我一样，会满足你的小小爱好。"他亲自给景玉倒了杯茶，轻轻放下茶壶后，侧脸看向希尔格说："是这样的吗？希尔格先生，难道你能接受称呼简玛为'妈妈'？"

希尔格犹豫着回答道："也不是不可以。"

景玉："……"

克劳斯沉默三秒钟，他用了一个词语来形容对方："不可思议的癖好。"

景玉说："您也好不到哪里去，我亲爱的老变态。"

二十四颗糖

告白

希尔格的头发被湖风吹得有一点点乱，他的头发颜色并没有克劳斯的这么纯粹。比起来的话，他的发色真的很接近金毛毛发的颜色——血统稍微不那么纯正的大金毛。

希尔格的中文水平，不足以支撑他去了解更多复杂的信息。倘若他也去参加中文水平测试，那么目前的他很难拿到及格的分数。

譬如现在，希尔格只能用腼腆而不失尴尬的笑容，一边喝茶，一边认真地倾听景玉和克劳斯的交流。尽管他无法听得太懂，也不了解，对方正在为"三代同堂"这个复杂的事情进行着友好的交流。

景玉说："按照你的说法，那希尔格岂不是要称呼你为'外公'？"

克劳斯想了想，道："一个我从来没有想过的称呼。"

景玉点评道："只许州官放火，不许百姓点灯。"

克劳斯不能理解，他问："什么？"

景玉翻译："双标——双重标准。"

克劳斯能够听懂这个词汇，他绿色的眼睛注视着她。

"可是，"他慢慢地说，"我没有办法像对待其他人一样对待你。"

景玉闷头喝了一杯茶。不得不承认，克劳斯的话语总是如此动听。他真的天生具备能够令人愉悦的能力——或许，天生能够令她快乐。

希尔格还陷在方才克劳斯说的那个称呼上，他有一点点激动。这是他从未设想过的游戏内容，超出了他的认知。但他接受良好，并且十分愉快。

"那么，什么时候开始呢？"他用金毛一样的眼睛期待地看着景玉，"关于我们的角色扮演游戏，什么时候开始？"

景玉严格地告诉他道："不会开始的，永远、永远都不会！"

希尔格的内心遭受到不大不小的创伤，他为此感到难过。

为了安慰希尔格，克劳斯勉强点头同意，让他坐在那艘被漆成浅蓝色的小船上。不过，他的位置离克劳斯和景玉还有一段距离。

湖上有风，他们必须大声一点说话才可以交流。但这并不会影响到希尔格的兴奋，从基姆湖畔的普林镇伸入到基姆湖 1.5 公里远，是有海伦基姆湖宫的男人岛。希尔格从坐下来之后，就开始兴奋地和景玉交流，叽叽喳喳地说自己童年时候的经历——包括他曾经在参观国王卧室的时候，不小心被一粒坚果仁卡住嗓子，差点窒息，好在有人及时救助……

希尔格很擅长使用肢体语言，这点不像德国人，更像是意大利人。他愉快地描述着这些囧事，景玉听着也很有趣。

克劳斯刚一坐下就戴上了那双黑色的皮质手套，但看到景玉放在膝盖上的手时，他又摘了下来。

在景玉兴致勃勃地问希尔格接下来发生的事情后，克劳斯又把手套慢慢地戴上了。

他对旁边的人说："杰米。"

杰米是这艘小木船的主要设计师，他参加了这艘小船的第一次航行。他立刻回应道："克劳斯先生。"

"我想的确应该准备儿童专座之类的东西，你说得很对，小孩子会给父母带来吵闹。"

提到"孩子"，已经是两个孩子的父亲的杰米，露出了那种无奈又慈祥的笑容，他道："是啊，小孩子带来很多快乐的同时，也能带来不少困扰。"

克劳斯没有说话，他又将手套摘下来递给杰米，后者贴心地将手套放好。

他想起景玉在迷迷糊糊中回答过大部分中国人选择的恋爱顺序。

单独约会——如果今天的单独相处也算的话，已达成。

而在今天的约会日程中——

牵手，未完成。

拥抱，未完成。

接吻，未完成。

睡觉觉，未完成。

克劳斯轻轻地咳了一声，叫道："小龙。"

景玉回头，疑惑道："嗯？"

"我好像有点晕船，"他礼貌地问，"请问你可以握住我的手吗？"

"晕船啊？"景玉低头在包里翻了翻，贴心地翻出来药，举给他道，"你试着吃一片这个药，治晕船可管用了。"

克劳斯看了看她手上的白色小药瓶。

"你要是真晕船的话，牵手完全没有用。"景玉热心肠地为他科普道，"什么牵手手能治疗晕船全是假话，多半是男的骗无知小姑娘呢，你别当真啊。"

这样说着，她还打开药瓶问："你想吃几片？"

克劳斯客气地说："不用了，谢谢，我忽然不晕了。"

"……"

牵手的计划失败，但这并不是什么大问题。严谨的德国男性开始不那么严谨地下结论，毕竟在刚刚上船的时候，他曾经扶着景玉，让她踏上晃晃悠悠的船尾舢板，也算得上是牵手成就达成——尽管只有短暂的十几秒。

下一个，就是"拥抱"。

等两人和希尔格乘船抵达男人岛的时候，射击俱乐部的其他人也来了，其中就包括那个巴哈尔。

当克劳斯和景玉并肩走向巴哈尔的时候，景玉明显地发现，对方的眼神变得较之前柔和许多。

巴哈尔客气地和两人交谈着，克劳斯介绍她的时候，也用了一句评价很高的话。

"一个优秀的品牌创始者，"他这样说道，"我很欣赏她的工作态度。"

巴哈尔笑起来道："我也是，简玛真是一个聪明又努力的中国女性。"

景玉再度惊叹这人的变脸能力。明明之前的几次会谈，巴哈尔还在不太礼貌地点评她的努力，是"过度理想化"。现在的他，却已经开始跟随克劳斯来称赞她了。

克劳斯在岛上有一处私人的湖滩，包括木筏、冲浪板和其他无限度供应的饮料——包括景玉如今正在出售的那款啤酒和葡萄酒，就摆在最显眼的位置。

景玉原本正抱着冲浪板往沙滩上走，看到饮料后愣了愣，继而快活地丢下冲浪板，转过身，激动地给了克劳斯一个大大的拥抱。

"你可真是太好了！"她毫不吝啬自己对他的赞美，"我会感激你一辈子！"

"先将你那沾着沙子的手从我身上拿走，"克劳斯拒绝她用刚刚抱过冲浪板的手来触碰他，"擦干净手，再来表达你的感谢。"

景玉将手掌贴在衣服上擦了两下，克劳斯叹口气，主动低头，抱了抱她。

"算了，"他说，"这样也行，抱紧点儿。"

景玉"哦"了一声，她听到对方似乎说了一个单词，好奇地问："你说的什么'已完成'？"

"这个，"克劳斯矜持地说，"是一个很重要的事情进度。"

景玉才不知道，现在的克劳斯已经对两人的进度进行了迅速划分，她抱着自己的冲浪板哼着歌离开了。克劳斯短暂地回想了一下拥抱的温度，那个有着沙子的拥抱让他很快乐，以至于连衣服上的沙子也好像是漂亮的金粉。他对目前的进度十分满意。

巴哈尔很快走过来，他笑着问好，又提起了一件有趣的事情："最近还有另外一个来自中国的供应商和我谈合作，对方好像和简玛小姐有其他联系。"

"没有，"克劳斯平静地说，"他不过是寄生在玫瑰上的虫子。"

巴哈尔明白了，他举杯道："真是个糟糕的人。"

克劳斯不需要和巴哈尔谈论太多，和这些事情比起来，他更需要确认和景玉的约会进度。

景玉快乐地玩了半个多小时，湖边的紫外线实在太过强烈，尽管已经使用了足够的防晒霜，但也令她的肌肤被晒得有些发痛。她不得不提前中止户外活动，躲回房间中擦一些具有修复和缓解作用的护肤品。

克劳斯也亲自动手帮她涂了一些，为了表达感激，景玉主动亲了亲他的脸颊。克劳斯更满意了，四舍五入，唇瓣贴脸颊也算是接吻。

恋爱进度，百分之七十五。

回顾今天的行程，除了希尔格有一点点令人感觉到聒噪外，其他进行得都很顺利——拥抱和接吻，还都是景玉主动的。

只差最后一步。

男性应该主动邀请女孩，这样或许会更加礼貌。毕竟，在景玉的生长环境中，她对这方面的表达比较含蓄。

晚饭吃到一半的时候，外面下起了小雨。这时候的天气变化实在太快，不过一点儿雨水并不会影响到景玉的心情。她兴奋地站在有着装饰雕刻品的拱形门廊下看着外面的雨水，两盏玻璃枝形吊灯映照着她的脸颊有淡淡的红色。

聪慧的女性正探身伸手去接雨水，她心情愉悦，今天的晚饭也很令她满意。

细雨绵绵，不远处湖面静谧，湖水轻轻冲刷着柔软的沙滩。

这是一个发出邀请的好时机。

克劳斯站在景玉身后，问："今天晚上，你想和我一起休息吗？"

"啊？今天晚上？不行不行，"景玉说，"我约好了和玛蒂娜、希尔格他们通宵打游戏呢。"

克劳斯："……"

捕捉到"希尔格"这个关键词，明明是朋友，为什么会为了这个男人而拒绝他的邀约？

恋爱进度减5。

"通宵"，他还没有和景玉一起通宵达旦地玩过。

恋爱进度减5。

"打游戏"，他并不擅长打游戏，因此也很少和景玉一同玩。

恋爱进度减5。

景玉听到了一声奇怪的声音，像男人隐忍着的深呼吸。她回头，关切地问："刚刚是什么声音？"

克劳斯回答道："我想，应该是进度条后退的声音。"

恋爱进度，百分之六十。

说是通宵达旦地打游戏，其实是为了令玛蒂娜开心。

玛蒂娜和她的男友刚刚分手——因为双方对未来的规划并不相同，所期待的东西也不一样。两人心平气和地谈了好久，发现不能调和之后，最终选择了分开。

喜欢有这么多种，不局限于异性。玛蒂娜爱她的男友，但她更爱数学。

虽然玛蒂娜很冷静地通知了好友这件事情，但景玉仍旧能够感受到她的难过——因为玛蒂娜已经长达一周，没有在社交软件上分享自己的数独挑战纪录了。

为了能令玛蒂娜开心，景玉这才主动提出，几个人组局一起玩游戏。

一开始三个人开着语音通话玩，玩了一阵，玛蒂娜嫌弃网络延迟，问清楚两人所在的地址后，直接开了车过来。

景玉无比佩服这个姑娘的勇气。

玛蒂娜在附近一家传统的巴伐利亚旅舍中订了个大房间。景玉离开自己房间的时候，隔壁的克劳斯没有丝毫动静。

她看了看时间，已是凌晨1点，他应该已经睡下了。

她犹豫了两秒，还是算了，大晚上打扰他的睡眠似乎不太好。

走廊两侧的枝状烛台闪烁着明亮的光芒，景玉穿过玻璃顶的壁画廊，离开了克劳斯的房门口，去赴朋友的邀约。外面下着小雨，她撑着伞过去，走到半路，看到了在雨中站着淋雨的希尔格，便高声叫道："希尔格！"

希尔格转过头。

景玉问："你在做什么？"

希尔格回答："我不知道，只是忽然发现淋雨很舒服。"他伸手去接雨水，发出了一句哲学家的感慨："我在想，自己是不是已经忘记了人生的意义。"

"……"难怪德国容易诞生哲学家。

景玉径直把希尔格拉进自己伞下，提醒他说："你忘的不仅仅是人生的意义，还有——再淋下去，你会感冒、打喷嚏、流鼻涕的事实。"

从这儿到玛蒂娜住的地方步行不到一千米，平时的话，走过去用不了太长时间。但因为下雨，他们走得慢了一点儿。

玛蒂娜已经在门口等着了，她还带了一些啤酒和零食，看起来心情颇好地冲两人招手。

玛蒂娜订的客房在酒店顶楼，有漂亮的落地窗和厚实的窗帘。进了房间后，景玉将伞收起来，伞面上的雨水顺着落在她手指上，凉凉的，不太舒服。

玛蒂娜打游戏善于计算，就连蓝条、血条、攻击力都会严格地计算着。景玉冲得最猛，而希尔格就像一个勤奋的"奶妈"（网络游戏中玩家对医生类职业角色的称呼），辅助着她们两个人一往无前。

在征得景玉的同意后，玛蒂娜抽了会儿烟。

一开始还好，只是不知道为什么，大概过了半个小时，景玉觉得房间中味道太大，令她不太舒服。她站起来，走去窗边，试图将窗户打开，让新鲜空气流通进来。

然后，她看到楼下站了一个身影——黑色西装，宽肩窄腰，头发和衣服被淋湿了，在路灯的照射下，整个人镀上了一层淡淡的金光。不知道他站了多久，景玉的心跳骤然漏了一拍，她下意识靠近，盯着那个人影。与此同时，楼下的人也在抬头看她，他抬起手。

身后希尔格忽然叫道："简玛，你的手机响了。"他贴心地小跑几步过来，头顶那撮突出的头发晃了几下。

站在景玉身后的时候，希尔格也看到了楼下的人，他忍不住发出惊叹道："楼下的是克劳斯先生吗？他为什么在这里？"

是啊，克劳斯为什么会在这里？现在这个时候，他应该在舒适的大床上休息，或者深夜起来，喝一点水。

景玉不知道。

她接通电话，只听到那边传来"哗啦啦"的雨声，这雨比她来时下得更大了。

"下来，"克劳斯说，"我有话想告诉你。"

景玉和希尔格、玛蒂娜说了一声，希尔格还在热情地邀约："克劳斯先生也要来玩吗？我们可以四个人组队哎！"

景玉说："我会告诉他的。"她的眼皮一直在跳，大概预示着某些事情将要发生，但她不能确定。

她跑下楼，这个旅馆已经有30多年了，木质的楼梯踩上去会发出"吱呀"的声音，好像是老人不堪重负的叹息。

景玉刷卡打开旅馆的大门，门外"哗啦啦"的雨声和克劳斯粗重的呼吸声同时传来。迎面而来的还有潮湿的雨水和植物的气味，在这个狂热的夏末，用积攒了许久的雨水一同回馈给大地。

"克劳斯先生，你——"她没有说完。

克劳斯浑身湿透了，他的头发、衣服、手指尖都在滴水。他现在的情况，看上去糟糕透了。

景玉说："楼上房间里有毛巾，也有热水——"

克劳斯双手压住她的肩膀，阻止了她继续说下去。他的力气很大，掐得她有点儿痛。

状况有一点点失控。

"我给你打了三次电话，"他说，"没有人接。"

景玉"啊"了一声，努力回想了一下，认真解释道："刚刚手机没电了，我刚充上没多久。"

"这里是德国，不是你治安良好的故乡。"克劳斯脸色苍白道，"一个亚裔女孩，在下着雨的深夜，独自一个人撑伞离开——"

景玉提醒道："还有希尔格。"

"如果真有危险，你认为那个毛头小子能够保护你？你知道我刚刚在想什么吗？"

"大概是想抽我——"

克劳斯打断她的话，直截了当地说："我在想你，慌乱、不安地想你。"

这是克劳斯第一次用这两个词来形容自己的心境。景玉不说话了，克劳斯的话像是一只强有力的手，硬生生地拽住了她的橙子。她能够清清楚楚地看到这一切，却没有办法反抗。

　　克劳斯仍旧按住她的肩膀，并没有松手，只是稍稍减轻了一点力气。他湿淋淋的双手，在她衣服上留下了鲜明的痕迹。

　　他声音变轻，冷静地说着不太理智的话："我知道你喜欢钱，刚好，我有很多很多的钱。"

　　景玉移开视线道："是的，所以我——"

　　"听我说，景玉，"克劳斯再度打断她的话，甚至用了中文名字来称呼她，"我不能再等了。"

　　景玉沉默了。克劳斯绿色的眼睛中，瞳孔在慢慢地放大，捏着她肩膀的手在微不可察地颤抖。人在看到喜欢的事物时，瞳孔会不受控制地放大，脉搏加快，心率也会变快。

　　生理变化不会骗人，心动是掩盖不住的。

　　这些景玉和他都一起默契地选择了遗忘的东西，在这个雨夜中却再也不能抑制，以不可思议的方式爆发、放大，变得清晰。

　　"我明白，爱是最不可控的一种因素。"

　　克劳斯想伸手去触碰她的脸颊，却又慢慢地停在空中。他肤色苍白，夜间的风雨凉，这让他的脸看上去，是一种和平日里并不相同的白。

　　"爱情能够令人丧失理智，也能令人重燃希望。

　　"它能使卑劣者高尚，也可以让高洁的人堕落。

　　"我不能判断，它对我是否有益或者有害。"

　　克劳斯手指修长白皙，然而手关节处被冻得发红。

　　这不应该是克劳斯，景玉被他此刻凌乱的模样吓到了。克劳斯应该永远衣冠楚楚，永远冷静自持，永远不许旁人触碰，永远戴一双能隔绝他和其他人肌肤相触的黑色皮质手套。

　　可现在的他是凌乱的，他是爆裂的冰，幽幽寒寒，冰凉之下，掩藏着徐徐燃起的火苗。

　　克劳斯用德语压抑着声音讲话："我已经不能判断了。"

　　在和景玉交谈的时候，他大部分时间使用的中文。但在有些控制不住的时候，他会忍不住使用母语，使用他所熟悉的语言。

　　对于景玉来说，德语听起来似乎天生具备一种严厉的味道。克劳斯的声线原本就低沉，现在说着这些话，语速比平时要快，更像是一场严肃的探讨。

　　他的用词听起来仍旧理性，但更像悬挂在一根丝线上，是那种随时可能会崩断的状态。

景玉说："克劳斯先生，您要不要先喝些水？"

克劳斯拒绝了。他金色的发梢落下一滴雨水，落在他的金色睫毛上，睫毛承载不住，雨水又往下落，缓慢地下落。

"我明白你想要什么，你喜欢钱财，喜欢一切能够增加你财富的东西。

"你选择我，并不是因为我的本性，而是因为我能够提供给你优渥的条件。

"你不相信爱情，不信任男人，你认为这些东西只会把你的生活弄得更加糟糕。

"在你心中，金钱、事业、友谊，这些东西都排在爱情前面——或者说，你将爱情当作洪水猛兽，当作糟糕的东西。

"在爱情上，我深知不能对你抱有太大期望。但是，我仍旧想参与你今后的生活。"

克劳斯明白，他清醒，他知道，他对此一清二楚。

四年了，景玉只是一条贪财的龙，但自己被这条龙俘虏了，他不能继续理智了。

克劳斯继续说："即使是为了金钱也好，为了钻石也好，为了珠宝也好，为了你的欲望、你的贪婪、你的事业、你的野心，留下来，留在我身边。我能提供给你所想要的一切。"

他金色的头发已经被淋到湿透，"滴滴答答"地往下淌着水，绿色的眼睛里蕴含的是景玉所不了解的，另一种介于疯狂和理智之间的情感。

他看上去好像坏掉了。

"我爱你。

"I love you."

克劳斯用他优秀的中文，并不熟练甚至可以说是生涩地又重复了一遍："景玉，我爱你。"

门没有关，外面的冷风呼呼地刮过他的手、他的脸颊，又温柔地扑在景玉的脸上，扑进她的怀抱中。

克劳斯的措辞并不复杂，但景玉却需要好好地想一想。她需要一段时间来思考，那些她熟悉的词语组合在一起，突然变成了她不太懂、不太理解的意思。但景玉听到了他最后这句话——克劳斯使用英语、德语、中文重复了三遍的话。

I love you.

Ich liebe Dich.

我爱你。

这一句话，无论是以上哪种语言，词序都相同。

爱本就相同，这与国家、种族并没有关系。

景玉的嗓子有点干，明明不久前她才刚刚喝过水。她问："你是要我接受吗？"

"我只是想告诉你，我的感受。"克劳斯低头看着她道，"我不喜欢强迫人。"

是的。

这一句，景玉早就听他说过许多许多次，克劳斯并不喜欢强迫人。但他这次说的声音并不清晰，好像被雨浸润过，模糊不清。

告白，从来不是需要旁人接受的一件事情，只是明明白白地将自己的心脏剖出来给对方看——

看啊，它已经属于你，要不要是你的事情，但我已经想将它送给你了。

"但是，我从来没有像现在一样——"克劳斯的手重重地压住景玉的肩膀，他声音低沉，"想做个浑蛋。"

从湖边吹来的凉风裹挟着大颗大颗的雨水过来，撞击到景玉的脸颊上。她冲着克劳斯大声喊道："你已经是个浑蛋了！"

听到告白之后，景玉的手指不受控制地颤抖起来。今天这个暴雨夜，克劳斯将横在两人之间最后那道体面的帘子揭开，她没有办法像之前那样——若无其事，继续假装下去。

她不能了。

克劳斯已经挑明了。

那些玩笑话，那些不解风情，那些插科打诨……明明还可以继续这样下去，两个人都若无其事，谁都不要挑明。

看着眼前被雨水淋到湿透的金发男人，她没有办法继续说出来。

"你为什么要说这些？"景玉问他，"你明明知道——"

风吹散了她的话。

明明知道，她很难对爱情给予信任；明明知道，她不可能将爱情排在首位。即使这样，也确定要爱她吗？

景玉说不下去了，因为克劳斯低头，吻上了她的唇。他果然不受控制地又做了一次浑蛋。

景玉喘着气，她的手搭在对方胸膛上，但这并不是推拒的动作。她揪紧了对方的衬衫。

橙子被克劳斯剥开了一道裂缝，甜中带着酸涩的橙汁迸射而出，又凉又爽又涩，好像不小心掺了柠檬汁进去的冰可乐。

景玉亲吻着他的唇，风雨好像将世界颠倒，空气中满是潮湿膨胀的草木香味，湖面上吹来的风带着湖底淤泥特有的土腥味儿。

不知道什么时候开始，景玉恨恨地咬着克劳斯的嘴唇。但她在听到对方的闷声后，又舔舐着齿痕，用舌尖小心翼翼地触碰着他的伤口。

她大概也是个浑蛋。

景玉被克劳斯重新带回酒店，她没有反对，只是简短地给玛蒂娜发了道歉的短信。

她跪坐在温暖的双人浴缸中，被雨稍微淋到的她，也需要泡一个热水澡，但现在有比热水更加温暖的东西拥住了她。她抬头，看到了坐在对面的克劳斯。

两人正十指相扣。

景玉清醒地意识到自己在抖。

克劳斯与她接吻，这个吻绝对称不上温柔，但是，是她喜欢的那种，含有攻击性和侵占性。

她的声音、她的呼吸，都被他吞下肚。漂亮的菱格形的小花瓷砖上积满了从浴缸溢出来的水，景玉感受到克劳斯下巴上的几粒"漏网之鱼"——胡楂。这些东西提醒着她，这个注重仪表的男人，刚才究竟经历了什么。

克劳斯的手捏住她的后脖颈，他压抑着自己，发出断断续续的声音，听起来又像是咬牙切齿。

景玉的膝盖磕到浴缸底部，发红了。她双手按住克劳斯的腿，借着推力，好不容易才站起来，还没出浴缸，又被克劳斯箍住腰，轻而易举地扛了起来。

今晚是两个浑蛋的对决。

景玉被丢到尚有体温的大床上，柔软的鹅绒被和枕头有着熟悉的香味。她热烈地亲吻着克劳斯的脸，却又矛盾地用指甲划破了他的胳膊，他按住她的手。

克劳斯重复着雨中的那句话："我爱你。

"留下来，我很需要你。"

景玉没有说什么。克劳斯的金发垂下来，绿眼睛像宝石，他漂亮得像是一个神明。

而现在，神明正低声祈求人类留下。

在清晨，景玉才终于正面回答。

"我可以考虑一下吗？我需要好好想想。"

衣冠整洁的克劳斯同意了。他看上去像是冷静下来了，但也没那么冷静。他将衬衫扣到顶端，系着深色的领带，一杯红茶端起来，又放下。

"我很期待你的回答。"

暴风雨过去，阳光重新洒向大地，景玉却无法坦然地迎接这温暖。那些被隐藏起来的、一点一滴的、苦苦压抑的东西，在昨天夜里彻底破土而出。克劳斯昨天的那些话，就像是催化剂，令这些东西疯狂萌发。

景玉披着毛毯在湖边散步，她的橙子被抢走了，现在踱步时也空荡荡的。哪怕有东西遮挡，里面也能听到不安的风声。

今天比昨日凉爽，经过大雨洗礼后的湖面澄净优雅，来度假的慕尼黑人也更多了一些。景玉原本在私人的沙滩上散步，不知不觉，就走到了范围外。

环顾四周，在这湖边度假的，大部分都是和她不同种族的人。这些人或友善或傲慢，或亲切或冷漠，有乐意为陌生人伸出援手的，也有种族歧视者。

他们都有同样的特征——和她并不是同一个人种，是在不同环境和文化中成长起来的。

难道以后要一直留在德国吗？在魔王的地盘上，倘若有意外，她该如何全身而退呢？

冷风吹过，景玉打了个喷嚏，裹紧了毛毯。

她觉得自己有点感冒，原本她的鼻腔黏膜就很敏感，平时沾点凉风就忍不住打喷嚏。一旦感冒，就会塞住，或者不停地流鼻涕。

景玉牢记着维护亚裔形象这件事，她低头，在衣服的口袋中仔细翻找纸巾。

正找着，忽然听到了一个熟悉的声音。

"你需要纸巾吗？"

她抬头，看到了马克西姆。对方露出整齐洁白的牙齿，笑得灿烂道："嗨！"

景玉从自己的口袋中拿出纸巾，客气地说："谢谢，不过不需要。"

她擦了擦鼻子，折好，丢进不远处的垃圾桶中。

湖水被阳光映照出金灿灿的光芒，景玉往前走，听到马克西姆友好地问："你想要知道克劳斯先生的童年经历吗？"

景玉停下脚步，问："什么？"

"关于他的白骑士心理，"马克西姆慢慢地走过来说，"你不想知道他为什么会选择你吗？"

景玉抓紧了毛毯。

马克西姆似乎看穿了她的心理，他举手示意投降道："OK，OK，我不会泄露他的隐私。但我想，你有必要去了解一下。去问问他吧，或者，安德烈的父母、陆叶真女士，或者埃森先生。"

热烈的阳光下，马克西姆忽然张大嘴巴，淡定地伸手在自己的牙齿上摸了摸。景玉捂住嘴巴，后退一步。马克西姆将自己的假牙取了下来，他的牙齿只有口腔边缘有零星几颗，其他地方只有空荡荡的牙床，像是那些牙齿都被人生生拔去了。

拥有一口洁白牙齿的马克西姆，竟然一直戴假牙。

他只是笑着，淡定地将假牙套重新戴上。

"或许，再晚一些时间，童年时期的小克劳斯先生也会面临我这样的遭遇。"马克西姆说，"你需要去了解他，简玛，这是身为他前任心理医生对你发出的恳求。"

景玉只问他："为什么？为什么会选择我？"

"白骑士心理，"马克西姆却答非所问，将话题绕到了最初，"患有这种心理疾病的人，会忍不住对遭遇悲惨的人产生同情心理，并有强烈的救助欲。"

"我知道这些。"

"那你知道他们为什么会这样吗？你知道他们做这些事情的原因吗？简玛小姐。"

景玉不知道，她并不是专业的心理医生。

马克西姆脸上挂着他那副被精心训练出来的笑容。在被接离孤儿院后，很多孩子都失去了笑容，他们要通过心理暗示和疗愈，来重新学习如何像正常人一样成长，生活。

"简玛——哦不，景玉小姐。克劳斯先生拯救的不仅仅是你，还有童年时的他自己。

"但成熟的克劳斯先生爱上了你。"

二十五颗糖

🍬 甜橙

　　景玉从来没有询问过克劳斯关于他的过去，以及病因，他也对此讳莫如深。在刚刚搬到西区的时候，她和克劳斯的心理医生谈了一些事情。对方和她所了解到的那些心理医生一样，耐心地告诉她需要做什么，不要做什么。景玉只需要履行自己身为"辅助治疗者"的义务，至于克劳斯的病历、过往、成因，对方一概不提。

　　但马克西姆显然不是。一个合格的心理医生，不应该和病人有着超出医患之外的关系，这是最基本的职业操守。

　　景玉不清楚马克西姆和克劳斯之间的友谊，也不清楚他们是如何认识，克劳斯又是为什么要辞掉对方……她只清楚，马克西姆和她说出的那些话，绝对不是仅仅出于一个心理医生的立场。

　　更像是一个朋友，或者，一个无情的研究机器。

　　无论是哪一种，都不能令她喜欢。

　　昨天晚上没有睡好，景玉现在身体和脑袋一样累，完全没有兴趣再去参加那些丰富的水上运动。

　　下午景玉乘坐渡轮去了基姆湖上的女人岛，与坐落着海伦基姆湖宫的男人岛不同，女人岛上三分之一的面积都被修道院所占据。景玉对宗教并没有太多研究，她是个坚定的无信仰主义者，但也尊重其他的宗教人员。

　　这个修道院是巴伐利亚历史最悠久的修道院之一，有一些建筑或者艺术专业的人来这里观摩，欣赏独立式钟楼那独特的半圆形拱顶。

景玉只是礼貌性地和其他人一起夸赞了几句，她并不能分辨出这东西是 11 世纪，还是 12 世纪的产物。

克劳斯和俱乐部其他成员的目的地是岛上的另一幢建筑——公元 860 年加洛林王朝的罗尔施修道院。景玉先前听说过一次，知道里面如今有一些中世纪的雕刻艺术品以及 18 世纪到 20 世纪的油画等文物，现如今对民众开放参观。

她心不在焉，纵使身边有艺术家侃侃而谈，她脑袋里还在想着马克西姆说的那些话。

——患上白骑士综合征的原因，是他们从受害人身上看到了自己过去的影子。

——你以为他们是来拯救人的吗？不，他们是想拯救曾经遭遇过悲惨的自己。

这表示，克劳斯的童年时期，也有过一些糟糕的经历。名义上是克劳斯拯救她，帮助她从糟糕的状况中变好，而这又何尝不是她在治疗着他呢？

尽管景玉如今还不知道克劳斯遭遇过什么，但能够给他留下深刻的心理阴影，甚至产生心理问题的，绝对不会是什么小事情。

当同行的一位做珠宝生意的成员兴致勃勃地为大家讲解一件中世纪的珠宝皇冠时，景玉还在想这些东西，她的手不自觉地贴在冰凉的玻璃上。

克劳斯站在她身旁，问："想要吗？"

景玉没意识到，她问："什么？"

经过对方提醒，她才发现，原来她一直站在那件珍贵的珠宝皇冠前面，就隔着一层透明的玻璃。

刚刚她想得入迷，在这个展品前停留了很长时间。或许因为这个，克劳斯才误以为她对这顶皇冠产生了兴趣。

然而，龙并没有注意到这顶珍贵的镶嵌着三颗大宝石的纯金皇冠。景玉第一次为自己居然忽视如此宝物，而慌张了两秒钟。

从昨夜的疯狂中重新恢复理智的克劳斯，今天又成了那个礼貌的绅士。他告诉她："如果你喜欢，今晚可以跟我去法兰克福看一看，城堡中珍藏着许多珠宝皇冠。"

魔王企图用珠宝诱惑离家出走的龙。

景玉："哇！"

克劳斯说："如果你想要，可以随意挑一顶。"

景玉愣住了。等等，他是在说真的？

坦白来说，珠宝并不稀奇，克劳斯拥有足够的能令他自由挥霍的财富。可埃森庄园的藏品，并不是能用金钱衡量的——这种东西，可是"文物"，是"艺术品"啊！

景玉自我代入一下：如果这是在中国的话，就相当于她在某省博物馆参观着珍贵的兽首玛瑙杯，身旁人却告诉你："我家里有很多同时代的宝贝，你想要吗？想要的话，可以随意带走。"

　　她犹豫了两秒，问："真的吗？"

　　"真的，你甚至可以全部拥有它们。"

　　景玉要被漫天的金钱砸晕了。

　　"前提是，"克劳斯触碰着手指上的红宝石戒指道，"你要成为我的太太。"

　　景玉瞬间冷静了，她贴着玻璃墙走。克劳斯若无其事地说："还有整个埃森庄园，也将属于你。

　　"我的金钱、珠宝、房子、车子，这些都会有你的一部分。

　　"我全部的财富、声望、交际圈，都能够与你共享。

　　"不过，你需要先成为'克劳斯太太'。"

　　他说这些话时声音很轻，轻到只有两个人能听到。

　　景玉不自觉地抬头看向他道："按照德国的习俗，如果一个女性选择和男性结婚，那她必须要冠以丈夫的姓氏吗？"

　　她很喜欢自己这个和母亲相同的姓氏，很好听，她并不想丢掉。

　　"哦，不。"克劳斯稍稍思考一下，露出明了的神色，他问，"你在担心这个吗？不，我们不需要这样，你想使用哪个姓氏都行，我也可以使用你的姓氏。"

　　"我才不是在担心这个！我并不是在说自己！"

　　"景莱斯这个中文名字听起来也很不错，"克劳斯坦然自若地说，"或者，景先生？听起来很优秀。"

　　"是啊，听起来更像父女了。"

　　克劳斯深吸一口气道："宝贝儿，可以讨论一些不能让我产生抽龙屁股冲动的话题吗？"

　　景玉抬住嘴巴，挤出声音道："好的。"

　　"如果你想念自己的故乡，我也可以每年陪你回去住一段时间，这并不是需要让你烦恼的事情。"克劳斯略带抱歉地开口道，"不过，景玉，我不能答应搬到中国定居——我是埃森家族唯一的后代。"

　　克劳斯很诚实，并没有说什么"我为你可以抛弃祖国和责任"这种甜蜜话语。就像景玉，她也不可能放弃自己的国籍。

　　爱无国界，但国家高于爱情。

　　可是景玉仍旧费解，她忍不住问："你是认真的吗？"

"为什么不呢？"克劳斯不动声色地用手挡住玻璃展柜的边缘，以免心不在焉的景玉撞上，"难道我会在这种事情上欺骗你吗？"

他感情真挚地说："我一直都很想为基层的中国人民尽一份力。"

景玉看着他问道："老实说，你是不是背着我偷偷连夜看申论了？"她真的没有想到，自己还能从这个金发碧眼的典型资本家口中听到"基层"和"人民"这两个词。这可真是太让人吃惊了。

景玉严肃地告诉他："据我所知，我们基层服务岗位不招外籍人士。"

克劳斯友好地说："那我只为景玉小姐单独提供服务。"

"……"哦，原来这个"基层人民"指的是她，那她的确也是。这话说得景玉都不知道该怎么反驳。

克劳斯再度很明确地表明了自己能够给予的条件。

"我可以申请国际航线，我拥有一些私人飞机，能够更方便地回你的家乡，你不用为路程担忧。"

景玉评价道："浪费。"

"怎么能算浪费？"克劳斯纠正她的观点，"我是在为中国和德国的GDP做贡献，能够促进两国经济的正向发展，这难道不是双赢吗？"

景玉又称赞道："克劳斯先生，如果我外公还在世的话，你一定是他特别中意的外孙女婿人选。"

"我也很感谢他，感谢他教育出了如此优秀的景玉小姐。"

景玉真心钦佩对方说话的艺术，就连恭维也是这么令人舒适。她建议道："你的嘴巴真的很甜，如果以后哪天活不下去，或许还可以试试服务业。"

"甜心，"克劳斯礼貌地回答道，"虽然听上去像是夸赞，但为什么我感觉有点怪？"

景玉已经开始幻想克劳斯有朝一日沦落的模样了。倘若克劳斯真的破产，那他是不是依然会西装革履，并文质彬彬地介绍自己？

她被自己这种不切实际的幻想给逗乐了。

景玉严谨地回答道："您的服务绝对值得 500 欧元这个价格。"

"在你的心中，我这么廉价吗？"

"那倒不是，克劳斯先生。如果价格再高，我就消费不起了！"说这句话的时候，她悄悄地凑近对方，声音也压低了。

克劳斯笑了起来，也敏锐地抓住了她话语之中的关键词，他问："是你消费吗？"

景玉警觉地问："怎么？你还想被别人消费吗？"

"不，"克劳斯忍着笑，看向她头顶一缕桀骜不驯的头发说，"我的意思是，如果是你的话，并不需要付这么多。"

景玉狐疑地盯着他。

克劳斯同样低声地告诉她："在慕尼黑举行结婚登记，用不了100欧元，你就能够拥有我剩下的全部生命。"

景玉义正词严地批判道："黑心的资本主义国家啊，我在中国结婚登记更便宜，连10块钱都不到。"

"你说得很对，宝贝儿，"克劳斯若有所思，他很赞同地说，"那我们可以去青岛登记结婚，也很棒。"

"……"

景玉想，克劳斯一定是疯了。

她向他确认道："你确定结婚后，正式的中文名字要跟我姓？以后孩子的中文名字也跟我姓？固定陪我在中国居住？你知道这种行为，在我们国家叫什么吗？"

克劳斯颔首，用标准的语调一字一顿地说道："倒插门？"

"嗯……文雅点儿的说法叫'入赘'。"

她无比震惊对方的学习能力，如果自己也有这么出色的记忆力，现在说不定已经掌握了更多的其他语言。

克劳斯说："结婚是两个人结合成家庭的一件事情，选择去男性家中或者女性家中，都不影响婚姻的本质，不是吗？"

"好像也对。"景玉很赞同对方的观点。

"那要不要考虑接受我的邀请呢？"克劳斯再度发起邀约道，"我们可以共享一切，龙宝贝。"

景玉警惕起来，下意识捂好手机和钱包问道："所以我的存款、我的品牌和网上商店也要共享给你吗？"

克劳斯："……"

从修道院离开，当景玉和同行的另一位女性热情攀谈的时候，克劳斯喝了一些水，慢慢地平息此刻的心情。

有人笑着问："您刚刚在和简玛小姐聊有趣的事情吗？我看她似乎很开心。"

克劳斯回答道："是的。"

一个魔王向龙展示了自己所拥有的全部资产，但龙只偷偷地用尾巴尖扫了一下，眼巴巴地望着魔王的珍宝，依依不舍地挥了挥尾巴。

快了。龙已经在思考交出橙子的后果了。

湖风有一股海苔脆饼的味道，又像泡发的紫菜汤。在这种美味的气息中，景玉回头看到了克劳斯手指间闪闪发光的红宝石戒指。

她又若无其事地移开了视线。

在基姆湖的度假，一直持续到夕阳落山。

景玉在晚上才去往慕尼黑——因为她约好了，次日再和巴哈尔正式商谈关于啤酒的销售和分成协议。其实到了如今，这不过是走走流程，巴哈尔绝不会再在这件事情上为难她。

谈成大事心情爽，景玉快乐地又去"叨扰"克劳斯了。

为了让她放松，克劳斯将自己的大浴缸让给她，为她放满温水，让景玉能够更好地休息。据某些研究表明，人喜欢泡在温水中，据说会有回到母亲子宫中的感觉。景玉不能确定这种研究结果的真实性，但她的确很喜欢依赖克劳斯。她的脸贴在他胸膛处，能够清晰地听到心跳声。那是属于克劳斯的心跳。

在这时候，景玉想起了马克西姆的话和他的提醒。现在应该是沟通的好时候。她问："你和马克西姆先生，是很早之前就认识了吗？"

克劳斯简单地说："我们曾经在同一所高中读书。"

景玉"哦"了一声，她用手指戳了戳对方腹肌上漂亮的金色毛发问："只是高中同学吗？"

克劳斯沉吟片刻，问道："他和你说什么了？"

"我想听你自己讲。"她双手压在克劳斯的腹肌上，勉强撑起自己的身体，"我不想、也不需要从其他人的口中了解你，我只相信你。我不需要别人添油加醋的形容，我只想听你的感受。"

克劳斯将她的后脑勺重新按回自己的胸膛，低声道："我有不够光彩的过去。景玉，我是非婚生子。"

这个答案完全出乎意料之外。

这令景玉一时间有些难以接受，她惊呆了，忍不住上下牙一打架，在面前的胸膛上留下了深深的牙印。

克劳斯倒吸了口凉气，他有些无奈地捏着景玉的脸颊，让她松开口。

"龙宝宝，"他说，"我知道你很反感非婚生子，但是，看在这几年我们相处甚佳的面子上，能否不要咬这么重？我虽然身体坚韧，不过有些地方还是经不住你这样的对待。"

景玉为自己震惊下的失误连连道歉："对不起，对不起！"

为了表示歉意，她特意凑上去亲了亲。刚几下，又被克劳斯捏住后颈拎起来，阻止了她的动作。

克劳斯连连叹气道："甜心，你再这样下去，我没办法对你讲述我悲惨的童年了。

"我只能对你讲我青年时期的热血沸腾。"

景玉好心肠地提醒道："克劳斯先生，虽然根据联合国世界卫生组织确定的年龄分段来看，四十四岁以下都属于青少年时期，但是，在我看来，你已经是中年人了，说不定马上就要步入老年——"

话没说完，克劳斯将她压着往下。

顿时水花四溅，景玉扶住他的手腕，勉强稳住。她"龙"颜失色道："做什么？"

克劳斯言简意赅道："屠龙。"

倘若提到法国，大部分人会想到什么？巴黎时装周？安静的塞纳河畔？兰斯古老酒窖中储存的香槟？奢华凡尔赛宫中的璀璨明灯？在阿尔卑斯山滑雪？还是在炎热的南部，在烈日下采摘新鲜的橄榄？喧闹的乡村集市？飘着可可香味和咖啡味道的露台？有着漂亮的蕾丝窗帘，使用粉笔将当日特色菜写在黑板上的小酒馆？

对于克劳斯来说，在很长一段时间里，他对法国的印象，是有着浓重异味的下水道，以及阴郁的天气。在提醒景玉不可以认为自己的男伴"老"之后，他平静地向她讲起了属于自己的过往。他那段并不想与人分享的往事——不过今天可以破例，取出来给龙看一看，再完完整整地藏进箱子里。

童年时期的克劳斯并不喜欢阴天，雨水连绵的天气更是令人苦恼。一些不平整的道路上会有大量的淤泥，空气潮湿，衣服很难晾干，会散发出令人不愉快的味道。

克劳斯的鞋子前端破了一个口子，母亲在晚上用胶水将剪下的布贴在小小的破洞边缘。不过这种胶水并不防水，沾到水就会失去黏性。要等到下个月发薪水后，母亲才有钱给他买一双新鞋子。在路上有积水的情况下，他会尽量避免外出，不想给母亲增加更多的工作量。

从有记忆起，克劳斯就和母亲一同住在图尔。这座繁华而美丽的城市，拥有 18 世纪宽阔的林荫大道。但他们的容身之处，是一家名为"晓香中餐"的中餐馆，是一个不足 20 平方米的低矮的阁楼。

中餐馆的女主人好心收留了他们，"晓香"是她的名字，也是这个餐馆的名字。

克劳斯不知道她姓什么，因为晓香嫁的那个西班牙人粗鲁、肮脏，只会大声地用不太标准的汉语叫她——

"孝向！"

克劳斯的母亲黛安，就在这个餐馆中工作，她是这个餐馆里唯一的厨师。作为雇用她的回报，晓香在阁楼上为他们提供了温暖的房间和一些食物。

黛安有时候也会接一些其他的工作，比如写作，比如翻译，或者代写一些文件。她天生身体弱，做不了需要大量体力的工作，这些兼职工作都在晚上完成。晚上用电多了也不行，楼下的西班牙人又会骂骂咧咧地说一些不好听的话。

晓香没有办法制止自己的丈夫，因为她需要和这个西班牙人"假结婚"才能取得法国国籍。按照法国的规定，她必须要和对方结婚且三年内不离婚，才能够顺利地入籍。

克劳斯不明白，为什么人要为背离自己的祖国而付出这种代价。正如他无法理解，为什么自己没有父亲一样。

他对自己的外祖父也没什么印象，只知道他是个亡命赌徒，只有上帝知道他死在了拉斯维加斯的哪一个赌场中。

至于外祖母，黛安也说不上来。

外祖父和外祖母很早就离婚了，外祖父偷拿了外祖母的一大笔财产，带着当时还没有记忆能力的黛安躲到法国，切断了和她的所有联系。

黛安是个虔诚的教徒，每周都会去做礼拜。所有人都以为她是个不幸失去丈夫的女人，唯独克劳斯明白，他压根就没有"父亲"。

对方应当也是个白人，或者同样是混血。

黛安有着棕色的头发和眼睛，但克劳斯的头发是金色的，眼睛是绿色的，这种美丽的组合为人所称道。

这样的头发和眼睛，让克劳斯帮餐馆招揽到了不少顾客。晓香和黛安特意将他装扮成小绅士的模样，让他拿着牌子站在门口做促销活动。

尽管店里能提供的中餐只有那么几种，但仍旧有不少顾客乐意上门，购买一份尝一尝。

偶尔也会吸引一些奇怪的客人，用怪异的目光打量克劳斯——晓香会将他带回餐馆内，友好地询问客人是否要用餐。如果不需要的话，请离开。

这时候的克劳斯，还没有意识到自己的发色和瞳色，会如何吸引某些具备奇怪爱好的人。

克劳斯在中餐馆一直生活到六岁，然后，黛安生病了，是肺癌。

她从来不抽烟，虔诚地信奉着上帝，此生唯一做过背叛信仰的事情，就是在酒后和某个来法国度假的富商有了一夜情，之后怀上了克劳斯。

黛安甚至没有对方的联系方式，也不知道对方来自哪里，叫什么名字。她只有肚子里的孩子，一个无法违背教义而生下的孩子，这孩子有和那个富商一样的金发碧眼，相似的脸庞。

一个甚至连私生子都算不上的孩子。

黛安也为此付出了代价，她被自己先前工作的教会学校辞退，辗转来到图尔，在好几家店中打过工，最终留在这家中餐馆。

那时候中餐的生意也不太好做，尤其是周围开了更多价格低廉的土耳其餐厅。黛安病倒后，兼职做不成，拿到的薪水也越来越少。

克劳斯主动和店里的西班牙人谈判，他愿意提供一些力所能及的服务，譬如擦桌子、洗餐盘、打扫卫生等，只希望对方能给黛安多一点点钱，他可以用这个钱去给母亲买止痛药。

对方同意了。

这段时光过得很漫长，为了照顾母亲，克劳斯并没有去教会学校读书，他在冷水中清洗着餐盘，手指因为过敏而发红。

儿童的手太小，他没有办法戴橡胶手套。擦洗桌子、收拾板凳，也都不是容易的事情，他做得有些吃力。

毕竟他的年纪还小。

因为周遭餐馆的兴起，中餐馆中的客人越来越少。在没有客人的午后，克劳斯可以坐在洒落着阳光的凳子上，看一些晓香和黛安给他的书籍。

直到黛安去世。

黛安死的那天天气晴朗，肥沃的卢瓦尔河谷中的品丽珠葡萄获得了大丰收。对于拥有这一座葡萄园的人来说，这是美妙的一年。

离世前的这段时间并不算痛苦，晓香用自己攒的钱为黛安购买了大量的镇痛剂，减少了她很多痛苦。

楼下的西班牙人喝多了，借着酒劲疯狂大骂，在宽阔的大厅中号叫着摔打桌椅。

狭窄的阁楼中，晓香安静地紧紧握住黛安的手，想多给她一点温暖。晓香没有信仰，她只能笨拙地念着《圣经》，希望这种不够虔诚的朗诵，能够将虔诚的信徒送上对方理想中的天堂。

阳光将两个瘦弱女性的背影，拉成漫长又深沉的碑。

黛安并没有给克劳斯留下什么嘱托。

克劳斯在晓香中餐馆里又住了半年，晓香也成功离婚，拿到法国国籍的同时获得了自由。但她并没有成功带走克劳斯，因为那个西班牙人不允许，说这是他店中的"员工"。

也是在那个时候，六岁的克劳斯被迫开始日夜做繁重的工作，新来的"厨师"完全不是中国人，他只能做一些奇奇怪怪的炒菜。给克劳斯吃的，也是白日里卖不出去剩下的、散发着怪味的"中餐"。

不过，这种有着糟糕味道的食物，也成功让他存活了下来。

克劳斯的房间从阁楼搬到了杂物间，他没有床铺，只能把硬纸箱铺在地上，蜷缩着身体躺在上面休息。冬天裹着一条薄薄的被子，没有更多取暖的设备，他的手指被冻得发僵，变红，摸自己的脸颊似乎都没有知觉。

老鼠咬伤了他的手指，而他连清理伤口的钱都拿不出来。后来那个伤口逐渐恶化，边缘溃烂，发白流脓。西班牙人终于受不了，最后一点点良心支撑着他将克劳斯送进孤儿院中，而不是丢到大街上任其自生自灭。

而这个有着慈善名声的孤儿院，背地里却在做另一种肮脏的勾当。

"甜心，"克劳斯平静地问她，"你听说过杰弗里·爱泼斯坦吗？"

景玉点头，她听说过这位臭名昭著的色魔富豪，也知道他那肮脏的航班，以及私人岛屿。

"他在 1998 年购买了一座私人岛屿，取名小圣詹姆斯岛，这是他的犯罪基地。"

景玉说："我知道。"

"那个孤儿院院长做的事情，也是这样。"

景玉的心脏重重一沉。她伸手，触碰到克劳斯的金发，这如阳光般温暖的灿烂给予她继续听下去的力量。

"我在孤儿院中住了半年，一开始是治愈手指上的伤口。"克劳斯闭上眼睛，他短暂地想了一下，脸上并没有痛苦，只有安宁，好像在说一件再小不过的事情，他的语调却如此镇定，"孤儿院中的人并不知道上岛意味着什么，院长只会告诉我们，每月过来的那些富豪们，是为了挑选合心意的孩子，领养他们，培养他们，给予他们温暖的家。对于生活在孤儿院里的孩子来说，这是他们最大的期盼。哪怕每个月只会被带走四个人，他们仍旧会为了这个名额而好好表现。"

景玉握住克劳斯的手。她低下头，抚摸着他掌心上那些他长时间拿枪后留下的茧子。

"每一个孩子都以被成功挑选走为荣,他们都想过上院长描绘的那种舒适生活。"克劳斯轻轻叹了口气道,"我手指的伤好后,也没有参加第二个月的'挑选'。因为另一个金发碧眼的孩子,往我头发上泼了油漆——那个月,他顺利地得到了登岛的机会。半年后,我从报道上看到了他尸体的照片。"

"……"

"抱歉,这些东西让你感到恶心吗?"

景玉摇摇头,她深深吸一口气道:"请您继续,我没有关系。"

克劳斯停顿了两秒。

浴缸中的水已经换过一次,他重新放了温水,让景玉趴在他胸膛上,抚摩着她的头发。

"第三个月,一个从岛上偷跑下来的孩子告诉了我们真相。岛上的富人们定期来孤儿院挑选孩子,是因为岛上几乎每天都有人受不了折磨而死去。所谓的领养,不过是这些人编织的巨大美梦。

"那个孩子原本想拯救整个孤儿院的人,想让人跟他一块儿逃出去。为这件事,他放弃了逃离的机会,冒险藏入货车中重新回到了孤儿院。

"但很多人不相信他的话,甚至叫来了院长。"

说到这里,克劳斯眼神一黯。

"他被拔掉牙齿和指甲,敲断了双腿。"

景玉的呼吸一滞。

克劳斯没有告诉她的是,作为相信对方的一员,他偷偷地跟在那些人背后,看到了这一切。在那些人将那孩子扛上车准备丢出去的时候,他记下车牌号,又悄悄溜回去,谎称肚子痛,趁机使用医生房间里的电话报警,报出了车牌号码。这是十分冒险的举动。

警察来了孤儿院,但并没有确切的证据来证实这一切。

由于院长和那些神秘的顾客势力过于庞大,以至于警察在收到上头警告的电话之后,只是象征性地在孤儿院里坐了坐。他们对这些孤儿都没有认真地进行问话,大部分时间都在和院长喝咖啡。

孤儿院内部因此展开了紧急的排查。但在这场大排查中,无论是接警的警员,还是医生,都没有供出克劳斯。

这个医生最终选择了辞职。临走前,这个美丽的女性挨个儿拥抱着孤儿院里的每一个孩子。在到克劳斯的时候,她低声在他耳侧说了两句话。

她说:"你的小伙伴已经被警察顺利救下,他没有事情。"

第二句。

"保护好自己，希望我们能在孤儿院外见面。"

"我再也没有见过她。"克劳斯说，"院长第一次被正式起诉的时候，她在前往法庭做证的路上被枪杀了。"

受到资本操纵的国家，被迫害的普通人甚至无法发出声音。这就是他们鼓吹的"自由"。

"意识到这些后，我开始拒绝参加每月的'见面'。我表现出激进、好斗的模样，和那些孩子打架，故意剪掉、烧坏头发，弄脏自己。

"第四个月，埃森家族的成员之一，也就是安德烈的父亲，他不知道这所孤儿院的真相，捐了一笔钱，和我拍下了合照。"

景玉想到了什么，她坐起来惊叫道："我在安德烈家中看到过那张照片！"

——那个有着浅色头发、被殴打到面部肿起来的孤儿，身上穿着印有"晓香中餐"字样的T恤，四肢瘦得像干柴。

"那就是我。"

景玉呆呆地跌坐了回去。

"后来，这张照片被我的父亲，也就是埃森先生发现。他雇用了私家侦探，"克劳斯轻描淡写道，"他来到孤儿院，我告诉了他一切。"

只用三天，埃森先生成功拿到了这家孤儿院及背后组织所有的把柄，他并没有同意对方提出的谈判，而是利用人脉将对方送上了"断头台"和牢狱。埃森先生同样用了一些不光彩的手段，让这些人遭受到非常严重的惩罚。

克劳斯也因此回到埃森家，以唯一继承人的身份。

埃森先生又找到了陆叶真女士，他希望对方能够帮忙照顾克劳斯。

克劳斯那时已经七岁了，他对自己的父亲感到陌生，对方也并没有对他展露出父亲应有的关爱。

埃森先生似乎天生薄情，他并不需要爱情或者亲情这种东西，仅有的失态似乎也只有醉酒后和黛安的那次。至于孩子，这是家族的责任。而在发现克劳斯之后，埃森先生更是以此为理由，谢绝了其他人为他推荐的女性。

埃森先生效仿之前庄园所有的主人，将黛安认定为庄园的女主人，为她修建了漂亮的花园，将她的骨灰盒从法国接到德国，葬在风景秀丽的地方。

克劳斯并不认为这是爱，他在七岁前没有感受过父爱，七岁后也是这样。但他却似乎遗传到了父亲这份凉薄，不会在其他人身上抱有希望。

直到那个晴朗的下午，他偶然间路过一家客人稀少的中餐厅，隔着玻璃，看到坐在餐桌前阅读的景玉。她穿着廉价的衣服，吃着店里提供的卖剩下的食物，手指因为接触冷水而发红、过敏。

她就像曾经的自己。而自己，可以充当她的白骑士。

信息量好大，景玉需要时间来慢慢消化。在她搂住克劳斯的脖子，想给他一个吻的时候，对方却微笑着捂住了她的嘴。

"小龙宝贝，如果这个吻是基于你的同情，请不要继续，好吗？"

景玉眼巴巴地看着他。

克劳斯的脸上却只有温柔。

"我和你分享我的过去，是基于公平，但我不需要因此来获得你的同情，知道吗？甜心，我不愿通过这种方式留你在我的身边。

"我不想用锁链，或者同情来捆住你。

"如果有东西能够让你心甘情愿地陪伴我，我不希望它是镣铐，或是道德绑架，而是你对我的爱。"

他使用了如此多的否定词。

景玉点了点头，她从浴缸中站起来。克劳斯拉住她的手腕问："怎么了？"

"我想喝水。"

克劳斯拿起浴缸旁边的透明玻璃瓶子递过去道："这里还有。"

"不够，我想再拿瓶冰的。"

克劳斯并没有阻拦她。水沿着他金色的头发往下滴落，好像幼时被人殴打后落的那场雨。

他闭上了眼睛。

一分钟后，景玉又光着脚"嗒嗒嗒"地跑过来了，她并没有拿水过来。

克劳斯还没有来得及睁眼，一片冰凉的东西贴到了他嘴唇上。景玉往他嘴巴里塞了什么东西。

他睁开眼睛，含住它，和她的手指一起。他含糊地问："什么？"

景玉说："分享给你，我的酸橙子。"

新鲜的橙子汁水在口腔中炸裂开，克劳斯笑了下，亲吻她散发着橙子味道的手掌心。这是她刚刚亲手剥开的橙子。

克劳斯说："你骗我。

"它是甜的。"

二十六颗糖

景玉和克劳斯分享了同一个橙子，她清楚这并不是出于同情。克劳斯也不需要她的同情，他太过骄傲，这些同情对他来说何尝不是伤害。

景玉亲吻着他的唇，抚摩着他手指上的枪茧，他清晰的喉结、锁骨，以及手腕上不断跳动的脉搏。这些也并不是出于情欲。她只是想吻他，不夹杂其他目的。慕尼黑的深夜好像一整块暗蓝色的天鹅绒，两人在这片蓝色中安静地相拥。

窗外，第一株迎接秋天的杉树开始变成温暖的金黄色。风从远方吹过来，卷来杉树独有的淡淡的味道，白鸽扇着翅膀在天空中翱翔。景玉坐在窗边，放下钢笔，揉了揉手腕。她刚刚誊写完一首小诗，景玉站起来，走到窗边，伸手触碰到秋天的阳光。

巴哈尔果真没有为难她，两个人很顺利地签署了合作协议。从始至终，巴哈尔再没有提他之前的那个计划。在即将离开的时候，他才笑着对景玉说："请代我向克劳斯先生问好。"

景玉客气道："我会向他传达您的问候。"

这一次，巴哈尔没有再行贴面礼。

景玉和克劳斯约定好，在这个周末，他们会认真地谈一谈，关于两个人的以后。

同样属于工业城市，和慕尼黑比起来，曼海姆的风景并没有那么好，它只有高大的烟囱和平平无奇的混凝土建筑。但它同样充满活力。

景玉简单地做了一些中餐来招待克劳斯，也从附近的餐厅中订购了一些山莓果馅饼、牛排和搭配鲑鱼乳酪的意式饺子。

曼海姆有许许多多的土耳其餐厅，不过克劳斯对土耳其食物的评价并不高。德国人就是这么奇怪，面对自己国家的食物有种空前的自信。景玉只能评价他是"不懂欣赏的老外"。

下午时分，景玉接到了老师的电话，对方温和地表示看过她的申请书，简单地问了下她今后的学习规划。在被问到"毕业后是否留在德国工作"这一意向的时候，景玉犹豫了两秒，回答他说："我正在考虑。"

对方并没有就这个问题继续盘问，而是例行亲切友好地表达了对她的欢迎。并告诉她，晚些时候，会将答复发送到她的邮箱中。

景玉表达了自己的感谢。

克劳斯在约定时间的 30 分钟前抵达，他带了一些"雕师傅"亲手做的点心——传统的中国点心，牛舌饼和枣花酥。虽然做的味道和国内某传统老字号的不太一样，但景玉仍旧称赞了它的美味。在异国他乡，一口熟悉的味道，总能给人带来一点点快乐。

这顿晚餐宾主尽欢，两人默契地都没有提今后的事情。景玉和他分享着自己的喜悦，她刚刚赚到的一笔利润可以让她更大面积地铺货，可以在十月节的时候租赁啤酒大厅，进行大体量的宣传……景玉越说越开心，她的眼睛亮晶晶的。

桌上准备的就是她现在卖的啤酒，加了冰块，冒着幽幽的寒气。她喝掉了一整杯，将还在冒着寒气的杯子重重地放回桌子上。裹挟着冰块清冽气息的啤酒从咽喉一路往下落去，好像溪水冲开了一条小沟，顺顺畅畅地直通而下。

景玉没有喝醉，她喝通了。

"我真的很感激您，克劳斯先生！"她触碰着克劳斯的手，还特意使用了德语，"先生，您不知道我对您有多么钦佩。"

克劳斯没有打断她。他另一只手为景玉倒了杯水，将杯子放到她旁边，然后将手盖在她触碰自己的那只手上。他说："我知道。"

"不，你不知道，"景玉摇头道，"我刚开始和你在一起的时候，其实还有点怕。"

"你读过《蓝胡子》这个故事吗？好心肠的富豪，拥有一个不允许任何人进入的房间，里面堆满了美丽的新娘的尸体。我起初在想，你会不会是另一个蓝胡子？我应该抵挡住这样的诱惑，毕竟天底下没有白捡的馅饼——"

说到这里，景玉顿了顿，又道，"但是呢，我还是没忍住。"

克劳斯问："因为对我的信任？"

"哦，那倒不是，"景玉坦诚地回答道，"你想多了。"

克劳斯："……"

说到这里，景玉站起来，她邀请道："您想不想看看夜晚的曼海姆？"

克劳斯接受了她的邀约。

吃完的餐盘不用担心，景玉给房东太太熟悉的钟点工打过去电话，请她过来清理餐厅和客厅。结束通话后，她穿上温暖的长风衣，克劳斯低头将自己的围巾给她围好，手套也给她戴上，景玉的手没有克劳斯的大，戴上去后还要握着，唯恐会掉下去。

莱茵河畔灯火明亮，溪水流动的声音，像古钟的秒针行走时发出的嘀嗒声。

"如您所见，我很喜欢钱，足够的存款会让我感到安心，"景玉说，"刚来德国的时候，我父亲言而无信，不再给我寄生活费。"

有个人骑着自行车哼着歌离开，晚风有一点点凉，吹得人忍不住打战。

"留学生嘛，打工很正常，其实我过得也不算太窘迫。我遇到了很多好心肠的人，有自己的同胞，也有其他国家的朋友。

"但这样的生活仍旧让我感到不安，担心自己会失业，担心交不上购买资料的钱，担心没有办法赚取房租。我不能生严重的病，也不敢生。"

克劳斯耐心地听着。

"我还是很需要钱，我不想再经历那种担惊受怕的生活，我想我大概永远忘不掉那种窘迫，"景玉顿了一下，问，"你可以接受吗？"

克劳斯说："我可以。"

景玉低头。她慢慢地想，还有没有什么藏在脑海深处的东西，要拉出来给对方看一看。

可惜没想出来。

今晚她喝了点酒，酒意渐渐上来了，夜风太温柔，把那些秘密搅得同样温柔起来。

"每个人都有自己的爱好，你不需要特意向我声明这点。"克劳斯将她滑落的围巾顺手整理好，安慰着这个因为贪财而不安的小龙，"人类择偶，有些选择看容貌，有些选择看金钱，这些都是等价的选择。为什么要认为看重金钱，比看重容貌更低下呢？"

景玉下意识地接话道："但是，克劳斯先生，像我这种贪财好色的，你认为是高尚还是低下？"

克劳斯平静地说："是想被打屁股。"

"……"

"即使真喜欢我的钱也没关系，富人这么多，你却只喜欢我的，这也不错。"

"那是因为他们都没有你好看。"

克劳斯沉默了两秒。景玉很会扣题，这点让他既欣慰，又有点想将她按在膝盖上抽。

"现在说你喜欢我，不仅仅是因为我的脸和钱，"克劳斯平静地说，"立刻。"

景玉一头撞到他胸膛上，伸手搂住他，声情并茂，就像表演歌剧的演员一样说话："啊！我喜欢您那丰富的内涵，您那文雅的谈吐、挺拔的身姿和温柔的性格……"

克劳斯把她抱起来，在她脸颊上轻轻贴一下，赠送给她一个矜持的吻。

"宝贝儿，你的甜言蜜语让我很想在这里和你接吻。"

景玉捂住他的嘴巴道："请注意市容，我亲爱的克劳斯先生。"

克劳斯抱着她走了好几步才松开。

月色很美，景玉在外面快乐地散了半个小时的步，两人牵着手回了她租住的公寓。克劳斯的助理送了两个金灿灿的盒子过来，克劳斯笑着让景玉自己打开看。

按照德国的传统，上门做客的客人会在刚进门的时候送上礼物。景玉已经吃掉了那些牛舌饼和枣花酥，完全不知道克劳斯为什么会在这个时候又让人送来礼物。还是这种纯金打造的，盒子的表面雕刻着美丽的牡丹，金灿灿的。这两种极其富贵的元素加在一起，但盒子上的花瓣、花蕊如此栩栩如生，显然是精心雕刻的，丝毫不显俗气。

景玉谨慎地打开了第一个盒子，里面装满了一些纸质的东西，端端正正的，看上去像文件，大部分都已经签署了克劳斯的名字，只留着另一处空白的签名处。

景玉满腹疑惑，她拿起来，不解地问："这是什么？"

"聘礼。"

"……"

她简单看了下，基本都是一些赠予协议，分别是位于慕尼黑、柏林、法兰克福的房产，还有一个位于美因茨的漂亮小别墅、一辆黑色的定制版劳斯莱斯、三匹每年都能拿到很多奖金的赛马、一家经营良好的高尔夫球场、一大笔储存在瑞士银行的钱财……这些东西，即使景玉从现在开始放弃工作，每年都像英国某王妃那样随意挥霍，这些产业赚来的钱，也能够让她舒舒服服地过完余下的几十年。

她吸了一大口气。

她看向另外一个盒子，问："这里面也是价值昂贵的东西吗？"

克劳斯想了想，告诉她："价值大概能让你吸两大口气。"

景玉手压在盒子的顶端，没有立刻打开。她猜测着这个盒子的含义问："这一个也是聘礼吗？"难道克劳斯也懂中国传统的"好事成双"？

"哦，这倒不是。"克劳斯微笑着看着她道，"是我为你准备的嫁妆。"

景玉细细观察着这个金色的盒子，上面有许许多多精细的、大朵大朵的牡丹。这并非是在模板中直接灌注而成的。不，不仅仅是牡丹花朵，最右下角雕刻着一条小龙，趴在精细的牡丹花下，抱着自己的尾巴尖，正在睡觉。

这是克劳斯为她准备的"嫁妆"。按照传统的风俗，这应当是她的父母来做，克劳斯却默默做好了这些。

景玉低头抚摩着，盒子是凉的，但牡丹花瓣似乎有暖融融的温度。她用力吸了口气，问："这难道是传说中的肥水不流外人田？"

回应她的，是克劳斯落在她额头上的一个吻。

"不是，"他纠正道，"是我想成为你全部的家人，景玉。"他如此温和地叫着她的中文名字。

景玉向他靠去，用额头轻轻蹭蹭他的下巴，回答道："我为此感到荣幸。"

感动归感动，景玉当然还是快活地打开了这个纯金的盒子，漂亮的光芒从里面漏出来。她猜测克劳斯一定看了不少中国的电视剧，或者咨询过专业人士。

这个盒子里装满了珍贵的宝石，一部分已经镶嵌好，还有一部分未做镶嵌，等待着她指挥归途。除此之外，还有一些转让协议，不局限于金钱、房产、车子，还有一些克劳斯名下的俱乐部、一些他所投资的股份等等。

数字很庞大，数学优秀如她，也需要在看一会儿之后，稍微停一停。这些东西太多了，多得超过了她的理解能力。

景玉盖上盒子。

克劳斯问："这些能够给予你安全感吗？"他将黑色的笔递到景玉手中，垂眼看着她，示意她在空白的地方签上自己的名字。

但景玉并没有动，她问："那个，你该不会是想利用我转移资产吧？"

"……"

不得不说，克劳斯给予景玉的"嫁妆"，给了她巨大的帮助。

受益于这些钱，景玉在十月啤酒节来临的时候，顺利地租到了一整个漂亮的啤酒大厅。为了吸引游客，她花了一些钱，请来专业的设计师，将这里布置成传统的巴伐利亚风格，大大增加了啤酒大厅中的客流量。外加一些小小的促销手段和特意搭建的拍摄布景，使得这一方天地成了许多人优先选择的地点。

更别说为了扩大影响力，景玉提前让人在短视频平台上发布了许许多多的广告视频。

当公共汽车、有轨电车车身打上"前往狂欢节"的标记时，十月节开始的第二天清晨，这里像奥林匹克运动会的开幕式一样，英姿飒爽的年轻女骑手骑在枣红色的马上，带领着一队游客，悠然踏入了特蕾泽草坪。

十月啤酒节结束后，景玉成功签下了五家供货商的单子。

她特意大方地请克劳斯去柏林度假，还慷慨地订了迷人又安静的酒店。这个酒店里有漂亮的天花板，还有数量繁多的油画和石版画，充斥着浓郁的老柏林气氛。

不过，景玉最爱的还是长毛绒的东方地毯。她可以坐在上面，认真地给克劳斯的腿做"金色的小爱心"。

作为一个日耳曼民族血脉更多的男人，克劳斯在拥有茂密金发的同时，也拥有相对亚洲人而言比较浓重的体毛。不过，自从景玉与他第一次坦诚相见之后，就发现克劳斯会进行身体管理，将一些地方的毛发脱干净。

景玉承认这样的确手感更好，然而出于好奇心，她仍旧恳请对方将腿毛蓄起来一阵子，她想亲手体验一些新奇的东西。

克劳斯起初拒绝了她的请求，无奈景玉攻势太猛，软磨硬泡，最终两人立了一个"赌约"。倘若她能在这次的十月啤酒节谈成五个合作，他就同意她的小小愿望。

她成功了。克劳斯不得不蓄了一段时间的腿毛。

景玉想在克劳斯的腿上做出来金色的小爱心图案，她特意买了一把小巧的电动剃须刀，认真地说："你听说过秋裤吗？嗯……就像有着爱心图案的秋裤一样，我会将大部分腿毛剃干净，只留下金色的爱心形状，类似于波点图案——不同的是，它是金色的爱心。"

克劳斯说："甜心，我没有听说过金色的爱心，但我想到了昨天刚看到的中文短语，'人为刀俎，我为鱼肉'。"

景玉夸赞着他恰当的表达道："很好！"

她认真地将小剃刀贴到克劳斯腿上，一边将毛发修剪出小爱心的模样，一边说："我刚刚在想，中国的基因是不是给你注入了语言天赋？"

克劳斯回应道："并不一定，甜心。我祖父的母亲来自波兰，但我并不会说波兰语。"

景玉停下小剃刀，她仔细想了想克劳斯祖上那些复杂的血脉，感慨道："这么说的话，你应该混了欧洲好多国家的血，真的好复杂。"

还没等对方解释，景玉也挺起胸膛骄傲道："不过欧洲面积就这么大，有的国家还没我们省人口多呢。我也一样，真要论起来，我还是四省混血呢。再往祖上翻翻，说不定混了八个省。"

克劳斯笑了，他任由景玉用小剃刀兴致勃勃地摆弄着，伸手将她垂下来的头发，仔细掖到耳后，在她唇上亲亲。

愉快的假期结束后，景玉接受克劳斯的邀请，乘坐他的车前往慕尼黑。

在离开柏林的车上，景玉将脚搭在克劳斯的西装裤上，打了个哈欠，迷迷糊糊地问："还记得我上次读的那本童话吗？"

"哪本？"

"嗯……就是关于龙和魔王的那篇，"景玉说，"不小心失去心脏的龙，最后怎么样啦？"

克劳斯笑了，顺手捏了捏她的脚腕说："魔王亲手将自己的心脏送给了龙，还赠送给小龙无数的珍宝。"他慢慢地讲述着景玉没有看到的那些内容，"龙留在魔王身边，他们快乐地生活在一起。"

景玉感叹道："这可真是一个很普通的童话结局啊！"

"还有另一个版本的结局，你想不想听？"

景玉心情颇好地坐起来，不小心将西装裤蹭皱。她伸手抚平褶皱，兴致勃勃地问："什么版本？"

克劳斯不动声色地看着她道："龙和魔王生了八个小龙。"

景玉惊讶道："魔王生的？不可思议！"她凑过去，眼巴巴地问："那魔王先生愿意为龙生八个小龙崽吗？"

克劳斯捏住她的脚腕，说："我想，现在的魔王先生应该只能接受一条小龙称呼他为'亲爱的'。"

景玉扑过去，额头抵在他胸口，用力地蹭了两下，说："我也是这么想的，亲爱的魔王先生。"

克劳斯按住她的头，享受着她主动的依偎。

但是，只有一分钟。

景玉快乐地问："回到慕尼黑后，我能够拥有一杯加蜜豆和芋圆的全糖布丁奶茶吗？"

"不能加蜜豆，只能选三分糖。"

"糖是奶茶的灵魂！蜜豆是奶茶的爱人！你忍心拆散它们吗？"

"……"

黑色的库里南穿过萨克森的宽阔道路，车窗外是迷人的易北砂石山脉，连绵275平方公里的土壤迎接着温暖的阳光，疏松岩石被自然的风改造成奇异的石柱。悬崖陡峭，山顶平坦，峡谷沟壑，深深浅浅，如同跳动不停的心脏，爱意永不休止。

易北河畔的风吹动枝叶沙沙作响，山谷好似卡斯帕·大卫·弗里德西笔下浪漫的画卷，安徒生放下他的羽毛笔。

魔王先生和小龙交换了彼此的心脏，拥有魔王心脏的小龙，在灿烂的阳光下主动亲吻魔王先生的唇。

属于他们的故事仍在继续。

小龙笨拙地学习着如何爱魔王。

克劳斯第一次见到景玉的那天，慕尼黑刚刚经历过焚风。这种来自阿尔卑斯山脉的南风，裹挟着静电荷而来。盘旋的大气浓稠黏腻，近乎于过敏的症状影响着整个城市的上空。在往常，他会选择在这种糟糕天气到来之前外出度假，但这次却因为一点小事情耽误了。

克劳斯家中养的猫没有出现什么呕吐反应，他倒是被这种异常的天气惹得有些不悦。大部分时间，他都在自己的地下室里度过。

在刚刚搬到慕尼黑后，克劳斯就看中了这个房子。有温暖的阳光，有一个宽大的地下室，在亲自设计改造之后，地下室就成了克劳斯的私人场所。在不外出的情况下，他大部分时间都在这个地下室中休息——尽管整个房子有着极为强悍的安保系统。

事实上，作为埃森先生唯一的继承者，克劳斯从被接回德国起，就处于严密的保护措施之下。这并不是什么稀奇的事情，那些经历过专业训练的人士，更不会影响到雇主，或者说家主的生活。

他们确保着家主的人身安全，不局限于日常饮食、出行和娱乐，但又不会打扰先生们个人的兴趣爱好。

可他们并不能保证克劳斯的心理健康。

在两年前，克劳斯就察觉到自己出现了些微的状况。他似乎容易对那些处于糟糕状况的人产生一些过分的同理心。

心理医生马克西姆证实了他的预判，克劳斯接受了完善的心理测试和诊疗，但并没有得到有效的治疗效果。

新的治疗方案建议克劳斯寻找一位辅助治疗者，用以平衡他的心理问题。首先，那位辅助治疗者必须要足够可怜，状况糟糕，能让他产生同理心；其次，最好是男性——倘若和女性相处，很有可能会产生一些不可控的后果，譬如迷恋、相爱。克劳斯不认可心理医生推断出来的这个结论，他并不认为自己会因此爱上对方。

人会因为怜悯而产生爱情吗？这个假设听起来是如此荒谬。

但这个想法，在焚风结束后的第二天，出现了微妙的变化。

克劳斯隔着玻璃窗，看到那个穿着廉价旗袍的女孩，活力满满地用各种奇怪的中文词语骂对面的日本人。

那旗袍的针脚歪歪扭扭的，显而易见是那种流水线生产出来的残次品。粗制滥造的布料边缘将肌肤磨出红色，被束缚在这件过于小的衣服中的她，看起来就像是一只可怜的被雨水淋湿的麻雀。

两个小时后，克劳斯坐在白色的拱形天花板下，慢慢地喝着一杯红茶，他看着桌子上的纸张，上面是那只"小麻雀"的大部分人生。

吉姆坐在对面，抱怨着一些土耳其人的糟糕做法。

克劳斯没有搭理，他在专注于看东西的时候，其他人会自动降低音量和减少动静，就连侍应生送餐具时的声音都放轻了不少。

这家周围环绕着许多宏伟大学建筑的餐厅中有不少学生，克劳斯偶尔会来这里喝茶——请不要误会，现在的克劳斯还不曾拥有他的玫瑰。

他浏览着纸张上印着的黑色单词拼凑出那个穿廉价旗袍的女孩之前的大部分经历。这些看上去十分糟糕：父母离异、在异国他乡求学、在一家生意并不好的中餐厅中打工、中餐厅老板已经准备回国……

像这么贫穷的留学生并不少见，德国的公立大学免除学费，这让很多条件并不是特别好，却又想在国外深造的学生选择来这里留学。

对大部分留学生而言，半工半读也是很寻常的一件事。但这张纸上的词汇却如此"有趣"，令克劳斯看了两遍。

大概因为她身上的大红色旗袍。

现在的天气谈不上温暖，可那位女孩穿着那件大红色的旗袍，上面有牡丹的图样，旗袍很短，短到仅仅能遮住大腿的一半。

注视着杯中的红茶，在朋友的谈笑声中，克劳斯又想起了之前的情景：穿着短旗袍、拥有着黑头发和黑眼睛的女性，膝盖被冻得发红，手臂似乎也很冷，对方正试图通过用右手捂住手肘的方式来取暖。

克劳斯想：这是一个完美的人选，不是吗？

被雨淋湿的麻雀也有着自己的固执。克劳斯冷静观察了一段时间，她住在廉价的公寓中，每个月付 350 欧元的房租，隔壁住着一个暂时落脚的吉普赛女郎。她吃着中餐厅卖不出去的饭菜和平价的学生食堂，大部分时间选择意大利面和酸酸的黑面包，用一个破旧的水杯喝水。

克劳斯看着她打工的中餐厅关门，看着她坐在公园的长椅上苦恼叹气，拼命地揉着自己的头发——他真担心这个叫景玉的"小麻雀"，会把自己薅成秃子。

她揉自己头发时的力气，看起来一点儿也不小——相对于她的体型来说。只是可怜的"小麻雀"在找工作这件事情上似乎并没有什么额外的好运气，至少她有意向的那些工作场所都有一点点糟糕。譬如她想投递的那些餐厅，都有过客人骚扰侍应生的前例。

克劳斯认为，这并不是能让她愉快的工作场所。

尽管明白，适当的受挫能令小麻雀更渴望找到能遮风挡雨的屋檐，但他仍然选择了展露善意——悄悄将"小麻雀"安排到自己常去的那家高级餐厅中工作，让她拿到更多薪水。这种行为并不恰当，不过克劳斯不想看到小麻雀被其他人揪掉羽毛的模样。

在她入职几天后，克劳斯终于和她说了第一句话："中国女孩，请帮我倒杯酒，好吗？"

"小麻雀"恭敬地完成了他的要求，她甚至没有看他的眼睛，睫毛低垂。她接待客人时的动作是如此标准，显然接受过刻苦的训练。

"小麻雀"似乎已经适应这份工作，这理应是件好事。

但对于克劳斯来说，不是。

克劳斯微笑着和"小麻雀"聊天，旁侧的米娅将扇子打开又合上，甚至不安地拿这个装饰品扇风——吉姆正在追求她，而她有着更猖狂的心思。

克劳斯知道米娅会做什么。在离开前，他单独和餐厅老板聊了聊，给了对方一笔钱，让对方用正当理由交给那只可怜的"小麻雀"——没有稳定的工作会令她不安，这些金钱应当能够稍稍缓解她的不安。

再次见到"小麻雀"，完全属于偶然。

在洒满阳光的长椅上，两人并肩坐着。克劳斯微笑着询问她一些自己早已知道答案的问题，意外地发现这只叽叽喳喳的"小麻雀"相当坦率，坦率到被他从警局中捞出来的时候，毫不设防地答应了他一同喝咖啡的邀请。

如此不设防，这让克劳斯再度确认她的年龄，他并不希望自己捕捉到的是一只雏鸟。

而向对方施以援手的机会，在慕尼黑被风雪侵袭后终于抓住了，他顺利地和她签订了救助和辅助治疗的合约。在此过程中，他意识到，或许不应该用"小麻雀"来指代她，她是一条拎着口袋的龙。

她的状况有些糟糕，就像刚刚接受收留的流浪猫，大概稳定的衣食住行能够让她放下戒备心。

他需要她的信任。

克劳斯给了景玉稳定的住所、食物和没有额度上限的卡，让她能够尽快地适应。之后他便全身心地投入到工作和即将到来的度假中。

等到度假快结束时，他才想起了留在家中的"小龙"，带着她一同度过了一个愉快的圣诞节。

培养她的乐趣比自己想象中要更多，在大部分时间里，她都很乐意执行他安排下来的事项。譬如按照他要求的饮食菜单吃饭，完成他规划的学习任务，以及控制奶茶的摄入。最后这一点遭到了一点点小反抗，她甚至像只小松鼠一样偷偷将奶茶藏起来喝，企图隐瞒他。

但他并不讨厌她的欺骗。对方在规则的边缘做出的挑衅和试探，能够令他更加愉悦地施行管控权，严厉管控她的学习，细心照顾她的生活，看着她从一片糟糕慢慢地回到正轨。

景玉的作业得到了教授极高的分数，她在小测验中获得了优秀的成绩。她开始越来越认真地做阅读笔记，并尝试着学习其他的技能……她的肩膀不再那么瘦削，脸颊上晕着好看的气色。

克劳斯从这个过程中体验到了心理的平衡和愉悦。

两人的第一次发生在他猎杀红鹿之后的森林小路上。一切发生得如此自然，星空之下，他与她熟悉着彼此，夜色与灯光交融，雇用和救助之间的界线似乎不再那么明显。

他的生活有了极大的变化，家里住进了一条需要他的龙。

白天，克劳斯照顾着景玉的学业，在她努力完成阅读任务的时候陪伴她读书；晚上，两人做着亲密的事情，彼此是那么愉悦。

克劳斯欣赏景玉身上的活力，以及她的勇气。与这些相比，她喜爱钱财这一点，也显得可爱起来。

他们已经顺利地找到两人之间的相处方式——在第二年的圣诞节到来之前，克劳斯的确这样认为。

圣诞节即将到来的时候，埃森先生提出要见景玉。克劳斯本想拒绝，因为他已经准备动身去不来梅。况且，按照埃森先生的意思，对方是想以"见新家庭成员"的方式见景玉。

他的外祖母陆叶真女士也在。

克劳斯目前到了可以孕育后代的年龄，他需要继承者，来继承埃森家族庞大的资产。

埃森家族历代的家主都有自由选择婚姻的权力，克劳斯同样具备，他并不担心埃森先生会因此为难景玉。影响他做决定的因素，是这次见面背后的不寻常意义——埃森先生在通话中提醒，他可以考虑拥有继承人了。

但目前的克劳斯，还没有考虑过后代的问题，即使是和景玉。

但埃森先生的话，还是给他造成了影响。在一个夜晚，克劳斯抚摩着景玉黑色的头发，或许是因为发泄过后的精神比较松弛，他忽然问："考虑过以后和我不做保护措施吗？"

这个问题问出口的时候，他自己也愣了一下，更别说景玉了。

景玉的回答自然是拒绝。

景玉并不笨，相反很聪明，只是不想与他孕育后代。这点很奇怪，即使克劳斯至今仍旧没有孕育孩子的打算，但当景玉这样直白地讲出来的时候，他却有些不舒服。说不出是为什么，他低头，亲吻着她的唇。

景玉没有拒绝，她的唇尝起来有一点甜甜的味道，像是柔软的玫瑰花瓣。她黑色的头发、黑色的眼睛、黑色的睫毛，她还有雪一样的白皙肌肤，树藤般坚韧向上的能量。他选中的这个女孩，有着属于她自己的生存法则。

景玉敢在小酒馆中大声地骂种族歧视者，克劳斯承认，她勇敢地使用语言回击那几个家伙时很迷人。她拥有他并不具备的活力——那种野蛮生长的活力，像荒原上坚韧的青草。

现在，这坚韧的青草被他用力地拥抱着。

克劳斯向下，亲吻着她。景玉手指深深插入他的头发，忍不住扯紧。

克劳斯触碰着她的手，提醒道："轻一点。"

景玉说："我想喝水。"

克劳斯去倒了一杯水回来，她捧着，用力地喝下去，"咕噜咕噜"，这并不淑女的声音听起来如此有生命力。

等她一口气喝完放下杯子后，两人才继续接吻。

墨绿色的床单有着杉树森林的气息，景玉的手指将这片浓绿揉出褶皱，如同被风吹拂过的树枝密叶，荡开浓郁的绿色重影。

他的中文都来自母亲黛安的悉心教学，在外祖母和外祖父还没有离婚的时候，黛安跟随外祖母在中国生活一段时间，接受过中国的教育。后来哪怕随着外祖父来到法国，也没有遗忘。

中文里有个词语叫"温香软玉"，克劳斯并不能理解。他知道晓香阿姨就有一块玉，冷的、硬的。为什么这个成语中的玉，看起来是温暖柔软的呢？

如今的克劳斯明白了。

喜欢一个人的时候，她在你眼睛中会像玉一样珍贵而明亮。

克劳斯并不能详细阐述，自己对亲手救助的景玉怀有怎样的感受。在彼此都可以接受的情况下进行更亲密的举动，他将这些归结为正常的异性之间的吸引力。

毕竟他的确很喜欢她，喜欢她有趣的说话方式，欣赏她热情的性格。

彼此之间签订的合约有固定期限，关于这一点，还是他亲自订下的。然而对方带给他的快乐和影响，比想象中更多。

就像此刻的这场欢爱，克劳斯用自己全部的耐心来安抚她，重点观察她的表情，甚至可以压下自己心底那点想要摧毁她的感受。

他并不能判断这是因为什么。

当初在法兰克福的庄园中，两人度过了一个相对而言比较愉快的圣诞——除了那个摊主将他认为是景玉的父亲以外，他完全无法接受。

相对而言，景玉的身高的确有一点点娇小。在那一刻，他忽然想到了一个严肃的问题——他是不是需要定做一对胸针？

一个写着"Klaus's girlfriend"（克劳斯的女朋友），另一个写上"Jemma's boyfriend"（简玛的男朋友）？

从来不在意自己年龄的克劳斯，在从圣诞集市乘车回庄园的路上，严肃思考这个令人担忧的问题。而坐在他对面的景玉，低头认真检查自己购买的那些小玩意儿，还快活地哼着圣诞节的歌谣："Jingle bells, jingle bells..."

看着她喜滋滋地收集东西的模样，他忽然想，如果往后的圣诞节都能这样度过，似乎也很有趣。

那个音乐盒的状态实在糟糕，克劳斯费了不少的力气，确认里面有些零件的确损坏到不能继续工作。他私下购买了一些同型号的配件，这种年代久远的东西很难找齐，幸好他有足够的资金和人脉。

克劳斯第一次为自己拥有的财富而感到愉悦，至少这同样能够令他的伴侣感到惊喜。

不过，景玉明显很害怕埃森先生。

在景玉沉浸在游戏中时，克劳斯主动去见了埃森先生。这或许是今年以来，他第一次主动和父亲谈话。

克劳斯要求对方用尽量温和的态度来和景玉沟通，她表面上看起来很洒脱，但也藏着一颗敏感的心，他不希望自己的家人为她带来糟糕的影响。

埃森先生沉默地听完，他问："你会和她结婚吗？"

克劳斯顿了顿，说："或许。"

他在这点上撒了谎。

坦白说，克劳斯尚未考虑过自己的婚姻，他是一个坚定的不婚主义者。为了更多地保护好景玉，他选择说一次谎。

或许只是谎言。

埃森先生抱着他收养的流浪猫，忽然问了一个问题："那你会因为她的其他追求者而不悦吗？"

克劳斯说："不会。"他承认景玉是一个很有吸引力的人。优秀的女性从不会缺乏追求者，他也不会在意那些赞美她、追求她的男性。

埃森先生没有继续说什么，他若有所思。

临走前，克劳斯照了照镜子。他确认，自己看上去并不老，一定是冬天的风雪影响了那位摊主的视力。

景玉并没有受到埃森先生的为难，那天晚上，她吃饭时的心情还不错。

这样很好。

她收到了大批大批的礼物，克劳斯给得更多，装满了她放在门口的那只新靴子。有一部分他还用了陆叶真和埃森先生的名义，后面两人也都送了其他的礼物。

这个敏感、没有安全感的女孩借此意识到，她正被很多人爱着。喜欢她的，绝对并非克劳斯一人。

而这一点，在农历新年景玉选择请假回家时，以克劳斯意想不到的方式体现了——一个姓王的、看上去和她很有共同语言的邻居出现在她身边。

克劳斯不会在意其他追求景玉的人，因为他觉得那些毛头小子并不具备竞争能力。可他却想到了摊主说的那句，"您女儿真可爱"。

第一次，克劳斯对景玉的追求者产生了敌意——在他看到那个和景玉就读同一高中、住在隔壁、可以聊很多青春期趣事的男性之后。在法兰克福回答埃森先生最后一个问题的时候，他可没有想到这一点。

克劳斯来得仓促，晚上只能睡在景玉的小床上。

这是他第一次在中国度过新年。

晚上，景玉偷偷地试探着他的底线，主动触碰着他的手。克劳斯不喜欢被人触碰身体，这大概和他童年糟糕的经历有关。尤其是在得知孤儿院的孩子们将会被带到哪里、做什么事情之后，从小到大，旁人的触碰都会令他感到厌烦和不悦。唯独景玉可以。她是自己亲自教导的女性，她就像是自己用心血培养出来的花朵。

克劳斯不打算对她做些什么，两人聊了些东西，景玉提到了她那个糟糕的父亲。在一年前，他就知道了这些，但仍旧很乐意倾听景玉亲口对他倾诉、宣泄。这些或许能够令她心里好受点。

景玉和他聊了很多很多，最后困到打起哈欠。她将脸贴在他面前，忽然提出了一个奇怪的问题："我可以叫您一声'妈妈'吗？"

克劳斯真想知道她的脑袋里究竟装了些什么奇怪的东西，他拒绝道："不可以，甜心。"

景玉睫毛轻轻垂下，她语调有些悲伤地说："真的不可以吗？今天是过年呀。"

克劳斯没有说话。

是的，现在是农历新年，一家人团聚的时刻。

景玉仍旧扒拉着他的胳膊哀求道："我就叫一声，好吗？"她小声地问："先生，就当是我向您许的新年愿望。难道您连这个小小的新年愿望都不愿意帮我实现吗？"

克劳斯很想提醒她，她已经使用这个理由拿到了红包。但今天是中国的新年，是对她来说很重要的日子，他不希望她在新年中遭遇失落。

他勉强说："就一声。"

景玉额头抵在他胸前，依恋地叫了一声妈妈。隔了几秒钟，或许是为了安抚无所适从的克劳斯，又叫了声"亲爱的"。

克劳斯很钦佩她，仅仅使用了两个词汇，就让他的心脏成功地快速跳动。他礼貌地说："小龙宝贝，我似乎产生了一点并不太绅士的反应。"

景玉也礼貌地回答道："先生，我也似乎有点不太淑女的念头。"

并不太绅士的克劳斯先生，在此刻选择尊重"淑女先行"的做法，请景玉小姐先说她的念头。

他已经准备好了。

景玉搂着他的脖子，询问道："我可以一边称呼您为妈妈，一边拥抱您吗？"

他温和地回答道："你在做梦。"

景玉继续请求道："Mommy呢？"

"也不可以。"

克劳斯能够理解她独身一人对父母的依赖，也愿意帮助她走出这种缺乏关爱的阴影。只是，对于"妈妈"这个称呼，他难以接受，也不能理解。不，或许可以理解一点点。在景玉身上，克劳斯清晰地看到了一个如此缺乏父母关爱的可怜女孩。

第一次确定她渴求家庭的温暖，还是从楚格峰下来后，她生病的那个晚上。

那天凌晨，景玉的体温再度升上来，一会儿叫着冷，一会儿又念着热，抱着克劳斯发抖。或许是下意识里，她在不舒服、神志不清醒的时候使用了很多方言，说话也含含糊糊的，有很多克劳斯听不懂的词汇——他的中文能力仅限于理解发音标准的普通话。

不过有个词语能听得懂，她一直在反复地念着"妈妈"。无论哪种语言，"妈妈"的发音都是类似的。

克劳斯那天晚上只睡了不到四个小时，剩下的时间都用来照顾病人，陪伴着梦呓不停的景玉。作为她的指导者，被她称为先生的克劳斯认为，自己有关照她身体的责任。

心理医生和克劳斯谈过许多，他非常了解自己的内心。正常来讲，在照顾她的过程中，他会产生巨大的满足感和幸福感。

所谓白骑士，不过是从他人的痛苦中汲取到快乐的残忍性格。有些白骑士，甚至会为了能够产生愉悦而主动制造受害者，伤害你，再以拯救你的姿态出现。

可那天晚上，在看到脸颊通红、浑身难受的景玉时，克劳斯却产生了怜悯和心疼。他竟希望对方不要患病，即使不能给予他身为拯救者的满足，也没关系。这种心态有些微妙，克劳斯没有告诉心理医生。这种改变让他惊讶，但不排斥。

就像现在。他纵容景玉拥抱着他，在他的怀抱中思念她的母亲，思念她幼时生病时得到的照顾。

景玉凑到克劳斯胸口，用她可爱的小鼻子嗅了嗅。

克劳斯问："你闻到了什么？"

景玉回答："妈妈的味道……"

克劳斯轻轻拍着她的背部，微微凸出来的肩胛骨硌得他的掌心有点疼。

克劳斯来青岛当然不只是为了景玉，还有另一位姓秦的朋友，如今居住在崂山国家森林公园附近。

克劳斯和他打了会儿球。

秦绍礼打球的时候似乎并不怎么用心，一到休息的时间就避开旁人去打电话。

克劳斯问："女朋友吗？"

秦绍礼说："嗯。"他尝试着挥了挥球拍说："女朋友年纪小，黏人。"

说这些话的时候，秦绍礼语气中遮盖不住笑意，末尾的那两个字，念得又轻又快。

克劳斯想了想，景玉年纪也不大，也可以用"年龄小"来形容，她为什么不黏自己？

在克劳斯看来，景玉很独立——这个"很"已经超过正常女孩子的范围。即使没有他出现，她吃着苦头，仍旧能够顽强地生活下去。

克劳斯拒绝掉秦绍礼的邀请，在夜色中返回了景玉的家。

夜幕深蓝，沿海公路上，他打开一丝车窗，闻到属于海水的淡淡腥咸的气息，被海风卷上陆地。

这是她故乡的味道。

他在那个狭窄的楼道上遇到了景玉的父亲。他听不懂对方的方言，但这并不妨碍他察觉到那些语言之中的恶意，这不是什么难事。

在一开始，克劳斯无意掺和景玉的家事。这些是她的隐私，他认为自己需要尊重她，如果果景玉不向他求助，自己绝对不会施以援手。

只是那个名为全亘生的男人，的确让人感到厌恶，他得让对方尝点苦头——包括那个在蛋挞店门口侮辱景玉的红发男性。

克劳斯第一次意识到，在某些人眼中，原来女性和另一个种族的男性相爱会被认定为"崇洋媚外"，这很不可思议。

那个红发男性使用语言侮辱了他，景玉用力反击，却若无其事地向他解释，只是问路。

白色谎言。

他看着景玉喝奶昔的模样，刚刚为了自己而向别人竖起浑身的刺，现在却软下来，脸颊有点红，说不好是不是因为刚才情绪激动导致的。

尽管力量弱小，但景玉在努力维护他。他心中若有所失，好像小山丘悄悄倾塌，"咕噜噜"滚下一颗石子。在这一瞬间，本该由白骑士保护的龙，却扮演了他的白骑士。

她可以不这么做。

克劳斯为这点新发现感受到不安，对方却认为这些是理所当然。

无忧无虑的龙在忙着她的事业——她那小小的啤酒品牌，一周的营业额都不够买她身上的一条裙子。

她可以不这么做。

有很多事情，景玉完全可以不做，他能够给她提供一个更加舒服的平台。

在克劳斯的预想之中，在景玉毕业后，他会介绍她去埃森集团工作，送她一套美丽的房子，适合她的车子，比如，一辆粉红色的劳斯莱斯。

说到这里，克劳斯仍旧认为"陆莱斯"这个名字又奇怪又迷惑。在他看来，即使叫"陆富贵""陆吉祥""陆有钱""陆钱多"的谐音，也比"陆莱斯"更有趣。至少，"陆钱多"的谐音是"陆谦铎"，看上去也很上档次。他这样想着。

在合约结束之后，景玉仍旧能够收入不菲，住在温暖的房间中，开着美丽的车子。就像每一个德国中产家庭中成长起来的孩子，她不需要为了衣食住行而担忧，可以在社会高福利制度和工作的帮助下，享受着快乐的一生。

合约的期限是他亲手敲定的，如今制造者却有些懊恼，懊恼自己并没有将这个时间再延长。为了解决这个懊恼，克劳斯带着景玉去度假，和她玩飞行棋，去拉斯维加斯玩……可这些都没有令他感到兴奋，他仍旧被这种奇怪的情绪所困扰。

克劳斯在和海洋生物仅隔着一层玻璃墙的套房中将景玉抱起来，景玉叫着他的名字，抱紧了他的脖颈。他意识到，自己拥有的似乎只有她的躯壳。

景玉和莎拉的对话，又印证了他的想法——这个来自中国的漂亮淑女，脑袋中始终没有自己。

当从景玉口中听到"就算真的要挖墙脚，也得再等两年"的时候，克劳斯真的很想很想给她一点教训。

当然，他也这么做了。

在例行教训过后，他冷漠地宣布，作为惩罚，她将在一段时间内不能喝奶茶。景玉对此表示抗议，克劳斯铁石心肠不予理会。被驳回之后，她仍旧会偷偷地跑出去买。

作为埃森家族继承人的伴侣，景玉如今也处于严密的保护之下。在不打扰她正常生活、学习和交往的前提下，她身边的危险都被严密地排除掉，包括且不限于她每日的行程。

只有景玉不知道，她还自以为偷偷买奶茶喝这件事情做得天衣无缝。

克劳斯完全可以使用很多很多的中文成语来形容她——不识好歹、见异思迁、爱财如命、财迷心窍、冷血无情、阳奉阴违……这些成语都是贬义的，每一个都是他不想在自己未来伴侣身上看到的特质——即使他从没有考虑过这件事，即使他从没有想象过婚姻。

尽管克劳斯是坚定的独身主义者，但倘若有一个人走过来告诉他："嘿！朋友，你将会爱上一个贪财、冷血、满嘴谎言的女人。她只喜欢你的钱，无视你的其他优点，还很不听话，只会扰乱你的大脑，让你不能正常思考。"他一定会认为对方是个疯子。

这简直是天方夜谭。

但是，但是。

他现在的想法，并不是很坚定。

看在景玉在异国他乡喝不到奶茶的份上，他悄悄地给她设了一个小小的容忍度——一周之内，他允许对方偷偷地喝一杯奶茶。只要她不过分，自己可以假装不知道。

周一，景玉借口买书，偷溜出去，点了满杯西柚。克劳斯想，这种属于果汁，可以不列入奶茶范围内，她不违规。

周二，景玉在放学路上，借口送朋友东西，偷偷点了阿萨姆奶茶，还加了蜜豆。嗯，她这周的偷喝额度已经满了。

周三，景玉晚上去工作室。那天晚上，他们工作室七个人，点了八杯阿萨姆奶茶。毕竟朋友都在，稍微多喝一杯，也可以谅解。克劳斯犹豫了一下，决定选择原谅。

周四，景玉谎称自己给好朋友买礼物，大摇大摆地跑出门，点上一杯香芋奶茶，加了蜜豆、芋圆、焦糖珍珠。克劳斯……

太过招摇！

克劳斯不能容忍了。他守着偷喝完奶茶、满口谎言的"小龙"回家，他今晚不会心软，已经做好了狠狠教育对方的准备。

但景玉却神神秘秘地将一个盒子递给他，表情很是期待。

克劳斯冷漠地问："这是什么？"

"你打开看看嘛。"

他打开，里面安静地躺着一枚袖扣，上面刻着他的名字。

克劳斯一顿，看向景玉。她说："嗯……我上次在拉斯维加斯不是赢了一笔钱吗？然后，您上次帮了我很多忙，这是我送您的礼物……"

很奇怪。

平时一拍屁股就一堆甜言蜜语的小龙，在这个时候却羞涩地说着简单的话。她的视线游移，左顾右盼。

"因为是定制的，所以需要一段时间才能拿到……我没有其他意思！"景玉用力强调，还咳了一声，"只是答谢礼物！"

她这两句话的语气倒是很重。

克劳斯合上盖子，他感受到自己不正常的心率，比平时要快。

景玉这才注意到他似乎是在等自己回家，好奇地问："先生，您是在等我吗？"

算了。贪财也没什么不好，至少她只贪他的。

第一次发觉景玉可能有情感缺陷这件事，是在一个派对结束之后。

因为工作和学习上有合作，景玉最近和希尔格走得很近。克劳斯并不认为这个年轻冒失的男大学生，能给他带来什么威胁。

但是，在几个月前，克劳斯还能够使用聊天的语气，向景玉谈起她的那些其他追求者。那时候的他不会将这些放在眼中，而现在的他，已经开始尝试着将追求者和威胁者画上等号。

这可真是糟糕。

更为糟糕的是，克劳斯发现景玉的脑中完全没有"恋爱"这种意识，她或许并不具备这种情感。

即使丘比特拿着小金箭追在她那可爱的小屁股后面拼命地射啊射，她仍旧会灵巧地统统躲开。说不定她还会用粉色麻袋套上丘比特的头，将丘比特所有的金制弓箭洗劫一空，拿去熔成金子锻造成一个金蛋，迅速藏在龙肚子下，快活地唱着歌。

克劳斯知道，有着合约的约束，景玉一定不会和希尔格有什么超出商业合作的行为。

但在看到希尔格对景玉掀开衣服，露出自己那在健身房努力训练出的小肌肉时，他不可避免地产生了一点点不悦。

一定只有一点点。

年轻男孩在自己身上文着愚蠢的图案，这有什么好看的？

克劳斯并不知道希尔格身上文的是什么，但他相信，这个年纪的男孩子，文的大部分都是会令他们后悔的图案。

但他的不是。

他让景玉好好地看清楚他的文身——那朵名为"景玉"的白牡丹，由中国的花匠培育而成，在他的腹肌上格外明显。

多么美妙的巧合，她和他的文身有着同样的名字。

景玉亲吻着他的文身，克劳斯抓住她的头发。他从来没有这样矛盾过，既希望她能够低头，又想将她捧起来。

克劳斯并不怎么平静地接着景玉给他的生活带来的变化，和这些东西比起来，有另外一件事更令他忧心。

那就是他的上一任心理医生，马克西姆。

在孤儿院事件结束的若干年后，两人第一次见面的时候，就认出了彼此，都选择性地不提童年时糟糕的往事。

克劳斯认为，马克西姆并不适合继续做他的心理医生——心理医生和病人之间，应该只有单纯的医患关系，不需要再有其他牵扯。马克西姆赞同他的观点，离开前，他尽自己所能，提供给克劳斯一些建议。

也是马克西姆告诉克劳斯，景玉的情况或许并不如他想象中那么乐观。

童年和青少年成长期的经历，会给人带来严重的影响。鉴于景玉那糟糕的成长经历，使她养成现在这种"只要钱、不要爱"的性格也十分正常。

"如果你只是单纯地想要'拯救'对方，当然没什么问题。"马克西姆对克劳斯说，"但如果，兄弟，如果你想和她恋爱，那问题就比较棘手了。"

克劳斯什么都没有说。

在景玉眼中，似乎这世界上所有的东西都是可以用钱来衡量的。那他的时间和关爱值多少欧元呢？

景玉认为连几百欧元都不值，但她还是会一脸心疼地付给他钱，要他陪伴着一同去巴特迪克海姆。

或许是相处的时间足够久，也或许是他管得太松，景玉表现得比以往更加"放肆"，她一路上都在车上唱着奇怪的歌曲。

副驾驶上的安全带完全不能对她造成约束，在纵声歌唱到情绪高涨的时候，她还会手舞足蹈，昂首挺胸。这让克劳斯以为，自己是开车载着小安德烈和他的朋友去度假。

他承认，在他人生并不算漫长的三十年中，第一次听到这么古怪的歌声。不过还不错，安德烈的歌声只会令他觉得吵闹，而旁边这条"小龙"的歌声却有神秘的力量，她似乎天生具备能让人心情变好的能力。

除了被她的朋友说"克劳斯先生是她养父"这件事情之外。

当那个像金毛一样的希尔格热情地向他伸出手称呼他为"叔叔"时，克劳斯已经开始思考如何在德国境内合法地让一个人消失这种问题了。

算了，这是她的同学、实践项目组的搭档、事业合伙人、翻译、朋友，以及助理。也只是一个喜欢在身上弄一些奇怪的文身，像金毛一样的青少年罢了。

到了目的地后，这条在车上唱了半天歌、睡了半天觉的"小龙"趴在床上休息，克劳斯去外面购买晚餐。

店内铺着红榉木地板，摆放着装饰着奇怪的干花的大镜子。他平时不会在外面照镜子，更不会在镜子前停留太长时间。

今天的克劳斯，却选择在镜前停留。

他的头发仍旧是金色的，健康的那种卷，没有任何白发。他没有近视，眼睛很健康。体重一直保持在恒定的范围里，和刚刚认识景玉的时候相比，他的饮酒量和运动量都很稳定，没有改变……

他并没有衰老的迹象，和景玉看上去很般配——至少比希尔格那个小子看上去更配她，克劳斯确认这一点。

他悄然留意着景玉衣服和鞋子的颜色，挑选能够与之风格相衬的衣服，打电话告诉为埃森家提供服务的裁缝先生，让他们用同样的布料制作他与景玉的衬衫，以及在风格上做到一致——毕竟她如今受自己照顾，他送她一些衣服很合理。就像他刚刚仔细阅读菜单，找出符合她口味的晚餐，这些都很合理。

唯独不合理的一点，发生在后面。

在公园和景玉散步的时候，他们遇到了一个可爱的混血女孩。像大部分亚欧混血一样，小女孩有着棕色的鬈发，景玉陪她玩了很久。

有那么一瞬间，克劳斯有个奇怪的念头：如果他和景玉有孩子，是不是也会和这个女孩差不多？

她的发色，他的鬈发。

那晚的风太过温暖，以至于他不经意地问了一句："你难道没想过，让我成为真正的父亲吗？"

为他生一个孩子，他们一起抚养这个孩子长大。

不要等合约结束就离开，继续和我在一起。我能够提供给你无忧无虑的生活，你想要多少钱都可以。

然后，景玉给了他一个令人震惊的回答。

"难道你真想收养我？"

是的，我想"收养"你。我恨不得从你刚出生就把你抱到我身边，在你还没有记忆的时候，先狠狠地揍你一顿；在你读书被坏孩子欺负的时候，冷眼看着，等你哭着过来要抱抱的时候，再冷漠地推开；在你工作受挫、碰壁、被上司为难的时候，我就应该什么都不做。

我绝对不会帮你，你这个小浑蛋，愚蠢的、不解风情的"小龙"。

克劳斯看到她的黑色眼睛，又忍不住叹口气，选择把这些糟糕的词汇打散。

算了，她不懂这些。他将话题转移开，和她讨论起其他事情。

这是克劳斯第一次清醒地认识到马克西姆所说的话。

和景玉恋爱是一件很棘手的事。她将自己封闭起来，她不期望从外界获得爱，甚至会下意识逃开。克劳斯想，他没有和可怜的希尔格一样，横冲直撞地成为匍匐在她裙下的俘虏，他只是花钱雇用她的时间。

仅此而已。

他与景玉享受着葡萄酒节的喧闹，分享着野外露营的愉悦。还有，品尝着她赠送的那些奇怪的食物——用粽叶包起来的，克劳斯只能吃下一个，这种带着草木香气的食物会影响他的口腔健康。

景玉搬去了法兰克福，他们经历了一段时间的分居。对方过上了愉悦的单身生活，而克劳斯却过上了空巢老人般的孤独生活。

即使他不去主动了解，也能隐约了解到景玉的动态。她在法兰克福一个人过得很轻松，晚上听音乐会，去酒吧喝酒，去看百老汇的巡演。

他还知道她喜欢上了苹果酒，在苦恼的时候会乘坐苹果酒专列，吃着列车员分发的小零食发呆。以及，她未经他的允许，就剪掉了自己的头发。

景玉那一头漂亮的黑发，虽然有时候是个障碍，虽然她会忍不住频繁提醒他"压到我头发了"，但他喜欢抓住她头发的感觉。

现在已经晚了。

克劳斯知道的时候，景玉已经剪掉了她那如同丝绸的长发。他有些遗憾。

当景玉顶着像中学男生一样的鬈发站在他面前时，克劳斯意外地发现，她这样子似乎也不错。像一朵俏皮的小玫瑰，花瓣微微卷起。

即使那个理发师手艺糟糕，也不影响她的美丽。她的笑容，让这个发型变得可爱起来。

克劳斯想多留住她的可爱，询问她将来的打算。

景玉拒绝了他的提议，她不接受续约。

克劳斯没有说什么，他不喜欢勉强人。

景玉选择在暑假回一趟青岛，克劳斯也同意了。只不过，在她准备离开的前夜，他遗失了一支钢笔。这支钢笔他用了三年，在这个时候丢掉，似乎有种不太好的征兆。

景玉下午在书房看书，她看到克劳斯找钢笔，问了几句，帮忙找了一圈，也是一无所获。

这其实不是什么大问题。

克劳斯今晚的心情算不上太好，不是因为钢笔，而是因为工作。成年人总会有些不顺心的时候，就像景玉拒绝了续约一样。

景玉还想和他一块儿看烟花，她早上提过一次，那个时候他没有给出明确的答复。她抱着期待，看完书后也没有离开，而是安静地眼巴巴地看着他。

克劳斯对她说："虽然我也很想看烟花，但我现在还有些事情需要处理，你让珍妮弗陪你去，好不好？"

景玉很聪明。她点点头，和克劳斯告别，在他脸颊上亲了亲。

克劳斯并没有一直在家，他还是去了一趟外面，做一些必要的事情。等回家时，已经凌晨3点。车子驶入时，他看到花园中热热闹闹的，灯光亮着，这个时候应该在床上睡觉的景玉，现在正忙忙碌碌地摆弄着什么东西。

她竟然还没有睡。

克劳斯下车，问她在做什么。

景玉兴奋地说："先生，我——"

"甜心，"克劳斯打断她，伸出手，递到她面前，让她看时间，"现在已经凌晨3点了，无论什么事情，我们都留到白天再做，好吗？你需要休息。"

"可是……"

"没有可是。你明天还有回国的航班，剩下的事情让其他人去做，现在是睡眠时间。"

"好吧。"

景玉有点沮丧，她看上去就像兴冲冲地拎着一桶胡萝卜去找大灰狼，却被告知对方不是吃素的小兔子。

最后她还是选择上床休息，睡觉前，她给了克劳斯一个晚安吻。次日，她搭乘航班回她的祖国。

克劳斯在景玉离开的当天晚上才知道，她和珍妮弗忙到凌晨3点是为什么。

"简玛小姐说，您很想看烟花，所以将那场烟花秀用过的烟花一模一样地买回来了。"珍妮弗告诉他，"她想等你回来一起看。"

克劳斯看着手上的钢笔，在自己批评了她晚睡觉后，今天早晨，她还是努力地找这支钢笔，并且找到了。

等飞机一落地，景玉立刻给克劳斯打电话报平安，完全没有昨晚被打断的不悦，还用她那充满活力的声音询问他，有没有看到她准备的烟花，好不好看？

"我可是准备了好几个小时呢，脚心都痛了。要不是先生您想看，换成其他人，我才不干呢，老费劲儿了……"她这样说着，看来长时间的飞行，并没有影响她的活力。

"所以你干脆收养我算了呀，"她的小脑袋里又冒出了奇怪的念头，"您知道中国有句俗语吗？叫作'女儿是贴心小棉袄'……"

"如果法律允许，"克劳斯打断她道，"也可以考虑。"

这下轮到景玉惊声叫起来："不可以！"她使用严肃的语气谴责着，批评他这种严重不道德、违背法律的念头。

克劳斯只觉得她像阳光下蹦蹦跶跶的小麻雀，叽叽喳喳的。

义正词严地指责完毕，景玉轻轻"呸"一声道："变态。"

"变态"的克劳斯先生仍为她的礼物表示感谢，并使用了一个新词语："多谢破费。"

"不用谢，"景玉大方地说，"全刷的你的卡。"

"……"

他没说什么，毕竟是自己养的吞金龙，而且对方的确在为他精心准备礼物。

次日，克劳斯在俱乐部遇到一对父女，无意间听到了他们的对话。女孩送给父亲一个棒球杆，父亲爱不释手，奖励给孩子一大笔钱——即使那棒球杆刷的是父亲的卡。

克劳斯隐约意识到不对劲，他陷入沉思，开始重新审视这段关系。

他慢慢地喝着水想：如果自己真的有幸参与景玉的成长呢？那他会教她阅读，教她使用更轻巧而不是直白的话来反击那些人。当然，他也不介意她使用拳脚狠狠地给那些人教训，前提是她拥有足够的自保能力。

他能在放学前做好饭，在景玉回家后，就能吃到香喷喷的饭菜，而不是费力地洗菜做饭；他可以洗衣服，景玉不需要坐在磕掉角的塑料小马扎上，她的手也不需要泡在刺骨的冷水中，衣袖也不会被弄湿；她害怕安静，他能陪她聊天，给她讲许许多多有趣的事情，她不必因此开着客厅的电视假装热闹。

景玉会有足够多的时间来读书、学习，不用担心债务。

旁侧的朋友坐下来，好奇地问克劳斯："你在想什么？"

克劳斯没有回答，他在思考，思考自己是不是真的想法有问题。

情感缺乏。

有些人不渴望爱，也认为自己不需要爱，当有人捧着爱来到她面前时，她不仅不会接受，还很有可能会选择拒绝。比如，很多单身的人会在社交平台上分享近况，表示自己想要一个伴侣，想要得到一份爱情。但当异性主动示好的时候，他们却立刻缩回家中，表示拒绝。

景玉就是如此，她不渴望爱，对爱不抱期望，因此也不会从中受到伤害。

就像克劳斯在夜晚独自看完景玉策划、复刻出来的烟花秀表演，他为自己前夜时没有耐心听她讲话感到抱歉，而对方却没有丝毫感受。

或者说，她不允许自己拥有其他情绪，她在努力地克制自己，压抑着这部分冲动。

如果有女性当着她的面对他示好，景玉的心情会明显地变差一点点。即使她什么都不说，克劳斯还是发现了，她不再喝自己喜欢的奶茶，不去吃自己爱吃的甜品。偏偏她还假装若无其事，假装不在乎，假装到她自己都要当真了，再理直气壮地告诉他："我不需要知道这个。"

不，你需要的，甜心。你不是不想知道，你只是害怕失望。由于太过于害怕伤害，所以选择不期待。

或许有些男性乐于看到女伴吃醋的模样，但克劳斯不属于这种。

"小龙"和其他人不同，她经不起试探、刺激或者紧张不安。在意识到事情不妙的瞬间，她就会立刻藏进自己的山洞中，用石头堵住门，用手捂住耳朵和嘴巴，盘起尾巴，禁止任何人来造访她的心脏。

克劳斯并不希望她去品尝那种患得患失的痛苦。

以上这些，在景玉回国之前，他就已经深刻地认识到了。

而在她回国之后，克劳斯又意识到另一点——"小龙"似乎喜欢将他的角色定义为"Mommy"，或者一个兄长、一个教导者，而不是"我亲亲爱爱的小熊先生，爱你爱你爱你，每天都好想你"的爱人。

克劳斯毫不怀疑，假设他要求对方送礼物，景玉一定会在父亲节这天送他刮胡刀，母亲节送他康乃馨——说不定，康乃馨还是从他的花园中摘下的，省钱。这个贪财的"小龙"，绝对会做出这种事情。

当景玉重新回到慕尼黑的时候，克劳斯和她在地下室单独相处了十五个小时。异地分居，需要亲密接触的不仅仅是他一人，也有被他引导着探索过快乐的"小龙"。

他们在不同的场合熟悉着对方的身体，知道怎么做会让对方更舒适，知道说什么会让彼此更愉悦。他们有说不出的默契，灵魂和身体一样契合。

他们做尽了一切亲密的事情，情到浓处，也从来不讲"我爱你"。

克劳斯能够想象到那种场面——

如果他在激情时刻这么讲，这个可爱的"小龙"或许会告诉他："我也很爱您。将您当成父亲一样尊敬和爱。"

克劳斯不能保证，自己会不会因此而做出失控的事情。他亲手照顾了这么多年的龙，是将内心封闭起来的胆小鬼。她如此地贪婪、吝啬、冷漠、善于欺骗、满口谎言，可又如此可爱、大方、温暖、直率坦诚、充满活力。

随着合约时间将近，后面这些形容词的出现频率，要比前面的更高。

为了奖励景玉的勤奋好学，克劳斯放弃原本的计划，决定带她去一趟巴黎。他允诺无论她看到什么，都可以随便买，他会为此支付账单。

无论什么，即使她要买下整个香榭丽舍大道。

景玉欢呼一声，搂住他的脖子用力地亲了一口。可她并没有大肆扫荡一空，仍旧只选择自己想要的东西，完全不去考虑它的价值。

就好像贪财，也是她的谎言。

酒吧之中人声鼎沸，景玉在这里玩得很开心。她现在看上去就是一个富有的、无忧无虑成长起来的女孩子，脸上挂着迷人的笑容。

克劳斯坐在猩红色的沙发上喝酒，酒吧中提供的酒味道大同小异，无论什么品牌的，都是相似的味道。

他看着景玉和年龄相仿的女孩子跳舞，明明刚才还在嫌弃"太吵了"，现在却已经完全融入她的同龄人之中，快乐地摇摆，扬起的裙摆像朵漂亮的玫瑰。

不单单是女性，还有差不多年龄的男性，他们愉快地使用英文交谈。

克劳斯看着那个男人。

原本正在笑的景玉注意到他的视线，她说了些什么，迈着轻松的步伐过来说："先生，我们换一家店吧，我不喜欢这里。"

"聊得不开心吗？"

"嗯……也不是，"景玉用亮晶晶的眼睛注视着他，告诉他，"太吵了。"

小骗子，明明你刚刚跳得那么开心，你对那个棕色头发的男性笑了三次。

他点头道："是的。"

他也是骗子，他并不认为这家酒吧吵，只是认为那几个向景玉搭讪的男性有些碍眼。

在散步的时候，景玉拒绝了克劳斯续约的请求，她并不想继续这个合约。

天空暗蓝如绸布，晚风将河水湿润的味道送过来，沉闷的汽笛声逐渐远离，惊起夜晚的鸽子。白色鸽子腾空而起，呼啦啦地藏身在幽暗的夜幕之中，紧接着，车灯亮起，车辆行驶的声音传来。这些纷杂但细微的声音模糊了安静和混乱的界限，就像模糊了真心话和谎言。

克劳斯低头，看到景玉一双清澈的眼睛，她告诉他："喜欢并不一定意味着恰当。"

他第一次希望她不要这么聪明。他喜欢她的聪明，却又因此而遭受折磨——

即使不愿意承认，但克劳斯意识到，他如今尝到了不愉快的味道，那是事情即将失控的感受。

这条"小龙"擅长的远远不止这些，她会用潮湿的唇贴在他脖颈上，也会搂着他的脖子索要亲亲。她为了得到他而展现出极大的热情，用甜蜜的声音说着动听的话语，叫他"亲爱的"，叫他"Mr.Klaus"。

她知道怎么说能让他开心，他也深谙取悦她的方法。

绅士的西装穿得太久，野兽的本能在被撕裂的夜晚重新出现。

克劳斯的确是疯了，他如此厌恶这种感觉，却在愉悦达到顶峰时，仍压抑不住地低声说出奇怪的话语。

Ich liebe Dich.

这些简简单单的音节，不受控制地呢喃而出，似乎完全没有经过他的思考。

克劳斯在说出口的瞬间惊觉，他停下了动作。

景玉察觉到异样，抬眼担忧地看向他问："抱歉，您刚刚在说什么？我没有听清。"

她的确没有听清，或许她自己都没有意识到，她如今的表情是那样的心疼。她察觉到对方刚才的反常，并为他担心。

克劳斯用中文向她道歉。

景玉明显松了一口气，她伸出手用力拥抱着他说："不用啦，你做什么都可以。"

做什么都可以吗？那在龙的脖子上拴上铁链，把它永远留在城堡中，也可以吗？

景玉的脸颊贴上他的胸膛，又用鼻尖小心翼翼地蹭了蹭。

克劳斯听到她那声遗憾的叹息，就好像眼巴巴地望着糖果店的孩子。

轰然一下，墙就此倒塌。

无所谓。即使她缺乏爱，不擅长表达，喜欢掩盖内心，又能怎么样？

他低头，轻轻地吻着她的额头。景玉乌黑的眼睛里满是困惑。

克劳斯伸手，将她搂进怀中，冷静地说："似乎也不是坏事。"

孤单的魔王，在清晰地认识到小龙属性的这个夜晚，拥抱着她，开始默默计划——

如何将龙永远留下。

克劳斯来中国的次数的确不多，居住的时间更是算不上很长。

外祖母陆叶真每年都去普陀山拜佛烧香，老人家一直相信一个传闻——普陀山很灵验，只要连续三年去上香，中间不停，就能得偿所愿。

陆叶真说，她第一次连着三年去普陀山烧香，就是希望能得到女儿的下落。第三年刚回到法兰克福不久，埃森先生就带着金发的克劳斯上门和她做 DNA（脱氧核糖核酸）比对了。

这真是一件奇妙的事情。

往后陆叶真几乎每年都去普陀山，克劳斯不知道老人家有什么心事，只知道她在这儿的寺庙中供起一盏灯火，为已经过世的黛安祈福——尽管黛安是个虔诚的基督教徒。对于陆叶真来说，地球上的神佛应该算是同事。或许佛祖、菩萨也能把手伸到西方世界，来照顾一下她那可怜的女儿。

景玉从小生长在社会主义红旗下，她是坚定的马列主义信仰者、无神论者。即使离家不远的华严寺十分出名，香火鼎盛，她也没有去拜过。

景玉实在想不通，自己为什么会乘着轮渡，陪一个受上帝他老人家关照的金发男人来拜佛？这比《权力的游戏》中的龙母和《西游记》中的唐僧聊天，还要令人感到不可思议。

她今天还有点晕船，刚坐下不久就想吐。克劳斯就让她坐在自己的腿上，找到随身携带的药片给她吃。

景玉趁机多要了一杯奶茶当安抚费用。

现在是来普陀山最好的时候，刚刚七月份，天空净蓝，比用修图软件里的滤镜调出来的颜色都要干净。刚下船的景玉休息了好一阵，那种不适感才减轻，她碎碎念道："你说你又不归佛祖管，来这里许什么愿……"

克劳斯简单地说："我来还愿。"

这倒是让景玉惊讶地"哇"了一声。她不知道克劳斯许的什么愿望，确切地讲，她不知道克劳斯还能为什么事情而忧虑。他几乎拥有全部。

克劳斯的外祖母陆叶真女士经常拜的那个寺庙在快到山顶的位置，庙前有像牌坊一样的拱门，旁边有漂亮的花坛。拱门之后，羊肠小道分开浓翠的植物，沿着走，郁葱深处就是寺庙。

路上遇到虔敬的修行者，背着行囊，穿着灰色的长衣，一步一叩首，虔诚又安静。僧衣的衣角被水濡湿了一大片，他在抵达拱门后才休息，并简单清洗了一下手和脸。

体力不支的景玉正坐在花坛边缘休息，修行者走过来，坐在离他们不远的位置，整理着简单的行囊。克劳斯递过去一瓶水，对方合掌道谢，微笑着接过。景玉好奇，简单和对方聊了几句，几人才分别。

山林里能看到可爱的小松鼠在树枝上跑来跑去，景玉指给克劳斯看。不过那小松鼠太小，只看得清一抹小小的灰棕色影子，"啾"的一下就跳到了另一边。

今天是周末，上山的香客和游客也多，克劳斯顶着这么一张脸，的确容易被人偷拍。不过他不在意这些，只伏低身体，往景玉的位置倾靠，低声问她有没有好一些。

盛夏，还没有下雨的时候流感严重，景玉不幸中招患病。刚回国的那两天，她被克劳斯要求在家休息。在对待病人上面，他真的不像一个欧洲人。要知道，景玉的好朋友生病之后，对方的意大利男友只会问她要不要喝点烈酒？克劳斯不会，他只会给景玉倒热水，监督她吃下药片，让她好好休息。

感谢对方的严格监督和照顾，景玉这次的感冒好得特别快。第三天，她就已经能像个"未成年的哈士奇"（克劳斯的形容）一样活蹦乱跳了。

景玉跟着克劳斯迈入寺庙，上香，工作人员一边说着"家人可以一起拜"，一边将香递给景玉和克劳斯。

家人。

这个词语不错。

克劳斯用中文对景玉说："我喜欢他说的话。"

工作人员"呀"了一声，很快意识到——哦，这又是一个精通中文的老外。

人总是会下意识地亲近和自己具备同样特征的人。工作人员仍站在景玉旁边，详细地讲解和示范着上香的姿态和步骤。克劳斯听完后也一起做，鞠三个躬，然后将香插奉在香炉之中。他做的动作还蛮流畅。

临走前，工作人员还对克劳斯用中文来了句"愿佛祖保佑你"，景玉听得想笑。

氤氲着浓郁香火气息的大殿之中，香客顺时针走，景玉跟在后面，还伸手摸了一下据说能许愿的石狮子。狮子的头被人摸得锃亮，有点像河童那可怜又光滑的头顶。

离开的时候，景玉才问克劳斯："你还的什么愿？"

克劳斯说："希望聪明的景玉小姐能够顺利通过所有研究生考试。"

景玉痛苦地呻吟一声，伸手捂住了额头。

是的，读研就像是围城。德国大学的研究生课程，并没有她起初想象中容易。和本科时一样，排课不同，也没有强制性的措施，考试也是可以临场取消的，大部分人都推荐读 4 个学期。但其实只要不超过 7 个学期，都没有太大问题。

景玉想早点拿到毕业证，但她有一门课程的挂科率特别高。据上一届的学生反馈，30 个人中，只有 1 个人能顺利通过。这个可怕的挂科率让景玉瑟瑟发抖，她承认自己并不是最聪明的那个，很难保证自己不是那 29/30 中的一员。

景玉想换个轻松点儿的话题，又意识到不对劲。她向克劳斯表达自己的抗议："先生，你许第一个愿的时候，我还在念大学呢。"

克劳斯回答："也或许是许愿你大学不挂科？"他这样语焉不详的回答，并没有成功糊弄住对方。

石阶上还有水，滑溜溜的，积了一摊。景玉往下走一步，伸手攥住克劳斯的手指，她只握紧一个手指尖。但克劳斯反过来，将她整只手都包进了手掌心。

景玉还在尝试猜测："难道是许愿我身体健康？还是许愿我财源滚滚？日进斗金？大富大贵？"

克劳斯说："停止你的成语接龙，龙宝，你知道，我没有那么丰富的中文词汇量。"

景玉耸耸肩道："好吧。"

她哼着歌，听到克劳斯问："你许的什么愿？"

"暴富。"

很好，是她的作风。

景玉还在问他刚才的问题："那你之前许的什么愿？"

克劳斯言简意赅道："希望你暴富。"

这个祝愿十分美好，景玉特别满意。

路边有人卖鱿鱼丝，百无禁忌的景玉买了一些，秉承着"酒肉穿肠过，佛祖心中留"的信念，她快活地吃着鱿鱼丝下山。克劳斯不吃这种东西，只勉强尝了一小块。

他看着景玉自由自在的背影，忽然想起四年前，他陪陆叶真来普陀山拜佛时许的愿。

克劳斯的确没有太多的物欲，就像陆叶真，她也是，许愿只为慰藉亡灵。四年前，当克劳斯被工作人员告知可以许愿时，他想了想，只想到了家里面那条拼命搜刮钱财、将什么宝物都往身下塞的"小龙"。

那就希望东方的神明能够保佑这个来自中国的淑女吧，希望她能够过上梦寐以求的生活。

第二年，这个愿望后面增加了一点其他的念头——希望景玉能够富足的同时，还能够留在他身边。

第三年，这个愿望又变了——希望景玉富裕的同时，接受他的追求。

第四年，也就是刚才，克劳斯许愿：景玉小姐多赚钱，并接受他的求婚。

是的，克劳斯是怀着将戒指成功套上景玉手指的念头，陪她回国度假的。他想在景玉熟悉的环境中求婚。在自己的故乡，她或许能够拥有足够的安全感。

这次回国景玉还是选择住在她外公留下的小房子中，虽然这儿有些简陋，空调也必须调到很低的温度才能感到凉爽。但这是她的家，人就该住在自己家里面。克劳斯认为她说得很有道理，唯一遗憾的是这里隔音效果很差，并不能和她愉快地玩耍。

邻居家的王及已经大学毕业了，顺利进入北京一家不错的互联网企业工作，听说压力巨大。现在白日里只剩下邻居阿姨一人在家，她已经退休了，在家里闷着无聊。景玉回到青岛的第二天，她就热情地邀请景玉和克劳斯去她家中吃饭。

克劳斯对邻居阿姨保持了极高的尊敬，在进行晚饭之前，他认真地听取景玉的话。

远亲不如近邻，景玉这样告诉他。虽然他们并不经常回来住，但和邻居关系好，总不会有错。而他不需要说太多，只要礼貌地回答对方的问题就好。尽管克劳斯做好了如此多的准备，但当他坐在餐桌旁，仍旧听到了一句意想不到的话。

下了班回来的邻居王叔叔一只手捧着碗，另一只手做着手势，往嘴巴里送，发出声音："米西米西？"

克劳斯困惑地看向景玉。

景玉说："叔叔，克劳斯他懂中文。"

"哦哦！"王叔叔恍然大悟，他放下碗，看向克劳斯道，"啊，那个劳克斯，等等，什么名字？"

克劳斯礼貌地说："您可以称呼我的中文名字，景莱斯。"

景玉："……"那个，克劳斯先生，你确定你的中文名字要这么草率吗？

王阿姨感兴趣了，问："哪个 jing 呀？和我们景玉一个姓啊？"

克劳斯很自然地说："是的。"

王叔叔刚想说稀有姓氏结婚得慎重，转念一想，眼前这黄毛绿眼睛的外国人不知道混了多少血，身上的中国血脉估计已经被稀释到只剩下审美和语言天赋了。

热腾腾的饭桌上，他也没说这煞风景的话，只一个劲儿地夸景玉和克劳斯有夫妻相，看上去就是一对儿。什么两人一高一矮以后生的孩子肯定很均衡啦，黑头发和金头发生出来棕色头发的孩子，肯定也会很可爱……

克劳斯还是第一次感受到来自中国的中年夫妻的热情，他只顺着对方的话聊天，一一回答。他并不反感这种聊天方式，这些能够帮助他更好地了解景玉的生长环境和一些文化习俗。

而在遇到景玉之前，克劳斯对青岛的印象只有一个"脸基尼"（一种游泳时使用的尼龙防晒头套）。遇到她之后，青岛等于热闹喧嚣的啤酒屋、大方热情的青岛大妈、公园中聚在一起打"够级"（一种纸牌游戏）的人，以及有着优质沙滩的西海岸，还有鲜活的蟹虾、"哈啤酒，吃嘎拉"（喝啤酒，吃蛤蜊）。

景玉吃到肚子圆滚滚才回家，为了防止积食，克劳斯拉着她的手去楼下散步。不远处就是台东营口路市场，辣炒蟹的香味被晚风送过来，景玉又馋了。她克制着肚子里的馋虫，严肃地说："我未来三年都没有生宝宝的打算，先生，所以你最好不要对孩子抱有太大的期待，我不能允诺。"

克劳斯笑着应道："好。"

从一家人声鼎沸的啤酒屋前走过，路中间齐齐地躺着两个酒牌，不知道是哪个冒失的客人遗失的。克劳斯拉住景玉的手，避免她踩上去。

他问："亲爱的龙宝宝，你不觉得，在生孩子之前，我们还需要做一些其他事情吗？"

景玉"哦"一声道："我懂了。"她抬高胳膊，像兄弟一样拍了拍克劳斯的肩膀，鼓励道："我尊敬的先生，有些事你可以直接说，没必要这么委婉。"

克劳斯调整一下呼吸，道："还记得王先生刚才说的话吗？他夸赞我们很有夫妻相。"

景玉不以为意道："这是客套话，他上次还说我和莱昂纳多有夫妻相呢——有必要说明一下，是拍摄《泰坦尼克号》时期的莱昂纳多。"

克劳斯说："我想我也有必要说明一下，如果你再讲这种煞风景的话，你的奶茶额度将从每周两杯降低到每周一杯。"

景玉脱口而出一句不太文雅的话。

克劳斯没有在意淑女的一点点脏话，偶尔讲脏话的淑女也很可爱。

景玉思维飘散，她告诉克劳斯："你知道吗？如果两个人长得很有夫妻相的话，说不定上辈子是一家人哎——"

克劳斯打断她道："如果你敢说我是你父亲的话，今晚就揞好你的臀部。"

景玉从善如流道："那我们换个话题吧，亲爱的大熊熊先生。"

——满口甜言蜜语的小浑蛋。

并不具备求婚经验的克劳斯，预感到今晚无法了解到更多信息。

景玉哼了一会儿歌，脚步慢下来，前方一对头发花白的老夫妻互相搀扶着。道路算不上宽阔，她不想打扰对方，在后面慢慢地走。两人都已经上了年纪，背部弯得像陈旧的弓。走近了才发现，老爷爷像是哄小孩一样，一直用方言哄着自己年迈的妻子："对对对，我们去买糕糕吃啊，别急，先等灯……"

大概是那个老奶奶年纪大了，患了病，记忆乱了。

景玉停下，等红绿灯亮起，他们跟在这对老夫妻身后穿过路口。不过老夫妻往左边去，他们是往右。

走出两百米，景玉才若有所思地问克劳斯："先生，除了德语、法语、中文和英语之外，你还会讲其他语言吗？"

"一些简单的西班牙语和罗曼什语。"说到这里，他问，"怎么了？"

景玉露出一点苦恼的神色，她陷入自己的思考，轻轻叹了口气道："那这样的话，我是不是要跟随你的脚步，努力多学习一些其他语言？"

上帝！这是克劳斯第一次在公共场合听到景玉说出如此温暖的话。

不可思议。

克劳斯已经做好这周奖励她多一杯奶茶的准备了，她应当受到嘉奖。

尽管很欣慰她有这种学习的念头，克劳斯还是告诉她："别担心，不需要这么努力，我会使用你喜欢的语言。"

"不，不，"景玉惆怅地叹了口气说，"据说男人比女人老得快，而且你已经这么大年纪了。"

"已经这么大年纪"的克劳斯感觉胸口被龙爪捶了一拳，不是那种跟挠着玩儿一样的粉红小拳拳，是让人扎心的铁拳。

"况且欧洲人本来就比亚洲人老得更快。"

又一拳。

"据科学研究表明，老年男性更容易患阿尔茨海默病——应该是这个名字吧？那个，我们一般称呼它为老年痴呆症。"

克劳斯低头看向景玉。她现在一脸担忧，那副关切的表情看起来有些浑蛋，完全不知道自己刚才的话对大魔王造成了怎样的影响。

很好，现在的"小龙"不仅将失去她的奶茶奖励，剩下的每周两杯也开始岌岌可危。她对此仍旧一无所知。

景玉仰着脸，贴心地看着克劳斯道："先生，万一你老年痴呆了，语言功能失调，我怎么知道你说的是哪国话呢？"

克劳斯说："虽然你这些话如此锐利，但不否认是出于关心，这让我很难对"龙臀"下手。"

虽然小龙一直在用力地往魔王的心脏上插刀子，但对方能想到一起衰老之后的问题，这让魔王又得到了治愈。

况且，她说的大部分都是事实。不过他年纪并不算大，也不会患阿尔茨海默病。

克劳斯仍旧选择勉强奖她一杯奶茶，以赞赏她的思虑周全。

景玉还在继续思考这个严肃的问题："真的，考虑到我们亚洲的种族优势，你肯定要比我先老吧？不过好像也不用担心，我们到时候可以雇用一个专业的翻译……"

她沉浸在这种可爱的假想之中，灯光与树影互相交映，地上满是暖黄与浅墨的色彩。啤酒屋里传出吉他声，脸庞绯红的酒客拿着小酒牌去换啤酒。景玉幻想着两人之间的未来，仍旧在思考着这些古怪的念头。

克劳斯跟在她身后。

就像每一个回到自己家的孩子，景玉现在穿着她普通的家居裙，无拘无束，简单地扎了头发。裙子大概是她还在读高中的时候买的，普通的棉布裙，上面有着太阳花的图案。

在下午时，克劳斯就已经委婉地提醒过，他承认这件衣服十分可爱，材质也很舒服。但景玉穿上的话，总会令他有种深深的负罪感，他会感觉自己在和高中生亲昵。如果可以的话，他希望两人进行深入沟通交流的时候，景玉能够换下它。

没想到景玉一听这话，穿得更起劲儿了，每天都要翻出一件过去的衣服回忆青春。要不是有些衣服穿不进去，她甚至能把初中时的衣服也扒拉出来。

淘气包，顽童。她可真是把这两个词语诠释得淋漓尽致。

克劳斯难以想象，景玉的青春期是如何叛逆的，还是说，现在是她迟来的叛逆期？

青春期还没有开始，父母就选择了离婚，她跟随母亲一起搬到外祖父的房子中。不过短短几天，娇生惯养的大小姐，经历了一场人生的巨变。这种情况下，正值青春期的少女很难产生叛逆期吧？她的世界充斥着成年人才要面对的压力，分不出其他心思去考虑成长的忧愁。

克劳斯决定不阻拦她这种故意挑衅的行为，他可以接纳、弥补她这种叛逆期的遗憾。

在许许多多的旅行分享平台上，分享的青岛多是一些红瓦绿树的德式建筑，碧空如洗，海水浴场宽广，以及隔着照片都能闻到的清香啤酒花味道。

青岛至今仍保留着差不多360多个德式建筑，最出名的要数江苏路的基督教堂。钟楼镶嵌着漂亮的绿色铜片，外墙面上装饰着许许多多的花岗岩。每年的春夏，这个好像童话故事里的建筑，都会吸引一些新人在外面拍摄婚纱照。

现在也不例外，景玉原本想邀请克劳斯过去参观一下，仔细想想今天是周末，人肯定很多。教堂每周五晚上会有青年聚会，周六晚上的慕道倒是允许非教徒参加，不过景玉对宗教类的活动并不感兴趣。

算了，反正克劳斯见过那么多教堂，他应该认为这种风格并不独特。

景玉设身处地地思考了一下，她邀请克劳斯参观青岛的德式教堂，岂不是相当于克劳斯在德国请她参观寺庙？

但，景玉视线从手机上移开，仰起脸看对方。

在三个小时之前，克劳斯告诉她，他想要一场中国情侣的约会。考虑到这是她成长的城市，地点可以让她随便选。

这就让景玉犯难了，她忧愁地拿出手机，尝试着搜索别人的约会攻略。

不清楚是不是人的通病，大部分人都很少会去探索自己所在城市的那些热门旅行景点，更喜欢去其他人生活倦了的城市玩耍。举个例子，景玉的一个同学在武汉，但对方从没有去过黄鹤楼；在泰安的同学没有爬过泰山；西安的朋友没有去过兵马俑和华清池。

景玉也一样，她都没有好好地去这个基督教堂看过，也没有去过传闻中的"凶宅"提督楼——现在改名叫"迎宾馆"。

她在手机上刷着滤镜厚到认不出建筑本貌的照片，忽然想起来外公讲过的事情，问道："您听说过提督楼的诅咒吗？"

克劳斯早上刚刚学会使用景玉家中的老式熨斗，现在正站着给她熨烫裙子。听到这里，他头也不抬道："什么诅咒？像'希望蓝钻'（历史上有名的'厄运之钻'，总是伴随着凶杀以及抢夺，是沾满了鲜血的不祥之物）吗？"

"好像也差不多，不过没那么夸张。嗯……曾经有两个德国总督住在里面，结果一个被国会免职，另外一个在日德战争中死掉了。后来的一个日本小……在里面住了半年，挂了。"

老式的熨斗需要掌握好技巧，停留时间不可以太长，不然一不小心，就会在衣服上烫出一个破洞。克劳斯专注地听景玉讲这些事情，不紧不慢地移着熨斗。他礼貌地询问着一些不太理解的字眼："'挂'是什么意思？是指将自己挂起来吗？自缢？"

景玉解释道："Die."

克劳斯表示了解。

他穿着刚刚熨烫好的黑色衬衫——景玉还不会使用这个老式的熨斗，而想体验普通情侣生活的克劳斯，并不想联系专门的衣物护理人员，只能由他亲自来熨烫衣服。

他认为这种感觉并不坏，更像是"一家人"，并且他的动手能力还不错。

克劳斯已经将景玉的裙子熨烫好了。这一条还是景玉准备出国前时穿的，好友栾半雪买来送给她的，一条很美丽的连衣裙，A字大裙摆。景玉穿着它参加了当时最后一次同学聚会，可惜在聚会上被弄脏了。

她原本想把这条裙子打包放进行李箱，可是晾了一晚上都没干，只好留在家中。后面回国了几次，她把它叠好收起来，放在了柜子中。

克劳斯昨天将它找出来，重新洗干净，晾干，熨烫。

他叫她，示意她过来："宝贝儿，来试试看。"

景玉脱了睡衣，克劳斯提醒她将双手举起来，从上面往下套，穿上后再拉背后的拉链。他低头，将景玉背后的头发往前拨，不忘提醒道："挺胸，收腹。"

景玉憋了一口气，从嗓子里挤出来一声"嗡"。

克劳斯一只手捏着裙子后背的布料，另一只手捏着拉链往上扯。景玉还在叽叽喳喳地说着外公给她讲的故事，克劳斯耐心地听着。拉链成功拉上后，他拍了拍景玉的肩膀，让她转个身，欣赏她摆动的裙摆——这条裙子的材质是绵绸，下水后摸起来会有些硬，可干了之后就十分柔软。原本有许多褶皱，现在都被克劳斯熨平了。颜色是纯净的、低饱和度的紫色，好像落了霜的葡萄。

景玉却想起来，以前妈妈还在的时候，也是这样。她会听自己说很多很多乱七八糟的话，笑着看自己试新衣服。妈妈是一个博学的成年人，但却会耐心地听小孩子讲那些奇怪又琐碎的东西。

克劳斯也是。

胸口有种说不出来的感觉，景玉张开双手，抱住他，额头重重地抵住他的胸膛。

克劳斯问："怎么了？"

景玉用脸蹭了蹭他的胸膛，说："抱抱。"

短暂的消沉之后，景玉从克劳斯的拥抱中获得温暖，她重振旗鼓，继续讲提督楼的故事，比如曾经住在里面那人的一妻四妾，以及现在还放置在其中的一架钢琴。

"19世纪生产的呢，琴键都是用象牙做成的，听说那个厂子在以前被炸了，应该只留下了几架钢琴。"

克劳斯若有所思道："你想要吗？或许我可以问问朋友有没有办法。"

景玉拒绝道："不要，我又不会弹，只会暴殄天物。"

景玉翻了半天的攻略，终于总结出大部分情侣应该做的事情。比如压马路、手牵手去看海、去海底世界拍照、一起吃晚饭、看电影……她给克劳斯看了这些简单的规划，有些不理解地问："我们之前不也是这么做的吗？我们不是一起去过很多次电影院吗？"

"是啊，"克劳斯平静地说，"不过以前是我多付给你休息日双倍的薪水，以及专门陪看电影的费用。"

"……"

一想到自己之前从克劳斯身上搜刮到了如此多的财产，景玉的良心终于让她有些不好意思。她含蓄地将自己的手收回，用手指尖戳了一下他的肩膀，又戳了一下，然后矜持地开口道："死鬼。"

景玉把约会的地点选在了老城区，最中心那一段，中山路及周边，这一片景点多。逛完之后，看时间安排，还能去被人称为"西镇"的团岛。那里有八个民国时期建的居民大院，还有不少地道的本地小吃。

克劳斯很喜欢这个安排，他称赞道："完美。"

景玉谦虚地说："感谢先生的指导。"

天主教堂前有不少新人在拍摄婚纱照，景玉驻足，看了眼新娘美丽的婚纱，而克劳斯则低头，看向景玉。

他问："你喜欢哪种婚纱？"

现在拍照的有好多对新人，婚纱样式也不尽相同，大拖尾、蓬蓬裙、鱼尾的……阳光下，闪烁着不同的美丽光泽。

景玉说："贵的。"

克劳斯赞赏道："你的审美很专一。"

周末的人太多了，景玉和克劳斯并没有进去。有老奶奶卖花，克劳斯给景玉买了一枝，是很普通的红玫瑰。景玉却很开心，一直握着用塑料纸包裹好的花枝末端。

下午两人去看了场电影，是一个国产的喜剧片。坦白来说，并不是特别吸引人，但里面有些小梗还蛮有趣的。不过，这对克劳斯来说并不友好，毕竟他对中文的理解仅限于普通话，他听不懂其中的方言。但他仍旧看完了整场电影，顺便偷偷地将自己满满的爆米花，倒入景玉那快见底的爆米花筒中。

离开的时候，景玉还在惊叹："这家电影院里的爆米花分量比以前多好多啊！我读高中的时候和朋友一块儿过来，电影刚看到一半我就吃光了，这次我感觉好像吃不完一样……"

只吃了不到三分之一爆米花的克劳斯，将两个空桶若无其事地丢进垃圾桶中，他说："宝贝儿，也许是你吃得慢了呢？"

景玉深以为然。

"然后，"克劳斯又问，"高中的时候是和男性朋友过来看的，还是女性朋友？"

景玉没有立刻回答，她原本正在盘算着买糖雪球还是糖炒栗子。听到这话，转身看向克劳斯，露出了春晚小品上马丽小姐的同款"哦"式笑容。

她问："请问，你是偷偷吃我年轻时候的醋吗？我的大熊熊先生！"

克劳斯并没有直视这个问题，而是问："想不想吃栗子？还是想吃……

嗯，那个包裹着糖的球——"

"那叫糖雪球，里面是山楂。"景玉介绍道。

"好，那你想吃糖雪球吗？"

"别想转移话题，你在吃醋吗？在因为我年轻的时候受欢迎而吃醋吗？"她骄傲地挺起胸膛，不忘兴致勃勃地告诉对方，"我要吃糖雪球，一斤，要三个小叉子。"

在买单时，克劳斯使用着他刚注册不久的支付宝，扫码付款的时候，还有些不太熟练。

付完钱后，他才对景玉说："你要知道，对于我这个年龄来讲，还会吃你高中时期男同学的醋，是很不可思议的一件事情。"

景玉疑惑道："嗯？"

克劳斯接过店员递来的糖雪球，说了声谢谢，才转交给她。

景玉拿小叉子去戳，刺透糖霜和里面包裹的去核山楂，咬了一口，清新的甜蜜溢满了口腔。

克劳斯继续说："但我的确想分享你年少时候的快乐。"

景玉问："成熟的欧洲男性不是不会吃醋吗？"

"应该是这样。但我还是中国小淑女的男友。"

景玉要被这甜言蜜语打动了。但她高中的时候和朋友去看电影，对方的确只是普通的异性朋友。在"恋爱"这种事情上，她的确不具备天赋。

或者说，景玉的生长环境，将她的恋爱观塑造得和其他人有些不同。

她更看重利益。

在读高中时也是这样，景玉清楚地意识到，自己将来要有很长一段时间不会在这里，因此也没有恋爱之类的念头。

她得好好地藏着自己唯一的心。

两人在黄昏中牵着手散步，景玉告诉克劳斯，曾经的青岛还有个"绿槐半岛"的称呼，因为以前有很多槐树。但后来市区行道频繁更换，许多老槐树被砍，这个称呼渐渐消失了。

还有很多剧组专门去老街巷拍戏，几乎是拍一次就刷一次墙。拍完之后也不去还原，结果这些小巷的色调不统一，乱七八糟的……

说到这里，景玉指了指不远处的井盖，告诉他一个好玩的事情："先生，你知道吗？在我们的方言中，井盖还叫'古力盖'。"

克劳斯明白了，确认似的问："Gully（排水沟）？"

景玉点头道："对，就是音译。"说到这里，她补充道："中文就是这样，我们不会排斥外来的词汇，而是宽容地接纳，融汇到本土中。也不会像某些国家一样，自私地占为己有……"

说到这里，她的肚子"咕噜"叫了一声。

克劳斯问："饿了？"

景玉戳了戳肚皮说："想喝奶茶。"

"你昨天刚喝过一杯。"

"但我们现在在约会！"

克劳斯铁石心肠地说："约会也不能破例。"

景玉叹了口气，她低头用手指戳了戳自己的肚子，用克劳斯刚好能够听到的声音说："景乖乖啊，你的爸爸不让我们喝奶茶，他好狠的心啊……"

克劳斯问："景乖乖是谁？"

景玉用力一挺肚子道："我们的孩子，就在这里。"

克劳斯若有所思地说："如果我没有猜错的话，这里面应该是你中午吃的油泼笔管鱼和椒盐虾蛄？"

没错，中午景玉将自己的肚子吃得圆滚滚的。他们一直妥帖地做好了安全措施，应该并不会意外怀孕。

景玉转移战术道："但是，你知道吗？先生，在我们国家有种说法，叫'周末的第一杯奶茶'。据说情侣在周末喝同一杯奶茶的话，将会永远幸福地在一起……"

克劳斯无情地打断她道："这个理由，你上个月20号已经用过了。"

"……"连续三次失败，她感觉到挫败感。

感受到挫败的景玉化悲愤为食欲，选了一家普通的鲁菜店。她倒不是不喜欢吃海鲜，主要是青岛的海鲜也有时令。二月的梭子鱼最美味，三月能尝到顶级的鲅鱼，晚春吃海蛎子。

至于夏天，这时候属于休渔期，街上、店里的海鲜都是养殖的。再想吃美味，得等到九月，海一开，扇贝、虾蛄、鱿鱼、蛤蜊……应有尽有。

克劳斯已经能够接受吃中餐，尽管还有些不太习惯，但现在的他已经可以陪景玉一同吃饭，而不是额外点餐。

景玉点了疙瘩汤，汤里面的菌菇和虾仁又香又鲜，她喝得很快乐。克劳斯更喜欢吃裹了一层蛋液炸出来的虾仁，还有一种用红腐乳腌制过的肠。

德国人果真爱吃肠，爱喝啤酒。景玉这样想着。

克劳斯礼貌地问她："中国的情侣，在热恋期约会的夜晚，还会做什么？"

景玉放下筷子，认真地看着道貌岸然的克劳斯想：好啊，老家伙，您在这里欲擒故纵吗？还是在这里装天真无邪呢？

注视着对方的眼睛，景玉天真地说："应该是拥抱后回家里休息吧。"

克劳斯顿了一下问："回同一个家吗？"

"哦，不，天真的老熊熊，"景玉告诉他，"你要知道，我们都很保守、很含蓄的。"

克劳斯颔首道："我明白了。"

他表达了感谢，然后用手机点了一单外卖。当两杯奶茶送过来的时候，景玉的眼睛都亮起来了，就像用绒布擦拭得闪闪发光的宝石。

克劳斯拆了一杯喝，他若无其事地问："我们刚刚好像在讨论关于约会的话题，对吗？"

景玉盯着奶茶应道："是的。"

克劳斯放低声音问："你认为情侣在热恋期的晚上会做什么？"

景玉没有正面回答，她眼巴巴地看着奶茶问："第二杯奶茶是送给我的吗？"

克劳斯说："你先回答我的问题。"

景玉语焉不详道："嗯……大概是接吻？"

克劳斯手一伸，将两杯奶茶放在自己面前，说："这些都是我的，第二杯半价。"

景玉向他投射出愤怒的视线。

克劳斯毫不在意，继续问："你还有一次机会，接吻之后呢？情侣会做什么？"

景玉言简意赅地吐出两个字。

克劳斯温柔地将第二杯奶茶放到她面前，说："好女孩，这是我为你点的奶茶，里面加了你最爱的红豆和芋圆。"

景玉激动得"哇"了一声。

克劳斯向她表达了自己真挚的感谢："谢谢你给予我一个以身相报的机会。"

景玉喝完了整杯奶茶，又愉悦地接纳了克劳斯的以身相报，为他们今天的约会画上一个圆满的句号。

而在约会后的第三天，克劳斯不慎感冒了。

他的身体很结实，或许是轻微的水土不服，换季时又流感多发，前不久景玉刚好，现在克劳斯又病了。但克劳斯不喜欢打针，只简单吃了一些药片。

邻居阿姨听说了这件事后，立刻热情洋溢地将自己家的一个小偏方发给景玉，就是发汗，专治感冒。据她说，这个偏方可管用了，好多人喝两次就好了。

景玉决定给克劳斯露一手，让他见识一下中国人民传下来的智慧。

乐于尝试新事物的克劳斯同意了。

景玉一边听着邻居阿姨的语音，一边将她送来的药材分剂量投入小煮锅中。克劳斯半倚在后面的沙发上看书，他的流感不太严重，只是体温偏高，现在没有其他不适。

"嗯……白糖5克，白术2克，花椒20克……哇，花椒好多，"景玉犹豫了一下，又想，发汗嘛，肯定要多一些，"还有……"

按照邻居阿姨给的方子，她满怀爱心地煮好了一碗充斥着辛辣气息的汤饮。克劳斯犹豫了五秒，才在景玉的催促声中喝下去。他喝了一口，停下，似乎有些不对。

景玉给他鼓气加油道："不要担心，良药苦口利于病！喝下去就会好啦，中药偏方苦是很正常的。"

克劳斯勉强喝了第二口，浓烈的辛辣气味在口腔中弥漫开，还有着说不清道不明的麻，他差点吐出来。

景玉期待地看着他问："怎么样？"

克劳斯声音都哑了："似乎并不怎么样。"

"嗯？"

"你确定是按照药方做的吗？"他感觉自己的口腔和舌头都麻木了，越来越麻，好像吞下了麻醉剂。

景玉立刻将邻居阿姨发来的消息和语音给他看："没错呀！"

克劳斯把语音逐条点开听，终于发现了这两者之中的差距——邻居阿姨给的方子是花椒20颗。他看了看碗，碗底密密麻麻的全是花椒，景玉放的是20克。

景玉也意识到了这一点，这可真是个糟糕的乌龙。尽管很想笑，但考虑到对方的心情，她用力忍着，关切地询问道："先生，你现在感觉还好吗？身体哪里不舒服？需要我叫医生吗？"

克劳斯说："还好。"他握住景玉的手说："甜心，你放心，在我的最新遗嘱上，你的名字排在第一位。

"我们不要这么着急，慢慢来，好吗？"

番外三

 求婚

在景玉的认知中，克劳斯上次患病并没有表现出太多的不适。但这一次，喝下"花椒汤"的对方，在下午 2 点的时候体温仍旧没有下降。他并不咳嗽，也没有鼻塞，精神看上去也不错，只是脸颊很红。他皮肤太白了，稍微一脸红就格外明显。

景玉按照原来的方子认真煮好汤，这次还贴心地用了滤网，将那些药材的残渣都一一过滤干净，只剩下药汤。她将这碗汤捧给克劳斯喝的时候，还特意告诉他："不要担心，这次绝对没有问题，我用我的信誉保证！"

克劳斯礼貌地感谢她道："就算有问题也没关系，我想应该不会有比刚才更痛苦的口感了。而且，感谢龙小姐刚才的馈赠，我想我现在应该尝不出味道。"

景玉："……"

早就写好遗嘱的克劳斯，面不改色地喝下了景玉煮好的汤饮。

按照原本的计划，克劳斯要去八大关那边见一位故人，景玉会和他一同前往。但景玉认为病人需要休息，坚持要他去她的卧室中休息。克劳斯勉强同意了，他给朋友打电话，取消了这次会面。

克劳斯休息的时候，景玉坐在外面的桌子上看了会儿书。

这房子并不大，她卧室里的书桌比较小。在大部分情况下，她基本就是在餐桌前看书写字，现在也一样。

克劳斯在睡觉，她不想打扰对方。

天气渐渐开始闷热，客厅的空调吹着冷风，可惜作用仍不算太大。景玉有一份论文需要写，删删改改好多次，喝了好几杯浓茶提神，才磕磕绊绊地写完了初稿。

距离截止时间还有半个月，景玉当然不会这么草率地提交上去。她轻手轻脚地打开卧室门看了一下，怕惊醒对方，便脱掉鞋子，光着脚走过去，拧那个已经有许多划痕的门把手时，她动作轻柔，小心翼翼。

在景玉那张铺着淡奶油色床单的小床之上，克劳斯枕着她的浅黄色维尼熊枕头，金色的头发泛着淡淡的温柔光泽。他睡着的模样很安静，偏好向右侧躺，在两人睡在同一张床上的时候，景玉都是躺在他右边。

刚开始那两年，偶尔睡在一起时，景玉都是充当他的人形抱枕。往后一段时间，等试探出对方的脾气后，景玉开始能抱着他的胳膊睡，或者脸贴着他的胸膛。

景玉拿着包，换上鞋子，出门。

七月黄昏时候的青岛有一种特有的慵懒，开着浅紫色小花的藤蔓伸出红砖墙，梧桐树的叶子苍翠蓊郁，风吹叶片沙沙作响。

东部的酒吧还未开始积攒人气，浮山湾的落日橙红若彤。景玉在夕阳的余晖下去超市，她买了些零食、水果，没有小推车，就用手拎着往家走。

她好久没有回来，虽然店铺有变化，但走在街道上，有在德国并不具备的安全感和踏实。

在楼下恰好遇到王及，对方拎着一尾黑鱼，装在大塑料袋里面。鱼还是活的，袋子里灌满了沉甸甸的水，套了两层，仍旧有一些水渗出来。显然他也是刚刚买菜回来。

王及用空闲的手扶了下眼镜，主动和景玉打招呼道："什么时候回来的啊？"

景玉说："上周，你呢？休假吗？"

"我妈最近腰痛，回来陪她去医院检查检查，"王及笑着说，"你一个人回来的？"

"啊，不，男友也来了。"

王及脸色没变，看景玉拎的东西沉甸甸的，她那双手都勒出痕迹了，勒痕发白。他主动提出帮忙，景玉拒绝了。

"又不重，"她说，"几步路就到家啦。"

王及没有继续坚持。

两人一块儿聊着天上楼，景玉在家门口和王及告别。她的钥匙放在包的最底端，不太方便拿出来。楼道里的灯光暗，她摸了好几下都没摸到，也看不大清楚。

见状，王及走过来打开手机，给她照明。

景玉刚刚摸到钥匙，门自内打开了。

克劳斯身上穿着景玉之前给他买的那套睡衣，不过脖子上能明显看到红色咬痕，金发也有点乱。他伸手将景玉手里的东西拿过来，微笑着向王及道谢。王及有些手足无措，他只干巴巴地和这个金发老外说了句"不用谢"，转身就回自己家了。

景玉进门后，第一件事是先找体温计，翻出来给克劳斯测量体温。她问："你什么时候醒的呀？头还痛不痛？"

克劳斯拉住她的手腕说："先别着急，你和隔壁的王先生一块儿去买的东西吗？"

景玉说："当然不是！"她将手腕从克劳斯手中挣脱，拉起他的右胳膊，将体温计夹进去，放下。

"五分钟哦，"她看了眼时间，严肃地叮嘱道，"这五分钟不要乱动，免得影响结果。"

克劳斯脸颊上的红比之前好很多了，他的身上还有淡淡的沐浴露的味道。景玉猜测，他应该是在出汗后去洗了个澡。但他看上去似乎并不如刚才心情好。

"先生，你哪里不舒服吗？"

"有一点。"

景玉有点紧张，她追问道："哪里？"

克劳斯指了指自己的胸口，面容平静地告诉她："这里，有点儿酸，我想它大概有一点点吃醋。"

"……"

"没关系，让我自己稍微调整一下就好。"

"……"

景玉站在克劳斯面前，仰起头，捧住他的脸颊，在他嘴唇上"吧唧"亲了一口。

"成熟的欧洲男性，"她说，"我只是在楼下遇到他啦！我是一个人去超市的。"

她这样解释着，用自己的额头轻轻地蹭了蹭他道："就算是为了你遗嘱上第一名的位置，我也会发誓对你保持绝对的忠诚。"

468

克劳斯若有所思道："你想表达的意思很美好，但为什么我却感觉到了攻击性？"

景玉说："幻觉，绝对是幻觉！"

生病时候的克劳斯，有景玉平时看不到的另一面，如果非要总结一下的话，大概就是——更加需要和她在一起。

景玉在做菜的时候，克劳斯主动帮忙，比如清洗；再比如按照她的要求，将蔬菜切碎。

这位自从冠以埃森姓氏之后，进厨房的次数一只手都数得过来的绅士，对于"碎"这个形容词显然有属于自己的独特理解——他把食材切碎到能去做咖喱。

景玉先是称赞了他的严谨，然后重新示范了一遍。

克劳斯询问道："需要我帮你煮饭吗？"

景玉头也不抬地说："算了，先生，我还没有写遗嘱，并不想英年早逝。"

"好的，我的甜心。"

景玉的厨艺还算不错，她挑出最好的肋边排骨，加上嫩滑的豆腐，切碎的白菜、菌菇，一块儿炖得酥烂，脆骨还是脆生生的。克劳斯很满意，不过他的舌头在下午时遭到一点点小损伤，现在品尝起食物来仍旧有些麻木。

两人在青岛住了一周，最后一天的行程是克劳斯规划的——他带着她去见了自己那位住在八大关的朋友。

在20世纪30年代，这儿属于青岛的别墅区，昔日不少达官贵族在此建造起园林风格不一的私宅。洋楼各有各的特色，后来大部分私家庭院被收归国有，规划成专门用来接待国内外重要人士的度假疗养院。但这并不妨碍它是景玉心中认为的青岛最美的地方，紫荆关路两侧雪松成行，树影投在车窗上，景玉指尖触碰着冰凉的玻璃，外面阳光、树影交织。

即使现在没有春华秋实，但夏天的道路依旧如此美丽。

早在刚到青岛的那天晚上，景玉就向克劳斯感慨，她小时候最羡慕的就是住在八大关的人——哪怕那边有些是几户或者十几户的"团结户"，住在同一个别墅中。

因为这里实在是太美了。

八大关大部分的房子属于国家所有，属于居民的并不多，有些瓦檐修缮都要上报相关保护单位，更何况是独栋别墅。虽然有那么两三套别墅属于私产，但在这样的情况下，价格和购买人的身份可想而知。

在得知克劳斯的朋友住在这里时，景玉特意换上了一件正式些的旗袍，正绢布，有着精致繁复的花纹。

克劳斯的朋友姓唐，是个身形瘦削的中年人，气度清雅。他们在圆形的露台上喝茶聊天，今日的阳光正好，将红色的屋顶映照出漂亮的光泽，法桐叶浓绿，叶脉边缘是阳光吻出的美丽金色。

景玉听不懂两人之间交谈的事情，他们大多在聊一些比赛，还有贸易上的来往，这些东西超过了她的接触范围。她用金柄的小勺子搅了搅咖啡，里面只加了一点奶，没有放糖。

从这个角度，隐约能够看到不远处的公主楼。那是一座漂亮的绿色小屋，和童话故事中的一模一样。

克劳斯朋友的手机铃声响起，他说了声抱歉，去另外一侧接电话。

只剩下克劳斯和景玉。

景玉还在用小勺子搅拌着咖啡，有一点点苦，她喝不惯。

克劳斯问："不喜欢吗？"

景玉苦到快要皱起眉头，用力点头。

克劳斯招手示意，告诉守在门口的用人："可以帮我们买一杯奶茶吗？你想喝什么？"后面这句是对景玉说的。

景玉毫不犹豫道："我想喝新出的那个，嗯……生椰焦糖板栗茶。"

用人说了声好，转身去买了。

景玉没想到今天竟然这么轻易就喝到了奶茶——要知道，她这周的奶茶额度已经严重超标。

克劳斯问她："你认为这里的风景怎么样？"

景玉诚恳地回答道："超棒！"

真的超棒。

景玉的外公在最有钱的时候，不是没有动过买这里别墅的念头。这儿风景好，房子也漂亮，可惜他人脉不够，最终还是没有成功买下。这边的一些私人别墅购买者都很神秘，大部分都不是本地人。

克劳斯往后坐，他今天穿的衬衫是白色的，温莎领搭配打成温莎结的领带——这还是出门之前，景玉帮他打的。

"你想要一颗钻石吗？"他问，"考虑过多少克拉吗？"

景玉用手比画了一下，说："越大越好。这么大？"

克劳斯若有所思道："像麻将牌一样大吗？戴在手上会不会不太方便？"

景玉不解地问："为什么要将钻石戴在手上？戒指吗？不不不，这么大的钻石当然要收藏啊，或者做项链……不过真有这么大的钻石戒指吗？我只见过这么大的冰糖哎。"说到这里，她自己乐了："我小时候玩过家家倒是有那么大的一块钻石戒指，不过是塑料的……"

克劳斯笑着听她讲，阳光悄悄从梧桐树的一个枝丫移到另一个上面。

他的那个朋友始终没有过来。

这杯奶茶送来得很快，不到十分钟。景玉拆开吸管的纸，插入奶茶中，还没来得及吸，就听到克劳斯问："景玉，那个绿色的尖顶房子，是公主楼吗？"

"嗯？"景玉顺着克劳斯指的方向看过去，"啊，是的。"

不远处是绿色的尖塔楼，童话一样的颜色，之前一直属于政府，现在才对民众开放不久。

"为什么叫公主楼？"克劳斯表现出一副虚心受教的状态，温和地望着景玉问。

"啊，是丹麦王子让人买地建造的，准备送给丹麦公主，让她度假的时候住在这里。不过，好像被辟谣了，其实是一个德国商人建造的。"

"原来是这样，我以为是某人送给自己妻子的。"

景玉深以为然道："确实，这个房子真的很美，要是有人能送给我一套——"说到这里，她感觉有些不对劲。

克劳斯注视着她问："然后呢？"

他今天穿得很正式，她也是。景玉不说话了，她捧着奶茶，从克劳斯的表情上察觉到一些事情，又低头看看奶茶杯。

等等……

克劳斯问："如果有人送你一套漂亮的别墅，你会答应嫁给他吗？"

景玉的喉咙开始发干，她很紧张，紧张到说话都有些不稳："那要看是哪里的别墅了。"

"现在的这个呢？"

"……"景玉说不出话来。

克劳斯站起来，又问："如果我将现在这个房子送给你，你会接受吗？"

景玉摇了摇奶茶杯，杯里的板栗泥很厚重，她摇不动。太突然了，突然到她说话都有些结巴了："你……你该不会把戒指藏在奶茶里面了吧？你不担心会噎到我吗？这可会影响到两国人民的关系！"

克劳斯笑了，他走到景玉面前，单膝跪地，将手心中漂亮的丝绒盒子打开，里面躺着一枚漂亮的钻戒——

景玉从来没有见过这么闪耀的钻石戒指，它看上去就像是一个公主——

哦，不，是一个属于女王的皇冠。正中间是一颗透亮的、闪着动人光泽的钻石，整个戒指的其他部分都镶嵌着璀璨的小钻石。

景玉捧着奶茶杯，她很想像电视剧里所有看到求婚戒指的女性一样捂住嘴巴，但是她舍不得放下手中的奶茶。就这样，惊讶地、不受控制地发出短促的"啊"声。

"景玉小姐，我用了一周的时间来思考，该如何向你求婚。我考虑过一些地方，比如前天去的海底世界，但你有一些深海恐惧症，被鲨鱼吓到发抖，我很抱歉。昨天我订了一个蛋糕，想将戒指放在上面，给你一个惊喜。但等我发现的时候，你已经将蛋糕吃掉了一半。"

因为话多、胆小、贪吃而完美错过多次求婚的景玉，脸红耳热地打断道："不要再说了，先生，求求你。你再说下去，这婚没法求了。"

克劳斯笑起来，他的绿色眼睛看起来是如此动人。

"这个房子原本是我想送你的求婚礼物，等一会儿我们下去签字，它将完全属于你。很抱歉，我知道，对于你来讲，这或许有些太过俗气。"

"对不起，"他诚挚地向景玉道歉，"我很想给你更加正常的求婚方式，比如用蜡烛摆成心形、准备好一万朵玫瑰花、拉起写着你名字的条幅，或者拿着喇叭站在人群中向你求婚。但因为时间关系，我没有买到粉红色的喇叭，只能使用这些俗气的小把戏。"

景玉衷心地说："谢天谢地，你没买到。"

"我明白，未经你允许就擅自决定送你房子有些不礼貌。但请原谅，我真的只是想让你开心。"这样说着，他问，"景玉小姐，你愿意接受我的求婚吗？"

景玉捧着奶茶，她刚刚只喝了一口，板栗泥的味道在口腔中渐渐散开，心脏好像也变成一大把刚刚剥了壳的板栗，噼里啪啦地落在铁板上，在阳光下咕噜噜地滚动。

克劳斯还在安静地等待她的答复，等她伸出手。

景玉捏着奶茶杯，她尽量让自己现在的声音听起来比较平静地说："你在拿奶茶贿赂我。"这不是疑问句，她很肯定。

都是套路。什么朋友邀约、破天荒地允许她喝奶茶，都是魔王甜蜜的套路。

"如果你嫁给我，"克劳斯抛出诱饵道，"以后你每周都可以喝两杯奶茶，不过其中一杯只能放三分糖。"

景玉讨价还价道："两杯都要标准糖，小料任意。"

克劳斯脸上漾着宽容的笑，说："一周只能加一次蜜豆。"

景玉一锤定音道："成交。"

她将奶茶放到桌子上，向克劳斯伸出手。太阳的光芒下，那颗硕大、透明的钻石闪着美丽的光泽。但景玉的视线并不在钻石上，她在看着克劳斯的眼睛。他真挚的眼神比钻石更诱人。

景玉认真地说："克劳斯先生，我很乐意接受你的求婚。"

克劳斯将戒指戴在她左手的无名指上，低下头，亲吻她的手指，道："我的荣幸。"

景玉喝完了整杯奶茶，她雀跃地看着手上闪闪发光的钻戒，透过阳光看它不同角度下的光彩。快乐地看了好一阵，她一转身，恰好与克劳斯对视。

景玉的黑色眼睛在太阳下映衬出淡淡的棕褐色，她好奇地开口道："先生——"

克劳斯从她那亮闪闪的眼睛中成功推测出她的小心思，他微笑着告诉她："宝贝，这是我们的订婚戒指，你不需要知道它的价格，也不要有将它转卖掉的想法。"

景玉又摸了摸钻石戒指。

克劳斯确认，他看到了对方一瞬间的遗憾和失落。

"需要钱就告诉我，"他笑着提醒她道，"戒指绝对不能卖。"

景玉反驳道："我才没有见钱眼开到那个地步呢。"这样说着，她重新将手举起来，在太阳下眯着眼睛看钻石折射出来的灿灿光芒，内圈之上，刻着两人的名字。

戒指不是让景玉留在他身边的束缚，是她自愿接受克劳斯约束的爱。

在喝完奶茶，接受了克劳斯求婚的景玉下楼后，一边喝着沏好的红茶，一边认真地签署下相关的房屋转让合同。这些手续办下来并不算复杂，在他们离开青岛时，整个别墅的所有者，已经从唐先生变成了景玉。

而所有者景玉，仍旧感觉这像是一场梦。

读高中的时候，她没少和朋友讲："等我以后有钱了，我早餐就买两杯豆浆，喝一杯，倒一杯。

"等我有钱了，我连杂粮煎饼都要豪华版，加肉松，加肠，加辣条，还要加两个蛋。

"等我有钱了，我买两辆劳斯莱斯，一辆开，一辆拖……"

和姐妹们聊天，最多的开场白就是"等我有钱了"。而在这么多的话中，其中最难以实现的，就是那个"在八大关买两套别墅，一套住，一套放东西"。

但现在，其中一套有着红瓦、花岗石墙壁、小院子和圆形露台的别墅真正地属于了她。别墅的周围有漂亮的银杏树，站在露台上，能够看到宋式花园和绿色的公主楼。顺着正阳关二支路过去，就是海滨花园和海水浴场。

景玉从来没有想过自己会真正得到它。就像五年前，她从没有想过自己会真正拥有克劳斯一样。

她抚摸着手指上的钻戒，腿上盖着温暖的盖毯。他们正在返回慕尼黑的飞机上，离开家乡这种事情总会令人难过，哪怕故土已经再无自己的亲人。

景玉的情绪从上飞机时就有些低落，低落到连奶茶都不能令她开心。

"等银杏叶子变成金黄色的时候，我们再回来住，好吗？"克劳斯这样问道，"我想你应该喜欢在金色的银杏树下喝茶？"

景玉用力点头道："好！"

她知道久居是不可能的，就像隔壁的王及，今后的事业势必都在北京。中国的国土如此辽阔，为了工作和学业离家千里、万里的大有人在，很少有人会永远留在故乡。

景玉将脑袋搁在克劳斯的肩膀上。

克劳斯低声安慰道："好好地睡一觉吧，我的小龙。"睡眠或许能让贪财的"小龙"稍微忘记远离家乡的悲伤，他只能对此表示歉意。

重新回到慕尼黑之后，克劳斯陪景玉一同去看了天鹅堡，苍穹清朗，星空明辉。就像普通的新婚夫妻度蜜月那样，在接下来的一个月，无论克劳斯去哪一座城市，都会带着景玉一同前往。

好在景玉有假期，才能跟着他在各大城市之间游玩散心。克劳斯工作时，她可以在专业人员的保护下进行愉快的购物。除却工作之外，克劳斯几乎将所有的时间都给了她。

比较难得的一点是，这次的"度假"中，他并没有计划太多的户外运动行程，而是加了许多在景玉精力内的参观行程。

他们在埃尔福特的一家小酒馆中喝酒，这儿有一个中世纪迷宫般的地窖供客人跳舞。到达的第二天恰逢周五，两人去听了在圣米迦勒教堂浪漫庭院中举行的古典音乐会。

克劳斯希望这些能够稍稍冲淡景玉远离家乡的难过。

景玉得知全亘生因为投资失败而被迫灰溜溜地回国这件事的时候，她正在叙尔特岛散心。她和克劳斯一起骑自行车经过波浪形状的沙丘，购买了一份饮料。克劳斯依然选择了气泡水，而景玉在慢慢地喝热腾腾的弗里斯兰茶。

经过有着白色圆柱、红色穹顶的路易·威登商店的拐角，微咸的海风吹过来，带着淡淡的腥味。景玉接到栾半雪打来的电话，好朋友用激动的声音和她分享了这个天大的好消息。

"……回去之后也不好过，听说欠了一大笔钱，已经被列成老赖了……"

景玉谢过好朋友，她刚想和克劳斯说什么，结果一张口，先打了个喷嚏。

克劳斯赶紧递过来纸巾。

她看着克劳斯，想了想，有点茫然地告诉他："我那个生物学上的父亲倒大霉了。"

克劳斯说："我知道。"

"听说他的钱都是近半年败光的，不管投资什么都赚不到大钱，干什么赔什么。"

克劳斯笑了，说："听起来，对方的运气似乎不太好。"他说得这么轻描淡写，若无其事。

景玉问："你确定自己没有参与吗？"

"嗯……"克劳斯想了想道，"一点点。"

"……"

"先喝茶，等回法兰克福后，我有东西要给你看。"

说来奇怪，全亘生终于自食恶果，现在的景玉却感觉不到畅快或是愉悦。这个人先前想移民，可惜失败了，现在不得已回国，面临的也是巨额债务。可以说，他那些靠不法手段拿到的东西，又全都被拿走了。

在前几年，景玉一想到这个人就感到不适，极为厌恶。而现在，这个人不会再影响她的心情——也再没有能力影响。

当然，这是件值得庆祝的事情，景玉喝掉了半瓶酒，趴坐在克劳斯的腿上。现在是低潮期，浅滩缩退，露出大片大片的泥滩。广袤无垠的流动沙丘上，条纹的灯塔静静矗立，有温暖的灯光。

他们在月光下接吻，拥抱。

离开之前，景玉还从一个画家手中买到了一幅奇特的装饰画，是画在骆驼肩胛骨上的，笔触细密。

对景玉而言的愉快度假结束之后，两人才启程回法兰克福。陆叶真以极大的热情接待了景玉，她的身体与两年前相比稍微差了一些，需要戴度数更深的老花镜，说起话来也不再中气十足。但这并不影响陆叶真的精神状态，她仍旧很健谈，甚至还亲自为景玉做了一份黑森林蛋糕。

相比之下，埃森先生的反应还是稍微有些冷淡。他依然养着那只猫，金发中的白发更多了，但他似乎对此并不在意，也没有去补色，将头发全部往后梳着，露出冷漠严肃的一张脸。

景玉心中有些忐忑不安，她和对方实在没有太多的交际，唯一一次打电话，还是她和克劳斯分开前的事情了。

那次埃森先生说克劳斯心情很不错，所以破例奖励给景玉 5 万欧元。景玉等那 5 万欧元到账的第五天，向克劳斯提出分手，然后写了封言辞恳切的邮件告诉埃森先生，她和克劳斯并不怎么合适。

景玉在那封信中还用了很多"自谦"的说法……她完全不敢去想，在埃森先生的眼中，自己现在究竟是一个怎样的形象。

埃森先生到家的时候已经很晚了，他错过了晚餐时间。看到景玉的时候，他稍微点了点头，又盯着她手上的大钻戒看了几眼，然后目不斜视地去了餐厅，甚至连招呼都没有打。

克劳斯捏了捏景玉的手，示意她先回房间，自己去和父亲单独谈谈。

景玉担忧不已地问："如果你父亲甩给我 500 万欧元让我走，我该怎么办？"

克劳斯低头看向她问："你想怎么办？"

景玉想了想，清清嗓子，靠近他，压低声音说："埃森先生，这可不是 500 万欧元就能解决的事情了——"

克劳斯："……"

他稍微平缓了一下呼吸说："是的，如果你选择和我结婚，以后将会合法共享我所有的财产。所以，景玉小姐，如果 500 万欧元和我同时掉入水中，你先救哪一个？"

景玉抱住他说："肯定是先救你呀，我的大熊熊先生！"

克劳斯很满意她的称呼，在她额头上留下安慰的吻。

景玉继续说："况且，被泡坏的纸币也可以去银行——"

"好了，"克劳斯打断她道，"剩下的话不要再说了，不然我会担心你的臀部。"

克劳斯进入餐厅的时候，埃森先生正在看桌上的竹叶饭。瓷白的盘子中，均匀地摆着几片竹叶饭，因为加热而变了颜色的竹叶卷成花朵一样的形状，中间盛着用五种颜色的谷米豆煮成的米饭。

埃森先生问："这是什么？"

克劳斯说："是我和简玛为你准备的中国食物，竹叶饭。"

埃森先生几乎不吃中餐，也不擅长用筷子。使用两根细木棍来夹取食物，对他来说十分困难，困难到不亚于写中文。

埃森先生看了好久，才用刀子切下一块米饭。

克劳斯说："您对简玛的态度有些冷漠。"

埃森先生低头道："我想我已经展示了我能给予的最大善意。"

事实上，埃森先生没有女儿也没有妹妹，他不知道该如何对这个中国女孩表达喜爱，更不知道该如何与对方相处。刚才他看到景玉的时候，手掌心沁出了些汗水。

埃森先生并不想让他们看到这些，匆匆离开去洗手。他紧张是因为担心自己会影响对方和克劳斯的正常交往。就像当初他想留下景玉，想了很久，也只能拼命地给她加薪，暗示她继续陪伴克劳斯。

遗憾的是，这个方法并没有奏效。对方反而在几天后用邮箱直接发了辞职信过来，这让埃森先生很担忧。

埃森先生严肃地思考，或许他该多给景玉一些昂贵的礼物，可能这样能够令她高兴？

这样想着，他用勺子将米饭，连带着被他切下来的竹叶一同放进口中，慢慢地一点点咀嚼。竹叶的神奇口感，令他瞬间想到了中国的大熊猫。

克劳斯想要阻止，但已经来不及，他沉默地看着父亲将竹叶吃了下去。

埃森先生察觉到他的视线，抬头问他："克劳斯，你为什么这样看着我？"

克劳斯说："没有什么。"他转身，刚走出一步后又停下脚步说："父亲，我有一个建议给您。"

埃森先生正在费力地咀嚼着竹叶，这种奇怪的口感和味道，让他衷心佩服起中国人的胃和美食精神。他使用了自己所有的牙齿，终于将这团东西嚼烂咽下去，还是一脸冷漠地问："什么？"

克劳斯礼貌地说："今晚请服用一些助消化的药物，祝您好运。"

景玉对克劳斯和埃森先生之间的谈话一无所知，她现在正式以女主人的身份住进了克劳斯的卧室，打开衣柜，看到里面装满了女性的衣服。

都是她的尺码。

和上次造访时相比，卧室里还多了一个漂亮的梳妆台，上面放着她平时喜欢用的一些东西——就和她在慕尼黑的时候住的房间一样。景玉为此雀跃不已。

克劳斯并没有在卧室中吃东西的习惯，却贴心地为她准备了一些苹果酒。

景玉使用他那个可以用来按摩的超大浴缸舒舒服服地泡过澡之后，坐在镜子前将头发认真吹干，喝了一杯酒，克劳斯才终于回来。

他还没有换衣服，先给了她一个吻。

景玉还在意着埃森先生的看法，她有些忐忑地拽住克劳斯的衣袖，紧张地问："埃森先生说了什么吗？"

克劳斯反问道："什么？"

"嗯……就是关于我们的订婚，他对此表达什么意见了吗？"

"没有，甜心，他很乐意看到我们的结合。"

景玉狐疑道："真的吗？"

"我没有必要在这件事情上说谎。"

埃森先生花了半个小时，才吃完了属于他的晚餐。他并不会否认这份来自中国的美味，坦白来讲，这种味道的确很优秀。

但是，也十分考验咀嚼能力。

埃森先生完全是依靠意志力才吃完了整份晚餐，他想自己或许今后再也不会尝试这种叫"竹叶饭"的食物。

这个属于埃森家族的庄园，兴建至今已经过去了几百年。现在，庄园的主人是埃森先生和他唯一的继承人克劳斯。

与小时候曾经流浪在外的克劳斯不同，埃森先生就是在这个庄园之中出生的。他的母亲出身高贵，喜欢用玫瑰花瓣泡澡——每一朵玫瑰，只摘取花心中的那几片。

与其雄厚的财力不同，这座庄园的每一任主人都没有孕育出太多的孩子，尤其是埃森先生这一代。他的母亲身体娇弱，在生下埃森后，再也没有继续生育的打算。

作为未来的继承者，埃森先生自小就接受着严苛的教育。他读贵族学校，从小就按照规则来学习。

埃森先生习惯了规则，比如按照家族规定的时间读书、工作……唯一一件背离规则的事情，就是没有按照家族意愿与另一位家世显赫的小姐交往、结婚。

他婉拒了对方。

恰好那时候家族和法国那边有业务往来，为了避开父亲的安排，埃森先生主动要求去了法国。他住在能够看到埃菲尔铁塔的房子中，在闲暇时间还会去歌剧院听歌剧，或者去看卡巴莱歌舞，顺便吃一份带有整瓶香槟的晚餐。

也是在这个时候，埃森先生遇到了黛安。

黛安有一头美丽的棕色头发和一双黑眼睛，是一个虔诚的基督徒。埃森先生在前往歌剧院的路上，隔着车子，看到穿着灰色衣服的她在修道院做义工。有时候是传道，有时候是给一些流浪的人分食物和水。

这是一个善良的姑娘。

后来，黛安去埃森在的酒店中工作。她的身体似乎不太好，一直在前台负责和客人沟通，或者是计算账目。

也是她先主动和埃森先生打招呼的。

那时候的埃森先生用了一个假名字——在异国，他必须保护好自己的身份。黛安始终用那个虚假的名字称呼他，脸上带着温暖的笑容。

或许是性格原因，埃森先生有一张不易被人亲近的脸。他并不常笑，更不知道该如何和女孩儿相处。因此，当黛安表达出善意的时候，他只是冷漠地点点头，然后目不斜视地离开。

事实上，埃森先生也想与对方聊一聊。可惜他很难处理好亲密关系，在规则下成长起来的埃森先生，擅长如何与陌生人打交道、能够冷静地分析问题、对人露出礼貌得体的笑容，却不知道该如何向关系亲密的人露出微笑。

一直到第二周，埃森先生才对她说了第一句话。

"需要雨伞吗？"

那时候黛安刚刚下班，她换下员工服，大概是着急去修道院。由于没有伞，只用一个包包顶在头上。

黛安很惊讶，迟疑着说了谢谢，埃森先生将自己的伞递给了她。

第二天，黛安将那柄伞清洗干净后送了过来。但在埃森先生即将离开的时候，他又遇到了被雨淋湿的黛安，他邀请黛安去自己的房间将衣服烘干。

后面发生的事情，的确有些失控。

埃森先生拥抱她的时候，黛安没有拒绝，只是搂紧了对方的肩膀。

埃森先生将自己的名片塞给她，告诉她，自己还会回来，他希望能够再见到她。

但家中的事情繁忙到超乎埃森先生的想象，他再度回来已经是两个月之后。黛安已经主动辞职，也离开了修道院。

埃森先生没有找到她。他想，或许对方是讨厌自己。

从那之后过了八年，仍旧单身的埃森先生再度见到黛安时，只能看到她的骨灰盒，和她生下来的和自己的长相几乎一模一样的克劳斯。

对于这个已经长大的孩子，埃森先生同样不清楚该如何与之相处，他深深地沉浸在黛安已经去世的悲伤和自己竟然拥有一个儿子且流落在外遭遇凄惨的震惊中，一时间想不起该如何承担起作为一名父亲的责任。

埃森先生无疑是爱克劳斯的，他是自己和黛安唯一的孩子，有着和黛安一样温和的性格，又遗传了自己的相貌。

也为此，埃森先生坚持没有结婚。他只荒唐了一晚，却为此付出了一生的代价。

太多亲密关系的失败，令埃森先生只能选择用坚硬的外壳来保护自己。就像现在，他在回到自己的卧室之后，习惯性地戴上眼镜，去看黛安和克劳斯的照片。

黛安的照片并不多，她留给这个世界的东西很少。克劳斯的倒是很多，他偶尔接受报纸媒体的采访，那些摄影师拍下来的影像埃森先生都保存着。

但最近几年，克劳斯和景玉的照片最多。除了工作拍照外，他很少接受单独的拍照，大部分都是和景玉在一起，这些东西有些是安德烈分享的，有些是克劳斯主动发到社交平台上的——

没错，埃森先生偷偷地用小号关注了克劳斯和景玉的社交账号。

他也听人描述了克劳斯向景玉求婚的场景——

在一幢漂亮别墅的露台上，克劳斯向景玉发出真挚的告白。景玉感动得泣不成声，流下了许多泪水，接受了克劳斯的求婚。

唯一的遗憾是没有按照传统习俗来，没有一万朵玫瑰花，没有拉红色的、写有两人名字的横幅，没有用大喇叭，没有用音响，也没有把戒指藏在蛋糕或者其他甜品中。

埃森先生这么遗憾地想着。

景玉并不知道埃森先生的遗憾。

这座古老庄园的建造历史虽然悠久，但是隔音效果很棒，她很放心地和克劳斯在他的卧室中做了一些愉悦的事情，相互拥抱着睡到了第二天中午。

她终于看到了克劳斯说的那个惊喜——

克劳斯在庄园里为她做了一个漂亮的玻璃花房，就在之前看昙花的地方。这里的花和其他地方的不同，有一株巨大的珊瑚树，还有一些璀璨的牡丹、玫瑰、芍药、兰花、梅花和樱花等等。这些或高或矮、或大或小的花朵和树，无一例外都是用金银等材质做的花茎或枝干，花朵和花蕊则使用了各种珠宝。

这是一个仿佛只存在于童话中的宝石房间，所有植物簇拥的正中间，是一张漂亮的沙发和小巧精致的桌子。

"如果你想晒太阳、读书或者喝茶的话，可以来这里。"克劳斯示意景玉坐在那个沙发上，拉着她的手，让她来试试手感，"抱歉，我擅自做了这个小花房。以后你喜欢什么植物，我们再慢慢地填满它，好吗？"

景玉说："好得不能再好了。"她的声音有一点点发涩，可她没办法继续用甜蜜快乐的声音和他讲话。

克劳斯清楚地知道她的爱好，也知道当初她说"要用宝石做的树"是一句玩笑话，但他仍旧满足了她这个昂贵且庸俗的梦想。

他具备着让俗气变成童话的能力，哪怕仅仅是故意饿他的一句话。

景玉向克劳斯认真表达了自己的感谢，语言干涩。但对方只是俯身，在她额头上落下一个轻柔的吻。

景玉仰着脸，她主动抬起头，品尝着克劳斯嘴唇的味道。她不知道该如何用语言来形容自己此刻的激动心情，在这个温柔的吻结束之后，她只能向克劳斯暗示道："先生，今天你可以向我提出一个要求，做什么都可以。"

克劳斯原本正在亲吻她的手指，听见她这么说，停了下来。

他低头看着景玉的脸庞，她的脸上有着美丽的光泽，像闪闪发光的金子。

克劳斯没有立刻回答，他仍旧抚摩着景玉的手指，微笑着向她确认道："什么事情都可以吗？"

"是的，先生。"

克劳斯松开手，抚摩着景玉的脸，他使用的力气稍微大了一些，顺着他指腹压下来的疼痛，传递到景玉的神经之中。

景玉不安地注视着他浓绿色的眼睛。

克劳斯压低声音问："我可以要求你做过分一点儿的事情吗？"

"多过分？"景玉喉咙发干，像是有水分在急速流失。

克劳斯抚摩着她的手掌心和指缝之间的嫩肉，温和地告诉她："或许，会让你有些难以承受。"

景玉控制不住自己的心脏了，她定了定心神。

"或许我可以，你说。"

克劳斯靠近，手指移到她的肩膀上，微微往后按。景玉感受到来自对方的压迫，阳光落在她方才吻过的金发上。

克劳斯在她耳侧低声开口道："把你的论文重新写一遍交上来，截止日期是今晚10点。"

景玉心中的绮念瞬间消散了，就像有人拿着针，挨个儿戳破了她的粉红色泡泡，什么都没留下。

"上次你不是向我抱怨，明天就要交二稿吗？"克劳斯触碰着她脸颊上的软肉，模仿着她的语气说，"昨天是谁在和我讲'好多资料啊，看不完了，手好软啊，写不动了'，今天却继续睡觉打游戏？"

景玉恨不得一头撞到他的胸膛上，好让这个站着说话不腰痛的家伙，也去感受一下论文的残忍折磨——不，这个家伙或许并不认为写作是折磨。他擅长写作，擅长将这些枯燥的东西一一详细写明。

景玉的头更痛了。

现在，这个玻璃花房内的所有珍贵珠宝都无法使她兴奋起来，她试图说服铁石心肠的克劳斯。但对方始终无动于衷，用优雅得体的笑容拒绝了她的其他提议。

"要安排好自己的时间。"克劳斯这样说着，"宝贝儿，这是你必须要完成的任务。"

"好吧……"

本着"君子一言，驷马难追"的原则，沉浸在悲伤中的景玉，不得不接受了这个残酷的事实。她依依不舍地抚摩着那株漂亮巨大的珊瑚树、用贝母和珍珠做出的闪闪发亮的花朵，还有金灿灿的树枝……这些昂贵的东西，现在都不能让她的心情振奋起来。

克劳斯简直是魔鬼。

在欣赏完属于她的漂亮花园后，景玉不得不去书房开始改自己那份论文。参考着导师给的意见，她抱着电脑，坐在桌子前。

她跟随的这位导师十分严格，就连一个词语的误用都会被圈出来，并在旁边打上红色的标记，告诉她不应该这样使用。

除此之外，导师还额外地列出了另外一本参考资料。景玉现在正在努力啃着论文，计算上面的数字。

一台电脑，一杯茶，一摞参考书，一坐就是一下午。

在她学习的这段时间，陆叶真想请她喝下午茶，但在看到景玉疯狂敲键盘翻参考书的模样时，又离开了。

克劳斯也过来两次，一次给她更换上茶水，一次送了些小点心，提醒景玉不要用眼过度，以及监督她有没有偷懒。

不得不说，这样的方式，大大提高了她的学习效率。

在克劳斯的监管下，景玉没有办法走神去玩手机或者点开其他网页，她全神贯注地阅读着书籍，飞快地在纸张上进行计算。原本，按照她的拖延症，不管怎样都得安排到后天才能完成任务。但这次不一样了，在晚餐开始之前，景玉就已经把论文二稿改完了。

不过，她的手指是真的彻底软掉了。

景玉趁机向克劳斯"邀功"，让他看看自己那因为长时间打字而变红的手指。克劳斯捧着她的手，作为夸奖，奖励了她一个热吻。

休息了没多久，就有人过来通知他们去吃晚餐，和埃森先生一起。

坦白来说，景玉仍旧有些畏惧埃森先生，这个严肃的德国人就像一块冰。即使确认对方并不是那种"给你500万离开我儿子"的长辈，但对方清楚地知道她以前另有图谋。

今晚的埃森先生看起来仍旧如此严肃，景玉确认，在她踏入这个房间的时候，对方抬起头，只是冷冷地看了她一眼，然后转移开视线，一脸的漠然。

虽然和克劳斯的眼睛是同样的绿，但对方的眼睛看起来好像锐利的刀子。

景玉向对方打了招呼，小心翼翼地坐在克劳斯旁边。她有些太过紧张，膝盖不小心碰到凳子，有点痛，她没吭声。坐下之后，克劳斯伸手，安静地帮她揉了揉刚才被撞到的地方。

在桌子下，确认别人看不到，景玉放肆且悄悄地将腿靠近克劳斯，主动要他去揉更大面积。

埃森先生却注意到了两人之间的小动作。他严肃板正的一张脸，在看到景玉和克劳斯的互动时，也没有松懈下来。

旁边的陆叶真低声提醒他说："笑一笑，埃森，那个孩子被你吓到了。"

埃森先生说："我已经努力在笑了。"

陆叶真说："哦，是吗？已经死去两天的老鼠，都要比你笑得好看。"

埃森先生："……"

陆叶真又提醒道："按照我们的风俗习惯，你可以询问景玉在这里住得习不习惯，吃得怎么样，睡得好不好，知道吗？"

埃森先生说："我会在合适的时间说出来，谢谢您。"

陆叶真选择放弃与他交谈。

埃森先生看了眼景玉，后者原本正在笑着和克劳斯说话，视线对上的瞬间，景玉像偷吃被捉到的老鼠一样，惊慌地转头，不再看他。克劳斯安抚地碰了碰她的手背。

埃森先生想说不用害怕，他并没有其他意思，他很欣慰她和克劳斯能相处得如此快乐。

但埃森先生很难将这些话直白地说出来。

就像当初不能直白地和黛安表达自己的心意，曾经的埃森先生不知道该如何告诉对方"我想和你结婚，请等我回来"这种话，他担心对方会拒绝，担心她会认为自己在冒犯她，那时候的他只能留下一句"我会来找你"。

就像不能告诉克劳斯，他有多欣慰自己能拥有这么出色的孩子。

在克劳斯的成长过程中，埃森先生也很难直白地说出"我爱你"这种话。克劳斯的童年缺乏来自父亲的关爱，当埃森先生尝试和自己的孩子相处时，只觉得无从下手。

现在的埃森先生，也不知道该如何与景玉相处，他严重缺乏这方面的经验。人总是如此，很难对身边最亲近的人坦然。

和其他普通的德国家庭一样，埃森家的晚餐也是在晚上 7 点左右开始。按照德国的传统，午餐是一天之中最重要的一顿饭，虽然现代的工作方式改变了这一点。但相比之下，晚餐的确没有那么注重礼仪和气氛，比较随意。

晚餐正式开始前，景玉和克劳斯、陆叶真、埃森先生互相说了"Guten Appetit"（好胃口）。

虽然德国人都很喜欢往饭菜里面加很多奶酪、蛋黄酱或者调味品，但景玉在埃森家的用餐中，并没有遇到这个令人困扰的问题。而且，她和陆叶真女士的餐具中都多了一双筷子。

她品尝着餐碟中酥脆的巴伐利亚猪腿肉，搭配着土豆汤团一起吃。汤团是加了馅料的新式做法，有一个里面加了黑香肠和鹅肝酱，还有一个加了菠菜和鲑鱼。

晚餐很美味，只是气氛并不算融洽。陆叶真轻轻地咳了一声，用眼神提醒埃森先生，要和景玉交谈，而不是这样冷冰冰地注视。在他这样的注视下，就算是好胃口的人也会胃痛吧？

埃森先生沉默了半分钟，终于对景玉说了今晚的第一句话："晚餐的味道还可以吗？"

就像上课走神被抓包的小学生，景玉瞬间坐得端端正正。

"很好，"她答道，"谢谢您的款待！"

陆叶真看向埃森先生，希望他能再多说一些。但埃森先生对此熟视无睹，保持着一贯严肃的神色点了点头，然后低头继续用餐。

陆叶真脸上露出一点失望的神色来，她小声提醒埃森先生道："你为什么不对她笑？"

埃森先生答道："抱歉，我很紧张。"

陆叶真在这儿住了很久，也已经习惯了埃森先生这种与人相处的方式，没有继续逼他。

埃森先生，真的是一个极度压抑的人。

陆叶真和自己女儿黛安的相处时间其实并不多，但她知道黛安的性格，从小就敏感脆弱，好像随时会被打破的玻璃。陆叶真不知道女儿这种易碎的性格究竟遗传自谁，但在近二十年后得知女儿过世这一消息时，在巨大的悲痛和震惊之余，也有种冥冥中自有注定的感觉。

起初，陆叶真对埃森先生也抱有敌意，认为对方或多或少导致了黛安的过世。但埃森先生以极大的诚意反复登门拜访，希望陆叶真能够搬到埃森家的庄园中，和克劳斯住在一起。

陆叶真完全是出于怜惜克劳斯，才选择住进来的。

虽然克劳斯的长相完美继承了埃森先生，性格也不像黛安那样高度敏感和脆弱。或许是童年经历造成的影响，克劳斯具备着比同龄人更敏锐的洞察力。

陆叶真更多的是教克劳斯中文，和他谈自己的故乡。埃森先生并没有阻止她这种行为，虽然他自己的中文水平也仅限于"泥嚎"和"窝狠嚎""泄泻""债见"这种程度。

当陆叶真和克劳斯在餐桌上使用中文对话的时候，埃森先生很多时候都是在默默用餐。他就像一个缺乏亲密情感的机器人，他的心脏滚烫如火，却不具备向亲人说出口的程序。

陆叶真大概明白，为什么埃森先生会再三请她过来了，他的确不擅长处理亲密关系，而克劳斯的成长需要长辈的照顾。她庆幸克劳斯并没有成长为埃森先生这样的，没有成为一个使用撬棍也打不开嘴巴的德国人。

或许是人在上了年纪之后就会感到寂寞，更加需要家庭的温暖。埃森先生近几年不会再像曾经那么沉默，他尝试着和克劳斯沟通。但这并没有取得太好的效果，克劳斯潜意识回避和埃森先生谈论婚姻或者孩子的话题。

陆叶真不会对此发表任何意见，不过她的确很喜欢景玉。埃森家的庄园太沉闷了，很需要一个活泼快乐的小淑女。

在这场气氛并不算活跃的晚餐之后，景玉友好地和埃森先生说了晚安，拉着克劳斯的手快速地离开这里。

埃森先生能够深切地感受到对方想快速远离的心情。他为此感到有些沮丧，以及无能为力。

陆叶真没有对此发表意见，她用餐巾轻轻擦拭着嘴唇，稍稍回味一下方才美味的粥。

埃森先生说："我很抱歉。"

"没关系，"陆叶真说，"你已经做得很好了。"

"你已经做得很好了。"

卧室里面，克劳斯夸赞着景玉："父亲的性格的确有些古怪，你不需要为这件事担心——睡前还需要一杯酒吗？"

景玉在他胸前贴贴，隔着黑色的衬衫，蹭了蹭他的胸肌道："不需要了，谢谢亲爱的克劳斯先生。"

景玉发现克劳斯真的很喜欢夸人，他总是能够找出许许多多的理由来夸奖她。比如说今天下午的论文，其实她写得非常赶，质量想必不会特别好，但克劳斯检查完她的论文二稿后，还是给予了很高的评价；再比如昨天她顺手将克劳斯的书架简单整理了一下，克劳斯也夸奖她"认真、仔细"等等。

其实那些都是微不足道的小事，克劳斯却用语言为它们覆上了亮闪闪的光泽，接受夸奖的景玉也为此信心满满。她感觉，自己似乎真的如克劳斯所讲的那般优秀了。

景玉能够从克劳斯的语言和行为中，感到自己被他深深珍视着。

克劳斯讲了些他小时候在这个庄园的趣事给她听。

陆叶真刚住进埃森庄园的时候经常迷路，她不止一次暴躁地冲着埃森先生吼，为什么不在庄园中设置路标——现在庄园中所有用榉木定制、瞧着闪闪发光的铜质路标，都是专门为她设置的。

克劳斯小时候误食过曼陀罗花，导致中毒出现幻觉。埃森先生甚至请了巫师过来，最后还是医生治愈了他。

景玉在克劳斯温和的声音中慢慢平静下来，克劳斯抚摩着她的头发，浓绿色的眼中是她咬着嘴唇的一张脸。他们在房间中互相拥抱，就像放飞了千万只蝴蝶，翩翩袅袅，快感腾空而起。

景玉在战栗中再度确认自己的心。

她的橙子彻底属于克劳斯了。

在新学期开始之前，景玉的大部分时间都是在埃森庄园中度过的。她的网店销售正常，新雇用了两名员工。除非每周的例会和审核，景玉不需要再去曼海姆。

偶尔也会见一些潜在的客户，商议一些订购事宜。景玉的啤酒和葡萄酒卖得不错，埃森银行在曼海姆的分行，也和他们达成了一个小小的协议，对方决定购入景玉售卖的啤酒作为积分可以兑换的礼物。

成功签完合同的景玉开心到喝了两杯茶，把正在花园中午睡的克劳斯推醒，以炫耀的语气告诉他："我这一次成功地赚到埃森银行的钱了！"

克劳斯还没有彻底清醒，半睁着眼睛。

景玉在他脸颊上亲了一口，还没起来，就被克劳斯往下扯着手，他说："我想，另一边也需要景玉小姐的亲亲。"

景玉在他另一侧的脸颊上也亲了一口。

两个人在这里笑闹着，埃森先生恰好过来。躲避已经来不及，景玉立刻站好。埃森先生什么都没说，他只问克劳斯："明天要带景玉去看看你的母亲吗？"

克劳斯说："我上午刚带她去过。"

埃森先生站直身体，他鬓边的头发在太阳下让他看上去很衰老，眼睛周围有清晰的皱纹。

这个花园距离景玉的那个宝石花房大概有几十米远，里面种植着一些葡萄，爬满了绿色的架子。这一处是陆叶真提议建造的，在克劳斯尚且年幼的时候，她喜欢带着他在这个葡萄叶成荫的夏日庭院中看书、喝茶。

埃森先生决定接受陆叶真的建议，和景玉好好地谈一谈。因此，在克劳斯的注视下，他坐在与两人保持着一定距离的凳子上，说道："下午好，简玛。"

景玉说："下午好，埃森先生。"她在想，天哪，埃森先生看到了她亲吻克劳斯吗？

埃森先生也很紧张。他在想，眼前的景玉为什么会摆出这样一副担忧的模样，难道是他打扰了这对亲密爱人的私语吗？但刚才看到两个人亲吻，他由衷地感到开心。

克劳斯坐起来，这原本是个躺椅，他将搭在自己身上的书拿下，叫了一声父亲。

埃森先生看着景玉，问："最近的学业还顺利吗？"

景玉说："很棒。"

"嗯……有遇到什么困难吗？"

"谢谢您的关心，没有。"

"你喜欢这里吗？"

"是的，我很喜欢。"

这些机械而枯燥的对话往复几遍，埃森先生终于有些无法忍受了，他试图找一些共同话题："听说你很喜欢兔子，是吗？"

他看到景玉的眼睛瞬间亮了起来。

很好，这的确是一个很合适的话题，埃森先生这样想着。他听到景玉快速地回答道："没错。"

埃森先生露出一个和善的微笑——他很抱歉，自己不能用自然的笑容来面对自己的孩子，但这的确已经是他能够做到的极限。

"刚好，我让人买了一些兔子回来，"他说，"不过，不清楚你喜欢什么品种。"

是那种毛色呈淡黄色、毛茸茸的垂耳兔？还是那种毛发雪白的小白兔？

想和人建立起一段稳定而亲密的关系，共同饲养宠物是一种极好的做法。埃森先生想，自己可以和克劳斯、景玉一起养兔子。就像小时候的克劳斯，他就和陆叶真一起养了一只可爱的侏儒兔。

"啊，埃森先生，我不挑剔兔子品种的。"景玉快乐地说，"我喜欢吃麻辣兔肉，当然，红烧的也可以。"

埃森先生："……"

麻辣？兔肉？

埃森先生愣了几秒，忽然意识到景玉口中的"喜欢"，似乎是另外一种。

漫长的沉默过后，他说："嗯……有些意外的回答。"

企图通过宠物来加深了解的方式，宣告失败。

当天晚上，景玉得到了一份美味的麻辣兔肉——当然，兔肉的来源是合法的，并不是宠物兔。

埃森先生仍旧为此感到困惑，他不得不再度面对自己的失败，为自己无法顺利与人建立完整的亲密关系而遗憾。

晚上，埃森先生独自一人睡在空荡又辽阔的卧室中。这里的墙壁干干净净，什么都没有，没有黛安的画像，也没有黛安的照片，只有干净却没有温情的墙壁。

他打开灯，坐在深色的书桌前，翻开珍藏的相册，里面有唯一一张他与黛安的合影，当时他和黛安还不算熟悉。

埃森先生提出合影的时候，这个姑娘明显很是惊讶，她从镶嵌着珐琅材质的柜台后走出来，两人拍了一张照片。

埃森先生抚摩着照片，他无数次懊恼，在离开法国的时候，为什么没有将这位姑娘一起带走。

如果当时带走她呢？那自己会选择向她求婚，用最隆重的方式。她将作为埃森庄园的女主人住进来，他会为她建一座专属花园，在里面种满她喜欢的花朵。

他们或许会有第二个孩子，是个长相像她的女孩。埃森先生一直想要一个女儿，他会将埃森家族的另一半产业给予这个女儿，像教导克劳斯一样，培养她成为合适的接班人……

但是并没有。

黛安没有享受过丝毫的富贵，她就躺在那个小小的骨灰盒中，被埋进了冰冷黑暗的土地里。或许直到生命的尽头，她都不知道埃森先生爱她，一直在试图寻找她。

听到敲门声，埃森先生将照片放好，提高声音说："请进。"听到脚步声响起，他又说："以后睡前不需要送酒过来，我准备——"

"父亲，是我。"

听到克劳斯的声音之后，埃森先生站起来。他转身，看着自己的儿子说："我以为是赛琳娜。"他摘下眼镜问："有什么事情吗？"

克劳斯说："我想和景玉结婚。"

埃森先生原本在揉自己的眼睛，听到这句话，他愣了一秒才说："是件好事……你们准备什么时候？"

"下一年的九月。"

埃森先生想说些祝贺的话，但话卡在喉咙中，有些难以出口，他最终只缓缓地说："恭喜你。"

这样说着，埃森先生又问："你们想要什么样的结婚礼物？我想送简玛一艘游艇，她喜欢大海吗？"

"不，"他自己又很快否决了，"这样似乎并不够真诚。按照中国的礼节，我应当送她些什么？”

克劳斯说："父亲，景玉很钦佩您。"

"我是不是要送她一些金子？你们的婚礼——"埃森先生停下来，他慢慢地看着克劳斯问，"什么？"

"景玉很钦佩您，"克劳斯重复了一遍，"她只是稍微有一点不习惯和您相处的方式。"

埃森先生沉默了。

克劳斯继续说："您不需要这么刻意地压抑自己。"

在漫长的沉默之后，埃森先生终于说出了自己的想法："我担心自己会对你们的感情造成困扰。"

"不会，只要您不去催促下一任继承者的诞生。"

埃森先生点点头。

克劳斯传达完毕，但是在离开之前，他忍不住又提醒埃森先生道："睡前请少饮一些酒，您的胃和肝脏负担不起更多的酒精。"

埃森先生已经许久没有听到克劳斯说出关切的话语，他愣了几秒钟，才点头道："好的。"

克劳斯说："晚安，父亲。"

埃森先生注视着和他一样的绿色眼睛道："晚安，我的孩子。"

在一个晴朗的午后，景玉刚刚结束了网络课程，她困得头都快抬不起来了。昨天是周二，她和克劳斯去参加了固定的晚间溜冰活动。

作为一个新手，景玉溜得很小心。

克劳斯为她佩戴上所有的防护器具，虽然景玉生活在北方，但她顶多滑滑雪，小时候仅有的一次溜冰，还是去公园结了冰的湖面上滑，最终以掉进冰窟窿，高烧了好几天而结束。

滚轴滑冰比景玉想象中有趣，她和克劳斯一块儿滑行了17公里。滑冰结束后，景玉晚上睡了很长的一觉，第二天才觉得腿和胯部很酸痛。

醒来的时候，克劳斯在喝着咖啡看书，景玉四下看了看，毫不犹豫地跳到了他身上，像婴儿趴在母亲的怀抱中一般，舒舒服服地趴在了对方的胸膛上。

克劳斯刚刚喝过咖啡，他不喜欢放糖。现在，他的身上也染上了这种微微带着苦香的咖啡的味道。

景玉找到一个舒服的姿势，将克劳斯的胸膛当作枕头，刚刚闭上眼睛，就听到对方说："你想要什么样的婚礼？教堂婚礼？还是中国的传统婚礼？"

景玉原本都快睡着了，又被这句话惊得睡意全无。她睁大了眼睛问："什么？"

克劳斯说："嗯……我父亲和我一样年纪的时候，我已经出生了。"他严肃地说出这句话，又补充道："但是我，现在甚至还没有结婚。"

景玉不理解道："可是，德国男性的平均结婚年龄的确很大呀。"

"外祖母说很想看着我们结婚。"

"骗子，她昨天刚刚和我说，谈恋爱是最快乐的事情。"

克劳斯只能将手压在景玉的后脑勺上，叹气道："我承认，简玛，是我想和你得到法律的认证，我真的真的很想和你结婚。"

景玉继续把脑袋拱在他胸膛上，飞快地思考着，她想到了一个避无可避的问题。她说："那我们是不是还需要去做……呃，婚前的财产公证？"

"当然不需要，"克劳斯很吃惊地问，"简玛，你为什么会这么想？"

"可是我从新闻上看到的都这样啊，说豪门世家为了防止被离婚得到好处，都会在结婚前就将财产划分得清清楚楚，不给对方可乘之机——"

"那是他们，"克劳斯说，"景玉，爱情和欲望不同。"他握住景玉的手，"你是我的妻子。"

景玉小声说："好吧，我承认，我被你的话取悦到了。"她趴下来，对克劳斯认真道："我全都要！西式的，中式的，我全要！"

克劳斯很乐意满足妻子的小小愿望。

他很重视自己的婚礼，一边任由景玉像只仓鼠一样在他身上左嗅嗅、右闻闻地搞一些小动作，一边耐心地和她商议着喜欢的婚纱类型、对戒指的要求等等。

景玉困得哈欠连天，昨天晚上的滑冰掏空了她的精力。虽然对这个话题很感兴趣，但她还是控制不住地趴在克劳斯胸前睡着了。

克劳斯没有吵醒她，他低头看着景玉，摸了摸她的黑色头发。

第一次见面的时候，他可没有想到，这是会令他如此迷恋的中国小淑女，让他为其神魂颠倒。

景玉睡着了开始嫌硬，自己翻到了另一边。克劳斯凑过去，在她耳侧低声说："景玉，我爱你。"

这一次，克劳斯得到了她睡梦中迷迷糊糊的回应："嗯嗯嗯，我也爱克劳斯先生。"

克劳斯笑起来，他捏了捏景玉的脸，一会儿又去摸她的头发。反复揉捏之后，克劳斯听到外面有人叫他的名字，这才站起来，将盖毯轻柔地盖在景玉身上。

担心外面的人惊醒房间里的人，克劳斯走得很快，提醒埃森先生道："父亲，请小声一些。"

埃森先生明白了，透过半开的门，他隐约能够看到后面的沙发上，躺着一个裹着薄薄毛毯的身影。他低声和克劳斯说完游艇的事情，嘱托道："你先去看一下，我想，或许你更了解简玛的喜好。"

克劳斯说："好的。"

他准备走，但埃森先生叫住了他："嗯……在那之前，或许你需要更换一下衬衫？"

克劳斯低头，他看到自己的黑色衬衫胸前，有"小龙"流下的口水。虽然衣服是黑色的，但还是有一些痕迹。

克劳斯："……"

埃森先生目光复杂道："我的孩子，我不知道你们玩的是什么样的游戏，但……上帝啊！"他捂住眼睛说："我不敢想。"

留下这句话后，埃森先生转身离开，留给克劳斯一个震惊的背影。

克劳斯："……"

景玉并不知道埃森父子之间的谈话，她做了一个美妙的梦，梦到自己和克劳斯在一起做奶茶，她一口气喝掉了十杯。

从这个充满着奶茶气息的梦中醒来的时候，景玉的脑袋还有点晕晕忽忽的。克劳斯邀请她出去散步的时候，她也一口答应下来。

但是，景玉做梦也没有想到，克劳斯居然会在这时候带她去慕尼黑。

车子经过马克西米连大街，穿过经济宽裕的时髦人士经常逛的皇宫大街，景玉问："先生，您想去哪里？"

"很快就知道了。"

景玉猜测道："婚纱店？还是戒指店？我们为什么要在晚上过来呢？"

克劳斯笑着说："不是。"

景玉不放弃，又猜了几次，但都失败了。

慕尼黑的市中心十分紧凑，而德国人的夜生活众所周知不够丰富，尤其是远离那些繁华的街区之后。如今还是夏天，夜空好像一块暗蓝色的绸布。

车内播放着一首温柔的法语歌，景玉跟着轻轻地哼。她看着街道外的牌子越来越清晰，终于意识到这是哪里。

这是她刚来德国的时候，打工的那家中餐厅所在的街道。

这条街道上很少有那种奢华昂贵的素菜馆，大部分都是土耳其餐厅或者拉丁美洲餐厅，中餐厅的数量很少。而景玉所在的那一家，后来转让给了一个犹太人，改成了犹太餐馆，进门需要进行身份验证和物品检查。

自从那个好心肠的中餐厅老板离开后，景玉再也没有来过这条街。

手指触碰着车窗，景玉知道了克劳斯的目的地。有着布谷鸟钟的咖啡厅、提供薄煎饼和蜗牛的小餐厅、高耸的抹灰立柱……一一经过这些熟悉的标志性建筑，车子在景玉先前打工过的中餐厅门口停下了。

不，它现在看上去并不像是中餐厅了。

克劳斯先一步下车，像所有的绅士那样，他打开副驾驶位置的车门，伸手道："景玉小姐，请。"

景玉将手搭在他胳膊上，稍微借力下车。

鞋跟落到地面的时候，她看到了一家漂亮的奶茶店，无论是木头做的招牌，还是雕花木的门窗，还是店的名字"玉"，都是传统的中式风格。而且现在仍在营业。

景玉愣住了。

克劳斯拉着她的手进去。

这家干净的奶茶店让景玉好像回到了国内，店员是年轻的中国人，他们会微笑着问顾客需要什么，并提供有中、德、英三种文字书写的菜单。

克劳斯为景玉点了一杯加有蜜豆和燕麦的奶茶。

店员们去制作了，景玉不可思议道："先生……"

"我将这个房子买了下来。"克劳斯说，"这些店员，都是在慕尼黑的中国留学生，他们很优秀。"

店内播放着一首经典的中文歌曲，是王菲的《红豆》，语调温柔缠绵。

店员制作奶茶的声音很轻，燕麦色的桌子、木制的小椅子，和缠绵的歌声绕在一起，填满了整个空间。

景玉说："您要扮演救世主吗？我亲爱的白骑士。"

"不，"克劳斯摇头道，"骑士只能向一位淑女效忠。"

奶茶在这个时候送上来，景玉拆开吸管。她低头，看着奶茶外面的包装，上面印着"JY&K.J.E"。

这是他们名字的缩写。

奶茶杯上印着大朵大朵的白色牡丹，是名为"景玉"的牡丹花，叶脉上印着"Klaus"的暗纹。

景玉说："我觉得这时候的氛围，似乎比青岛更适合求婚。"

"不是求婚，"克劳斯纠正她的用词道，"是宣誓。"

景玉目不转睛地看着眼前金发碧眼的绅士，这个亲自教导她、纠正她不良习惯，将她从泥潭中成功拉出来的男性。

她的骑士，她的魔王。

克劳斯说："我想，你先前不敢答应我的求婚，是担心我会去拯救其他人吗？"

景玉低头，用力吸了一口奶茶，道："我才没有这么想，才没有。"

她重复了这三个字。

克劳斯笑了笑，他没有继续追问，反倒是用闲谈的语气，轻松地谈起下一个话题："我先前对你说过吗？景玉，在初步做了心理诊断之后，我想，这个心理状况似乎有些糟糕。"

景玉捧着热热的奶茶，喝了一口。

"但我遇到了你，"克劳斯说，"那天下午，我经过这里，发现阳光很好，决定下来走走。"

被烦恼的事情缠绕的克劳斯想在阳光下散步，他穿过这条有许多餐厅的街道，观察着道路两旁的人。然后，隔着玻璃，他看到了景玉，一个正在努力学习的中国留学生，有着漂亮的黑色头发和黑色眼睛。

"景玉，我以为你是一个需要被拯救的可怜学生。"

看到景玉被日本客人骚扰的时候，克劳斯已经准备好进去了。他可以给那个无理的男性一个教训，但景玉扇了对方一巴掌。

景玉知道他说的是什么，脸颊越来越红。

"但你是一个充满朝气又勇敢的女性，我很喜欢你。"

景玉松开吸管，扬眉道："喜欢？"

"那个时候，在那个时候。"克劳斯补充道，"我在想，上帝啊，这个中国女孩，她的身手令人惊叹。"

景玉谦虚道："一般一般，世界第三。"

克劳斯说："我在想，这样一个活力四射的女性，她会愿意接受我的帮助吗？"

"你和我想象中是如此不同，狡黠，聪明，细心，贪财，活泼。"他细

494

细数着这些，慢慢地说，"如此地……令人难以自拔。"

合适的人，并不意味着对方完全符合你的所有喜好，而是即使对方具备许多和你的喜好背道而驰的特点，可你仍旧会深深地爱上对方，无法自拔。

克劳斯爱着景玉，包括她身上那些其他的特点，都如此可爱，闪闪发光。

景玉眼巴巴地看着他。

"虽然这话说起来有些俗气……"

说到这里，克劳斯低头，有些无奈地笑了一下说："你知道的，我已经这个年龄了。"

已经不再是毛头小子了。在提到这种事情的时候，克劳斯声音低沉，他抬头看景玉，唇角控制不住地漾起一些笑意说："我想告诉你这些俗气的话，景玉，你是我的唯一，我只为你宣誓忠诚。景玉，我承诺，只做你一人的白骑士。"

景玉将奶茶杯放到另一边，她身体前倾，握住克劳斯的手，贴在自己的脸颊上，轻轻蹭了蹭。

"我宣誓，我只接受克劳斯先生的珠宝。"

慕尼黑已经进入深夜，远处的酒吧里流出吵闹的音乐声，以及醉醺醺的酒鬼。而这个奶茶店中，还在播放着甜蜜的歌曲。

龙与她的魔王在灯光下牵手，相视一笑。

小龙问："魔王先生，我可以再点一杯奶茶吗？"

魔王先生拒绝了小龙，并将对方扛到车上，没有系安全带，倾身接吻。

在巴伐利亚的心脏，美因河的珍宝上，天空暗蓝，繁星点点。龙向魔王分享了自己那颗小小的、又酸又甜的橙子。

魔王先生为了龙，甘愿俯首，向她宣誓，成为她唯一的白骑士。

这是童话书的最后一页。

番外
四

 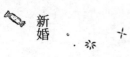 新婚

　　景玉和克劳斯的蜜月之旅，很俗气地安排在了巴厘岛。

　　"我就是这么俗气的人，"景玉在阳光下看着自己闪闪发光的钻戒，伸长了手指，左照右照，美滋滋地转身告诉克劳斯，"我喜欢一切俗气的东西，金子、钻石、钱、漂亮的房子、大大的沙滩、美好的阳光……"

　　她快乐地细数着这一切，浓绿色的悬崖下，印度洋卷来蔚蓝的海水，石灰岩峭壁之下是漂亮的小海湾，森林郁郁葱葱，一抹白沙滩镶嵌在海水边缘。这是曾经被旅游杂志誉为顶级体验的海滩——乌鲁瓦图。

　　布科半岛西海岸沙滩的游客日渐增多，作为巴厘岛的热点区域之一，在大部分时间内都保持着丰沛的阳光。景玉从醒来就想往外跑，却被克劳斯拽回去，仔仔细细地涂好了防晒霜。景玉不担心被晒黑，如果不是克劳斯警告有概率被晒伤的话，她才不会乖乖听话。

　　小岛上开车的人不多，道路并不算宽广，大部分人都是租摩托车骑。路边经常能够看到售卖瓶装汽油的，价格也便宜。但景玉目前还不会骑摩托，只能让克劳斯载着她，她坐在后面，伸手用力搂住克劳斯的腰，将脸贴在他的背上。

　　去往海滩的路程平淡无奇，除了带着海洋味道的风之外，并没有特别值得人去留意的。但景玉喜欢这种吹风的感觉，甚至还想脱掉防晒外套，用胳膊去迎接阳光。

　　克劳斯提醒她说："如果不想晚上抱着胳膊叫痛，就乖乖地收回这个

想法。"

景玉大声说："您简直要比我的外公还要唠叨了！"

克劳斯大笑道："被你当作家人，我很荣幸。但请不要再给我增长辈分了，宝贝儿。"景玉用额头撞了一下他的后背，又停下来，温柔地轻轻贴贴，她闻到了大量的属于阳光的味道。

车子最终停在西海岸的海滩附近，这些充满了阳光的白色沙滩在悬崖之下，需要沿着陡峭的斜坡慢慢往下走。景玉的鞋子有一点点滑，克劳斯走在她的下面，防止她因为不小心踩空而摔倒。

这是两个人的蜜月时期。

烦琐复杂的婚礼结束后，景玉累到足足睡了十二个小时。休息两天后，才终于开启自己快乐的蜜月之行。

宾律是布科半岛老牌的冲浪地点，这一片长长的低位沙滩位于悬崖底部，处处可见浓绿色的棕榈树，如同绸带，蜿蜒遍布在海边。景玉和克劳斯抵达的时候，许多白色的太阳伞已经撑了起来，像是细腻的沙滩上冒出了可爱的小蘑菇。

即使他们居住的酒店中有一片宽广细腻的私人沙滩和海域，景玉仍旧选择跑来这里晒晒日光浴，或是去冲浪者酒吧品尝廉价辛辣的酒。克劳斯对景玉的约束和其他人不太一样，他的原则依然是鼓励她多多尝试。无论是烈酒还是烟草，在不伤害身体的情况下，他认为尝试一些无伤大雅。

景玉总结出了克劳斯的教育方法："堵不如疏。"

严格来说，中文也是克劳斯的母语，但他还是花了几分钟来思考这话的意思，赞同她："不错。"

景玉举例子道："就像针对青少年的禁酒令，其实如果不约束的话，倒没有很多人去喝酒。但因为约束，反而导致很多青少年去偷偷尝试。"

"你说得很对。"克劳斯赞同她道，"不过，亲爱的，以后还是不要拿这种有可能犯法的事情来举例子了，好吗？"

景玉一口气喝掉朗姆酒，往嘴巴里丢了颗软糖，"吧唧"亲了克劳斯一下。

这些对所有游客都开放的沙滩上，到处可见一些不起眼的咖啡馆和小摊贩。景玉买了一支冰激凌，可惜没怎么吃就化掉了，天气太热，她躺在沙滩椅上，克劳斯不厌其烦地将她胳膊上的冰激凌湿痕擦拭干净。

景玉伸了个懒腰，说："你知道吗？克劳斯先生，我小时候就想过，以后在哪里度蜜月，在哪里结婚，在哪里生下第一个孩子……"

克劳斯微笑着听她说完，将沾上冰激凌痕迹的纸巾丢进垃圾桶。

"现在呢？梦想实现了吗？"他问。

景玉点头，有一点点为难地说："不过我可没有想到，自己会嫁给一个金色头发、绿色眼睛的男性。"

克劳斯大笑道："你要明白，人生中总会有可爱的意外。"他也没想到，自己会邂逅一个黑发黑眼的女性。

景玉扑过来，抱了抱克劳斯。充满了阳光的沙滩上，很多情侣都在亲昵地拥抱、接吻，景玉觉得自己似乎也不再像之前那样羞于在众人面前表达自己对伴侣的亲密。他们在阳光下交换了一个带着冰激凌味道的吻，克劳斯亲了亲她被晒出一小块红痕的胳膊。

在重新涂完防晒霜后，景玉和克劳斯坐在海滩上的高脚竹屋酒吧中。这种颇具当地风情的小酒吧很受客人的欢迎，从低垂的草屋顶下望去，能够看到蔚蓝的海洋和碧空。不过，克劳斯并不喜欢供应的印度尼西亚简餐，只喝了一点酒。

蜜月第二天，景玉去看了乌鲁瓦图庙。寺庙位于半岛西南端，建在陡峭的崖顶之上。克劳斯和景玉在这里借助自拍杆拍下了一张合照——没办法，两人的身高差距有那么一点点大，景玉才不想和对方的合照中只露出一个头顶，也拒绝接受坐在他的脖子上拍照这个建议。

"太丢人了！没有人这样拍蜜月照的，"景玉告诉克劳斯，她挺起胸膛道，"我一点儿也不矮！"

"好好好，不矮不矮，"克劳斯举手，笑起来，夸赞她说，"我们景玉的身高十分优秀。"

景玉不知道对方从哪里学来的口头禅，"我们景玉""我们小龙"……

好吧，她其实并不讨厌。

景玉的世界历史学得不算好，美术也不是她的专长。克劳斯对神庙的拱门倒是颇感兴趣，尤其是拱门两侧的象神雕像——景玉听他讲了一些，只知道这是印度教中的象神。寺庙里面有用珊瑚砌成的整面墙，上面装饰着许许多多精雕细刻的神话动物，大多是巴厘岛神话中的……如果可以忽略掉那些时不时跑出来抢游客手提包和遮阳帽的灰猴子，景玉会更加喜欢今天的旅程。

晚上走累了，景玉要求克劳斯背着她慢慢地往停车的地方走去。她脱掉了鞋子，拎在手中，趴在克劳斯背上，昏昏沉沉地快要睡过去。克劳斯轻声哼着一首歌，是德语的摇篮曲。景玉听着听着，眼皮子不受控地慢慢合上。

她呢喃道："克劳斯先生，谢谢你……"

克劳斯笑了，说："我的荣幸，景玉小姐。"

景玉时常会疑心克劳斯并不是正常人。

她不知道他究竟是哪里来的精力，在那么烦琐复杂的婚礼过后，自己累到需要人帮忙按摩、放松肌肉，再呼呼大睡。可他不用，他依然能保持良好的精神状态，神采奕奕地处理工作上的事情，还饶有兴致地根据自己想要去的地点和想吃的东西来制订旅行计划。

景玉想，如果她能有克劳斯这样的精力，当初都能考取国内名校了。

大概这就是传说中的福祸相依。她被父亲"骗"到异国，在孤立无援的情况下遇到了克劳斯。对方被她的落魄吸引，决定伸出援助之手。

他们晚上住在杜亚岛，这个有许多高档大型度假村的岛屿上，拥有许多能够让景玉放松，且不受其他人打扰的地方。

景玉对这里的印象还好，毕竟高级度假村的服务大多挑不出什么毛病，当然她最满意的，还是克劳斯为她做的放松按摩。

享受过按摩的景玉，认真地从自己钱包中取出钞票，塞到克劳斯衬衫纽扣间的空隙中，以示嘉奖。

克劳斯亲吻她的手背，微笑着说："感谢您的慷慨。"

景玉认为克劳斯才最慷慨，不仅仅是金钱方面，还有爱的赠予。他并不吝啬自己的金钱、时间和爱，她知道自己缺乏安全感，能让她相信爱这件事已经足够艰难，更不要说其他。

很多人患得患失，会在网络上发帖寻求帮助，想知道另一半是否爱自己。他们从那么多的细枝末节中寻找答案，从记忆中挑选出符合自己期待的画面，摆在网络上，一一细数，期待地问网友——

"他（她）这么做是不是真的爱我？"

克劳斯不会让她有这种烦恼。

他意识到景玉缺乏安全感，会明确地告诉她"我爱你""你很棒"。不仅仅是在亲密时，在景玉专注地看书或者等待早餐的时候，他也会倾身过来，给她一个吻。

她不需要去求证自己是否真的爱他，因为自己会用行动来证明这点。

蜜月第三天，两人去了蓝梦岛。景玉对这个名字充满向往，实际登岛后的体验，也完全满足了她的期待。

这是组成珀尼达群岛的三座岛屿之一，隔水遥遥相望，就是美丽的沙努尔和巴厘岛东部。从君古巴图主海滩南端顺着小路走，沿着海岸线走上一段时间，能够看到漂亮的"蘑菇湾"。它有像新月一般耀眼的白沙滩，海水清澈蔚蓝，黄昏时刻，能够看到天边玫瑰红的火烧云，与绿色悬崖和碧蓝大海交相辉映。

景玉兴奋地告诉克劳斯，这么美丽的景色，曾经存在于她的梦境中。

而克劳斯就是那个缔造梦境的神。

他包下一艘漂亮的船，出海浮潜。景玉之前学过全套的潜水课程，不过业余好者仍旧只能选择那些适合新手的地点。克劳斯背上氧气瓶陪她一块儿下去，两人在海底相视而笑。

只是甜蜜的蜜月途中也有一点点小烦恼，比如景玉的体力没有克劳斯想象中好，在一周的游玩过后，她就陷入一种疲惫的状态中。

景玉在继续玩和休息中纠结了好久，还是克劳斯一锤定音，临时更改旅游地点，去做美容沙龙和水疗。

景玉躺在白色的床上，享受着按摩师的照顾，和他们交谈。

负责照顾她的按摩师其实也会讲中文，不过口音有些重，带着外国人讲中文时那种特有的腔调。有些话，需要景玉认真听好久，才可以辨别出来。

不过景玉也喜欢这样，她喜欢讲中文，自然愿意全程都使用中文沟通。

或许世界上很多人和她一样，都在为自己的母语而自豪。

克劳斯讲的是英文。或许是认为景玉听不懂，也或许是以为她睡着了，在景玉闭眼休息的时候，有个员工偷偷地问克劳斯要了联系方式，被他微笑着拒绝了。

克劳斯坐在景玉旁边，一直守着她，直到她睁开眼睛才问："想喝点什么吗？"

景玉说："一杯气泡水。"

克劳斯为她倒了一杯，景玉捧着杯子，大口大口地喝下去，姿态并不淑女。克劳斯微笑着看着，他从来不会纠正她的表现。因为在他眼中，无论对方做什么都很可爱。

规矩从来都是只约束自己。

景玉觉得自己似乎不应该为这点小事牵肠挂肚，毕竟克劳斯表现得如此坦然，而且他做得很对，没有丝毫错误。

可她还是有一点点感到胸闷。

这种奇怪的小别扭，在晚餐时被克劳斯察觉。当他问起时，犹豫了好久，景玉才把自己的不舒服说出来。

"嗯……就是我知道你做得没有问题，可我还是有些不舒服。"她很苦恼地说，"我是不是太在意了？"

她原本认为这种无关紧要的小烦恼会被克劳斯笑话，但他却眼睛亮闪闪地看着她，绿宝石般的眼睛里充满了温柔。

"不，我很高兴你会在意。景玉，我是不是可以认定，你因为在乎我而有些……嗯……那个词叫什么？吃醋？"

"才不是！"

克劳斯放下刀叉，他走过来，倾身揉了揉景玉的脸颊，低头，一个带着红酒味道的吻落在她的额头上。

"我很高兴，甜心，不要为了这种正常的情绪而烦恼，我也经常会因为其他男人向你搭讪而感觉到甜蜜的困扰。"

景玉目不转睛地望着他。

"你愿意告诉我这些，我很高兴。"克劳斯重复着表达他的心情，"我也很开心你会因为这种事情不舒服，有这种可爱的小情绪，小龙。"

景玉小声说："你不会有不被我信任的感觉吗？"

"不不不，"克劳斯摇头微笑道，"我们都不是神，小龙宝贝。神才不会有一点儿缺陷，我们都是有情绪和自我感觉的人类。"

这样说着，他低头，亲亲景玉的额头道："你是在乎我的。"

"我一直都在乎你。"景玉嘟囔道，"不过，好像整天讲爱你呀爱你呀，似乎有点不好意思。"

克劳斯大笑起来，说："我明白。"

他明白景玉在这方面的内敛，她明明有一颗很甜的橙子，却因为担心被别人说酸，而从来不在别人面前显露。

可她是甜的，给了他整颗甜橙。

克劳斯将景玉抱起来说："没关系，害羞的话，有些事情就交给我来说。

"我爱你，景玉，你不需要对此进行怀疑。我会时时刻刻向你确认这点。"

景玉抱住他，轻轻哼了一声道："肉麻。"

可她自己还是笑起来，贴在克劳斯的耳侧小声说："我也是，克劳斯先生。"

夜晚的海水渐渐涨起，白沙滩静悄悄的，海水随风，一同卷上岸边。

银月如钩，白光如纱，沙滩上是景玉散步时偷偷用树枝划下的话。

小龙爱大魔王。

永远！

在童话书里写不到的永远中，他们彼此相爱。